Journal à quatre mains

OUVRAGES DES MÊMES AUTEURS

Le Féminin pluriel, Éd. Denoël, 1965
Il était deux fois, Éd. Denoël, 1968

Benoîte Groult

La Part des choses, Éd. Grasset, 1972
Ainsi soit-elle, Éd. Grasset, 1975
Le Féminisme au masculin, Éd. Denoël/Gallimard, coll. Idées, 1977
Les Trois Quarts du temps, Éd. Grasset, 1983
Olympe de Gouges, Éd. Mercure de France, 1986
Les Vaisseaux du cœur, Éd. Grasset, 1988
Pauline Roland, Éd. Robert Laffont, 1991
Cette mâle assurance. Annuaire de la misogynie, Éd. Albin Michel, 1993

Flora Groult

Maxime ou la déchirure, Éd. Flammarion, 1972
Mémoires de moi, Éd. Flammarion, 1975
Histoire de Fidèle, Éd. Des femmes, 1976
Ni tout à fait la même ni tout à fait une autre Éd. Flammarion, 1979
Une vie n'est pas assez, Éd. Flammarion, 1981
Le Paysage intérieur, Éd. La Table Ronde, 1982
Le Passé infini, Éd. Flammarion, 1984
Tout le plaisir des jours est dans leur matinée Éd. Plon, 1985
Le temps s'en va, madame... Éd. Flammarion, 1986
Marie Laurencin, Éd. Mercure de France, 1987
Belle ombre, Éd. Flammarion, 1989
L'Amour de..., Éd. C. de Bartillat, 1992
Le Coup de la reine d'Espagne, Éd. Flammarion, 1992

Benoîte et Flora Groult

Journal à quatre mains

Denoël

roman

9, rue de Cherche-Midi, 75006 Paris
ISBN 2.207.24250.1
B 24250.3

PRÉFACES

Benoîte mars 1994

« À l'âge où l'on sait ce qui est vraiment précieux, je découvre que l'amour fraternel m'a toujours accompagnée comme un bon chien, le nez dans mes talons. »

C'est en 1962 que j'écrivais ces lignes, préfaçant ce *Journal à quatre mains*, notre premier livre à Flora et à moi. Et trente ans plus tard, préfaçant la réédition du même, je pourrais reprendre les mêmes mots. D'autant plus appropriés que je m'estime davantage encore « à l'âge où l'on sait ce qui est vraiment précieux ».

Et curieusement je me sens plus proche aujourd'hui de cette jeune fille « nourrie, logée, blanchie et pensée » par des parents dont la réussite, l'insolence et les certitudes intellectuelles l'écrasaient. J'ai été très dure autrefois avec cette interminable adolescente. Je lui en voulais de m'avoir empêchée de vivre et de découvrir qui j'étais derrière la façade des conventions qui ligotaient « les jeunes filles rangées » de ce temps-là. Je lui en voulais de ses erreurs de jugement, des garçons qu'elle avait trop aimés ou qu'elle n'avait pas su aimer, de ses certitudes péremptoires, de ses illusions risibles et de ses complexes affligeants. D'avoir dilapidé en somme cette jeunesse qui semble, quand on a quarante ans, l'âge de tous les possibles.

Qu'avais-je découvert en effet en feuilletant, vingt ans après, mes carnets de jeune fille, ratissant les sables de ma mémoire comme un pêcheur à marée basse ? Des amourettes dérisoires que j'avais prises pour des passions, des études laborieusement poursuivies, qui m'apparaissaient comme un alibi pour ne pas affronter la vraie vie, la conviction paralysante que mes capacités étaient limitées et ma réussite professionnelle improbable. Non, décidément, je ne me pardonnais pas ma jeunesse et n'éprouvais qu'irritation à l'égard de cette jeune imbécile qui prétendait porter mon nom et qui avait si mal mené sa barque.

C'est beaucoup plus tard qu'on peut s'attendrir sur ce drôle d'animal qu'est une adolescente. Le ridicule devient alors émouvant, les erreurs d'aiguillage apparaissent nécessaires et finalement fécondes et les belles certitudes suscitent la nostalgie quand on a atteint l'âge d'incertitude.

C'est beaucoup plus tard aussi que j'ai mesuré à quel point notre éducation, notre histoire et la place si limitée qu'on nous assignait dans la société avant guerre étaient propres à tuer en chacune l'esprit critique, l'ambition, le désir de créer, bref ce ferment de révolte qui permet d'échapper aux conventions pour devenir soi-même.

Depuis la publication du *Journal*, vingt années encore se sont passées, et elle me touche aujourd'hui cette jeune fille de bien avant 68, qui respectait ses parents, ses professeurs, les Grecs, les Latins, les auteurs de la Littérature en bloc et, disons-le, les hommes en général ! Y compris les jeunes gens swing et gominés qu'elle fréquentait dans les rallies et les bals des Grandes Écoles ou à la Sorbonne, sûrs d'eux et pleins de mâle assurance comme ils pouvaient l'être au temps béni où les jeunes filles, même licenciées ès lettres, n'avaient pas le droit de vote ; où eux seuls pouvaient entrer à Polytechnique ou à l'École normale ; au temps où l'unique voie de salut pour une jeune fille restait le mariage ; au temps où eux seuls en somme menaient le monde, fût-ce à la guerre et à la défaite.

Elles ont 19 et 15 ans, Benoîte et Flora, quand commence en 39 « la drôle de guerre ». Elles ont été deux petites filles privilégiées et elles vont continuer à vivre égoïstement repliées à l'abri du cocon familial. Après la défaite, elles se croiront résistantes parce qu'elles écoutent chaque soir « Les Français parlent aux Français » en compagnie de leur père, combattant de 14-18 qui dit encore « les Boches », derrière les vitres occultées par la Défense passive et à travers le brouillage imposé par l'Occupant.

« L'armistice vient d'être signé, la France est vendue mais c'est nous qui allons payer », écrit Benoîte le 20 juin 40. « Si l'on en croit la radio allemande, les conditions sont inacceptables. Un nommé Degaule, qui a prononcé de Londres un discours exaltant, paraît-il, vient d'être destitué et Pétain accepte de terminer sa carrière sur une page de honte. En tout cas, voilà une avant-guerre finie. J'aurai été jeune avant guerre. Ça fout un coup de vieux ! »

Et un peu plus tard, en août 40 :

« La destruction de la Grande-Bretagne se poursuit méthodiquement, annonce ce matin le communiqué. On continue à dire LE communiqué et pourtant, comme par un tour de passe-passe, nous avons changé de camp sans que personne ait compris comment. Quand on lit : " le Q.G. " maintenant, ce n'est plus le nôtre. Quand on entend : " Dix avions ennemis ont été abattus ", on pense encore machinalement : " Tiens ! dix avions allemands de moins ! " Et puis l'absurde, l'incroyable, vous reviennent en mémoire : nous avons en huit jours changé d'ennemi. " Nous " désormais, ce n'est plus la France, " Nous " ce sont les Allemands. »

Tout le livre va désormais louvoyer entre le tragique et le quotidien, entre la Grande histoire qui s'impose chaque jour et la petite, celle qui tente par tous les moyens de résister à la grande.

21 août 40. — Une affiche a fait ce matin son apparition dans le métro et sur les murs de Paris : « Sera fusillé : quiconque ramassera des tracts par terre, quiconque traitera les Allemands de Boches. »

Et, un mois plus tard : « Le gouvernement de Vichy s'installe comme s'il devait durer des années. Il décrète, réforme, légifère. L'alcool est désormais interdit aux moins de 20 ans. Dans un café, j'aurai droit à un grog et pas Flora ! Seul aspect réconfortant de cette loi. »

Encouragées à l'ironie par Nicole, leur mère, « l'humour est la revanche des vaincus », répète-t-elle, les deux sœurs sont également sommées de mettre en pratique les préceptes d'André Groult, le pater familias : ne jamais perdre son temps et s'instruire en toutes circonstances.

« On m'envoie chez Paquet, l'épicier, rafler tout ce qu'on peut encore obtenir car bientôt nous serons en carte et rationnés. Devant le moindre magasin d'alimentation, la bourgeoisie du VIIe fait la queue avec distinction comme devant la Comédie-Française. Beaucoup de dames ont apporté un pliant et leur tricot. J'ai eu le temps de lire la moitié du *Verdun* de Jules Romains pour voir sous quel jour y était décrit Pétain en 1916. »

On passe d'un épisode cocasse, la conquête d'une paire de chaussures en cuir véritable au marché noir, aux drames de l'avance allemande sur tous les fronts — un million de prisonniers en deux mois en Ukraine —, des faux tickets d'alimentation à l'obligation pour les Juifs d'utiliser le dernier wagon du métro, du couvre-feu aux baisers clandestins sous une porte cochère à des garçons dont chacun peut devenir à tout moment un résistant, un prisonnier, un mort parfois. Car plus que jamais dans ce contexte l'amour reste la grande affaire avec son lancinant dilemme qui paraîtra préhistorique aux ados délurées d'aujourd'hui : Baiserai-je, maman ?

« Comme ce serait bon de ne plus penser au lendemain, à papa, à maman, à Flora, au chien, au bidet, à la philologie, à mes examens et de faire l'amour avec Pasquale comme si nous devions nous aimer longtemps. Chasseur alpin, il part demain défendre la France... en Norvège ! Il existe des mots qui seraient beaux à dire, à entendre... des gestes qui seraient bons à faire. Mais nous ne les trouverons pas. Mademoiselle Groult sera respectée ce soir encore. »

Ce qui frappe au premier abord dans ces pages, c'est l'immense distance entre les jeunes filles de 1940 et celles de 90. Mais elle n'est qu'apparente, me semble-t-il. À mesure qu'on lit, toute distance s'abolit. Elles sont nos sœurs à tous et à toutes, ces jeunes filles qui, vaille que vaille, malgré les drames qui se jouent et les années étouffantes de l'Occupation, réussissent à préserver ce mélange de légèreté et de gravité, de passion de la vie et de frivolité qui fait la grâce des jeunes filles de tous les temps.

Ce journal entrecroisé va se clore, après cinq années de guerre, la Libération et l'arrivée des Américains à Paris, sur un événement qui va marquer la fin de la jeunesse pour les deux sœurs : le mariage de Flora.

Chacune va désormais naviguer de son côté et elles croiront souvent pouvoir l'oublier, cette intimité sororale, faite d'autant de jalousie que de tendresse, de coups en vache que de complicités. Mais elles vont découvrir peu à peu que, malgré le temps, malgré les hommes qui vont partager leur vie un peu, beaucoup, passionnément, malgré les enfants ou leurs professions, elles ne cesseront jamais de les entendre, les mélodies enchanteresses de leur piano à quatre mains.

Flora mars 1994

Il y a trente ans, notre Journal conjugué était sur le point de sortir en librairie. Je ne parvenais pas vraiment à le croire, pas plus que je ne pouvais imaginer qu'un jour, à quatre ou à deux mains, j'allais écrire un roman, puis un autre et encore d'autres... En fait, et cela me paraît baroque aujourd'hui, me suffisait à l'époque l'idée que ce livre existait. Quant à me demander si ce premier ouvrage de deux inconnues serait à même de récolter quelque succès, aurait une chance de provoquer des commentaires laudatifs chez les critiques littéraires et les écrivains du moment, il n'en était pas question.

Non, en effet, je n'en demandais pas tant. C'était un peu bête de ma part penserez-vous. Je suis bien d'accord. mais à dire vrai, lorsque je me retourne aujourd'hui vers ce lointain passé, ce qui prime dans mon souvenir c'est qu'au travers de ces années troubles de l'Occupation, qui en l'occurrence étaient aussi celles piaffantes de mes quatorze, quinze ans, d'une façon continue et en ce qui me concerne, délicieuse, j'ai écrit ma partition pour mon seul et vif plaisir.

Cela se passait principalement le soir et pouvait se prolonger jusqu'à l'aurore.

Mais avant d'aligner mes pensées sur un cahier nommé à l'époque « Écolier », il s'agissait d'abord de sacrifier à un rituel réconfortant d'avance. En effet, il faisait un froid d'enfer, enfin de pôle Nord, dans les maisons en ce temps-là. Alors, avant de s'adonner à quelque exercice littéraire, il était d'abord préférable de se harnacher en conséquence. Souvenir fané des sports d'hiver d'avant-guerre, un bonnet de laine enfoncé jusqu'aux oreilles et des mitaines de grand-mère aux mains, une fois glissée dans mes draps glacés, j'étais prête pour me raconter à moi-même, sans oublier de m'esclaffer avec bienveillance de mes propres plaisanteries. De l'autre côté de la porte, dans son lit parallèle au mien, Benoîte écrivait elle aussi. C'était là une habitude familiale qui nous avait été inculquée depuis l'enfance. De temps en temps l'une ou l'autre de nous s'interrompait un instant pour frapper du doigt contre la cloison qui nous séparait, afin de partager une idée qui n'aurait su attendre et cela dans une sorte de langage Morse que nous avions concocté et dont je ne me souviens plus des subtilités.

Ainsi nous conversions à petits bruits, tandis qu'un hibou bavard, toujours le même, poussait son cri guttural dans les jardins de la rue de Bellechasse où nous habitions.

Parfois, dans la nuit pure, sa voix nous semblait prendre des accents funèbres quand, au cours des interventions des Alliés, nous apercevions sautés de leur avion blessé, le parachute en berne, descendre en vrille nos amis proches et inconnus, nos frères du cœur qui avaient ces soirs-là, nous le savions, toutes les malchances de disparaître à jamais. Alors, foin de rire et de plaisanteries, nous pleurions des larmes sèches sur leur destin et sur notre jeunesse. Le lendemain matin avant de partir en classe, je relisais mes pages de journal comme s'il se fût agi là d'une histoire arrivée à une autre.

Je pensais à tout cela il y a trente ans, tandis que je me promenais un matin pour mon seul plaisir et sans but précis, à travers les rues de notre quartier. L'on était, je crois, au début de mars, l'air frais semblait comme acidulé, quelques oiseaux lointains se faisaient la voix dans les marronniers d'une avenue proche. Avec cette sorte de légèreté d'esprit et de cœur qui libère joyeusement les insouciants confrontés au sérieux des choses de la vie, je profitais de chaque instant de ma flânerie. Et puis, marchant sans me presser, voilà que soudain je tombai en arrêt devant l'étalage d'une petite boutique, mélange gracieux de mercerie et de librairie. J'ai toujours eu un faible pour les petites boutiques amphibies. Négligemment je promenais mon regard sur l'éventaire et voilà que notre livre, NOTRE Journal à Quatre Mains, fruit de nos pensées et de nos rêves, était là, en pile, bien installé au milieu de la modeste vitrine.

Je tentai un instant de regarder dans sa direction avec des yeux d'étranger, je m'encourageai à passer mon chemin, et puis, non, je m'y vis obligée d'aller vers la porte.

Derrière le comptoir où voisinaient des livres d'enfants, des cahiers de classe, des guides de voyages et des bobines de fil, apparut une petite dame, gracieuse, sérieuse et très poudrée. À ce jour, je la vois comme si j'y étais. Elle avait autour du cou une sorte de guimpe en dentelle comme en portaient les aïeules autrefois, et, en tâtonnant son mouchoir mauve qui s'échappait en pétale de sa manche de velours noir, elle m'interrogeait du regard. Et moi je ne disais rien. Je venais de ramasser le premier volume de la pile des « Quatre Mains », et n'avais pu m'empêcher de sourire à nos deux noms « Benoîte et Flora... » inscrits en noir sur fond gris et blanc et je caressais vaguement le livre, ne sachant que faire de lui et ne pouvant le lâcher.

La minute dura très longtemps. La petite dame surannée continuait à m'observer sans me comprendre. Elle se pencha en avant et esquissa un sourire généreux comme si elle tentait de me consoler d'un grand chagrin. Et moi, son... mon, notre livre encore à la main, je ne bougeais toujours pas. J'avais d'évidence l'air assez bête.

Enfin, réalisant qu'elle ne pouvait rien attendre de moi, la petite dame sourire et souris se décida à prendre la parole :

« Ah ! Celui-là vient tout juste de sortir. C'est le Journal de deux sœurs... »

Elle tapotait la couverture du livre de son index à l'ongle très long.

« Oui, le Journal de deux sœurs. Il paraît qu'elles habitent le quartier. C'est très bien... Vous ne l'avez pas lu ? Vous devriez... Je crois que c'est un livre qui plaira... »

Je ne sais pas quelle tête je pouvais bien faire, plantée devant elle comme une statue du Commandeur. Je me souviens seulement que j'ai balbutié :

« Oui, je l'ai lu... je l'ai même écrit... »

Et cela dit, j'ai filé vers la porte, après avoir remis le livre en place, évitant de croiser le regard de la petite dame qui devait avoir eu amplement le temps d'arriver à la conclusion que j'étais un peu folle, mais très probablement pas dangereuse. Et j'ai couru jusqu'à chez moi, aussi vite que je pouvais, afin de relire sans plus attendre notre livre à toutes les deux et me bercer encore une fois de notre riche sororité et de nos heurts et de nos rires, et partager ce passé commun et infini qui continue à m'attendrir et me faire plaisir jusqu'à ce jour.

Benoîte janvier 1962

À l'âge où l'on sait enfin ce qui est vraiment précieux, je découvre que l'amour fraternel m'a toujours accompagnée comme un bon chien, le nez dans mes talons. Nous n'avons jamais eu à nous plaire, Flora et moi, à nous ménager, à nous justifier, à jouer cette fatigante comédie du Monsieur et de la Dame. L'une en face de l'autre, nous n'avons eu qu'à nous laisser vivre. Tout amour est une négociation sinon un combat ; toute amitié a des exigences, des hauts et des bas ; l'amour fraternel est une mer étale et je n'imagine pas de tempête qui puisse soulever cette mer-là.

Depuis toujours nous nous aimons, respectivement et mutuellement ; nous nous préférons à toutes les autres femmes et nous avons le courage de nos opinions.

Mon amour pour Flora a été le grand sentiment de mon enfance. Je l'estimais, je la jalousais, j'aimais l'embrasser, la serrer et je cherchais à lui nuire. Comme j'avais quatre ans de plus qu'elle et la chance qu'elle soit vulnérable, j'ai souvent eu l'occasion de la torturer, ce qui m'a laissé une exquise saveur que je n'ai jamais retrouvée. Car, hélas ! tout sadisme m'avait quittée bien avant que le premier homme ne se fût approché de moi. Pour cette sensation, j'ai toujours gardé une reconnaissance toute spéciale à ma sœur.

J'étais la bonne élève ; celle dont on dit pour excuser la coiffure maladroite et les *demodex folliculorum* : « C'est une forte en thème... on ne peut pas tout avoir ! » Flora possédait toute la séduction de la mauvaise élève et elle savait se coiffer.

Noblesse oblige : j'ai fait une licence classique et ma sœur, qui était une artiste, a suivi de vagues cours de dessin à la Grande-Chaumière. À part cela, nous étions plus marquées par notre arrondissement que par notre personnalité, des sottes sûres de leur intelligence, des vierges sûres de connaître l'amour, des bourgeoises qui se moquaient des bourgeois, bref des imbéciles grisées par leur ronron, des jeunes filles *sui generis*.

Pourquoi raconter mon enfance ? Je n'y pense jamais. J'ai l'impression d'avoir vécu un interminable âge ingrat. Flora, qui porte son enfance comme un Saint-Sacrement, s'en chargera. D'ailleurs je n'ai pas de mémoire et je me suis développée quand tout espoir semblait perdu. Flora était une primeur, moi un légume tardif. J'ai longtemps considéré comme la chose la plus naturelle au monde d'avoir une nurse anglaise en uniforme. On me promenait au musée Rodin, on disait la messe pour moi à Sainte-Clotilde, on me pesait nue dans la pharmacie de la rue Las-Cases, on me conduisait au cours Tabouillot et au catéchisme ; j'ai été amoureuse de mon confesseur pendant des années. Il s'appelait l'abbé Gilson, c'était un brun doux qui ressemblait au Sacré-Cœur. J'ai été la chouchoute de mon professeur de français et c'est mon cousin germain qui s'est chargé de m'embrasser pour la première fois sur la bouche, dans une cabine de bains à Concarneau. Nous serions mille à nous reconnaître dans mon enfance.

Et puis tout à coup, je me suis sentie toute seule : c'était l'adolescence et elle a duré très longtemps, car j'avais peur d'en sortir. Je tenais toute la place en moi-même et je ne pouvais y recevoir personne. De plus, j'étais nourrie, logée, blanchie, « pensée » par des parents qui prenaient leur rôle très au sérieux et je n'envisageais pas encore de posséder une âme à moi.

À cause de la guerre peut-être — mais je crois qu'elle a bon dos — je me considérais comme un bien inestimable et l'idée ne m'a jamais effleurée de le risquer. Ma vie, c'était de penser à la vie. J'étais pressée et j'avais peur...

Donc, il y avait une fois, au 44 de la rue Vaneau, une brune et une blonde. C'était en mai 1940, une époque où l'on n'avait pas le droit d'être inconscient, et pourtant... La brune, c'était moi.

Flora janvier 1962

Comment Benoîte ? Tu n'as eu qu'une adolescence ? Et moi je ne sais pas où s'arrête mon enfance. Elle m'habite tout entière, elle m'accompagne, j'en suis le parasite et la vestale ; autrefois, je la sentais dans mon dos comme ces mères indigènes qui portent leur enfant à même leur peau ; aujourd'hui je la tiens entre mes mains comme un oiseau fragile que j'essaie sans fin de charmer, afin qu'il reste encore un peu dans la prison de mes doigts et que son chant mélancolique continue à me faire vivre.

Benoîte, je t'aime pour toi-même, avec ta tête et tes pensées d'aujourd'hui. Mais je t'aime surtout, il me faut l'avouer, parce que tu as voyagé avec moi à travers mon enfance. Tu es une pièce maîtresse, un des mots clés de mon passé. Je te retrouve à tous les coins de mon souvenir. Tu n'as pas besoin d'avoir de mémoire, j'en ai pour toi : je suis la bibliothécaire, la trésorière de notre enfance. Et tu me crois sur parole, n'est-ce pas, quand je te raconte ce que tu as été ?

Si je ne prends pas garde, je vais me retrouver un jour comme une vieille petite fille fanée qui aura sauté les étapes et chanté toute sa vie la même ritournelle.

Allons, enfance ! Allons, jeunesse ! J'ouvre la porte de la cage.

Mais, encore un instant, Monsieur le Temps, encore un instant : laissez-moi relire ce journal.

PREMIÈRE PARTIE

Benoîte 6 mai 1940

La guerre devient sérieuse. Mais on a moins peur qu'en septembre parce qu'on a eu le temps d'apprivoiser le mot, donc la chose. Guerre s'est laissé approcher gentiment. On dort avec elle depuis deux cent quarante jours déjà et rien n'a changé. On commençait à s'impatienter. — « Et alors ? Cette guerre ? » Quelques amis avaient bien troqué leur complet-veston contre une panoplie de pioupiou et nous les avions regardés d'un œil tendre, au début. Nous sortions avec eux, Flora et moi, pour avoir l'impression de servir, nous aussi. Et puis, au bout de sept mois, le champ d'honneur ne donnait pas de moisson et on commençait à regarder les militaires avec condescendance, comme des enfants qui s'obstinent à jouer aux Indiens quand ça n'amuse plus personne. Mais depuis quelques jours, on se sent tout petit à l'arrière : nous allons avoir besoin de nos Indiens, j'en ai peur.

À Paris, on prend des mesures : l'alcool et la pâtisserie se sont repliés sur des positions préparées à l'avance : mardi, jeudi et samedi pour les gâteaux ; lundi, mercredi et vendredi pour l'alcool. Le dimanche seulement on pourra arroser de rhum son baba.

Cela dit, l'armée ne réclame ni charpie, ni passe-montagnes, c'est que tout va bien et nous continuons tranquillement notre vie, en regardant de temps en temps vers l'Est.

7 mai 40 Flora

Cet après-midi, j'ai fait des courses : mille petites choses inutiles comme si c'était la paix ; et pourtant, c'est la guerre. Elle nous mange le cœur et la tête, et je me révolte d'être sans poids dans cette tempête, spectateur inutile et quantité négligeable, j'ai l'impression que la seule façon de participer à ces jours dont chaque goutte compte, c'est de tenir mon journal. Regarder ma petite guerre à moi, vue à travers ma petite lunette de fille de quatorze ans qui, même dans sa vie privée, ne choisit pas son destin. Benoîte trouve que nous sommes trop oies pour avoir notre mot à dire. Tant pis : gloussons s'il le faut mais précisons-nous nos sensations afin de pouvoir les revivre.

10 mai 40 Benoîte

Une sourde inquiétude règne ; on se plaignait cet hiver de l'immobilisme, mais maintenant on voudrait retarder le moment de commencer.

Les Martinez sont venus déjeuner avec leur deuxième fils, celui que je ne connaissais pas, tout auréolé d'héroïsme et d'aventure par son uniforme de chasseur alpin. C'est un brun bleu, espagnol jusqu'à la fesse qu'il a étroite et insolente... et elle a bien du mérite à paraître telle sous ce rugueux lainage kaki qui comble les creux et masque les bosses. Il a le regard aussi noir que les cheveux et enfoncé sous d'épais sourcils en coup de fouet. Il part en Norvège après-demain. Pendant tout le repas, tandis qu'il mange en silence, son œil est fixé sur moi ; mais c'est seulement au moment de me dire au revoir qu'il me demande de sortir avec lui ce soir. Il était temps ! Bien qu'il présente tous les stigmates du gigolo argentin, mes parents, pris au dépourvu, ne trouvent aucune raison de s'y opposer. Et puis, on ne refuse pas une fille à un soldat !

En me quittant, Pasquale me dit tout bas : « Vous êtes mignonne à croquer. » J'en reste pantoise. Serait-il idiot ? S'il m'arrive d'être croquée par un homme, je compte bien lui rester sur l'estomac ! Je ne suis pas une bêtise de Cambrai qu'on suce et qui fond sous la langue.

Benoîte 11 mai 40

Pendant que je dînais hier avec Pasquale à Saint-Germain-des-Prés, Hitler envahissait la Hollande, la Belgique et le Luxembourg. La « Grande Bataille d'Occident » commençait. Les Alliés ont immédiatement traversé la frontière pour se joindre aux troupes belges. Et pendant ce temps, nous parlions peinture abstraite et trous du cul avec les amis de Pasquale, une dizaine de sculpteurs, d'écrivains ou de peintres, tous méconnus sinon ratés, ce qui les rapprochait dans l'amertume et la grossièreté. Douze convives : dix-huit bouteilles. Décidément, Pasquale me plaît. Il est inculte ; il ne connaît que quelques auteurs américains et des noms de cocktails, il écorche les mots difficiles, manque de tact et de psychologie. Mais son œil sombre de desperado me donne envie d'aller voir au fond ; loup-y-es-tu ? Y chercher quoi ? Je ne veux pas le savoir ; il est trop évident qu'il n'y a rien en lui qui puisse me retenir sérieusement, mais cette attirance inattendue que j'éprouve précisément pour ce qui me choque en lui est un phénomène trop rare pour ne pas m'être précieux.

Après le dîner, nous sommes allés danser tous les deux, au *Bœuf sur le toit*. Il danse merveilleusement. C'est ce qui lui a permis de survivre tout un hiver en Autriche dans une station de ski où ses parents l'avaient laissé sans argent. Et il est mal élevé, quel soulagement. Il ne demande pas la permission de faire ce qu'il a envie de faire : il prend ses risques. Et comme il part demain pour Narvik, j'aurais eu scrupule à lui refuser un baiser. Tout le monde ne peut pas être infirmière.

Il m'a raccompagnée à pied, drapé dans sa capa, en me racontant sa vie de raté : enfance de bohème, jeunesse de gigolo, jusqu'ici cela a un certain panache, mais après ? Il était plongeur quand la guerre l'a sorti de son sous-sol pour le transporter sur les cimes. Pour l'instant du moins, il mange tous les jours. Mais qu'est-ce qu'il compte faire de la jeune fille de bonne famille que je suis ? Flora m'accueille d'un air ironique : « Bonne soirée avec ton bandit calabrais ? » Papa dort avec la bonne conscience d'un Français qui a gagné sa guerre, mais la lumière est allumée chez maman, cela signifie qu'on m'attend.

— Tu sais que ce genre de garçons n'a aucun scrupule. Son père avait du talent, mais lui n'est qu'un petit voyou.

Et comme je prends l'air buté :

— Toi, tu es une innocente, tu n'as pas d'antennes. Tu seras toujours grugée par les hommes.

Encore faudrait-il qu'il y ait des hommes ! Et au train où vont les événements...

11 mai 40 Flora

J'ai envie de m'adonner à la jérémiade. Je trouve injuste que la guerre s'adjuge ma jeunesse. Benoîte a commencé à vivre, elle. Moi, j'en ai marre d'être « avant », spectatrice de la vie des autres, à la fois servante de Molière et confidente de Racine. Quand donc rentrerai-je dans le vif du sujet ? Dommage que l'on passe tant de temps à être « avant » ou « après » les choses.

Benoîte m'étonne ; il me semble que, le moment venu, je ne m'y prendrais pas comme ça. Je ne sais si c'est par orgueil ou par humilité, mais elle n'essaie pas de plaire. Et si elle plaît, elle examine froidement sa conquête comme on dissèque un cadavre. Elle donne des notes à Pasquale ; elle fait le professeur et le juge. Mais devant lui qui la bouffe des yeux et qu'elle a bien certainement l'intention de charmer, elle ne se dandine pas, oublie son rouge à lèvres... Je lui ai proposé ce soir un Bien Charmer en douze leçons, mais elle m'a traitée de gourdasse et renvoyée à mes versions. Et pourtant je crois que je sais déjà vivre.

Elle a beau dire que je suis gourdasse, si un Pasquale se mettait à mes genoux, je m'emploierais à lui faire garder la pose.

12 mai 40 Flora

Retour de Poissy, voiture bondée, fleurs qui se fanent déjà. Hier, nous avons tâché avec Line d'enchaîner sur les fous rires qui nous sont habituels et de recréer notre insouciance ; mais l'angoisse rôde dans la maison et on a du mal à faire et à penser comme si de rien n'était. Je me demande où en sera le monde, notre monde, mettons... dimanche prochain et j'essaie d'aimer pour toujours ce que je ne reverrai peut-être pas de sitôt.

Et dire que malgré tout il faut faire ses devoirs !

Benoîte Lundi de Pentecôte, 12 mai 40

Week-end chez tante Marie à Poissy. Les langues de feu sont descendues sur mon corps et m'ont laissée incroyablement brunie. Cela suffit à ma joie d'aujourd'hui et à m'isoler du drame qui se joue en Belgique et autour de la table de la salle a manger.

— Qu'on les empêche de faire des enfants puisqu'ils ne sont pas foutus de les nourrir, tonne papa en scandant ses paroles d'un poing qui fait tinter les cristaux. Qu'on les castre !

— Qu'est-ce que vous voulez, ils préfèrent les canons au beurre, constate Jeanne la bouche pleine de tarte aux fraises. Chacun son goût !

— Ce sont des barbares, reprend papa. Relisez César, vous verrez que rien n'a changé. *Agriculturæ non student, majorque pars...*

Mais personne à cette table n'a envie de relire César ; on préfère approuver de confiance. Il paraît aussi que les Allemands en sont malades de ne pas avoir de port sur l'Atlantique et nous nous regardons d'un air satisfait, car nous avons un océan et deux mers, nous, et de la bauxite en masse, et du beurre et des fraises et tutti frutti. Et de jolies filles, car enfin, nous sommes toutes réussies à cette table, avoue, André ? Et André seul homme de cette famille où les femelles règnent, survivent et ne font que des filles pour se venger du mâle, est appelé à juger, mais à juger droit. Nous lui abandonnons la guerre ; il est le seul ici à l'avoir faite, à l'avoir gagnée et à en être revenu. Deux hommes manquent à cette table, un cousin et un oncle, l'un emporté par la Grande Faucheuse, l'autre par la Grosse Bertha. Papa symbolise le fantassin victorieux et nous l'écoutons comme les femmes écoutent les militaires en temps de guerre, comme il n'avait plus été écouté depuis 1918. Son chauvinisme nous touche comme un grand amour ; nous sommes groupées derrière lui et prêtes à résister jusqu'à l'œuf. Non, ils ne boiront pas notre sauternes et nous le garderons notre vin allemand. Oui, nous castrerons 50 % des Allemands, où sont les pinces ?

L'exaltation tombe d'elle-même à l'heure de la sieste et je m'en vais sous le grand cèdre traduire Tacite. C'est en restant à son poste que l'on fait son devoir de Française. Mon poste à moi, c'est ma table de travail. Mon absolu : l'ablatif. Une veine !...

Mardi 13 mai 40 Benoîte

Trois alertes hier à Paris. Les événements de Belgique nous les font prendre plus au sérieux. On reste dans son lit, mais on ne dort plus. On pense aux Belges, à ces sept ou huit millions d'hommes qui nous servent de bouclier.

— Qu'ils reculent, dit papa qui en a vu d'autres, ça n'a aucune importance. On gagnera la guerre à Clermont-Ferrand.

Depuis trois jours, nous avons l'impression d'être au front. On discute les opérations du matin au soir et les cinémas, cabarets et cafés ferment à 11 heures. Papa commence à considérer les jeunes mobilisés d'un œil moins méprisant : la guerre commence à ressembler un peu à la sienne, la vraie.

Mercredi 14 mai 40 Benoîte

Les bastions tombent autour de nous. C'est un peu comme si on nous arrachait nos vêtements un à un : nous allons bientôt être tout nus devant l'ennemi. La Hollande s'est rendue cette nuit, mais « l'état de guerre » subsiste ; la formule est noble et tragique : le combat se poursuit, mais au fond des cœurs ; on parle d'une cinquième colonne qui aurait sapé les défenses et permis ces victoires foudroyantes. Chacun regarde son voisin avec méfiance. Mais la vie continue, apparemment inchangée.

Jeudi 15 mai 40 Benoîte

Paris est menacé, paraît-il. On parle de nous expédier à Concarneau comme des plantes fragiles qu'on met dans une serre à l'abri des bottes. Jacqueline de la Beaume est partie ce matin en son château de Beauchêne. Sonia part ce soir. On quitte le bateau comme des rats. À quoi servirait d'y rester comme des veaux ? La moitié de la classe de 2e du collège d'Hulst s'est retirée dans ses terres, quand elles n'étaient pas sur les voies d'invasion.

Flora fait ses valises en parlant de « la France blessée » d'une voix chevrotante. Elle s'attendrit volontiers sur ses propres formules. Les mots ont une importance énorme pour elle. La France, maman, son poids et les rapports sexuels sont tabous : ils recouvrent des notions dont elle refuse de discuter. J'adore faire irruption dans les charmilles où elle dissimule les vérités qu'elle refuse de regarder en face. Mais, ce soir, je ne peux plus rire de « la France blessée ». Je me sens française avant d'être sœur.

Flora 15 mai 40

Les Boches avancent au pas de l'oie et je pleure des morts que je ne connais pas. Belle jeunesse, jeunesse insouciante et crâneuse, belle jeunesse, ce n'est pas drôle.

Malgré les événements, papa conserve bon moral ; je l'admire et le remercie. Ceci posé, on ne sait pas quoi faire de nous.

Benoîte Vendredi 16 mai 40

Les Allemands sont entrés à La Haye, Rotterdam serait détruit, un quart des Hollandais morts ou disparus. Les Allemands occupent la moitié de la Belgique, les Allemands ont franchi la Meuse, les Allemands ont l'intention de gagner la guerre en deux mois : la première semaine a dépassé leurs espérances.

« Confiance toujours », titre sinistrement le *Petit Parisien*. On observe des symptômes inquiétants qui sont comme les signes encore discrets d'une gangrène. Il n'y a plus un seul autobus dans Paris. On se chuchote les atrocités qu'auraient commises les Allemands en Pologne et on conseille d'évacuer les enfants. On fait les bagages et on les défait au rythme des informations radiophoniques ou téléphoniques. Les Allemands seraient à Laon. Nous nous apprêtons à partir à Poissy. Mais, aux dernières nouvelles, Paris serait déjà encerclé. Nous allons nous coucher : il n'y a rien d'autre à faire.

Samedi 17 mai 40 Benoîte

J'ai été à pied à la Sorbonne ce matin pour apprendre que les examens vont sans doute être supprimés. À quoi vais-je m'employer si je suis « repliée » de force sur la Bretagne ?

On voit des espions partout ces jours-ci et maman, pourtant rebelle à l'aventure, s'est prise pour Sherlock Holmes : en traversant hier le pont Solférino, elle voit une sorte de mec portugais, coiffé d'un chapeau mou et vêtu d'un œil inquiétant, descendre sous le pont après avoir jeté un coup d'œil soupçonneux autour de lui. Maman, qui se vante d'avoir des antennes, s'arrête pour observer, d'un air de rien gros comme une maison, espérant passer inaperçue avec son manteau bleu ciel, son canotier rouge et ses diamants. Au bout de quelques instants, elle voit un autre individu opérer la même manœuvre. Convaincue d'avoir mis la main sur la 5e colonne, elle avise un passant correct accoudé au parapet du pont et lui dit :

— Monsieur, vous les avez vus ? Il y a certainement quelque chose de louche. Il faut les signaler.

— Eh bien, signalez-les, madame. Tenez, il y a justement un agent de police là-bas.

Sur ces mots, il descend lui aussi l'escalier et disparaît sous le pont. Frémissante, maman raconte à l'agent ce qu'elle a vu.

— Vous voulez le savoir, ce que c'est ? Vous voulez le savoir ? Eh bien, c'est des pédocques. Les femmes ne courent aucun risque avec eux, vous pouvez être tranquille. C'est tout des pédocques.

Ce matin, nous faisions face à l'envahisseur ; ce soir, on nous expédie comme des ballots. Et si je ne passe pas mon examen en juin, j'ai encore devant moi une année d'esclavage financier, donc d'esclavage tout court. Car je ne sais pas dépenser l'argent de quelqu'un sans en dépendre moralement aussi. L'argent, ça s'achète. Armand Loewengard fait un saut à la maison pour dire à maman que toutes les Parisiennes entre quinze et cinquante ans passeront à la casserole. Et après ? C'est la guerre ! Et, depuis l'Antiquité, être vaincue pour une femme c'est régulièrement être violée.

Benoîte Dimanche 18 mai 40

Nous partons, mais déjà Poissy ne semble plus assez loin. Nous partons en train vers l'ouest aussi loin qu'on peut aller, dans le *Finis Terrae* de César, en d'autres termes chez grand-mère à Concarneau. Pendant que Paris se vide de Parisiens, il se remplit de réfugiés du Nord qui, affolés par notre affolement, reprennent eux aussi la route. On dit qu'il se livre une bataille décisive à Maubeuge. Le général Gamelin publie un ordre du jour atroce : « Toute troupe qui ne pourrait avancer devra se faire tuer sur place plutôt que d'abandonner le sol national. »

Or, comme il n'est pas question d'avancer...

Flora Lundi 19 mai 40

Retrouvé l'atmosphère immobile de Ker Moor, chaque chose à sa place et chaque place incrustée dans mon souvenir. Retrouvé aussi, état neuf, ma peur de grand-mère. C'est drôle que je ne me sois pas encore ébrouée de cette peur-là. Mais elle me tient depuis le plus loin de mon enfance car grand-mère a toujours aimé faire peur. Ah, j'aime l'enfance ! Elle est merveilleuse parce que tout peut y être profitable. On fait feu de tout bois et chaque incident flambe dans le souvenir. Ma peur m'est heureuse et, au fond, je ne veux pas la perdre. Mais c'est mon enfance que je perds ; elle me glisse entre les doigts. J'ai quinze ans dans quelques jours et la vie me talonne. Et la guerre ? Que va-t-elle faire de moi ?

Benoîte Mardi 20 mai 40

Toujours la même émotion à retrouver la mer, cette personne chère, au bout de l'allée de peupliers. Le chauffeur de grand-mère est venu nous chercher comme d'habitude à Rosporden et je ne parviens pas à me convaincre que ce ne sont pas les vacances qui commencent. À peine les portières ouvertes, cette odeur d'iode et de varech qu'on ne sent qu'en Bretagne s'engouffre brutalement dans la voiture ; grand-mère aussi, qui nous accueille très froidement. Les Bedel sont déjà là avec leurs trois fils et la mairie vient de nous avertir que nous aurions également quatre réfugiés à loger. Grand-père s'est informé à la mairie et a appris qu'il n'était pas tenu de fournir d'électricité à « ces gens-là ». Il vient d'enlever toutes les ampoules des chambres qu'il a fallu leur sacrifier. Lui et grand-mère sont parfaitement sereins, convaincus de faire leur salut et leur devoir en s'occupant chaque année de la vente de charité. Ils ont « leurs pauvres » : de petits pauvres bien propres et triés sur le volet. Qu'on ne leur parle pas des autres.

La soirée s'est passée à faire de la stratégie de salon, grand-mère dans le fauteuil à oreillettes et les autres membres de la famille dans des fauteuils de confort décroissant avec l'âge des occupants. Nous avons fusillé Gamelin à l'unanimité. « Il aurait dû mettre du monde sur la Meuse pour empêcher les autres de passer. » À l'heure du communiqué, chacun se dirige vers l'entrée avec le visage compassé de fidèles qui vont à vêpres. Flora se replie sur une position soigneusement préparée à l'avance le long des marches de l'escalier qui permettent plusieurs effets intéressants. Grand-père est à son poste de commande, les doigts sur les boutons, prêt à régler instantanément les sonorités, sa bonne oreille contre « la sans-fil ». Monique pour se désennuyer presse sur les papilles blanches de ses jambes et maman hoche la tête et pousse des soupirs comme si elle avait tout prévu. Cela va de plus en plus mal, mais les choses paraissent moins graves, vues d'ici. Et puis la mer est là, immensément indifférente... Les Allemands à Concarneau ? Cela paraît risible.

Quand nous montons nous coucher, grand-mère nous signale qu'elle désapprouve le port de pantalons pour les jeunes filles « quand tout va si mal ». Nous irons le cul nu, la digue la digue... Ça remontera au moins le moral de nos soldats !

21 mai 40 Flora

« Mesdemoiselles, quand vous aurez vos affaires, ne jetez rien dans la cuvette des vatères. » Le vocabulaire de grand-mère est désopilant d'horreur. Outre le « mesdemoiselles » avec lequel elle nous aborde toujours, comme pour maintenir ses distances même avec ses proches, elle trouve pour la plupart des situations des mots affreux qui enlaidissent encore la réalité. « Mesdemoiselles, si vous tombez malades je vous envoie à l'hôpital... Si vous n'éteignez pas dans vos chambres, je couperai l'électricité... et n'oubliez pas que je ne veux pas d'étrangers dans ma maison. »

Ah ! Madame Lepic, heureusement que vous êtes un peu moins redoutable que la légende dont vous vous plaisez à vous entourer, car franchement, on ferait le mur, dès l'arrivée. Heureusement aussi, je me sens encore blindée comme l'enfance ; peut-être, un peu plus tard, le sable dans les rainures du parquet, les vatères obstrués, l'électricité qu'on brûle seront des vérités tangibles qui auront un sens à mes yeux. Aujourd'hui, je m'en fous et je n'entends les phrases d'Hermine que dans la mesure où elles sont comiques. Bénie soit la tour où tu t'enfermes, Flora, et prends garde de te laisser abattre.

Pauvre Hop a réintégré sa place de chien paria dans le garage. Grand-mère en nous accueillant a réussi encore une fois à ignorer sa présence et à opposer un œil de plâtre aux frétillements souriants du chien qui était content d'être arrivé et mettait le museau à la fenêtre. Il a fallu lui installer une niche et soudoyer le chauffeur d'Hermine pour qu'il ignore ce passager clandestin. Bien sûr, Benoîte se lave les mains de ces besognes-là et c'est moi qui cherche les chemins ombreux pour promener la petite bête quand grand-mère est en ville et c'est moi qui fais le voyage périlleux de la cuisine au garage avec la sousoupe.

Il fait beau comme jamais et on ne se permet pas d'en profiter. Je souffre de me refuser à la joie quand je regarde le ciel et quand je me baigne dans cette mer toujours disponible qu'il tonne ou qu'il vente dans le monde. Je n'ai jamais été à Concarneau au mois de mai, c'est la guerre qui me fait ce cadeau-là.

Benoîte Mercredi 21 mai 40

Flora fait une cure de beauté. Elle travaille pour le principe, car l'amateur est en fuite. Elle couche sans oreiller, le corps huilé, les cheveux en résille vitaminée, le visage luisant de graisse ; elle a l'air d'un vieil ivoire.

Pour qui m'embellirais-je ? Je ne plais que par correspondance pour l'instant. Flora condamne mon laisser-aller. Qui perd un œuf, perd un bœuf !

L'équilibre peut être la meilleure et la pire des choses. Pour moi, ce n'est pas un sommet que l'on atteint à grand-peine, mais un bas-fond où je patauge sans pouvoir m'en dépêtrer. C'est lassant d'être aussi maîtresse de moi-même que je le suis. C'est peut-être pour cette raison que je ne parviens pas à être la maîtresse de quelqu'un d'autre.

22 mai 40, 23 heures Flora

Demain, quinze ans. Dans soixante minutes, quinze ans. On a parlé ce soir avec maman de mariage et de vie ; c'était bien. Et puis j'ai reçu une lettre de papa, belle et fière ; et pleine d'espoir. « Vivent les quinze ans de Flora, vive la France. »

Au dîner, grand-mère a fait semblant de ne pas entendre quand maman a dit à la cantonade : « Flora a quinze ans demain. » Ça doit être comme les pantalons... c'est mal porté d'avoir quinze ans « quand tout va si mal ».

23 mai 40 Flora

Vive moi, en vérité. Maman m'a donné un chandail et Benoîte des socquettes rayées. Grand-père m'a dit alors que je chantais *Santa Lucia* tout bas dans le salon : « Oh ! ne chantez pas en ce moment, les enfants. »

Samedi 24 mai 40 Benoîte

Reçu ce matin une lettre de Pasquale, évoquant la « pation que je lui inspir ». La passion sans S ne m'inspire pas, moi. Il suffit de lire le journal pour apprendre l'orthographe si on le veut. Et que lui répondre ? Il n'a que faire de ma littérature. Nous sommes voués à un amour de sourds-muets ; nous ne pouvons nous parler qu'avec les mains. Où cela va-t-il nous mener ? À pas grand-chose de propre. Mais à dix-neuf ans, il faut bien vivre et faire feu de tout bois.

Benoîte Dimanche 25 mai 40

Journée exquise. C'est la première année que m'est offerte la joie de passer le mois de mai loin de Paris et voilà que je n'en peux profiter qu'avec mauvaise conscience. Par bonheur, je n'ai personne au front ni au cœur qui me soit cher et ma peine est vague et abstraite. Elle donne même un goût amer et excitant aux joies de tous les jours. J'ai l'impression de voler chacun de ces instants heureux à la Guerre. La paix des petites plages désertes de la baie de la Forêt, c'est deux fois la paix.

Grand-père et grand-mère ne sont plus sensibles au temps qu'il fait dehors. Ils ne sentent plus que le temps qui fuit en eux. Ils ont passé cette belle journée à bouder.

Benoîte Mardi 27 mai 40

Nous sommes comme deux vieilles filles, Flora et moi, dans notre lit, à écrire fébrilement sur nos carnets qu'il ne se passe rien dans nos vies. Je me sens comme une réfugiée oubliée en rase campagne par l'armée en déroute. Pasquale disparu, Petitbourg, Lenoir et les autres se battant Dieu sait où, toujours plus au sud qu'on ne le pensait. Et pendant ce temps, on continue à s'aimer sur la plage, le dimanche. Les sardinières se promènent, castagnettes aux pieds, par bandes de dix en riant trop fort et les garçons, assis sur la digue, font semblant de parler d'autre chose. Sur le sable, Schmitt, le petit universitaire de Paris replié sur le lycée de Concarneau, s'affiche avec une grue insortable. On se demande à quoi servent les études ! Elle lui tient le menton entre ses doigts aux ongles sanglants et le contemple fixement. Comment peut-on avoir envie d'une femme qui vous tient par le menton ? Ou tenir par le menton un homme dont on a envie ? De toute façon, moi je suis assise dans le petit pavillon qui domine la corniche et la plage, je n'ai pas de menton à ma portée, et je suis censée préparer ma licence. Licence n'est pas liberté !

Jeudi 29 mai 40 Benoîte

Depuis 4 heures du matin, les armées française et britannique se battent seules contre l'ennemi. Le roi des Belges vient de capituler sans conditions, sans même prévenir son gouvernement, après dix-huit jours de bataille. Reynaud qualifie cet acte de trahison et c'est bien ainsi que les Belges l'entendent. Maeterlinck a flétri publiquement le geste du roi.

En Angleterre : panique. On transforme le pays en forteresse ; pour une fois, la Grande-Bretagne a peur pour sa peau. Il paraît que les pertes allemandes sont effroyables ; les communiqués usent de formules imagées : « Les Alliés fauchent rang après rang. » Mais toujours de nouveaux rangs se présentent et les Allemands sont soixante millions. De quoi émousser nos faux.

1er juin 40 Benoîte

Les Allemands prétendent que le repli sur Dunkerque est une débandade. C'est faux, dit le gouvernement, on signale quelques traînards, mais c'est tout. Tout cela est la conséquence de la trahison subite de Léopold. Il a été radié aujourd'hui de l'ordre de la Légion d'honneur. Le Parlement belge, le pauvre, siège à Limoges ! Curieux qu'il ait précisément choisi Limoges, une ville sans âme qui doit ressembler à Bruxelles ! Mais faut-il que les Belges soient pessimistes sur l'avenir de la France pour être partis si loin vers le sud !

Mardi 4 juin 40 Benoîte

Dunkerque tient toujours et par cet étroit goulet les Anglais et les Français tentent d'échapper au piège et de rejoindre l'Angleterre. On meurt, on trahit, on se piétine sauvagement sur les plages pour embarquer et pendant ce temps Pie XII fait des discours sur « une paix juste et durable ». Il ne s'agit plus d'être pour la paix, mais contre la guerre. C'est un peu déshonorant de ne pas prendre parti à ce stade du drame international.

« Nous mettons notre amour paternel à la disposition de tous nos fils, aussi bien des populations germaniques qui nous sont toujours chères que des États alliés auxquels nous lient d'agréables et pieux souvenirs et de notre chère Pologne si éprouvée pour laquelle nous avons une sollicitude toute particulière. » Un amour paternel qui ne fait pas de différence entre les brebis et le boucher n'est pas un réconfort pour une victime. Dieu n'a pas donné cet exemple-là : Il a manifesté ouvertement sa préférence pour Abel et puni Caïn du meurtre de son frère. Pour le meurtre de la Pologne, ce père indigne assure les victimes de sa sollicitude et les bourreaux de son amour ! Quelle amertume pour un catholique polonais de voir Dieu au ceinturon du nazi qui l'abat.

Flora 4 juin 40

Ma conception du monde est presque mûre. Je suis sur le point de savoir ce que je pense, assise à longueur de jour sur les bords de ma conscience comme sur la berge d'un fleuve. Peut-être m'y noierai-je ?

Benoîte Mercredi 5 juin 40

Le monde va crouler et Flora est assise sur la berge de son fleuve intérieur à chercher son reflet dans l'eau. Ah ! les belles Françaises que voilà, les lauriers sont coupés, mesdemoiselles, ne sait quand reviendra ! Et moi, je me mire dans ma littérature et je ris de me voir si belle en ce miroir. Nous caressons nos belles gueules de captives qui ne seront pas abîmées parce que nous y veillerons. Elles veillent... souscrivez.

Il faut dire que le ciel est si beau, si innocent, qu'on a peine à croire que ce soit l'enfer, 400 kilomètres plus haut, dans Dunkerque qui tient toujours. Ici, les plages sont désertes et calmes, la mer est à moi seule pour m'y baigner (les Bretons ne se baignent jamais en semaine) et je ne peux m'empêcher d'éclater d'une joie de vivre qui ne doit rien à personne. Sur le sable et sous le soleil, je vis — honteusement, mais je les vis — des minutes parfaites. Qu'attend-on d'autre de moi et où pourrais-je servir ? Si j'étais un garçon, et mobilisable, je me conduirais peut-être fort bien ; le caractère ne se découvre qu'en face de l'épreuve et je n'ai rien à me reprocher pour l'instant. Les épreuves ne manqueront pas de venir ; je ne suis pas pressée.

Je me sens si bien que j'ai envie d'écrire une lettre d'amour. Je n'ai pas de destinataire ; je l'enverrai poste restante pour quelqu'un qui viendra bien la chercher un jour.

Jeudi 6 juin 40 Benoîte

Paris a été bombardé pour la première fois : 45 morts. 1 sur 100 000 habitants. Comme ils ont dû se sentir visés, ces 45-là ! Les communiqués officiels continuent d'annoncer que le Reich subit « des pertes effroyables ». Combien de temps un pays peut-il subir des « pertes effroyables » sans être exsangue ? Il semble que ce soit pratiquement sans limites. Ce n'est pas à cause du monceau de cadavres de part et d'autre que la Guerre de 14 a pris fin.

— Notre guerre à nous, me dit Flora, ce sera d'épouser un manchot ou un cul-de-jatte.

N'oublie pas, ma vieille, que ce service militaire-là durera toute la vie. On ne s'en tirera pas en dix-huit mois !

Bien que nous soyons ici au bout du monde, nous commençons à sentir un petit vent de défaite nous souffler dans le dos. Les événements se rapprochent de nous comme des chasseurs et commencent à nous cerner. Notre horizon libre se rétrécit au nord et à l'est. On se bat à Amiens, au Chemin des Dames où les arbres n'ont pas eu le temps de repousser. Dunkerque a été abandonné. 335 000 hommes de l'Armée des Flandres ont réussi à quitter le continent. Goodbye, Mr. Chips. Pendant ce temps, 2 000 blindés allemands déferlent *nach Osten* dans une ruée sans précédent. Amiens, Dunkerque, Beauvais, bon. Ce sont des villes habituées à l'invasion. Mais Concarneau ? Qui est jamais venu prendre Concarneau ?

Vendredi 17 juin 40 Benoîte

220 blessés viennent d'arriver à l'hôtel de Cornouailles transformé en hôpital. 220 souffrances vont s'installer à côté

de nous. Ils ont défilé tout l'après-midi, 5 par 5 dans des camions de mareyeurs parmi les relents de sardines. Des Marocains surtout, 5 nègres, 3 Anglais, 1 Allemand, des Belges, 1 zouave : du tout-venant pas trié, comme dans un chalut. Ils venaient tous de la Somme et avaient un moral merveilleux. Une vieille Bretonne pleurait d'émotion et répétait : « On va vous gâter, mes pauv's enfants. On a le cœur large ici, vous savez.

— Ah ! oui, ici, avec la mer, on se remettra vite. Et on repartira, on les aura, vous verrez », disaient-ils.

L'ex-patronne de l'hôtel faisait du zèle et voulait absolument faire avaler de la limonade aux blessés du ventre qui secouaient la tête sans parler.

Les Arabes ne souffrent pas comme les autres : ils sont prostrés, résignés à la fatalité et comme s'ils s'abandonnaient sans lutter à la douleur. Chez les autres, la partie du corps qui n'est pas blessée vit doublement. Eux tombent tout d'une pièce comme s'ils ne savaient pas dissocier leurs sensations.

— Ça sent bon ici ! La mer monte ou descend ? demandait un blessé, comme si c'était très important.

Et un autre qui avait le pied noir et rouge et sa chaussure à côté de sa tête demandait à tout le monde :

— Y a-t-il des gens d'Amiens ici ? Y a-t-il des gens d'Amiens ?

Ils sont parqués dans les chambres des touristes avec vue sur la baie de la Forêt. Les camions sont rangés sur les courts de tennis qu'ils défoncent sans y penser. Pourquoi ménagerait-on un tennis en temps de guerre ? Et pourquoi pas ? La grande salle à manger est devenue un dortoir et les parquets cirés ont été lavés à grande eau. Il serait incongru de vouloir sauver un reflet du luxe d'autrefois dans cette débandade. Et pourtant ce gâchis résolu ajoute encore au tragique de la situation. On piétine le décor de la paix comme s'il ne devait jamais resservir. On s'installe dans la laideur. Place à la guerre et tout ce qui n'est pas la guerre, à la trappe.

« La bataille de France est commencée », vient de déclarer le général Weygand dans un ordre du jour. Ce n'était donc jusqu'ici que les hors-d'œuvre du monstre ? Tchécoslovaquie, Pologne, Belgique et Hollande n'auront servi que d'amuse-gueule, de Delikatessen ? Maintenant, l'ogre lorgne la Poule au Pot. Et qu'est-ce qu'une poule au pot sinon une poule mouillée ?

10 juin 40 Flora

Nous avons été proposer nos services à l'hôpital de Cornouailles qui n'en a pas voulu. Il ne me reste donc qu'à m'occuper de moi qui me donne fort à faire. Benoîte m'en veut d'être la plus jeune. Elle voudrait avoir tous les avantages dus à son âge, recevoir tous les hommages mérités par ses diplômes et par-dessus le marché que je la précède dans la vie et fasse les faux pas à sa place. Non merci. Elle m'a déjà fait essayer beaucoup de pentes quand nous faisions du ski mais quant à essayer la vie pour lui dire quel goût elle a, bernique ! Qu'elle s'y frotte et s'y pique.

C'est plus drôle d'être moi devant cette guerre et je comprends son amertume : tous ses amis sont loin et les soupirants qu'elle s'était choisis n'ont pas eu le temps de tomber à ses genoux. Sauf Pasquale, bien sûr, mais peut-on appeler ça un soupirant ? Moi, j'ai de la chance : je n'ai encore rien dit ni rien fait ; mais c'est triste aussi. Car c'est juste au moment où les choses avaient une chance de devenir réalité qu'elles s'estompent. J'ai tant rêvé en voyant partir Benoîte au bal, flanquée de ses « danseurs » et j'attendais avec tant d'impatience mon tour. Et voilà que je n'aurai peut-être pas de tour ?

Samedi 8 juin 40 Benoîte

Paris va être pris le 15. Comme il l'avait prédit. On commence à le considérer comme un Dieu et il est vain de se révolter contre Dieu. Reynaud pleurait ce soir à la Radio.

Il a conjuré l'Amérique d'intervenir. Il n'est déjà plus temps. Rien que le voyage... on pense à Paris comme à un être cher. Qu'est-ce qu'ils vont lui faire ?

Ils vont piller le 44, rue Vaneau.

Je me sens de plus en plus inutile au milieu de ce bouleversement. Être infirmière ? Il y a la queue à Cornouailles et je ne sais que vider les pots : il y a plus de postulantes que de pots ! Et puis j'ai mes examens, n'est-ce pas ? Quel alibi ! Je ne suis pas faite pour l'héroïsme humble. Je rêve d'une souffrance idéale, livrée franco à domicile, et bien propre.

Résultat, je traduis Pétrone pendant que les autres se font tuer ou s'enfuient. J'ai une dette vis-à-vis de la société. Mais il est vraisemblable que ce sentiment s'évaporera très vite : grâce à Dieu, on survit très bien à ce genre de honte.

Les Allemands auraient jeté dans la bataille « vingt divisions fraîches ». Ces communiqués sont d'atroces poèmes. Vingt divisions fraîches et joyeuses, cela va de soi, on n'est pas frais sans en être joyeux — ont fondu sur nos divisions fanées qui n'avaient pas envie de mourir une deuxième fois en Argonne. Et qui peut le leur reprocher ? Pas moi, en tout cas.

On se bat à Rouen. À Gisors. L'ennemi envahit la France à la vitesse d'un homme à cheval. Mais il n'y aura pas de limite à cette marée-là.

Benoîte Dimanche 9 juin 40

Mon cousin Gérald est arrivé ce soir de Paris avec papa-maman. Ils ont mis trois jours pour venir en mendiant deux litres d'essence à chaque poste. Leur traction est remplie jusqu'au toit : porcelaine de Sèvres, bijoux, trois manteaux de fourrure, des bibelots, les coussins de satin broché or du salon, et puis l'argenterie bien sûr et des cartons à chapeaux pleins de chapeaux d'homme et de femme. Des chapeaux pour saluer qui ?

— Nous sommes ruinés, déclare tante Jules en entrant. Toutes les machines sont restées à l'usine. Nous perdons tout !

Elle a quitté son appartement de l'avenue Victor-Hugo après avoir sorti les liqueurs pour qu'ils ne forcent pas le bar et disposé un écriteau dans l'entrée :

« Messieurs les Officiers (Car il ne peut faire de doute dans son esprit que ce seront des officiers.) Je compte sur votre bonne éducation pour ne pas abîmer mes meubles qui sont neufs. Mangez, buvez, faites de la T.S.F., si vous voulez (!) mais respectez ma maison. »

On rajoute six œufs à l'omelette familiale, trois chaises à la table. Mais à peine avions-nous repris nos fourchettes, que l'oncle Charles et sa femme s'encadraient dans la porte, comme deux statues du Commandeur.

« Comment ? Vous mangez alors que la France est en train de mourir ? » disaient leurs visages.

Le déjeuner tourne au procès d'assises. Accusée : une certaine France, celle de l'Art, du Luxe, de l'Excentricité, suivez mon regard. C'est grisant pour ces messieurs-dames d'avoir un bouc émissaire et de pouvoir enfin se venger de maman. Elle a toujours fait scandale dans la famille de son mari. D'abord, elle travaille, ce qui n'est pas très recommandable ; ensuite, elle a réussi, ce qui n'est pas pardonnable. Enfin, elle ne va pas à la messe, elle porte des pyjamas de plage et elle ne nous a jamais caché comment on faisait les enfants. Tous ces chefs d'accusation sont rassemblés en un bouquet que les belles-sœurs lui tendent avec jubilation.

— Ma pauvre Nicole, tu ne changeras jamais ! lui dit tante Jules en l'embrassant du bout des lèvres, l'œil révulsé à la vue du pantalon pattes d'éléphant en toile bleu ciel que maman arbore sans la moindre gêne, peut-être même avec défi.

— Je ne me sens pas encore vaincue, moi, répond maman cocorico.

— Nous sommes perdus, ma pauvre Jeanne, nous sommes perdus, répète tante Charles en se laissant choir sur sa chaise. Je le répète à Charles depuis trois mois. Hein, Charles ? Mais on ne voulait pas me croire ; on me traitait de défaitiste !

Papa, pour une fois, est si abattu qu'il se tait. La défaite est pour lui une intolérable douleur physique. Quant à grand-mère, elle ne s'intéresse pas à la politique. Elle couve ses fils du regard et observe soupçonneusement ses trois belles-filles, des intruses à qui elle n'a même pas laissé leurs prénoms. Seule maman a exigé qu'on l'appelle tante Nicole. On plaint papa.

Après dîner, réunis autour du poste et attendant les nouvelles, on envisage des solutions. Il a été question de partir pour New York dès demain. Moi, je n'ai pas envie de m'exiler. J'irais n'importe où, mais en France, même si elle doit changer de nom. On parle de traîtres, de gâchis, de 5e colonne.

— Enfin ! La première chose que j'aurais faite, c'est de faire sauter tous les ponts !

— Et quand on pense que rien n'est prévu pour l'évacuation des civils !

Je la boucle. Comment pourrais-je parler de traîtres ou de manque d'organisation, moi qui n'organise rien et ne suis fidèle à rien ? Encore une fois, on cherche un bouc émissaire ; en cas de pénurie, une biche fait l'affaire :

— Bien sûr, Benoîte s'en fout, elle. Elle est internationale, mademoiselle l'institutrice rouge. Elle acceptera très bien de rester sous la botte allemande.

Eh bien oui, je resterais. Je me sentirais aussi vaincue à New York qu'à Paris. Et puis comment dire à tous ces plus de quarante ans que je commence ma vie, moi, que je n'ai rien a sauver et tout à connaître, et que la jeunesse me rend égoïste ? Je suis partie me baigner, la tête lourde de gros mots à lancer, de gifles à donner, de cris à pousser. Et puis la mer, le soleil et mes dix-neuf ans sont plus vrais que tout le reste et je me remercie de savoir en profiter malgré tout.

Flora 10 juin 40

Grand-mère secoue ses clés comme M. Viot, frinc, frinc, frinc... déshabille les lits de leurs pelures successives, journaux et autres antimites qui les protègent quand ils ne servent pas, et cherche au coin de chaque drap la preuve que c'est bien la paire nº 3, chambre 1, qu'elle remet à qui de droit. Elle s'affaire avec délices, se félicitant, au passage et tout haut, que, dans cette tourmente, un ordre souverain continue à régner chez elle. Ah ! si les Armées étaient aussi bien rangées que ses armoires !

Benoîte Mardi 11 juin 40

Cette salope d'Italie vient de déclarer la guerre aux Alliés. « Notre conscience est absolument tranquille », déclare Mussolini en commençant sa déclaration, reconnaissant implicitement que c'est bien là que le bât le blesse, lui aussi ! « La morale fasciste veut que lorsqu'on a un ami, on marche avec. »

Et la morale tout court ?

Flora 13 juin 40

Paris adoré, je n'ai pas assez aimé tes gouttières et tes bouches de métro. J'aimerais prendre toute la France dans mes bras. Les Germains sont aux portes de la capitale et le lieutenant Erich von Wittentrock mettra ses pieds bottés sur mon dessus de lit rouge et dira en voyant mon tapis orné d'un cœur : « Tiens, on va rapporter ça à Gretchen ! »

13 juin 40 Benoîte

Les Alliés ont définitivement quitté la Norvège, le roi est en fuite, l'Italie nous a déclaré la guerre, Évreux est en flammes, l'évacuation de Paris imminente. Ici, il pleut et on attend ; le pire, bien sûr. Tout est en suspens ; il s'est fait comme un grand silence, le silence qui précède les cyclones. Le chef a sa baguette levée... le fracas va se déclencher. Et nous sommes là comme des bestiaux qui se demandent ce qu'on va leur faire. Toutes les villas sont pleines de Parisiens ; les plages sont couvertes d'enfants qui crient et qui s'amusent comme en été. Tout paraît normal ; la guerre ne peut être qu'une mauvaise farce et nous sommes tranquillement en vacances ; l'été 1940 est comme les autres. Oh ! si c'était vrai ! Il paraît qu'à l'approche des ouragans, les feuilles se mettent à trembler sur les arbres avant même que le vent ne se soit levé. Nous sommes comme ces feuilles et tout est calme encore ; calme et ridiculement, pathétiquement beau. La beauté est déchirante quand on a peur.

14 juin 40 Benoîte

Les journaux ne paraissent plus. Nous qui sommes tout au bout des membres de la France, nous ne sentions pas encore que le cœur s'était arrêté. Aujourd'hui, on s'aperçoit que le sang n'arrive plus, que les organes nobles ont cessé de fonctionner et nous sommes comme une main paralysée parce qu'elle ne reçoit plus d'ordres. L'ignorance et la certitude du danger nous oppressent jour et nuit.

17 juin 40 Flora

Nous sommes à terre, incapables de nous relever. La France est perdue. Honte à nous de l'avoir laissé perdre. À nous de la reconstruire. Mais non, impossible, nous serons écrasés. Qui l'eût cru ? Qui l'eût dit ? Qui l'eût pensé ? Malheur à nous.

La France très immortelle va mourir et capituler. Pétain de sa voix de vieillard débile a dit qu'il fallait cesser de combattre. Les discours n'étaient que des discours et nous n'étions pas les plus forts que nous pensions être. Désespoir. Le ciel est gris ; les arbres sont gris ; le vent vente ; tout cela est encore français.

Benoîte 18 juin 40

Pétain, héroïque peut-être mais gâteux, a demandé les conditions de l'armistice. Nos amis juifs réfugiés se serrent sous la tente, déjà vaincus. Ils savent, eux, ce que c'est que l'humiliation. Les chrétiens, rassemblés en familles par la force des circonstances, s'injurient et règlent de vieux comptes. Ainsi papa rêvait de dire à sa mère : « Tu es une Mme Lepic. » Eh bien, c'est fait. Heureusement, elle ne connaît pas cette dame-là dans sa paroisse.

À 20 heures, on apprend que l'armistice est signé. Tante Charles s'effondre en sanglotant. « Alors, on va pouvoir rentrer à Paris, maman ? » demande Gérald. Flora verse quatre très belles larmes. Et moi je me dis si intensément que dans mon cas il serait séant de pleurer que je n'y parviens pas. Et puis en montant dans notre chambre avec Flora, nous éclatons en sanglots : Tous ces morts, ces mutilés pour des prunes, ces gueules cassées qui ne se recolleront pas et l'humiliation à déguster. Deux grosses *Musca Merda* bourdonnent gaiement sur un carreau de la maison des Vaincus. Pour elles, nous sommes les mêmes. Trois hydravions passent lourdement, volant vers le nord. Savent-ils déjà ? Jusqu'à cette minute, nous étions encore un peuple en guerre. Maintenant nous ne sommes qu'un peuple vaincu et nous allons apprendre quel goût a la défaite au jour le jour. Flora et Benoîte ne sont plus tout à fait les mêmes depuis cinq minutes.

Les communiqués se succèdent ; les speakers ont une voix pathétique. L'Armée française n'est plus qu'un ramassis d'individus qui ne savent plus dans quel sens il faut courir.

On attend des détails sur l'armistice. À quelle sauce exactement serons-nous mangés ? Et si elle nous paraît trop piquante, que pourrons-nous faire ?

18 juin 40 Flora

Hier soir, nous avons été nous promener dans les champs du côté de Saint-Jean et Pierre Gutmann a dit : « Je crois que c'est le dernier soir. » Et c'était vrai.

On a arrêté en ville aujourd'hui sept espions. Oh ! l'intérêt terrifiant de tout cela.

Ils sont à Vannes.

Non, ils n'y sont pas encore. Passé une nuit très agitée avec entractes multiples. On ne s'était pas déshabillé au cas où... J'ai l'impression d'avoir passé une nuit dans le train. On annonce les Germains pour demain. Encore une journée de Paix, tant mieux. Je ne veux pas être violée par Herr Thunder den Tronk. Aux toutes dernières nouvelles, ils seraient à la bifurcation des routes de Rosporden et de Concarneau. Quelle histoire. Cela va être drôle d'être malheureux !

Mercredi 19 juin 40 Benoîte

Eh bien, *ils* ne sont toujours pas là. Hier soir, les gendarmes annonçaient leur arrivée pour la nuit. Ils seraient encore à Quimper ce matin. À trente et un kilomètres. Quelle est la vitesse de croisière d'une armée victorieuse ?

Des troupes dépenaillées et dépareillées s'embarquent nuit et jour sur des chalutiers ou des thoniers. Gérald et quelques jeunes gens devaient partir pour l'Angleterre à 4 heures du matin et puis, au dernier moment, des soldats ont pris leur place. Ils ont passé la nuit sur le quai, cherchant un embarquement dans la pagaille. Les deux fils Cauly ont pu embarquer avec un groupe de chasseurs alpins revenant de Norvège par Concarneau ! La géographie est-elle aussi en folie. Ils voulaient gagner l'Angleterre où quelques Français vont tenter de continuer le combat, paraît-il. Toute la journée des soldats sans chef ont jeté leurs armes dans la mer et brûlé leurs camions avant de s'embarquer.

Ce matin, j'ai trouvé, devant la porte de Ker Moor, Albert Sergent avec quatorze hommes dont il ne savait que faire. Il arrivait de Coëtquidan, désemparé au point de venir sonner chez nous ; mais nous n'avions pas de général à lui donner. À Coëtquidan, quarante camions sur cinquante avaient été incendiés par la 5e colonne et toutes les armes emportées par les Polonais. Pourquoi les Polonais ? Il n'a pas eu le temps de me l'expliquer. Albert a fini par trouver un bateau pour le Maroc et il était en train de monter à bord quand il a reçu l'ordre de rejoindre son corps à Quimper avec tous ses hommes. « Tous ses hommes » se sont assis sur la plage devant chez nous en attendant des précisions sur l'armistice et ont refusé de suivre le pauvre Albert qui est parti tout seul.

Un vent terrible vient de se lever. Du suroît. Ils arriveront vent debout.

Les Gutmann sont partis cette nuit vers le sud. Antiope qui croit être à l'abri parce qu'elle s'appelle Aymon, mais qui a un visage plus parlant qu'un passeport, reste seule ici, seule avec ses deux bébés, pour que son mari puisse la retrouver. Sa mère et sa sœur ont été évacuées en camion et remplacées dans la villa par une réfugiée du Nord, femme de colonel dans le civil et belle salope dans le privé. Elle est antisémite et ne tolère la présence d'une Juive dans sa maison qu'en la couvrant d'avanies et en l'utilisant comme bonne. C'est bon d'avoir son petit lampiste à domicile quand on est la femme d'un colonel vaincu !

Nous avons failli nous embarquer tout à l'heure sur un thonier que devait nous fournir l'oncle Denais. Nous deux, les Blanchet qui viennent d'arriver de Paris, papa, maman, oncles, tantes et cousins. Mme Blanchet, à peine descendue de voiture, était sur le quai en chapeau à voilette et talons hauts, prête à monter à bord. Au dernier moment, hélas ! le thonier a été réquisitionné.

Où serons-nous demain ? Et qui serons-nous ?

Flora Jeudi 20 juin 40, 2 heures un quart

Ils sont là. Une centaine, paraît-il. Papa vient d'aller voir sur le port leurs dix voitures alignées. Nous, on nous cloître. Je ne nous trouve pas assez révoltées. Nous devrions marcher sur eux et les tuer ; et nous restons là. On accusait la Pologne de non-résistance : cette nation, toujours provisoire et déconstruite, a tenu un mois et demi ; et la France, nation indomptable, du moins à la T.S.F., a tenu moins d'un mois. Ah ! nous méritons la honte. Honte à nous tous !

Ah ! les vaches, les dégonflards. Où sont les Daladier et les Reynaud pendant que nous brûlons nos canons ? Vive tout de même la Grande France ! Vivent les hommes héroïques. Vive le courage.

Jeudi 20 juin 40   Benoîte

Vivent les hommes héroïques ? Ma pauv' innocente, le sort précisément des hommes héroïques, c'est de ne pas vivre. C'est bien là le drame.

Depuis qu'ils sont là, maman hurle et papa a l'air d'un assassin sans armes. Je viens de recevoir une lettre de Paris — qui porte sur le timbre la surcharge *Deutsches Reich*. C'est à d'atroces détails comme celui-là qu'on mesure ce qu'est une défaite et comment nous sommes, sans le savoir, entrés dans une nouvelle réalité. Ainsi, j'habite depuis quatorze heures le *Deutsches Reich* et je suis gouvernée par Hitler ! C'est à hurler. Depuis ce matin, à la radio, le speaker ne dit plus Hitler, mais le chancelier Hitler.

De ma fenêtre, j'ai vu mes deux premiers Allemands passer en motocyclette, à petite allure, sur la corniche. Ils sont beaux et ils n'ont pas l'air pressé, puisqu'ils sont arrivés au bout du continent. L'un s'arrête pour consulter une carte juste devant notre porte. Le cœur bat un peu plus fort... on se rappelle les histoires qui circulent sur la férocité allemande... on n'y croit pas, bien sûr, mais on ne croyait pas non plus à la victoire allemande...

Ce soir, grand-mère décide de fermer le compteur à 21 h 30 malgré nos protestations. « On ne sait jamais ! » On les croit maintenant capables de tout, même d'électrocuter les civils à distance, qui sait ?

Ah ! ça commence bien. Impossible d'écrire. Nous ruminons dans le noir avec Flora, sans parvenir à trouver le sommeil.

Vendredi 21 juin 40   Benoîte

On a entendu pétarader leurs engins toute la matinée comme un glas. Il fait un temps émouvant. La mariée est belle, vous ne trouvez pas, messieurs les soudards ?

Maman a passé la matinée à la fenêtre qui donne sur la mer : « Viens les voir, André ! Ils sont étonnants de discipline.

— Je ne veux pas en voir un seul, répond papa. Je n'ai pas signé l'armistice, moi ! »

En attendant, la France est morte et tout le monde tape dessus.

« Pensez donc, clame tante Jules, que le 10 juin l'amiral Darlan déjeunait au *Chapon Fin*, porte Maillot, avec deux ou trois chefs d'état-major, et je vous assure qu'ils n'ont pas boudé la nourriture ! »

Voulait-elle qu'il fût resté, depuis le 3 septembre, le doigt sur la carte, le sourcil froncé, sans boire ni manger ? Et nous ? Nous n'avons pas mangé, le 10 juin ?

Les nuits sont interminables. Tout le monde doit être rentré à 9 heures. Les longues soirées de ce mois de juin, ils nous les volent déjà. Papa prévoit un gouvernement français dans les départements d'Algérie et une occupation allemande d'un an au moins avec réorganisation de l'économie. Nous allons rentrer à Paris. Pas de vacances ; pas d'argent ; pas d'examen de licence. « Oisive jeunesse à tout asservie... »

Voilà une avant-guerre finie. J'aurai été jeune « avant guerre ». Je serai de celles qui auront commencé à vivre avant. Ça fout un coup de vieux. À trois ans près, Flora change de génération, de catégorie et me voilà vieillie d'office, sans avoir rien fait. Merdre, Mère Ubu.

Flora 21 juin 40

J'ai été en ville ; je les ai vus, sur des voitures grisaille, camouflées à l'aide de branches, raides, rouges, immobiles, tout à fait des hommes normaux. Beaux pour la plupart, avec des nuques droites et des équipements tous pareils, ce qui surprend. Ils n'avaient pas l'œil arrogant du vainqueur, ils étaient impassibles, à accomplir leur mission.

Des jeunes filles de Concarneau montaient sur les marchepieds et souriaient à nos ennemis comme s'ils venaient d'un pays allié ; elles regardaient en se haussant sur la pointe des pieds l'intérieur des voitures, du regard qu'elles ont pour les roulottes du cirque Pinder. Honteuse impudeur de ces grues. Elles leur offraient des oranges et moi j'aurais voulu les larder de coups de fourchette, ces ignobles chiennes en chaleur. Comment ne pas avoir plus de patriotisme ? France adorée, tu es trahie.

Il y avait dans les camions douze copies conformes de Jean-Loup. La première fois, on a dit : « Tiens, Jean-Loup a trahi ! » puis on a compris.

Samedi 22 juin 40 Flora

Oh ! j'ai honte, j'ai honte d'avoir perdu ; j'aurais tant aimé que ma France gagne !

Maman m'a dit aujourd'hui que j'étais mesquine. Oui, affreusement ; et puis surtout, je n'ai pas de volonté. C'est difficile de remédier au manque de volonté. Car avoir la volonté d'avoir de la volonté, c'est déjà de la volonté. Et quand on n'en a pas !...

Dimanche 23 juin 40 Benoîte

L'armistice a été signé hier soir. L'affaire est dans le sac, la France est vendue, mais c'est nous qui allons payer. Si l'on en croit la radio anglaise, les conditions sont inacceptables. Un nommé Degaule qui a prononcé de Londres un discours exaltant, paraît-il, vient d'être destitué et Pétain accepte de terminer sa carrière sur cette page de honte. Je me sens plus française que jamais. Mais je rougis quand j'entends des femmes parler de la lâcheté des soldats français. Se sont-elles jamais trouvées avec un tank aux jupes ?

J'ai de moins en moins envie de quitter la France. Comment se relèvera-t-elle si l'élite fout le camp ?

Sur la place de la mairie, le garde champêtre de Concarneau a tambouriné un *aviss*, devant l'immeuble où réside l'Orts-Kommandantur.

« C'est très sérieux, déclare-t-il en clignant de l'œil vers nous. Puis il ânonne péniblement : Les piétons devront marcher sur les trottoirs et ne devront traverser les rues que perpi... perp... perdiculairement. Interdiction de stationner, interdiction de se rassembler. »

Les Bretons rigolaient ouvertement sous l'œil stupéfait de quelques officiers allemands, habitués au respect absolu des règlements.

« Ça vous fait rire, hein ? conclut le garde champêtre. Et en même temps, on a envie de pleurer », a-t-il ajouté d'une voix chevrotante.

C'était une scène de *L'Auberge du Cheval Blanc*, avec ce garde champêtre caricatural et ces officiers verts aux fenêtres, mais le cheval blanc est mort et la pièce s'appellerait plutôt *L'Auberge des Adrets*.

Toujours pas de courrier. Aucune nouvelle de qui que ce soit. La France continue à être suspendue dans le vide.

Flora 28 juin 40

Malheur universel ! Pourquoi le ciel est-il si beau ? Je sens bien que nous changeons tous tant que nous sommes et chacun à notre façon. L'inquiétude rôde et le doute naît. On regarde son voisin avec suspicion. Les Allemands sont entre nous et l'on ne sait pas encore ce que l'autre pense. Tous les bruits sonnent louche. Bref, la peur est là ; une petite peur de poche qui n'a pas encore pris tournure, mais on sent qu'un rien peut y mettre le feu. Les mesquineries ont beau jeu de mettre le nez dehors. Grand-mère s'en paie et les diverses tantes itou. J'ai envie de mordre tout le monde et d'accuser l'univers — mais je me tais, la hargne à l'œil. Heureusement que maman me comprend et m'apaise. Mais quel dommage de n'être pas dans la position de dire ce qu'on pense quand on le pense ! Servir chaud sa fureur, au lieu de la mettre en boîte dans mon journal.

Grand-père et grand-mère ont leurs petitesses et leurs difficultés à s'adapter à ce nouveau cataclysme qui vient troubler leur dernier quart d'heure. Mais au moins, ils ont des excuses et je crois qu'il faut beaucoup pardonner à la vieillesse ; c'est une caricature et elle ne sait plus donner. C'est une enfance sans les grâces de l'enfance et c'est aussi une eau-forte qui burine et qui aggrave les êtres ; peut-être aurais-je aimé la grand-mère que je n'ai pas connue et qui sourit légèrement dans le cadre ovale de sa chambre ; en tout cas le beau grand-père à l'œil fier qui lui fait face me va au cœur. Alors je leur pardonne de ne plus être ce qu'ils ont peut-être été. Mais les oncles et tantes, assis sur leur quant-à-soi, sûrs et satisfaits d'eux-mêmes et persuadés qu'ils n'y sont pour rien, je les crache. Moi qui vous cause, je me sens coupable ; et pourtant, je tète encore ma mère !

Dimanche 30 juin 40 Benoîte

Je suis toujours stupéfaite de voir à quel point les gens ressemblent à leur légende, même quand cette légende est une caricature. Tous ces Allemands ont l'air dessinés par Hansi.

Par bouffées, l'incongruité du spectacle me monte au cœur. Il y a un an, c'était impensable. Et aujourd'hui, on s'étonne à peine de voir quatre-vingts Allemands fêtant la victoire, assis sur notre plage, au fond du Finistère, avec toute la France déjà derrière eux, et un droit de vie et de mort sur chacun de nous.

Et pourtant, je ne parviens pas à oublier tout à fait que ce sont des hommes et que je suis une femme. Quand ils sont en slip, je me retiens pour ne pas leur sourire. Au-delà des nationalismes, je me sens une patrie commune avec eux ; une patrie interdite, mais après laquelle il n'est pas interdit de soupirer.

Ce soir, chez Neveux, trois Allemands joufflus dégustent des glaces à la vanille sous l'œil bovin de cinq ou six Bretonnes qui les dévisagent fixement, à travers la vitrine, stupéfaites sans doute de découvrir qu'ils ont le même coup de langue que les Français, et qu'un vainqueur et un vaincu finalement, ça se ressemble.

Juillet 40 Benoîte

J'envie les garçons qui sont maintenant en Angleterre. Si je n'étais pas une fille, je serais sûrement partie. D'abord, le dernier morceau de France libre est là-bas ; et puis pour des raisons personnelles : moi aussi, je suis un pays occupé ; par mes parents, mes habitudes, ma place dans la société. Je sais que mon passé n'est *rien*, mais je n'arrive pas à me désengluer de ce miel nourrissant et écœurant. Ailleurs, je pourrais me choisir librement.

Je suis fatiguée d'avance des problèmes qui vont se poser cet hiver : la vie de famille, la politique, la présence allemande, mes examens, le choix d'un métier, mon entrée dans la vie... Oh ! là, là ! Je suis devant ma vie comme un voyageur rétif qui cherche des prétextes pour rater son train. On finira par m'y pousser de force et je suis trop timorée pour envisager de sauter en route.

Benoîte 2 juillet 40

Ils commencent à mettre les pieds dans nos pantoufles : sur ordre de la Kommandantur, l'hôtel de Cornouailles sera désormais réservé aux blessés allemands exclusivement. Les nôtres ont quarante-huit heures pour faire leur pansement et partir.

Les journaux ont reparu. On sort du coma pour entrer dans une maladie chronique. Le gouvernement soi-disant français est à Vichy. Au régime des carottes et des arrêts de rigueur. Finie la période de jouissance. À les entendre, on dirait que nous étions tous des porcs. Ils vont mettre bon ordre à cela. Pouce, monsieur, moi je n'avais pas joui encore...

Benoîte 4 juillet 40

Le temps est beau : gris et doux, si doux. Les thoniers sortent ; pour les poissons, rien n'est changé et ils ignorent qu'ils sillonnent désormais les eaux territoriales allemandes.

Flora se grise de mots, puisqu'il ne reste que cela d'inaliénable. Elle écrit à Antiope : « Il y a ceux qui font des travaux d'écurie en pelant des patates et d'autres qui s'asseyent sur leurs ailes pour le faire : vous êtes de ceux-là. » Avec Flora, je suis partagée entre l'admiration et la rigolade. Mais tout vaut mieux que la platitude. On est fatalement grotesque à quinze ans : c'est l'âge où le ridicule ne tue pas, mais où l'on préfère mourir d'amour. C'est tout de même plus honorable !

Nous rentrons à Paris la semaine prochaine grâce à maman qui a obtenu cinquante litres d'essence en fraude chez Delom, le garagiste. « Rien n'est impossible, prenez-en de la graine », conclut-elle en rentrant et en étalant sur la table cinq bons de dix litres sous les yeux des tantes et oncles qui masquent mal leur convoitise sous un mépris affecté. Papa feint de ne pas voir ; il refuse de tremper dans les combines et il nous fera ce soir une conférence sur le système D., cause de la défaite ; mais il n'ose pas attaquer de front. D'ailleurs, il a très envie de rentrer à Paris, lui aussi.

12 juillet 40 Benoîte

Nous possédons maintenant quatre-vingts litres d'essence. Or la Vivasport dépense vingt litres aux cent et il y a six cents kilomètres d'ici Paris. Trouver l'âge du capitaine n'est pas difficile ; il a vieilli de cent ans. Nous comptons marcher en roue libre le plus possible et pour le reste le charme de maman remplira le carburateur.

Mais ce soir est arrivé le frère d'Yvonne Morand. Il prétend qu'à Paris, c'est la famine et qu'une révolution est imminente. Toujours cette impression d'être en marge. Qui fait vraiment l'Histoire ? Cette révolution, qui la prépare ? Je suis tentée de penser qu'il y a des gens de métier, toujours les mêmes, qui ne sont jamais vous et moi, et qui nous tissent et nous imposent notre histoire. Car, finalement, tout le monde n'est jamais que le Fabrice des grands bouleversements. Où sont les *responsables* ? À part Hitler, je n'en ai jamais rencontré un seul.

La France entière semble être en marge de ce qui se passe actuellement chez elle.

15 juillet 40 Flora

Dans dix ans, peut-être m'amuserai-je à relire mon carnet à mon mari, un soir dans notre lit ? Et il m'aimera rétrospectivement, n'est-ce pas, mari ?

Mon mari est peut-être prisonnier en ce moment. Pauvre trésor ! Si je savais où, je lui enverrais un colis.

Aujourd'hui, attitude de dernière fois : toute chose, je l'accomplissais avec respect parce que c'était une clôture de toutes les choses semblables effectuées auparavant. Et puis, départ retardé ! Et me voilà à refaire ces choses.

Lundi 15 juillet 40 Benoîte

On part demain ? Rien de moins sûr. On tire à pile ou face et on ne tient aucun compte du verdict, bien entendu. Il a plu toute la journée. Le tragique et beau mois de juin est bien fini.

L'excitation de la catastrophe est retombée. On essaie de se reconstituer un petit chez-soi et de se refaire un trou dans la défaite.

Benoîte Mercredi 17 juillet 40

Nous sommes tout de même partis, comme des romanichels, après un adieu sans doute définitif à Ker Moor. Je ne sais si ce sont les larmes ou la pluie qui me brouillent la dernière image. Flora est assise sur mes genoux, les bagages montent jusqu'à la capote qu'il n'est pas question d'ouvrir. Il paraît qu'à Ploërmel, on donne encore de l'essence. En utilisant les descentes, nous espérons y arriver.

Ce voyage nous offre quelques jours d'un sursis factice. La cellule familiale est reconstituée : la Reine, les ouvrières, le Bourdon. Nous emportons notre maison avec nous, notre fortune est dans le sac Hermès que personne ne quitte des yeux ; nous sommes une cellule indépendante, un univers clos capable de se déplacer dans tous les sens, un petit État dans l'État. Je suis moelleusement écrasée sous Flora. Elle est à portée de ma voix, de mes mains, soudée à moi et elle sera obligée de bouder sur place ! Les voyages, en voiture ou en chemin de fer, ont toujours constitué pour moi de délicieux entractes. La comédie s'arrête pendant quelques heures. On reste dans son fauteuil, sans décision à prendre, sans rien à faire que penser. Quelle béatitude. Jusqu'à nouvel ordre, le monde a pour limites la carrosserie de notre Renault et j'aime m'y sentir à l'étroit.

Flora 18 juillet 40

Je hais la voiture, je hais les voyages en commun, la promiscuité obligatoire avec Benoîte qui me file des coups bas entre les valises, les commentaires instructifs et géographiques de papa qui exige des réponses et la nausée vague mais opiniâtre qui m'habite. Cette fois-ci, la route est plus mélancolique encore. Il a fallu se lancer à l'aveuglette vers un Paris inconnu et se séparer de Concarneau. En partant, j'ai eu l'impression cruelle de livrer Concarneau aux Allemands. Il y avait une chance que tout reste pareil tant que nous étions là. Mais nous avons abandonné maintenant nos êtres chers aux Vandales.

Papa, l'œil fébrile, inspecte les bagages, maman crie qu'elle a laissé ses bijoux dans le tiroir ; Benoîte, placide et inefficace, se retranche derrière son intellectualité pour refuser tout effort matériel, mais elle se fraie cependant la place du lion entre les valises, sans en avoir colporté une seule. Tous ces départs semblables, dont les traces s'accumulent dans mon souvenir, à mon insu, et qui soudain, quand il est déjà trop tard, m'apparaissent dans toute leur gloire, me remplissent de nostalgie. Peut-être est-ce adieu à tout ce qui fut ? J'ai toujours une affreuse angoisse quand je tourne une page et en même temps, c'est drôle, je deviens mon propre spectateur et je me regarde être mélancolique avec une curiosité avide. Je crois que nous en étions tous à la gravité, d'ailleurs ; chacun a fouillé en soi pour y découvrir un peu de tendresse et même grand-mère s'est abstenue d'accompagner notre premier tour de roues des imprécations d'usage, dont le bourdonnement menaçant nous accompagne d'ordinaire jusqu'au bout de la grande allée : « Mesdemoiselles, si vous avez laissé votre chambre en désordre, si je trouve du sable dans les rainures du parquet, s'il manque un verre à dents... »

Adieu enfance, adieu hier ; vers quel demain voguons-nous ?

Jeudi 18 juillet 40 Benoîte

Couché à Javron, Mayenne.

Depuis deux heures du matin, des files ininterrompues de camions allemands passent sous nos fenêtres en direction de Rennes. Comme cela semble simple tout à coup, l'invasion d'un pays. Et puis à l'instant, en sens inverse, trois camions minables, pleins de soldats français, conduits par deux soldats allemands. Deux Allemands suffisent maintenant pour annuler cinquante Français ! Au passage, la boulangère leur jette tous ses pains à la volée. On ne sait pas s'ils se sont battus ou enfuis, mais on se sent solidaire. Dans les deux cas, nous sommes responsables d'eux. Ces Français partent pour l'Allemagne sans doute. Ces Allemands, qui roulent en sens inverse, s'installent en France. Quelle connerie décourageante.

Benoîte Vendredi 19 juillet 40

J'avais peur de retrouver Paris, comme quelqu'un que j'aurais aimé et que je n'aurais pas revu depuis dix ans. Un choc en le découvrant, et puis, presque instantanément, on est habitué. Les rues ne sont pas vides comme on nous l'avait dit. Beaucoup de bicyclettes et de grosses voitures noires, immatriculées WH et emportant toutes un chargement identique : quatre chefs à nuque large, raides sous leurs casquettes martiales qui ont bien l'air d'avoir été dessinées pour une victoire.

À l'École militaire, concert de clairons allemands devant une population très clairsemée. Ils montent la garde devant les canons des Invalides comme si c'était la chose la plus naturelle du monde. « Ah ! non. Pas ça ! » a-t-on envie de leur crier.

Des avions allemands volent sans cesse à basse altitude comme pour surveiller Paris. Leurs moteurs ne vrombissent pas comme les nôtres et ce nouveau bruit fait froid dans le dos. Les boutiques sont pleines : fruits, légumes, chocolat. Il y en a pour tout le monde, vainqueurs et vaincus. Jusqu'à quand ? La rue Vaneau a l'air innocente de tout ce qui s'est passé, l'appartement est comme nous l'avions laissé et cette permanence est presque un reproche : « À quoi jouez-vous, pauvres crétins ? Dans dix ans, qu'est-ce que tout cela voudra dire ? »

La bonne a été emportée par le vent de la défaite. Nous achetons quatre paires de gants de caoutchouc. « Chacun à son poste », décrète le pater. Flora fait la cuisine. Je choisis la vaisselle, on peut penser à autre chose. Papa se charge du ravitaillement, maman du ménage. Et on décide de réciter des vers en besognant, pour ne pas perdre son temps. « Nous n'abdiquerons pas. » Et pour commencer, on ne renoncera pas à manger. « Ce soir, Flora : soupe au pistou et soufflé au fromage. » Demain, nous rabotons le parquet dans les cinq pièces. « Il est très important de ne pas se conduire en vaincus », dit le pater qui répare sa bicyclette dans le salon en prévision de randonnées alimentaires. Mais en douce, on s'est fait inviter à dîner chez des amis pour le restant de la semaine !

19 juillet 49 Flora

Retrouvé intact apparemment, mais ô combien blessé, notre Paris familier. On donne hâtivement des coups de téléphone aux amis pour savoir qui, qui n'a pas été mangé dans la tourmente. On ne trouve presque personne, sauf les Wills, on dîne avec eux demain.

20 juillet 40 Flora

Nous avons dîné rue des Saints-Pères, sur le trottoir au clair de lune, avec les Wills. Ah ! Quel dîner ! Dès la première cuillerée de potage, papa se heurte à Madelon qui accepte la défaite et tend en pensée la main aux Allemands — la passion monte. Madelon admire le plus fort et s'offre à la tutelle. Papa tient la France à bout de bras et refuse de renoncer à l'espoir ; le cœur dans la bouche, nous nous mêlons au combat de mots, heureux d'appartenir à papa et non à cet oiseau de mauvais augure. On se sépare froidement, sans avoir résolu le problème et après l'avoir si fumeusement agité qu'on se sent fatigué et triste. On ne les reverra pas de sitôt. Trop de mots nous séparent.

Samedi 20 juillet 40 Benoîte

La propriété des Cazenave, « Les Mages », près de Mortagne, vient d'être ravagée. Les Allemands y ont séjourné huit jours : ils ont démoli les meubles anciens à coups de hache, cassé les glaces, rempli d'urine tous les flacons et bouteilles, utilisé les tiroirs et les édredons comme feuillées, versé de la teinture d'iode sur toute la garde-robe de Mme Cazenave et de ses filles. Comme ils ont dû rire ! Quel défoulement ! Aucun Français n'aura eu cette occasion : la guerre s'est toujours déroulée chez lui, et on a beau dire, c'est sûrement meilleur de piller chez l'ennemi.

Dîner ce soir chez les Van Buck avec Galanis, Roger Wilde, Boussingault, Lespinasse, Darragnès, papa, maman et leurs demoiselles. Van Buck fils est charmant, mais c'est Flora qu'il semble viser. Elle ne le mérite pas : il est beaucoup trop bon et sincère pour cette vamp en herbe. Et il en bavera le pauv' escargot ! Nous nous réunirons tous les samedis pour parler « d'autre chose ». Mais nous commençons bien entendu par parler de « ça ».

Van Buck nous apprend que les Français qui ont quitté le territoire... national (on n'ose plus dire français) entre le 10 mai et le 30 juin, vont perdre leur nationalité et voir leurs biens mis sous séquestre et vendus. On reproche aux soldats français de ne pas s'être battus et on punit ceux qui veulent continuer à se battre ! On accuse les Français de préférer leur apéro à la grandeur de la France et on retire la nationalité française à ceux qui, précisément, ont choisi cette grandeur ! Pendant ce temps, à Vichy, on nous reforge une grandeur au rabais. Au peuple le plus civilisé d'Europe, on offre un idéal de scout et une morale d'enfant de chœur.

C'est avec ses défauts qu'on se relève, non avec les qualités des autres, fussent-ils vainqueurs.

Flora 22 juillet 40

On fait le recensement de ceux avec lesquels on pourra parler. On se serre contre le voisin avec envie d'avoir chaud et aussi d'organiser sa haine. Nous n'avons jamais vu autant de gens. Ce soir, dîner improvisé : Germaine B., Martine et Nadia Youlévitch, la Russe insupportable, recherchant une inaccessible originalité dans la façon de tenir sa fourchette, de manger son melon en lui donnant du poivre, du sel, du sucre, en fumant pendant les courgettes, en disant moi tout le temps, en appelant Benoîte Flora, et Flora Benoîte, et en racontant les histoires qui lui sont arrivées dans le métro, direction Porte de Clignancourt, quand elle a dit « non, merci » à un Allemand avec l'accent Youlévitch et qu'il n'a pas insisté et que...

Benoîte Mardi 23 juillet 40

« J'aime pas la vieillesse ; je ne peux pas la blairer », proclame Flora. La vieillesse ? Inconnue au bataillon.

Reçu une lettre de Pasquale : « Volontée de te revoir... solitude habominable... » Je me réjouis dix heures sur douze de l'existence d'une ligne de démarcation. La présence de Pasquale poserait des problèmes insolubles dans mon contexte actuel. Ma vie est devant moi comme un trou noir. Qu'est-ce que je vais faire de moi ? Les Facultés vont-elles rouvrir ? Qu'est-ce que les Allemands vont faire de ces quarante millions de vaincus ?

Dans l'administration, au gouvernement, dans chaque famille, c'est la minute de vérité. Les individus ont cette occasion rare de faire un choix qui engage leur cœur, leur corps, leur caractère même. L'ami Huisman et Julien Cain ne marchent pas ; ils ne veulent pas de rôle dans la comédie pastorale de Vichy et ils viennent d'être révoqués. Borotra, intelligent comme une raquette, fait des discours grandiloquents en faveur d'un sport « propre ». Fallait-il une défaite pour nettoyer le sport ? Et pourquoi les gens deviendraient-ils des saints à la faveur de cette défaite ? On continuera à aller aux vécés tous les jours, au physique comme au moral.

Vendredi 26 juillet 40 Benoîte

C'est ignoble de s'habituer à voir la croix gammée flotter sur la Chambre des députés. Pourtant, on s'habitue. Le cauchemar devient parfaitement familier. Au *Weber* et au *Pam Pam*, majorité d'Allemands. On s'exerce à ne jamais croiser leur regard, il faut bien se donner l'illusion d'une résistance.

Dernière minute : Je reçois comme une bombe l'annonce que les examens de licence de la Faculté de Paris auront lieu à Rennes ! La convocation est partie depuis neuf jours et le certificat de grec a déjà eu lieu, aujourd'hui même. Salauds d'Allemands, salope de guerre qui me vole une année. Le certificat d'Études latines a lieu demain à 8 heures. Je prends le train tout à l'heure pour arriver à 2 heures du matin, dans une ville inconnue, en plein couvre-feu... Papa, toujours timoré quand il s'agit de ses filles, cherche à me dissuader de partir. Je n'ai rien fait depuis deux mois et je serai en mauvaise condition pour me présenter, c'est vrai. Mais son pessimisme me donne du courage, par réaction. Nous concluons un accord : je m'offre le voyage et le séjour sur mes économies et on me remboursera si je suis reçue.

Flora Samedi 27 juillet 40

Benoîte est partie à Rennes passer son exapied et il y avait fiesta ici ce soir. Tous les verres sont sales. On a dit : « On lavera ça demain ! » C'est bien emmerdoir de voir les gens partir et de rester seul avec les plats vides.

Pasquale a téléphoné ce matin. Il arrivait de Bordeaux, mourait de faim, avait voyagé dans le fourgon et volé pour assurer sa bouffe. Il est venu déjeuner, creux et noir, cherchant Benoîte sous tous les fauteuils. Il m'a aidée à faire la vaisselle. Il revient demain. Raconte des histoires tristes sur sa vie. Maman lui donne un peu de pèze et le prend en pension.

C'était une charmante réception, ce soir : Herbert Lespinasse y était fade, mais Galanis délicieux et subtil comme dit notre mère. M. Van Buck fait des imitations, Mme Van Buck un peu dadame paroisse ; Jouhandeau, un corps restreint, une voix pâle, des mains blanches, un bec de lapin, une tache de vin dans la nuque, des cheveux en forme de duvet de moineau pauvre, parle comme à confesse. La Jouhandelle, genre démodé, bouclettes grasses sur le front, un nez noir en canule, des yeux au charbon, vocifère, soulève sa chaise, la repose plus près de vous, et tape ses auditeurs avec son sac, ses gants ou ses bagues s'ils font mine d'écouter ailleurs. Grosse dame Verger Sarrat, couteau orange sur son chapeau, mange et boit.

Benoîte Samedi 27 juillet 40

Il y a un Dieu pour les oies blanches : sur le quai de cette gare inconnue, à 2 heures du matin, j'ai rencontré Alice Legoueix, une ancienne de Duruy, réfugiée à Rennes ; jamais visage ne m'a paru plus attachant ! Pour ne pas coucher dans la salle d'attente, nous avons foncé à travers cette ville noire. Heureusement, les patrouilles ne cherchent pas à nous surprendre et s'annoncent obligeamment par un bruit de bottes. À chaque fois, nous nous enfournons sous une porte cochère, savourant presque une émotion guerrière. Si nous leur disions que nous enfreignons le règlement à cause de Rome et des Romains, ils croiraient que nous nous foutons d'eux.

Je couche tout habillée chez les Legoueix, sur un matelas

sans drap qui sent le chat malade et l'urine centenaire. À 8 heures, je suis en face de trente vers de Lucrèce sur la nature corporelle des sons. La poésie latine, tout ce que je hais. Je me suis faite au rythme de la prose et je comprends les phrases en les lisant à haute voix. Mais en poésie latine, les mots se suivent au hasard, rapprochés par les lois artificielles de la prosodie et je suis perdue. « Je hais le mouvement qui déplace les signes... » Bref, j'ai fait une version médiocre, j'en ai peur. J'ai cherché à produire une traduction très élégante pour faire oublier les imprécisions du mot-à-mot. Lundi, thème latin. L'oral est supprimé. Dommage. J'aurais volontiers passé dix jours dans cette ville inconnue. Toujours ce rêve d'être sans bagages et d'agir sans que ceux qui m'aiment me regardent.

Lundi 29 juillet 40 Benoîte

Et quand je suis libre, que fais-je ? Je me loge au Centre d'Étudiants du Cœur de Marie ! Beaucoup plus beau que le Centre laïque, ce qui me décide, bien que Liberté, Égalité, Fraternité me touchent plus que Foi, Espérance et Charité. J'aime l'abstrait de la devise républicaine et le cœur de Marie est petit, tout petit, petit à mes yeux. Mais les communautés savent s'entourer de beaux jardins, de grands cèdres, de calmes pelouses. Les jardins du Centre laïque sont raides et sans grâce, comme ceux des mairies. Les massifs sont bordés de buis, pas un arbre digne de ce nom ; quelques arbustes prétentieux et des bégonias, cette fleur de la République.

Dans les monastères, les parcs harmonieux distillent un narcotique qui apaise les âmes. L'inaction devient douce et la passivité naturelle. Je ne crois plus en Dieu ; je ne crois plus surtout que nous puissions représenter quelque chose aux yeux d'un Dieu quel qu'il soit, mais les couvents m'ont toujours engourdie. Par peur de la vie, j'ai souvent été tentée par cette douce prison. La perspective d'avoir à prendre des décisions, à choisir un métier, à trouver un homme, me paralyse. Rien ne m'attire violemment. Je ne veux pas monter encore dans la charrette des condamnés... à vivre ; je veux rester dans ma prairie à ne rien faire d'utile, ni surtout de définitif. « Ah !

paître dans mon coin et forniquer et rire ! » Quel alibi d'être étudiante !

Thème interminable, ce matin, de 8 heures à midi. Heures trop courtes. Et maintenant, l'attente anxieuse.

J'ai rendez-vous tout à l'heure avec le doyen de la Faculté pour qu'il m'autorise à passer le grec demain par faveur exceptionnelle. Puisqu'il accepte de me recevoir, c'est qu'il envisage de satisfaire ma requête. Certains mots sont donc susceptibles de le décider ? Les trouverai-je ?

Benoîte Ce même soir

Le doyen a refusé. Du fond de ses soixante-dix années, que représente pour lui une année de jeunesse ? Pffuitt... « Vous passerez l'année prochaine, mademoiselle, il y a des choses plus graves ! » Vous aussi, vous passerez, monsieur le Doyen, et je vous souhaite de trouver qu'il y a des choses plus graves !

J'ai acheté une bougie car le Cœur de Marie s'éteint à 9 h 30. Dans le crépuscule, un cyprès isolé sur la pelouse monte au ciel comme un cierge noir, comme une prière. Francis Jammes l'a sûrement dit mieux que moi.

Benoîte Mercredi 5 août 40

À Vichy, on s'exalte sur les travaux des champs et l'artisanat rustique. Aujourd'hui, c'est « la fameuse galoche d'Aurillac » qui est à l'honneur.

Pétain rêve d'une *France* en sabots qui chante « en passant par l'Aquitaine... » car la Lorraine non plus n'est plus au programme...

En attendant, nous serions bien heureux d'avoir des vélos pour ne pas user nos galoches d'Aurillac. On ne trouve plus un seul vélocipède à Paris. Je couve mon vieux clou comme une Rolls.

Toute cette semaine, le mauvais temps a empêché l'Allemagne d'attaquer l'Angleterre comme on s'y attendait. Mais cette nuit, de la Manche aux Hébrides, le pilonnage a repris. La base de Portland aurait cessé d'exister. Petite Angleterre toute seule en face d'une Europe nazifiée, comme elle doit bénir cette Manche traîtresse et ses courants, qui sont aujourd'hui le seul rempart contre une armée qui paraît invincible.

Jeudi 6 août 40 Benoîte

Ce matin, on sonne ; j'étais, bien sûr, en bigoudis, j'ouvre et j'aurais pu m'écrier comme la sœur de Bicot : « Ciel, mon fiancé ! » C'était Pasquale, plus noir et plus insortable que jamais, sans son uniforme qui le classait dans la société. Il cherche une chambre, il cherche du travail et il cherche à me revoir. Les parents se seraient très bien faits à l'idée de le savoir prisonnier pour quelque temps. Hélas ! Ce sont toujours les meilleurs qui partent. J'ai dix-neuf ans passés et on me le répète avec intention. Il est un peu tard pour continuer à perdre mon temps. « N'oublie pas que la loi de l'offre et de la demande jouera contre toi après la guerre », répète volontiers mon père. Tout garçon qui passe à ma portée — qui est courte — se trouve automatiquement sous le feu familial. Je suis la princesse à marier qui voit sacquer par le Roi et la Reine tous ses prétendants sous prétexte qu'ils n'ont pas satisfait à une série d'épreuves aussi absurdes qu'insurmontables. Mes concurrents n'ont jamais eu jusqu'ici la moindre chance et je l'ai toujours su d'avance. Dès la première pression de mains, je savais qu'ils n'iraient pas loin, et ma tendresse naissante se teintait déjà de la nostalgie des adieux. Comment la fille de ma mère pourrait-elle espérer aimer un garçon qui s'appelle Billembois et qui se ronge les ongles ? (« Tu imagines ses doigts boudinés et toujours humides sur ton corps ? ») Pour maman, tout le monde s'appelle Billembois par un certain côté : les Égyptiens ont toujours leur machin à la main, les Juifs sont des Juifs, les bruns ont des allures de métèques, mes amis de la Sorbonne ont l'air de sortir de la B.J., Pasquale est un raté, Jean-Loup un boy-scout qui ne sait dire qu'agreu-agreu, Lenoir, un pervers qui me laissera enceinte, etc., etc. On me dit que je vaux beaucoup mieux que cela, mais je sais qu'on se méfie de mes goûts. « André, rappelle-toi, pour sa première communion... » et ce souvenir déchaîne régulièrement l'hilarité, surtout quand nous avons des amis car maman raconte bien. Je mets mon point d'honneur a rire le plus fort.

J'avais, quand j'étais petite, les mêmes goûts que ma nurse anglaise : j'aimais les coucous en bois, les cache-théière représentant des personnages, les roses pompon et les forget-me-not brodés sur les mouchoirs. « Laisse-la, disait papa, ne te fais pas de chagrin pour ça : tout le monde ne peut pas être un artiste ! Et puisqu'elle n'en souffre pas... » Mais il ne suffisait pas à maman que je ne souffre pas. Aussi cherchait-on désespérément à m'éduquer le goût. On me montrait par exemple sur un catalogue des reproductions de Jean-Gabriel Domergue et de Modigliani et on me demandait de choisir celle que je préférais et de dire les raisons de mon choix. La panique au cœur, je finissais par choisir régulièrement ce que j'aimais le moins, pour tomber juste et pour montrer que je faisais des progrès. Le tout au détriment de mon bien-être intime car j'étais profondément déprimée par mon aveuglement. Et puis, pour ma première communion, on décida de me faire confiance. Ne pas m'influencer, c'était, aux yeux de mes parents, le plus beau cadeau qu'ils pouvaient me faire. En fait, c'était une trahison. On me lâcha « À l'Enfant Jésus », place Saint-Sulpice parmi des milliers d'images. Maman m'attendait à la caisse. J'avais l'innocence de penser que la première communion était une affaire de cœur et qu'enfin il ne s'agissait plus d'art. J'ai donc laissé parler le mien : un enfant en tunique grecque traversait des champs de lys en serrant sur sa poitrine une hostie phosphorescente ; un Christ aux boucles longues, mais viril tout de même et qui ressemblait à l'abbé Gilson, me regardait tristement, les yeux dans les yeux ; sous deux épaisseurs de dentelle d'argent, une Vierge me tendait un adorable bébé rose : voilà ce qui m'allait au cœur. Voilà comment je voyais le Christ et sa famille. Chez Léonard de Vinci ou Fra Angelico, je ne reconnaissais personne. Je n'avais fait d'exception que pour le *Saint Sébastien* du Pérugin, languissant sous les flèches.

Maman paya, fit graver mon nom sur les images de mon choix et nous sommes parties sans qu'un sourire de sa part me laissât deviner que je venais de signer une condamnation dont je ne me relèverais pas de sitôt. Mais je n'ai vu le gouffre que je m'étais creusé que le jour de la réception. Là, devant deux cents invités, maman n'a pas pu faire face. On s'est foutu de mes lys et de mes roses, de mes Christ jolis garçons et de mes saint Tarcisius avec des bourrades affectueuses ou une compassion attendrie. J'ai bien compris ce jour-là qu'il faudrait me diriger vers les sciences ou la grammaire si je voulais être prise au sérieux. Ce que j'ai fait.

Deux ans plus tard, pour me prouver qu'on n'y avait pas mis de malice, on tenta la même expérience sur Flora. Flora, à douze ans, avait du goût sans se forcer, la garce ! La gloire de Botticelli rejaillit sur elle et m'enfonça plus avant dans mon ignominie. On prit l'habitude de dire en nous présentant :

« Ah ! Celle-ci, c'est l'artiste ! L'autre n'aime que les études ! »

« Comme c'est drôle, deux filles si différentes », disaient les gens.

Je hais aujourd'hui de toute mon âme mes images de première communion, mais elles restent collées à ma peau. Je vis, paraît-il, en marge d'un monde merveilleux.

Bref, j'admets qu'on se méfie un peu de mes goûts : les hommes sont peut-être aussi des œuvres d'art. Mais qu'on ne se méfie pas de ma conduite ! Je n'ai pas de conduite intérieure. Maman a fini par être si omniprésente en moi que je ne peux vivre que comme elle vivrait à ma place. Mais comme j'ai quelques principes auxquels je tiens, cette double et contradictoire sujétion me réduit pratiquement à l'impuissance. Il ne me reste, pour agir, que la surface exiguë où se superposent nos deux doctrines, le minuscule éventail où coïncident nos deux angles de vision.

En deçà et au-delà de cette zone privilégiée, que ce soit sur mon domaine ou sur le sien, je suis paralysée.

Et voilà pourquoi votre fille est sage.

6 août 40 Flora

Je me suis disputée avec maman aujourd'hui. Plutôt de ma faute, mais enfin les torts étaient répartis. J'ai fait semblant d'être blessée au vif et je me suis retirée dans mes app, le cœur sec ; et puis maintenant, maman est partie sans me dire au revoir.

Je t'en supplie, qu'il ne t'arrive rien aujourd'hui puisque je ne t'ai pas dit au revoir.

Mon appendice refait parler de lui ! On se décide à m'ouvrir, rue Blomet. Quelle barbe et quelle peur !

Benoîte se lave les cheveux au goudron Edjé et dit : « Ououoush, ce que ça pique ! Aussi douloureux qu'une opération de l'appendicite ! » Je t'en fous.

Hier soir, elle a passé son temps à me faire des descriptions sanglantes d'opérations ratées et m'a lu de force pour m'empêcher de dormir le *À la manière d'André de Lorde* de Reboux et Muller. J'ai rêvé de chirurgiens fous naviguant sur des fémurs dans un océan de sang.

Benoîte 10 août 40

Flora est entrée en clinique hier. On lui a rasé Mirza. À propos, je vais être obligée de promener le chien pendant au moins quinze jours. Me marier, ce sera aussi quitter le chien.

Benoîte 11 août 40

Joie, joie, pleurs de joie : je suis reçue au certificat de latin avec mention bien. 14 en thème, 16 en version. Je n'aurai pas tout à fait perdu mon année. Maman est très émue ; on me rembourse et au-delà mon voyage à Rennes. « *Audaces fortuna juvat* », dit papa qui oublie qu'avant-hier il disait du même cœur : « *Cave ne cadas.* »

Pasquale, qui a senti le bon vent, rapplique sur ces entrefaites. On lui fait bon visage. On fait confiance à une certifiée de latin pour ne pas tomber dans les bras d'un garçon qui sait à peine écrire son nom. Nous sortons fêter l'événement. Je ne suis pas une artiste, mais au moins dans ma partie...

Flora Mardi 11 août 40

Chambre Saint-Rémy ; sœurs blanches et bouillons aquatiques. À côté, les râles d'un râlant dont je ne distingue pas le sexe et qui bêle tout doucement et me fait peine. Je me sens une infinité d'appendices et j'ai peur. Maman est partie déjeuner ; je la plains d'avoir à attendre mon réveil et je l'aime d'être si présente et si tendre. On vient me préparer à l'oubli avec une piqûre. Je me sens seule au monde et je rêve de fiche le camp...

Ça y est : je suis après. J'ai passé une nuit blanche et rouge, le ventre en feu et la gorge sèche. Quelle chance d'avoir une mère qui vous tient par la main. Ne pas oublier de rendre la pareille à mes enfants. Maintenant je dodeline et je me laisse aller ; je lis *Les Enfants gâtés* de Philippe Hériat et j'attends les visites.

Ce même soir, Nadia Youlévitch m'apporte, alors que je somnole, quatre jolis glaïeuls ; elle m'embrasse les mains et s'en va en mettant les fleurs à côté de moi sur mon lit. J'ai l'impression que je suis morte.

Dieu que c'est idiot, les hommes ! Papa vient me voir et ne sait pas quoi me dire. Je lui demande un mouchoir dans l'armoire et il me donne juste celui qui m'ennuie. Van Buck arrive au moment où papa s'en va et me regarde avec des yeux chauds. J'aime qu'on m'aime et peut-être m'aime-t-il. Je crois que son amour à lui serait une chose tendre et profonde et j'aime bien parler avec lui. Papa n'a pas l'air tellement d'ac, et regarde d'un mauvais œil ce soupirant soupirer pour la jeunesse que je suis. C'est de mon âge pourtant que l'on m'aime !

12 août 40 Benoîte

Dans l'euphorie de mes succès universitaires, je me suis laissé entraîner à passer une soirée exquise avec Pasquale. Il a trouvé une chambre dans un hôtel étroit et bossu de la rue Bonaparte et j'ai pris des engagements qui, à la lueur du lendemain, me semblent un peu lourds : je lui donnerai trois fois par semaine des leçons d'orthographe et je corrigerai les nouvelles qu'il vient d'écrire. Ce contrat ne comportera pas d'autre obligation de ma part. Pas de « pation » ni de « gérémiades ». Nous ne sommes évidemment pas faits l'un pour l'autre, même pour un petit moment. En tout cas pas dans mon contexte actuel. Pasquale est bien d'accord sur tous ces points.

13 août 40 Benoîte

Eh bien non, décidément, ces choses-là ne se laissent pas emprisonner dans les termes d'un contrat. Je découvre que tous les chemins mènent au lit et notamment la leçon d'orthographe dans une chambre d'hôtel. Le regard brûlant et soumis de Pasquale — sa spécialité — me donne mauvaise conscience. De quoi ai-je l'air avec mes dictées ? Qui suis-je pour lui refuser ma main, mon cou, ma bouche et la suite au prochain numéro ? Après tout, il serait temps d'aimer. Peut-être dois-je m'astreindre aux gestes rituels pour que l'amour me vienne enfin ? Pasquale n'est certainement pas un niais dans ce domaine où j'ai tout à apprendre et j'ai peut-être intérêt à faire mon apprentissage la tête froide ? Et puis toujours reculer la tête, raidir le corps, dire non, finit par être pesant. Je n'ai pas l'impression de m'enrichir, mais de me dessécher. En conséquence de quoi, entre deux participes, je me suis laissé embrasser, triturer un peu, avec une mauvaise volonté proportionnelle à la précision de ses gestes. Pasquale transpire et ahane, me demande des autorisations qu'il faudrait prendre sans que je m'en aperçoive. Ma blouse de soie blanche, elle, a perdu sa virginité. Ma jupe, un peu relevée, laisse voir l'immonde accroche-bas. Nous offrons un spectacle ridicule et glaçant : l'orang-outan et la bourgeoise frigide. Mon désir de désirer agonise parmi les maladresses vestimentaires. Je suis moi-même, désespérément. J'ai pas envie, j'ai pas envie. Je tire ma jupe dix fois sur sa main, chercheuse comme une fourmi qui repart à l'assaut sans comprendre, et je finis par m'arracher brutalement à son étreinte moite. Sans un mot, je me rajuste. « Se rajuster » après l'amour doit être déplaisant. Après rien, c'est humiliant et laid comme un échec. Pasquale s'asperge le visage et les épaules comme s'il venait de frôler l'apoplexie. Grotesque ! Qu'on se domine, que diable ! Il a de belles épaules trop musclées et la peau espagnole, d'un brun verdâtre, mais des hanches grêles de danseur mondain qui donnent mauvais genre à l'amour qu'il me propose. Nous n'osons rien dire.

« Tu reviendras, Benoîte, me chuchote-t-il, je te promets que ce ne sera pas pareil la prochaine fois. »

Pour l'instant, l'idée d'une prochaine fois me lève le cœur. Je descends l'escalier avec une allégresse honteuse. Comme il fait sec et doux, dehors ! Tous ces passants ne me demandent rien. Je me défroisse peu à peu ; je m'ébroue : Ouf ! Encore vierge ! On verra ça une autre fois.

13 août 40 Flora

Les jours s'étirent dans une langueur désespérée. Il n'a jamais fait aussi chaud. Mon drap colle à ma peau et je me sens comme un papillon épinglé sur ce lit.

J'attends les visites avec passion mais la plupart du temps ce n'est que la grosse bonne sœur qui vient « soulever la malade » et je retombe sur mes oreillers. Quel drame d'être à plat ! Encore quatre jours de prison et quatre nuits de sommeil pâle. Où vais-je découvrir la curiosité avide qui donnera de la valeur à cette période ?

Benoîte est reçue, bien sûr, à son examen.

Jeudi 13 août Benoîte

Passé l'après-midi dans l'atmosphère moite de la piscine Lutetia, avec Pasquale et Myriam sa sœur, de quinze ans son aînée. Cette femme de quarante ans pour qui sa beauté a été un élément capital — vital, peut-on dire, puisque c'était son gagne-pain et qui se réveille chaque jour un peu moins ferme et belle que la veille, qui voit pointer les signes avant-coureurs de l'infirmité qui sera son lot jusqu'à la mort (elle connaît déjà la sienne : la varice bientôt ulcérée), dont le fils est une petite gouape et un pédéraste, qui s'entend médiocrement avec son mari qui la quittera bientôt pour une fille plus fraîche, qui se demande de quoi elle vivra plus tard si elle a le malheur de vivre vieille, comment ne passe-t-elle pas les nuits à sangloter ? Eh bien non, celle-ci fait semblant de vivre ; elle rit, elle se plaint de ceci ou de cela comme si sa vie en bloc n'était pas un immense emmerdement. Je suppose qu'avec l'âge vous vient une grâce d'état, un brouillard qui fait oublier comme le bonheur était bon et comme la mort est proche.

Voilà encore un problème, un drame auquel l'homme échappe. Pour lui le vieillissement n'est pas un handicap et le démon de midi n'est qu'un bon diable auquel il peut obéir sans déchoir. Le beau-frère de Pasquale a cinquante-deux ans. Il fornique avec une starlette de vingt-deux ans qu'il se prépare à épouser. « Le veinard », disent les gens. Myriam, elle, sera bientôt une vieille peau, et ce terme n'a pas de masculin. Si elle prend un amant de vingt-deux ans, on dira : « Le malheureux ! » Aux yeux des hommes, passé cinquante ans — et je suis large —, une femme n'est plus qu'une mémée. Alors que pour l'homme la vie se déroule sans heurts psychologiques, sans solution de continuité, une femme meurt plusieurs fois au cours de sa vie. Comme jeune fille, quand elle perd sa virginité (grâce au ciel, ce n'est plus grave aujourd'hui, on ressuscite fort bien), puis elle meurt comme mère, le jour de la ménopause et comme femme quand elle fait l'amour pour la dernière fois. À l'idée qu'un jour — ou plus vraisemblablement une nuit (on voit moins les rides) — un homme sera sur moi pour la dernière fois, j'ai envie de prendre le deuil. C'est comme si, à partir de cinquante ans, on vous supprimait l'ouïe ou le toucher. Il faut vivre avec un sens de moins, on vous confisque cet arrière-pays qui donne une autre couleur à la vie, même si l'on n'y va pas souvent.

Je sens le froid de la mort me gagner les pieds en y pensant. Tout ça, c'est pour demain. Mais demain, c'est peut-être jamais ! « Le vierge, le vivace et le bel aujourd'hui ! » est là et la jeunesse est éternelle, c'est bien connu.

Pasquale m'a demandé de ne pas tenir compte de notre dernière séance d'orthographe et de revenir demain. Cette fois, tout pour Vaugelas, c'est juré.

Ce soir, de vieux amis sont venus dîner, si vieux qu'ils ont usé jusqu'à notre amitié. La vaisselle des gens qu'on n'aime plus est rebutante à faire. Et je rouspète à mi-voix dans la cuisine. J'adore rouspéter. Ne réussissant jamais à me mettre en colère, ce petit filet de mauvaise humeur me libère. Je ne trouve pas, contrairement à ce que prétendent mes ascendants, que la rouspétance rende le travail plus pénible. Au contraire, pendant qu'on se plaint on oublie son travail. C'est la résignation qui empoisonne les âmes.

Benoîte 14 août 40

Je me ronge les ongles des deux pouces. Or le pouce, c'est l'homme. Cela m'amène à tenir mes poings fermés, le pouce à l'intérieur, position du fœtus, typique de l'inadapté qui rêve d'un retour à la sécurité prénatale. En réalité, je ne regrette pas l'enfance, mais j'ai peur de l'âge adulte. Je reste dans un *no man's land — no man*, c'est le cas de le dire.

Pasquale est venu déjeuner à l'improviste. *Lupus, ecce lupum !* me crie papa en lui ouvrant la porte. « Quoi ? » dit Pasquale. « Mon petit gars, dit papa avec satisfaction, il faudrait avoir fait des études ! »

La mère de Pasquale a disparu depuis hier de chez elle. Cette époque troublée avait tout pour lui plaire : elle a enfin trouvé un champ de bataille et un héros (de Gaulle) à sa taille. Nous recueillons Pasquale qui est absolument sans un sou, mais qui, bien entendu, a trouvé moyen de faire une gaffe dans les cinq premières minutes : il admire une coupe d'agate dans le salon et maman lui explique que c'était un cadeau de mariage.

« Oh ! mais alors, elle a des éternités, cette coupe ! » s'est exclamé joyeusement Pasquale.

Une plaisanterie sur son âge, surtout involontaire, maman ne la pardonne jamais. Et je prendrais un amant gaffeur ? Est-ce vivable ?

Oh ! Qui brisera la balance que j'ai à la place du cœur ? Tant que je pèserai, je ne baiserai.

Le même soir   Benoîte

Au rapport quotidien d'une heure du matin, maman me dit : « Mais qu'est-ce qu'il a, Pasquale, à être si neurasthénique ? Nous disions avec André que c'est tout à fait le genre de tristesse qu'on a quand on a attrapé une sale maladie. »

À bon entendeur...

17 août 40   Flora

Alléluia ! M. Blanchet a généreusement offert ses derniers litres de « benzine » pour qu'on puisse me ramener chez moi. J'ai réintégré ma chambre et retrouvé mes arbres devant ma fenêtre. Benoîte s'est précipitée sur moi pour « tout » me dire sur ses amours froides avec Pasquale. Elle se raconte avec bien-être, fait à l'occasion les questions et les réponses, justifie ses moindres gestes, égratigne sa victime au passage et cependant, malgré toute cette indifférence raisonneuse, elle continue son expérience sans lui trouver ni goût ni solution. Même dans la ruelle, elle continuera à donner des leçons.

Moi qui me livre mot à mot, je m'étonne de l'aisance avec laquelle elle s'ouvre à la confidence et du plaisir qu'elle trouve à examiner son cas en détail. Elle se regarde avec une complaisance appliquée, comme si elle était une autre, mais une autre à qui elle veut du bien, car elle se félicite plus qu'elle ne se condamne.

Moi qui ai les idées plus étroites que nature, je suis opposée à son contrat. Je n'aime que l'informulé, je crois. Je le lui dis, mais elle se fout de ce que je lui dis et n'écoute que sa propre rengaine.

Benoîte Lundi 17 août 40

Pasquale revient, avec 25 000 francs en poche, de Biarritz où il a été « liquider une parfumerie ». On n'ose pas lui demander trop de détails sur cette opération, mais on est bien en peine de trouver une origine plausible à cette fortune. Il ne l'a gagnée ni comme comptable, ni comme conseiller juridique en tout cas ; alors ?

Eh bien alors, nous allons boire et manger un peu de cet argent ce soir. Enfin je verrai Pasquale hors du cadre sordide de sa chambre d'hôtel avec bidet apparent.

Nous continuons à être suspendus à la radio, attendant chaque matin l'invasion de l'Angleterre. Chaque jour qui passe est un jour de gagné. Si l'automne arrive sans débarquement, l'Angleterre sera sauvée.

Benoîte Mardi 18 août 40

Soirée grisante au *Bœuf sur le toit*, hier ; grisante par la grâce du whisky, s'entend. De l'autre côté de mon verre, Pasquale était redevenu un séducteur, et moi une proie qui ne demandait qu'à consentir. Nous avons longuement parlé de l'amour ; c'est avec le ski la seule chose qu'il connaisse à fond. Il me reproche de ne pas savoir fermer les yeux et c'est vrai. Mais mon ambition est précisément de faire l'amour les yeux ouverts ! Ça doit pouvoir se trouver ? Ou doit-on toujours se masquer quelque chose ? Je n'ai pas envie de m'engloutir en moi-même. J'y passe déjà le plus clair de mon temps, et le plus noir. J'ai envie de serrer désespérément l'autre sur ce pont provisoire que le plaisir doit jeter entre deux êtres. Je veux regarder en face cette illusion et il est bien temps ensuite, quand l'arc-en-ciel se dissout, de rentrer dans sa coquille et de fermer les yeux.

Pasquale prétend que ce sont des mots. Et après ? L'homme ne vit pas seulement de pain ! Ce sont des mots justement qui nous séparent. Et nous ne parvenons pas à établir entre nous des relations d'égalité. Nos rapports sont ceux d'un mendiant et d'un rôti de bœuf. Pas très excitant pour le rôti !

Nous rentrons à pied tout doucement. Pasquale a une démarche traînante : il s'est fabriqué des sandales avec deux portions de pneu de voiture, fixées au pied par des cordons de cuir. C'est à la limite d'être d'un chic suprême. Mais le reste de sa tenue fait pencher la balance, hélas ! et lève tous les doutes. La nuit, ça me gêne moins. Nous ne disons pas grand-chose et il s'arrête de temps à autre pour m'étreindre avec violence ; par osmose, sa passion finit par entrer un peu en moi ; je voudrais pouvoir passer cette nuit avec lui, lui donner un peu de ce qu'il espère et prendre ce qu'il veut me donner et que je ne retrouverai peut-être pas. Sur les vagues du whisky, je voudrais naviguer vers lui en jetant par-dessus bord mes instruments.

Si j'avais été Benoîte hier, née de parents inconnus, je t'aurais suivi, Pasquale. J'étais émue par ta noirceur, ta bouche trop mince à la ligne amère et si jeune, tes sourcils rudes qui s'ébouriffent sous les doigts comme une moustache et ta nuque de soldat de Rimbaud. Ta passion me passionnait, ton ardeur m'ardait et j'avais la nostalgie de cet être en moi qui aurait pu t'aimer.

Mais il était 2 heures du matin. La chambre de maman était éclairée. « On » m'attendait, car « on » savait que j'étais en de mauvaises mains. La prochaine fois, je te verrai dans cet ignoble hôtel : tu seras assis humblement sur le dessus de lit douteux de ta chambre et il faudra un miracle pour que j'aie envie, comme ce soir, de me noyer.

Benoîte Mercredi 19 août 40

Corrida ce soir entre la tarte aux champignons et les prunes. À propos de rien, comme d'habitude : du casoar des saint-cyriens qui montèrent à l'assaut en 1914, avec pantalons rouges et gants blancs. Il semble que nous nous engagions tout entières, maman et moi, dans ces discussions et tout ce que nous sommes, tout ce que nous nous reprochons, remonte à la surface et sert d'argument. Pour conclure plus vite et avoir le dernier mot, maman me tire les cheveux. « Tiens, tiens et tiens ! » crie-t-elle. Il y a un petit instant de silence à table... Flora est prête à bondir car elle n'aime pas qu'on touche à ma personne physique ; mais comme toujours, devant la colère, je me sens transformée en statue. Je cherche en vain une bribe d'amour-propre. Je n'arrive pas à décider quelle réaction il convient d'opposer à la violence. La colère ? Il faudrait pouvoir. Une sortie digne ? Cela me ferait rigoler. Une grossièreté ? Il faudrait trouver et pourquoi me mettre à mon tour dans mon tort ? Bref, dans l'incertitude, je continue à cracher le noyau de mes prunes comme si je n'avais rien senti et je sais que nous pensons tous à ce restaurant de Lamalou-les-Bains où j'ai reçu, voici quelques années, une escalope à la crème en pleine figure parce que j'avais oublié tous mes bijoux et colifichets à Paris et que je disais que cela m'était égal puisque de toute façon j'étais dans l'âge ingrat et que rien ne pouvait m'embellir ! Alors plaf ! Le serveur s'est retourné, et les clients aussi. J'ai remis l'escalope dans l'assiette de maman, je me suis essuyé la figure et j'ai continué à manger. Je ne sais plus qui a éclaté de rire le premier...

Ceci dit, familles, vous me faites braire. On voudrait que je sois affectueuse et spontanée comme Flora « qui nous donne tant de joies ». Mais à vingt ans, mon personnage filial est composé et on ne peut plus espérer le changer. On me reproche encore d'avoir été un bébé qui n'aimait pas embrasser : le mal vient de loin ; et pourtant, il me semble que je serai une femme qui embrasse, plus tard ! Mais à force de vivre dans un milieu, on se fige dans un personnage qui n'est pas forcément le vôtre, ou en tout cas pas forcément le seul. Et c'est pour cela qu'il est tellement tentant, presque indispensable, de changer de cadre au cours de sa vie. Le mariage ne serait-il qu'une nouvelle occasion de se choisir, qu'il aurait à mes yeux une raison d'être suffisante. Tant que je n'aurai pas quitté la rue Vaneau, je serai le « cœur de pierre » que mes premiers mots d'enfant ont, paraît-il, mis en évidence.

« La destruction de la Grande-Bretagne se poursuit méthodiquement », annonce ce matin le communiqué. On continue à dire LE communiqué et pourtant, comme par un tour de passe-passe, nous avons changé de camp sans que personne ait compris comment. Quand on lit : « Le Q.G. », maintenant, ce n'est plus le nôtre. Quand on lit dix avions ennemis abattus, on pense encore machinalement : « Tiens ! dix avions allemands de moins. » Et puis, l'absurde, l'incroyable, vous reviennent en mémoire. Nous avons en huit jours changé d'ennemi. Nous, désormais, ce n'est plus nous, ce sont les Allemands ! Officiellement, nous n'avons plus d'existence. Mais au fond du cœur, nous avons notre petite île qui résiste, une patrie par intérim, notre dernière chance de ne pas être nazis.

20 août 40 Flora

Je commence demain un cours de vacances à Victor-Duruy. Ça me fait braire.

Vendredi 21 août 40 Benoîte

Le soir, quand le ciel s'alanguit, je fais comme lui et j'ai presque envie des bras de Pasquale. Mais, à quinze heures, je ne me sens pas du tout d'humeur à entendre gronder la passion amoureuse et moins encore à m'allonger. J'ai honte devant le soleil de ces jeux d'ombre. Je n'aime pas tirer les rideaux quand il fait jour, comme pour cacher une action honteuse. Cette nuit factice me semble à l'image de mes sentiments. Et la réouverture des rideaux est pire encore. Ah ! ce qu'on serait mieux dans l'eau transparente, à la plage des Sables-Blancs ! Le mois d'août n'est pas fait pour les amours hôtelières.

Hélas ! ma situation de jeune fille de bonne famille m'interdit de sortir le soir sans motif et l'amour de Pasquale n'en est pas un. Se fait-on moins violer le jour ? Oui, c'est évident. Si j'étais trois soirs par semaine avec Pasquale, je crois que ça y serait. Il y a des heures pour tout, disait grand-mère.

À propos d'heure, il est quinze heures, l'heure de ma leçon d'orthographe et je suis toujours à ma table devant le précis de phonétique de Bourciez, un ouvrage aussi peu enamourant que possible. Pasquale me téléphone, c'était fatal : « Si tu ne viens pas, je me saoule, à mort. Tu es la seule chose qui me rattache à l'existence ; tu n'as pas le droit de me lâcher, tu as pris des engagements. »

Je me dérangerais pour un ami qui me crierait ces mots. Pourquoi refuserais-je ma présence à Pasquale sous prétexte qu'il m'aime ? De toute façon, je n'ai que faire de moi : je ne sers à rien ni à personne. Bref, je mets mon chapeau. Mais au moment où j'ouvre la porte pour partir, ce crétin me rappelle. Pauvre Pasquale, tu n'as pas la grâce !

« Quand je pense que j'ai fait 1 500 kilomètres sans billet pour te revoir et tout ça pour que tu te paies ma tête ? Eh bien merde. » Et il raccroche. Ouf ! Je retire mon chapeau. Merde m'est égal, mais je ne supporte pas l'expression « tu te paies ma tête ». D'ailleurs, en y réfléchissant, je trouve que je la paie très cher, sa tête.

Cinq minutes plus tard, la tête rappelle. « Je ne te demande qu'une chose : ne cesse pas de me voir comme ça, d'un seul coup. Laisse-moi m'adapter petit à petit à l'idée que tu ne seras pas à moi. »

Pauvre Pasquale trouve toujours les mots qui me refroidissent et comme je m'en veux d'être sensible à la forme plus qu'au fond, je me punis en cédant à ses demandes. Mais comment peut-on encore dire : « Sois à moi » ? Rien n'est à personne et l'homme est un crapaud pilé qui donne et qui reprend.

Oh ! Marie ! Débarrassez-moi donc tout ce fourbi !

Mais Marie ne répond point et j'ai dû jurer d'y aller demain. Demain est loin et il se passe tellement de choses en ce moment... Mais moi aussi je voudrais savoir lui dire sans remords : Merde, M comme Marre, E comme Et t'as l'bonjour d'Alfred...

22 août 40 Benoîte

Ça y est. J'ai « manqué » de quelque chose : pour la première fois de la guerre, je viens d'endurer une privation : pas de beurre au petit déjeuner ce matin !

On m'envoie chez Paquet, l'épicier, rafler tout ce qu'on peut encore obtenir, car bientôt nous serons en carte ! Les vieilles amènent un pliant et leur tricot. J'ai eu le temps de lire la moitié du *Verdun* de Jules Romains, pour voir sous quel jour y était décrit Pétain.

Je rentre avec le dernier savon, l'avant dernière barre de chocolat et un kilos de nouilles, c'est tout ce qu'on a voulu me donner. L'avenir s'annonce sombre.

Du coup, on a invité Pasquale à dîner. « On ne peut pas le laisser crever de faim, ce p'tit gars ! » dit papa. Nous avons parlé escroquerie, viol, abus de confiance, bref des sujets que les parents croient bon d'évoquer chaque fois qu'il est question de Pasquale.

« Je serais incapable d'une malhonnêteté, même si je mourais de faim », dit papa. Il est en effet capable de cette admirable sottise. Mais réalise-t-il que mourir de faim, c'est pire qu'avoir faim : c'est n'avoir plus l'espoir de manger ! Savons-nous ce qui surgira en nous à cette heure-là ? J'ai l'impression que j'ouvrirai la porte au loup bien avant la dernière heure.

Et puis on est passé à la politique, bien sûr. Cette épée de Damoclès suspendue sur l'Angleterre, c'est aussi sur nous qu'elle tombera. À Vichy, il paraît que le gouvernement s'installe comme s'il devait durer des années ! Il décrète, il réforme, il légifère. Il est désormais illicite de fabriquer des boissons spiritueuses titrant plus de 16°, et l'alcool est interdit aux moins de vingt ans. Dans un café, j'aurai droit au grog et pas Flora ! Seul aspect réconfortant de cette loi.

Le courrier reste toujours interdit entre zone occupée et zone libre. Que craignent les Allemands ? Jamais moutons n'ont été plus docilement à la Villette.

Enfin, dernière ordonnance de Vichy : plus de châles de laine, plus de coton hydrophile, plus de matelas de laine. Comme on fait son lit, on se couche. Cela n'aura jamais été aussi vrai.

Nous sommes allés à la gare chercher Marie Laurencin qui rentrait de Vendée et nous l'avons ramenée chez elle en fiacre. Les chevaux doivent penser en rigolant que, finalement, nous avons dû renoncer aux moteurs à explosion. Notre Vivasport est dans la cour, sur des cales, comme une grosse vache inutile. Les Allemands qui l'avaient réquisitionnée nous l'ont rendue : elle mangeait trop !

Benoîte Lundi 24 août 40

Une affiche a fait ce matin son apparition sur les murs de Paris et dans le métro :

Sera fusillé : quiconque ramassera des tracts par terre, quiconque traitera les Allemands de Boches.

La lune de miel semble finie. Il va falloir apprendre maintenant ce que c'est qu'avoir un étranger dans sa maison !

Pasquale vient de téléphoner pour dire qu'il avait trouvé une situation de placier en baromètres et qu'il partait demain en zone libre. Papa s'étouffe de rire. « On jugera l'arbre à ses fruits ! » Je promets à Pasquale l'après-midi, la soirée, un peu de la nuit. La circonstance est exceptionnelle puisque « le voyou » va enfin s'éloigner. Nous irons au restaurant. Il a soi-disant touché une avance sur ses baromètres.

Flora 25 août 40

Ridicule moi d'aujourd'hui, ridicule jusqu'à la gauche. Hier, j'ai rencontré en sortant du cours de vacances Duruy, Pierre, Flourette et Michelle, qui se promenaient avec Van Buck. Ils m'invitent à déjeuner demain. J'hésite à dire que je n'aurai probablement pas le droit et je leur donne rendez-vous demain à la même heure puisque Michelle habite en face du lycée. Eh rentrant je demande à papa s'il permet : il exige que l'on téléphone pour m'inviter. Moi je me refuse à sembler ainsi tenue en laisse et j'abandonne. Je pars en classe ce matin ; il pleut, mes cheveux se déguenillent. À midi, j'avais décidé, considérant l'état de mes cheveux et de l'esprit de papa, de fuir, mais j'ai aperçu à la fenêtre Van Buck qui me guettait. Il est descendu ; explications, embrouillaminis, confusion. Il me demande d'aller au cinéma avec lui cet aprèm. Je dis peut-être ; il dit qu'il va me téléphoner. Je dis oui. J'ai décroché l'appareil et je n'essaierai pas de m'expliquer pourquoi. D'ailleurs, j'ai les cheveux plats et suis affreuse. En revenant à la maison ce matin, je n'osais pas me regarder dans les glaces des devantures pour ne pas savoir à quel point j'étais moche.

« Le rêve de demain est une joie, mais la joie de demain en est une autre » ; demain, je vais me faire faire une permanente. Joie !

Mardi 25 août 40 Benoîte

Toujours cette grossière constatation qu'il est plus facile d'être émouvant ou éloquent après un bon repas. Constatation subsidiaire : on est aussi plus facilement ému, c'est donc un profit pour tout le monde. Il y avait une lampe rouge sur la table du restaurant qui nous créait une petite oasis ; nos haleines sentaient bon la mirabelle et le bien-être de nos entrailles nous montait à la tête ; il ne faut parfois pas chercher d'autre origine à l'exaltation. Jamais nous ne nous serions ainsi parlé à cœur ouvert sur son couvre-lit, en mangeant des sandwiches. Ah ! qu'il est injuste que les pauvres soient privés de toutes les complaisances que la vie réserve aux riches. Pasquale était beau sous cette lampe rouge et il me parlait d'un sentiment qui, brusquement, me semblait précieux. Mais l'amour que tu peux avoir pour moi, mon Pasquale, me touche moins que les sentiments que j'éprouve pour toi. C'est d'aimer qui m'intéresse et je n'y arrive pas ; peut-être ai-je un défaut de fabrication ? Pasquale essuie une larme de temps en temps.

« Merde, ça ne se voit pas trop que je pleure ? »

J'ai les yeux embués aussi, pour lui, pour moi si bourgeoise, si froide, si incapable d'élan. Ses mains tremblent. Et le jour où j'aimerai à mon tour, je ne retrouverai peut-être pas cette passion dont je n'ai pas l'emploi aujourd'hui et qui descend de ses yeux et m'enveloppe comme la lueur de la lampe rouge. Comme ce serait bon de ne pas penser au lendemain, à papa, à maman, à Flora, au chien, au bidet, à la grammaire, et de faire l'amour avec lui toute cette nuit comme si nous devions nous aimer longtemps. Il y a sûrement un chemin de lui à moi, des mots qui seraient bons à dire et à entendre, des gestes qui seraient beaux à faire, mais nous ne les trouverons pas. Je pourrai dormir sur mes deux oreillers : Mlle G. sera respectée, ce soir encore.

Je ne l'ai jamais tant aimé qu'en le quittant, tout à l'heure, dans la rue. D'un sentiment déchirant et inutile et sur un baiser où j'ai voulu mettre tout ce que je n'avais pu lui donner.

« Je t'écrirai », me dit-il en me quittant et son regard m'enrobe d'une tendresse infinie que je garde nouée autour de moi longtemps après qu'il a disparu au coin de la rue de Varenne, et qui tombe d'un seul coup à mes pieds, comme une vieille robe, au moment où j'allume la lumière crue de l'entrée. J'ai brusquement froid. Il est une heure du matin et la chambre de maman est encore allumée. Je suis ressortie sans bruit et suis restée longtemps assise sur les marches en attendant qu'elle s'endorme. Je me sentais incapable de disséquer, ce soir.

Flora 27 août 40

Marie-Laure de Noailles, rencontrée hier chez les Van Buck, nous a envoyé ce matin un camembert.

Aujourd'hui, j'ai outrepassé mes droits : été au cinéma avec Van Buck voir un silly film. *In the middle of it, he took my hand. I wonder if I did not expect it,* car c'est un geste classique. Il me regardait très souvent et brusquement il me dit : « Flora, je vous aime. » C'est une chose douce à entendre et pour moi c'est presque la première fois. J'ai dit : « Ce n'est pas vrai » et je me demande pourquoi j'ai fait semblant de ne pas le croire alors qu'il y a longtemps que je le sais. Peut-être, depuis le fond des âges, la femme en moi voulait savourer sa victoire. Et puis nous sommes sortis du cinéma. Dans la rue mon incognito me pesait, et je voyais papa dans tous les hommes de dos. On a rasé les murs et filé doux et il m'a quittée au coin du boulevard Saint-Germain. Il n'y a pourtant rien de mal à aller au cinéma avec un garçon quand on a déjà quinze ans ! En me quittant, il m'a redit : « Je vous aime. » Et j'ai adoré qu'on m'aime en me disant : vous. La seule personne qui avait déjà prononcé ces mots-là en me regardant, c'était Dominique, aux sports d'hiver, l'année dernière et je le connaissais depuis tellement longtemps que cela ne m'avait presque pas flattée. D'ailleurs, je savais que ce n'était pas vrai ; Van Buck, c'est vrai. Il a de très belles mains ; mais je n'aime pas beaucoup son menton ni ses chaussures. Mais à la guerre comme à la guerre ; d'ailleurs, je lui ai dit pour les chaussures : il en a peut-être une autre paire dans un coin.

Oh ! que j'aime la vie ! Je veux vivre dru.

Samedi 29 août 40 Benoîte

Rencontré Haroun, rue de l'École-de-Médecine. Il a quitté la Sorbonne et veut faire sa capacité en Droit. Il m'a paru plus petit qu'autrefois. Mais je soupçonne le souvenir de remodeler peu à peu les gens et de les rapprocher de ce qu'on aurait voulu qu'ils soient. C'est pour cela qu'il est presque toujours décevant de se retrouver après une longue absence.

Mais mis à part cette déception, je considère comme immoral de pouvoir rencontrer sans trouble aujourd'hui le premier homme qui m'ait émue. Nos regards se sont croisés tranquillement comme s'ils n'avaient jamais flanché l'un devant l'autre ; nos mains se sont serrées sans équivoque, oublieuses de leurs curiosités d'autrefois. Quel souvenir lui reste-t-il de moi ? Une emmerdeuse qui n'a pas voulu se laisser faire ?

Moi, je me souviens surtout de son ascenseur, de mon désir dans son ascenseur, se figeant peu à peu à mesure que nous approchions du sixième étage et que les gestes d'Haroun se dépersonnalisaient pour devenir ceux de l'espèce humaine en période de rut. Je parcourais moi, le chemin inverse : à mesure qu'Haroun se ramenait à sa plus simple expression d'homme, je me sentais devenir de plus en plus compliquée, de plus en plus Benoîte G., et j'aurais voulu qu'il me prît comme telle. Il n'en était plus question, hélas ! Arrivé dans sa chambre, Haroun ne me reconnaissait plus que comme femelle ; et c'était la bagarre.

C'est finalement sur le pont des Arts, entre la Sorbonne où mon désir naissait, et le Palais-Royal où mon désir mourait, que j'ai connu les sensations les plus profondes. Haroun se montrait encore intelligent, ironique, jouant à ne pas m'emmener chez lui ; moi jouant à ne me douter de rien. Et puis l'équilibre exquis se rompait ; dans son ascenseur, c'était déjà foutu : je n'étais plus qu'une pimbêche et lui un Turc en érection.

Pourtant l'espoir renaissait chaque jour ; chaque jour, en sortant du cours de Pauphilet, je traversais le pont des Arts dans le même état d'âme et de corps. Chaque soir, il claquait la porte derrière moi, qui rentrais furieuse et fripée. L'exode avait mis fin à ce petit jeu de qui perd perd, mais je suis restée sur ma faim. Et lui ?

Flora 29 août 40

Benoîte nous barbe avec son perpétuel « Baiserai-je, Père ? ». Qu'elle se lance une bonne fois à l'eau sans savoir nager ou qu'elle reste sur la berge en silence. Mais cet éternel regret de ne pas faire ce qu'elle n'a pas envie de taire, mais qu'elle sent qu'il serait bon qu'elle fasse... C'est d'un monocorde ! Lasse de l'entendre bramer, je lui signale mon opinion. Elle se venge en m'énumérant les raisons que j'aurai de ne pas garder un homme dans mes rets : mon goût légendaire de l'ordre qui me fait me relever la nuit pour remettre une chose à sa place ; mes quelques kilos de trop, mon humeur boudeuse, je passe à la casserole et, en un coup de sa cuillère à pot, je me retrouve victime dépecée alors que j'avais commencé la conversation en conquistador attaquant. Je n'arrive jamais à me débarrasser tout à fait du sentiment d'infériorité que me donne l'aînée ! Dans les combats de mots, je suis bonne pour les formules, mais elle m'a toujours au finish.

Benoîte Mardi 1er septembre 40

Première lettre de Pasquale, amenée en fraude par un ami. Elle est atterrante : « Ce petit lobe de temps passé loin de toi... n'use pas de rebrésailles... ce n'ait pas de ma faute si je suis dans un état l'arvaire. »

Est-ce de la mienne si sept or tôt graphe m'échauffe le sang et me glace les sens ?

Ce matin, cadette s'est fait prendre à partie par papa et comme de coutume l'algarade a pris des proportions cosmiques (au niveau du microcosme familial). Chez nous, tout est prétexte à remettre chacun en question.

« Flora, tu as trop de rouge, dit le pater en la scrutant par la lunule inférieure de ses lunettes.

— J'en ai mis à peine, justement. Maman, est-ce que j'ai trop de rouge ? »

Maman ne répond rien, mais fait signe que non, derrière le dos de papa, trop honnête pour se méfier.

« Va enlever ce rouge im-mé-dia-te-ment. Je n'admets pas que tu te maquilles comme une fille pour aller au collège.

— C'est ça, mon chéri, va en enlever un peu, dit maman avec un clin d'œil qui dément ses paroles. Tu sais bien que ton père aime que tu aies l'air d'une orpheline. »

Papa se poste à la porte d'entrée pour vérifier la bouche de Flora.

« Saint Thomas ! lui crie maman. Il faut toujours que tu doutes de tout ! Tu crois que c'est drôle de vivre avec un homme qui se méfie, même de ses filles ? »

On entend papa qui s'énerve à la porte et qui crie que c'est aussi parce que les filles se mettent du rouge à lèvres que la France est vaincue.

« Tu t'en prends toujours à Flora, reprend maman. Jamais tu ne parles à Benoîte sur ce ton-là. »

Celle-là, je ne l'ai pas vue venir ; il est trop tard pour m'enfuir : je m'assieds sur le couvercle des waters et j'attends. Maman se ponce les talons avec soin sur le bord de la baignoire et papa serre les mâchoires.

« À l'âge de Flora, Benoîte ne se mettait pas de rouge à lèvres. Et Flora m'o-bé-i-ra !

— Ça y est, c'est la dictature, dit maman à la cantonade.

— Dictature ou pas, mes filles m'obéiront ou c'est moi qui m'en irai, crie papa en montant sur les grands chevaux que lui selle généreusement sa femme.

— Il faudrait savoir lequel de nous deux s'en ira... »

Ça ne veut rien dire, mais papa enfourche.

« Eh bien, vous partirez toutes les deux si vous voulez ! Je suis chez moi ici. »

Ça, c'est l'argument malheureux, l'argument de l'homme. Et dans la famille Poiret, nous ne supportons pas qu'on joue à l'homme. Cette fois papa est lancé ; il n'a plus besoin de banderilles : il s'enferre tout seul.

« Tu veux faire de tes filles des demi-castors !

— Je veux faire de mes filles des femmes heureuses et pas des dragons, comme ta sœur. J'aime la vie, moi. Toi, tu vis toujours dans le désespoir...

— Qu'est-ce que tu veux, je suis un désespéré. Ah ! vous seriez plus heureuses si je n'étais pas là, dit papa d'un air funèbre en se retirant dans sa chambre pour lire les Stoïciens.

— Ah ! les hommes que j'aurais pu avoir si j'avais voulu ! dit maman. Et quand je pense que j'ai lié ma vie à cet ours-là ! »

Flora 3 septembre 40

Van Buck m'a téléphoné avant le déjeuner. J'attendais son coup de téléphone car il me l'avait annoncé. Et j'ai foncé par-dessus le corps de Benoîte qui arborait son habituel air ironique et a presque mis la puce à l'oreille de papa. Mais j'ai fait comme si c'était Paule qui me posait des questions sur le cours de vacances et j'avais un mal fou à adapter mes réponses aux deux sujets à la fois. J'étais obligée de lui dire « tu », puisqu'il était Paule, et il me disait qu'il était heureux car j'ai jusqu'à maintenant refusé de le tutoyer et moi j'enchaînais avec le cours d'instruction ménagère... comme dialogue de sourds, il n'y avait pas mieux. Heureusement Van Buck a compris quelque chose et on a quand même pu se donner rendez-vous, rue Saint-Simon, pour promener le chien. Mais Benoîte est une garce et a fait exprès de me poser à table des questions insidieuses sur ce qu'avait dit Paule. Attends, ma vieille, la prochaine fois que tu auras besoin de ma complicité, tu feras connaissance avec ma duplicité.

Flora 4 septembre 40

C'est difficile de revenir dans sa vie de tous les jours quand on s'en est un peu sauvé. Je viens de quitter Van Buck et c'est comme si je sortais d'une bulle de savon pour me retrouver sur terre. Je me sentais libre et heureuse et adulte ; il m'a dit qu'il pensait à moi toute la journée et qu'il aimerait être à la campagne avec moi, à marcher dans l'herbe. Il m'avait écrit une lettre et me l'a donnée. Je me la garde pour dans mon lit.

Mais dès que je suis rentrée à la maison, la bulle a crevé. Bien sûr, Benoîte n'avait pas mis le couvert et maman m'a dit d'aller chercher le pain et il a fallu que je redevienne celle que l'on croit que je suis, celle que l'on veut que je sois.

Ah ! Quelle barbe de ne s'appartenir que par bribes et de devoir tant abandonner de soi aux autres ! J'avais envie de me redire ce que Van Buck m'avait dit, de peur que cela ne se sauve du côté de l'ombre, mais il fallait opposer une tête raisonnable à la conversation familiale et se lever pour desservir. Après le dîner, j'ai dit que j'allais préparer mon examen et j'ai filé dans ma chambre, face à face avec moi-même et ma lettre.

8 septembre 40 Flora

Tradéridéra, il m'aime.

Van Buck m'a dit que je ressemblais à Bella de Giraudoux. Je veux bien. Moi, je l'appelle Bertram. J'ai aimé ce nom dans l'*Ondine* du même et Van Buck a le côté gentil de Bertram.

Maintenant, je m'ennuie dans la vie quotidienne. Aujourd'hui, papa a diagnostiqué chez moi une maladie de langueur. « Voilà pourquoi notre fille est muette », dit-il. C'est vrai que je suis muette. Il n'y a qu'à moi que j'aie à dire en ce moment !

8 septembre 40 Benoîte

Je crois qu'on devient adulte du jour où on ne se regarde plus vivre, où l'on coïncide avec soi-même. Est-ce qu'un événement suffit à opérer cette superposition ?

Flora joue en ce moment une saynète intitulée *J'ai peur d'un baiser comme d'une abeille*... Elle volette autour de la lampe, attirée et horrifiée, va-t-et-vient, fait mille tours et recommence. Elle est rentrée très rouge hier soir et j'ai joué l'ours avec délices. Sa fraîcheur de jeune fille m'énerve. Elle se propulse comme un Saint-Sacrement, cette Dame aux Camélias aux fesses rebondies et feint d'avoir des secrets indicibles. Je la suis pendant qu'elle se déshabille, lui pose des questions grossières ; elle chante à tue-tête pour ne pas m'entendre, puis elle claque sa porte ; mais comme elle n'a pas de serrure, je vais m'asseoir sur son lit et l'interroge, pour son bien. Elle enfouit sa tête sous les draps et refuse de répondre. « Mais tu as laissé ta langue chez Van Buck ? » Elle me lance sa pantoufle à la tête et satisfaite je me retire dans ma chambre.

Flora 10 septembre 40

J'ai quinze ans et j'ai embrassé *a boy on his lips*. Ô impureté ! Ô saleté ! Ô dégoût ! Donnez-moi honte, s.v.p., Dieu.

J'ai décidé de travailler car je me dégoûte. Je ne fournis pas le moindre effort et brusquement je m'aperçois que je ne fais rien depuis six mois. C'est terrible de remédier à tout un arriéré de laisser-aller. Ah ! nous sommes tous les mêmes et je suis un peu coupable dans mon genre des abominables armistices et de leurs conséquences. J'élimine les corvées ; je donne mon chandail à tricoter à Benoîte. Ah ! je suis terrible. Que de choses à faire et à défaire. J'aurais besoin d'un grand coup de pouce et je ne vois pas qui pourrait jouer les pouces dans cette histoire.

Benoîte Jeudi 10 septembre 40

Calais, Le Touquet et Berlin ont été bombardés cette nuit. Il semble que l'Angleterre commence à rendre les coups. L'été se termine et elle n'a pas été envahie. Le temps travaille forcément contre les conquérants.

Quant à nous, nous apprenons à vivre en économie fermée. « Faites votre lessive sans feu, vos confitures sans sucre. Fabriquez vous-même votre charbon, votre huile, votre savon. »

Pour faire de l'huile, par exemple, il suffit de se procurer 5 grammes de lichen blanc, de la mousseline à cataplasmes, 1 croûton de pain pour enlever l'odeur de pharmacie et un litre d'eau. On obtient bientôt un litre d'une huile « délicieuse, mais qu'il est prudent de consommer dans les quarante-huit heures, car elle surit immédiatement ! ».

Benoîte Samedi 12 septembre 40

Grande conversation hier soir avec Flora. Bien parties, mal arrivées. « Jalouse, vieille institutrice desséchée... tu ne sais pas ce que c'est que le cœur, d'ailleurs tu ne l'as jamais su, maman l'a dit. » Si c'est avoir du cœur que d'atteler les hommes à son char, comme on dit rue Vaneau, eh bien non, je n'en ai pas.

Eh bien oui, je n'ai personne dans mes brancards. Les étalons qui sont passés à ma portée n'étaient que des ganaches avec lesquelles je ne pouvais pas même faire un tour d'honneur devant la tribune des parents. Quant à mon char, ce n'est qu'une brouette ! Je n'ai jamais réussi à lever un parti sortable. C'est signe de quoi ?

Et puis tout le petit jeu qu'on m'affirme être nécessaire pour attirer et retenir, « car ce n'est pas le tout d'attirer », dit maman d'un air expérimenté, je ne sais pas y jouer. Les hommes n'aiment pas qu'on laisse traîner ses bas, les hommes aiment qu'on les fasse marcher, les hommes n'aiment pas les soutiens-gorge rattachés avec une épingle double et il ne manque pas de femmes ravissantes et soignées ; les hommes ne vous aiment que si on leur échappe ; les hommes préfèrent toujours une coquette qui ne les aime pas à une mal coiffée qui les adore ; il ne faut jamais montrer à un homme qu'on tient à lui et il faut lutter sur tous les fronts pour être, chaque jour, mieux que les autres. C'est vrai, je n'en disconviens pas, et les exemples sont légion, mais je suis découragée d'avance. Faut-il toujours se battre pour être aimée ? « Il faut être sur le qui-vive et jouer la comédie, répond maman. Pour Flora, c'est naturel : elle a de l'instinct. Mais toi, tu devras apprendre. » C'est pourtant vrai que ce n'est pas la philologie qui m'aidera à séduire et que les hommes aiment mieux les bas chair que les bas-bleus ! Mais — est-ce paresse ou principe ? — je ne me décide pas à me recoiffer cent fois par jour, à vérifier si mon nez luit, à laver chaque soir mes bas dans de l'eau légèrement savonneuse, à replier mes chandails dans l'armoire au lieu de les foutre, à me parfumer derrière les oreilles, à ne pas m'asseoir avec les pieds en dedans, à... à ne pas... à... Toutes ces ficelles, qui paraissent fils de la Vierge chez Flora, chez moi deviendraient des câbles. On n'apprend pas à être coquette. C'est foutu pour moi, je ne peux me donner du mal que pour ce qui m'intéresse.

— C'est en faisant des gammes qu'on apprend à jouer, dit maman. Il faut séduire tous les garçons pour pouvoir séduire celui qu'on aime, le jour venu.

— Ainsi, par exemple, dit maman, tu as un chapeau sur la tête, mais je parie que tu as le cou sale !

— Eh bien ! je vais enlever mon chapeau ; je rêve de ne plus porter de chapeau.

— Je déteste les filles en cheveux, dit papa. Ça fait mauvais genre.

— André, tu veux que je le prouve que ta fille a le cou sale ?

J'ai beau protester, admettre ce qu'on voudra, on envoie Flora chercher du coton et de l'eau de Cologne. Flora ne se le fait pas dire deux fois : nous sommes en froid en ce moment. On imbibe largement le tampon d'ouate, on m'abaisse mon canotier sur le front, on soulève mes cheveux et on commence à frotter énergiquement.

—Tiens, tiens... et... tiens ! crie triomphalement maman en brandissant sous le nez des assistants un tampon qui, bien entendu, n'est plus blanc

— Mais maman, c'est mon fond de teint.

— Tu te mets du fond de teint noir, maintenant ?

Mais qui n'a le cou noir dans une grande ville et qui résisterait à l'épreuve du coton alcoolisé ? On refuse de tenter l'expérience sur Flora, « pour l'instant il est question de toi ».

— Enfin, Dédé, est-ce qu'on appelle ça avoir le cou noir, oui ou non ?

Et papa qui refuse lâchement de prendre parti et n'ose jamais me défendre :

— Eh bien, mon chéri, chacun est maître de son destin. On jugera l'arbre à ses fruits... Et si elle ne se marie pas, elle sera notre petite bonne plus tard. Ce sera très gentil.

— Justement, moi je ne renonce pas. Je veux que ma Zazate soit heureuse et je me battrai contre elle jusqu'à ce qu'elle comprenne.

Après avoir brandi le coton comme un témoignage, maman se décide à regret à le jeter. Elle remet mon canotier et mes cheveux en place, m'embrasse comme une incurable dont on refuse de désespérer et conclut :

— Tu vois, André, on a eu tort de l'envoyer à la Sorbonne. Cette enfant n'est pas armée pour la vie et ce n'est pas là-bas qu'elle s'améliorera.

Flora 13 septembre 40

Benoîte, la garce, m'en veut parce qu'on m'aime. Elle a dix-neuf ans et n'a pas aimé et elle tâche de me gâcher ce que j'éprouve et ce qu'on éprouve pour moi. Elle m'invite avec une hypocrite affection à la vérité, et puis quand je me suis mise à nu, dans la souffrance, elle s'esclaffe et tourne en ridicule ce qui me paraissait émouvant. Mais aussi, pourquoi diable lui faire toujours des confidences ? Je devrais être rompue à sa causticité glacée et ne plus me laisser prendre au piège. C'est décidé, je ne lui parlerai plus.

Elle fait feu de tout bois avec un art consommé. J'avais rendez-vous avec Van Buck demain et elle s'est arrangée pour que ça ne marche pas. Il devait apporter ici deux kilos de sucre que son père nous « prêtait » et, par la même occasion, il serait resté un peu. Mais Benoîte a dit à maman qu'elle prendrait le paquet en vélo en revenant de son cours, et j'ai dû téléphoner à Van Buck la nouvelle et remettre à un autre jour la revoyure. Elle me le paiera.

12 septembre 40 Benoîte

Un nouveau journal est né en zone occupée dont Jeanson est rédacteur en chef. En page une, deux communiqués qu'on nous présente comme les nôtres : le communiqué du G. Q.G. allemand et celui de l'Italie. Quelle déchéance ! Nous voilà dans le même sac que cette Italie qui nous tirait dans le dos il y a deux mois à peine. On nous oblige à nous intéresser au bulletin de santé de son armée ! Qu'elle crève. Nous sommes des vaincus, passe encore ; mais qu'on nous laisse l'honneur de rester des ennemis.

Les bombardements sur Londres sont régulièrement qualifiés de raids de représailles comme si Hitler ne faisait la guerre que pour punir les méchants. Quant aux raids anglais, ils sont l'œuvre des « pirates nocturnes de la R.A.F. ». L'Allemand seul semble avoir droit au beau nom de soldat ; les ennemis sont des rebelles ou des bandits. La radio de Londres et Churchill ne dorent jamais la pilule aux Anglais : on ne leur cache pas que l'ennemi est fort, adroit et organisé et on n'a jamais traité officiellement Hitler de schizophrène ou de maniaque. C'est pour cela aussi que nous refusons l'armistice ; pour nous battre, vivre et parler comme des grandes personnes et non comme des robots fanatisés.

Flora 14 septembre 40

Maman a dit à Benoîte aujourd'hui que j'étais une exaltée parce qu'elle avait vu sur mon buvard que j'avais écrit : je t'aime, je t'aime, je t'aime.

Mon Dieu, est-ce vrai ?

Ceci dit, je n'aime pas l'aspect physique de l'amour. J'aime les mains qui se cherchent et les yeux qui se trouvent, mais c'est tout et j'ai dit à Van Buck que je ne rembrasserai plus jamais. C'est trop mouillé, un baiser et je n'aime plus quand je l'ai donné. C'est cela qu'il a de gentil, ce frère de mon cœur : il a compris et accepté. Il m'a dit qu'il m'aimait au-delà des baisers. Voilà quelqu'un enfin digne d'amour. Quand on compare à tous les Pasquale du monde ! Je l'embrasserais presque d'accepter que je ne l'embrasse pas.

Benoîte Dimanche 13 septembre 40

Rendez-vous avec Haroun au Mahieu. Il se parfume toujours au *Joli Soir* de Cheramy. Et ce parfum mêlé à son odeur de peau brune m'a tout de suite sauté à la mémoire. C'est le premier homme qui m'ait donné confiance en moi, qui m'ait dit que j'avais une jolie bouche, un corps attirant. Car ma bouche a été mon problème. En sixième, une amie de classe m'avait traitée de négresse à plateau et j'avais beaucoup pleuré. La famille me disait « Pomme » en public pour que je pense à *la* fermer quand j'étais dans le monde. (Pomme étant le premier terme de l'exercice « Pomme Prune Pouce » qui forme, dit-on, la bouche en cœur.) Et voilà qu'Haroun trouvait plaisante cette grosse bouche. Cette leçon valait bien un baiser, sans doute ! « Et alors ? toujours vierge, Rosa ? » Lui vit plus ou moins avec une blonde, la seule blonde vaporeuse de la Faculté des Lettres. Il a toujours à mes yeux ce charme ironique et attachant qui masque à peine une virilité débordante. Je crains d'être conditionnée comme le chien de Pavlov : de même que la sonnerie le mettait en appétit, *Joli Soir* me met en amour.

15 septembre 40 Benoîte

On écoute tous les soirs la radio anglaise comme on prend sa drogue. Même rendue inaudible par le brouillage, elle réconforte. On sait que l'Angleterre vit toujours. C'est comme la petite lueur de la lucarne dans la cellule d'un prisonnier. C'est de ce côté-là que viendra un jour la lumière.

18 septembre 40 Benoîte

Il faut se marier, ne serait-ce que pour ne pas être à trente ans une « vieille fille », mais une « jeune femme ». Il n'existe qu'un terme unique pour désigner l'homme de trente ans, quelle que soit sa vie personnelle. La femme, elle, est qualifiée suivant l'usage qu'elle a fait de l'homme et par rapport à lui. Que faire contre cette monstruosité ?

L'homme n'a qu'un destin. La femme en a trois, contradictoires. La mère empiète fatalement sur la femme, au sens conjugal, et toutes les deux pèsent lourdement sur une réalisation professionnelle éventuelle. Une femme doit se construire neuf fois sur dix sur un renoncement à une partie d'elle-même, à une partie de ce que lui offrait la vie.

Je sais pertinemment que le mariage n'est pas une réponse ni une solution, mais je le souhaite bêtement, comme s'il pouvait résoudre mes contradictions. Je n'ai pas envie de me dévouer à mes enfants et pourtant j'en souhaite. J'ai envie d'avoir une vie et un travail personnels et pourtant je ferai des enfants qui m'en empêcheront. Il me faudrait de l'argent pour pouvoir mener plusieurs vies de front et j'ai toutes les chances d'épouser un homme pauvre d'après le calcul des probabilités et ma pente naturelle. Mon avenir est absurde et je ne vois pas le moyen de le rendre harmonieux. Heureusement, heureusement que les femmes ont les idées courtes !

19 septembre 40 Flora

Ce couillon de M. t'Sterstevens a dit quave javétavais mavure pavour favaire l'avamavour ! Cavochavon !

Passé mon examen. Pas bien su. La vie vous rend de plus en plus responsable, vous embourbe, vous enlise, vous met en cause. Nos gestes nous suivent, comme dit papa ; et nos absences de gestes, alors ! Je sens que je ne vais rien récolter et cela va de soi puisque je n'ai pas semé. Mais je regrette déjà cet échec que j'ai tissé de mes mains.

Tous les petits orgueils, les petites bassesses que l'on a en soi et que le psychanalyste mettrait au jour comme quand on soulève une pierre et qu'il y a un crabe dessous.

Benoîte Dimanche 20 septembre 40

J'ai été à Poissy, seule, à bicyclette. J'aime assez l'amertume d'être seule. « On » m'ignore ; « on » me méconnaît ; si « on » savait ! En attendant, qu'« on » sache..., je me grise de petites joies quotidiennes et d'avoir un corps qui fonctionne bien, ce qui me paraîtra un jour le suprême bonheur.

Je rentre rue Vaneau pour dîner comme Flora arrive du cinéma et du salon de thé, avec Van Buck. Ma solitude me paraît soudain deux fois plus solitaire.

— Qu'est-ce que tu fais, ce soir ? dit Flora savourant sa supériorité.

Je feins d'hésiter pour dire :

— Oh ! rien. J'ai à travailler.

— Pauvre Zazate, abandonnée des dieux et des hommes ! dit maman, qui espère toujours m'aiguillonner.

Qu'y puis-je, si tous les garçons que je connaissais sont en zone libre ou derrière des barbelés ? Trouves-en d'autres.

Flora Mardi 22 septembre 40

Philippe est venu passer l'après-dîner avec nous, apportant sous son bras un lot de lettres dites d'amour, glanées chez lui ou chez ses amis à la suite de dons ou d'abandons. Cela m'est parfaitement désagréable de lire cela. Je me sens immonde de fouiller ainsi dans le tiroir de mon voisin et je suis répugnée par l'attitude de ces hommes qui renoncent si facilement à leurs amours mortes. On ramasse les lettres par poignées, on les lit au hasard. A la longue, c'est tout à fait vilain et cela ne ressemble pas du tout à l'amour des livres d'images.

Ah ! J'aime l'amour à guirlande et à plumes de pigeon. Celui-là sent le garni et la garnison. Cela me rend triste.

21 septembre 40 Benoîte

J'ai bien réussi mon écrit d'études pratiques d'anglais ce matin et ma version grecque cet après-midi. Thème grec demain matin.

Pater a un point de congestion. Depuis deux ans, il « nous » a fait des furoncles, il s'est cassé le péroné en traversant la rue, il s'est coupé le bout du doigt en refermant la capote de la Viva sur le bac de Saint-Nazaire, loin de toute pharmacie, bien entendu... et il a attrapé une maladie rarissime : la fièvre de Malte. C'est tout pour les mêmes et l'homme est un bestiau fragile ! Mon week-end à Nesles, chez Irène, est remis en question. J'hésite à prendre les choses du bon côté. Il s'en faut d'un rien que je choisisse l'attitude élégante. Comme un caractère tient à peu de choses, à un fil... toujours le même ! Mais j'ai un défaut épouvantable, le pire je crois : celui d'aimer mes défauts ! Je trouve charmant et original de manquer de parole et n'ai jamais pris la décision de tenir mes engagements. On ne guérit sans doute pas de ses vices, mais on peut faire ce qu'on veut de ses défauts. La plupart ne sont qu'une acceptation complaisante de ses faiblesses et si on ne se corrige pas, c'est tout simplement parce qu'on s'aime tel qu'on est.

Chaque matin l'occupant ou Vichy — c'est kif-kif bourricot — nous donne un tour de vis. Chaque matin, nous lisons dans les journaux un ou deux articles nouveaux du règlement de la prison où nous allons vivre. Pour combien de temps ? Nous sommes là comme des bêtes impuissantes, prises par la patte, à regarder se construire les murailles autour de nous. Les libertés se restreignent, les boutiques se ferment, les nourritures terrestres se raréfient. L'espoir s'éloigne aussi d'en sortir cette année. Ce matin, nous avons appris qu'il était désormais interdit de divorcer. De quoi je me mêle, mon maréchal ? On était déjà prisonnier de l'occupant, on le sera en plus de son conjoint !

Sont également supprimées les Écoles normales d'Instituteurs ainsi que les petits-suisses, cœurs, double crème, et en général tous fromages contenant plus de 44 % de matières grasses. Suppression du pain « fantaisie » naturellement. Défense de vendre du café pur. La ration mensuelle comportera un tiers de vrai café et deux tiers de succédané.

Vichy a le chic pour que les restrictions apparaissent non comme dictées par la conjoncture, mais comme une punition. On ne vendra plus le pain frais, et on nous mélangera les grains de café avec les glands ! Car nous avons trop joui, sous la IIIe, Pétain l'a dit ; et la jouissance avilit. L'arrière-pays moralisateur, réactionnaire et petit-bourgeois de la doctrine de Pétain est puant. C'est à vous dégoûter d'être vaincu. Ne peut-on revenir à la terre et à l'artisanat sans chanter *Prends ton fusil, Grégouâ-âre* ?

Benoîte 23 septembre 40

Un des grands dadas de Dédé : « Pour moi, le problème ne se pose pas : je l'ai résolu en l'éliminant. »

* Journée pluvieuse. Ça sent l'automne ; je ne connais personne et je suis sans emploi.

Nous reprenons nos habitudes d'hiver : les longues soirées « en troïka », maman, Flora et moi dans le divan vert, la couverture de fourrure sur les jambes. De sa chambre, papa crie de temps en temps que nous sommes « insensées », qu'il est une heure du matin ; on lui rit au nez. C'est l'heure où nous complotons contre les hommes.

— Devine qui j'ai rencontré ces temps-ci ? dis-je d'un air que je croyais dégagé.

— L'Égyptien, répond-elle sans hésiter.

Avais-je repris instinctivement la voix coupable du temps où je voyais Haroun chaque jour ? Je me sens percée à jour et mise à nu jusqu'au moindre désir. Et on piétine Haroun et on le met en pièces sous mes yeux profitant de ma lâcheté. C'est bien connu, les Égyptiens sont des amateurs de chair fraîche. Il ne m'aime pas : c'est un obsédé sexuel comme ses congénères ; et sans doute syphilitique par surcroît. La panique me prend rétrospectivement. Peut-être couvé-je un chancre ? Si j'ai un bouton, je crois que je ne l'avouerai jamais.

Jeudi 24 septembre 40 Benoîte

Nous sommes en carte depuis aujourd'hui. Nous aurons droit aux mêmes rations qu'en zone libre, sauf en viande. Chaque ticket de viande représentera soixante grammes avec os, ou quarante-huit grammes sans os. On reconnaît bien là la minutie allemande et les bouchers vont s'amuser ! On ne sait pas encore combien de tickets seront honorés chaque semaine, mais avec quarante-huit grammes sans os par jour, les Français ne risquent pas d'être très combatifs.

25 septembre 40 Flora

Recalée à mon examen. Cela n'étonne que moi, car les Pythies, diseuses de mauvaise aventure et autres devins en chambre m'annonçaient le pire depuis beau temps. Mais moi je gardais au fond de la tête un espoir d'avoir fait des étincelles. Il n'en fut rien. Il ne me manque que quelques points, mais mal placés... Puisque le collège m'accueillait d'office, je n'ai plus qu'à y retourner, le cœur en honte.

Soirée au *Lapin Agile* avec papa, maman, Benoîte. Vu Carco, l'œil sombre. Léon-Paul Fargue arrive quand tout le monde s'en va et dit : « Je vais vous reconduire. » Chas Laborde dessine sur les serviettes en papier et Galanis rêve au loin. Il était très laid ce soir : il avait l'air d'une gargouille.

Samedi 28 septembre 40 Benoîte

Il faut être assez fort pour pouvoir à n'importe quel moment de la comédie ou du drame dire : « Rendez-moi mes billes, je ne joue plus. »

Facile à dire quand on n'a encore joué de rôle dans aucune pièce. « Oh ! Rien à faire sur la terre ! » Quand est-ce que la vie commence vraiment ? Y a-t-il des êtres pour qui elle ne commence jamais ? J'ai presque envie de pleurer pour me distraire. L'avenir est sinistre. On ne parle partout que des « jeunes qui vont nous tirer de là ! ». Je regarde autour de moi... C'est qui le jeune ? D'abord pour tirer, il faudrait être ailleurs. Or je suis dedans, et jusqu'au cou. La France se transforme en un immense camp de jeunesse. Mais comme l'avenir n'est pas à nous, à quoi sert d'être jeune ?

Passé la soirée au *Lapin à Gill.* Un harpiste dans un coin sombre pinçait ses cordes en pensant à autre chose. J'ai eu une grande conversation avec un imbécile qui aimait Bourget. En 1940, où trouver le temps et les raisons d'aimer Bourget ? Aucune envie de revoir un monsieur comme ça.

Benoîte 1er octobre 40

Écouté Gus Viseur à la radio toute la soirée : *Porto japonais* et autres swings. Cette musique fait déjà époque révolue. Mon époque sera révolue si l'occupation dure quelques années. Et moi avec.

Pater et moi avons eu une discussion politique ce soir à table. Comme d'habitude, on ne me prend pas au sérieux parce que je n'ai pas passé quatre ans dans les tranchées ! Comme si d'avoir fait en qualité de maréchal des logis-chef la bataille de la Marne permettait d'en savoir plus long sur les pensées intimes de M. Roosevelt et les développements de la guerre actuelle ! Je fais à mon père une injure personnelle en soutenant qu'il y a d'autres façons d'être courageux qu'en 1914.

« Ha ! ha ! ha ! Je les attendais au tournant, tous tes petits amis, les E.O.R. et les autres ! On a jugé l'arbre à ses fruits. »

Que répondre sans savoir quels fruits j'aurais porté, moi, si j'avais été un garçon ? Et à un engagé volontaire, croix de guerre, deux citations, blessé en Argonne et au coude, et qui sait, lui, de quoi il est capable ?

Le cancer de la jeunesse, c'est ce doute sur soi-même. On passe probablement sa vie à s'espérer capable d'autre chose que ce qu'on fait. Mais finalement, au jour de sa mort, on est désespérément réduit à ses actes. Chaque être n'est plus que la somme de ses produits et toutes ses virtualités s'évanouissent... ce qui est le propre des virtualités.

J'ai l'impression en ce moment de descendre au fond d'une oubliette. Tout semble organisé pour que nous y pourrissions longtemps, moi et la France ! On nous bouscule, on nous emmure. Le Tout-Paris s'est rencontré chez les marchands de tissu pour s'arracher la satinette noire, car il faudra désormais camoufler totalement ses lumières. Même les lampes de poche devront être peintes en bleu, ne conservant qu'un mince filet clair « en forme de pupille de chat ».

Enfin, « les autorités allemandes communiquent ; les Juifs devront se faire inscrire auprès du préfet de leur région. Seront reconnus comme Juifs tous ceux qui appartiennent ou ont appartenu à la religion juive ou qui ont plus de deux grands-parents juifs. Tout commerçant juif devra apposer sur sa boutique, bien en vue, la mention : " Judisches Geschäft. " »

Le gros loup allemand déguisé en Mère-Grand de l'Europe commence à montrer patte noire... Cela aidera peut-être à anéantir l'espoir absurde que la France pourrait rester la France grâce au vainqueur de Verdun. Que pèse Pétain en face de *Mein Kampf* ? Quelques tickets de viande avec os, tout au plus.

Rentrant de chez Galanis, hier soir, nous avons raté le dernier métro de 22 h 30. Nous avons dû revenir à pied depuis le haut de Montmartre, papa devant comme un chien de berger et Flora derrière bien entendu, car elle avait mis ses chaussures neuves et boitait comme une coxalgique. Maman transportait notre présent et notre avenir dans son sac Hermès, sous forme de bijoux et de billets ficelés. Il pèse un poids réconfortant. Nous avons battu le record de la distance sur talons hauts : quarante minutes.

3 octobre 40 Benoîte

Au menu du déjeuner : poulet rôti. Quand il a été dévoré, contemplant les assiettes sales où le jus se fige, on se demande : « Comment ai-je pu avoir envie d'un poulet ? » C'est un indice qui me rassure pour plus tard. Quand mon sang commencera à se figer et que je ne serai plus dans mon assiette, j'espère pouvoir me dire avec la même incrédulité : « Comment ai-je pu avoir envie d'un homme ? » Pourvu que le désir ne survive pas aux possibilités de l'assouvir. Et garde-t-on la nostalgie de ce que l'on ne saurait plus désirer ?

J'ai rencontré ce soir, boulevard Saint-Germain, un de mes anciens « danseurs », Daniel Brassin, que j'avais connu autrefois au bal de Centrale. Il est bien entendu démobilisé et parfaitement adapté à la nouvelle situation. Il en sera le profiteur si elle dure. C'est bon d'en connaître un, car c'est bon d'être bas, de temps en temps. Il m'a emmenée dîner au *Schubert*. Le piano est sur la piste et on danse entre les plats. Comme l'argent et le secret siéent à l'homme ! L'ingénieur bellâtre d'hier est devenu — dit-il, d'un air plein de sous-entendus — un des rouages secrets d'une officieuse remobilisation. Il semble enchanté de « ne pas pouvoir m'en dire plus long ». En attendant cette remobilisation, son argent lui permet de s'offrir un cadre avantageux, un bon repas, le meilleur vin, toutes choses qui l'auréolent indûment. J'ai beau ne pas être dupe du décor, je trouve ce soir à Daniel un physique avantageux !

Flora 3 octobre 40

Avantageux ? Tu as bu. Il a l'air d'un contremaître endimanché. Faut-il que tu sois à jeun pour prendre ce colineau pour du homard !

Benoîte Vendredi 4 octobre 40

Et après tout, pourquoi pas du colineau, en temps de guerre ?

Je n'avais pas confirmé hier que je ne rentrerais pas dîner par une lâcheté qui m'est coutumière. Et pourtant, je savais que ma soirée en serait empoisonnée. La lâcheté n'est pas un défaut agréable.

Pour ne pas avoir à dire cette phrase d'apparence inoffensive : « Je suis invitée à dîner », pour ne pas risquer un refus ou une acceptation ironique, je me suis exposée en toute connaissance de cause à une soirée inconfortable et qui avait neuf chances sur dix d'être suivie d'une corrida. Ah ! les êtres ne sont pas simples !

Bien sûr, on m'attendait. Tout le monde debout à minuit et sur le pied de guerre. Papa n'avait pas pu s'endormir parce qu'il se faisait de la « bile » et maintenant, « sa nuit était fichue ». Et cette salope de Flora qui se couche toujours de bonne heure, feignait d'avoir été obligée de veiller pour soutenir « pauvre maman ». Les mots de « petite garce, sans cœur », « ce couillon qui te sort », « se foutre de ses parents » et « tant pis pour les vieux », voltigent sur mon dos rond. Flora qui se lime les ongles en profite pour s'apercevoir que j'ai mis sa ceinture de daim, que je la serre trop et qu'elle est fripée. Il paraît qu'il n'y a que mon plaisir qui compte, que je vis ici comme à l'hôtel et que je laisserais mourir mes parents.

— Le cœur de ta mère... pour ton chien, chantonne maman.

— Et alors ? C'est le grand amour avec ton contremaître ?

— Mais mon chéri, dit papa, elle nous considère maintenant comme le père et la mère Goriot.

— Ce n'est pourtant pas difficile de demander une permission au lieu de nous laisser tous dans l'inquiétude !

Eh bien si, précisément, c'est au-dessus de mes forces. Tout cela n'étonne d'ailleurs pas de ma part. Un jour j'aurai à mon tour une fille qui me fera souffrir car, sur cette terre, on récolte ce qu'on a semé. En outre, je suis un fruit sec. Si je devais écrire, ce serait déjà fait. Je cite Stendhal, on me répond que Stendhal, c'était Stendhal.

— Mon pauvre chéri, dit papa, nous l'avons stérilisée en la laissant aller à la Sorbonne. Rappelle-toi, elle faisait des rédactions charmantes quand elle était enfant. Elle a perdu ses dons ; c'est une conséquence de l'enseignement d'aujourd'hui. Elle fera sans doute un excellent professeur qui inscrira en marge des copies de ses élèves : « Trop d'imagination ! »

— Moi je sais que ma Zazate a des dons, dit maman, une soudaine larme d'attendrissement à l'œil à l'idée de mon avenir de professeur. Il n'y a qu'une chose intéressante dans la vie, c'est de créer. D'apporter sa pierre à l'édifice. Et je ferai tout pour qu'elle le comprenne.

Maman me contemple à travers une larme qui tremble ; je me tortille d'un air idiot, sûrement. Papa, qui n'aime pas les effusions, va se coucher et maman m'emmène dans sa chambre pour me pétrir le cœur. Il est deux heures du matin. On me prouve que je me prive de grandes joies à n'être pas sensible comme Flora, par exemple.

— Tout se fait avec le cœur !

Dans ces conditions, qu'est-ce que je vais devenir ? Je suis sincèrement abattue, ce soir et, de plus, sans illusions sur mon talent littéraire.

« Mais enfin, insiste maman, tu nous avais donné des espoirs, à treize ans ! »

Je n'ose pas lui rappeler — elle ne me croirait pas — que c'est elle en réalité qui a écrit sous mon nom *Le Chêne et la Rose*, pièce en deux actes et en vers qui fut jouée pour mon treizième anniversaire, en 1934, dans des décors véritables, avec Paul Poiret dans le rôle du Chêne, moi dans celui de la Rose, bien sûr, mes cousins et cousines se répartissant les fleurs de moindre importance. On avait fait, ce jour-là, les pronostics les plus flatteurs sur mon avenir. Maman avait, en toute bonne foi, déjà oublié que j'avais seulement fourni les rimes à l'aide d'un dictionnaire de versification qu'on m'avait acheté à cet effet. Cette journée de gloire usurpée, ces applaudissements que je ne méritais pas, me laissèrent un pénible souvenir d'indignité.

À la suite de cet exploit et pour ne pas faire mentir les augures, je dus réciter le jour de Noël, chez tante Marie, des poèmes de ma fabrication que je trouvais grotesques, mais où maman voyait des promesses.

Et puis, je ne pondis plus rien. Les tantes commencèrent à se demander si je n'avais pas usurpé une place qui aurait pu revenir à une de mes cousines... seule maman s'obstinait à croire que mon talent allait s'épanouir et multipliait les occasions de l'asticoter.

On organisa chez nous des tournois d'éloquence où chacun tirait au sort, dans le chapeau mou de papa, un sujet sur lequel il devait improviser quinze minutes durant. Mais rien d'autre ne sortit du chapeau.

« J'ai peur, disait maman, d'avoir tué la fleur, à force de soins. »

L'espoir, lui, ne mourait pas. À trois heures du matin, maman me serrait dans ses bras en me suppliant de lutter, d'avoir de l'ambition, de tirer le maximum de moi-même et de plaire aux hommes et se déclarait prête s'il le fallait à se couper un doigt. Je la quittais gonflée à bloc, sûre désormais que j'allais agir sur l'autre sexe à la manière d'un aimant et que j'écrirais un journal qui vaudrait en tout cas celui de Marie Bashkirtseff.

Mais le lendemain, ce n'était que moi qui me réveillais, les difficultés me paraissaient à nouveau insurmontables, les hommes rares et fuyants, mon avenir incertain.

7 octobre 40 Benoîte

Il pleut à torrents. Je crois que les Allemands ne traverseront pas la Manche cette année.

La réorganisation de la vie sociale par Pétain prend tournure. Aux hommes, la clé des champs, aux femmes, celles du bahut et du buffet de cuisine.

Le quartier Latin se repeuple de crétins, cheveux gominés, vestes à soufflet, qui fredonnent : *I want to say Boo, Mama*... J'ai horreur de l'air de certitude de la jeunesse. Certitude de quoi ? Les jeunes gens sont les nouveaux riches de la vie : comme eux prétentieux, gaspilleurs et ostentatoires.

7 octobre 40 Flora

Il y a déjà quelques jours que j'ai repris le chemin du collège. Personne ne savait que j'avais essayé de rallier Duruy et j'ai gardé ma honte pour moi, l'ayant d'ailleurs toute bue ; papa et maman comme d'habitude ont été gentils et généreux. Ils m'ont trouvé des circonstances atténuantes là où je n'avais que des culpabilités. Dans ma classe, pas mal de filles d'avant la débâcle, des visages familiers, et une masse anonyme et terne. Je n'ai encore parlé politique qu'avec mes proches, mais il semble qu'il y ait moins de passion ici qu'au lycée. Ces petites filles de bonne famille n'ont pas l'habitude de montrer le bout de leur nez.

8 octobre Flora

Aujourd'hui, il m'est arrivé quelque chose de très grave. Anonyme et clandestin, frôle-muraille et vêtu d'ombre, Van Buck était venu me chercher à la sortie ; nous regagnions mon bercail par un chemin détourné et voilà qu'au coin de la rue du Bac, j'ai rencontré Mlle Pilor, la directrice.

Ceci est très grave !

Oh ! la gravité de ceci !

Van Buck portait mes livres et marchait négligemment, et moi, quand j'ai aperçu la silhouette violette de Mlle Pilor, comme une statue du Commandeur, j'ai baissé la tête et hâté le pas. Elle m'a regardée, mais je ne sais pas si elle m'a vue. Peut-être demain me convoquera-t-elle dans son bureau ? J'ai très peur. Pourtant, j'ai le droit d'avoir un cousin et de le croiser au coin d'une rue ? J'ai le droit de marcher vite en baissant la tête ? J'ai tous les droits ; mais elle en a plus encore. Et c'est elle qui en use. Ah ! j'ai peur. L'inquiétude ne me quitte pas depuis midi. Elle accompagne tous mes gestes comme une ombre, et je sens que la situation n'est plus entre mes mains. Je voudrais être à demain pour avoir la possibilité d'agir.

Ah ! je suis quelqu'un de difficile. Je suis une enfant difficile. Mes parents ont du mal avec moi et je le regrette. Je ne me sens pas brave. Les directrices, depuis la nuit des temps, me font peur. Je me sens toujours plus ou moins coupable devant elles et mon attitude excessivement humble et pourtant presque prête à sauter dans l'arrogance, ne leur dit rien qui vaille. Je ne sais pas être l'élève idéale. Et pourtant, parfois, j'essaie. Allons, dormons quand même : noyons notre angoisse dans la nuit.

Flora 9 octobre 40

Ce matin, en allant en classe, je me disais pour me donner du nerf : « Une existence pathétique, Nathanaël, plutôt que la tranquillité. »

Mais alléluia ! C'est la tranquillité qui m'est échue. Je n'ai pas été convoquée. Vive moi, et surtout, les yeux bigles de Mlle Pilor ! Je crois que l'incident est clos. Quel luxe de re-se-sentir bien. De se permettre de penser à autre chose et de renaître aux petites joies après avoir vécu une journée si noire. Il faut que je trouve le moyen de prévenir Van Buck que le danger est écarté. Car ma peur lui avait fait peur, hier. Benoîte, la garce, avait mal choisi son jour pour badiner, la peur m'occupant toute. Je lui avais demandé de me faire ma préparation latine et, comme nos écritures aussi sont sœurs, je lui avais confié mon cahier. Avec sa science infuse et diffuse, elle m'a torché en cinq minutes une fausse version de César qui commençait par *Vercingétorix bouffat pommas et vomitavit* et continuait dans la même veine, peut-être comique, mais sûrement tragique si j'avais été interrogée. J'avais ouvert mon cahier au moment voulu, sûre du mot-à-mot impeccable que Benoîte me livre d'habitude, mais quand j'ai réalisé que Vercingétorix, *semper odoriferans, cocotabat de la bocca,* j'ai eu des sueurs chaudes. Mais le ciel m'aimait bien aujourd'hui : Mlle Frouin n'a pas mis son nez à la porte et je n'ai pas été interrogée.

Ceci dit, Benoîte va me payer ça très, très cher ; et d'urgence.

10 octobre 40 Benoîte

Nous dînons trois fois par semaine chez Augustin. On y rencontre les mêmes têtes, appartenant à des gens qui n'aiment pas faire la vaisselle. Hier, j'y ai entrevu Pasquale et je l'ai trouvé beau, attachant ; pire, il m'a donné envie de me pencher au bord de ses yeux pour voir au fond.

Y a-t-il dans une vie un certain nombre d'erreurs obligatoires et auxquelles on n'échappe pas ? Il est certain que je recommencerais celle-là... si elle n'était déjà faite. Ne se délivre-t-on des bêtises qu'en les faisant ? Pasquale en tout cas est désamorcé.

Chez Augustin, c'est un peu un club : tout le monde se connaît et s'interpelle d'une table à l'autre pour maudire spirituellement l'époque. Et puis on en revient comme toujours à l'Angleterre. On n'a jamais tant pensé à elle. Tiendra-t-elle ? L'ogre est assis sur la côte en face à aiguiser ses griffes. Aucun espoir de secouer cette étreinte pour le moment, mais la certitude d'avoir faim, d'avoir peur, d'être bombardé chaque nuit. Mais les Anglais luttent pour eux, pour leur victoire, qui se trouve être aussi la nôtre et, dans ces conditions-là, les sacrifices peuvent être exaltants. Nous, nous aurons faim pour que l'Allemagne mange, nous serons bombardés en tant que succursale de l'Allemagne et nous n'inscrirons cette année qu'une page de honte à notre histoire, quels que soient nos héroïsmes individuels.

Les Anglais ont un chef dont l'éloquence est à la hauteur de leur drame : « La mort et la douleur seront nos compagnons de voyage, a-t-il dit à son peuple. Les privations seront notre manteau et la constance notre bouclier. » Voilà un langage shakespearien. Nous, nous avons à notre tête un chef scout et je ne me sens pas concernée par les *Mea Culpa* et les pénitences qu'il nous propose. Je n'ai jamais bu d'apéros, je ne fume pas, je fais du sport et je ne mérite pas plus la défaite que Molly Smith ou Mary Brown. Je refuse d'être condamnée : les vaincus ne sont pas forcément des coupables, surtout dans un monde où la force brute n'est plus considérée comme la valeur suprême.

Benoîte 12 octobre 40

Sortie ce soir au *Jimmy's* avec mon contremaître. Qu'il est difficile d'être une femme. Je me sens concernée et diminuée par les chienneries de toutes ces femmes qui sont d'abord des femelles avant d'être des êtres humains. Deux vieilles grues de cinquante ans sont encore là, parce qu'elles ont pris trop d'élan à vingt ans. Elles m'ont donné l'impression que j'étais entretenue moi aussi. Les prostituées ne voient pas plus loin que le bout de leur jeunesse. Quelle tristesse d'être encore à l'étal quand on n'est plus très frais ! Mais qui donc est l'homme, pour que la moitié du genre humain vive par et pour lui ?

Benoîte 14 octobre 40

Réouverture de l'Université ce matin. Je prépare mon oral de grec. Il faut se hâter de passer le plus d'examens possible tant qu'on est capable de travailler comme un bœuf et d'apprendre dans la joie mille choses inutiles. Car le goût de ce travail-là s'en va très vite. J'ai l'impression d'avoir déjà un peu moins d'appétit pour les labiales fricatives. Quelque chose est en perte de vitesse en moi... et je n'ai pas vingt ans !

Des affiches ont fleuri dans le métro qu'on lacère en passant avec un petit frisson patriotique : « *Déclarons la guerre à l'Angleterre.* » Non, mais ! Pour qui nous prend-on ?

À partir de ce soir, nous avons la permission de minuit. Mais toujours pas un gramme de beurre dans les crémeries. On a dû se mettre à la confiture, le matin.

Enfin, Léopold de Belgique vient d'être réintégré dans

l'ordre de la Légion d'honneur. J'espère qu'il n'avait pas jeté son ruban.

14 octobre 40 Flora

J'ai été aujourd'hui au bois avec Van Buck au lieu d'aller chez Gibert ; j'ai menti à maman. J'ai honte. Je lui ai demandé pardon dans ma tête ; et en même temps, je ne regrette rien. Donc, dis-je, j'ai été au bois. J'aime le poignet de Van Buck et sa tête de bambino tardif. Je ne l'ai pas embrassé sur la bouche, il voulait, *but he didn't try again* quand j'ai baissé la tête. Nous avons parlé en marchant main dans la main et les arbres étaient beaux. Je suis follement contente d'être une jeune fille. Mon enfance attardée me pesait et le fait que l'on m'aime est comme la consécration de mon état nouveau. Je n'arrive pas cependant à savoir dans quelle mesure c'est Van Buck que j'aime, ou son amour pour moi. Par moments, il bénéficie de mon doute ; à d'autres, au contraire, je lui en veux de ne pas l'adorer.

16 octobre 40 Benoîte

Flora tombera toujours sur le genre de garçon qu'on peut envoyer à Saint-Maur-des-Fossés, avec une adresse imprécise, vous acheter un bâton de rouge à lèvres... qu'on met pour aller danser avec un autre.

J'ai pénétré ce matin pour la première fois à l'Institut catholique avec une ancienne de Tabouillot, pour y suivre un cours d'histoire religieuse. L'archevêque qui professait avait posé sa capa sur son fauteuil et l'on pouvait lire dans le collet : *La Belle Jardinière*. Un prêtre devrait conserver l'anonymat à ses vêtements pour qu'on puisse toujours supposer qu'ils viennent de là-haut...

Demain, résultats de grec. Pour l'anglais, je suis tranquille. Mais Flora a la colique. C'est la preuve, paraît-il, qu'elle a du cœur ! Du cœur au ventre, en tout cas !

17 octobre 40 Benoîte

Fait divers en une ligne, qui n'a aucune importance aux yeux de l'histoire : je suis recalée au grec. 14 en version, 5 en thème. C'est encore l'infâme Mathieu qui m'a corrigée : nos conceptions de l'hellénisme diffèrent. Mes versions s'améliorent, mes thèmes baissent. Je serai recue dans six ans avec un 20 en version. Prochaine session, le 20 novembre. J'ai le temps de faire des progrès en travaillant au moins cinq heures par jour ma grammaire grecque.

Pour l'anglais, largement reçue ; mais ce certificat de luxe ne compte pas pour ma licence d'enseignement.

Une chose m'étonne : j'ignore le découragement. Cet échec ne me donne qu'une envie : rouvrir mes livres. Je ressens même un inavouable soulagement : l'échéance est repoussée un peu plus loin, ce jour redouté où la vie me dira : « Allez, fini d'acquérir, maintenant il faut rendre ce qu'on vous a donné ! » Le temps que j'arrive à la maison, j'ai déjà pris mon parti de mon échec et je ne suis plus à l'unisson de la famille qui m'attend, le cœur sur la main.

Devenir quelqu'un de précis ne me fait pas horreur, mais peur. Devenir *qui* ? Où courir, où ne pas courir ? On verra ça demain. Pour l'instant je reste personne, je vis chez les autres et je fais mon miel avec ce qu'écrivent mes voisins.

De toute façon, Vichy vient de décider que les femmes ne seraient plus des individus complets et doués de libre arbitre : il les renvoie au grand anonymat des besognes ménagères. Il sera désormais interdit d'embaucher une femme mariée dans les administrations publiques ! Elle sera interdite aux femmes et aux chiens. Nous sommes les Juifs des sexes.

Benoîte 19 octobre 40

Premiers froids. La terre penche sur son orbite comme une vieille. C'est la saison où l'on pense à la mort ; mais si peu... Si Dieu a effectivement inventé de nous condamner à mort pour nous punir, il en est pour ses frais. Nous passons les 9/10 de notre vie sans nous soucier du dernier jour. C'est un miracle signé : l'Homme.

Flora Dimanche 20 octobre 40

Soirée chez Flourette. Sous l'aile soi-disant protectrice de Benoîte, j'ai vécu ma première surprise-partie. En arrivant, j'étais intimidée à en perdre le souffle et ce n'est pas l'ironie glacée de Benoîte qui arrangeait les choses. J'aurais dû envisager mon angoisse afin de pouvoir la dominer d'avance, mais j'avais laissé flotter les rubans... et dès le seuil, l'émotion m'habitait tout entière. J'avais l'impression de trembler à l'intérieur et puis, en m'asseyant, j'ai renversé mon verre et ma déroute en a été décuplée.

Il y avait là beaucoup de petits jeunes gens swing qui sautillaient et badinaient. Van Buck n'était pas encore arrivé. Je me trouvais jeune et vilaine. Benoîte m'avait dit que j'étais affreuse. et qu'elle se demandait bien pourquoi maman m'avait permis de venir. Bref, c'était loin d'être drôle et j'avais perdu cette superbe dont ma sœur se moque tant. Et puis — miracle —, un petit vilain m'a invitée à danser. J'en avais assez de faire semblant de m'intéresser aux livres et je me suis jetée dans ses bras. Il n'était pas bête derrière ses lunettes et nous avons pu quitter rapidement les rives des questions sottes pour aborder à des terres plus solides. Il me semble que les garçons sont toujours étonnés quand les filles pensent. Celui-là, en tout cas, n'en revenait pas que ma tête ne soit pas vide. Nous avons parlé littérature et réinventé le monde au son de *Music, Maestro, please*, et de *A fine Romance*. Je me sens nourrie comme à un festin quand je parle à quelqu'un dont j'apprécie l'intelligence. Je me demande s'il y a des joies plus suprêmes que d'échanger des idées, faire boule de neige et avalanche avec une pensée qui part de rien et s'enfle et se ramifie en cours de route. Ce petit vilain aimait les mêmes poèmes que moi et nous étions en plein duo sur Alain Fournier quand Van Buck est apparu. J'étais bien contente de ne pas faire devant lui figure de laideron abandonné, mais en même temps j'étais triste, car il m'a fallu dire au revoir à mon petit vilain et à toute sa séquelle de poèmes non évoqués et de livres pas partagés. Moi qui ne sais rien, je sais déjà que les hommes croient toujours qu'ils vous possèdent. La tête de Van Buck quand son premier coup d'œil lui a appris que je ne l'attendais pas dans l'ombre, valait le déplacement. Il y a un Ulysse dans chaque homme et ils ne cessent de s'étonner quand on s'essaie à ne pas jouer les Pénélope.

J'ai donc enchaîné avec Van Buck, mais j'avais trouvé dans mon contact avec un autre une certitude toute fraîche, un plaisir à exister, une gloire heureuse à posséder dans ma tête une machine à penser en état de marche, et à mon insu, j'étais devenue différente. Je n'avais plus honte de ma jeunesse et j'oubliais de détester ma robe ; il lui aurait fallu être un superhomme, à ce gentil Van Buck tendre et rêveur, pour me reconquérir. J'ai joué à l'oublier et dansé sans vergogne en appréciant peut-être les yeux tristes de chien abandonné qu'il me lançait, puni de m'avoir fait attendre, puni d'avoir été dépassé par un petit vilain, puni de m'aimer plus que je ne l'aime.

L'horrible moi se dit dans l'ombre : « Ça lui fait du bien de souffrir et je rattraperai la sauce demain ! »

Ce soir, la sauce est tournée et la messe est dite. Benoîte m'a intimé l'ordre de la suivre et j'ai abandonné une deuxième fois Van Buck et lancé des au-revoir trop gais pour être vrais à tous ces petits jeunes gens, dont je me fous en fait, alors que je t'aime peut-être, Van Buck. Benoîte a raison : il y a une vamp qui sommeille en moi et elle a l'air de s'être réveillée ce soir.

Benoîte s'ennuyait : elle n'avait pas trouvé chaussure à son pied, ni esprit à sa tête et ne voulait pas s'éterniser dans un lieu qui ne méritait pas sa présence. J'en conviens : je suis très oie et très blanche, mais c'est tout de même bien désagréable d'avoir à obéir à sa sœur en public, et planter là son amusement pour suivre une aînée austère et faiseuse de tapisserie. Maintenant que je suis un peu une jeune fille, maintenant que j'ai reçu le baptême de la surprise-partie, je m'aperçois combien nos points de vue, et probablement nos routes, diffèrent. J'ai découvert ce soir, au détour d'une danse, que j'aimais plaire, même si cela ne servait à rien, même si le vis-à-vis était laid et bête. Je me disais : fais tes griffes, ma belle ; elles seront prêtes pour quand tu en auras vraiment besoin.

Benoîte 21 octobre 40

Maman me met de perpétuelles banderilles et comme j'ai plus de force de résistance que de dynamisme créateur, j'use toute mon énergie à la contredire, au lieu de faire mon chemin toute seule ; ce qui fait que je reste au point zéro !

J'ai l'impression déplaisante que des parents bêtes et pleins de préjugés m'auraient mieux réussi. J'aurais eu du goût à les détester et de la satisfaction à me trouver plus intelligente qu'eux. Je dois reconnaître que maman a réussi sa vie : elle a fait fortune par son talent ; elle a eu son content d'hommages flatteurs et dont elle a usé à sa guise. Alors ? Si je ne suis pas de son avis sur les moyens de réussir une vie, c'est donc que j'ai tort ? Ses moyens ont prouvé leur efficacité ; on ne saurait en dire autant des miens. À vingt ans, maman créait de rien sa maison de couture. À trente ans, elle avait un immeuble de cinq étages et cent ouvrières. Et moi, à vingt ans ? J'ai le nez qui brille, je travaille laborieusement, *bos suetus aratro*, et je ne vois pas comment je sortirai du rang. Je ne réussis pas mieux côté hommes. Hier, j'étais arrivée assez jolie chez Flourette et je suis partie affreuse tellement je me suis ennuyée. Un crétin m'avait invitée : c'est rare. Il n'avait pas reniflé en moi le bas-bleu, la suffragette, la revendicatrice, bref la fille à fuir ! Dans la conversation je lui parle de je ne sais plus quelle femme intelligente et il m'interrompt d'un air excédé et prétentieux : « Oh ! ce féminin à l'adjectif intelligent ! » Une phrase comme celle-là pour moi, c'est sans appel. J'aime mieux une gifle. Il a eu la naïveté de me demander mon numéro de téléphone ! Je le lui ai tout de même donné à cause des parents.

« Benoîte, un coup de téléphone pour toi... c'est un homme ! »

Décidément, je crois que je ne m'entendrai jamais avec cette catégorie d'êtres qui trouve que l'intelligence n'est que de la complication. C'est toute la grandeur de l'homme et tout le charme de la condition humaine justement, de se compliquer la vie !

24 octobre 40 Benoîte

Maman veut absolument m'acheter « pour sortir » des escarpins pointus à talons inhumains. Je m'y tords les chevilles comme Minnie. Chaque année se repose le même problème et s'ensuit la même désespérante solution. Je rêve depuis longtemps de sandales dorées qui font, paraît-il, mauvais genre. Je sais que nous allons transiger comme d'habitude sur un compromis qui ne donnera satisfaction à personne et que j'irai danser demain avec un richelieu orthopédique.

Bu un « glass, » avec Georges Hugnet et quelques copains à cheveux longs dont... Pasquale, chez Flore. Pour me montrer qu'il y a des milieux où il est apprécié, il ironise à bon compte sur ma bourgeoisie. On devrait pouvoir rompre avant de s'aimer, pour savoir comment on se quittera. C'est une épreuve très concluante. Quand on aime, on se conduit toujours bien ; et cela ne veut rien dire.

Benoîte Dimanche 27 octobre 40

Disséqué *Euripide* toute la journée. Pour me distraire, j'ai fait ce soir l'analyse graphologique de Daniel Brassin. Cinq pages bien indiscrètes, bien audacieuses, qui vont le surprendre, je crois.

Je suis seule dans la maison avec Hop que j'embrasse avec frénésie en dansant sur le Sha Sha des Andrews Sisters. Pourquoi, diront les âmes simples ? Je parle toute seule, lançant ma laide voix à tous les échos, je danse nue devant Hop qui n'a pas même l'air étonné. Je ne le referai sans doute jamais devant d'autres yeux vivants ! Tu ne sais pas, Hop, que c'est un spectacle unique ! Quelle griserie d'être jeune ! Même pour personne. Tout fonctionne, répond au doigt et à l'œil. Mais je ne sais pas encore si je suis de la catégorie des marteaux ou des enclumes. Je suppose qu'au premier coup du sort, on s'en aperçoit. Je ne m'ennuie jamais avec moi-même ; j'ai un phono électrique, beaucoup de disques, une bibliothèque fournie, enfin, je ne me trouve pas idiote bien que j'aie été recalée au grec. Mais : ces Messieurs sont là ; on remet les Juifs au ghetto ; les prisonniers croupissent *sine die* en Allemagne, on ne sait pas ce que va devenir la France... Est-ce que cela compense ceci ? Horrible aveu : Oui. C'est ça, la jeunesse.

En définitive, je crois que je ne souffrirai jamais assez pour écrire quelque chose qui empoigne. Même si mes rapports avec autrui sont difficiles, j'ai un contentement intérieur, une sorte de paix signée avec moi-même qui me sauvera toujours du pire. Et on n'écrit qu'en état de déséquilibre.

Benoîte 29 octobre 40

Personne ne donne cher de la peau de l'Angleterre. Affamée, bombardée, ses navires coulés, couverte d'insultes par l'ennemi, elle est en train d'écrire une page héroïque de son histoire, quelle qu'en soit la conclusion. J'envie les Anglais. Leur obstination, souvent idiote en temps de paix, joue maintenant en leur faveur. Il n'est pas question qu'ils capitulent. À Londres, 500 000 enfants ont été évacués, mais la vie continue. Les Anglais ont toujours eu le privilège d'ignorer le contexte. Je les vois d'ici poursuivre leurs conversations dans la City, sous les bombes, en époussetant d'une chiquenaude sur leurs melons des débris d'immeubles.

1er novembre 40 Benoîte

Demain, grande soirée chez Lulu Hessel. Il y aura un buffet comme avant guerre et une majorité de garçons de Droit et de Sciences Po. Les jeunes filles seront à l'image de Lulu ; leur sport favori : le golf ou le cheval ; elles seront fragiles, ravissantes et sûres d'elles. Dans ce genre de soirée, moins on plaît... moins on plaît. Si je ne suis pas invitée au début, c'est foutu. Les gens sont assez idiots pour avoir toujours envie de ce qu'ils voient dans les bras des autres. Ah ! Si je pouvais inviter et choisir moi-même au lieu d'attendre d'un air faussement détaché en tripotant les disques ! Mais il n'est pas question de refuser. Ce serait lâche. Peut-être apprendrai-je un jour à m'amuser dans le monde ?

1er novembre 40 Flora

Potins de mère ; Bijou a dit à maman aujourd'hui que son fils Beaudouin avait un faible pour moi. J'en suis ravie. Je m'étais donné rendez-vous avec son admiration quand nous étions petits à Maisons-Laffitte et qu'il aimait Benoîte et me taquinait sans relâche. Ils étaient les deux grands et moi la petite, la victime ; celle à qui l'on promet la bicyclette au prochain tour et qui court sans espoir derrière ceux qui s'amusent, voulant sans cesse s'introduire dans leur cercle magique et sans cesse rejetée au-dehors. J'ai souvenir de journées qui duraient cent ans, et d'une sensation de solitude définitive et désespérée. Benoîte et Beaudouin s'étaient associés pour découvrir les secrets de la vie. Ils avaient leurs sources, leurs éclaireurs et leurs dictionnaires. (Bijou leur avait dit en guise de réponse : « Récitez le *Je vous salue Marie*, et vous comprendrez. ») Ils se rencontraient dans le fond du jardin, dans un lieu que nous appelions la jungle et, confrontant leurs informations, tâtonnaient vers la vérité. Benoîte décrivait complaisamment comment c'était fait une fille et Beaudouin lui rendait sa politesse avec bonne grâce. Ma présence n'aurait été tolérée dans cette société secrète que dans la mesure où j'aurais accepté de participer à la leçon de choses et de servir de planche illustrée. Côté garçons, c'était Daniel, le petit garçon du jardinier qui jouait les utilités. Mais moi, je ne voulais pas savoir. J'aimais prolonger à l'extrême ce temps béni de l'ignorance. Je sentais qu'il était fugitif et précieux, et je trouvais une paix véritable à être avant la connaissance. Malheureusement, autant Benoîte m'oubliait dans la journée, toute à la gloire de son compagnonnage, autant le soir, dans le noir de notre chambre, elle s'évertuait à me dire ce que je ne voulais pas entendre. Elle avait pourtant juré à maman qu'elle ne me révélerait rien, mais contournait sa promesse en adressant ses discours à l'armoire. Persuadée de respecter son serment en en respectant la lettre, elle ne m'épargnait aucun détail. J'avais beau me boucher les oreilles, je finissais par glaner quelques informations et c'était déjà trop. Je me souviens qu'elles me pesaient très lourd et que j'ai été un matin m'en ouvrir à maman avec l'espoir insensé que tout cela n'était pas vrai, et que Benoîte avait inventé de toutes pièces cette vérité trop nue pour mon goût. Maman, une fois de plus, m'a comprise à l'extrême et m'a juré qu'en effet, Benoîte m'avait menti. Elle a appelé à l'aide le vent, les papillons et toutes les fécondations poétiques, et la vie et les problèmes de la reproduction ont repris tout à coup à mes yeux la grâce et la poésie que je refusais de leur voir perdre. Forte de mon ignorance retrouvée, j'ai su, longtemps encore, nier l'évidence et me protéger de la réalité. Je reste très reconnaissante à maman d'avoir senti que je n'étais pas mûre pour les révélations et qu'il fallait, même au prix des plus gros mensonges, reconstruire mes certitudes. Je savais bien au fond que la Benoîte avait levé le rideau de la vraie vie ; mais la vraie vie était un rivage où je ne souhaitais pas aborder et les adultes qui se débattaient sur les berges me paraissaient bien à plaindre.

Benoîte, plus sensible à la poésie de la vérité qu'à la vérité de la poésie, ne m'a pas pardonné ma pleutrerie et a feint de se désintéresser de mon instruction. Pas pour longtemps, hélas ! car elle ne sait pas renoncer.

Dimanche 3 novembre 40 Benoîte

Décidément, Flora était déjà une belle gourde dans son enfance ! Ce goût pour la guirlande, même artificielle et cette réticence effarouchée devant la réalité comme si ce qui est n'était pas toujours plus émouvant que ce qu'on rêve. Encore maintenant, elle ne regarde rien en face, surtout pas sa mère. Elle se comporte comme si elle faisait encore partie du ventre maternel et la partie ne juge pas le tout. Elle me considère comme une impie d'oser critiquer maman et emploie un argument sans réplique : Maman, c'est maman ! Flora est monolithique et inébranlable sur ce point. J'hésite à trouver cela beau. L'amour aveugle, volontairement aveugle, est-ce un bel amour ?

Donc, soirée hier chez Lulu. Sous prétexte de bavarder avec M. Hessel, en réalité pour me voir à l'ouvrage, maman m'avait accompagnée.

— Ne fixe pas le revers de ton danseur. Sois plus souriante. Aie l'air de t'amuser, sinon tu feras tapisserie.

Mais à 11 heures, l'annonce du couvre-feu a obligé le troupeau des mères à fuir. Je suis restée seule sur le bateau, avec une centaine d'inconnus, sans espoir de pouvoir débarquer avant 6 heures du matin ! Il allait falloir s'amuser pendant six heures parce qu'il plaisait à la fée Militärbefehlshaber de transformer le métropolitain en potiron au douzième coup de minuit ! Nous nous étudiions soupçonneusement comme des galériens condamnés à la même peine.

J'avais une robe de la collection : lainage noir avec boléro à paillettes multicolores comme un justaucorps de clown. Elle m'avait tentée. Ce soir, dans les yeux des garçons, elle ne me plaisait plus. Ce qu'ils recherchent me paraissait soudain évident : une taille trop ajustée, un décolleté... franc, une jupe qui vole, voire un peu de mauvais goût. Ils se foutent bien de la mode. Ce sont les hommes d'un certain âge qui accordent de l'importance à l'élégance. Les autres filles avaient de petites robes toutes bêtes, « faites à la maison par une couturière de quat' sous ». Des robes faciles à porter ; oh ! si faciles !

Eh bien, malgré mon boléro à paillettes, j'ai passé une excellente soirée. Parlé drosophiles, gènes et mosaïque du tabac avec un garçon charmant : très grand, le dos un peu voûté, un peu vilain, un peu timide ou distrait, comme je les aime. D'une beauté qui ne s'étale pas bêtement aux yeux de n'importe qui. Un atout supplémentaire : des lunettes. Les lunettes sont le vouvoiement des yeux. Hélas ! il ne savait pas danser et nous n'avons pas profité des lumières savamment tamisées. En revanche, j'ai pu échapper à l'imbécile Lambeth walk, une danse que je hais. Pourquoi pas la bourrée ? Je ne réussis pas à attraper le sourire bon copain qu'il faudrait et on a l'air idiot si on danse le Lambeth walk d'un air sérieux. Et cette façon de se taper sur les cuisses comme des Tyroliens en goguette ! Seules de très jeunes filles vraiment naïves peuvent le danser avec charme. Je ne suis ni très jeune, ni naïve et, n'en déplaise à Pétain, je préfère le tango pour des raisons dont toutes ne sont pas avouables, c'est vrai, mais c'est ça qui est bon. N'avouez jamais !

Nous sommes rentrés ensemble, Jean S. et moi par le premier métro. Il m'a ramenée jusqu'à Solférino. Nous allons dimanche prochain au concert du Conservatoire.

Benoîte 7 novembre 40

Plus de lait pour les adultes normalement constitués. Cela va de mal en pis. Il faudra être enceinte ou malade avec certificat médical pour en toucher un 1/2 litre par jour, ou avoir de six à quatorze ans, et il est trop tard pour nous. Après mûres réflexions, nous décidons que maman se fera porter malade. Nous nous partagerons son 1/2 litre le matin, en le complétant avec de l'écrémé qu'on obtient encore en vente libre à condition d'être dans les petits papiers de la crémière.

Pendant ce temps, au pays de Dame Tartine, des voitures pistache, de l'essence qui coule à flots, Roosevelt s'est fait élire pour la troisième fois. Mais l'Amérique est plus loin qu'au bout du monde. C'est une autre planète et qui n'a aucune envie de se souvenir de La Fayette.

Lundi 11 novembre 40 Benoîte

Le ver est dans le fruit : l'Empire français échappe à l'Allemagne, pièce à pièce. Aujourd'hui le Gabon a rallié de Gaulle. Penchés sur le brouillage de la radio anglaise, en entendant cette nouvelle, nous nous sommes souri comme des prisonniers qui apprennent qu'au-dehors leurs copains travaillent pour eux.

Concert dirigé par Munch, hier. Quel comédien ! Quelle chevelure ! Quelle ardeur ! Aux andante, on le prendrait dans ses bras. C'est le voisin qui profite généralement du transfert ! Jean écoute la musique religieusement, mais avec une tête d'enterrement. Je découvre qu'il a de belles mains, mais les ongles légèrement rongés. Je l'en méprise un peu. Je me ronge par moments les ongles moi aussi. Et après ?

Tout ce qui est impliqué tacitement dans la rencontre d'un garçon et d'une fille, dans nos milieux, est paralysant. L'idée seule d'être à marier, est paralysante. « Puis-je vous revoir ? » — Mais où ? Dans ma chambre ? C'est de la provocation. À la Marquise de Sévigné ? C'est plein de dames mariées qui viennent parler de leurs maris à d'autres mariées. Ça a l'air d'un guet-apens. Au cabaret ? Il ne danse pas. (Quel alibi, cette danse ! Quel moyen de rencontre commode !) Nous décidons que je lui apprendrai à danser à la maison. Mais il faut d'abord le présenter à ma famille, autre guet-apens !

Il vient me chercher jeudi à la Mazarine. On marchera dans Paris. Ce qu'on peut marcher dans Paris !

Il s'habille mal, mais il a du charme. Le regard un peu fuyant, mais je ne déteste pas courir, justement. Et il fait des études qui me passionnent : biologie, chimie organique. Il veut faire de la recherche. Il ramène tous les sentiments à SO_4H_2 and Co. J'aime penser que les larmes ne sont que du CI Na. Ça les rabaisse et c'est tout ce qu'elles méritent.

Ce même soir : On apprend que les étudiants ont manifesté à l'Étoile cet après-midi malgré l'interdiction allemande de toute commémoration. Ils ont défilé avec des gaules sur l'épaule. Divin ! Le frère de Van Buck, étudiant aux Beaux-Arts, a été arrêté avec d'autres sur les Champs-Élysées.

Benoîte 15 novembre 40

Corrida à déjeuner. Il paraît que je suis jalouse du chien. C'est vrai d'ailleurs. J'admets mal qu'on partage notre ration de viande avec Hop, d'autant plus que la volaille et le gibier viennent également d'être rationnés : interdits les jeudis, vendredis et samedis. En temps de guerre, il n'est pas possible de se passionner pour une bête. Je veux bien donner ma ration à un mendiant, mais pas à un chien de luxe. On me fait remarquer que je ne la donne pas non plus aux mendiants. Évidemment, parce qu'il n'y en a jamais sous la table. La présence de ce caniche taillé en lion, qui ignore que c'est la guerre, me hérisse. C'est idiot. Et on ne va pas à la Pagode parce que le chien est malheureux quand on le laisse tout seul ; et il faut lui essuyer les papattes quand il pleut ou lui mettre ses bottes ridicules qui ne tiennent pas ; et il faut tremper son doigt dans sa sousoupe et lui en mettre sur la truffe en criant : « Céé bon ! » pour qu'il se mette à manger. Et je ne parle pas de la promenade de minuit et de celle du dimanche matin, quand tout le monde est en pyjama. Je n'ai pas trop de tous mes sentiments pour le genre humain. Pour me prouver que les chiens comprennent tout, on organise un test : nous nous mettons chacun à un coin du salon, on met Hop au milieu et chacun l'appelle avec les mots les plus doux. Interdit de lui parler de nourriture. Hop devient comme fou, mais finit bien entendu par ramper d'extase vers maman. Cela n'a rien de surprenant, c'est sa mémère ; nous ne sommes que les sœusœurs. Mais pour maman, la preuve est faite que l'amour attire l'amour. Et pan !

Benoîte 16 novembre 40

Je rêve d'une existence où je pourrais me faire confiance. Mais si je la *voulais* au lieu de la rêver, je l'aurais. Mes nostalgies ne représentent rien de sérieux, puisqu'elles ne débouchent pas sur la révolte, loin de là.

Pour tout arranger le Militärbefehlshaber vient de décider la fermeture des Facultés et Écoles supérieures *sine die*. Pas d'examen dans huit jours. Quelle fatalité pèse sur ma licence !

Je n'aurai passé que mon certificat de littérature dans des conditions normales. Les étudiants devront se faire inscrire dans leurs commissariats respectifs et aller signer chaque matin. Le recteur Roussy a été relevé de ses fonctions et remplacé par Carcopino. Quant au frère Van Buck, arrêté le 11, il n'a pas reparu et on n'a aucune nouvelle de lui.

Sur un plan plus général, les nouvelles sont aussi sinistres : l'Italie a envahi la Grèce. Corfou a été bombardé hier. Chaque jour les Allemands peuvent envahir l'Angleterre, mais il n'est, hélas ! pas question que les Anglais reviennent sur le continent pour l'instant. Il faut avoir la foi pour espérer.

Pendant ce temps, à Vichy, la classe enfantine s'agite. Il n'y a plus de drap rouge pour les pantalons des saint-cyriens ni de plumes pour leurs casoars... sans cela ils auraient encore pu mettre leurs plumes au derrière puisque ce ne seront plus que des soldats de parade ! On va donc modifier leur uniforme. Pourquoi Saint-Cyr ne se saborde-t-il pas ? Il ne peut y avoir que des promotions au rabais. Cette armée d'armistice qui n'a pas le droit de tirer un coup, c'est beaucoup plus ridicule et pénible qu'un renoncement complet. La France fait encore pan pan, mais ce n'est plus que sur les fesses des Français.

Lundi 18 novembre 40   Benoîte

La bibliothèque de la Sorbonne étant fermée, tous les étudiants se retrouvent à la Mazarine. Les vieillards surnaturels qui en étaient les seuls habitants s'agitent comme des chauves-souris dérangées. Les jeunes filles font cliqueter leurs talons sur les parquets, les garçons rigolent à haute voix, les portes s'ouvrent sans cesse et font tousser les vieillards et ils nous haïssent de ne pas aimer les mêmes choses qu'eux. Je les comprends. Moi aussi j'apprécie le recueillement poussiéreux des bibliothèques. Derrière les hautes fenêtres de la Mazarine, sous ses lambris, on se sent loin de l'histoire moderne, de la guerre, de sa vie même. On est sans âge et sans problèmes, pour quelques heures.

Le frère Van Buck vient d'être relâché avec une vingtaine d'autres étudiants. Il a subi un traitement épouvantable. Aligné avec ses camarades contre le mur de la prison du Cherche-

Midi pendant toute la nuit, sous la pluie, les coups de pied et de crosse et les crachats des soldats allemands. On leur avait dit qu'ils seraient fusillés au matin, ce qui ne devait pas leur faciliter la station debout ! Il y en a un qui s'est évanoui dans la nuit : on l'a laissé par terre.

Ces garçons qui sont rentrés chez eux ne sont sûrement plus les mêmes. Une nuit passée face à face avec la mort — et quelle mort inutile et absurde —, face à face avec la brutalité et la haine, doit vous changer irrémédiablement. Ce n'est pas abstrait, comme la lecture de *Mein Kampf*. Un coup de pied au visage est sûrement plus efficace que toute propagande.

Jean est venu hier prendre sa première leçon de danse et passer sous les projecteurs de la famille. Maman a vu qu'il se rongeait les ongles et papa a repéré qu'il avait le lobe de l'oreille collé à la joue, ce qui est un signe de dégénérescence, paraît-il. Nos lobes à nous sont bien détachés et dansent gaiement sous l'index. Mais, à part ces deux tares, rien à dire. Flora n'était pas là. Comme d'habitude, en promenade sentimentale avec Van Buck. Il l'attend à la sortie de l'école, il lui porte ses affaires, il lui écrit tous les jours et elle prend des airs maladifs et mystérieux comme si personne ne savait ce qu'est l'amour.

J'étais intimidée et assez raide. Jean, au contraire, détaché, charmeur comme par distraction et d'une maladresse qui semblait le réjouir. Prochaine leçon vendredi ; puis nous irons voir *Le Puritain*. Malgré le lobe, papa nous a autorisés à inaugurer le premier des trente pots de crème de marrons qu'il vient de faire, dont quinze sont additionnés d'un nuage de crème au chocolat. C'est une splendeur fondante qui s'apparente aux marrons glacés, en plus velouté. Jean méprise la nourriture, comme tout savant qui se respecte. S'il ramène les sentiments à une décharge d'adrénaline, que peut-il rester en effet de « l'esprit » d'une crème de marrons ?

Quant à nous, nous avons décidé de résister, sur le plan culinaire. Armé du barème du docteur Carton, papa calcule scientifiquement nos repas. Ils ne nous auront pas ! Crème de marrons : tant de protides, tant de glucides, réservée aux jours sans viande. 200 grammes de champignons valent un bifteck !

25 novembre 40 Benoîte

Eh bien, malgré le plan de détresse, j'ai maigri de cinq kilos depuis le mois d'août. Je me nourrissais de pain et de beurre, or c'est ce qui manque le plus : nous ne mettons plus de beurre à table et nous en avons rarement pour le petit déjeuner. J'ai débruni et pris mon teint d'hiver, brouillé, parfois boutonneux. Mes bubons, comme dit Flora. Je cours à la poursuite de mes certificats de licence qui courent plus vite que moi. L'Université se démantèle : les professeurs Langevin et Rivet ont été relevés de leurs fonctions à leur tour ; c'est un fait certain que peu à peu les Français se désolidarisent de Pétain ; personne ne se ralliera plus à lui maintenant, il ne peut compter que sur des défections. Mais tout cela est désespérément lent, comme si nous entrions dans une nuit polaire qui doit durer des années.

27 novembre 40 Benoîte

Jean m'a écrit une longue lettre. Il a un idéal un peu bébête, un peu creux, un peu grandiloquent comme beaucoup de garçons de son âge. Il me trouve « sage comme l'eau ». Sait-il qu'il est aussi dangereux de jouer avec l'eau qu'avec le feu ?

Mon amie Irène se marie. Je vais perdre ma seule amie. On a l'impression qu'elle se jette à l'eau. Françoise, qui est jalouse, lui demande comment elle a fait et comme Irène lui répond que c'est venu tout seul, Françoise est convaincue qu'elle ne veut pas lui dévoiler ses trucs !

Dans ces milieux du boulevard Malesherbes, les jeunes filles s'écrivent des lettres de félicitations à l'occasion de leurs fiançailles comme si elles avaient réussi un exploit.

« Je suis de tout cœur avec toi dans cette grande joie. »

La même formule leur sert pour les enterrements en changeant un seul mot. On aurait besoin de réconfort quand on rompt, mais pas quand on se fiance. Cette connivence féminine est assez putride. Entre hommes, je suis sûre qu'on se plaint : « Ah ! mon pauv' vieux ! »

C'est parfaitement injuste, d'ailleurs, car une femme est beaucoup plus conditionnée par son mari qu'un homme par son épouse. Pour elle, le piège du mariage est un précipice. Et qu'y a-t-il au fond ? Astra, Jex, Javel la Croix, Petit Beurre, Petit Bateau, l'encaustique du Bon Frotteur, le Lion Noir, les moutons sous les lits, la poule à mettre au pot, la peau à soigner et les vergetures à cacher et les seins à remonter et la ménopause à assumer, tandis que d'autres jeunes filles lèvent dans les champs voisins.

Brrrrr ! Dans quel état survit-on à tout cela ?

Benoîte 28 novembre 40

« Couvrez-vous plus, chauffez-vous moins, utilisez des marmites norvégiennes », conseillent les journaux. Nous avons passé la journée à en fabriquer une, ignoble, avec une caisse, des plaques d'amiante et de vieux chiffons. Cela nous a en tout cas réchauffés pour aujourd'hui. Mais l'idée d'y faire mitonner des ragoûts, qui imprégneront les chiffons, est assez répugnante.

Marmite norvégienne, canadiennes sur le dos, tous ces adjectifs nordiques nous donnent des engelures. C'est bien la nuit polaire. Et pendant ce temps, il se perd des calories sur la côte anglaise qui est en feu. On voit les incendies depuis le continent ! L'Angleterre a été bombardée toutes les nuits depuis six mois.

Flora 30 novembre 40

À la surprise-partie chez ma copine Tournois, nous avions, Benoîte et moi, amené d'innombrables gâteaux soi-disant au chocolat, lourds et mouillés comme du sable. Ils avaient été faits main dans notre arrière-cuisine suivant une recette glanée par Benoîte, à base de purée de pommes de terre ou de nouilles, sur laquelle on râpe « le moins possible de chocolat ». Le reste du buffet était à l'unisson et j'ai eu le plaisir de constater que mon vilain apport avait été englouti tout comme ceux des autres. Je regarde dans mon souvenir les petits fours glacés de nos buffets « d'avant » ! Je remange en esprit toutes ces merveilles cristallines et colorées et je me rends compte que la bouffe est vraiment une des joies de la vie. Et il paraît que ça va être encore pire ! Maman a intelligemment rempli son buffet de chocolat, et de zharicots, mais ça tire à sa fin et à ma faim !

Ce n'est pas tous les jours : ce soir, je me trouvais très jolie ; je m'aimais dans ma robe et me sentais à l'aise dans la vie. Benoîte avait invité son escogriffe pensant et le regardait avec attendrissement faire ses premiers pas de danse. Il a l'air de planer au-dessus des sentiments et ses lunettes le protègent du monde. J'ai été émue et presque irritée par la tendresse nouvelle dans l'œil de ma sœur. J'ai tellement pris l'habitude de la croire à l'abri des intempéries du cœur, et en même temps elle est si vulnérable de n'être qu'intellectuelle ! Moi la jeune, l'ignorante, la légère, j'ai envie d'aller l'encourager à ne pas montrer cette générosité trop tendre qui ne mène pas aux amours victorieuses. Van Buck était là, tendre et gentil, il est rêveur, il danse bien. Cependant, je crois maintenant savoir qu'il ne me procurera pas l'amour-flamme dont je rêve. J'ai essayé très sérieusement de l'aimer, mais en fin de compte, le gars Géraldy avait raison, et je pense moins à lui qu'à l'amour. Je me dis cela ce soir dans un élan éphémère de vérité trop nue, mais il est probable que je retournerai demain aux sentiers connus de ma carte du Tendre.

Dimanche 1er décembre 40 Benoîte

Hier soir, Jean m'a apporté « son roman » : l'histoire de sa jeunesse par fragments, scènes de théâtre, poèmes et lettres. Les lettres sont authentiques et les réponses des demoiselles aussi, ce qui donne un goût à l'ensemble.

Il avait des chaussures affreuses. Heureusement je ne suis pas au niveau de ses chaussures, mais de sa bouche et sa bouche me plaît. Pas de chair ni de volutes inutiles. Une bouche qui glisse étroitement sur ses dents quand il sourit. Il a des cheveux presque noirs qu'il colle naïvement avec un peigne mouillé le matin. Il danse potablement maintenant ; assez pour que j'aie un prétexte pour me mettre dans ses bras. Ce qui m'attire en Jean, c'est qu'il n'ait pas l'air d'un Don Juan ni d'un obsédé. Pasquale portait la passion à fleur de visage ; Haroun suait l'appétit sexuel. C'était trop facile, trop fatal. J'aime que le désir sourde d'entre les pierres de la conversation et qu'il serpente, caché parfois sous les herbes. Nous sommes rentrés à pied par les quais sinistres de novembre. Il m'a parlé de son passé, de l'avenir qu'il se préparait, de la femme idéale qui viendrait s'ajuster dans cet avenir idéal. Tout cela d'une manière très abstraite, comme si je n'étais pas une femme possible. Les hommes se choisissent un avenir et mettent ensuite une femme dedans ; les femmes se choisissent un homme et elles arrangent l'avenir autour, comme elles peuvent. Ce n'est peut-être pas dramatique, mais à condition qu'elles sachent bien que l'homme ne sera pas seulement leur homme, mais leur vie même.

J'aimerais lui parler de moi, pas de mes actes : il y en a si peu, alors que moi, je suis énorme ! Devant la porte cochère de la rue Vaneau, il ne m'a pas embrassée. Par peur de la banalité, je crois et parce qu'il croyait que je m'y attendais ! Il aime assez surprendre. C'est moins vulgaire sans doute de se dire adieu avec les yeux ; mais, au fond, il faut m'avouer que la banalité ne m'effraie pas.

Je l'ai quitté avec un regret et c'était délicieux. C'est aussi bon d'avoir faim que de manger, quand on n'a pas souvent d'appétit.

Ma chère, seriez-vous pincée ?

Ma chère, ne dites pas d'horreurs !

Benoîte Décembre 40

Dîner avec Haroun et Irène dans un restaurant, rue Monsieur-le-Prince. On est bien dans un cadre anonyme, séparé de ce contexte social qui vous serre toujours de trop près et vous empêche d'entrer à vif dans la vie. Le vin desserre cette étreinte. Je pense à Jean avec qui j'aimerais être ce soir et je fais bénéficier Haroun de ma tendresse. Il ne faut pas laisser perdre ces élans : c'est une marchandise qui ne se conserve pas : à consommer de suite.

Flora 3 décembre 40

Combien de gens deviennent leur ombre et vivent en parasites sur qui ils ont été ! Il ne faut pas s'habituer à soi, s'empâter en soi-même. Moi je n'ai encore rien fait : je me tiens entre mes mains avec émotion et inquiétude et je m'espère digne de mon rêve.

3 décembre 40 Benoîte

Jean m'écrit tous les jours ou presque. Des lettres sans en-tête et sans conclusion, des pensées en vrac qu'il me livre et que je lui renvoie après les avoir triturées. Je lui écris une heure tous les soirs après mon travail gréco-latin, la meilleure heure de la journée, au lit, avec des gants et deux liseuses superposées, car on laisse éteindre la chaudière la nuit. Nous nous sommes créé par lettres une sorte d'intimité artificielle que nous ne retrouvons pas dans nos conversations. Il m'intimide de plus en plus, ce qui est anormal et devrait me mettre la puce à l'oreille. Cette puce puisqu'il faut l'appeler par son nom, est-ce qu'elle n'aurait pas deux ailes et un carquois ?

Nous allons au théâtre samedi, avec Flora et Van Buck. On ne donne pratiquement que des films allemands dans les rares cinémas restés ouverts et nous nous sommes juré de ne jamais donner un sou — ni un regard — à une production allemande. Ça leur apprendra !

10 décembre 40 Benoîte

Regardons les choses en face :

1° J'ai un sentiment pour Jean.

2° Il a un sentiment pour moi mais ce n'est pas le même.

J'ai six mois pour faire coïncider les deux d'une façon ou de l'autre. Car, dans six mois, il aura passé son doctorat et compte rejoindre la zone libre où son oncle a un laboratoire de recherche à Toulouse. Deux moyens sont à employer, je crois : la sincérité, la force d'âme. Surtout ne pas être la faible femme. Essayer de prendre ce qu'on ne me tend pas et n'avoir pas de fausse honte ni d'amour-propre. Ne pas comparer ce qu'on donne à ce qu'on reçoit. Je donne ce que j'ai envie de donner. Ainsi j'ai envie de lui écrire que je l'aime ! Pourquoi attendre qu'il me l'ait dit ? On me l'a écrit souvent ; je ne l'ai jamais dit, ni pensé ; j'ai de l'avance.

Physiquement, je n'ai pas le type de beauté qui lui plaît. Il aime les blondes vaporeuses qui font de l'effet dès qu'elles entrent dans un salon. Quel homme ne les aime pas, ces garces ? En hiver, de plus, je n'ai pas tous mes moyens. Mais quoi ? Pour une fois que j'ai envie de quelque chose

Benoîte 11 décembre 40

J'ai passé la nuit à écrire et j'ai vu poindre l'aube avant d'éteindre pour dormir. J'ai refait trois fois ma première lettre d'amour. Elle me paraît assez convaincante. S'il suffisait pour vaincre de convaincre, l'affaire serait dans le sac. Mais en amour ce sont souvent les faibles qui l'emportent, hélas ! Je sais que la faiblesse est une arme efficace, mais je ne sais pas m'en servir. J'ai honte de me servir des armes dites féminines ; je voudrais me faire aimer sans elles.

Benoîte 13 décembre 40

Nous n'avons pas parlé de ma lettre en allant à Gaveau hier soir. Il l'avait sûrement reçue pourtant, mais j'ai peur de l'avoir choqué. Je suis tellement timide dans la vie que cela le rassure, mais ma personnalité de papier doit l'affoler. Il m'a emmenée ce matin visiter le laboratoire où il travaille. En blouse blanche il me plaît encore plus. Je voudrais être la mouche, la souris blanche qu'il triture chaque matin ! Je suis tombée bien bas ! Pourvu qu'on me ramasse.

Benoîte 14 décembre 40

Lettre de Jean :

« ... Les beaux livres, les aperçus de Dieu, *(Ne souhaite pas, Nathanaël, trouver Dieu ailleurs que partout)*, la musique, m'emplissent d'un enthousiasme qui ne demande qu'à se déverser sur la vie. Il faut bien se garder de le laisser perdre sans objet ou sur n'importe qui... comme cela m'est arrivé ou m'arrivera. Cet enthousiasme, il faut le garder pour le mariage. La vie en commun est une chose extraordinaire. Quel enthousiasme de partager un enthousiasme ! Deux corollaires :

1) Nécessité d'épouser un être qui vous soit semblable comme goûts et comme capacité d'amour, au sens le plus large.

2) L'égoïsme n'est pas un obstacle, mais au contraire une porte ouverte. La femme entre dans l'orbe de l'égoïsme du mari.

Une conclusion pratique : chercher à se mieux connaître par le caractère des gens qu'on a aimés. Que pensez-vous de tout cela ?

Votre J. »

Que veut dire cette réponse qui n'en est pas une ? Ce serait si simple de dire : je ne suis pas preneur. Mais son écriture est si belle que j'en suis attendrie. Une belle écriture est aussi émouvante qu'une jolie nuque ou une démarche séduisante. Ce n'est pas oui, mais ce n'est pas non.

16 décembre 40 Benoîte

Les objets me sont hostiles en ce moment et les corbeaux volent de gauche à droite dans mon ciel de lit. J'ai renversé un encrier sur mon bureau de chêne cérusé, mon vélo a crevé deux fois aujourd'hui et j'ai perdu dans la rue une paire de bas gagnée à la Loterie. Enfin j'ai un nouveau bouton de fièvre, sinistre bourgeon d'hiver dont la fleur sera une croûte qui ne fanera pas avant huit jours.

Il vaudra mieux cette semaine aimer par correspondance.

18 décembre 40 Flora

Van Buck marche à reculons dans mon cœur ; il s'éloigne comme un navire dont on voit la fumée à l'horizon ; je suis seule à savoir qu'il est si loin de moi : il se croit encore dans les parages, il croit savoir que sa victoire est pour demain et moi je le regarde d'un œil à la fois cruel et triste qui dit tout bas : Restez, restez si vous voulez, mais n'espérez plus qu'en un miracle. Benoîte dit qu'il est trop bon et que s'il tournait le coin de la rue on me verrait prendre mes jambes à mon cou et galoper... Possible mais justement, il ne me donne pas cette chance et je suis aussi affreusement sûre de lui que je ne le suis pas de moi. Et puis il y a la pensée vague de Beaudouin qui occupe un peu ma tête et me fait rêver au loin.

Je me donne jusqu'au 31 décembre pour résoudre mon problème. Nous devons réveillonner chez Pinaud ; cela menace d'être terne, mais Beaudouin sera là et je me dirai une fois pour toutes ce que je pense de lui.

Benoîte 19 décembre 40

J'ai été voir avec Irène Mme Fraya, la voyante qui prédit à un jeune homme qui s'appelait Loti, qu'il mènerait de front deux carrières avec succès. C'est une vieille fée Carabosse, avec une longue robe de velours râpée et un boléro de satin multicolore pour le côté roulotte. Dans un salon surchargé de bibelots, souvenirs de clients reconnaissants — elle a « eu » tous les hommes politiques — elle me prend les mains qu'elle regarde à travers une loupe énorme. Jamais personne ne se penche sur vous avec cette avidité inspirée et quoi qu'il en sorte, l'examen seul est déjà un plaisir. Après m'avoir résumée, de manière flatteuse, elle déclare de but en blanc comme si le sujet s'imposait à elle brusquement :

« Comme il est bizarre, ce jeune homme... On me le donne grand, un peu voûté et je sens comme une odeur de pharmacie autour de lui... Il est ambitieux, son travail avant tout, et il aime l'indépendance... Il tient à vous mais il a horreur des mises en demeure. Il faut que vous ayez de la patience. Mais vous lui plaisez et il tiendra à vous de plus en plus. »

Mme Fraya a bien mérité ses vingt-cinq francs ! Mais je déteste la patience. Demain est un autre jour, mais demain, je serai une autre femme.

Benoîte Samedi 21 décembre 40

Jean m'a invitée au concert : soirée parfaite. Nous réveillonnons ensemble le 24. Adoucis tous les deux par les violons de la Suite en *ré*, nous avions envie de tendresse et de ne pas parler pour une fois. Son costume sentait effectivement la pharmacie et c'était comme l'odeur de la certitude. Est-ce que je sentais le dictionnaire ? Il faisait très froid et mon raide manteau de poulain se frottait le flanc sur l'épais mouton de sa canadienne sans que nous en ressentions le moindre bienfait. Seuls de petits coins de peau privilégiés parvenaient parfois à se frôler et cet échantillon de la chaleur de l'autre donnait envie de connaître le tout. Les deux mains dans la même poche, nous sommes rentrés à pied de la rue de la Boétie et il m'a appelée « mon chéri » pour la première fois. Comme les mots neufs ont de la puissance. Comme je me réjouis de ne les avoir pas encore galvaudés. Quand tous les mots d'amour auront été dits et redits et usés, il me restera à changer de pays pour que tout recommence quand on me dira *best beloved*. Je comprends qu'on s'aime la nuit. La nuit est un peu l'équivalent du sommeil pour le cerveau : l'échelle des valeurs est bouleversée, les pensées du jour, qui faisaient barrage à d'autres, se réduisent à rien et l'inconscient arrive à l'avant-scène, avec ses lois à lui. Cette nuit, Jean S. et Benoîte G. étaient réduits à rien, et c'est un homme et une femme, avec leurs goûts et leurs désirs à eux, qui surgissaient en nous, dans le noir. La mer s'était retirée, toutes sortes de choses inconnues grouillaient sur le sable et nous étions nus ou plutôt dénudés, bien que nous n'ayons pas ôté nos manteaux.

Malheureusement, c'est le jour qu'on vit et qu'on prend des décisions. Demain matin, la mer sera remontée sans bruit et recouvrira le Jean de cette nuit.

Mardi 24 décembre 40 Benoîte

Pour Noël, Hitler nous a renvoyé les cendres de l'Aiglon. Le seul cadeau que l'Allemagne puisse nous faire : un cadavre de plus. Avec ces os, sans ticket, on nous délivre un peu de chair fraîche : distribution exceptionnelle de quarante grammes de viande par personne contre le ticket III en chiffres romains en haut de la carte de fromage ! À cette époque où la viande humaine est si bon marché, la viande animale devient intouchable. Quarante grammes, c'est la valeur de deux bouchées.

Le concierge du Faubourg nous a filé une livre de riz, nous n'en avions pas mangé depuis deux mois ! Il n'y en a que pour les E et maman a beau savoir jouer la comédie...

Benoîte Mercredi 25 décembre 40

Réveillon sous une pluie battante au fond de Passy. J'ai un ensemble de velours vert très joli, mais qui colle aux jambes et fait tourner mes bas. Petits jeunes gens swing à qui je ne plais pas et c'est réciproque, mais nous n'avions pas le choix des réveillons. Aucun adulte n'a envie de s'amuser en ce moment et laisse de mauvaise grâce s'amuser les autres. Jean est arrivé tard ; les boissons étaient révoltantes, mais c'étaient des boissons alcoolisées et j'ai bu pour m'enivrer ; cela me donne de l'audace et de la simplicité. Je crois que j'ai assez plu à Jean ; j'étais très femme pour une fois. Un peu découragée de lui plaire un jour, pas conquérante, vaincue d'avance et monstrueusement tendre, mais j'en ai caché les trois quarts ! J'aime sa froideur traversée furtivement par un éclair. J'aime qu'il soit maître de lui, qu'il ne souffle pas comme un phoque en rut quand il danse avec moi (malgré la pensée inquiétante qu'il souffle peut-être quand il est dans d'autres bras...). D'ailleurs, il n'a dansé qu'avec moi. Et moi qu'avec lui. Van Buck me l'a amicalement reproché. J'ai le défaut de ne pas m'intéresser à l'homme par définition. Mais à *un* homme. Et, dans ce cas, pourquoi perdrais-je mon temps avec les autres puisque à chaque seconde j'aime mieux être avec celui-là ? Parce que cela fait partie du jeu, dit Flora. Van Buck aime Flora parce qu'elle lui échappe. Moi je dirais : bien qu'elle lui échappe. On n'aime pas ce qu'on possède trop, paraît-il. Que cette idée est débectante. Il faudra pourtant que je trouve un homme qui m'aime *bien que* je sois à lui, car je saurai très mal jouer un autre jeu.

D'ailleurs, j'ai l'impression que je me lasserais beaucoup plus vite de la portion congrue que de la part du lion. J'aime le pain quotidien de la vie et l'habitude ne me fait pas peur ; au contraire. S'habitue-t-on à la vie au point de ne plus l'aimer ? Et puis, je ne suis pas douée pour l'adultère : j'ai horreur de me rhabiller.

Le couvre-feu avait été repoussé jusqu'à trois heures, cette nuit, mais le dernier métro était à une heure. Nous sommes donc rentrés à pied, Jean et moi, sous une pluie douce qui mouillait nos bouches et c'est la pluie que nous embrassions sur les lèvres de l'autre. Une petite saoulerie amicale m'habitait, qui me masquait l'avenir. J'*étais*, c'est tout. Paris semblait un océan désert, semé de quelques îlots de fêtards qui criaient trop fort pour ne pas penser au lendemain et aux tickets de la semaine qu'ils venaient de dépenser en une soirée. Il y a parfois une vie entière dans une nuit, un amour entier dans une étreinte et tout le plaisir du monde dans un baiser.

Flora suivait cinq cents mètres plus loin, abritée sous l'épaule de Van Buck et pensant les mêmes choses, peut-être. C'était ridicule, mais quelle importance ? Il ne faut pas se laisser gâcher son plaisir.

25 décembre 40 Flora

J'aime Noël pour toujours. La courbe progressive de ces émotions si variées et si chaudes me retrouve chaque année aussi enthousiaste et, même après la fête, le goût mélancolique de cette ferveur retombée dont parle Gide m'est doux aussi, et je le goûte avec une joie nouvelle.

C'est notre deuxième Noël de guerre ; on est déjà bien enfoncé dans le tunnel et habitué à la mélancolie. Pourtant tante Marie a su garder la sérénité et le sourire des jours de joie et ce ne sont pas les Allemands qui vont lui changer son Noël.

Comme toujours, nous sommes arrivés les derniers, haletant dans cet ascenseur dont l'odeur m'est étrangement familière. On nous attendait pour boire à l'avenir et à la victoire. Tante Marie reçoit avec grâce l'hommage de nos jacinthes, nous tendons des joues plus ou moins indifférentes à tous ces gens qui redeviennent une fois par an notre famille. Et puis on passe à table. Quelle chance éphémère : je suis toujours la plus jeune partout : je suis régulièrement au bout de la table. Je suis servie la dernière et je mange un peu froid, mais ça se paie d'être jeune ! Tante Eugénie, tellement tellement vieille qu'elle en est laide de partout, presque portée à table par son fils, pas bien frais non plus, et que j'ai pris longtemps pour son mari, tante Eugénie a un bon coup de fourchette ; elle reprend deux fois de tout et dans sa hâte d'enfourner, oublie d'essuyer sa bouche coulante. Line et moi la regardons sans merci et avec une vilaine curiosité. Je n'ai presque pas de pitié en moi ; la vieillesse me fait peur ; j'ai envie de lui tourner le dos ; bien sûr qu'elle saura me rattraper au tournant. Et puis nous sommes surtout pressés de voir la porte s'ouvrir devant l'arbre de Noël et le déjeuner s'allonge ; chaque année, hélas ! je sens décroître ma hâte ; quand j'étais petite, cette attente était sans limites, je ne savais pas penser à autre chose. Maintenant, je savoure ma joie et même, je l'arrose pour l'épanouir ; mais elle n'a plus le caractère sacré et la violence grisante d'autrefois. Enfance, enfance, tu m'as filé entre les doigts.

Enfin, tout de même, le déjeuner a pris fin. Benoîte qui sait, et pour cause, prendre une voix de Pythie, nous a lu les prédictions de sainte Odile : « Écoute, écoute, ô mon frère... » Comme c'est tentant d'interpréter les textes : à la fin de ces deux pages pleines de mystère et de sous-entendus, toute la table était sûre qu'il était prouvé noir sur blanc que les Allemands allaient être écrasés en un tournemain.

Les journées traînent dans la famille ; on reste toujours un peu trop longtemps. On commence à s'ennuyer et on est encore là, inscrits dans cet après-midi illimité. Les cadeaux ne sont plus ce qu'ils sont, les papiers jonchent le sol, maman ne se lève toujours pas. Enfin on s'arrache, papa rassemble son troupeau, et nous regagnons à pas lents la bergerie Vaneau, ruminant la tristesse des soirs de fête.

Benoîte Jeudi 26 décembre 40

Noël des familles, déjeuner de famille, avec la de plus en plus vieille « vieille bonne » qu'on embrasse une fois par an, parce que c'est Noël. Comment fait-elle pour être toujours là, cette Fifine qui est vieille depuis que je suis née ? Ces domestiques fidèles ne tombent jamais malades ; elles ne font jamais parler d'elles et un jour, on apprend qu'elles sont mortes, tout d'un coup, sans faire d'histoires.

La nôtre nous annonce humblement qu'elle nous trouve chaque année plus belles, sans doute parce qu'une famille qu'on sert depuis quarante-cinq ans ne peut pas être moche.

Cette année, il y avait de la distraction : un nouveau gendre à guigner, un intrus qui avait fait son entrée au cours de l'année dans notre famille de femmes. On se demande s'il y restera longtemps...

« Et à quand ton tour, ma grande... C'est drôle qu'elle ne soit pas encore fiancée... Mais est-ce qu'il n'y a pas anguille sous roche... Zazate ne s'intéresse pas aux garçons... Tu sais que Line, c'est pour mai prochain ?... Et regarde ce que Jacques lui a offert pour Noël... Zazate, viens voir... Tiens, Jeanne s'est teinte en blond platiné ? Quelle idée... C'est pour cacher ses cheveux blancs... Dis donc, il n'a pas l'air très amoureux le mari de... C'est à moi qu'il a fait la cour pendant tout le déjeuner... Elle ne sait pas y faire avec les hommes... Tiens-toi droite, Zazate... Les réveillons, c'est la mort du foie... (Les oies pensent de même.) Et vous, qu'est-ce que vous pensez de “la situation” ?... Ah ! non, pas de politique aujourd'hui. »

Puis on défait les cadeaux et on est vaguement déçu : ah ! ce n'était que ça ? L'après-midi se traîne : les petits jouent un morceau au piano ou disent un compliment qui est une ignoble tarte à la crème sur le cœur des mères qu'il ne faut pas briser. Tout le monde a un peu sommeil et rêve à son réveillon. Je suis encore toute molle de la présence de Jean. Je suis un peu en forme de lui. Vivement ce soir, qu'on se couche.

Samedi 29 décembre 40 Benoîte

Maman a été voir Mme Mahé Champs-Elysées, présidente de la Fédération des Sciences métaphysiques, et voyante sur recommandation. Elle voulait des détails sur l'avenir de la maison de couture et sur le mien, qui l'inquiète aussi. Elle a emmené une lettre de Jean et un gant à moi. En l'entendant rentrer, je me suis ruée dans l'entrée, l'air indifférent. « Tu l'auras », me souffle-t-elle en passant, mais la présence de papa qui méprise hautement ces momeries, nous empêche d'en dire plus long. Dès qu'il est couché, nous faisons troïka, dans le grand divan vert, la couverture de fourrure sur les genoux, maman, Flora et moi avec la nuit devant nous. Il paraît que Mahé a saisi mon gant et la lettre de Jean et a crié sans réfléchir : « Ces deux-là seront fiancés avant trois mois, madame ; j'en suis sûre. Mais qu'il est nerveux... Il faut qu'elle soit très habile, très souple, qu'elle sache se rendre indispensable. Lui ne voit pas très clair pour l'instant, il est tourmenté. Mais, conclut-elle en brandissant la lettre, je suis sûre de ce que j'avance, madame. Cela ne fait aucun doute. » Mis à part cette prédiction encore invérifiable, elle s'est montrée remarquable sur nos caractères, les affaires de maman, le pessimisme foncier de papa, etc. Donc : patience, adresse et séduction — jeux d'enfant — et il est à moi ! La peau de l'ours est vendue. S'il le savait, mon cher ours !

Nous allons au concert demain. S'il savait qu'il est déjà choisi, pesé, empaqueté, voyez caisse ! Je veux croire que c'est vrai. « Quand on veut, on peut, dit maman. À toi de jouer. » Et le pauvre chéri ne se doute de rien et marche de son grand pas distrait sur le trottoir sans voir le gouffre ! Je me sens comme le premier aveugle de la troupe de Brueghel, mais moi je sais où je vais. Jean a mis la main négligemment sur mon épaule — il faut toujours bien regarder où on met ses mains, monsieur — et il me suit, souriant aux corneilles. Cher ange ! J'ai l'impression d'être soudain beaucoup plus vieille que lui puisque je sais ce qui se passe plus loin !

Flora 31 décembre 40

Approchez, approchez ! Aujourd'hui on se lave à Vaneau ; on s'est fait chauffer un seul bain, un énorme bain de luxe ; on en aura jusqu'au cou.

Quand nos nurses nous poussaient dans des eaux où nous ne voulions jamais plonger : « *Now, now, children ! It's past bath time !* » savions-nous quelle valeur-diamant cette eau chaude représenterait un jour pour nous ? L'affreux, c'est tout de même de se déshabiller. Chaque chandail, tricot de corps, et autre bas de laine dont on se dépouille, c'est un peu de sa peau que l'on arrache et quand on est vraiment nu, on est écorché de froid. On se bouscule au portillon avec l'aînée pour être la première à plonger. Nous en avons tellement pris des bains, ensemble, que nous avons nos habitudes et savons qui prend les robinets dans la nuque et qui met ses pieds à gauche. Mais nos pattes ont grandi depuis nos enfances et on est un peu à l'étroit. Alors, on se dispute et on se déteste, on se donne des coups de genou, puis la fureur tourne à la joie entre deux phases du combat aquatique et nous regardons soudain avec des yeux d'étranger les deux grandes oies que nous sommes, retombées en enfance à leur insu. Nous profitons de cette promiscuité pour nous juger sans faiblesse : « J'aime mieux mes bouts de seins. » « Oui, mais regarde ton nombril : on dirait un trou noir. » « Tu ne trouves pas que j'ai de très jolis bras ? » « Non, tu as des bras d'Andromaque de l'Odéon ; j'aime les bras un peu grêles. » « Garce, parce que les tiens le sont ! » « J'ai les plus beaux pieds de la famille. » « Ah ! non, alors ! Ces deux grandes barques sèches ? » Maman arbitre et orchestre les compliments. « Mes filles, chacune dans votre genre, vous êtes très bien. »

On se frotte, on se ponce mutuellement, et on sort de l'eau, la peau chaude, deux Vénus Astartés qui n'osent se retourner sur l'onde grise dont elles émergent.

1er janvier 41 Flora

Il n'y a que les voyantes pour dire à Benoîte — ou à maman qui mange aussi de ce pain-là — que Jean l'aime. Si Benoîte y mettait le prix et même à demi-tarif, je lui apprendrais, hélas ! qu'il n'en est rien.

Sur quelle foi je base cette affirmation ? Je ne sais pas au juste ; mais je n'y crois pas, à cet amour provoqué, à cette insémination artificielle de sentiments. Bien sûr, Jean est un intellectuel égaré dans la vie quotidienne, il a un côté Petit Poucet qui cherche sa route et peut-être attend-il qu'on le prenne par la main. Mais il me semble que Benoîte aussi est en attente et leurs mains ont bien des chances de se croiser sans s'étreindre. Jean veut bien s'engager en pensée, mais non dans la vie. C'est le genre de benêt qui se fera paumer un jour par une rousse pétroleuse, ou une entraîneuse entre deux âges. Elles sauront le faire valser malgré lui. Mais Benoîte, la belle âme, qui s'offre les yeux baissés et brûle à l'intérieur sous des dehors d'eau dormante, elle n'a pas la poigne qu'il faudrait pour décrocher ce coco-là !

Et puis, elle aime ! Ah ! quel handicap ! Il est content, ce grand lâche, de recevoir les quatorze cigarettes que Benoîte a accumulées pour lui pendant la semaine ; il se laisse faire quand elle lui tisse des mouchoirs brodés de larmes invisibles et lui fait l'offrande de citations choisies cœur pour lui. Il se laisse aimer, ce dadais, mufle sans le savoir, les pires, et plus elle en fait et plus elle en dit, la Benoîte prise au piège, plus la distance s'allonge entre eux. C'est mal parti, vous dis-je. J'en ai de la peine et j'aimerais aider. Mais il faut se dire une fois pour toutes que l'on ne sert à rien dans l'amour des autres et je ferais mieux d'aller prier le Cœur sacré de Jésus d'épargner le cœur blessé de ma sœur, que de convaincre cette sœur qu'elle fait fausse route.

* Nous voilà déjà demain. Le passage s'est fait dans l'euphorie factice d'un réveillon organisé chez Pinaud. C'était assez bon et honnêtement copieux, mais Dieu que le peuple était moche ! Beaudouin, sur lequel je comptais tant, était malade. Van Buck me suivait de près et ce soir encore j'ai fait mine à moi-même de l'aimer. Je n'ai pas le courage de n'avoir personne dans mon cœur un 31 décembre, et puisque Van Buck m'aime si assidûment, donnons-lui encore sa chance... en espérant qu'il ne la saisira pas.

M. Pinaud père assistait au banquet et, au dessert, il s'est levé pour porter un toast à la France immortelle. J'étais d'ac., ô combien, mais je le trouvais bêta, ce vilain petit môssieu qui chevrotait ses enthousiasmes et ses espoirs. Je me sentais contre et je m'emmerdais. Il faudrait avoir la force d'âme de rester chez soi lorsqu'on sait qu'on va s'emmerder ; d'autant que la plaisanterie durait furieusement et que Van Buck et moi n'avons pu fuir qu'à 5 heures du matin, aussi blêmes que l'aube et endormis d'ennui. Ne me dites pas qu'une nuit sera longue avec le vrai homme de mon cœur. Non, tu vois, Van Buck, c'est fichu : je ne t'aime pas.

Celui que j'aimerai se profile dans ma tête et j'aime l'ombre qui l'entoure encore. Je ne suis pas pressée d'abdiquer. Je sais trop que, lorsque j'aimerai, je me noierai dans mon amour. Je sais trop que je ne saurai pas me garder à moi-même mais lierai mes pieds à mes poings pour offrir à l'autre... même ce qui lui semblera superflu.

Bel autre, nous nous aimerons comme aucun avant nous.

Benoîte Mardi 1er janvier 41

Je n'ai pas réveillonné avec Flora chez Pinaud. Jean était en banlieue chez sa grand-mère et j'avais envie de penser. Il faut que je réussisse. C'est la première fois que je désire quelque chose. Et un homme, ça ne se recommence pas comme un certificat. Au prix de toutes les avances, de toutes les avanies ; il faut n'abandonner que trop tard. Si j'échoue, je m'en voudrai toute ma vie.

J'aime ses défauts maintenant, c'est mauvais signe. Ses jambes maladroites et trop longues, ses joues creuses, ses yeux effilés et même ses chaussures de daim trop clair, oui.

En me quittant après le dernier concert, Jean m'a dit : « À un de ces jours. » Rien de bien réconfortant dans cette formule. Il neige aujourd'hui. Cette année sera-t-elle celle de mon échec ? Si je n'avais pas peur que mes narines enrhumées ne se murent définitivement, je pleurerais. Les premières larmes que je verserais pour un homme. À vingt ans ! Voilà que je pleurerais comme Line, comme Flora, comme Irène, comme toutes ces femelles ? Ah, je voudrais tout rejouer depuis le début. Ne pas avoir étalé mes cartes si vite ; j'ai joué l'atout trop tôt et je n'ai plus rien dans les mains.

J'ai passé l'après-midi à regarder tomber la neige. C'est fascinant comme le feu et de la même façon. Côté jardin, elle est triomphante et pure. Côté cour, du côté de la chambre de papa, elle agonise en une bouillasse grise dès qu'elle touche les pavés. Paris et la neige, encore un mariage impossible ! Mais la neige se décourage trop vite, aussi.

J'ai envie de respirer « l'air des sports d'hiver ». De monter à skis, la veste accrochée aux reins. Encore quelque chose dont les Allemands m'auront privée.

Pour égayer la nouvelle année, Pétain nous a gratifiés d'un discours qui devrait révolter tous les plus de trente ans.

« L'atmosphère malsaine dans laquelle ont vécu vos aînés a détruit leur énergie. Méditez ces maximes : le plaisir abaisse, la joie élève. Le plaisir affaiblit, la joie rend fort. Notre individualisme, dont nous étions si fiers, est la cause de nos malheurs. Apprenez à vivre en commun, à réfléchir en commun, à prendre vos joies en commun. »

Je refuse de trahir cet individualisme qui est la personnalité même de la France. On est Français pour le meilleur et pour le pire. Et puis, étions-nous vraiment plus sains et moins individualistes en 1913 ?

Pour nous faire une surprise, le maréchal s'est glissé en personne dans les petits souliers de la France. « Je me suis donné à la France, c'est-à-dire à vous tous. » C'est le miracle de la multiplication des Pétains. Mais il avoue un peu plus loin que cet hiver nous aurons faim, reconnaissant ainsi que l'homme ne se nourrit pas seulement de pétains.

Benoîte Dimanche 5 janvier 41

Nous avions décidé, Jean et moi, d'aller faire du ski dans les bois de Chaville. Mais à 7 heures ce matin, quand j'ai ouvert ma fenêtre sur le jardin, la nuit était noire et blanche. J'ai entendu *kshshshshsh*... le dégel ! Et puis non, à 8 heures il faisait moins 1° et j'ai pris rendez-vous avec Jean, gare Montparnasse. Papa avait un clou dans la nuque et n'a pas pu venir. À Chaville, c'était presque une atmosphère de village de montagne. Tout le monde était en pantalon de ski et grosses chaussures et les pas crissaient dans la neige dure. Eh bien, j'ai compris pourquoi on fait plutôt du ski dans les Alpes. La banlieue est infernale. La neige était pâteuse sous les arbres et les descentes s'achevaient régulièrement sur des barbelés ou des tas de ferraille. Nous avons mangé notre casse-croûte au *Lapin qui Fume*, ignoble cabane-bistrot où on nous a servi un vin blanc qui sentait le *sui generis*. Le patron, muet et hostile, avait l'air de considérer qu'il était incompatible de skier et d'être un bon Français. L'après-midi, il s'est mis à neiger et nous nous sommes enfin sentis isolés du monde. La neige nous entourait comme une fourrure, comme un mur épais bien qu'intermittent. Comme Jean a tort de ne pas m'aimer à la folie. D'abord parce que c'est la seule façon d'aimer ; ensuite parce que c'est un crime de laisser passer des journées comme celle-ci. Nous avions la peau glacée et le sang chaud et nous étions un peu moulus, avec cette inévitable fraternité de deux chevaux qui ont couru côte à côte toute la journée. Que pensait-il derrière son grand front en biais, derrière ses lunettes embuées ? Je sais que la nature me sied. Si je ne lui ai pas plu aujourd'hui, je ne lui plairai jamais. J'étais sans cesse à un doigt de l'interroger, de le mettre en demeure, de lui dire : « Alors, mon z'ami, ji ti plais ou ji ti plais pas ? » Mais ce doigt sera toujours entre l'action et moi. Et puis je redoute trop sa réponse. Je préfère encore m'interroger plutôt que lui poser une question qui pourrait être la dernière.

À 6 heures, j'avais galette des rois chez Sylvie. L'ennui d'aimer, c'est que ceux qu'on n'aime pas deviennent encore plus indifférents sinon odieux. Sylvie a organisé des jeux qui ont bien fait rire. Il paraît que la fête était très réussie. À

8 heures, première galette : j'ai eu la fève. À 10 heures, deuxième galette et j'ai encore eu la fève. On me regardait de travers. Et voilà à quoi s'use ma chance !

Flora, cœur libre et sourire au vent, avait un succès fou. Elle était adorable : un nœud de velours noir dans ses cheveux blonds doux, de la gaieté dans sa jupe qui tournoyait, la taille fine, mais bien en chair sous la main, les jambes un peu grosses encore, comme avec un reste d'enfance aux chevilles, et l'air frais, cet air que je ne parviens pas à avoir. J'ai l'œil lourd, l'esprit revendicatif et la jupe sage. À quoi sert dans ces conditions d'avoir les jambes que j'ai ? Mieux vaut des poteaux. Le tout jeune Gérard lui a dit : « Vous savez l'anglais, mademoiselle ? *I worship you !* » Et un nommé Ducarre va lui apporter demain un litre d'huile d'olive et des cigarettes anglaises. On la renverra en surprise-partie.

7 janvier 41 Flora

J'aime être inconnue, même à moi-même. Faire ma connaissance chaque jour et m'étonner lorsque je me rencontre au détour d'une pensée avec un visage étranger. Il me semble qu'une des raisons de tromper son mari, c'est d'être neuve à quelqu'un d'autre.

Surtout, surtout, beau Cœur, si vous voulez que je continue à vous aimer, faites que je ne sache pas que je suis votre habitude.

La neige tombe à flots et mes vieilles moufles de ski me parlent de mes bâtons. J'ai frayé mon chemin jusqu'à d'Hulst dans cette blancheur cotonneuse et j'avais l'impression de faire la trace. On respire une glace stridente qui vous perce jusqu'au fond de la tête. De l'influence du climat sur les mœurs et les pensées : je ne me sens ni Colomba, ni Esmeralda, mais plutôt une froide héroïne d'Ibsen, dont le coeur gèle avec le paysage. Envie ni de flâner ni de rêver. La rue devient un lieu de malédiction que l'on traverse avec angoisse.

10 janvier 41 Flora

Je me nourris de lecture à défaut de bifteck. J'écume la bibliothèque systématiquement et je ne me permets pas d'en laisser. Chacun ses classes ; moi, j'ai des devoirs à rendre aux livres et chaque après-midi, au lieu d'aborder mes Sciences ou mon Histoire, je me dis que je me fous bien d'elles et que j'aime mieux l'histoire des Girondins. J'ai bien peur que ces chemins-là ne mènent pas à Rome. Mais je passe des journées délicieuses. Merci qu'il y ait des écrivains. Quelle aubaine d'être née à ces joies-là. Y a-t-il des émotions plus fortes que les émotions littéraires ? Pleurerai-je d'amour avec autant de fougue que j'ai pleuré à la mort du Père Goriot ? Je le souhaite et le redoute. Mais, en tout cas, j'aurai vécu en rêve avant que la réalité ne me prenne en main. Comme il me faut tout de même résoudre le problème de la géographie et autres versions latines, je mets sur le tard les bouchées doubles : cela m'est facile car je constate que j'ai une inconscience professionnelle absolue ! J'espère que cela ne me jouera pas de tour plus tard...

Benoîte 10 janvier 41

Pas de nouvelles. Je n'ai pas téléphoné non plus. Pas par orgueil, je me fous de mon orgueil. Mais pour voir. Eh bien, je vois.

— Benoîte a des peines de cœur ! s'extasie Flora.

En attendant, je maigris.

— Tu as les joues creuses, tu es affreuse, me dit maman. Tu as l'air d'une Croate.

Zazate la Croate, pourquoi la vie est-elle bête comme une image d'Épinal ?

Benoîte 11 janvier 41

Je le rencontrerai ce soir, comme par hasard, chez Irène qui fête ses vingt et un ans. Je ne me vois pas en vaincue, traînant un cœur en écharpe. Alors ? Est-ce que cela signifie que je ne peux pas perdre ?

En attendant, il faut marcher, qu'on soit seule ou accompagnée. Je viens de remplir une demande spéciale pour un bon de chaussures à semelles de cuir « usage ville ». Une commission spéciale étudiera ces demandes ; à la lueur de nos ampoules sans doute ? La demande comporte la mention : motif. Comme si la marche n'était pas un motif suffisant !

12 janvier 41 *Benoîte*

Eh bien... comme si de rien n'était ; comme si nous nous étions quittés la veille. Il était aimable et distant. Mon diagnostic, c'est qu'il n'a pas envie d'être coincé par un sentiment à l'heure actuelle. Ce n'est pas le moment d'être pesante, mais précieuse. Facile à dire. Oh ! qui me dira comment faire ? Il existe sûrement *un* moyen, mais le trouverai-je ? J'ai parfois envie de tout essayer : tendre, ironique, cavalière, rustique, comme dans le monologue du nez. Un jour nymphomane, un jour mystique, un jour copine... Il n'est pas possible qu'il résiste à tout ?

Pauvre gourdasse ! Et pourquoi pas pétomane ? L'impuissance est la sensation la plus cuisante, la plus inutile, la plus révoltante que je connaisse.

14 janvier 41 *Benoîte*

Je passe par des alternatives d'espoir et d'abattement. Pourquoi avoir honte de mes défaites devant mes amis ? J'en ai parlé à Irène, à Haroun, à Jean-Loup. Ils me rassurent sur moi-même. On a toujours tendance à croire que si on n'est pas aimé, c'est que l'on n'est pas aimable. Hélas ! c'est beaucoup plus compliqué que cela. Pourquoi Jean ne mord-il pas ? Si je découvrais pourquoi, je n'aurais pas perdu mon temps. « Ma pauvre Bénédicte, me dit Haroun, votre manie de logique vous perdra ! »

Je suis sûre pourtant que tout s'enchaîne plus bêtement encore qu'on ne croit et qu'il y a un truc efficace pour tout. C'est moi qui ne trouve pas le truc, ce n'est pas le truc qui n'existe pas.

15 janvier 41 *Benoîte*

J'ai envoyé un cadeau à Jean pour son anniversaire. Un très joli mouchoir sur lequel j'ai fait broder, rue de Rivoli : « car c'est différemment que vaut chaque chose ». Je pense qu'il saura rétablir le début.

Je serais absolument séduite par une attention comme celle-là. Mais il est écrit que je serai la fille qui fait des cadeaux et qui n'en reçoit pas. Et c'est peut-être un bien. Recevoir un cadeau me donnerait un sentiment de culpabilité ; il faudrait le mériter. En donner ne regarde que moi.

Il faut que je me méfie de mon inconscient. Chaque fois que j'ouvre la bouche, c'est « Jean » qui sort. Tous mes lapsus débouchent sur lui ; ma plume écrit son nom toute seule.

Si le 1er mars, je n'ai abouti à rien, je renonce. J'enfermerai Jean et tout ce qui a rapport à lui dans une chambre écartée et je boucherai bien toutes les fentes pour ne pas être incommodée par le relent entêtant des amours mort-nées. Pourvu qu'il se laisse enfermer gentiment... Jusque-là, je m'abandonne à mes sentiments. On ne se laisse tout de même pas guider par la peur de souffrir à vingt ans !

Flora 16 janvier 41

Pauvre Benoîton avec sa tirade des cœurs ! On dirait qu'elle joue à elle toute seule une scène du *Bal des Voleurs* d'Anouilh. Elle est ce pauvre amant qui réapparaît à tous les tournants de la pièce avec un nouveau masque et une nouvelle moustache, cherchant en vain sous quel visage il séduira sa belle.

Mais aussi, quelle déformation professionnelle ! Elle attaque l'homme à aimer comme une version à traduire ; elle fouille dans son dictionnaire, comptant sur son mot-à-mot littéral pour comprendre la phrase. Tous ces chemins connus ne mènent, hélas ! qu'au contresens et je la vois mal partie, cette forte en thème et faible en vie.

Flora 17 janvier 41

On a fait troïka hier soir avec maman, dans le canapé vert, enroulées de couvertures. Nous galopons sur nos idées. On se sent Natacha et barynia en diable et on parle, on parle, jusqu'à ce qu'il soit trop tard pour avoir envie d'autre chose que de parler encore. Maman a de savantes méthodes pour faire éclore les confidences.

On parle de Van Buck, de son assiduité tendre, mais non

convaincante et je me sens toute légère de ne l'aimer presque pas. Et puis on passe à Benoîte et je m'aperçois que cela m'intéresse moins. Ses amours blessées et même agonisantes, j'en ai un peu ma claque et je vais me coucher laissant mère et sœur remodeler la vie jusqu'à l'aube.

Samedi 17 janvier 41 Benoîte

« Tu seras malheureuse, si tu rates ? » me demande Flora.

Qu'est-ce que c'est être malheureuse ?

Flora est exquise en ce moment. Elle a le côté sablé de l'extrême jeunesse ; elle est poudrée comme une prune sur laquelle personne n'a encore mis le doigt. Pourtant Van Buck se frotte à ses joues comme un veau à une barrière. Moi aussi, je suis toujours vis-à-vis d'elle dans la position du quémandeur. Avec elle, j'ai appris à supplier pour pouvoir embrasser ! Et c'est une très mauvaise habitude qui me jouera des tours !

Autrefois elle nous donnait à maman et à moi des tickets-baisers qu'elle confectionnait elle-même et qui donnaient droit à un, cinq ou dix baisers à consommer suivant nos besoins ! Aujourd'hui. elle prête encore ses joues et ses bras en plaisantant : « Hein ? quel satin ! » Tranquille, toujours sûre qu'on ne sera pas déçu ! Où puise-t-elle cette assurance, cette certitude de valoir tous les hommages ? Je suis toujours paralysée par l'idée de la déception possible de mon partenaire. Et pourtant, j'ai aussi mes supporters. On trouve parfois Flora poseuse, évaporée, banale. Mais le principal est d'être sûre de sa beauté pour en convaincre les autres.

Flora est flattée des compliments que je lui ai faits ce soir. « En pour », elle a accepté de chauffer mon lit, jambes allongées jusque dans les recoins. Elle a même accepté d'y rester une heure avec moi, à condition de ne pas rencontrer les esquimaux Gervais que j'ai au bout des jambes.

Nous avons joué un vaudeville. Que c'était bon de rire et de se trouver mutuellement géniales. On se connaît tellement que tout fait ventre. Atteint-on jamais une telle intimité avec un homme ?

Benoîte 19 janvier 41

Il neige sans cesse sur Paris et dans mon cœur aussi, c'est la Bérésina. Je suis mal embarquée et je ne sais plus s'il vaudrait mieux avancer ou reculer. Flora est pour le retour sur mes positions. Encore une raison à mes yeux de tenir bon. En amour, je n'ai pas envie d'agir comme elle. Elle a mis ce pauvre Van Buck en réserve comme une poire pour une soif qu'elle ne ressentira jamais, elle le sait bien. « Ne quittez pas... » et ces crétins restent à l'écoute d'un mot qui ne viendra pas. Ils vivent de miettes, et Flora passe parmi eux avec ses socquettes multicolores et ses « fesses joyeuses », toujours préoccupée de fioritures et d'elle-même, imprécise, paresseuse, vamp sans désirs, ce qui est la pire espèce, soucieuse d'un rang à tenir et monstrueusement petite jeune fille. Elle me parle de mon cœur blessé comme une infirmière céleste et toute cette tisane me lève le cœur, le vrai, celui qui fait vomir. Je ne suis pas un oiseau blessé : je suis une bonne femme un peu emmerdée.

En rentrant tout à l'heure de la Sorbonne, j'ai trouvé la famille assise au salon en grand conciliabule.

— Il faut que tu saches ce qu'on dit de toi quand tu n'es pas là. Ce que même ton père pense de toi.

— Mais je le sais très bien, maman. Qu'est-ce que tu veux que j'y fasse ?

— Tu vois : « Qu'est-ce que tu veux que j'y fasse. » C'est une phrase d'impuissante. Eh bien, si tu veux le savoir, dit maman, nous sommes très inquiets pour ton avenir.

— Très inquiets, confirme papa en agitant spasmodiquement son pied.

— Sauras-tu construire ton bonheur ? As-tu assez d'instinct ? Ou est-ce que tu vas rater ta vie comme tante Suzanne... à qui tu ressembles d'ailleurs, n'est-ce pas Dédé ? Quand je pense que tu as pu t'emballer pour ce Grassin !

— Mais non maman, Brassin. Et puis je n'ai jamais été emballée...

— Un contremaître !

— Je t'ai déjà dit qu'il était ingénieur.

— Ça, c'est lui qui le dit ! Tu crois n'importe quoi. Enfin, Flora, il n'était pas vulgaire ? Il ne grasseyait pas ?

— Et à côté de ça, elle est d'un entêtement ridicule, poursuit maman. Je serais incapable d'aimer quelqu'un qui se fout de moi. Et Jean se fout de toi, mon pauvre chéri ! Il n'y a que toi qui ne t'en aperçois pas.

— L'important, c'est que les longueurs d'ondes s'accordent, dit papa. L'amour, c'est une question de longueurs d'ondes.

J'ai précisément l'impression que les nôtres s'accordent et que le brouillage pourrait cesser. Mais peut-être est-ce vrai que je n'ai pas d'instinct ?

— À ta place, je lâcherais tout cela, dit Flora.

— D'ailleurs, tu maigris ; tu te ronges.

— Mais non, je ne me ronge pas, maman.

— Ce n'est pas la peine de mentir, mon chéri. Je sais que tu es très courageuse, mais moi, je vois clair. Et je ne veux pas que ma Zazate soit malheureuse. Et ça me vexe que cet imbécile ne reconnaisse pas ta valeur.

L'affection déployée a le don de déclencher mes larmes. Papa, par discrétion et ennui, s'enfuit. Flora m'embrasse et c'est pire encore. Je ne peux pas leur reprocher de m'embrasser, mais je me hais d'être fondante, d'être vaincue, d'être triste.

Je ne suis pas faite pour souffrir. J'ai même du mal à écrire le mot. Me concernant, la souffrance me paraît littéraire, ridicule et artificielle. J'ai envie de ne plus avoir cette épine dans le pied. De ne plus me réveiller le matin avec un poids, en me disant : « Qu'est-ce qui ne va pas dans ma vie, déjà ?... Ah ! oui, Jean ! »

Et pourtant, faut-il renoncer si vite et laisser le premier homme qui m'ait paru viable passer son chemin ?

20 janvier 41 Flora

Pas envie d'écrire en ce moment. Je sens en moi la grande attente qui naît. Attente depuis le plus profond de moi-même de quelque bouleversement total qui fera jaillir en flammes fécondes ces promesses immobiles en moi — assises en rond dans mon âme — cachées sous des chapeaux pâles — vêtues de robes encore floues — et qui attendent, les mains jointes, que s'ouvrent les portes par où elles vont paraître au jour et lancer en l'air leurs chapeaux couleur du temps.

En moi, cette attente qui s'étend comme une plaine.

Benoîte 21 janvier 41

Grotesque adolescente ! Mixture d'Alain-Fournier, d'Albert Samain et de Lise Deharme. Mais la jeunesse, pour toi, Flora, qu'est-ce, sinon appeler les choses autrement que par leur nom ? Allons, ma gourde, avoue que c'est l'amour que tu attends avec cet œil de carpe !

Georges Geffroy nous a indiqué une voyante extra-extra-lucide : Mme Gilberte, rue de Rome. Nous y allons tout à l'heure avec maman pour voir si elle sera d'accord avec les autres.

Benoîte 22 janvier 41

Eh bien, c'est écrit : il m'épouse ! Si nous ne sommes pas fiancés dans trois mois, nous pouvons aller le lui dire et elle nous remboursera ! Alors, quoi ? Toutes ces dames exercent, ont une clientèle fidèle ! Comment la conserveraient-elles si elles se trompaient trop souvent ? Il est vrai que je n'ai pas encore été voir Mme de Thèbes, « retours d'affection garantis ». Si Jean, licencié ès sciences et matérialiste convaincu, savait que je donne ses lettres à palper à des voyantes !

Ce que Mme Gilberte n'avait pas prévu, c'est que les examens de licence qui devaient avoir lieu dans dix jours sont repoussés *sine die* parce que la Sorbonne n'est pas chauffée et qu'aucune allocation de charbon n'est prévue pour les Facultés. Quand sortirai-je de ces examens ?

Par Marie Laurencin, qui connaît Haudecœur, il paraît que je pourrai avoir un poste dès mon troisième certificat de licence. Mais ce certificat, vers lequel je chemine, s'éloigne de moi comme une carotte.

Je suis revenue de chez marraine par le boulevard Saint-Germain, pour risquer d'y rencontrer Jean par hasard, ce qui arrive une fois sur dix. Aujourd'hui, c'était *la* fois ! Il allait justement me téléphoner... pour m'inviter au concert dimanche. Ça lui épargnera... de ne pas téléphoner.

23 janvier 41 Flora

Samedi : jour du bain-douche. Nous deux ma sœur, on va tous les samedis aux établissements de bains de Sainte-Clotilde, abrités derrière le clocher du même nom, qui ouvre ses portes et ses appareils sanitaires aux usagers du VIIe arrondissement qui n'ont plus l'eau chaude chez eux, et encore le goût de la peau propre.

On arrive à la caisse nanti de son balluchon d'éponges et de soude caustique, on prend un ticket bain... ou douche suivant son porte-monnaie et on monte le petit escalier triste qui accède au salon d'attente. C'est tous les jours dimanche pour ce petit salon-là et je connais peu d'atmosphères plus cosmopolites et plus comiques. Chaque fois je suis subjuguée par le choix disparate de mes compagnons de propreté. Aujourd'hui, c'était particulièrement gratiné et tant mieux, car nous avons attendu longtemps avec Benoîte l'unique « chambre à deux » du bâtiment. Il y avait le premier vicaire de Sainte-Clot, sa panoplie de lavettes enfouies dans une satinette d'église ; il voisinait avec la bigote en chef qui voisinait avec M. de Bersac qui habite rue Las Cases, grand aristo distingué, *Homo nordicus* type, qui voisinait avec une blonde de mœurs incertaines et de seins provocants, qui voisinait avec un affreux petit Môssieu bien sale, qui voisinait avec nous. Tout ce drôle de monde attend, très digne et vaguement gêné, silencieux, les yeux au loin, comme on doit attendre au Purgatoire, si Purgatoire il y a, que l'une des portes de l'enfer s'ouvre, livrant passage à l'auréole de vapeur fade dont s'enveloppe le nouvellement baigné, apoplectique et honteux.

Il s'agit surtout de faire semblant qu'on n'est pas là pour faire ce pour quoi on est là, précisément. C'est un hasard qui nous entremêle dans cette enceinte ; non, non, nous ne sommes pas sales. Non, du tout, nous n'allons pas nous laver...

Je regarde tout un chacun avec autant d'ironie que de tendresse. Quelle chance que je ne m'ennuie jamais, puisqu'il y a les autres ! Enfin, on appelle notre numéro et nous partons sur nos talons de bois à la conquête de la chambre à deux, sur les brisées d'une dame au torchon fatigué qui efface d'un geste vague les cernes de crasse du couple qui nous a précédées. Il fait bon chaud dans cette vapeur perpétuellement renouvelée et nous nous lavons avec délices avant de partir à regret. En voilà pour huit jours.

Benoîte 25 janvier 41

Papa est parti à bicyclette à Versailles acheter des légumes. Les Chabal nous ont signalé une ferme qui vend des poireaux et des carottes à volonté. Mais il faut les saisir à la sortie de terre et faire la queue devant le champ. On lui a mis un gros passe-montagne et deux cartables pour qu'il ait l'air de transporter des livres.

Hier très beau concert Munch et Albert Lévêque : 5 *Concertos brandebourgeois*. Je me retiens. Je me retiens désespérément d'aimer Jean. Près de lui, je me sens gonflée à craquer : si j'ouvrais la bouche, il en sortirait des déclarations ou des baisers. Alors, je parle le moins possible. Ça fortifie les sphincters.

Benoîte 28 janvier 41

Un copain de Sorbonne, Paul Grimoux, va me procurer un rôti de veau. Cela fera monter mes actions à la maison. Tout de suite après, il m'a demandé d'aller au cinéma avec lui. C'est cousu de fil cochon. Ça va être une partie de Genou, y es-tu ? Mais je suis obligée d'accepter.

Jean vient de téléphoner. Je n'ai su dire que : « Oui, très bien, et vous ?... Quoi de neuf ? Rien... Moi non plus... » et « à bientôt ». Il m'annonce une longue lettre de dix pages « sur les sujets qui vous tiennent à cœur ». (C'est-à-dire lui-même.) J'avais envie de lui crier : « Non, pas encore. Encore un instant, monsieur le Bourreau ! » Mais tout ce que j'ai trouvé à dire, c'est : « Ah ? Bon ». Je suis minable.

Benoîte 29 janvier 41

Grimoux est le fils d'un mandataire aux Halles et c'est dommage de lui déplaire, mais vraiment je ne suis pas douée pour le pelotage de cinéma. D'autant que Grimoux est laid, soyons franche. Il a des mains rudes et dures et il n'a pas attendu la fin du générique pour en souder une à mon genou. Je me demande jusqu'où il pensait avoir droit de monter pour un rôti de veau ? Je ne connais pas les tarifs. On en est resté aux jarretelles, mais il a fallu se battre comme la chèvre de M. Seguin. Il sentait la pipe et revenait à la charge comme il aurait mieux fait de le faire en 1939 ! Mais j'avais dit : on ne passe pas ! Il m'a quitté furieux ; j'ai l'impression que je n'aurai plus de viande, pour avoir voulu protéger la mienne ! Je ne sais pas comment fait Flora pour tant recevoir sans rien donner.

Samedi 30 janvier 41 Benoîte

Ça y est ; le couperet est tombé. Jean m'a écrit sur du papier vert espérance.

« Réduire des problèmes moraux à des équations, c'est difficile et ne correspond pas à la réalité. Mais cela permet quelquefois d'y voir plus clair. Les compliquer en ajoutant dans chaque membre de l'équation une valeur identique, mais qui alourdit le calcul, rend tout plus fumeux. Je préfère résoudre $A + B = 0$ que :

$$2(A + C) + 2D - C = 2(D - B) + C$$

ce qui revient pourtant au même.

(À quoi je réponds que si j'enfume mes calculs, c'est pour me distraire de la certitude qu'$A + B$ égale lamentablement zéro.)

Pourquoi aimerais-je que vous m'aimiez ? Et que vous me le disiez ? En vérité, je vous le dis, cela me gêne plutôt. Vous vois-je plus depuis que vous me l'avez dit ? Est-ce que je cherche à profiter de vous ? (Hélas ! non.) Vous avez pu croire que je jouais un jeu en vous laissant sans nouvelles. Non. Je sortais avec d'autres. J'ajoute que je ne crois pas me tromper en ne vous aimant pas, étant donné l'orientation que je veux donner à ma vie. Ne me reprochez pas d'avoir brisé votre légendaire indifférence. Elle s'est brisée sur moi, mais je suis le bec de gaz, non le marteau.

Si vous désirez des oasis, je suis là. Sinon, je n'existe pas. Je ne m'impose pas. Oh ! non ; et je suis dans mon coin, assez cafardeux et surtout assez indifférent.

Mais ayez confiance en vous et en l'amour éternel. Le jour

où vous aimerez, vous serez aimée... et peut-être ce jour, vous souffrirez.

Votre J. »

Exit Jean S.

— Moi, je crois que c'est fini, dit Flora, timidement. Tu as de l'espoir, toi ?

Je dis oui, pour ne pas m'effondrer devant elle, être la pauvre Zazate. Je redoute encore plus la sollicitude familiale que mon chagrin. C'est déjà assez laid d'avoir des peines d'amour sans qu'on vienne baver d'attendrissement autour d'elles.

Je n'ai rien dit à table mais maman a vu ma tête. Flora lui a fait des signes gros comme une maison pour qu'elle ne m'interroge pas. C'est comme si j'étais brusquement devenue une grande malade à ménager. On se tait quand j'entre dans une pièce. Mais maman n'a pas pu résister : elle est venue me voir ce soir dans mon lit. Elle a cru habile de faire appel à mon amour-propre pour me sortir de là. D'abord, il ne répond qu'à moi, mon amour-propre. Ensuite, j'en ai si peu ! Je ne suis pas humiliée de l'avoir aimé sans succès, mais triste. J'ai été glaciale, butée, évasive.

Il y a des choses qu'une mère seule comprend, c'est possible.

Mais il y a des choses que seule une mère ne comprend pas. Et il y a aussi des mères qui ne comprennent pas cela.

« Bon, eh bien marine dans ton jus, tant pis pour toi », dit maman en claquant la porte.

Nous nous quittons rarement pour la nuit sur une mésentente. On y met la nuit au besoin, mais on s'en sort. Mais j'ai si peu envie de discuter ce soir, que j'éteins pour éviter un retour attendri. J'ai envie d'un très long sommeil sans rêves. Je crois que cette fois, ça y est : je suis triste.

Flora 30 janvier 41

J'aimerais avoir de la peine quand les autres sont malheureux. Benoîte vient de recevoir sa sentence. Elle est obligée maintenant d'admettre ce qu'elle savait déjà tout bas. Cela change tout. La petite angoisse d'hier était doublée d'espérance et maintenant la vérité est horriblement nue. J'en suis accablée, et pourtant, tout reste à sa place et continue à avoir de la valeur pour moi. J'aimerais être détruite par le chagrin d'autrui, quand cet autrui est si proche de mon cœur. Je me cherche... je me tâte... je ne suis pas entamée. J'ai mangé comme un seul homme ma ration de chocolat ; je souris en regardant le bon fantaisie que je viens d'obtenir à la mairie ; je me sens bien. C'est indigne !

Chérie, je suis désespérée de ne pas être plus malheureuse ! Comment oser dire que j'aime si je ne m'embarque pas tout entière dans le naufrage des autres ? Comment oser flotter à la surface quand le voisin sombre ?

Benoîte sombre, avec dignité d'ailleurs ; elle sait mieux que moi coller un masque à sa peau, garder une tête de tous les jours et décourager les meilleurs zèles. Peut-être est-ce mon excuse. Si elle m'offrait une tête de circonstance, des torrents de larmes, je serais emportée par la houle de son émotion, je saurais souffrir avec elle. Ah ! je m'imagine moi ! Il faudrait que chacun paie son écot à ma peine. Benoîte ne tend même pas sa sébile et si on s'essaie à une aumône, elle vous glace de l'œil. « Je ne suis pas celle que vous croyez. »

Pauvre Benoîte ! Quelles infranchissables frontières entre les êtres. Je me dépouille donc de toute compassion et je te parle du temps qu'il fait puisque c'est seule que tu veux boire la sale ciguë que t'a préparée ce salaud de Jean.

Dimanche 31 janvier 41 Benoîte

J'ai vingt ans aujourd'hui. Je regretterai toute ma vie mes vingt ans, dit-on. Et pourtant qu'en ai-je fait ? Une nouvelle année s'entrouvre devant moi sans horizon, sans points de repère. La guerre est sur nous comme un couvercle qu'on n'a aucun espoir de voir se lever. Elle a un goût d'éternité ; c'est un goût amer. On se demande pourquoi cela changerait : notre défaite s'organise, s'installe, se perfectionne chaque jour. Et ma jeunesse se grignote, sans laisser de souvenirs. Flora a seize ans, il n'y a pas péril en la demeure. Mais moi je serai une femme sans avoir été une jeune fille, défraîchie sans avoir fleuri, comme ces boutons de camélia malade qui se fanent encore fermés, clos sur un secret que personne ne déchiffrera.

Une jeunesse sans emploi ne peut pas être sereine, car la

sérénité se bâtit sur quelque chose. Ma jeunesse n'est que vide et ma nature a horreur du vide.

« Comme tous les gains humains, l'amour est le prélude tout indiqué d'une perte, écrit Charles Morgan dans *Fontaine*. Quand on a compris avec l'intelligence que toute perte est une libération, on est un philosophe. »

Moi je perds ce que je n'ai pas possédé et je suis réduite à philosopher sans avoir rien compris.

Flora 3 février 41

Nous avons reçu de notre ferme bretonne douze œufs et un poulet dont l'odeur arrogante, hélas ! nous interdit de nous approcher. On le regarde avec des larmes dans les yeux et de la salive dans la bouche et on décide de le faire cuire pendant des heures dans la marmite norvégienne et de faire un festin pour Hop.

Une fois blanchi, bouilli, ma foi, il ne sentait presque plus et on a eu bien envie de l'attaquer. Mais le souvenir de son teint verdâtre et du halo malodorant qui l'enveloppait nous a retenus et on a regardé Hop avec envie manger tous les blancs de notre poulet du mois. Maman décide de partager en sœur, ou presque, et m'envoie porter quatre œufs chez Marie Laurencin. Je me sens Perrette et Chaperon en diable, et ces œufs, je les porte religieusement. Je dis bien religieusement : c'est tellement bon un œuf et on en voit si peu que mon respect pour ces petites sphères est infini. Marraine joue joliment les émerveillées et je passe une heure avec elle, dans cette petite maison qu'on a l'air d'avoir bâtie autour d'elle, comme un cocon. Elle me montre tout, chaque fois, les ustensiles ménagers, les radiateurs, l'armoire à balais, avant de terminer enfin la tournée dans son petit salon capitonné de livres. Elle me raconte des histoires avec sa voix si fraîche d'enfant définitive, et m'observe de tout près derrière les hublots de ses lunettes. Je m'assieds très droite et je me sens un peu chez la reine d'Alice in Wonderland. J'écoute, j'opine, je dis oui marraine, et marraine parle, parle, parle.

Je ne sais jamais ce qu'elle va conclure de son inspection, si ce sera moi ou Benoîte qu'elle aimera ce jour-là. Peut-être maman s'est-elle trompée d'émissaire et c'est Benoîte qui aurait trouvé grâce aujourd'hui ? Non ; je plais ; elle finit même par me le dire. Elle regarde la vie et les êtres avec un œil bien différent des autres gens. C'est ravissant et déroutant. Et chaque fois, en refermant la porte de sa petite maison de poupée, je me dis : « Dommage, dommage, je n'ai encore pas su être moi ; Marraine n'a même pas vu le bout de ma pensée. » Elle doit me croire falote et cruche ; j'ai envie de resonner et de recommencer ma visite, en étant vraie, cette fois. Mais bien sûr, je n'ose ; et je sais, hélas ! que la prochaine fois, je lui offrirai le même faux visage.

Ah ! me fuir ! M'échapper de moi comme on se sauve, quitte à rentrer la tête basse, et prodigue. Mais non, Flora, tu es ton propre forçat.

3 février 41 *Benoîte*

Famille de tout cœur avec moi dans mon deuil.

« Ah ! si je pouvais te l'acheter ! » me dit maman, et puis : « Mon chéri, ne fuis pas les conversations avec ta marâtre. N'en retiens que ce qui peut te servir. Je parle beaucoup, pour que tu puisses toujours trouver, dans le tas, un élément dont tu puisses faire ton profit. »

Le seul inconvénient de ce genre de discours est qu'il me tire les larmes et que quand elles sont tirées, il faut les boire ! Il suffit d'un rien en ce moment pour qu'elles jaillissent comme d'un puits artésien. Comment se fait-il que toute ma volonté ne puisse rien sur l'orifice de mes glandes lacrymales ? C'est humiliant de se laisser déborder par soi-même et de se noyer dans ses propres eaux !

Flora m'a offert l'ouverture de *Coriolan* pour mon anniversaire. Je flotte à l'aise sur les ondes déchirantes de cette musique qui s'accorde à mes pensées. À moi aussi, Coriolan a refusé. J'ai envie de voyager ; cela va se résoudre par un abonnement de lecture chez Gallimard.

5 février 41 *Benoîte*

Il a neigé toute la nuit. Il y a vingt centimètres de neige tenace ce matin sur les trottoirs ; et comme on manque de gros sel, la neige vaincra peut-être Paris pour une fois. Le soleil brille sur un jardin magique devant mes doubles fenêtres. Et ce temps me donne une allégresse que ne parvient pas à détruire le souvenir de Jean. Pourquoi pleut-il toujours au cinéma pour les ruptures ? Parce qu'il serait immoral de montrer qu'on peut être heureux d'une certaine façon, même quand on vient d'être répudié ? « Tu es triste, mon âme ? Veux pas le savoir. » Et quand le corps va, le bâtiment va. Mon pauvre petit Jean, que peux-tu contre ma santé et cette splendeur ? S'aimera, s'aimera pas ? Et après ? Aimons la vie, c'est le seul amour digne de mes vingt ans.

Mais je ne suis pas dupe de cette euphorie du matin. Quand le soleil s'éteint, les projecteurs intérieurs se mettent en route et on ne voit plus que soi. Triste spectacle.

Benoîte 10 février 41

Une de nos amies a acheté une raie et trouvé un doigt dedans.

« L'espérance est la volonté des faibles », a dit Montherlant. Mais espérer ne veut pas dire rester inactif. Encore faut-il savoir quoi faire. Je ne me décide pas à tourner la page de Jean. J'aime encore mieux aimer sans être aimée que ma situation de l'an dernier avec Pasquale dont seule m'a délivrée la ligne de démarcation.

J'ai fini ma version grecque à zéro heure et, ô bonheur rare, Flora ne dormait pas. Seule la lecture de son journal, qui la passionne, peut la maintenir éveillée à cette heure ! Nous avons organisé un gueuleton clandestin dans la cuisine, à la lueur d'une bougie pour que papa ne voie pas la lumière par l'imposte. Miel, porc froid, gruyère, beurre, les rations défilent et notre audace nous donne un appétit scandaleux. Je n'ai jamais pris tant de plaisir à manger. Il faut bien se rendre à l'évidence que c'est la privation qui donne faim. Comment ne pas appliquer cette loi aux rapports humains ? Et comment espérer que le mariage échappe à cette fatalité ? Nous avons jonglé avec les bouteilles, ce qui n'offrirait aucun intérêt si nous ne redoutions pas d'en casser une et de voir surgir le paterfamilias, responsable du garde-manger.

* Reçu ce matin une lettre de Jean-Loup Petitbourg, qui est

maintenant moniteur d'un camp de jeunesse en Savoie. La défaite n'a pas arrangé Jean-Loup Petitcon, comme l'appelle maman.

« Je suis redevenu catholique. J'ai appris à apprécier mes parents... J'ai décidé de donner tout mon cœur à la grande œuvre de formation ou plutôt de redressement de "nos" jeunes... Autrefois me semble un rêve où nos actions n'avaient pas de but, où tout n'était que fumisterie et vanité. Je crois avoir trouvé la bonne voie. »

« Ma grande amie Benoîte, votre pensée à mon insu m'a souvent soutenu... »

À mon su en tout cas, mes pensées ne le soutiendront pas. Ce boy-scout retardé, pas assez évolué pour trouver tout seul ses raisons de vivre, a sauté sur celles du maréchal. Je n'avais pas attendu la défaite pour apprécier mes parents et je trouve assez peu honorable de redevenir catholique quand on est dans le pétrin. La religion catholique est vraie ou non et les événements historiques n'y changeront rien. Cette façon de brûler ce qu'on a adoré parce que les choses commencent à aller mal, c'est aussi une forme de trahison.

9 février 41 Flora

Est-ce parce que je suis Gémeaux, je vis deux fois ce que je vis. Une fois à la face de tous — une vraie fois — et puis après, tout bas, pour moi, je démonte le Meccano et parfois je le revisse dans de tout autres proportions comme ces auteurs qui proposent deux fins à leurs pièces. Je m'offre le luxe de rectifier ce qui fut et de me faire sur mesure une histoire qui me donne le joli rôle.

J'ai eu une longue conversation avec Van Buck aujourd'hui. Jusqu'au bout, j'ai cru qu'il y aurait de l'inattendu dans notre dialogue. Mais au fond, et en fin de compte, c'est bien ce que j'ai dit qui m'a étonnée le plus. L'amour de Van Buck est comme une couronne de bon pain ; elle est là sur la table, prête à tout, pourvu qu'on la mange ; précieuse d'être quotidienne mais monotone de ne jamais faire défaut. Ah ! ne me donnez pas trop régulièrement, Seigneur, mon pain de chaque jour ! Ah ! que je connaisse la faim, Seigneur !

Après ce dialogue avec Van Buck, alors que j'avais envisagé

jusqu'au bout qu'il me surprendrait, j'ai imaginé les deux ou trois petites phrases qu'il aurait pu me dire pour que je m'abatte comme une mouche. Ah, Van Buck. Van Buck, je suis une place faible. Tous les mots portent. Je m'offre à la conquête ; mais j'aime les conquistadors. Toi, tu t'amènes, la chaîne aux pieds, en bourgeois de Calais prêt au supplice, cela me gâche le tournoi ; comment veux-tu que je ne te supplicie pas ? C'est ton rôle que j'aimerais jouer. J'aimerais aimer à en haleter, à en supplier, à en déraisonner. Va-t-il falloir mettre une annonce ? « Donzelle, cœur à prendre, cherche chevalier sachant causer d'amour. »

Benoîte 9 février 41

Passé ce matin mon écrit de grec. Thème difficile, mais version de Lucien courte et facile. J'ai traversé à bicyclette, à 8 heures du matin, un Paris endormi sous un duvet de neige et de silence. C'était à pleurer de beauté.

Flora est rentrée en sanglots à midi et s'est enfermée dans sa chambre. Au moment d'aller déjeuner, elle m'appelle, affolée : impossible d'apparaître à table ; elle a des larmes éparpillées sur son tailleur et le nez comme un rutabaga. Elle vient de voir Van Buck qui lui a déclaré qu'il ne l'aimait plus. « Je n'ai vécu qu'en fonction de toi depuis un an, et toi, tu ne m'as jamais rien donné en échange », aurait-il dit.

Bravo ! Toutes les deux abandonnées, les sœurs Fenouillard ; laissées sur le rivage par leurs hommes. Mais pour Flora, ce n'est qu'une blessure d'amour-propre. (Le seul qu'elle connaisse d'ailleurs.) Elle me dit qu'elle fera tout pour le reconquérir. À quoi ça rime ? Je ne conçois pas la pêche si l'on n'a pas l'intention de consommer le poisson. Maman au contraire ne conçoit que cette pêche-là. Elle et Flora s'excitent mutuellement. « Tu le reprendras, tu verras. » Et pour conjurer le mauvais sort, elles brûlent la mandragore que nous avions trouvée à Saint-Tropez, persuadées qu'elle nous avait porté malheur... et de me désigner du menton.

Flora Jeudi 11 février 41

Bijou est venu déjeuner aujourd'hui avec son fils Beaudouin. J'étais jolie, il me regardait ; je me sentais neuve et j'appréciais la sensation. Ah ! j'adore le début des choses, quand elles ne sont pas encore, mais que déjà on les pressent ; tout geste a de l'importance et tout échange en promet d'autres. Beaudouin a parlé avec papa et j'ai été un peu éblouie par son intelligence. Il laisse le gros de la troupe très loin derrière et je réalise que je fais partie du gros de la troupe. Il a de belles mains d'intellectuel, longues et maigres, des mains qui ne savent rien faire, qui ne manient que des pensées. Je cherche sur son visage le souvenir du petit garçon taquin d'autrefois, et je mesure la distance qui s'étire entre notre enfance et notre jeunesse. Quelle victoire sur la vie de se sentir soudain adulte ; comme je suis heureuse d'être une jeune fille et plus encore qu'il me considère comme telle. Mais le fait que nous ayons été enfants ensemble enrichit joliment notre patrimoine. Nous rions de qui nous avons été. Benoîte et moi faisons notre numéro de Dolly Sisters et Beaudouin s'esclaffe.

Bref, c'était exquis. Merveilleux. Merci. Merci. J'aime la vie.

Après le déjeuner, Beaudouin me pose des questions sur mon travail. Je crois qu'avec sa tête bien pleine autant que bien faite, il n'est pas d'un genre à aimer les mauvaises élèves et je prends l'air un peu plus sérieux qu'il ne m'est coutume en parlant de tout cela. Il a le genre d'œil bleu dans lequel on se noie. Ah ! Van Buck me paraît noir et petit !

Il retourne à Maisons-Laffitte après le déjeuner, mais doit nous emmener au théâtre, Benoîte et moi, la semaine prochaine. J'ai déjà été au théâtre avec lui quand j'avais treize ans, voir *Ondine*. Je lui dois mon premier contact avec Giraudoux. Mon émotion fulgurante à entendre des gens parler comme je rêvais confusément qu'il soit possible de le faire. Peu de pièces en vérité ont autant bouleversé mes conceptions existantes.

Quand il a été parti, Benoîte s'est armée de ses griffes et de ses bistouris, et l'a disséqué sous mes yeux.

« Il est beau oui, mais j'aime pas sa nuque de Belge... Il a le nez de Pascal, oui, mais ses joues sont trop rondes... il est très intelligent, mais sectaire... Il aime mieux Péguy que Baudelaire... Il est routier... et puis il est gosse de riche », et cela pour Benoîte est une grosse insulte. Il n'a jamais usé ses chaussures, mais c'est nous qui en avons parfois hérité ! Il a eu trop tôt des chandails en cachemire, c'est vrai, et sa gouvernante, Frau Schumacher, le suivait comme un méchant chien de garde, et le frictionnait à la Cologne Wasser chaque fois qu'il avait fait un tour de bicyclette dans le parc.

Pour Benoîte, il sera toujours ce petit garçon-là, cossu, dodu, que l'on enviait et plaignait tout à la fois. Que diable, il a 1,80 m et passe autant d'examens que Benoîte. Quelle le laisse enfin tourner le dos à son enfance.

Benoîte Vendredi 12 février 41

Nouveau remaniement ministériel. Darlan devient vice-président du Conseil. On a l'impression que Pétain crie en vain à ses ministres : « Restez tranquilles sur vos sièges. »

Un ami qui vient de franchir la ligne à quatre pattes *(sic)* m'apporte une lettre de Garrec me demandant s'il doit venir quarante-huit heures à Paris pour sa prochaine permission. En clair, décodé, le message signifie : « Serai-je remboursé par vous en nature des frais et des risques du voyage ? » Réponse délicate. Je ne l'ai pas revu depuis dix-huit mois. D'autre part, le laisser dépenser son pécule pour se payer deux jours d'hôtel à Paris sans lui assurer une contrepartie me paraît malhonnête. Flora consultée me répond que c'est un certain toupet de poser ses conditions avant même de livrer bataille. Moi je trouve que c'est faire preuve de sens pratique. Tout le monde ne peut pas s'offrir le luxe d'être éthéré. Et quand on vient de passer vingt-quatre mois dans des godillots, on ne peut pas risquer de perdre deux jours de permission à bâiller devant une pimbêche. Quant à moi, j'ai envie de le revoir, mais je ne sais pas si j'aurai ou non envie de l'embrasser. J'ai lâchement donné à l'ami une réponse mi-figue, mi-chou.

Benoîte Dimanche 14 février 41

Soirée chez Dominique le Bec. J'y ai rencontré Jean et la première seconde a été horrible. J'ai pu repérer le trajet de mes nerfs à travers mon corps en suivant le passage de l'onde de choc. Il m'a dit :

— J'ai des idées préconçues, mais il m'arrive de les réviser.

Pourquoi me dit-il des choses comme celles-là, sachant que je m'arrange pour voir des encouragements partout ? Et il me cite cette phrase de Duhamel : « Les femmes intelligentes qui sont si bêtes et les pauvres d'esprit qui disent toujours des choses très bien. »

Ah ! qu'il est ingrat d'être intelligente quand on est une femme. Les hommes font tout pour vous décourager et pour vous ramener à votre bonne vieille vocation des familles.

Je rentre le cœur flou.

— C'est dommage que tu aies décrété que tu ne pouvais pas souffrir, me dit Flora. Un bon coup de souffrance avec les yeux rouges et des sanglots et tu serais soulagée après.

Je ne suis pas douée pour les coups de cafard, ni pour les coups de gueule, ni pour les coups de foudre, ni pour les coups tout court. Je m'enlise longuement dans les choses. Et j'ai beau soulever mes pattes l'une après l'autre, elles sont toujours pleines de boue et je ne décolle pas du marécage.

Samedi 20 février 41 Benoîte

Jean m'a invitée ce soir à aller voir *La Main passe* de Feydeau. Il avait deux places. La pièce m'a paru un assommant vaudeville. Il faut dire que je n'étais pas d'humeur à rire de l'amour.

« Ta bouche me fait baisser les yeux », disait si bien Laforgue.

Jean m'a raccompagnée par les bords de la Seine, comme l'année dernière et j'ai entrevu le sens de l'expression : un goût de cendres. Il m'a parlé de son indifférence actuelle. Nous nous sommes accoudés sur le parapet. Dieu que j'avais envie de l'embrasser, d'être serrée dans son gros pardessus. Dieu que j'étais sûre que je ne ferais pas un geste, que j'aurais l'air d'une souche.

En rentrant, je lui ai écrit une lettre de huit pages. Perdu pour perdu.

Je crois que je n'irai plus jamais chez une voyante de ma vie. Jean avait ce soir ses yeux verts et pointus, ses pommettes saillantes, ses pas beaux cheveux noirs que j'aime. Et je m'attendrissais près de lui, sur moi-même, comme une grande malade qui a fini par s'attacher à ses symptômes.

Ma lettre est une maladresse ; elle ne l'encouragera pas à me revoir si vraiment mon amour le gêne. Mais j'avais envie de l'écrire. Et je n'en suis plus à une maladresse près. Un jour peut-être, il sera malheureux et il relira mes lettres avec regret. Cela me fait sourire d'avance. Je continue à vivre en regardant en arrière ; je fréquente des gens qui peuvent me parler de lui, je passe dans sa rue, j'écoute ses disques préférés. Je m'acharne. Je fais de la respiration artificielle à un amour mort. Wagner me dit que je suis puérile pour vingt ans. C'est le seul défaut dont on soit sûr de se corriger.

Avant un mois, des choses extraordinaires vont se passer, *dixit* Nostradamus. Mytilène a été bombardée hier, malgré son nom si doux. C'est un peu comme si on fusillait une jeune fille. Amiens, Soissons, soit. Ce sont des filles à soldats. Mais la tendre Mytilène ?

Benoîte Lundi 22 février 41

Résultats du grec : Wagner est recalé à un point. Pauvre Juif qui n'aura pas l'occasion de se représenter. J'étais tout contre lui, devant la liste, et j'entendais battre son cœur à travers sa canadienne. La liste s'arrêtait à la lettre V. J'ai vu ses yeux remonter, espérant contre toute espérance qu'on s'était trompé dans l'ordre alphabétique et il a dit d'une voix blanche : « Tiens : Belin est admissible. »

Je ne lui ai pas dit un mot gentil ; il aurait éclaté en sanglots. C'était son dernier certificat de licence. Irène passe tout à l'heure l'oral avec Bayet.

Et moi ? Eh bien, je suis recalée ; et moi aussi à un point ! 14 en version, 5 en thème. Je ne parviens pas à assimiler la grammaire grecque. C'est encore ce cochon de Mathieu qui m'a corrigée, il ne comprend pas mon grec. En fait ce n'est pas une catastrophe comme pour Wagner. Je ne perds pas une année : je représenterai ce certificat en juin en même temps que celui de philologie et serai, j'espère, licenciée cet été.

Flora Mercredi 24 février 41

Cahin-caha... de-ci de-là... je me mets un peu à travailler. Beaudouin m'a envoyé un résumé du programme d'histoire de seconde, afin, dit-il, de me donner faim de connaissance, et un petit mémento de questions de cours de math que son précepteur lui a trouvé. Je m'assieds devant ma table et je m'intime l'ordre de travailler jusqu'au soir sans lancer le moindre œil vers la bibliothèque, ni vers le gramophone. Au revoir, Flora, au boulot.

Vendredi 26 février 41 Benoîte

J'ai senti percer le printemps aujourd'hui sous la croûte glacée de l'hiver. Ce n'était encore qu'un souffle de nouveau-né.

Rencontré Jean, rue de l'École-de-Médecine, alors que je ne le cherchais pas. Ça fait mal au sternum, ces surprises. Nous ne trouvons rien à nous dire parce qu'il sent très bien que je n'ai que trois mots en tête et qu'il les connaît déjà. Son regard oblique est tangent à ses pommettes.

Pris le thé avec Haroun, toujours paternel et frôleur, dans un petit Salon Anglais à Saint-Julien-le-Pauvre. Haroun prétend que je ne pourrais prendre de plaisir à embrasser un homme si je pense qu'il ne sait pas qui est Beaumarchais ! Et alors ? On n'est pas des bêtes ?

Et si, justement, on est une bête de somme. J'ai fait mon plan quinquimensuel. Je ne peux pas m'offrir une autre année d'études. Suppression donc de mon abonnement de lecture. Je ne lirai plus que des textes du Moyen Âge. D'ailleurs ce sera le meilleur moyen de m'endormir de bonne heure. Je hais le Moyen Âge. Dans un mois, il faut que j'aie fini la syntaxe de Foulet et assimilé la langue du XIIe à raison de vingt pages par jour. En avril, phonétique latine. Pas de place pour les chagrins d'amour dans mon programme. S'ils pouvaient mourir d'inanité... quel soulagement.

Samedi 6 mars 41 Benoîte

On s'est disputé avec Flora à propos, non de bottes, mais de bas. Elle était évidemment dans son tort et m'a jeté sa tasse de faux café à la figure. J'admire qu'on puisse faire ce geste : ce doit être grisant. Des motifs mesquins m'arrêtent toujours. J'avais du sucre fondu dans les cheveux et de longues traînées de café sur mon chandail bleu ciel et sur ma jupe. J'ai dû me changer de haut en bas sans parvenir à me mettre en colère. Me sera-t-il donné une fois dans ma vie de faire peur aux autres ? Flora a eu tellement honte, rétrospectivement, que j'ai retrouvé mes bas, cinq minutes plus tard, où je les avais mis.

Travaillé cette semaine comme jamais depuis mon bachot. Cinq cours par jour. Et à ma table jusqu'à 2 heures du matin. J'ai mis en exergue de mon cahier de grec : « Tu ne peux pas faire la vie à ton rêve ; il faut bien que tu te fasses à la vie. » (Cahiers d'André Walter.) Et dans mon cahier de latin, du même : « Il faut que l'âme proteste de la contrainte des choses. »

Que conclure ? Qu'en tirer pour vivre ? Rien, comme d'habitude ; mais c'est joli.

Les troupes allemandes viennent d'entrer en Bulgarie, « en plein accord avec Sofia pour contrecarrer les projets impérialistes de l'Angleterre ». Nostradamus, sont-ce là tes prédictions ?

Flora Jeudi 9 mars 41

Beaudouin est venu déjeuner à la maison. On ne peut décemment refuser une assiette et un verre à un camarade d'enfance de ses filles, dont la mère est une amie intime. Mais papa s'inquiète un peu de ce nouveau loup dans la bergerie. Si encore c'était Benoîton autour de laquelle il rôdait. Mais tralala, c'est autour de moi et vous m'en voyez ravie. Il m'amène *Le Rire* de Bergson et, pour la sœur, des poèmes de Péguy pour la rallier aux beautés monotones mais persuasives des répétitions poétiques. Benoîte prend le livre du bout des doigts et je m'imagine d'avance les points d'exclamation rageurs dans les marges et les déclamations ostentatoires et ridiculatoires qui vont faire suite à sa lecture. Elle s'arrange toujours pour ne pas aimer ce qu'aiment les gens qui m'aiment.

Après le déjeuner, Van Buck sonne timidement à la porte et demande si on peut aller au cinoche. Afin que la chose se fasse, j'oblige Benoîte à dire oui. Je lui signe dans l'espace des engagements de tout genre, des promesses de récitations de philologie, des prélèvements de corvées domestiques. Elle accepte, l'œil maussade, de jouer les chaperons.

On a vu un vieux film sentimental, *Paradis Perdu*, avec

Micheline Presle. Enfin, on a vu... cela dépend qui ! Moi, j'ai surtout vu mes voisins. J'étais assise entre Beaudouin et Van Buck, et je me suis intéressée à les comparer, à opposer leurs respectives blondeur et noirceur, à avoir envie d'aimer Beaudouin, à cependant continuer à attribuer du prix à l'amour fidèle de Van Buck... le paradis a donc été plus ou moins perdu pour moi aussi. J'ai entendu Micheline Presle verser quelques larmes et au fond j'ai passé un bon après-midi. Tout en ne résolvant pas mes problèmes. Mais, il me semble cependant qu'à force de marcher à reculons, Van Buck s'est tout à fait évanoui dans le passé ; et Beaudouin me paraît plein de gloire de n'être encore qu'une espérance.

Jeudi 9 mars 41 Benoîte

Flora était aux anges. Voilà la vie pour elle.

On aurait pu d'ailleurs intervertir l'ordre des facteurs sans rien changer au problème. Van Buck est aussi bien que Beaudouin, il n'a que l'inconvénient d'être déjà vu. La vamp était assise entre eux, tournant ostensiblement la tête vers l'un, puis vers l'autre comme si elle faisait le compte de leurs avantages. Le pauvre Van Buck n'était là que comme catalyseur : pour précipiter la réaction entre Beaudouin et Flora. Sinon, il n'aurait pas été admis à l'accompagner au cinéma.

Elle joue à ne pas savoir encore qui elle aime. Moi, je peux te le dire, petite coquette de quatre sous : tu te laisseras aimer par Beaudouin, c'est inévitable : il est D.P.L.G. (diplômé par la famille G.), il te fera des cadeaux somptueux que tu pourras montrer à tes petites amies et que tu croiras proportionnels à son amour. Dans quinze jours, tu vas redevenir mystérieuse comme un tabernacle, et abriter une nouvelle bluette dans ton sein.

J'ai cassé ma plume de stylo et on m'a appris que je n'aurai plus droit à une plume en or : « Strengst Verboten ».

L'hiver rechute et la neige avec. J'ai froid aux mains, j'ai froid aux pieds et pas très chaud au cœur non plus.

Dimanche 12 mars 41 Benoîte

Pensée du jour : Si j'étais une infirme, dans une petite voiture, personne ne se serait aperçu que je n'aime pas me déranger pour rendre service. Et pourtant, j'aurais virtuellement ce défaut !

C'est pourquoi, il m'est permis d'espérer que je suis courageuse, jusqu'à preuve du contraire.

J'ai rêvé de Jean cette nuit. Je me suis offert ce qu'il me refuse... c'était divin. Il me restera toujours, je crois, un goût pour les lunettes. J'aimais cet air réveillé en sursaut qu'avait Jean quand il venait de les enlever ; c'était un peu comme s'il se déshabillait.

Benoîte 14 mars 41

Je donne, à partir d'aujourd'hui, quatre leçons particulières de latin et de grec par semaine à un garçonnet dont la voix mue et dont les joues s'ombrent de cheveux mous qui n'ont pas encore la dignité de poils. C'est assez plaisant de gagner de l'argent sans être obligée de fournir de matière première autre que la matière grise, qui, elle, ne s'use pas si l'on s'en sert, au contraire. Je gagne vingt francs de l'heure.

J'ai hérité d'un paquet de Balto. J'hésite à le donner à Wagner qui, comme Juif, n'a pas de carte de tabac, ou à Jean. Finalement, lâchement, je l'envoie à Jean. Il n'y a pas de fumée sans feu... mais c'est moi qui suis allumée et c'est lui qui fume. Je joins juste deux lignes au paquet : « Pour fumer en ne pensant à rien. »

Papa, lui, ne fume plus. Dès l'institution de la carte de tabac, nous nous sommes mis d'accord pour qu'il sacrifie sa ration à la communauté. Nous envoyons les cigarettes au père d'Armelle, dans le Morbihan et nous recevons tous les quinze jours un kilo de beurre salé, sur lequel tout le monde lève un regard de propriétaire méfiant dès que quelqu'un avance son couteau.

Benoîte 16 mars 41

J'ai déclenché une corrida (il y avait longtemps) en répondant à papa qui me demandait de faire la queue pour la distribution de savon : « Je n'ai pas le temps, j'ai mes examens. »

Maman dresse un réquisitoire contre ma sécheresse, mon incapacité à avoir l'attitude qu'on attend de moi, et dépose mon bilan de faillite sentimentale « sur le plan familial et sur le plan masculin ». « Tu paieras tout ça. D'ailleurs, c'est déjà commencé. » Coup bas ! Flora la Nitouche me souffle : « À ta place je demanderais pardon à papa. » Comment demander pardon de ce qu'on est et de ce qu'on continue à penser ? Flora seule sait être spontanée et mettre à nu avec grâce son petit cœur. Moi je regarde comme une vache, passer l'occasion. « Tu es incurable, mon pauvre enfant. »

Incurable dans tous les domaines, je continue à m'endormir en pensant à Jean. Je suis une poire. Être poire sciemment, est-ce l'être plus ? Ou l'être moins ? Jean, je me sens seule et il y a des moments où je t'en veux.

19 mars 41 Benoîte

Soirée à Neuilly chez Daniel Brassin. Ça pue l'argent chez lui, d'une puanteur que j'ai trouvée exquise ce soir. J'étais dans un jour physique, un jour où je comprenais les femmes entretenues. J'étais profondément dégoûtée de moi-même, de mes exigences, de mes comptabilités éternelles, de mon amour absurde.

J'ai fait illusion à un grand swing, très joli garçon, divinement habillé, Croix de guerre, vingt-trois ans, Ponts et Chaussées. Comme c'est bon de tromper son monde de temps en temps ! Voluptés éphémères comme des coups d'aile, sensations qui ne se prennent pas au sérieux, mais qui se prennent, tout court. Il avait un chandail cachemire si doux...

Comme il est bon, une fois en passant, de ne pas voir plus loin que le bout de ses lèvres...

28 mars 41 Benoîte

Flora a la grippe et l'éternel Van Buck est venu tenir compagnie à la Dame aux Camélias. Il commence à m'énerver avec son gros amour. J'entrevois comment on devient acariâtre : il est venu me demander tendrement une cigarette anglaise. J'en avais sept dans mon sac, mais je lui ai dit que j'en avais déjà fait don à mes pauvres. Il est resté au moins trois heures chez Flora. Et j'entendais de longs silences de l'autre côté de la cloison ; ça m'empêchait de travailler.

Exemple, exemple perpétuel de maman ; suite ininterrompue et décourageante d'exemples qui porteront peut-être des fruits le jour où j'aurai dépassé l'âge où l'on contredit systématiquement ses parents.

Sur 10 800 maisons de couture inscrites au registre du commerce, elle vient d'apprendre que 50 seulement seraient classées Haute Couture et auraient des allocations spéciales de tissu, fil, etc., qui leur permettraient de continuer à vivre. Lelong propose. Le syndicat de la Haute Couture, puis un Comité allemand disposent. Elle a su, par un nommé Picard, qu'elle n'était pas sur la liste et a passé la nuit à préparer sa défense, qui est bien sûr une attaque... Elle l'a écrite, ciselée, répétée devant nous avec le ton et a pris rendez-vous pour aujourd'hui même. Lelong a été charmant et lui a parlé de Paul Poiret.

« Personne n'a jamais mis en cause le talent de votre famille, chère madame. »

C'est précisément la phrase qu'elle avait prévue pour accrocher son plaidoyer *pro domo*, c'est le cas de le dire. L'état d'urgence lui réussit toujours. Elle a, paraît-il, été royale, charmeuse et brillante tour à tour, bref une *femme*, et a mis Lelong dans sa poche. Elle est rentrée ce soir, comme Napoléon au matin d'Austerlitz. Rajeunie, dynamique, ressuscitée, après ces journées de marasme où elle s'est crue sur la touche. La défaite et l'humiliation lui vont si mal qu'elle s'arrange pour ne les subir jamais. Papa, volontiers oiseau de mauvais augure, l'avait dissuadée de voir Lelong.

« Tu n'arriveras à rien, voyons ! Tout ça, c'est organisé d'avance, mon pauvre chéri. »

Mais maman n'est pas un pauvre chéri.

Elle a été dîner chez Maxim's ce soir avec un des pontes de la Chambre syndicale. Je crois que tout est arrangé. Il y avait, à la table voisine, deux beaux Allemands avec deux vilaines Allemandes fagotées. Les femmes des peuples guerriers et victorieux sont presque toujours laides. Ce sont par tradition les captives qui sont belles.

29 mars 41 Benoîte

Comme tout ce que l'on fait à fond, la philologie commence à me passionner. Je m'émerveille de penser que les langues ne se fabriquent pas au hasard. Chaque peuple déforme sa langue suivant ses goûts et ses lois personnelles, qu'il ne connaît pas encore. Les grammairiens sont venus après et n'ont fait que constater. Pourquoi un B a-t-il régulièrement surgi en France entre les nasales et le R ? Tous ces Monsieur Jourdain du Moyen Âge qui faisaient le français sans le savoir sont émouvants. C'est cela aussi, une communauté, une patrie.

1er avril 41 Flora

Finies les compositions trimestrielles. Je me sens encore plus libre de ne rien faire. Et je m'en paie avec délices, absolvant toujours mon entreprise de paresse par l'idée que je cultive le jardin de ma tête. Je crois plus utile de lire Proust que de retenir des formules de chimie. Mais quand papa, parlant de mes exploits scolaires, me dit sentencieusement sa phrase clé : « On jugera l'arbre à ses fruits », je trouve celui-ci bien grêle et ceux-là bien chimériques.

Enfin, la haie Bachot n'est que l'année prochaine. Peut-être d'ici là, découvrirai-je le goût du travail dont on me vante tant la douceur ? Au fond, c'est peut-être bien Benoîton, chevillée à sa chaise depuis ma plus lointaine enfance, qui m'en a donné le dégoût. Tous ces dimanches qu'elle a passés à souligner de rouge les titres de ses innombrables résumés, tous ses succès retentissants, ses mentions au bachot et ses forces en thème, m'ont enlevé jusqu'au courage d'avoir du courage. Tiens, c'est décidé ! Toute la faute lui revient. Je vais le lui dire.

Vacances de Pâques, sur place. Quinze jours pour se rappeler qu'« avant », on partait à Concarneau, et en rêver nostalgiquement. Cependant, c'est un luxe sans prix de n'avoir rien à faire. Beaudouin vient demain à Paris. Il m'a écrit deux lettres ravissantes où il me dit presque qu'il m'aime presque. « Ne hâte pas cet acte tendre... »

Flora 2 avril 41

Il m'en est arrivé une laide : j'ai perdu en pleine rue ce qui me tenait lieu de chaussure. C'était pourtant une feutrine *premier* choix, montée sur liège collé secco et cloué main... et décloué pied ! Soudain, en soulevant ma jambe avec ma démarche de tous les jours, j'ai senti mille petits clous me rentrer dans la plante et j'ai réalisé que ma semelle gisait à côté de mon pied monté sur pointes. Après ce supplice de derviche, j'avais dix centimètres de moins à gauche. Heureusement — si l'on peut dire —, le pied droit s'est mis à l'unisson presque sans effort. Je me sentais comme saint Denis qui tient sa tête entre ses mains. *Moi*, c'était mes pattes que je portais et j'avais l'air très bête. J'étais à Levallois, et vraiment je ne pouvais pas imaginer ce qui allait m'arriver. Mais j'avais un vague petit espoir de miracle. Si le chambellan du prince apparaissait brusquement, cherchant une Cendrillon, j'étais son homme. Les gens passaient et riaient bien, mais pas de chambellan. Alors j'ai marché sur mes socquettes, en ouvrant mes mirettes jusqu'à ce que je trouve un cordonnier. Après s'être déhanché de rire, il a été adorable, a promis de recoller mes cruelles chaussures, et m'a prêté une paire de tatanes 1920, comme on n'en voit qu'au Marché aux Puces. J'en avais encore plus honte que de mes socquettes. Et puis poser mon pied sur ce cuir inconnu, buriné, ravagé par les sueurs d'autrui, quelle épreuve ! Enfin je dois la peau de mes pieds à ce petit cordonnier et je le remercie. Mais je suis triste. car c'étaient mes chaussures du dimanche, presque neuves, et maintenant, je ne pourrai plus leur faire confiance.

Benoîte 4 avril 41

Petit soleil débutant dans le jardin. Une nurse est assise près d'une voiture moelleuse où dort un bébé rose. Je lui envie cette minute de perfection ; je l'envie.

« Cossardise et paresse, dit la reine Mab. Préférerais-tu être un général à la veille d'une bataille ou ce bébé qui dort au soleil ? »

Eh bien, j'ai honte de le dire, à vingt ans, en pleine possession de mes moyens, je préférerais être ce bébé qui dort, et cela, même si l'on me proposait un général au lendemain d'une victoire. C'est mauvais signe, je le crains.

— J'aime la jeunesse qui entre dans la vie l'injure à la bouche, commence maman.

— Et moi, je n'aime pas Barrès.

C'est très ennuyeux, mais je n'ai pas envie de dire merde à ma vie, ni de gagner des batailles. La lutte me fatigue d'avance. Quelle lutte, d'ailleurs ? J'ai envie d'*être*, de découvrir qui je suis, et d'échanger des pensées sur l'existence avec quelqu'un, de préférence un homme. C'est le reste qui est littérature, à mes yeux. L'héroïsme, le combat et même la victoire me semblent des jeux d'enfants.

5 avril 41 Benoîte

Je suis sommée de prêter à Flora mes chaussures marché noir en boa rouge sous prétexte qu'elle a eu un accident avec les siennes. C'est toujours aux mêmes qu'arrivent les accidents. Les miennes sont des splendeurs, faites sur mesure rue Orfila, par un bottier qui reçoit en étage comme un homme du monde, tout le gratin de Paris. Il faut dire le mot de passe avant d'entrer, comme dans un tripot. Flora a le pied bouffeur comme une armée d'occupation. Où passe ce pied, l'herbe ne repousse pas. Elle va me friper la semelle intérieure et m'avachir l'empeigne. Elle m'offre quinze francs et un paquet de cigarettes anglaises ; on ne me paiera mes leçons que le quinze, ça tombait bien. Mais à table, malgré ses promesses, elle fait des allusions aux sœurs qui font payer leurs services et on me traite de Juive. Je traite Flora de parjure, je reprends mes chaussures en gardant l'argent par mesure de représailles, et nous nous sommes battues jusqu'à l'os. Nous avons fini par conclure un sister's agreement : je lui fais un rabais et elle part danser avec mes chaussures. Elles ne seront plus jamais les mêmes.

7 avril 41 Benoîte

Sur neuf colonnes, nous avons appris qu'hier, les troupes du Reich sont entrées en Yougoslavie et en Grèce. Le front allemand s'élargit sans cesse. Ce réservoir d'hommes semble inépuisable.

Je suis, ce trimestre, les cours d'ethnologie de Griaule. J'ai tous les courages quand il s'agit de travailler. Mais conquérir ma place à coups de visites à Lelong, je ne saurais pas. La panique me prend et me donnerait presque l'envie d'entrer au couvent. Le cloître, c'est peut-être aussi une fuite, pour certains êtres.

J'ai été voir *Maison de Poupée* avec Irène et son fiancé. Au retour, la lune était bleue et la Seine ressemblait au Nil. Nous nous sommes accoudés au parapet tous les trois et Alain s'est permis de caresser la manche du manteau qu'Irène avait sur les épaules. Elle faisait semblant de ne pas s'en apercevoir. Et si je n'avais pas été là ? Oh ! Qu'est-ce qui se passe quand je ne suis pas là ?

Benoîte 10 avril 41

Salonique est déjà tombée aux mains des Allemands. Cela n'aura pas été long. Marcel Prévost est tombé aussi, mais pour lui cela aura duré quatre-vingts ans !

L'armée grecque du Vardar a capitulé. Les Italiens se battaient en Grèce depuis des mois ; l'Allemagne entre en scène et, en deux jours, c'est la capitulation.

Mais le printemps adorable se fout de l'occupation. J'ai travaillé ce matin rue de Commaille, dans le square des Missions étrangères. Que resterait-il de la foi bien souvent, sans cet envoûtement par les belles choses ? Le sentiment de la Beauté glisse à celui de la Présence divine, ni vu ni connu, j' t'embrouille.

Benoîte 15 avril 41

Au concert du Conservatoire hier, aperçu Jean à l'orchestre, avec une blonde. C'est toujours pour des blondes que les hommes vous quittent. Gouffre noir, comme dirait Flora ! J'ai filé comme une coupable à la fin du concert, terrorisée à l'idée de le rencontrer. Coupable de quoi ? D'échec.

Je voudrais être à Concarneau ; j'y oublierais ce qui

m'ennuie, deux fois plus vite. Pourquoi Concarneau est-il l'endroit le plus cher au monde pour moi ? Je regretterais plus de n'y jamais retourner que de ne jamais connaître Tahiti. C'est ce qui me rassure pour l'avenir. Je ne me lasserai pas d'un homme parce que je le connais trop. Qu'y a-t-il de plus réconfortant que d'aimer longtemps ? Se dégoûter d'une habitude, c'est l'avoir mal choisie.

Maman a découvert ce soir qu'Armelle était une voleuse. Vingt-cinq morceaux de sucre ont disparu aujourd'hui. Nous nous ruons vers le meuble d'ivoire du salon où nous entreposons les denrées contingentées. On compte l'argenterie ; on pose des verrous et du même coup, ce que je redoutais arrive. Profitant de son élan, maman inspecte mes armoires. C'est la minute grisante pour elle : elle arrache mes vêtements de leurs cintres, balaie d'un coup de main mes étagères, retourne mon sac à l'envers, « Ça t'apprendra à avoir de l'ordre... » et s'en va enfin, soulagée, me laissant debout sur un chaos.

25 avril 41 Benoîte

Aperçu Jean aujourd'hui boulevard Saint-Michel. Je suis restée à distance respectueuse, mais inondée de tendresse pour sa dégaine. Psychiquement, ne sent-il pas que je continue à l'aimer ? Cet amour sans échange m'a enrichie malgré tout et malgré lui. Depuis décembre, j'ai mûri et appris. De l'avoir aperçu ce matin, si mince, si peu de chose sur ce boulevard, un changement de consistance de l'espace si limité, m'a fait soudain voir les choses de plus haut. Pauvre Benoîte chérie ! Cher Jean qui es persuadé que tu ne m'aimes pas ! Comme nous sommes touchants de nous tourmenter pour si peu ! Cela m'a fait du bien de te voir marcher, de ton pas gauche, le dos un peu voûté. Tu seras bossu à cinquante ans, mon chéri, mais ce n'est pas moi qui te le dirai. Je crois que tu m'as vue quand tu as traversé et tu as dû te dire : « Merde ! Qu'est-ce que je vais lui dire ? » Comme tu es mufle, mon cher ange, tu as continué à marcher, même un peu plus vite, et je suis entrée acheter un timbre pour ne pas avoir l'air de te suivre. « Qu'est-ce qu'elle me veut encore ? » Rien ; je ne veux rien du tout. Mais je suis encore attendrie par toi, tu permets ? J'ai envie de t'embrasser pour tout ce que tu as été pour moi, et malgré tout ce que tu n'as pas été. Fais le gros dos, disparais avec soulagement au coin de la rue Racine. Tu m'as semée, mais je te garde.

Et je n'oublie pas que la réalité vaut mieux que tous les rêves. *Wenn Ich liebe dich, was geht's dich du ?* (Goethe)

Benoîte 1er mai 41

Un amour est-il tué par un autre ? Non ; le cœur est assez riche pour donner autre chose. Un amour qui n'a pas été utilisé reste dans la réserve avec, sur l'étiquette, le nom du donateur. Et si un jour il revient le chercher... je me vois très bien dans dix ans ressortant ma marchandise.

Il est zéro heure. Heure creuse à souhait. Je me ferais bien couper un doigt de pied pour qu'il m'aime.

« Eh bien, tu n'es pas généreuse », me dit Flora.

Flora 5 mai 41

Ça y est ; ce matin en me réveillant, j'avais pris ma décision : je jette Van Buck. Il est tiouf ! Il navigue dans mon orbe depuis longtemps et c'est un peu triste de lui dire adieu, mais Beaudouin occupe déjà presque toute ma tête et un grand morceau de cœur et j'ai beau être vamp et garce comme pas une au dire de Benoîte, je ne peux pas penser à deux personnes à la fois. Notons bene, pour nous absoudre de cet assassinat, que Van Buck a eu sa chance, que je lui ai mis en main un art de me conquérir et qu'il n'a pas su le lire. Tant pis Van Buck : tu t'estompes et je te pleure pour la forme. Mais Beaudouin l'auréolé s'avance à l'horizon. Nous en sommes encore aux préliminaires et j'adore ça. Il ne m'a encore rien dit en son nom : il m'aborde avec des poèmes, manie les citations, fait parler Rabindranath Tagore à sa place. Avant même de nous connaître, nous avons tellement de choses en commun, des petits souvenirs de pacotille, une enfance dont nous pouvons sourire. Et en même temps, le presque amour de Beaudouin, c'est comme l'accomplissement d'un rite, la juste réalisation de mes rêves d'autrefois. Malheureusement, nous n'habitons pas la même ville et nous avons besoin d'intermédiaires, téléphone et papier à lettres, pour nous parler. Je ne souffre pas encore de cet état de choses. J'aime avancer à petits pas ; je ne suis peut-être pas encore tout à fait mûre. Je préfère le rêve à la vie ; et l'émotion avec laquelle j'attends le matin une lettre de Beaudouin le plaisir sans mélange que j'éprouve à lui répondre, occupent toute ma pensée. Il est bien possible que se forge entre nous un sentiment d'une merveilleuse ampleur ; ah ! j'ai le cœur dans la bouche.

8 mai 41 Benoîte

Découvrir l'enfance d'une langue, ses petites manies, c'est un peu reconstituer le passé d'un ami. C'est une pieuse joie.

Pourquoi les Latins ont-ils prononcé sans difficulté pendant des siècles *scutum* alors que les Gaulois ont buté tout de suite sur le *sc* ? Nos rustiques ancêtres, eux, ont éprouvé le besoin de développer à l'initiale la voyelle *e*, qui n'est à l'origine, nous dit Bourciez, « qu'un souffle énergique facilitant la prononciation du groupe *sc* ». J'imagine nos gros Gaulois « soufflant énergiquement » pour faire passer le groupe *sc* entre leurs rudes moustaches et j'ai l'impression que ces petites découvertes intimes me font française jusqu'à l'œuf.

Mon dernier soupir sera respiré par quelqu'un qui en tirera son oxygène comme si de rien n'était. Aucune molécule ne gardera l'empreinte de mon angoisse.

Nous nous sommes battues, Flora et moi, ce qui ne nous était pas arrivé depuis longtemps. Battues et chatouillées à mort comme en ces dimanches de notre enfance où sous le modeste patronyme que je m'étais choisi : Hugues-Simon de la Marjolaine d'Hérose, je luttais en dix rounds contre Flora qui m'infligeait le camouflet de s'appeler Jean Ballon ! Nous sortions de ces luttes fourbues, à bout de rire, détendues jusqu'au plus profond du corps. L'amour doit apporter cette satiété, ce repos bien gagné, ces quelques minutes où l'on ne demande absolument plus rien à la vie.

20 mai 41 Benoîte

Je travaille comme une brute que je suis. Je suis plongée dans le *De Natura Rerum*. J'aime Lucrèce. J'aurais aimé vivre avec lui. Les gens qui cherchent à expliquer le monde me touchent. Même Auguste Comte. C'est le plus beau souci qu'on puisse avoir.

Dieu est un phénomène affectif comme l'amour d'une femme. S'en remettre à Dieu n'est pas une attitude virile. Aux grands croyants, je préfère les grands pensants, ceux qui se sont colletés avec l'infiniment grand ou l'infiniment petit. Je préfère Einstein au Christ. Il représente une humanité qui s'assume pleinement en face d'une humanité qui s'humilie et s'efface en Dieu.

Benoîte 24 mai 41

Hier soir, chez une amie de Flora. Rien à manger et trois bouteilles de mousseux pour vingt. Je suis partie à dix heures, affamée. Celui qui m'aurait offert une escalope pannée, m'aurait eue.

Van Buck était encore là, par habitude. Il s'enfonce peu à peu en glougloutant discrètement. Flora lui tourne délibérément le dos, déjà toute à Beaudouin, riche, beau et cultivé, alors que Van Buck n'était que beau et cultivé. Ce qui enlève tout charme à Beaudouin, c'est d'être scout routier, avec tout ce que cela suppose de mépris pour le péché et pour les écrivains « immoraux ». Son programme en amour, qui se confond avec le devoir d'un routier : donner des enfants à la France le plus tôt possible ! Il ne connaît de la vie que ce qui filtre à travers son précepteur et sa gouvernante, est conduit aux Sciences Po par un chauffeur qui vient l'attendre à la sortie pour le ramener dans sa serre de Maisons-Laffitte, où il ne mange que des blancs de poulet. Il a été nourri aux Corn Flakes et au Bovril ; sa chair en est marquée. Flora est séduite parce qu'il ne porte que des vêtements émouvants de perfection, cite des philosophes comme Alain, alors qu'elle ne cite que des poètes et parce qu'il aime plutôt par écrit que par oral, ce qui la rassure. Car Flora G. a la trouille de l'amour.

Benoîte 28 mai 41

Voilà la fin de ce mois de mai, vilain mois de mai. L'Angleterre est vaincue sur le continent et en Afrique. L'Allemagne a l'initiative sur tous les fronts et il n'est pas question de débarquement ni de délivrance. Hitler tombera un jour ; mais il faudra peut-être dix ans et ce sont justement ces dix années-là qui m'importaient, à moi.

Au lieu de vivre, je travaille *L'Hymne à Hermès* et la *4e Pythique*, qui sont d'un morne ennui. La poésie de Pindare ne peut pas nous toucher aujourd'hui et j'ai peine à croire à la sincérité de ses admirateurs. Finalement, je crois que la poésie est d'une époque, ou d'une civilisation et qu'elle est intransmissible. J'aime mieux Rutebeuf qu'un Nô japonais, même écrit au XXe siècle.

28 mai 41 Flora

J'ai seize ans pour trois cent soixante jours encore.
Beaudouin m'a envoyé du papier à lettres rose à mes initiales.
Ah ! beau chevalier, je ne pense qu'à toi.

3 juin 41 Benoîte

« Armelle, dit papa, vous irez redemander du lait à la crémière. Vous lui direz que le nôtre est tombé dans une sauce. »

Elle me fait des confidences, Armelle. Elle vient de perdre sa bande de garantie. « Une défaillance », explique-t-elle. C'est l'œuvre d'un électricien. Si encore c'était un boucher !

J'ai eu un bon moment, aujourd'hui. Flora n'a jamais voulu m'avouer son poids. Elle se pèse en cachette, toutes portes fermées à clef. Mais nous étions tout à l'heure chez maman, toutes les deux, et le tailleur annonçait nos mesures à haute voix à la première. Pas moyen de fuir. Flora avait l'air d'une hirondelle, à mesure que le centimètre descendait vers la zone critique. Quand Antonio a annoncé : « Cent ! », un beau nombre qui sonne bien, j'ai lâché un gloussement qui ressemblait à une toux et j'ai savouré comme une sucrerie l'agonie de Flora.

En tout cas, cent ou pas cent, Beaudouin est coincé. Van Buck est derrière le char, prisonnier qui ne se décide pas à déposer le licou. Beaudouin piaffe devant. Je me triture pour savoir s'il entre de la jalousie dans mon attitude. Je ne le crois pas. Ma vie n'est pas finie avec Jean, après tout. Mais franchement, je ne suis pas très excitée par Beaudouin, ce champion de l'Abstinence et du Droit chemin. Même si c'était à moi qu'il dédiait ses regards d'archange, je ne crois pas que je penserais différemment.

Flora 5 juin 41

Je me suis acheté une chemise de nuit exquise. Huit points y passèrent. On a l'impression de payer deux fois.

Je suis allée voir avec Beaudouin *Le Bout de la route*. C'est long, mais c'est beau. Alain Cuny, avec son débit lent et triste, fait croire au personnage, malgré ce qu'il a de fabriqué. Bien sûr les paysans du Haut-Midi ne parlent pas ce langage fleuri et noble ; mais ce sont eux qui ont tort.

En sortant, nous avons parlé littérature. Beaudouin n'aime pas Giraudoux, ce qui m'a encouragée à le défendre ; nos sentiments sont semblables, mais il se trouve que nos opinions sont souvent divergentes. Comme Beauregard (je me l'appelle comme ça) est intelligent, et comme il a le verbe choisi et précis, c'est un combat assez hargneux qui nous a opposés hier soir : je me suis donné un mal fou pour avoir des arguments intéressants, mais je ne suis pas sûre d'avoir été très convaincante. Je suis pire quand je m'applique ; et je ne sais vraiment que ce que je sais d'avance ; ce en quoi je diffère de Benoîte, qui, elle, ne sait que ce qu'elle apprend.

Je sens que je vais écrire une lettre à Beaudouin pour me repêcher à ses yeux, au cas où j'aurais été bête.

En rentrant, Benoîte était encore à sa table, et nous avons été prises de fringale. Mais le buffet de la cuisine ressemblait à celui du Petit Poucet : il était intégralement vide, sauf quelques carottes cuites et froides, cachées dans un recoin. On les a bouffées. Mais fallait-il avoir faim, Seigneur, pour manger des carottes à minuit ! On en râlait tout en mangeant d'être réduites à ces extrémités. On se disait qu'à New York, les gens devaient rentrer chez eux et se taper des œufs au plat, une tasse de chocolat, du jambon, voire du caviar. Et nos papilles enflaient... enflaient, et notre imagination faisait le reste, c'était indigne. Au milieu de notre banquet, maman, voyant la lumière, est arrivée et nous avons commencé une troïka. Maman est merveilleuse et j'adore tout lui dire ; mais en même temps, je voudrais tout garder. Malheureusement, j'ai pris l'habitude d'être décortiquée et il me faut en passer par là, même quand le cœur n'y est pas. Benoîte, trop contente de ne pas être sur la sellette ce soir-là, s'offrait devant témoin les indiscrétions qu'elle ne se permet pas en privé : « Et alors, tu l'aimes ? »... « Est-ce qu'il t'a dit qu'il t'aimait ? » « Toi qui n'as jamais voulu être guide, tu aimes un scout ? » ... « Et tu ne trouves pas qu'il a une vilaine nuque ? »

Je l'aurais mordue, la vache.

Je crois que j'aime Beaudouin. Mais je ne sais pas le dire et ne veux pas le dire. Surtout pas devant des gens à l'affût. Maman est bien plus douce à mon cœur ; elle sait me confesser et ne me blesse pas à plaisir, à désir, comme cette Benoîte sadique et garce. J'ai pourtant mis des gants, moi, pour la bercer, quand elle était blessée. Il est vrai que moi, je ne suis pas blessée, mais au contraire pleine d'espérance et d'émotion ; et de griffes aussi. J'ai remis la Benoîton à sa place et prié cet éléphant de quitter mes plates-bandes. Nous avons continué notre conversation pendant des heures avec maman. C'était bien.

9 juin 41 Benoîte

Ça y est : Flora aime. Et avec la bénédiction maternelle. Et tout sera fait pour que ce soit un amour heureux. La famille G. ne peut pas se permettre deux échecs dans l'année.

Ce matin, l'Angleterre a attaqué la Syrie. On téléphone aux amis avec une sourde allégresse dans la voix. C'est la première fois que l'Angleterre prend l'initiative d'une opération militaire. Peut-être la vapeur commence-t-elle à se renverser ?

C'est Beaudouin qui est venu nous l'annoncer et nous apporter le disque de *Sambre et Meuse*. Nous nous énervons au son de cette marche, ridicule en temps de paix (mais en ce moment nous sommes fragiles, côté clairon) et nous sommes prêtes à partir. Avec qui ? Où ? Il va se passer des choses tragiques, mais prodigieuses.

Benoîte 10 juin 41

Beaudouin a téléphoné ce soir, juste au moment où Flora ouvrait son œuf à la coque, le crétin. Elle est restée partie trente-cinq minutes et j'ai mangé les deux œufs. Impossible de résister trente minutes en face d'un œuf ouvert !

Benoîte 15 juin 41

Jeudi, première communion du cousin Nicolas, que nous ne voyons jamais. Mais ils ont des fermes du côté de Lisieux. Y a bon. « Nous irons tous les quatre », décide papa.

La sœur de Daniel Brassin vit un drame : elle vient de découvrir qu'elle était enceinte, alors qu'elle a rompu avec l'amant depuis quinze jours, parce qu'elle avait découvert dans sa chambre d'hôtel, le soutien-gorge d'une autre fille. Daniel est absent de Paris en ce moment : elle vit seule dans leur appartement sans argent, et elle a dû retourner chez ce gars, qui l'avait giflée et foutue à la porte.

Comment ne pas être conditionnée par sa féminité quand on court le risque d'être mise dans une situation aussi humiliante vis-à-vis de l'autre sexe, qui, lui, s'en fout ? Comment oser reprocher à une femme d'être terre à terre, intéressée, possessive, quand une si grande proportion d'entre elles en est réduite, un jour ou l'autre, à venir avouer à un homme : « Je suis enceinte. Qu'est-ce que nous allons faire ? » et à s'entendre répondre : « Minute ! TU es enceinte... »

Et même s'il lui donne dix mille francs, le pire reste à faire. Que l'homme se dégoûte de ce ventre-piège, je le comprends. C'est tentant et si facile d'être un salaud et la panique organique rend les filles souvent minables et maladroites. Être obligée de faire appel à l'amour d'hier au moment où le monsieur se dit : « Comment ai-je pu désirer cette fille-là ? », c'est dégradant et il vous en reste toujours quelque chose. Il faut être une femme pour sentir ce que sont cette détresse et cette honte-là. Le Henri en question a été correct d'ailleurs. Il avait choisi la jovialité paterne. Il lui a fait faire de la bicyclette et procuré du benzo-gynestryl. Mais, bien entendu, ça ne fera rien.

L'enfant, lui, est bien là : tapi comme un petit diable au fond de son antre et se moquant bien du drame qu'il a déclenché et dont il ne souffrira que si on lui laisse vie, cette vie qu'il a volée.

17 juin 41 Benoîte

Armelle est partie faire le marché en Bretagne, chez ses parents. Mais comme j'ai mes examens dans un mois, c'est Flora qui fait tout : cuisine, vaisselle, et répétitions de philologie. Je la soupçonne d'ailleurs de me faire réciter n'importe comment, tant elle hait et méprise la philologie.

Demain, anniversaire de la défaite. « Nous n'avons pas encore fini de payer nos fautes », nous a dit Pétain. Pourtant, depuis le temps que nous sommes privés de dessert ! Et puis, payer nos fautes, d'accord. Mais pourquoi les payer à l'Allemagne ?

20 juin 41 Benoîte

Le grec est passé. Version de Thucydide. Pas une erreur. Thème : mystère total.

Cet après-midi : philologie grecque : un passage de Pindare que je connaissais bien. Mais en philologie latine, trente vers de Plaute parmi les deux cents que j'avais dû laisser de côté, faute de temps. Quelle chierie. J'ai verbé médiocrement. Demain, français ancien, ma bête noire. 16 heures d'examen en trois jours, et nuits de révision. J'ai essayé la phénédrine. Effet nul. Où est l'euphorie annoncée par le prospectus ? La seule conséquence en est une incontrôlable diarrhée verbale, un délire que j'écoute avec surprise. C'est là que j'ai du talent. Je fais moi aussi du langage automatique. Mais il n'y a personne pour m'écouter, hélas !

23 juin 41 Benoîte

Coup de théâtre extraordinaire : les troupes d'Hitler ont franchi la frontière soviétique et l'Italie, emboîtant le pas, a déclaré aussi la guerre à l'U.R.S.S. Voici le deuxième acte du drame. Il ne peut être qu'épouvantable.

Benoîte 25 juin 41

Non, pitié ! La Russie ne va pas être avalée comme une vulgaire France ? Ce n'est pas possible. Si la Russie est vaincue, c'est l'esclavage pour nous pendant des dizaines d'années encore.

Sur 2 400 kilomètres, les Russes reculent en désordre et les postes frontière ont été emportés sans coup férir.

Benoîte 26 juin 41

Armelle est revenue de Bretagne avec deux cents œufs, vingt livres de beurre, trois lapins, du lard et des pommes de terre nouvelles. Nous avons passé la journée à faire des rillettes et du pâté et le soir, ayant lavé nos mains de charcutière, nous sommes parties danser chez les Poux. Déception : tout le monde joue au bridge et nous apparaissons comme deux infirmes qui ne savent même pas ce qu'est un schelem. Heureusement, nous avons rencontré ce brave Jean-Loup et nous avons mis sur pied avec lui des vacances économiques et nutritives : une croisière à six canoës sur la Loire avec des amis de Jean-Loup que nous ne connaissons pas, mais dont les parents sont de gros fermiers, très cossus... Nous apportons notre canoë et, pour une fois, ce sera le garçon qui apportera la dot ! Ils sont deux frères, justement ; un pour chacune. Trajet prévu : Beaugency-Angers en vingt jours. Nous camperons la nuit dans les îles.

Flora 27 juin 41

Les Russes sont écrasés. Ils se retirent en brûlant tout derrière eux. Morne plaine ! Quel leitmotiv dans leur histoire : mettre le feu aux pas des conquérants.

Je suis en train de décider Beaudouin à faire la croisière de Loire avec nous. Mais en même temps, j'ai un peu peur de la cohabitation. C'est peut-être un peu trop de se voir toute la journée, de la belle aube en bigoudis, au triste soir... en bigoudis !

Dans huit jours, je ne suis plus en seconde. Donc c'est tout comme si j'étais en première. Quelle félicité de me sentir en première... et dernière ! La philo, je la digère d'avance ; mais toutes ces classes, mais toutes ces classes, elles m'écœurent.

28 juin 41 Flora

Beaudouin, que j'avais vu hier, m'a écrit aujourd'hui qu'il m'aimait. C'est la première fois qu'il me l'épelle. Il me l'a déjà presque dit ; il me l'a déjà chanté avec la voix des autres. Mais il ne l'a jamais écrit, bleu sur blanc, et au fond, c'est surtout à la chose écrite que je crois. Ses yeux m'avaient prévenue, ses mains m'avaient appelée, mais quand je peux le lire, j'y crois vraiment. Je me gargarise avec sa lettre ; je vocalise. Preuve en main, j'ai enfin l'impression d'être arrivée au port ! Ouf ! Il m'aime. Mission accomplie. Ouf ! Car il y a longtemps que je l'aime, jamais je ne t'oublierai. Ouf ! Puisque tu m'aimes, je peux t'aimer la taille au-dessous. Ouf ! Chaque chose à sa place ; finies les transes, les mélancolies, les nuits noires et blanches où l'on se demande si oui... Ouf, bravo ! tu m'aimes, mon amour.

J'hésite à me garder la bonne nouvelle, ou à sonner de l'olifant et faire profiter mon voisinage de ma joie. Benoîte, qui me voit danser une danse du scalp dans ma chambre, s'amène comme une commère, une tricoteuse, une concierge, et veut m'arracher des mains ma lettre-butin. Alors je n'ai plus du tout envie de lui dire. Allez-vous-en ! Allez coucher !

Au fond, j'aime mieux me la garder encore un peu pour moi, cette belle certitude toute chaude.

27 juin 41 Benoîte

Admissible au certificat d'études grecques ! Enfin ! Les résultats de philologie sont reportés au 12 juillet, ils se foutent du monde. Mais je suis heureuse aujourd'hui. Heureuse, bien que sans avenir précis, sans génie, sans ambition et sans amour, rétrécie par l'occupation à une vie étroite et sordide, réduite à des soucis alimentaires. On arrive à vivre, n'importe comment.

Benoîte 28 juin 41

Passé l'oral de grec — Bien. Il me reste l'oral de philologie, que je prépare sans conviction. Je n'ai suivi les cours que pendant quatre mois. Il me faudrait de la chance pour être reçue et je n'en ai pas...

Benoîte 29 juin 41

Voilà que ce glorieux mois de juin, un an après, voit une autre défaite : « Débâcle russe », titrent les journaux. État d'alerte à Moscou. En une semaine de guerre, quatre mille avions ont été détruits et quatre villes prises : Brest-Litovsk, Vilno, Kaunas et Duinsk.

Ça recommence. Il semble que rien ni personne ne soit de taille à résister à Hitler. On ouvre la radio le cœur serré. C'est affreux de ne plus rien pouvoir espérer d'heureux.

Pour la sœur de Daniel, toujours rien. « Elle est prise », assiégée par une larve minuscule et toute-puissante. La disproportion entre l'objet et les conséquences est atterrante, révoltante. Henri tremble. Il n'est pas encore divorcé et il n'a en plus aucune envie de « réparer ». Il serait prêt à injecter de l'alcool à 90° à la fille si on lui promettait que c'était efficace. En attendant, ils courent à de fausses adresses, se heurtent à des refus ou à des portes closes : « Ah ! madame Martin ? Elle est depuis deux mois à la Petite Roquette. » Et pendant ce temps, ça pousse, ça grandit !

Je me demande comment tant de jeunes filles osent encore faire l'amour avec cette terreur, cette épée de Damoclès sur leur ventre ? Sont-elles héroïques ou inconscientes ?

Benoîte 30 juin 41

Aujourd'hui l'Allemagne a pris Lemberg et Libau. C'est la ration du Minotaure : quelques milliers de Russes par jour.

La France a rompu les relations diplomatiques avec l'U.R.S.S. Mais nous sommes de tout cœur avec toi, ma chérie.
Je suis reçue au grec. Trois certificats sur quatre. *Ouf !*

3 juillet 41 Benoîte

Prise de Riga. Les Allemands ont fait cent mille prisonniers. Grand titre d'aujourd'hui : « La capacité de résistance russe paraît brisée. »

5 juillet 41 Benoîte

Vingt mille soldats à Minsk fusillent leur commissaire politique et passent aux Allemands. Comme en 1914, la politique intérieure des Russes va jouer un rôle déterminant dans la guerre.

6 juillet 41 Benoîte

Aujourd'hui, les Allemands ont franchi la Bérésina, sans faire d'histoires. Les Français courbent le dos. C'est un peu plus de cendre sur eux, cette victoire écrasante de l'Allemagne. Un peu plus d'années à vivre, vaincus et occupés.
Bucard, Doriot et Déat ont fondé la ligue des Volontaires français pour le front russe. Je voudrais en connaître un et écouter ses arguments. La guerre civile est la pire, c'est bien vrai. C'est la seule où l'on ressente véritablement de la haine, parce que chacun croit défendre le même bien, le même territoire.

12 juillet 41 Benoîte

Aujourd'hui, prise de Vitebsk. Leningrad est menacé et on se bat devant Kiev.
Plus près de nous, on apprend que Benoîte G. a été recalée à son certificat de philologie. 4 1/2 sur 10 en ancien français. 6 1/2 en français moderne, 5 en grec et 2 1/2 en latin. Ce n'est

pas tellement mal d'ailleurs, pour un certificat préparé en quatre mois.

Ce même jour, j'ai reçu une lettre de Jean, de zone libre. Il fait un stage d'un an à Montpellier. Je suis comme un punching-ball qui vient de recevoir deux gifles, l'une à droite, l'autre à gauche. Je suis revenue au milieu et j'arbore un sourire idiot.

— Est-ce que vous sentez quelque chose ?

— Rien du tout, docteur.

Cette fois la page est tournée sur mon risible roman d'amour. J'ai vingt ans, rien derrière moi et rien devant. Gai, gai, dessus le quai ! Je me fais penser à la plaine russe : je marche à reculons et tout est brûlé.

J'aurai gagné deux choses à cette aventure :

1° Je ne crois plus aux voyantes.

2° J'ai répudié le dogme de l'infaillibilité maternelle.

Priez pour la pauvre Zazate !

Benoîte 14 juillet 41

Nous avons fait la connaissance de nos équipiers pour la Loire. Il n'y a pas de quoi me remonter le moral. Si Beaudouin vient, j'aurai un choix difficile à faire entre les deux frères : un maigrichon aux dents cariées et un pithécanthrope velu au cerveau réduit. Flora se tord.

Flora 16 juillet 41

Beaudouin devait venir à Paris aujourd'hui : nous avions projeté d'aller écouter des disques à Sinfonia et puis il vient de me téléphoner qu'il était malade ; une espèce de grosse grippe sans fièvre, avec courbatures. Ah ! zut alors, ah ! merdre. Je suis déçue à me coucher par terre pour pleurer, à brandir mon poing, à râler tout haut. Où es-tu, Benoîte, que je me passe les nerfs sur toi ? Pas là, bien sûr ; jamais là quand tu peux te rendre utile. Qui pourrais-je punir ? Il me faut une victime. Et si je téléphonais à Van Buck ?

Le soir, un petit mot de Beaudouin, s'excusant d'avoir manqué à nos espoirs. Une si jolie toute petite lettre. Guéris-toi guéris-toi vite, mon cœur, je t'attends.

À la maison, tout le monde a une tête d'enterrement. Les Allemands sont à deux cents kilomètres de Moscou et le gouvernement a quitté la capitale pour s'installer ailleurs. Smolensk, le pays du général Dourakine, est aux mains des Allemands.

25 juillet 41 Flora

Nous partons dans quinze jours et Beaudouin est toujours malade. Ce n'est pas une grippe apparemment. Les douleurs persistent. Il me téléphone tous les jours et chaque jour ressemble à hier. Il doit voir un nouveau médecin demain. Pauvre petit gosse de riche, c'est bien de toi d'avoir une maladie qui ne ressemble à personne.

Je voudrais aller à Maisons-Laffitte pour le voir, mais papa ne veut pas : ce mal mystérieux peut être contagieux. M'en fous, moi, de la contagion. « Ma fille, quand tu auras vingt et un ans, tu feras ce que tu voudras. En attendant, c'est moi qui suis responsable de toi. » Merdam.

27 juillet 41 Flora

Beaudouin maintenant ne peut plus se lever. C'est vraiment grave. Le professeur consulté a parlé d'une décalcification de vertèbres et lui a assené un traitement de choc. Mais cela n'est pas contagieux et papa lève son veto. J'ai le droit de le voir ; c'est déjà ça. J'irai demain à Maisons-Laffitte. Je suis très émue.

28 juillet 41 Flora

Beau Beaudouin, plus que jamais Beauregard, je t'ai vu. Je n'ai pas eu le courage de faire contre mauvaise fortune mauvais cœur, mais vraiment, maintenant que je t'ai quitté, je suis très triste. Voilà notre Loire dans l'eau et *usque tandem* seras-tu au lit ? Qu'est-ce au juste que ce mal silencieux qui t'immobilise en douce ? C'est comme une maladie du Moyen Âge : il y a un côté envoûtement dans cette incapacité à remuer tes membres.

Bijou, dès la porte de Beaudouin fermée, tombe dans mes bras, me remercie d'être venue : « Tu verras, il ira mieux ce soir, puisqu'il t'a vue. » Elle si jolie, si douce, elle l'aime avec une ardeur si passionnée que je suis deux fois heureuse d'être là. Elle est bonne de me remercier et je me sens triste, mais éclairée par ce contact minute entre nos deux tendresses.

Benoîte 30 juillet 41

Toutes les confidences que j'ai pu faire à maman dans l'intimité de la troïka me reviennent un jour ou l'autre, comme des boomerangs. C'est le sort de toutes les confidences, je le sais, mais je suis incurable : je ne peux pas résister à l'ambiance affectueuse de certaines soirées.

Et pourtant, les sentences sans appel que l'on prononce contre moi me dévitalisent. Je suis écœurée de sollicitude et de clairvoyance. J'ai envie de voler de mes propres ailes, fussent-elles des ailes d'oie. Vain espoir. Je ne gagne pas ma vie. Je suis un canard honteux, qui se laisse piquer des plumes de paon dans le croupion dans l'espoir de ressembler à ses parents. Je ne ressemble plus à personne ni à moi-même. Ah ! la situation affreuse de n'être qu'une promesse à laquelle personne ne croit.

Flora 30 juillet 41

Il est neuf heures ; je suis dans mon lit. J'entends le bruissement du silence ; je m'écoute vivre, je sens mon pouls battre et ma pensée. Je suis comme une citadelle fermée de toutes parts ; je n'ai de rapport avec le monde que par les meurtrières de mes yeux. Je suis à l'intérieur de moi, hermétique et triste. Je fais une tête. Je sens que, si je continue encore un peu, je deviendrai un lama ; je crois que je vais peut-être découvrir quelque chose, toucher au creux de la vie, approcher de la source ; je sens couler mon sang, je me sens de partout, et en même temps, je suis déjà détachée de moi-même, abstraite, indifférente. Allons, remonte à ta surface, petite. Peut-être n'est-ce que le premier exercice, classe élémentaire du Yoga pour tous, que tu tentes de réinventer ainsi ! Allons, remonte et oublie-toi. N'écoute plus tes rumeurs. Facile à dire, mon double, mais quand on a goûté de ces profondeurs, il y a en soi comme un appel du vide, comme un besoin de chute, qui vous invite encore à poursuivre en soi l'insaisissable.

Je me demande si cela tient debout, ce que je m'essaie à dire. Je ne me crois jamais qu'à moitié et au plus profond de mon sérieux, je me moque de qui je suis.

Nous partons pour Beaugency demain. Beaudouin ne vient pas. Je ne sais pas encore si je prendrai le pithécanthrope ou l'autre. Benoîte n'a pas de préférence.

20 août 41 Benoîte

Quinze jours de sottise et de beauté, l'une faisant ressortir l'autre et réciproquement, quinze jours de joies qu'on ne pouvait pas partager, voilà notre croisière. Jean-Loup, lui, descendait la Loire pour tomber une fille : nous l'avons peu vu. Dans le deuxième canoë, il y avait un étudiant en médecine qui avait échoué trois fois à l'externat et pour qui l'hôpital se résumait à la salle de garde et aux tonus. Il naviguait de conserve avec une pouffiasse blonde comme ce genre d'homme en raffole, et qui l'appelait « Toubib ». Le troisième canoë contenait la sœur de l'externe et son fiancé, un maréchal-nous-voilà. Puis le mien, avec le maigrichon finalement, et Flora avec l'homme de Cro-Magnon. On l'a appelé Cro, il n'a jamais su pourquoi.

Nous avions embarqué, l'esprit assez guilleret : une fille à l'avant, la pagaie à la main, les provisions au milieu, un garçon derrière avec la pagaie de direction. Nos canoës étaient les plus chargés. On nous avait dit vrai quant aux provisions et des colis supplémentaires devaient nous attendre à Blois et à Tours. Nous voyions nos équipiers à travers une brume où flottaient des lapins parmi des nuages de crème fraîche.

Le temps était magnifique pour le départ et nous avons détaché les amarres avec l'impression de quitter un continent. Nous nous sentions ailleurs, moins « occupés » sur cette eau qui courait librement. Alors a commencé un voyage merveilleux. Nous dormions le soir sous la tente dans des îles de sable et de roseaux et le jour nous glissions doucement de la Touraine à l'Anjou, entre les châteaux connus et inconnus qui venaient au-devant de nous et que nous repoussions doucement, d'une pagaie indolente. Et puis nous avons fait un voyage parallèle, avec nos deux goujats. Nous étions toujours groupés tous les quatre. Nous étions frangins et frangines, pas ? Nous nous sentions des margaritas ante porcos, non sans quelque délice. Le soir, autour du feu de bois, Flora qui n'a jamais peur du ridicule, psalmodiait « ce fleuve de sable et ce fleuve de gloire », ou bien « l'antique Orléans, sévère et sérieuse », etc. Nos « copains » nous regardaient, trop déroutés pour rire. Mais dès que nous nous taisions, ils se tapaient sur les cuisses à s'en faire péter la sous-ventrière en faisant des calembours qui nous laissaient de marbre. Ils ont dû nous prendre pour de fameuses emmerdeuses. Le genre de filles à fuir... ce qu'ils ont fait d'ailleurs. Ils s'appelaient réciproquement « p'tite tête », ou « résidu de fausse couche », par manière de plaisanterie. À part ça, ils savaient vous monter une tente en cinq minutes, faire des feux de bois comac et transportaient sans broncher les canoës au-dessus des innombrables bras de sable qui rendent la Loire blonde. De vrais hommes, quoi.

Pendant ce temps, le plus français des paysages défilait au ralenti sans leur tirer d'autre exclamation que « Aux pommes ! » ou « c'est foutral ! » : Blois, Chaumont, Amboise et sa forêt, Montlouis, Tours et ses ponts à tourbillons, Langeais, Candes et Montsoreau, Saumur, Chênehutte-les-Tuffeaux, mon vieux, c'était jouissif.

Celui de Flora était plus rustaud, mais d'une virilité parfois touchante avec ses gros poignets poilus et ses cuisses en fourrure noire. Le mien était minable, maigrichon, à peine mué en homme et déjà vieillot, la fesse maigrelette, pas jouissive du tout.

Mais ils avaient de ces miches... de pain blanc, de ces râbles... de lapin, qui nous attachaient à eux. Ceux des autres canoës mangeaient souvent des conserves et notre roulante faisait prime. Le soir, après le civet à l'eau-de-vie et aux herbes, dans la lueur des feux presque éteints, on chantait comme par hasard toutes les plus vilaines chansons françaises. *Prends ton fusil, Grégouâ-â-re*, ou bien *Un jambon de Mayence*, ou mieux encore, sous l'impulsion du faux externe et pendant des heures *Y avait un macchabée, macchabée, macchabée, tsouin, tsouin.* Les fiancés s'embrassaient, sagement, puisqu'ils avaient la vie devant eux. L'étudiant en médecine labourait et pâturait les mamelles de sa blonde dans l'ombre et un des nôtres s'écriait de temps en temps : « Quand vous aurez fini de faire des cochonneries, tous les deux ! » Jean-Loup, petit montagnard gentil, regardait Gisèle avec extase comme un sommet inviolable et chantait pour faire plaisir au maréchal, qui voit tout et qui est partout. Flora et moi chantions à peine, embrassions encore moins, et bouffions les biscuits des goujats pour nous consoler. Faute d'hommes nous nous couchions tôt, côte à côte, creusions notre lit dans le sable chaud qui sentait le légionnaire... et passions des heures à parler. L'aube était l'exquis moment de la journée. Le jour s'installait d'abord sur les rives un peu escarpées et nous, au ras du fleuve, restions parfois longtemps encore enrobés dans une robe de chambre de brume qui se dissipait à regret, s'accrochant aux arbustes, comme pour se retenir à la terre encore un peu. Et puis un coup de vent l'arrachait et c'était le jour et le bruit. Cro, le gorille qui se levait tôt, était déjà en train de cracher dans la Loire en se lavant les dents.

Nous nous réveillions prêtes à croire au miracle chaque matin et nous retrouvions nos compagnons avec un espoir toujours renaissant.

« Alors, les houris, bien dormi ? Quelle journée au poil, hein ? »

Bon. C'était foutu.

Avec un sourire jaune comme celui des bigotes à qui l'on raconte une histoire sale, les houris faisaient « le jus » avant d'embarquer pour une nouvelle étape.

Il y a une certaine griserie à se sentir incompris, quand on est deux et sûr de soi, ce que nous étions... Je garde un bon souvenir de cette croisière. Sans la guerre, je n'aurais jamais connu la Loire de si près, vécu dans son intimité et vu la France comme elle la voit, de l'intérieur.

Maintenant quand dans le courant d'une conversation quelqu'un dira « la Loire », j'aurai un sourire attendri et entendu. Je la connais bien, la Loire, pensez : j'ai couché dans son lit.

24 août 41 Flora

Je débarque à Maisons-Laffitte, sac au dos et cheveux au vent. C'est assez affreux, quand on se sent si bien de partout, de revenir se pencher sur un malade. Beaudouin que j'aime m'a semblé plus blanc que nature, plus transparent, plus pitoyable. Je me suis trouvée insultante de santé et de couleur. Et puis cette odeur distinguée d'eau de Cologne, propre et triste, qui se dégage d'une chambre où l'on souffre. Ce brusque changement de décor me secoue et me trouble. J'en veux presque à Beaudouin de n'avoir pas partagé mes souvenirs de vacances ; je lui en veux d'être à plat entre ses draps depuis que je suis partie. Bref, nous avons eu du mal à nous retrouver. Par lettres, la différence de nos vies encourageait plutôt les échanges. Mais face à face, il y a une Loire et une fièvre entre nous ; ce sont des espaces difficiles à franchir. Et je suis restée près de son lit, n'osant aborder aucun des sujets qui m'emplissent encore la tête, ni l'eau fraîche de la rivière, ni l'aube bleutée dont j'essairais chaque matin de saisir la naissance furtive, ni le lapin cuit entre deux pierres à quatre heures de l'après-midi.

Puis je suis partie vers le monde libre et debout, et il m'a regardée m'éloigner avec, dans le regard, autant de tristesse que j'en porte au cœur. Il m'en veut obligatoirement de me sentir si bien et de l'abandonner si légèrement, avec un petit soulagement mal dissimulé, aux maléfices de la maladie.

Attends, Beaudouin, je vais revenir. Je suis encore un peu partie, mais je vais sûrement trouver dans mon amour pour toi la force d'oublier le reste et sortir de mon sac une panoplie de dévouement.

Flora 29 août 41

Oh ! c'est décidé ! J'aimerai être une gosse de luxe. J'aimerai avoir des chandails en cachemire et que le problème de fric ne se pose pas pour ceux qui m'entourent.

C'est que l'argent est joli quand on le voit de loin ! Il sent bon ; il me grise. J'ai des envies en pile, comme des assiettes.

— Et pour mademoiselle, ça sera quoi ?

— Tout.

Donnez-moi tout, bien enveloppé.

Benoîte 29 août 41

C'est dur de se réinstaller dans la vie à tickets, dans la défaite ; nous parvenions presque à l'oublier dans cette campagne qui change si peu ! On est rentré pour recevoir le coup de massue de la victoire écrasante de l'Allemagne. Encore une. Déroute en Ukraine. Plus d'un million de prisonniers en deux mois. Odessa encerclée, Novgorod tombée ; des centaines de milliers de morts.

L'hiver s'annonce sinistre. Les casquettes des Allemands sont plus martiales et victorieuses que jamais. Il faut que je me cherche une situation de professeur et que je repasse mon quatrième certificat. Mes amis sont dispersés ; mes amants ne sont pas au rendez-vous. Dans mon corbillon, qu'y met-on ? N'importe quoi.

30 août 41 Benoîte

La lune de miel avec l'Allemagne est bien finie. Tous les journaux ont consacré six colonnes en page une à un sinistre avis du Militärbefehlshaber in Frankreich, annonçant qu'à la suite de l'assassinat d'un membre de l'Armée allemande à Paris, tout Français arrêté serait considéré comme otage et qu'il serait fusillé pour chaque attentat un nombre d'otages correspondant à la gravité de l'acte commis.

La XXIIe armée soviétique a été anéantie à Velikie Louki, cette ville au nom de femme. La Pologne ou la Yougoslavie sont des notions abstraites pour mon imagination ; mais cette agonie de la Russie, je la vois comme sur d'immenses tableaux de l'Empire, avec des chevaux, des milliers de morts noirs sur la plaine, et des rivières gelées.

17 septembre 41 Benoîte

Comme des faire-part, les avis du commandant von Gross Paris se multiplient dans la presse. Ce matin, en page une, une liste de noms : « Des attentats ayant été commis les 6, 10 et 11 septembre, ont été fusillés les otages suivants : Matheron Lucien, né le 8 octobre 1920. Joly René, né le 12 janvier 1900. Bonnin André, né le 12 mai 1917. Libermann David, né le 1er janvier 1922. Bechermann Henri, né le 12 juin 1920. Blum Lucien, né le 2 août 1879. Clément Lucien, né le... etc., etc. »

Ils ont mon âge pour la plupart, ces douze garçons dont la vie vient de s'arrêter et dont les noms sont livrés au public comme ceux de malfaiteurs. Je veux me souvenir de toi, Libermann David, né le 1er janvier 1920, et de toi Joly René, et de toi, vieux Lucien Blum, fusillé à soixante-deux ans pour un acte que tu n'avais pas commis.

Rien de tel, il me semble, que ces noms d'hommes, suivis de leur état civil qui est désormais clos, pour galvaniser l'esprit de résistance français. Si les Allemands espèrent encore avoir la France pour alliée, j'ai l'impression qu'ils commettent une faute de psychologie en donnant tant de publicité à la répression des attentats. Ils susciteront plus d'indignation que de peur. Désormais, il n'y aura plus seulement deux millions de prisonniers entre nous et une défaite plus ou moins consentie, mais Matheron, Lucien, né le 8 octobre 1920, Libermann, David et la suite, qui s'allongera tous les matins.

Flora 18 septembre 41

Papa et maman prennent le train chaque jour pour Paris et nous restons à Maisons-Laffitte, installées au soleil, libres et exquisément seules dans ce joli jardin en escalier : Benoîte met des disques et fait de la philologie en se grignotant les ongles et moi, j'attends les heures d'ouverture du sanctuaire de Beaudouin.

J'ai maintenant retrouvé mes habitudes d'âme sœur, je sais de nouveau m'adapter au rythme de ce gisant, et doser avec prudence les bouffées d'air du large que je laisse pénétrer dans sa chambre. Je m'assieds à côté de son lit et nous reconstruisons un univers où les grands esprits dont le corps est défaillant retrouvent leur place et leur raison d'être. J'arrive tout à fait à m'abstraire du monde extérieur ; j'oublie pendant que je suis « là » que tout à l'heure je vais descendre quatre à quatre l'escalier et avoir faim à pousser des cris. C'est un déchirement quand l'infirmière de Beaudouin vient me mettre dehors en brandissant une seringue. C'est une garce d'ailleurs, qu'il a surnommée Yagoda. Elle cherche toujours à humilier sa victime devant témoins, lui rappelant les hontes et les hideurs de cette maladie dont elle est le grand prêtre. C'est avec satisfaction qu'elle me chasse hors du temple. Et je suis triste. Et puis je me console. Cela me va assez bien, d'ailleurs, cette double vie : cela correspond à ma dualité intérieure. Et le petit côté sœur de charité qui doit somnoler en chaque femme s'épanouit avec une certaine complaisance en moi. Benoîte en profite pour se foutre de moi et me mettre en garde contre la pitié dangereuse. Pourtant je crois qu'il existe entre Beaudouin et moi un sentiment assez beau et qui doit bien s'appeler amour. Mais nous avons été frustrés de nous-mêmes avant même d'avoir fait connaissance. Beaudouin a été précipité dans la maladie comme on tombe à l'eau et moi étiquetée âme sœur et cœur fidèle avant même d'avoir eu le temps de le palper, ce cœur.

Je regrette désespérément Beaudouin debout, les pièces que nous n'avons pas vues ensemble, la Loire où nous n'avons pas nagé. Je regrette surtout de ne pas pouvoir tout dire à Beaudouin, la maladie exigeant des égards. Je ne peux être qu'une partie de moi-même.

C'est moche de formuler tout cela. Je n'ai qu'à aimer et fermer les yeux. D'ailleurs, il est quatre heures et Beauregard a dû finir sa sieste. Je remonte vers lui. Adieu soleil.

5 septembre 41 Flora

Tout à l'heure, émotion rouge. Nous venions de dîner chez Bijou et, volets clos, nous écoutions la radio anglaise : les Français parlaient aux Français que nous sommes. Nous étions groupés autour du poste, le cadre antibrouillage en bonne place quand brusquement, un coup de poing d'une fameuse violence a ébranlé la fenêtre et une voix allemande a crié quelque chose. J'ai eu une peur véritable qui m'a envahie entièrement. Quelle douleur diffuse, la peur ! Une seule pensée dans ma tête : « Ça y est ! C'est peut-être notre dernière minute de vie libre. » Papa a fermé le poste et lancé l'antenne sous le canapé et nous avons attendu, immobiles, que quelque chose se passe. Il y a eu une minute de silence qui a duré un an et puis une tête teutonne est apparue au carreau en hurlant : « *Licht* ». Nos volets étaient mal clos, c'est tout. Et il était loin déjà, l'Allemand, que nous tremblions encore, chacun à sa façon.

Il y a des instant déterminants dans la vie des êtres. Merci, ciel, que celui-ci n'ait été pour nous qu'une fausse alerte. Mais j'ai été intéressée par les manifestations physiques de ma peur.

Avant d'avoir pu opposer la moindre résistance, j'ai été investie tout entière par la panique et j'ai trouvé vraie la famille d'expressions toutes faites que l'on emploie en pareille circonstance, car moi aussi, « mon sang n'a fait qu'un tour », j'ai eu « les jambes coupées, la tête vide » et j'ai « vieilli de cent ans ».

Benoîte 23 septembre 41

J'entre comme professeur d'*anglais* au cours Bossuet, à mille francs par mois, pour dix heures de cours par semaine. Bien la peine de faire une licence classique ! Pour justifier cet emploi, je présente en novembre un certificat d'études pratiques d'anglais et pour mon plaisir personnel, je suivrai des cours de biologie, boulevard Raspail. En somme, j'ai un pied dans la vie d'étudiante cette année encore, et cela me rassure de n'être pas tout à fait au pied du mur... je peux encore me faire des illusions sur mes talents. Le jour approche où je serai réduite à ce que je ferai, à l'argent que je gagnerai et je pressens que ce sera minable.

Nous ne sommes pas pressés de regagner Paris. Ici, il y a un potager, des poules, des lapins. À Paris, tous les théâtres, restaurants, cinémas sont fermés et la circulation interdite de 21 heures à 5 heures du matin, car de nouveaux attentats ont été commis. Les Allemands ont fusillé vingt-cinq otages et, pour faire du zèle, le gouvernement français a fusillé lui aussi une dizaine de communistes. Plus que jamais dans une guerre civile ou presque, comme celle-ci, ce sont les meilleurs qui partent, les plus courageux, les plus ardents. La vraie guerre frappe au hasard. Cette guerre-ci choisit. À l'Est, toujours du nouveau : le Minotaure s'est tapé Kiev.

Encore dix jours de vacances.

Flora 29 septembre 41

Je m'attache tous les jours un peu plus à mon Beaudouin gisant et l'admiration que j'éprouve pour lui croît en même temps que mon amour difficile. Il y a pourtant tellement d'obstacles entre nous : l'infirmière grognon, les heures de cure et de piqûres, cette solitude perpétuellement menacée par la porte qui s'ouvre sur le docteur ou la potion de onze heures ; il nous faut tout le temps reconstruire notre monde et tout le temps assister à sa dispersion. Et pourtant, l'éblouissement surnage ; et Beaudouin, malgré le drap froissé et les médicaments qui l'entourent, garde toute sa noblesse ; il ne parle jamais de son corps, ignore son mal et refuse de penser à sa fièvre quand je suis là. Son visage est spiritualisé par la maladie, ses yeux plus bleu et son nez plus pascalien que jamais. Nous parlons une heure de-ci, de-là, entre les siestes et les sommes, en nous tenant les mains. Il a les plus belles mains que j'aie jamais rencontrées. Elles flambent entre les miennes, possédées par la fièvre et amaigries par l'inaction. Ce sont des mains qui pensent. Je suis sûre que les mains ne mentent jamais. Les mains de Beaudouin l'honorent. À peine ai-je quitté sa chambre et regagné notre maison d'en face que je me mets à lui écrire. Nous nous écrivons plusieurs fois par jour. Je remets mon courrier à la garde infirmière qui lance un œil avide sur mes enveloppes. J'espère qu'il cache bien ma littérature, car j'imagine cette vieille bique se gaussant de mes sentiments.

2 octobre 41 Flora

Nous lisons parallèlement, Beaudouin et moi, la correspondance de Jacques Rivière et d'Alain-Fournier. Ah ! j'aimerais tellement qu'il pense comme moi, mais nous nous opposons douloureusement et n'arrivons pas à nous convaincre. Il est fermé à la grâce d'Alain-Fournier et ouvert à l'intelligence dissertante de Jacques Rivière. C'est affreux de n'arriver pas à persuader. Je suis sûre d'avoir raison. Je suis sûre que les poèmes d'Alain-Fournier sont mieux que mièvres, mieux que suaves, mais mon émotion n'appartient qu'à moi, malgré mes efforts.

Dans la poésie, Beaudouin ne pénètre pas par la même porte que moi. Mais son esprit est certainement supérieur au mien. Je lis à haute voix et je le tire par la manche quand c'est vraiment trop joli, mais il ne sait pas lire avec mes yeux. C'est cruel cette solitude de la pensée. Peut-être est-ce ainsi à travers la vie ?

Ce que j'aime dans Alain-Fournier, c'est ce que Beaudouin n'y voit pas : la pertinence des petits souvenirs, encore intacts. (Le jeu de croquet oublié qui se mouille !) Légèrement ritournelle, cette fraîcheur délicieuse me va au cœur, peut-être par un sentier facile.

Mais Beaudouin et moi ne sommes pas encore tout l'un pour l'autre. Peut-être que dans une vraie vie, riche de détails quotidiens ce sentiment de frontière serait moins pénible. Je vais essayer d'aller à la découverte de ces poèmes carrés dont on force l'entrée, dont parle Beaudouin.

Flora 3 octobre 41

Nous nous tenons les mains comme pour une transfusion de tendresse, tendresse si sourde, si muette, si emprisonnée. Minutes lentes, hors du temps, déjà révolues, mais retenues dans la mémoire : nous nous tenons les mains pour toujours.

Mais nous partons à Paris demain. Adieu complicité douce et tête à tête répété. Beaudouin dont la fièvre persiste va être transporté à l'Hôpital américain la semaine prochaine pour une série d'examens. Il semble que son état soit plus inquiétant que le médecin d'ici ne le croyait. Quelle barbe ! Beaudouin a toujours su si bien s'abstraire de son corps en ma présence que je finissais par ne plus m'inquiéter de cette maladie de langueur et de longueur. Nous avons passé une heure ensemble tout à l'heure mais c'était triste. Beaudouin s'inquiète de me voir partir demain et je lui ai laissé une lettre d'amour et d'espérance à déguster demain matin seulement, car je n'aurai pas le droit d'aller le voir avant mon départ. En partant, je lui ai embrassé la main. J'adore l'idée d'embrasser la main d'un homme : c'est un geste d'humilité et de tendresse que j'ai accompli aujourd'hui pour la première fois.

Benoîte 4 octobre 41

Je viens d'aller me présenter à la directrice du cours Bossuet, une grande maigre du tiers ordre en robe jusqu'aux pieds. J'avais un peu honte de ma peau brune, de mon air bien nourri, de cette santé insolente qui en ce temps de disette a toujours l'air d'être conquise aux dépens de quelqu'un. J'avais enfoui mes cheveux trop longs dans une résille de velours qui m'allait parfaitement mal. Je n'avais pas de vernis aux ongles et comme je les ronge un peu, cela faisait très besogneux. Pas de rouge à lèvres, l'air comme il faut. Je me suis voûté le dos en arrivant rue Lafayette et, rue de Chabrol, la métamorphose totale était accomplie : j'étais un petit professeur d'anglais au rabais dans une école libre, c'est-à-dire où on n'est libre ni de ses pensées ni de ses actes.

La première classe, cette présentation d'adversaires qui vont s'affronter toute l'année, est une épreuve qui me fait trembler les mains, comme une jeune mariée. D'un côté, une entité, la classe ; une hydre à cent têtes qui possède une personnalité et des mœurs qui lui sont propres et qui ne sont pas simplement l'addition de ses composantes. De l'autre, une petite jeune fille sans âge, car entre vingt et soixante ans, un professeur n'a pas d'âge, aux yeux de ses élèves, pas plus qu'il n'a de famille ou de réalité sociale. Pour un élève de 5e, un professeur n'est pas un être humain comme les autres. C'est une forme éphémère, suscitée par les murs de la classe et qui s'évanouit en fumée à la porte de l'école. La preuve en est cette stupéfaction incrédule que l'on éprouve, je m'en souviens fort bien, en rencontrant une maîtresse d'école ailleurs que dans le préau ; dans le métro par exemple. Comment ? Les professeurs font leur marché ? S'achètent des chemisiers, comme tout le monde ?

De ce duel entre la classe et le professeur, c'est la classe qui sort toujours victorieuse. D'abord parce qu'elle s'en moque. Il est dans la nature des enfants d'être des élèves. Moi, je devrai prouver que je suis un professeur. On m'attend au virage, demain matin.

J'ai les 5e à 10 heures, les 4e à 11 heures. C'est encore l'âge cruel. L'aurai-je, ce mystérieux don d'autorité ? Je veux oublier que le professeur d'anglais est celui que traditionnellement on chahute. Je me mitonne déjà des précédents illustres, tels que Mallarmé.

Ce soir, veillée d'armes avant la fosse aux lions.

6 octobre 41 Benoîte

Hier soir, j'ai enterré ma vie de jeune fille avec Haroun. Paternel et compréhensif, mais sans jamais oublier la bête en lui. Il m'a emmenée faire un dîner au marché noir, à Saint-Sulpice. Si j'étais orpheline, je crois que je vivrais avec lui. Ce qui m'en empêche et paralyse un sentiment possible, c'est tout ce qui en moi n'est pas moi. Mais comme je n'arrive pas à opérer le tri...

C'est le seul être qui me donne confiance en moi. Il est venu me voir passer ce matin, à la station Cadet, avec ma résille d'institutrice. Il était assis à la terrasse du café du coin et il se tenait les côtes. Moi aussi, mais c'était pour empêcher mon cœur de battre...

Et puis a commencé la première classe d'Alphonsine Daudet ! En 5e, trente-deux élèves, en 4e, vingt-six. Il ne s'est pas passé grand-chose : nous sommes restées sur le qui-vive, en état de paix armée. Elles attendent de trouver mon point faible et la sauce à laquelle elles me mangeront. J'ai malheureusement un bon accent anglais ; ça les fait bien rire. Elles auraient toutes un peu honte de prononcer correctement. Et par respect humain — et aussi pour être mieux comprise, je veux le croire — à la fin de la classe je disais moi aussi *to rraïde*, en demandant tout bas pardon à Shakespeare.

Je leur ai été sympathique. Mais les ai-je impressionnées ? Ou serai-je « la petite Chose » ?

Benoîte 10 octobre 41

Je suis épuisée. Quel repos d'user d'encre et non de salive pour s'exprimer ! Deux heures de parlote ininterrompue et sur un registre de voix inhabituel me ramènent vidée à la maison. Je n'ouvre plus le bec ; ma langue repose comme un objet dans ma bouche et je lui fais du yoga pour la détendre.

J'ai déjà un adversaire déclaré : la 5e : trente-deux fillasses en âge ingrat, qui ricanent de tout ce qui n'est pas parfaitement banal, que l'on ne peut plus intéresser aux contes de fées, et pas encore aux contes de Boccace. Elles vivent pour un an ou deux sur des rites mystérieux et incommunicables, des complicités idiotes, retranchées dans un univers de broutilles dont elles font leurs Himalayas. Je n'aime décidément pas l'enfance, passé l'âge de raison.

10 octobre 41 Flora

Quatrième jour à Victor-Duruy : je dévisage mes comparses et je me perds dans les couloirs. Un lycée c'est un métro sans fin, et on passe autant de temps à chercher sa classe ou à repérer l'amphi de sciences qu'à se faire une tête bien pleine. On croise dans ces dédales des troupeaux de filles ternes, en perpétuelle transhumance d'un point à un autre et dont le seul signe de ralliement est le numéro de leur classe brodé sur leurs blouses beigeasses.

On nous a distribué aujourd'hui notre ration de biscuits vitaminés et de bonbons du même nom. Je jette les pilules par-dessus l'épaule, mais je n'ai de paix que je n'aie englouti pendant le cours d'anglais et malgré un veto formel, mes six carrés de sable aggloméré, parfumés à la fausse vanille. Cela rappelle quand même, de loin, un gâteau !

Je me romps lentement aux usages de l'établissement et me documente. Mzelle Grandjean, surnommée P'tit Jules, est, paraît-il, une garce finie, dont il vaut mieux ne pas attirer l'attention ; il faut que je me tienne à carreau. Le professeur d'anglais est une merveilleuse, mystérieuse Mme Burnoff, qui me fait penser à Katherine Mansfield. Elle est trop bien pour un professeur et je sens qu'elle m'aimerait si je n'étais pas une élève, mais c'est tout cuit, je vais me faire mal voir. Elle m'a interrogée aujourd'hui et a pu deviner que je causais la langue. C'est une lame à deux tranchants de savoir déjà ce que l'on est censé apprendre et je ne sais pas de quelle oreille elle a écouté mon divin accent.

Aujourd'hui petit exercice d'alerte pendant la récréation : on nous fait descendre sous terre dans d'horribles abris inachevés qui me mettent la mort dans l'âme. J'aime mieux tout, et la mort itou, que ces enfers-là avec deux cents autres filles, en linceuls beiges.

Nos amours postales continuent avec Beauregard. L'absence le rend présent dans mon cœur ; il a aussi passé cet examen-là : ses lettres suffisent à occuper ma pensée. Je lui en ai écrit deux aujourd'hui. Il a toujours autant de fièvre et doit être transporté à Paris demain pour être radiographié à nouveau et peut-être mis dans le plâtre.

Flora 12 octobre 41

Quand j'ai envie de claquer une porte, je la ferme si doucement que c'est presque ostentatoire.

Moi, si je ne pouvais pas m'écrire, me répandre, me déboucher comme une bouteille de mousseux, j'éclaterais avec bruit.

Il y a une forme de solitude si profonde avec certaines gens qu'elle outrepasse les mots. On ne peut même pas leur dire qu'on ne peut pas leur dire.

Flora 13 octobre 41

Première visite à l'Hôpital américain. Beaudouin anonyme dans ce lit en série, dans l'odeur débectante d'une clinique ; il faut attendre d'être imprégnée de partout par ce mélange âcre de chloroforme et de fièvre pour ne plus en souffrir. Beauregard m'attendait comme le Messie. Je me suis donc sentie le Messie.

On lui a fait mille tortures, sur lesquelles il jette le voile avec une pudeur blessée et véritablement déchirante. Chéri de mon cœur, si je t'aime, dis-moi tout. Décris, raconte, exagère, je suis là pour y croire et te tenir la main. Ne me traite pas en princesse, je suis une sœur et je veux partager chaque chose avec toi. C'est affreux comme certains hommes vous protègent de la vérité, comme si elle allait vous enlaidir. Beaudouin, montre-moi tes plaies. Je n'ose pas lui dire cela en face ; j'espère qu'il sentira que je me le suis dit.

Nous avons passé deux heures merveilleuses. Beaudouin était en train de relire mes lettres quand je suis arrivée... prélude à moi... elles lui tenaient compagnie. C'est exaltant d'être indispensable. Cela me grise comme un vin fou. Mais le retour en métro dure un an et chaque station m'éloigne, m'éloigne de mon chevalier.

Benoîte 13 octobre 41

Le Führer a déclaré à ses troupes que la Russie soviétique était pratiquement liquidée. Les armées du Reich ont déjà fait une blessure de 1 000 km dans le flanc russe, une blessure grande comme 18 France, fait 2 millions et demi de prisonniers, abattu 14 500 avions et détruit 18 000 tanks. Passé quelques milliers, ces chiffres terribles ne représentent plus rien. Entre 9 000 et 18 000 tanks, je ne fais pas la différence. Je suis comme un Hottentot : c'est *beaucoup !*

15 octobre 41 Benoîte

Nous n'irons plus au bois, les lauriers sont coupés... Concarneau est vendu.

Grand-mère n'aimait plus cette maison, son rêve étant désormais d'avoir le Bon Marché à portée de son gant. À Paris, on est à l'abri de la nature. Grand-père ne salira plus sa vareuse à col rond et n'aura plus de terre aux genoux ni d'épines au doigt : il est privé à vie de jardinage, amputé de ses polyanthas, de ses pteris aquilinas, scolopendrium officinale et autres amours dont la mante religieuse était jalouse. Maintenant le rêve de la mante est réalisé : grand-père à domicile toute la journée, assis dans son fauteuil, inactif, donc impeccable. Le bateau est liquidé avec la maison, bien entendu.

— Qu'est-ce que tu veux que Paul aille courir sur un bateau à son âge ?

Grand-père est tout nu, tout vide, les mains ouvertes, les doigts morts. Grand-mère au contraire a retrouvé une nouvelle jeunesse : elle classe, elle range et met en fiches ses souvenirs. Sa vie est enfin close ; on peut la mettre en tiroir ; les surprises qui dérangent n'arriveront plus. On a relu avec attendrissement le livre de pêches qu'elle avait tenu toute sa vie : grand-père avait pêché six cents maquereaux en juillet 1938 ! Comme ils plaisent à grand-mère, couchés dans ce grand livre ! Enfin sages, inodores. Chacun son tour « d'avoir du goût », comme disent les Bretons.

17 octobre 41 Benoîte

Prise d'Odessa, encore une figure connue qui bascule dans le panier de son.

Benoîte 19 octobre

Aujourd'hui, c'est Taganrog, sur la mer d'Azov.

Jamais une contre-attaque. Du nord au sud, c'est la même fuite éperdue.

Benoîte 20 octobre 41

Il y a une certaine griserie à enseigner. À dire : « C'est comme ça ! » à interpréter un texte à sa seule guise sans risque d'être contredit.

Mais, hélas ! on s'aperçoit vite que ces âmes à former se moquent sublimement de vos interprétations et de vos moules. Comment espérer marquer une élève de 5e en faisant un cours de grammaire anglaise ? La 5e n'est même pas une pâte molle qu'il faut sans cesse remodeler, mais qui garde un souvenir déformé de votre effort ; c'est un liquide qui se ride quand on souffle dessus et qui reprend son niveau dès qu'on a refermé la bouche.

En 4e, on commence à sentir fermenter la masse. Mais cela se manifeste surtout par des ricanements devant certains mots qui les ramènent à leur sourde mais unique préoccupation. Je ne parle même pas du mot amour, mais j'ai dû dire ce matin : procréation. La moitié des élèves a brusquement senti le besoin de fouiller dans son pupitre pour rigoler à l'aise derrière le couvercle.

Je vais donner des leçons particulières de latin — enfin — à des élèves de 3e. Trois élèves à vingt-cinq francs de l'heure, même en faisant un prix de gros, me rapporteront plus que trente ! Et quel repos de ne plus s'occuper de discipline.

Benoîte 22 octobre 41

Grand-père s'est couché... ou plutôt pour la première fois de sa vie, il ne s'est pas levé à 7 heures. C'est grave, parce qu'il n'a rien. Il est en train de mourir de chagrin tout simplement, et d'inutilité. Il ne mâche plus, il ne remue plus. Il est dans son lit comme un enfant sage, dans sa chemise de nuit blanche avec une broderie rouge au col, les mains brunes et les poignets blancs comme toute cette génération de bourgeois qui n'a jamais mis au soleil que ce qui dépassait du complet-veston. Sous la ligne théorique du col, son cou est d'un blanc émouvant et fragile. C'est la première fois que nous voyons un peu de l'homme intime, sa vraie couleur. C'est là qu'on doit aimer embrasser qui on aime, là où il commence à n'être plus à tout le monde.

La famille lui rend visite et s'aperçoit qu'elle n'a plus rien à lui dire. Pourquoi resterait-il parmi nous ?

« Quel froid, hein ? » ou bien : « Est-ce que tu te forces à manger au moins ? » Et il n'ose pas répondre : « Pourquoi faire ? » L'hypocrisie est de règle devant la mort.

Il s'est installé dans ce premier étage funèbre de l'avenue de la Bourdonnais comme dans une concession très provisoire. Il sait qu'il n'en partira que pour habiter le Père-Lachaise. Nous l'avons quitté, lâchement soulagés de retrouver l'air libre et l'envie de vivre. Il ne reverra plus le rez-de-chaussée, ni la porte de fer forgé dont la vitre tremble. Comment peut-on oublier qu'un jour on montera son escalier pour n'en plus redescendre ?

La mort devrait nous gâcher l'existence. Et, au lieu de cela, qu'il fait bon dans ma peau.

Merci, qui que tu sois.

25 octobre 41 Flora

Cette fois c'est le feldkommandant de Nantes qui a été assassiné. Cinquante otages ont été fusillés. Cinquante innocents dans la trappe de ce Père Ubu monstrueux. Les Allemands ont fait savoir que les prisonniers de familles ayant dénoncé des « terroristes » rentreront d'Allemagne. Quelle infamie ! Et quelle tentation pour les faibles et les amoureux. C'est un crime de mettre des êtres devant un tel choix !

Pourtant tous ces actes sont la preuve d'une vitalité renaissante. Papa trouve qu'il y a de l'espoir dans l'air.

— Mes enfants, l'année prochaine, on aura des bananes !

Miam miam.

La vie commence avec Beaudouin. Je ne peux pas croire que j'aie un jour aimé quelqu'un d'autre. Van Buck ? Connais pas.

On doit lui faire une intervention demain, une sorte de greffe dans la colonne vertébrale. Cela semble atroce. C'est drôle, je me dis tout bas : « Tant mieux, je ne suis pas sa mère. » Sentant d'avance que l'amour maternel est la passion majeure, la plus lancinante qui soit. Si j'étais sa mère, je serais presque morte d'angoisse. Là, malgré tout, je survis. Et pourtant je l'aime ; mais c'est un amour de ma tête qui n'engage pas ma peau. Je vais penser à lui tout le temps, mais j'aurai le courage de mettre un pied devant l'autre, de m'asseoir à mon pupitre et d'avaler mon déjeuner. C'est décevant. J'aimerais aimer sans merci, être entièrement engagée dans l'amour. Il va peut-être falloir attendre que je me fasse un enfant ou deux pour connaître cet amour-là.

Oh ! pourquoi suis-je toujours au guichet, à me surveiller moi-même, avec « l'œil de mon esprit », comme dit Jammes. Laisse-moi vivre, Flora.

Nous sommes rentrées du cinéma, Benoîte et moi, avec une envie atroce d'œuf à la coque, à en avoir des mirages. Mais l'envie ne fait pas le moine. Pas un œuf à la maison. Triples salauds, qu'on a soudain envie d'appeler Boches !

Flora 26 octobre 41

Été rendre visite à grand-père, dans son appartement qui sent le triste. Les appartements ont vraiment l'âge de leurs occupants. Grand-mère s'affaire et grand-père se tait. Il relit Balzac.

— Oh ! tu sais ma fille, à mon âge, on ne peut plus que relire.

Je m'assieds à côté du lit dans la chambre morose et je me creuse la tête pour trouver quelque chose à lui dire. Nous n'avons pas l'habitude de nous parler et grand-père est déjà si loin sur la barque du temps que je ne l'intéresse pas. Je suis un numéro parmi ses autres petits-enfants. Je reste un temps décent, regardant les photos au mur, et les hommages en forme de fleurs sèches que grand-mère dispose devant « ses » morts ; et puis je dis au revoir grand-père et je m'en vais.

Benoîte 4 novembre 41

Ils ont pris Koursk.

5 novembre 41 Benoîte

Ils ont pris Feodosia.
Il neige sur Paris. Qu'attend l'hiver russe pour ensevelir les nazis ?

9 novembre 41 Benoîte

Ils ont pris Yalta.
J'ai passé aujourd'hui mon écrit de philologie : Lucrèce, Euripide, l'Enéas et Boileau.
Je suis dopée au Maxiton et cela incline à la métaphysique.
Je flotte dans le néant originel et, vue de là-bas, ma petite vie quotidienne me paraît risible. Comment puis-je m'y intéresser ?
Je m'ennuie... cueillez-moi des jeunes gens...
On a mangé du rutabaga hier soir pour la première fois... on cède petit à petit. On est plus que vaincu : défait.

15 novembre 41 Flora

Beaudouin est plâtré de la nuque aux reins ; il ressemble à Eric von Stroheim. Seuls ses bras ont le droit de remuer. C'est affreux de le voir figé dans sa pose, pour trois mois. Nous n'avons vraiment pas de chance. Quand je suis rentrée ce soir, maman m'a dit que papa était furieux que j'aime ce grand malade. Heureusement que Beaudouin est aussi un ami d'enfance, car sans cela, je parie qu'on m'interdirait de le voir. Je voudrais être majeure ; je ne sais plus obéir.
Hier, bal 1900. J'étais assez bien. Benoîte a bu et je lui en ai voulu à mort. J'ai fait comme si je ne la connaissais pas.
Grand-père ne va pas mieux. Il est dans une sorte de coma qui semble pouvoir durer des siècles.

16 novembre 41 Flora

Je reviens d'un après-midi sautant chez Claire. Je me suis beaucoup amusée. C'est la deuxième fois que je sors depuis que j'aime Beaudouin et cela m'a fait du bien de l'oublier un peu et en même temps, pauvre amour, j'avais honte de rire pendant qu'il était dans le plâtre. Dire que nous ne sommes jamais sortis ensemble ! Quelles amours ! Je nous plains. J'avais beau en vouloir tout bas aux autres de ne pas être Beaudouin, j'ai eu du succès. Il y avait là un garçon charmant, Hervé Lamangue, qui m'a raccompagnée chez moi. Il me trouvait bien. Il va me téléphoner. Je ne sais pas encore si je me permettrai de le revoir.

Flora 17 novembre 41

En allant voir Beaudouin aujourd'hui, j'avais une envie folle de sincérité et je voulais lui dire que j'avais été chez Claire dimanche. Mais je savais qu'il en souffrirait ; et puis parler de danse à quelqu'un qui est dans un carcan, c'est cruel. De ne pas dire ce que je voulais lui dire m'a gâché mon après-midi. Je me sentais fausse de bout en bout et je lui en voulais de mon silence. Lui m'en voulait de mes réticences. Après avoir tant rêvé de nos échanges, je suis repartie toute triste dans la nuit du métro, comptant sur nos lettres pour réparer nos blessures.

Évidemment cela fausse tout, d'aimer d'amour un malade. Car la vérité pour les debout n'est pas la même que pour les étendus. C'est affreux de voir s'accumuler des mondes entre nous.

« Que tombent ces vagues de brique », et ces murs de plâtre et que nous nous retrouvions tels qu'au début de notre amour.

Grand-père est de plus en plus malade ; il semble que ses chances s'amenuisent. Oh ! La vie vous pousse de plus en plus dans l'encoignure ; on ne peut pas se sauver et pour finir on est coincé entre la vieillesse et la mort et votre compte est bon.

Benoîte 16 novembre 41

On nous avait prêté, pour ce bal 1900, deux robes d'époque — une blanche vaporeuse et une noire. J'avais choisi la noire et j'avais loué une perruque blonde pour être méconnaissable.

Quant à la soirée, ni vu ni connu, j' te saoûle ! Un malin avait amené chez Marthe Lacloche un ersatz de whisky à l'alcool dénaturé qu'on s'est cru obligé de boire avant l'arrivée du gros des invités. Le punch aux éléments indiscernables qu'on nous a servi ensuite m'a achevée. À 10 heures, j'ai perdu connaissance et ne me suis retrouvée qu'à 6 heures du matin, couchée dans la chambre de bonne, la perruque de travers, sous l'œil furieux de Flora qui m'assenait des gifles avec un gant de toilette mouillé. On ne pouvait pas prendre le premier métro dans cette tenue et avec moi dans cet état ! Il paraîtrait qu'on est rentré en fiacre.

Outre un écœurement épais et la haine de ma ridicule perruque blonde à bouclettes, je tire une conclusion de cette soirée : le comique ne paie pas pour une fille. Ou bien alors, il faut être autrement drôle que je ne suis. Les premiers rires passés, les premières félicitations décernées, c'est Flora, blanche et fraîche sous ses cheveux vrais, qu'on a fait danser. Ma perruque était laineuse et sentait la colle. Ma robe fleurait le vieux jais et comme dans une soirée l'habit fait le moine, personne n'est venu chercher ma belle âme sous mon corsage, ni palper mon beau corps sous la dentelle noire.

Il paraît que la soirée était très réussie et que tout le monde s'est bien amusé.

23 novembre 41 Benoîte

Je suis admissible au certificat de philologie. Je touche au but ; mais pour l'oral, je suis loin d'être prête. Je ne réussis à passer mes examens que quand je sais *tout* le programme. On ne me fait jamais de cadeau là-haut...

26 novembre 41 Benoîte

J'écris au Capoulade, encore toute chaude de mon échec. J'ai buté en grec sur les diphtongues d'origine secondaire et j'ai été lamentable sur Enéas.

J'ai envie de ne pas rentrer. L'idée d'ouvrir la porte, d'apercevoir la robe de chambre de maman qui se dissimule derrière le paravent pour ne pas avoir l'air d'avoir l'air de me guetter et d'entendre le « Alors ? » angoissé de Flora, me donne envie de tuer mon examinateur.

— Alors quoi ? dirai-je, l'air bovin.
— Eh bien, ton examen, gourde !
— Si elle était reçue, elle l'aurait déjà dit, interviendra maman en surgissant de sa cachette avec le plus parfait naturel.
Et on m'entourera d'un poisseux cocon de tendresse. Si je ne l'avais pas, je m'en irais sans doute pleurer dans ma mansarde. Je l'ai et je me plains sans cesse. C'est sans doute utile de pouvoir se plaindre. C'est peut-être à cela que servent les familles. On s'en prend aux autres et, pendant ce temps-là, on s'oublie.

Benoîte 8 décembre 41

La vie devient un peu excitante : la France recommence à bouger sous le boisseau : nous sommes punis à la suite d'un attentat boulevard Péreire : couvre-feu à 18 heures, ni restaurants, ni spectacles. Paris gouailleur se compresse dans les derniers métros et tout le monde rigole en douce, c'est vraiment l'impression que nous avons eue ce soir.

Benoîte 9 décembre 41

Ça y est, le feu est aux poudres dans le monde entier : les Japonais ont attaqué la flotte américaine. La Grande-Bretagne a déclaré la guerre au Japon. « Ce n'est que votre jument grise »... mais tout le reste va s'enchaîner. Une sourde animation règne à Paris comme dans une prison quand quelque chose d'important se prépare.

Benoîte 12 décembre 41

« Qu'est-ce qui différencie Hitler d'un gibier d'asile ? » demande papa à qui veut l'entendre. Réponse : « D'avoir réussi. »
Il a déclaré la guerre aux États-Unis en des termes que n'ont jamais osé employer les prophètes et fondateurs de religions les plus infatués :
« La lutte actuelle décidera des cinq cents ou mille pro-

chaines années de l'histoire du monde. Le Créateur nous a chargés de procéder à une révision historique d'une ampleur unique : nous sommes obligés de l'accomplir. »

Cette entrée en guerre de l'Amérique, c'est une promesse de mort pour des centaines de milliers d'hommes. Mais je suis une jeune fille égoïste et sans emploi et, pour moi, c'est le symbole de notre victoire qui se met en marche.

15 décembre 41 Benoîte

Le couvre-feu a été levé, les cinémas et théâtres ont rouvert leurs portes. En échange, les Allemands ont imposé aux Juifs des territoires occupés une amende d'un milliard de francs et cent Juifs seront fusillés immédiatement.

Affreux à dire : c'est grâce à ces cent Juifs fusillés, que j'ai pu aller au concert dimanche. Berlioz, Ravel, Wagner.

Décidément, je m'arrête au XVIIIe en musique et ne parviens pas à évoluer. Wagner me fait éclater le crâne et Ravel est trop savant pour mon âme fruste. Je n'en suis pas fière mais c'est comme ça.

18 décembre 41 Benoîte

Grand-père s'éteint tout doucement. Il a encore dit à papa ce matin : « Bonjour, mon fiston ! » et : « Je veux me lever, j'ai à faire. » Mais entre ses phrases, il dort. Grand-mère — inconsciente ou indifférente, sait-on ? — range ses cartons comme d'habitude, l'œil sec. « Vous trouverez tout en ordre après ma mort. Il y a des étiquettes partout. »

Comment ne devine-t-elle pas que ses héritiers se foutent de ses ouvrages de dame et vont mettre la pagaille dans ses tiroirs ?

Nous avons été embrasser grand-père qui ne s'en est pas aperçu. Il déguste sa mort à petites gorgées et il boira la dernière sans s'en rendre compte.

20 décembre 41 Benoîte

Eh bien, la dernière gorgée, c'était cette nuit. La coupe est vide et les lèvres sont sèches pour toujours. Mon petit grand-père aux cheveux drus est couché tout raide dans son lit, un peu plus pétrifié, mais à peine différent de ce qu'il était il y a deux jours. Il a l'air d'un bon jardinier qui a fini sa tâche. On devrait l'ensevelir avec son tablier bleu et son sécateur au lieu de cet anonyme complet du dimanche qui ne signifie rien. Comme si la mort était un dimanche !

Grand-père est très bien mort. Il n'avait plus rien à faire sur la terre et il n'aimait plus personne. On lui a fourré les derniers sacrements sans qu'il s'en aperçoive.

Je pleurerai sans doute à l'enterrement, mais ce seront de vieilles larmes versées à l'intérieur lors de la vente de Ker Moor et qui attendaient une occasion pour couler. Avec grand-père, mes vacances aussi sont mortes et les vacances sont le meilleur de la vie.

On se quitte toujours sur une phrase anodine, car il est toujours trop tôt ou trop tard pour dire ce qu'on a vraiment sur le cœur. Je voudrais mourir en prononçant une phrase bien tapée, comme Landru ou Fontenelle, qui laisserait mes survivants médusés et pensifs... Il faudra que j'y pense.

Flora 20 décembre 41

Il y a des gens qui meurent vivants, grand-père est mort mort ; c'est une consolation. Grand-mère s'affaire devant la mort comme devant la vie. D'abord elle est contente que grand-père soit parti « avant » ; c'est dans l'ordre des choses : « Qu'est-ce qu'il aurait fait sans moi, mon pauv' vieux ? » C'est vrai, il ne savait plus qu'obéir. Et puis la mort ennoblit ceux qui restent aux yeux d'Hermine. C'est une investiture. Nous nous relayons auprès d'elle dans cet appartement entièrement plongé dans la pénombre comme si la lumière était une insulte et nous continuons à parler tout bas comme si le bruit était une offense. Pourquoi respecte-t-on la mort ? C'est le ver dans le fruit et je la hais. J'ai cherché grand-père avec une affreuse curiosité ce matin. J'avais envie de lui dire : « Reviens juste cinq minutes, j'ai un message pour toi. Je vais te dire tout ce que je ne t'ai jamais dit. »

J'aurais voulu ne pas avoir une tête de circonstance ; j'aurais aimé regarder ma première mort en face mais je n'ai pas su. D'ailleurs j'avais très peur de ce visage définitivement clos. Le silence était total et l'odeur déjà fade : je me suis sauvée vers les vivants ne sachant plus respirer.

J'ai beaucoup de peine que grand-père soit mort, mais je crois que c'est sur moi que je pleure : je regrette les souvenirs en troupeaux dont il était le berger. Et puis, depuis que j'ai des preuves tangibles que la mort existe, depuis qu'elle a chassé dans mon jardin, il n'y a plus de joie suprême. On ne croit qu'en ce que l'on touche et mon œil a effleuré la mort. Puisque quelqu'un que j'aime est mort, cela me donne un pied dans la tombe. J'ai des amis dans ce pays-là. Grand-mère, en fait, a un courage fou. Elle ne demande à personne de la décharger de sa peine : elle la consomme seule, en silence.

Nous décidons avec maman de ne nous mettre en noir que quand nous rendrons visite à grand-mère. Fi des signes extérieurs de la peine.

Beaudouin m'a écrit une très belle lettre. Je lui ai écrit jusqu'à l'aube une réponse qui n'en finit pas.

25 décembre 41 Benoîte

Fêtes, je vous hais. L'Amérique vaincra, mais quand les poules auront des dents et que moi je n'en aurai plus.

Dans notre galoche de Noël, que des emmerdements et des mauvaises nouvelles. Les Japonais sont à Bornéo et à Guam ; des dizaines de bâtiments U.S. ont été coulés. Les timbres passent de un franc à un franc cinquante et Churchill a déclaré que l'Angleterre serait prête à la contre-attaque fin 1943 ! Nous ne pourrons pas attendre jusque-là.

On a réveillonné à la maison. À mon âge, c'est tout de même vexant. Ce réveillon de mes vingt ans, je ne le retrouverai jamais !

31 décembre 41 Benoîte

On se demande ce qui est le plus sinistre : l'année qui finit ou l'année qui commence. Jamais on n'a dit Bonne Année avec moins de conviction. En guise de réveillon, été entendre le Messie de Haendel dirigé par Cloez.

Une bonne nouvelle pourtant : la manufacture des Gobelins

a commandé à papa un carton de tapis pour le ministère de la Marine. Nous cherchons tous des thèmes et des symboles qui expriment à la fois la mer et notre certitude en la victoire... Pourvu que cela ne se termine pas en queue de poisson !

Flora 31 décembre 41

J'ai été déposer des offrandes sur le lit de mon gisant. Nous avons parlé de l'avenir jusqu'à y croire. Beaudouin debout, Beaudouin courant dans la rue, repassant des examens, faisant de la bicyclette, cela semble un rêve miraculeux. Pourtant quand il regarde devant lui avec son œil clair, je me mets à espérer et nos mains se retrouvent et se promettent.

Benoîte 4 janvier 42

Nous élaborons une ruse pour mettre papa dans les Travailleurs de force, ce qui nous donnerait droit à quatre cent cinquante grammes de viande par semaine.

Il fait un froid sibérien et la Seine charrie des glaçons. Elle a attendu un hiver sans charbon pour nous faire cela. Nous portons tous une petite panoplie d'appartement burlesque : nous déjeunons devant l'unique feu, dans la chambre de maman avec nos passe-montagnes et des gants dont on a coupé le bout pour réinventer les mitaines. Il n'est pas question d'avoir une pensée précise dans ces conditions-là. J'ai un iceberg dans la tête ; rien ne s'y imprime. Je ne peux même pas apprendre mes leçons. Bonne raison pour ne pas essayer.

* C'est long de continuer à se dévouer. Pas de commune mesure entre l'héroïsme d'un jour et les efforts quotidiens ; et pourtant il ne faut pas que mon amour pour Beaudouin s'effeuille. Je l'estime autant que je l'admire. Nous devons mener notre barque au port malgré les embruns.

Flora 11 janvier 42

La seule chose que je fais sérieusement, c'est d'aimer. On se fout de moi chez moi parce que je pense tellement à Beaudouin. Benoîte fait semblant de me plaindre, papa fronce le sourcil quand le téléphone sonne ; maman seule me comprend et m'accepte. Qu'est-ce qu'ils croient, tous ces gens, les autres ? Que je vais abandonner cet être malade et qui m'aime ? Et que savent-ils de ma difficulté à préserver cet amour abstrait que j'élève au-dessus de ma tête comme un ostensoir ? Pourquoi faut-il toujours être tiré vers le bas, ramené à terre, diminué ? Il y a quelque chose de sublime dans cet amour de l'esprit et si tant est que le temps me dure parfois, je suis fière de savoir espérer et attendre.

15 janvier 42 Benoîte

Nous sommes une des maisons privilégiées de Paris : il fait 14° un jour sur deux chez nous.

Nous avons été avec papa patiner sur le lac du bois de Boulogne. La glace est à peu près la seule marchandise en vente sans tickets.

Les Martinez, eux, se chauffent à gogo à l'électricité : après le passage de l'employé de la C.P.D.E., ils piquent une épingle à travers le voyant et immobilisent le compteur. Papa nous a interdit d'employer cette méthode. On se demande quelle part de trouille et quelle part d'honnêteté foncière entrent dans cette décision.

30 janvier 42 Benoîte

La température est brusquement remontée de 15° et Paris est couvert de verglas ou de neige fondue. Aux maisons pendent de pitoyables bouquets de glace qui disent les radiateurs crevés et les appartements sans chauffage... Je me suis étalée, place de l'Opéra, avec ma bicyclette en rentrant du cours Bossuet ce matin, et tous mes cahiers se sont répandus sur la chaussée, face contre boue bien entendu. Je vais perdre mon autorité en annonçant en classe cet incident grotesque. Mais comment expliquer autrement ces cahiers salopés ? Oh ! n'insultez pas un professeur qui tombe.

Benoîte 11 février 42

Armelle est partie pour se marier et nous venons d'engager une nouvelle bonne qui a les plus sérieuses références, à savoir des parents dans l'Ille-et-Vilaine. La première chose qu'on demande aujourd'hui à une domestique, c'est son lieu de naissance.

— Du côté de Rennes, madame.

— Ah ! Et vous avez vos parents là-bas ? ajoute-t-on d'une voix où perce l'anxiété.

Quand elles répondent oui, on salive déjà.

— Ah ! C'est très bien, ça, ma fille. Je crois que vous vous plairez chez nous...

Flora 15 février 42

Je viens de me battre avec Benoîte parce que je lui avais volé des bas. Elle qui, en temps ordinaire, ne connaît pas la colère a été brusquement possédée par une fureur bestiale. Je me demande pourquoi elle avait tant besoin de ses bas, elle n'a pas d'homme et moi j'en ai un ! Bref, elle a mis ma chambre à sac à la recherche des bas en question que j'avais filés et jetés et qu'elle ne risquait pas de retrouver ! Elle a mis toutes mes affaires en l'air en hurlant : « L'argent de mes leçons ! » m'a pris aux cheveux dont elle m'a arraché une vraie touffe, m'a soufflé au nez comme un lutteur de foire et nos deux visages étaient si proches que je me voyais dans son œil. Nous sommes sorties de cette séance de « catch as catch can't » toutes les deux bredouilles et vaincues : Benoîte n'a pas de bas et une griffe au menton, et moi j'en ai pour deux heures à rendre à ma chambre son aspect habituel. J'aurais pas dû voler. J'ai tort, mais je n'ai pas honte et je recommencerai : elle n'avait qu'à m'émouvoir au lieu de me battre.

Flora 18 février 42

C'est difficile de jouer deux fois par semaine, à heure fixe, les muses, les gardes-malade, les jeunes filles aimées, les sœurs tendres. J'en arrive à me lasser de ma tête quand je monte cet escalier de clinique. Je revêts mon uniforme moral dans le couloir et je ne sais plus qui je suis quand j'arrive à sa porte capitonnée. Il a toujours un côté pointe des pieds quand on arrive chez un grand malade, et quand c'est un malade que l'on aime, on ne sait pas où donner du cœur. Aimer, ça fait du bruit et ça dérange. Je perds tout naturel, je suis une dame en visite piquée à côté de ce lit et je regarde avec gêne nos deux mains sur le drap, celle de Beaudouin émaciée et blanche, la mienne vivante donc un peu rouge, donc un peu coupable... j'ai honte de savoir marcher ; j'ai honte de me sentir bien. Au fond, j'aime surtout Beaudouin avant et après. Pendant, je souffre. J'ai des moches de sentiments. J'ai envie de lui en vouloir parce que nous ne marchons pas ensemble dans la rue, parce que je ne peux jamais m'appuyer sur son épaule, parce que je dois me pencher sur ce plus grand que moi. Il doit avoir les mêmes impressions en négatif, le pauvre ange. Râler de ne pas être le chef d'orchestre de notre destin, d'être à plat, à la merci de mes visites, regretter ce qui ne fut pas ; et nous accumulons ainsi les difficultés d'être, nous nous noyons dans des gouttes d'eau. Mais dès que j'ai fermé la porte, je le re-aime, ce compagnon de mon cœur, je lui pardonne et je m'ordonne de continuer à me pencher.

16 mars 42 Benoîte

La dernière touffe de neige achève de fondre dans les jardins de la rue Las-Cases et les giboulées nous arrivent dessus sans transition. Tout le monde est souffreteux. On sort de cet hiver glacé comme d'une longue maladie.

Je fais de la logie (philo- et bio-), j'enseigne et j'attends le débarquement. Mais ils ne sont pas pressés de mourir, là-bas. Que nous soyons pressés de vivre n'a pas d'importance, et c'est normal.

Flora connaît un ersatz d'amour avec son pauvre routier alité. Elle se grise de grands sentiments, mais n'est pas du tout faite pour le dévouement à la petite semaine. En ce moment, comme on n'a rien d'autre, elle se maintient à flot. Elle nage autour du lit de Beaudouin avec une constance dont elle est fière, et comme elle est très douée pour ne pas voir la vérité, elle peut ignorer en toute bonne foi qu'elle aspire à la vague qui l'entraînera vers un autre rivage. Elle sera indignée en lisant ces lignes, mais, ma chère enfant, sans être voyante, je peux te prédire, un, deux, trois, quatre, cinq, un jeune homme brun (celui-ci était blond...), un, deux, trois, quatre, cinq... il pense à toi... un, deux, trois, quatre, cinq, il est dans les affaires, je le vois brasser beaucoup d'argent... un, deux, trois, quatre, cinq, une lettre...

Mais l'heure n'est pas encore venue... il y a de belles choses à écrire encore sur le dévouement...

Flora 17 mars 42

Triple garce, ce n'est pas une vengeance, c'est un coup bas. Et il me met knock-out ; c'est ce que tu cherchais ?

Benoîte a un talent pour les bouquets d'épines qui devrait la mener loin. Ça, c'est en tout cas une vérité qui me saute aux yeux. Tout ce qui n'est pas vrai, mais pourrait l'être, tout ce qui blesse et diminue, elle l'extirpe de l'ombre et vous l'épelle ; mais moi, un, deux, trois, quatre, cinq, je vois une femme brune dans mes cartes, et c'est une fichue fourbe félonne. Un, deux, trois, quatre, cinq, les bas de demain de cette brune-là sont bien menacés et les bas des jours suivants aussi...

Beaudouin, n'écoute pas, Beaudouin, n'y crois pas. Elle se goure, la garce : je t'aime.

Flora 18 mars 42

Mon amie de classe, Claire, m'a invitée à aller passer les vacances de Pâques dans son château de l'Aube. Cela me tente follement, autant que cela me blesse de quitter mon chevalier pour quinze jours. Mais étant posé que je ne le vois qu'une ou deux fois par semaine et que nous nous écrivons presque tous les jours, le plus clair de nos échanges se maintiendra, même à distance.

J'ai écrit à Beaudouin pour lui demander la permission que je me suis déjà donnée. Il m'a répondu une merveilleuse lettre. Je l'admire, cet être.

19 mars 42 Flora

Le grand Lamangue, que j'avais rencontré chez Claire, m'a téléphoné aujourd'hui. Il ne sait pas que je suis une dame en sa tour, un cœur pris, une sœur de tendresse et de charité et il m'invite à aller au théâtre. Prise de court, je dis voui. C'est une occase de savoir ce que je pense du reste des hommes. Si j'ai bonne mémoire, il est très bien de face aussi, quoi qu'en dise Benoîte.

Le printemps me donne faim. Je mangerais du lion. Mais y en a pas dans les boucheries et j'ai ramené ce matin avec les tickets de la semaine une espèce de gros bifteck qu'on a baptisé rôti. C'est indigne d'affamer la jeunesse !

20 mars 42 Flora

Cela bat d'une aile avec Beaudouin. Aujourd'hui, nous étions comme un vieux couple, dont chaque phrase tournait à l'aigre. Je lui ai dit que j'étais invitée à aller au théâtre et il a été furieux. Je ne sais plus comment être. Cela me blesse de lui taire mes gestes et cela le blesse que je dise la vérité ! Pourtant la vie piaffe à ma porte et je ne peux pas toujours dire non ! Je suis triste et vague de l'âme. Je ne me sens pas coupable et suis traitée comme telle.

25 mars 42 Benoîte

— J'ai découvert une vérité, nous annonce innocemment papa au dîner, ignorant encore que cette vérité allait le mener très loin : tous les Allemands sont des malades mentaux ; et c'est pour cela qu'ils finiront par perdre la guerre.

— En attendant, ça n'en prend pas le chemin, dit maman. Ce n'est pas avec des paradoxes que tu te débarrasseras d'eux.

— Ce n'est pas à moi de me débarrasser d'eux. Je vous en ai débarrassés déjà une fois. J'ai gagné la bataille de la Marne, moi.

— Toujours la même rengaine ! dit maman en levant au plafond des yeux qu'elle a énormes.

— Et toi, toujours des reproches, constate amèrement papa. Je suis régulièrement sur la sellette avec toi !

— On ne peut rien lui dire. Il faut toujours être de son avis : Aah ! qu'il est beau ! Aah ! qu'il est grand !

Papa commence à serrer les mâchoires.

— Ce n'est pas à mon âge que tu vas me dresser, tu sais ! Je ne t'ai jamais empêchée de faire ce que tu voulais et...

— Je regrette seulement de n'en pas avoir fait davantage, coupe maman qui connaît les bons coins.

— Puisque c'est comme ça, sortez d'ici et foutez-moi la paix, crie papa qui sort facilement de ses gonds ces temps-ci. Je ne demande qu'une chose : qu'on me foute la paix. C'est pourtant pas difficile !

Il a l'air si pâle et si résolu — la table est encore servie et couverte de projectiles possibles — que nous quittons toutes les trois la salle à manger, qui est aussi sa chambre.

— Mais avec plaisir, mon bon maître, dit maman onctueusement.

— Sortez toutes d'ici ! tonne papa.

— Entrez toutes ici, réplique maman en ouvrant grandes les portes de sa chambre.

Mais l'abcès n'est pas vidé tant que personne n'a pleuré. Quand nous sommes couchées, j'entends que maman retourne chez papa, débrider la plaie.

— Pourquoi es-tu toujours triste et solitaire ? Tu crois que c'est gai la vie avec toi ?

— La vie ne m'amuse plus. Qu'est-ce que tu veux que j'y fasse ?

— Tu n'as pas le droit de te laisser aller, vis-à-vis de tes filles....

— Je ne veux plus discuter avec toi. Ça me fatigue. Et toi, tu n'aimes que la discussion !

— Tu te crois encore à l'époque du despote familial, mais je te préviens...

— La femme est une éternelle mineure, dit papa sur un ton sentencieux, soulagé de pouvoir sauter sur une idée générale.

— Mais oui ! C'est comme tous les Allemands sont des malades mentaux. Je suis peut-être une éternelle mineure, mais qu'est-ce que tu ferais sans moi si je m'en allais ?

— Je ne sais pas. Tu sais très bien qu'il n'y a eu que toi dans ma vie. Maintenant il y a les Allemands ; je ne pense qu'à ça.

— Tu n'as jamais pensé qu'à l'Allemagne ! Déjà en 1914, tu m'as quittée pour t'engager. Aujourd'hui, tu pourrais au moins t'occuper de tes filles. Elles sont réussies tes filles ? Tout n'est pas raté dans la vie ?

— Si, tout est toujours raté. Qu'est-ce que tu veux, c'est une question d'hormones. Personne n'y peut rien.

Demain matin, il dira à maman comme si de rien n'était : « Tu as bien dormi, mon chéri ? » ou bien : « As-tu revu ta géométrie, Flora ? » Mais ces phrases usuelles ne nous apprendront rien de lui. Comme le Loup de Vigny, il souffre et mourra sans parler et nous ne saurons jamais sans doute qui était notre père.

26 mars 42 Flora

Quand papa et maman se disputent, je me sens solidaire de tous les petits enfants du monde qui se sont cachés dans les coins pour ne pas entendre l'éclat des voix de ceux qu'ils aiment. J'ai envie de me taire et de me terrer. J'ai envie de ne pas prendre parti, de les pardonner l'un et l'autre, de leur offrir l'indulgence afin qu'ils la partagent en frères. Mais malgré moi, je suis toujours embarquée dans une prise de position : maman m'annexe d'office et je suis son sillage sans me permettre de juger et encore moins de condamner. Je souffre des comptes rendus de Benoîte et du feu qu'elle fait même de nos bois les plus intimes. Cela ne serait que de moi, j'étoufferais certaines vérités et affirmerais qu'elles n'ont jamais vu le jour.

J'ai épousé une fois pour toutes la cause de maman, mais au moment où je me solidarise avec elle, c'est papa alors que j'aime le plus, puisque le cœur penche toujours du côté du vaincu.

28 mars 42 Flora

★ Je ne peux plus aller voir Beaudouin le dimanche : pas d'autobus et une rame de métro toutes les demi-heures. La vie n'est vraiment faite que d'attentes. Si je rate ma correspondance, je passe plus de temps à cheminer vers Beaudouin qu'il ne m'en reste pour le voir. J'ai quelques petites excuses, tout de même, d'arriver fourbue et triste. Il en a plus d'une d'être plus triste encore. Nous avons tous des excuses. Que c'est moche !

Je pars demain à Ransay, Aube, changer d'air, bouffer du lard et reconstruire dans l'absence notre amour qui s'effrite. Pourvu que j'y arrive. Pourvu que nous ne nous décevions pas. Nous sommes arrivés à une impasse très mélancolique. Il y a trop peu d'inédit dans nos rencontres : la même porte lourde et silencieuse se referme sur moi, la même odeur de clinique m'assaille chaque fois, je m'assieds sur la même chaise, nos mêmes mains tendres s'étreignent ; et nous essayons mêmement de nous rejoindre en y parvenant de moins en moins. Un bon coup d'air nous donnera une chance.

La dinde de vie est truffée de mauvaises nouvelles. Hier, vingt otages fusillés en échange d'un petit Boche tué dans l'ombre par l'un des nôtres. Quelle infâme ritournelle ! Il s'agit maintenant d'abattre dix-neuf petits Boches !

Flora 1er avril 42

Ah ! le beau château, ma Tantirelirelo. Je me sens chez Gargantua. Il y a un tel luxe de victuailles que mon œil défaille quand on se met à table. J'ai d'abord une faim physique et ensuite une faim morale : je mange pour me dire que je mange, pour me consoler de n'avoir pas mangé et pour me préparer à ne plus manger dans huit jours. Le matin, on s'offre, cuits à même la cheminée, une famille d'œufs au plat qu'on casse sans compter dans l'immense poêle. Hier la poêle a culbuté et hop ! On a remis quinze ou vingt œufs à cuire. C'est révoltant mais c'est somptueux. Je fais mon plein avec passion et en même temps par sens du devoir. Après je me promène dans le parc, je monte dans les tours de ce château de comédie et je m'amuse à chercher sans espoir une encoignure, un angle dans ce mur rond. Le rond rend fou. On est soudain en relation avec l'infini quand on s'attaque à l'impossible. Ma pensée est floue, le temps coule, je ne le retiens pas et je me sens doucement vivre. Et puis, ah ! les arbres, c'est beau.

10 avril 42 Flora

Beaudouin m'a enfin écrit. Je commençais à me faire à l'attente, à ne plus avoir besoin de sa lettre, quand elle s'est amenée ce matin. Tout en arêtes, tout en reproches, elle me pourfend comme une lame. Beaudouin, tu ne m'aimes plus ou bien tu m'aimes à m'en haïr, sous prétexte que je vis pendant que tu gis ?

Elle me blesse tellement cette lettre, que j'hésite à saisir la perche facile et à lui répondre dans la fureur. Et puis non. Je sais que je l'aime ce chevalier couché, et je ne veux pas recevoir mon congé. Alors je marche en rond dans les allées depuis ce matin pour lui préparer une réponse tendre, qui m'explique et qui nous justifie. Mais arrivera-t-elle jusqu'à son cœur, ma missive ? Et le veux-je ? Pas sûr, pas sûr. J'en ai presque marre de nous.

Je quitte cette oasis après-demain. On verra alors où me mène mon retour.

15 avril 42 Flora

Revu Beaudouin, échangé des lettres, ergoté au téléphone, souffert, fait souffrir et perdu ce à quoi nous tenions tant malgré tout et malgré nous. Mais maintenant, ça y est. J'ai, il a tranché dans le vif. Tant pis : je nous raie ; nous n'existerons pas dans l'"avenir ; nous n'avions sans doute ni vraie épaisseur, ni vrai amour ; nous n'avons pas su être. Beaudouin a été assez moche et il m'a réclamé sa chaîne que j'avais au cou ; il m'a rendu les petits objets familiers que je lui avais donnés et qui jonchaient sa table de nuit. J'ai été assez moche aussi. Je n'ai pas voulu comprendre. La porte était étroite, et il ne m'émouvait plus. Je ne sais pas si je vais me réveiller de cette indifférence et pleurer d'amour et de regret. Mais aujourd'hui, 15 avril, je déclare que Beaudouin ne m'est plus rien ; et je suis seule comme un chien.

Flora 17 avril 42

C'est affreux. Bijou vient de téléphoner à maman ; c'est moi qui lui ai répondu, mais elle m'a demandé de lui passer maman et elle lui a annoncé que Beaudouin avait tenté cette nuit de se suicider. Mais il a été découvert à temps par la garde de nuit et soigné immédiatement. Il n'est pas encore hors de danger. Maman avait les larmes aux yeux en entendant le récit sanglotant de Bijou. J'étais tout étonnée par cette émotion subite ; maman m'a tendu l'écouteur et je suis montée en marche dans cette horrible conversation pour entendre que Beaudouin avait avalé le tube de somnifère qui était sur sa table de nuit. Il n'a pas écrit la moindre ligne pour éclairer son geste et n'a pas parlé depuis son sauvetage, mais il est clair que Bijou inscrit en filigrane sous cette histoire mon nom qui est devenu pour elle synonyme de trahison. Maman a été épatante ; elle a pleuré avec Bijou, mais elle ne m'a pas citée.

Moi je trouve comme Bijou que tout est de ma faute et je n'ose pas penser plus loin avant d'avoir d'autres nouvelles.

Flora Plus tard

Beaudouin vit et vivra ; maman vient d'appeler Bijou à la clinique. Il a parlé, mais refusé d'expliquer quoi que ce soit à sa mère. J'ai l'impression d'avoir retrouvé le souffle. J'ose regarder le problème en face et je décide d'aller le voir demain à l'hôpital américain.

Flora 18 avril 42

On m'a jetée dehors.

C'est la première fois que cela m'arrive. Je suis partie après déjeuner vers la clinique, n'ayant annoncé mon intention à personne. J'ai frappé et je suis entrée dans la chambre de Beaudouin, vraiment très émue, les larmes prêtes à l'appel et étonnamment disponible. J'avais l'impression que c'était peut-être un marché que je lui proposais, mais je voulais bien en être la dupe. Je venais poser la première pierre d'un nouvel édifice. Pauvre Beaudouin avait les yeux cernés de mauve, un bras alimenté par un goutte-à-goutte de sérum et un visage affreusement blanc. J'ai couru vers son lit avec peut-être un peu de mélo dans mon geste, mais aussi du vrai cœur qu'il aurait dû discerner. Beaudouin a pris la tête de magister qu'il adoptait parfois pour m'enjoindre « de me méfier des idoles », ou « de refuser la facilité » et il m'a dit d'une voix qui se voulait indifférente, mais où j'ai très bien senti la haine :

— Ma chère Flora, je ne sais pas ce que tu viens faire ici, mais je te serais reconnaissant de t'en aller, car je n'ai l'intention ni de te parler ni de t'écouter.

J'ai reçu ma gifle avec incrédulité, j'ai insisté bêtement, j'ai fait des gestes, j'ai pris des voix, je me suis enferrée et il est resté impassible et détaché, avec l'avantage de n'avoir pas à chercher d'attitude puisqu'il était condamné à l'immobilité. Alors je suis partie, sans même un beau mot de la fin, sans formule bouleversante qu'il aurait été obligé d'associer à mon exit. Je suis partie très sottement, sans panache ni sanglot et j'ai repris mon métro.

Maintenant, devant ma table, j'ai l'esprit et le cœur de l'escalier... Je me dis que je saurais le convaincre ou le fustiger. Je contemple mon amour-propre en loques ; et mon amour tout court, où est-il ? Beaudouin, Beaudouin, est-ce que tu me hais maintenant ?

18 avril 42 Benoîte

Flora ou la mort parfumée des amants ! V'là qu'elle tue maintenant ? Ah ! vamp, tu vois bien que tu es dangereuse.

Cette défaillance de la volonté me surprend d'ailleurs chez Beaudouin. Il a fallu qu'il soit vraiment diminué par la maladie, pauvre Beauregard, pour envisager de quitter la Route à cause d'une poupée. Car je le soupçonne maintenant, tel que je le connais, de travailler à transformer Flora en poupée pour qu'elle tombe de son cœur sans qu'il la regrette. Je lui souhaite d'y parvenir vite. Car être malade de l'âme et du corps, c'est trop.

Quant à Flora, elle s'adonne à l'autopunition. Heureusement que Beaudouin est tiré d'affaire, car elle était capable, avec son sens exacerbé du devoir et de ses responsabilités, de s'en vouloir toute la vie et d'entrer dans les ordres pour expier. Mais l'accueil orgueilleux qu'il lui a réservé cet après-midi l'a remise d'aplomb. S'il a encore la force d'être orgueilleux, on peut espérer qu'il ne récidivera pas. Et le dépit commence à remplacer chez Flora le remords.

Je suis contente qu'il l'ait mal reçue. C'était la sagesse. Un replâtrage bâti sur cette sorte de chantage, même inconscient, au suicide, n'aurait pu mener qu'à une nouvelle rupture.

Je n'imagine pas quelle déroute intime pourrait me pousser au suicide. Il me semble que la curiosité seule, la curiosité du lendemain, du journal du lendemain, suffirait à me faire rester sur terre.

Benoîte 19 avril 42

En guise de vacances, j'ai passé trois jours chez tante Marie à Poissy, gobant trois œufs par jour. J'aime bêtement et de plus en plus la Nature, avec un grand N. C'est là qu'on connaît des minutes de parfait bonheur. Non pas que j'y découvre la réponse aux questions qui me troublent, mais parce que, brusquement elles cessent de se poser. L'ambition, la réussite sociale, cessent d'avoir un sens, de paraître primordiales. Le présent emplit tout le champ de l'existence et c'est dans ce cas seulement qu'on peut vivre sans arrière-pensée. L'arrière-pensée est toujours une mauvaise pensée.

Benoîte 6 mai 42

Je sous-colle deux fois par semaine en philologie avec des amis qui préparent l'agrégation. Je ne peux qu'être reçue cette fois. C'est de préférence chez moi qu'on se réunit, car papa se laisse généralement convaincre de mettre à notre disposition un de ses pots de confiture de marrons qui ont le double avantage d'être délicieux et bourratifs. Nous sommes deux filles et deux garçons : Jean-Pierre Cart, tête ascétique et belles mains, Hélène Schwartz, une fille ingrate, mais que je n'ai pas choisie pour cela, je le jure, et Albert Landon, qui a déjà une tête de professeur de Sorbonne. Je l'ai surnommé Blaise, car il ressemble à Pauvre Blaise ; et comment peut-on s'appeler Albert ? Il habite Vanves dans un « pavillon », et a un peu l'air d'un grand brûlé, qui ne supporte pas le contact direct avec la vie.

7 mai 42 Flora

La statue de Jeanne d'Arc a été subrepticement pavoisée et les Allemands ne s'en sont aperçus que quelques heures plus tard. Le bleu, le blanc et le rouge auront donc flotté quelque temps dans le ciel de Paris. Malheureusement, nous l'avons su trop tard. Mais vivent nos amis qui ont de belles idées.

17 mai 42 Flora

Pauvre petit Beaudouin de mon cœur qui ne t'oublie pas. Beaudouin aux pensées pures, ce qui ne les empêchait pas d'être parfois fausses, nous nous sommes éloignés. Compagnons pour l'inconnu, nos routes se sont séparées. Mais ton amour est-elle morte, petit Prince intransigeant, petit Prince sévère qui m'as jugée et condamnée. Oh ! ta jalousie, petit Prince ! Ta jalousie d'enfant qui ne sait pas !

Petit garçon malade qui te crois un homme, petit garçon lumière aux pensées hautes, je pense à toi ce soir avec toute la tristesse de mon cœur et je voudrais te prendre par la main et que nous laissions arriver jusqu'à nous cette tendresse persistante qui, j'espère, existe en toi aussi.

Je voudrais te dire que je suis encore un peu là ; que je ne suis pas effacée, sous prétexte qu'un jour, qui aurait très bien pu ne pas arriver, nous nous sommes dit adieu. Beaudouin, tu m'as répudiée, mais je flâne sur le chemin du départ. Je nous regrette et je nous cherche encore.

Beaudouin, mon âme, il y a eu une dernière fois où nous nous sommes embrassés, une dernière fois où je t'ai dit je t'aime, et je ne le savais pas encore. As-tu au cœur comme moi, mon bien-aimé perdu, mon disparu, cette pensée tendre et penchée, en réalisant que nous ne serons pas à nous, que nous ne nous donnerons pas le bras, que tout cela est de l'irrémédiable, du révolu ?

Flora 27 mai 42

On ne vit pas tous les jours, mais c'est déjà pas mal de vivre une fois de temps en temps. En ce moment, je vis que je suis triste. Alors je m'entends soupirer, je me touche du doigt. Où es-tu, Beaudouin ? Ta barque s'éloigne. Je suis soulagée, bien sûr ; cet amour sublimé, c'était comme un exercice de voltige pour mon cœur et il s'y essoufflait. Je peux gambader dans la vie maintenant ; elle m'est légère. Mais je n'arrive pas à m'habituer à être si plume. Je ne sais plus manier ma liberté.

Ce matin, dans mon lit, avant de tourner définitivement la page, j'épuisais mes souvenirs. Je revoyais chaque parcelle d'événement et je la pressais comme un citron pour en extraire toute vérité. C'est un peu pénible mais c'est consciencieux.

Flora 7 juin 42

Une affreuse histoire allemande : tous les Juifs depuis l'âge de six ans devront porter une étoile jaune sur le revers. Quelle infamie ! Trois étoiles seront octroyées à chaque Juif en échange d'un point textile.

Ce matin en classe, Claude Wolfromm qui est en philo avait cousu sur son blaser bleu une étoile rouge avec l'inscription : PHILO. Nous avons toutes décidé de nous fabriquer des étoiles pour demain matin.

Flora 9 juin 42

Il paraît que des étudiants se sont fait arrêter hier au quartier Latin pour avoir porté des étoiles fantaisistes et papa m'a interdit de mettre celle que je m'étais confectionnée.

Flora 15 juin 42

Écrit du bachot. Et, ma foi, je ne l'ai pas si mal réussi ce petit écrit dont Benoîte se gausse d'avance. J'aurai ma moyenne en français ; la projection de l'aire plane d'un polygone plan, miracle ! c'est une des rares questions de cours que je possédais sur le bout de la plume ; et en anglais un petit essai où j'ai pu briller. Si je n'ai pas trop de contresens dans ma version, j'ai une chance. Ceci dit, j'ai toujours remarqué que les mauvais élèves sont satisfaits de leur travail. Mais l'universitaire austère m'attend à domicile avec un rictus de sorcière déjà appliqué sur les lèvres. Elle va saisir entre ses griffes mes brouillons de version et éclater grossièrement de rire à chaque faute, avec une joie sauvage.

8 juin 42 Benoîte

Le printemps est revenu et l'hiver russe une fois de plus n'aura pas abattu l'Allemagne. Quel peuple ! Kharkov a été prise d'assaut, deux cent quarante mille prisonniers d'un coup. Et ils avancent toujours dans cette Russie désespérément grande. Toujours de nouvelles villes, de nouvelles steppes, de nouvelles divisions à anéantir. Cela doit être décourageant. Finalement, c'est la géographie qui fait l'histoire.

10 juin 42 Benoîte

Hélène Schwartz porte l'étoile jaune et noir. Et cette distinction nous fait toucher du doigt l'arbitraire qui est notre lot. Son père est mort en 14-18. Elle fait les mêmes études que moi ; mais c'est elle qui a été choisie pour porter le stigmate de la honte. De plus, elle est laide, timide, menacée. La vie est d'une injustice insoutenable. Et on la soutient, bravement, lâchement, avec les meilleures raisons du monde.

Je m'entends bien avec Blaise, malgré la différence de nos éducations. J'aime sa démarche intellectuelle de paysan qui va au fond des choses d'un pas lourd, mais sûr. Lui a le droit de parler du peuple sans qu'on puisse l'accuser de littérature. De là cette gravité avec laquelle il aborde les problèmes sociaux dont nous, nous acceptons très facilement de laisser la solution en suspens. Pour moi, le prolétariat, c'est une catégorie sociale. Pour lui, c'est une réalité quotidienne. Nuance. Nous restons chacun d'un côté du fleuve et nous nous gardons de toute sentimentalité, mais nous savons sans le dire, qu'en d'autres temps, sous d'autres mœurs... et cela donne une saveur douce-amère à nos rencontres.

À vrai dire, le problème est davantage chez moi que chez lui. Mes ailes de naine m'empêchent de marcher...

Benoîte 15 juin 42

J'ai passé hier les épreuves écrites de philologie, l'âme sereine. On finit par s'habituer aux examens et par ne plus pouvoir se passer de ces émotions de fin d'année ! Mon Moyen Âge, toujours laborieux avec *Aucassin et Nicolette* ; mais le reste a marché.

Benoîte 1er juillet 42

Pendant que j'étais reçue en philologie, ainsi que mes trois acolytes, Flora a eu le toupet de ne pas louper l'écrit du bachot. Elle a la chance de parler couramment anglais et français, mais tout de même ! Il n'est pas possible que les examinateurs ne découvrent pas son vide intérieur à l'oral.

J'aspire à des vacances maintenant. Faute de côtes — tous les rivages sont zone interdite — les journaux incitent les Parisiens à aller « découvrir les sites magnifiques et trop peu connus de l'Oise ». L'air y est, paraît-il, exceptionnel et on se demande pourquoi les gens s'obstinaient autrefois à aller à la mer !

Pour moi de vraies vacances ne peuvent commencer qu'à trois cents kilomètres de Paris. En deçà, je me sens encore dans le champ magnétique du Gross Paris. Blaise Landon nous propose d'aller camper en août dans le Berri. Son oncle est cultivateur près de Bourges et cherche des bras pour la moisson en échange d'une nourriture copieuse. Nous habiterons sous la tente et prendrons nos repas à la ferme. Je pourrai envoyer quelques colis aux parents.

Benoîte 10 juillet 42

Flora prend très crânement son échec et explique sans rire qu'elle est tombée en géographie sur le chapitre qu'elle n'avait pas revu et qu'en physique elle a mal compris la question. On lui a demandé la pile et elle a dessiné au tableau une pile Wonder ! Parmi les fromages de Normandie, dans son émotion, elle a cité le fromage blanc !

Mais, il y a une justice et je suis rassurée sur le monde. Moi qui, même en travaillant, trouve le moyen d'être recalée, je n'aurais pas survécu à la réussite de Flora, sous mon propre toit.

25 juillet 42 Benoîte

Je ne parle même plus des événements : ils sont tragiques. Après la perte de Tobrouk et de la Libye, El-Alamein s'est rendu, et Sébastopol, et Vorochilovgrad, et Rostov sur le Don. La bataille d'Ukraine est terminée.

Je pars dans trois jours, sac au doc, pour le Berri avec Hélène, Jean-Pierre, Blaise et son frère.

2 août 42 Benoîte

Nous sommes installés au cœur de la France. C'est une impression artificielle sans doute, mais l'idée que Bourges est le centre géométrique de la France et que le Berri est également loin de toute mer, me fait trouver sa campagne plus campagne. Je n'ai jamais vu de champs plus enfoncés dans leur condition de champs, de paysans plus terreux, de paysages plus stables et plus immémoriaux. De cette pleine campagne émane une sorte de certitude, l'impression que c'est la terre qui aura toujours le dernier mot. La guerre est une grosse mouche qui bourdonne quelque part, derrière ces rideaux d'arbres, mais qui ne parvient pas à troubler les fonctions de cette glèbe, vouée aux seuls bouleversements des saisons.

Je ne connaissais jusqu'ici que les fermes bretonnes, toujours plus ou moins disputées à la lande ou à la mer et où les rochers et les ajoncs reviennent obstinément rappeler au laboureur que la terre arable est une conquête qui n'est jamais terminée.

Ici, la terre est domptée comme une femme qui a porté beaucoup d'enfants et qui s'est résignée au soc.

Nous arrivons en pleine moisson et nous avons remonté les siècles. Nous sommes chez l'éternel laboureur ! Le XXe siècle ? Les Allemands ? Connais pas. Ici, nous ne sommes assujettis qu'à la nature, au jour et à la nuit, et cet accord avec l'univers procure une sensation de plénitude et de perfection.

L'oncle Landon est un Gaulois à moustaches qui préside l'immense table de ferme où bâfrent ses commensaux. Les gens et les choses ont l'accent du Centre, nous sommes au centre du monde, au centre de la vie, dans le ventre profond de la France, très loin des rivages où l'on s'agite, où l'on commerce, où l'on débarque.

Je suis tellement épuisée, le soir, que je m'affale dans mon sac de couchage et que je m'endors du sommeil de la terre. Mon journal ? Le nazisme ? Tout cela est littérature. La vérité, la seule, ce sont mes muscles, ce sont ces gerbes de blé qu'on enfourne dans la batteuse, qui ressortent à l'autre bout, réduites à leurs éléments, dépouillées de leur magie ; petit miracle simplet d'une technique que l'on comprend du premier coup. Et c'est bien réconfortant de travailler avec des machines qui ne sont pas plus intelligentes que soi.

Au bout d'une heure de battage, le blé nous met en uniforme : nous avons tous les cheveux poudrés, la peau grise et des barbes d'épis dans les recoins les plus incongrus. On dépasse la limite de ses forces, on franchit des seuils, le soleil nous brûle, la mère Landon circule avec une piquette tiédasse ; on pense à Pétrone et aux labiales fricatives comme à des folies de jeunesse. Nous sommes revenus à notre fonction essentielle : tirer notre nourriture du sol.

Le soir, on se douche dans l'herbe sous le seau de toile plein d'eau tiédie au soleil, et on s'attable, le ventre fier de mériter sa nourriture. Tout paraît bon : la pomme de terre, l'eau fraîche, le pain trempé dans la soupe, et avec ce sel de se dire : « Toujours ça que les Boches n'auront pas. » Car ici, on les appelle encore « les Boches ».

Personne ne fait allusion aux tickets. La motte de beurre est sur la table ; le pâté, le lard, la graisse, le cidre, tout est fait à la maison et c'est la revanche inattendue de l'artisanat, de la polyculture et de la petite entreprise, impossible à surveiller.

Hélène ne porte plus son étoile. Sait-on seulement ici ce que c'est qu'un Juif ? Elle sait travailler et c'est tout ce qui compte. Il est arrivé une autre fille, juive aussi : on l'appelle Lili. Une fille qui sait faire souffrir les hommes, donc qui les attire. Je suis toujours déçue de voir que les notions les plus vulgaires sont les plus vraies. Les garces réussissent. On a beau se révolter : c'est constant. Hélène qui est gentille, intelligente et douce n'aura que des revers dans la vie, c'est cousu d'avance ; et Lili se fera épouser par qui elle voudra et s'offrira le luxe de le rendre malheureux.

Un an d'études en commun me donne une profonde complicité avec Blaise. Sa douceur me plaît. Il a le regard flou, l'air d'un intellectuel un peu poussiéreux, le cheveu ni brun ni blond. Il est grand, mais gauche ; il a des lunettes... pas mal de choses pour me plaire. Et ici, j'ai un peu l'impression de jouer une pièce. Ce n'est pas Zazate de la rue Vaneau qui manie ainsi la fourche et qui coupe son gros pain sur le pouce avec son couteau. C'est quelqu'un qu'il me fait bien plaisir d'être, en tout cas. Et qui me repose.

8 août 42 Benoîte

Le temps passe vite et je n'ai pas le loisir d'écrire dans mon carnet de moleskine noire.

Nous avons visité Bourges aujourd'hui, ville charmante, chargée de passé. Nous sommes revenus, Blaise et moi, sur deux bicyclettes prêtées, dans le crépuscule étouffant, et nous n'avons pas pu ne pas nous embrasser. C'était écrit partout qu'il fallait le faire ! Nous étions trop d'accord avec le temps, la nature et nos conditions de mâle et de femelle. Il a une bouche douce et un peu maladroite et il ne croit pas que tout lui est dû. Les autres étaient arrivés en car une heure avant nous et nous sommes tombés dans une ambiance toute faite de chants et de feu de bois, ce qui nous a encore rapprochés. Nous avons dîné tous les deux à l'écart, presque dans l'obscurité. J'étais à l'aise sous son regard, sûre d'être brune et jolie, et j'oubliais la société qui nous guette comme un loup, au coin du Moi.

10 août 42 Benoîte

La moisson est terminée et engrangée et nous sommes libres. Les autres jouent au volley-ball, mais je ne parviens pas à m'intéresser au ballon. Le sentiment de l'inutilité de mes cabrioles me saisit. Nous nous rôtissons au soleil et le soir nous parlons tard autour des braises, sous cet immense ciel noir qui incite à la métaphysique. Vingt ans, c'est l'âge de l'intelligence. Les nôtres sont rodées et nous pouvons les pousser à fond. La vie n'a pas encore rabattu nos prétentions et notre caquet : on peut se permettre de penser ce qu'on veut parce que tout est encore possible. Connaît-on plus tard cette griserie de la pensée, cette sensation que tout vous attend et qu'il suffira de se baisser ?

Benoîte 11 août 42

Les contrastes sont tout le charme de l'existence. L'agriculture terminée, on s'adonne à la culture ! Blaise prépare sa thèse dans une des chambres de la ferme. Une chambre, c'est-à-dire tout simplement une pièce avec un lit. C'est dans « la salle » que semble s'être réfugié tout ce qui sert à vivre : bahuts à vaisselle, boîte à couture, photos, almanach des Postes et le chat. Les paysans ne vivent pas dans les chambres. On s'y couche très tard, on s'y lève encore dans l'obscurité et on n'allume jamais la nuit. D'ailleurs, la lampe de chevet est un objet inconnu ici. Le lit ne sert vraiment qu'à accoucher et à mourir. Ce jour-là, toute la famille entre enfin dans la chambre...

Notre vie s'écoule au rythme profond et obstiné de la campagne. Nous continuons à dîner à la ferme avec les ouvriers agricoles dont les grosses mains restent posées sur la table comme des outils, gardant encore la forme en creux du manche de la fourche ou de la bêche.

J'ai parfois la nostalgie de cette existence où l'arbuste qu'on a planté à quinze ans vous accompagne jusqu'à votre mort, où l'on se demande chaque printemps : « Comment va-t-il fleurir cette année, mon arbre ? », où l'on récolte ce qu'on a semé, où le travail est plus efficace que l'intrigue, où l'on a le temps de penser à ce qu'on fait.

Je suis bien dans « la Nature ». Elle n'accueille pas tout le monde. Hélène, par exemple, ne s'insère nulle part. Il ne semble pas y avoir de place pour elle. Elle a partout l'air d'une tache, d'une erreur. Elle est mal habillée et encore plus mal nue. Elle a peur de l'eau, des araignées, du soleil, de l'orage. C'est elle que les guêpes piquent de préférence. Elle est condamnée à être la confidente des amours des autres. À ses yeux, je suis brillante, cultivée, coquette, à l'aise dans la vie. L'admiration est contagieuse : je me sens spirituelle et belle, je suis la première biche, le premier jour de la Création, et tout le monde ici est prêt à le croire ; j'ai envie de la vie sous toutes ses formes, y compris l'amour. Je ne pense plus à Paris et à mes carcans : je me prends à rêver que je suis un être libre, qui sait ce qu'il veut, et que je peux notamment être heureuse avec un garçon qui porte une chemisette Lacoste à manches courtes et des nu-pieds en caoutchouc, ce qu'en d'autres temps, j'eusse trouvé rédhibitoire.

J'ai mis mon esprit critique sous une pierre et il ne se débat même plus. Il sait que son heure reviendra. En attendant, aujourd'hui emplit mon horizon et je me prends à aimer Blaise, mais avec mélancolie, car je sais en le trouvant que je l'ai déjà perdu. Nous avons dix jours devant nous, c'est immense pour moi qui ai toujours compté en heures.

10 août 42 Flora

Ah ! ces étés parisiens, quelle mélancolie ! Et il fait beau à outrance ; si beau que je joue à me croire ailleurs. Je fouille dans la malle aux vacances, je ressors tous mes petits shorts et mes chandails à rayures et je parade pour moi-même devant la glace, en essayant de me croire à la mer. Tous ces petits uniformes de Concarneau sentent le vieux sable et seraient peut-être démodés s'il n'y avait pas eu la guerre pour arrêter le cours de la vie. Tandis que là, je les trouve fraîches comme l'œil, mes petites tenues, et l'odeur de déjà mis, de déjà cuit par le soleil, me transporte aux nues. *It's the Madeleine de Proust all over again, my dear !*

La sœur a l'air de vivre pleinement et de n'avoir pas beaucoup de temps pour nous. Elle écrit de petites lettres sibyllines. Pourvu qu'elle ne saute pas le cap... il y a un côté nounou en moi... tant que je l'ai à l'œil, je crois qu'il ne lui arrivera rien. Mais là, elle est livrée à elle-même, loin de l'œil perspicace de maman et peut se laisser aller à tous les excès !

Je l'attends à l'arrivée avec un brin d'inquiétude. Pourvu qu'on ne l'ait pas changée !

Maman a reçu un petit mot de Bijou qui a ramené Beaudouin à Maisons-Laffitte. Elle nous battait froid depuis l'Événement. La greffe de Beaudouin a pris et il commence à pouvoir marcher avec des béquilles. Je suis tout émue par les nouvelles de ce revenant, et tout heureuse qu'il aille bien. Je pense encore si souvent à Lui. Quel dommage que le cadre des rapports humains soit si étroit. J'aimerais pouvoir lui écrire sans risquer le ridicule : « Je t'aime encore un peu, parfois ; je suis heureuse que tu marches. » Mais rassurez-vous, Beauregard perdu, je n'encourrai pas une autre de vos gifles. Il m'en cuit encore de la première.

Benoîte 15 août 42

Aujourd'hui, c'était la fête. La fête de la moisson faite, des examens passés, où les paysans ont enfin le droit de perdre leur temps, de courir après les paysannes et de se coucher dans la journée, derrière une meule. Nous avons participé à cette grosse joie bruyante et nous nous sommes saoulés un peu, nous aussi, et nous avons fait de grosses plaisanteries et Blaise et moi nous sommes, nous aussi, étreints dans une grange !

Une certaine panique me prend à l'idée de remonter dans mon cadre. Mon Blaise, tu ne sais pas que tu es condamné à brève échéance, parce qu'à Paris, ce n'est pas vraiment moi qui vis. À moins que ce ne soit pas vraiment moi ici ? Comment savoir ? Ici, j'ai l'impression d'être épanouie. Ce mot idiot me convient. Pourtant, je ne suis évidemment pas faite pour devenir une paysanne ; il est trop tard. Donc cet épanouissement est faux et ne peut être que limité dans le temps.

Je me sens incapable d'aimer à Paris un homme dont maman n'aurait pas pu être amoureuse. Est-ce lâcheté ou confiance en son jugement ? Aujourd'hui, je l'aime. Mais je dénombre déjà sur mon cher innocent tous les points où demain tomberont les obus, me le réduisant en cendres.

Je suis un peu saoule ce soir, mais cela me rend lucide : je crois que c'est l'occasion ou jamais pour moi de faire l'amour. J'en ai assez de le dire et j'ai vingt et un ans. Ce serait dans le cadre anonyme d'une tente, sans le côté hôtel qui me glace, sans les détails forcément sordides de son pavillon à Vanves où nous guetterons les pas de sa tante dans l'escalier... en retenant notre désir... qui en profitera pour s'enfuir...

Ici, c'est un acte naturel. Nous dormons à quelques mètres l'un de l'autre. Il nous suffirait de ramper un peu...

Blaise est un passionné doux. Il sera trop occupé de lui-même pour m'observer et cela me sauvera peut-être de la raideur. Je n'ai pas assez de naturel, ni de confiance en moi pour me laisser aller. Ce que je ressens ne regarde personne. Je voudrais que ma première expérience soit une lente plongée vers des eaux où nous serions un peu perdus tous les deux. Mais je me révulse à l'idée de l'amour virtuose, jouant d'un doigt négligent et agile sur mes cordes qui ne savent pas encore où est le *la*. Je veux faire mes gammes tranquillement, à l'abri d'un regard trop sagace.

Blaise est timide et ardent. J'aime qu'il ait des lunettes qu'il posera sur le tapis de sol et ses yeux gris deviendront brouillés et intimes. Et puis nous aurons une nuit devant nous. « Après », nous n'aurons pas à nous rhabiller. Nous resterons allongés sur le sable et le sommeil viendra nous noyer peu à peu, lui un peu plus tard que moi parce qu'il est plus grand.

Plus que neuf soirs pour vivre cet amour-là.

18 août 42 Flora

Déjeuné chez Deeze aujourd'hui. J'étais intimidée à en perdre le souffle et effectivement, je l'ai perdu, et j'ai dû patiemment attendre qu'il retrouve son chemin avant de sonner.

Je me demande si beaucoup d'êtres sont sujets à des déroutes intimes comparables à celles qui m'assaillent parfois, et je me demande si ça se soigne ?

Enfin ! En attendant le psychiatre, je me soigne avec les moyens du bord. Je me dis : « Allons, allons ! » Je me prends par ma main et j'entre !

Et d'abord, pourquoi cette peur, Flora ? Sont-ce les signes extérieurs de l'argent, si joliment éparpillés dans cette maison ? La satisfaction mitigée que me donne ma robe un peu trop verte pour une timide ? Non, je crois que c'est l'ignorance de qui je suis.

Mais quelle idée aussi d'aller me dire : « Qui suis-je ? » quand je rentre dans un salon ? Je choisis toujours les instants les moins adaptés pour remettre le monde en question : les compositions de latin, ou les séances de confesse. Cette mécanique aurait besoin d'être huilée. Je ne veux pas passer ma vie à souffrir en sourdine en chantant en solo un autre air que celui de l'orchestre. Aujourd'hui, l'orchestre était cette maison élégante et luxueuse, ces gens charmants, polis aux angles et pleins de cette certitude confortable que donne le fric.

Ah ! je hais le fric.

Ah ! j'aime le fric.

L'orchestre jouait un bel air modulé et je me sentais fluette avec mon filet de voix, et puis il y avait Deeze, aussi écorché qu'on peut l'être, fugitif de lui-même, inquiet chronique, mélancolique installé. Lui aussi participe à ma déroute, car il me plaît et m'émeut de cadrer si douloureusement avec sa vie. Nous avons mille petites subtilités en commun et il ne nous donne jamais le temps d'en faire étalage ; il se sauve du côté de l'ombre au cas où cette demoiselle, « mal sous tous rapports », irait jusqu'à lui plaire.

Je n'essaie pourtant pas de lui plaire et je m'en étonne. Serait-il possible que je l'aimasse un jour ?...

Ensuite, joli déjeuner, joli valet de chambre dont les gants blancs m'impressionnent. Je me dis que si j'étais valet de chambre, je serais sévère avec les invités. Et sa sévérité présumée me gêne aux entournures.

Tout te gêne-t-il donc, fausse écorchée et vraie jeunesse ? Oui. Je me prête à ma gêne et je m'offre à l'angoisse ; mais je pense renaître de mes cendres, merci.

Après le déjeuner, on monte sur la terrasse regarder l'immensité des arbres et profiter du soleil. Il y avait là Jean Babilée et la jolie énigmatique Nathalie Philippart, mince et liane ; elle avait amené son costume de bain et a joué les baigneuses sans hésitation. Moi, j'ose pas ; et je reste dans mon coin à me trouver trop grosse.

M. Deeze père est charmant, intelligent et modeste. Quant à Deeze mère, c'est la séduction faite belle dame !

Au fond et à l'usage, je m'habitue au luxe et je finis par comprendre qu'on soit satisfait de son fric sans en être fier. Qu'est-ce que c'est que ces scrupules de petite-bourgeoise étriquée, Flora, qui t'empêchent de t'abandonner aux délices de l'élégance ? Étanche ta soif et n'aie pas honte de boire encore.

20 août 42 Benoîte

Été torride, été radieux, comme il doit être. Nous nous sommes baignés dans le Cher, à l'ombre d'immenses peupliers. La beauté tranquille d'un détour de rivière sous les arbres, de ce paysage modeste et admirable qu'on ne remarque pas du premier coup, me fait adorer la France et le juste milieu. À l'ouest, la Bretagne avec ses paysages passionnés, au sud, la Côte d'Azur, tapageuse et épuisante de beauté, à l'est, la montagne qui s'impose sans question et ici au centre ce trait d'union, ces plaines sans histoire et sans panache, cette perfection tranquille et grave, presque ennuyeuse... Ah ! guerre, que tu parais absurde. Tu ne changeras rien à cette terre, même si tu tues les hommes ; elle en sécrétera d'autres qui seront semblables.

Nous ne nous sommes rien dit, Blaise et moi, mais nous savons que ces vacances ne se termineront pas sans que nous soyons allongés l'un contre l'autre pour nous connaître. Nous vivons des sortes de fiançailles tacites, sous l'œil attendri et un peu cochon d'Hélène et de Jean-Pierre. Maurice, le frère de Robert, est entre les pattes de Lili et cela lui pompe ses jours et ses nuits.

Plus que six jours à vivre.

22 août 42 Benoîte

Blaise, tu ne sais pas à quel point cela m'est égal que nous n'ayons rien fait. Il n'y a pas que l'amour dans l'amour. Jean-Pierre et Hélène te guettaient : ils savaient que ce serait pour cette nuit. Je sais que je t'intimide parce que tu vois derrière moi les meubles de la rue Vaneau, les diamants de maman et mes chapeaux de chez Marie Aubert. Si tu savais comme je me sens mieux sous la tente que sous mes chapeaux !

Et puis, l'amour en sac, il faut avouer que ce n'est pas commode. On s'est débattu parmi les fermetures Eclair qui nous pinçaient la peau, on a déchiré un duvet et la plume s'est collée à nos corps moites, on était sans cesse séparé par des pans de pyjamas ou des vêtements insolites qui traînaient sur le tapis de sol. Et puis la terre était très dure et toi, très lourd. Mais cela m'a été doux de ne pas dire non, de ne pas me débattre et, pour une fois, de courir après quelque chose.

Mais que je dise *oui* ou *non*, tu vois, j'en suis toujours au même point. Non. Quelque chose a changé : j'ai envie de te dire oui. Il y a un progrès.

Ne sois pas honteux, mon Blaise : c'est à la portée de tous les imbéciles de faire l'amour. Toi, tu m'as fait la tendresse, en attendant autre chose.

Benoîte 24 août 42

Tu m'aimes encore plus de ne pas m'avoir. Nous passons des journées merveilleuses, déchirantes parce que ce sont les dernières et que tu devines, et que je sais, qu'à Paris nous allons entrer dans les marchandages et les rendez-vous furtifs.

Ici, tout est propre. Notre désir reste entier et d'avoir connu ta timidité me donne un sentiment maternel pour toi. Nous passons des après-midi à nous promener, encapuchonnés car il pleut, et à essayer d'oublier que demain c'est le retour, « demain c'est Waterloo, demain, c'est le tombeau ».

Benoîte 25 août 42

Seul un corps jeune est en accord avec la nature. Dans une chambre on doit pouvoir supporter de regarder en face sa vieillesse. Mais dans l'herbe toujours fraîche, près des arbres qui, même en automne, contiennent encore une promesse, il doit être insoutenable de voir son corps se défaire. Pour nous humains, il n'y a pas de saisons et ce printemps sera le seul.

Benoîte 27 août 42

Nous partons tout à l'heure ; les tentes sont abattues. Il reste de nos vacances ce champ piétiné où l'herbe ne repoussera pas de sitôt et le tracé, en jaune, de nos tentes. Comme une vie tient peu de place sur la terre. Adieu, ce Berri que je n'aurais jamais connu sans la guerre, adieu Moi, et adieu Blaise, bien que tu m'accompagnes à Paris.

27 août 42 Flora

Je vais tout à l'heure chercher ma sœur à la gare. Elle a prévenu qu'elle serait lourdement chargée : miam-miam !

Il va falloir refaire connaissance et il me semble qu'elle a bien jeté du lest, depuis qu'elle n'est plus sous la coupe de tante Flora ! Mais ce que je vais te cuisiner ce soir, ma vieille, *it's nobody's business.*

J'ai travaillé comme une brute intelligente, ces jours derniers. Ah ! j'en empile dans mes périssables greniers !

28 août 42 Flora

C'est étonnant comme on se perd vite de vue. Voilà la Benoîton rentrée et on fait comme si on ne se connaissait pas. Elle ne m'a rien dit sur elle et garde ses distances avec un air énigmatique qui me déroute. Aimerait-elle cet Albert-Blaise que je ne connais que de vue ? Elle ne m'a pas demandé mon consentement et je ne sais d'ailleurs pas si je le lui aurais accordé... Mais la cavalière seule qu'elle est devenue est intrigante. Qui es-tu, sœur âme ?

29 août 42 Benoîte

Rentrée à Vaneau et dans le rang.

— Et alors ? Ton paysan ? Tu n'es pas tombée amoureuse de lui, au moins ?

Comment ne pas renier celui qu'on aime au troisième chant de la mère poule ?

— Où habite-t-il déjà ?

— À Vanves.

Maman veut se montrer indulgente et garde le silence. Mais c'est un silence qui crie. On ne me dit rien encore, car on ne sait pas exactement où j'en suis. Ce n'est pas la peine de taper sur un clou déjà enfoncé.

Quant à Blaise, je le vois dans la rue. Comme les amoureux sans argent, nous marchons sans cesse. On s'assied au Luxembourg quand la chaisière n'est pas en vue et on se regarde. C'est décevant et on s'en veut. Je n'avais pas réalisé jusqu'ici que ce pouvait être un problème d'argent de s'asseoir !

Mais que faire ? De toute façon une partie de moi souffrira. Et lui ? Quel égoïsme de l'entraîner dans cette aventure où je sais que je l'abandonnerai, un jour ou l'autre.

Benoîte 1er septembre 42

Je suis comme un naufragé qui passe à proximité d'une île et que le vent entraîne inexorablement vers le large. J'ai la tête tournée vers l'île, mais je ne peux faire qu'elle ne s'éloigne pas. Je vois encore ses ombrages, ses doux fruits défendus. Mais que peut-on contre le vent ?

Benoîte 3 septembre 42

Ma tendresse pour Blaise croît à mesure que s'intensifie la campagne de presse à la maison. Son intelligence profonde et amère me plaît. Ai-je vraiment envie de l'épouser ? C'est difficile à discerner au milieu de ce feu roulant dont on m'abreuve et où le mépris, l'ironie et la sollicitude la plus vraie se repassent les balles.

« Tu choisiras comme tu voudras, tu es majeure. Mais tu comprendras toi-même que ça ne m'amusera plus du tout de m'occuper de ton trousseau et de ton installation. Tu vois Lardon dans le lit de galuchat ? (Landon, maman ! mais c'est inutile, Lardon il restera.) C'est très gentil l'amour, mais il faut avoir le sens des réalités. On gardera le lit de galuchat pour Flora. Pour lui, il faudra du bois blanc. Tu en trouveras facilement faubourg Saint-Antoine.

« Écoute, mon chéri, tu as des complexes d'infériorité, mais je t'affirme que tu vaux mieux que cela. Un jour, tu te réveilleras, moi je le sais, et tu te retrouveras mariée à un grand benêt de professeur qui ne saura pas se tenir dans le monde. Je ne veux pas que ma fille se trompe sur les autres, ni sur elle-même. Ta marâtre est là pour ça !

« Qu'est-ce que tu veux que ça me fasse que tu l'épouses ? Ce n'est pas moi qui irai déjeuner à Vanves tous les dimanches et manger du lapin sur de la toile cirée ; c'est toi, mon pauvre chéri ! »

L'attitude de Blaise n'arrange rien. Il est venu dîner et a été subjugué par l'allure, l'autorité, le brillant et les reparties de la reine Mab.

« Votre mère est une femme extraordinaire, et je suis un peu découragé », m'a dit Blaise quand je l'ai raccompagné.

Et moi, donc ! On est mal partis, mon pauvre chéri.

4 septembre 42 Flora

Le pauvre Blaise de Benoîte est venu dîner hier soir. Il n'est pas laid et il a bien la tête de l'emploi : intellectuel gauche et maigre dont Benoîte fait ses choux gras. Son air pensant et triste est plutôt en sa faveur.

Je sens bien que j'aurais dû être de son bord à priori, mais je n'en fis rien. Je voulais le voir venir avant de lui donner ma bénédiction. J'ai un peu honte maintenant de ne pas avoir mieux aidé Benoîte à se sentir à l'aise. C'est dur de présenter à ses parents un garçon qu'on aime presque et dont on ne se sent pas sûre. J'ai plutôt joué les vaches. Je l'ai regardé sans générosité, comme toutes les sœurs du monde, j'en ai peur, dévisageant le possible futur de leur aînée.

Il avait l'air fasciné par maman, mais papa et lui ont échangé des idées dans un certain bien-être de l'esprit.

Il avait un horrible costume sur lequel l'œil de maman s'attardait et une « pochette » dont on apercevait la dentelle. Aïe ! Heureusement qu'il a des humanités !

6 septembre 42 Flora

La môme Line, ma cousine d'enfance, la petite pas tellement plus vieille que moi, se marie. Ah ! je suis déjà dans le creux de la vie si mes amies se permettent de se marier !

Tiens, je suis bien contente que ça ne soit pas moi ! Il n'y a pas d'urgence et je suis bien là où je suis. J'ai été désignée pour l'accompagner à l'autel, avec un flot d'autres gourdasses de mon format. Cela m'amuse encore, mais cela me gêne déjà. J'ai des souvenirs charmants de toutes les glissades du temps passé dans les mariages de la famille. Je me retourne sur toutes les demoiselles d'honneur que je fus avec un amusement attendri et cela me plaît de jouer encore à ce jeu-là. Mais en même temps, cela m'intimide et je me trouve laide d'avance dans la robe rose pointu qui a été choisie comme uniforme.

Enfin ! Cela fera toujours un jour où j'oublierai que je passe mon oral à la fin du mois. Toujours un jour sans Virgile et sans Louis XVI. D'ailleurs, je crâne, mais les mariages me font pleurer des litres ! Je me vois d'ici, demoiselle de déshonneur, épongeant ma trogne à la quête et pas du tout aussi décorative que prévu.

Sans parler de la bouffe, Flora. Pense à la bouffe, *best-beloved !*

Flora 16 septembre 42

... « L'amour veut qu'aujourd'hui, mon ami André Salmon se marie... »

Pourvu que ce soit le même amour qui préside au mariage de ma cousine Line. Aujourd'hui, c'en est fait : elle est mariée ; et je me sens complice, car j'ai participé au sacrifice. J'ai mal aux pattes. J'ai trop dansé et mes semelles n'étaient pas de vent, mais, hélas ! de bois dur. Je m'aperçois tout le temps que les dictons sont très expressifs. Ce soir, mes pieds me rentrent dans le corps.

Hervé Lamangue était à mon bras, gâché serré dans l'habit de son père, vieux d'un lustre et lustré en conséquence. Il devait regarder cette lente ascension vers l'autel comme une sorte de prélude aux noces dont il rêve... avec Bibi la Crème. J'y ai pensé aussi... on n'est pas impunément au bras d'un garçon, quand les grandes orgues de Saint-Augustin s'en donnent à pleine voix, sans aller imaginer des choses. Mais maintenant la messe est dite et je sais bien que je ne mangerai pas de ce fruit-là. Line était belle comme Gréco pâle ; le blanc est plus blanc sur les brunes. Mes larmes étaient au rendez-vous. Enfin je n'ai pas perdu mon temps.

C'est toujours merveilleux d'être participant aux choses. J'aime être du bon côté de la barricade. Quand je vais au concert, je rêve d'être la flûtiste ou la basse ; à un mariage, j'aime être dans le sillage de la mariée et non perdue dans la masse qui se met sur la pointe des pieds au fond de l'église. J'aime être au cœur du problème.

Est-ce toujours comme cela, il m'a semblé à ce mariage-là qu'il y avait deux races parmi les invités : les nôtres, ceux de notre famille n'étaient pas du tout de la même couleur que les invités du marié. J'ai passé mon déjeuner à rendre à César ce qui était à César, tout en avalant de gorge ferme.

Ce soir, elle est partie, la jeune épousée, vers d'autres cieux, à ses amours.

Paix à sa virginité !

17 septembre 42 Flora

J'ai reçu ma convocation : je passe rue de l'Abbé-de-l'Épée, le 20 à 10 heures. Je chavire d'angoisse : il me reste trois jours. Mon voisin d'écrit, l'affreux Garartz, que nous appelons Dartre tartre, et qui, lui, a été reçu en juillet, m'a proposé de venir me faire tout réciter. Mais outre qu'il a une bouche si laide et si mouillée qu'elle me fascine et m'empêche de préciser mes esprits, il est si supérieur déjà que je ne me sens pas la force d'avoir à le remercier en cas de triomphe. J'ai refusé son offre. Après tout, j'ai une sœur !

19 septembre 42 Benoîte

Je crois que nous sommes partis pour un autre hiver de guerre : il n'y aura pas de miracle cette année encore.

Les Allemands sont dans les faubourgs de Stalingrad, les U.S.A. au bord de la banqueroute, le débarquement de Dieppe a été un lamentable fiasco. Quand on sait combien il est délicat d'aborder sur une jetée avec son petit canot, même sans que personne vous en empêche, on se demande comment pourraient débarquer des divisions blindées sur une côte entièrement minée et sous les bombes ennemies.

Benoîte 20 septembre 42

J'étais avec Blaise au concert hier et j'ai rencontré Jean *Mi, mi, ré, do, mi, ré, do.*

Je suis très fidèle en un sens. Un clou ne chasse pas l'autre. Je pourrais retrouver intact mon sentiment pour Jean. C'était un goût et non une toquade. Et je me garde d'ouvrir la marmite d'où, comme le géant des *Mille et Une Nuits*, sortirait une forme vaporeuse qui s'étalerait en quelques secondes et me remplirait l'âme.

Blaise ne recouvre pas exactement le même territoire que Jean. Il y a des caps et des péninsules que Jean seul aurait connus ou suscités et qui resteront inexplorés à jamais.

Je dîne à Vanves demain soir, et je ferai la connaissance du père de Blaise et de sa « tantine ».

Benoîte 22 septembre 42

Soirée, chez M. Landon, adorable professeur de philosophie au lycée Michelet. Maison sans femme et qui en a le charme débraillé et la tristesse. Ce qui frappe surtout, c'est le manque de cohésion. Les femmes sont le ciment d'une maison. Une tante sans âge sert de mère, c'est-à-dire de femme de ménage, sans doute par amour pour M. Landon qui ne s'en apercevra jamais.

La tolérance, la générosité, un grand amour mutuel et un incroyable et sincère mépris pour l'argent, les manières et les préjugés — comme on n'en trouve que chez les laïcs pauvres — créent chez eux une ambiance que je n'ai jamais connue. Cela se double, est-ce inévitable ? de désordre, d'un mauvais goût attristant, d'une sorte de fouillis dans lequel ils semblent se mouvoir à l'aise. Les pièces débordent d'affreux souvenirs qui leur tiennent aux fibres et qu'ils préfèrent à un joli meuble donné par un ami méprisable. Ils ont raison dans l'absolu. L'ennui c'est qu'on ne vit pas dans l'absolu, mais dans des meubles !

La langouste mayonnaise (je pense au traitement d'un professeur), le rôti de porc un peu douteux parce qu'on l'a gardé trop longtemps pour moi et le pain de Gênes à la poudre d'œufs témoignent de touchants efforts. J'ai un peu honte de ne pas être sûre d'épouser Blaise.

J'éprouve une grande tendresse pour ce type d'homme qui fait partie du corps enseignant sorti de la Révolution française, idéaliste et démodé, croyant à son métier et pour qui Egalité et Fraternité sont encore de beaux mots vivants. J'ai toujours eu un faible pour les Girondins, les encyclopédistes, les théoriciens de la Justice sociale, même s'ils abandonnaient leurs enfants. C'est finalement ce qu'on pense qui est plus important que ce qu'on fait. J'aime qu'on croie au Progrès, à l'Homme, aux grands mots qui ne sont creux que pour les cœurs vides. Il y a du ridicule à espérer l'amélioration de l'Humanité ? Quelle importance a le ridicule dans l'univers ?

J'aime que l'homme croie à l'Homme. Landon croit en son enseignement, en ses fils, en un avenir plus heureux pour le prolétariat, et c'est réconfortant à écouter. Nous avons discuté politique pendant tout le dîner. Landon est communiste de cœur ; peut-être est-il inscrit au Parti, je n'ai pas osé le lui demander. L'institutrice rouge de la rue Vaneau est apparue ici comme une bourgeoise qui minaude avec la gauche. Mais les mots ont le même sens pour nous et ce sont les mêmes choses que nous respectons. J'ai été passionnée par la culture et le courage moral du père de Blaise.

Après le dîner, Blaise m'emmène dans sa chambre, en toute simplicité. M. Landon est simple devant les choses importantes.

Nous n'avons jamais été plus proches et pourtant toutes les petites choses nous séparent : ce sont les plus méchantes. Je l'aime mais son couvre-lit est insolent de laideur. Je l'aime, mais pourquoi conserve-t il ce chalet savoyard sur sa cheminée ? Je l'aime, mais ses vilains chaussons à carreaux, glissés sous son lit, me dégoûtent. Nous éteignons enfin la lumière et nous ne sommes plus qu'un garçon et une fille. Je l'aime davantage, de tout ce que j'ai découvert chez son père, de tout ce qui me manque à moi, de tout ce que je lui cache et qui me déchire. Ma passion de ce soir n'est pas tout à fait pour lui, elle est contre moi-même, contre celle que je redeviendrai — fatalement — quand on rallumera la lampe. Car il n'y a de miracles que pour ceux qui y croient.

Mon mal-aimé, c'est pour tout cela peut-être qu'on s'est aimé si bien, ce soir.

Le retour a été immonde, comme tous les retours d'amour et les retours d'âge, je suppose. Le dernier métro, Porte de Vanves. Moi, toute tiède encore de présence masculine et craignant que les usagers ne lisent sur ma figure ce que je venais de faire.

L'idée de dire un seul mot à maman — en bien ou en mal — me semblait révoltante. Mais comment éviter l'« Alors ? Raconte... ». Comment me laisser le temps de refroidir avant d'aborder le sujet ? Le couvre-feu est le pire allié des mères.

J'ai été minable, lâche et maladroite. J'ai tous les défauts dans ces cas-là, et surtout aucune qualité. Ni insolence, ni hypocrisie, ni courage élémentaire. Elle a dit : « Et le dîner, c'était bien ? » et j'ai répondu : « Oui, pas mal », et elle a su que c'était un mensonge ; elle a dit : « Et qu'est-ce que vous avez fait après dîner ? » j'ai dit : « Rien, on a bavardé », et elle a su que c'était un deuxième mensonge. Et elle savait que je savais qu'elle savait. Ça lui a suffi. On a fait semblant de s'en contenter, et de n'avoir plus rien à se dire et j'ai pu aller me coucher.

Flora 30 septembre 42

Laudate Flora, je suis reçue. Et depuis, je flotte sur des nuages. Lamangue m'avait gentiment accompagnée et papa est venu me chercher. Qui dira la gloire intérieure du candidat triomphant ? J'exulte.

Je rentre en philo dans huit jours.

★ Je ne sais pas ce que je me demande, mais je me le demande instamment.

Flora 2 octobre 42

L'amour a actuellement une place de premier plan dans ce que je pense de ma vie. Il faut tout de même laisser un peu de place à ce qui est philosophie, et j'en suis contente. Ma classe n'est pourtant pas très inspirante ; à part quelques têtes éveillées, c'est d'une grisaille ! Est-ce à l'image de la vie, une classe ? Tant d'anonymat et si peu de premiers rôles ? Jusqu'à ce qu'on ait le courage — ou la tendresse — de se pencher sur chaque visage et d'en découvrir la beauté. Pour l'instant, j'ai aucune envie de me pencher.

Nous nous sommes mises avec Juliette, nouvelle amie, dans le bas-côté de la classe, au fond. Nous avons ainsi le loisir de n'écouter que quand l'envie nous en prend ; nous sommes si loin de la tête pensante du magister que son œil n'a aucun accès sur nous.

Mâme Turgelin, notre professeur de philo, est assez sympathique, mais je sens qu'elle m'a déjà classée parmi les écervelées, et je n'irai pas la contredire. Elle a la coiffure que j'aime le moins au monde : un macaron marron et natté qui lui tourne autour de la tête. C'est une coiffure courageuse, qui sèche les traits et que choisissent généralement des femmes déjà sèches. Donc je n'aime pas sa tête et ça compte, les têtes, pour moi. C'est très intéressant d'assister au premier contact élève-professeur, quand les élèves sont déjà de grandes personnes, mais cependant ont gardé la cruauté impitoyable de l'enfance. Quarante-six élèves attendaient ce matin d'être conquises, autant qu'elles espéraient écraser l'adversaire. Mme T. n'est pas mal entrée dans l'arène ; et, ma foi, Cuvillier au bras, et psychologie à la bouche, elle avait des atouts dans son jeu. L'enfant se présentait bien. Et puis, elle nous a posé à chacune la question-éclair qui la renseignerait sur nos antécédents. Quel bachot ? Reçue en juillet ou en octobre ? Pourquoi crâné-je quand vient mon heure de me lever et de sourire ? Je ne sais pas. Cela me tient depuis longtemps cette maladie de crâner devant le professeur ; je comprends bien que ce j' m'enfoutisme souriant est l'attitude la plus irritante qui soit pour un « maître », mais rien à faire : je suis embarquée dans la désinvolture et ça me reprend à chaque occase. Incurable moi-même. Me voilà donc, je le sens, incorporée aux fortes têtes et me voilà obligée d'honorer ma réputation.

11 octobre 42   Flora

Andred est venu me voir aujourd'hui. On parle, on parle et soudain, c'est la poésie qui est sur le tapis. On se récite les vers qu'on a appris comme d'autres gens se montrent leurs bijoux. C'est merveilleux. Il en sait plein ; et moi donc ! Parfois, c'est les mêmes ; alors c'est comme si nous avions des amis en commun, cela crée entre nous un vrai climat de complicité et nous déclamons à deux voix dans l'allégresse. J'étais donc très satisfaite de nous et puis au moment de partir, il essaie de m'embrasser et il essaie encore malgré ma fuite. Ah ! c'est donc comme ça que ça se traduit chez vous, les hommes ? Moi qui croyais planer là-haut et, pour vous, toutes ces émotions accumulées convergent en fin de compte vers la sexualité ? On ne s'aimait pas avant de réciter *Ariane, ma sœur...* Je ne vois pas pourquoi ça nous prendrait. Je vous estime davantage d'avoir ouvert les mêmes portes que moi, mais pour le désir, c'est du pareil au même : tintin ! Benoîte a beau l'appeler Callistome, il n'a vraiment que la bouche de belle, ce tout petit môssieu, et je n'embrasse pas qu'une bouche quand je donne mes lèvres. Cela me fait penser qu'il y a bien longtemps que je ne les ai pas données, mes lèvres ! Ah ! Lafcadio ! Quand donc pratiquerai-je cet acte gratuit ? Si j'en crois ma jeune expérience, jamais.

Ceci dit, si tant est que mes lèvres soient à prendre et mon cœur libre, tout piétiné et tout dolent qu'il soit, je serais peut-être d'accord pour le louer à Deeze, s'il m'en faisait la demande. Deeze et son mystère, Deeze et son silence ont un charme assez chatoyant pour moi. Il n'est pas beau, il lui manque des centimètres : nos yeux sont au même niveau quand nous dansons et moi j'aime lever la tête. Ses mains sont sèches comme du vieux papier mais son regard est chaud et tendre et il est follement spirituel. Avec lui, j'ai l'impression que j'apprécie toutes les demi-teintes, que je comprends toutes les nuances, cela me flatte. Mais je sais bien qu'il joue avec moi comme avec une souris et que signor Matou, qui a déjà été échaudé, craint l'eau froide et les amours sérieuses. Alors je badine et je plaisante et nous en restons toujours là.

Benoîte 20 octobre 42

Les Allemands ont reproché au cardinal Gerlier et aux prêtres français de prendre la défense des Juifs, en chaire. Mais si l'Eglise tout entière comme un seul homme, comme un seul Christ, se levait pour défendre la race où Dieu a pris corps, que se passerait-il ? Comme le devoir serait plus clair pour les chrétiens et comme l'Eglise sortirait grandie. Mais elle n'a finalement usé de la violence que pour les guerres de religion et n'a brûlé que les hérétiques, pas les salauds.

Je n'invite plus Blaise à la maison : il est gêné, je suis malheureuse et mes parents, à la pêche de détails qui rendent notre union impossible. Il travaille énormément ; il faut qu'il réussisse très vite à gagner sa vie pour soulager son père d'autant. Il vient me chercher à l'Opéra, assez loin du cours Bossuet pour qu'aucune de mes élèves ou de mes collègues n'ait l'occasion de s'apercevoir que je suis un être humain.

Nous rentrons à pied, poussant nos bicyclettes, parlant de Laforgue ou d'Apollinaire, pour ne pas parler de nous. Il me lit ses vers. Nous nous quittons boulevard Saint-Germain. Je n'ai pas envie qu'il reste avec moi, mais de rester avec lui. Dès qu'on approche de mon quartier, tout est foutu entre nous. J'ai peur que maman nous rencontre, je lui en veux, j'ai hâte qu'il s'en aille. Il faudrait un bien grand amour pour résister à ces intempéries quotidiennes.

Parfois je voudrais qu'il se mette en colère et qu'il me dise : « Viens chez moi, je ne peux plus durer comme cela », et qu'il m'oblige à le suivre.

Mais s'il le disait, c'est qu'il serait homme à le dire et cet homme-là, je ne l'aurais sans doute pas aimé ! C'est aussi sa douceur qui m'a attirée. Aujourd'hui, j'aurais besoin de sa violence. Mais tant pis pour moi, on ne peut pas tout vouloir. Il faut assumer qui on aime.

26 octobre 42 Flora

J'ai revu Blaise aujourd'hui, Blaise et Benoîte. Je suis la petite sœur de Benoîte, sauf en ce qui concerne les hommes... devant eux, je me sens un peu sa vieille mère ; et jalouse avec ça ! Je les scrute, je les déshabille de l'œil, mes gendres putatifs ; et je finis toujours par m'arranger pour leur trouver des fautes. Avec Blaise, c'est pas si facile que ça. Il est grand, pas laid ; ses mains sont assez bien et son œil est touchant derrière ses lunettes. Mais pour le savoir, faut-il encore s'approcher, car il est terne, entouré d'un halo flou qui noie ses traits dans une certaine grisaille. Benoîte les a toujours aimés ainsi ; intellectuels étriqués dont les vêtements clochent, gigues mélancoliques sauvées de l'anonymat par votre air pensant, vous avez votre chance auprès de ma sœur.

Je suis sûre que mon regard est « haurible » dans ces cas-là. Je scrute et je veux bien que ça se voie. Nous nous donnons une poignée de main faussement franche — il sait que Benoîte me raconte tout, le soir… — et elle lui transmet sûrement mes réponses. Cela crée entre nous une étrange atmosphère. Nous en sommes encore aux préludes, mais déjà nous savons tout l'un sur l'autre. C'est ça, mon trouble : être, sans avoir été ; savoir, sans avoir connu.

Nous nous sommes arrêtés pour boire un jus de gland chez Pons, accompagné d'une tartelette quasi mangeable. C'est Blaise qui régalait. Ça fait mal de dépenser l'argent de ceux qui n'en ont pas. Mais ça fait encore plus mal de faire comme si on savait qu'ils n'en ont pas. Nous nous sommes donc laissé régaler et comme Pons a un effet magique sur moi, qui suis encore dans le secondaire, j'étais contente.

Je crois que Blaise est très amoureux de Benoîte ; mais il n'ose pas l'empoigner. Benoîte est une eau dormante qui n'acceptera de se réveiller que de force. Aura-t-il cette force ? Et veux-je qu'il l'ait ? Je ne suis pas sûre. Il est si différent de nous, famille de Vaneau. Mais est-ce que cela se trouve des gendres sur mesure, qui s'imbriquent dans la construction comme s'ils étaient prévus d'avance ? *Yo no sé*. C'est pourtant ça que je cherche. Un frère de l'esprit, cousu main pour mézigue et qui me plaise autant qu'à elle. Blaise n'est pas cet oiseau-là. Cependant il y a quelque chose en lui qui pourrait me toucher. Benoîte et moi, on va réfléchir.

Quelle sœur maquerelle je suis !

Flora 28 octobre 42

Nous avons droit à un kilo de carottes sans fanes, ou à deux kilos avec fanes ! Problème insoluble.

Benoîte 1er novembre 42

Hélas ! la minute de vérité a sonné.

Au coin de la rue Saint-Dominique et de la rue de Bellechasse, Blaise m'a demandé ce soir de l'épouser. Mon chéri, je veux et je ne veux pas. Il ne fallait pas me demander ça. Et encore moins dans mon quartier où je suis d'abord la fille de ma mère. C'est à Bourges ou chez toi que j'aurais pu dire oui. Ici je pleure mais je dis non. Il faisait presque nuit, heureusement. Blaise est resté appuyé au mur, incapable de parler, anéanti. Moi je fixais idiotement les abat-jour roses du magasin d'électricité contre lequel il avait posé son front. Je me souviendrai toujours de ces abat-jour et du silence qui s'éternisait entre nous. Mais je ne pouvais pas le consoler au moment où je l'assassinais. Je crois que je n'ai jamais tant souhaité être orpheline qu'à cette minute. Non pas que mes parents meurent, mais que je ne les aie jamais connus. Maintenant, il est trop tard ; ils sont en moi, ils sont moi. L'idée de maman à Vanves est inconcevable. Les robes, les diamants, les chapeaux de maman terroriseraient M. Landon. Son costume de fibre de bois ferait pleurer de rire maman. Toutes ces confrontations sont au-dessus de mes forces. J'ai honte. Mon amour perdu, je suis plus malheureuse que toi parce que je ne peux m'en prendre qu'à moi. Il n'est pas juste que tu souffres pour mon infecte personne. J'ai toujours pressenti que je ne me déciderais pas à lier ma vie à la tienne. Je t'ai aimé par besoin d'aimer et je t'aime dans un monde qui n'est pas à ma portée.

Tu n'es ni assez féroce, ni assez audacieux pour forcer mes murailles et piétiner mes scrupules. Peut-être maman a-t-elle raison après tout. Peut-être n'es-tu qu'un faible ?

5 novembre 42 Benoîte

Je ne t'ai pas revu. Et bien sûr, je regrette. Mais si je t'avais dit oui, une autre partie de moi regretterait. De toute façon, je jouais perdant dans cette aventure. Je crains que mon éducation ait fait de moi un être hybride qui ne pourra jamais être heureux.

Sur Flora, c'est une réussite : on la pousse dans le sens où elle veut aller. Elle est d'accord sur les valeurs qu'on lui présente comme souhaitables. Moi je dois renier une part de mes idées et de mes tendances pour être comme on rêve que je sois. J'ai davantage confiance en l'idéal de maman qu'en le mien. Elle m'a prouvé son mouvement en marchant. Moi je piétine, il faut bien le reconnaître. Et quoi que je fasse, il y a toujours en moi un révolté que je pousse dans un coin, mais qui ne cesse de geindre ou de comploter.

Flora 2 novembre 42

Nous avons dit : « Non ! » Et elle m'en veut, l'autre. Elle m'en veut comme si je lui avais soufflé le mauvais rôle. C'est tout cuit : elle va me le faire payer.

Flora 4 novembre 42

Je lis *Les Hommes de bonne Volonté* et j'en suis au XVII : *La Douceur de Vivre*. Mais il y a un passage qui me déboulonne plutôt. « Un vraiment grand a-t-il jamais tenu un journal ?... Je pense à toutes les dames de province, sublimes et incomprises, qui ont tenu un journal... S'installer chaque jour à ce travail d'historiographe de soi-même et j'ai fait ci et ça, j'ai dit, on m'a dit, et ci et ça ! Faut-il avoir le goût de soi-même dans ce que le goût de soi-même peut avoir de plus "délectation morose" et soi-même de plus mesquinement quotidien ! »

Bigre, il met le doigt dans la plaie et même il fait la plaie ! Cela me gêne qu'un vraiment grand n'ait jamais tenu son journal. Je le refuse. Je ne peux admettre que de traquer la vérité avec sa plume pour enfin l'épingler sur la feuille comme un papillon blessé ; je ne peux admettre que se poursuivre avec courage, et parfois dans les larmes, soit une attitude inutile et prétentieuse. Le « mon cœur mis à nu » est quand même l'effort numéro *un* de tous les artistes. Peut-être le journal ne constitue-t-il que les gammes de cet effort-là, mais les gammes sont nécessaires. Allons, Jules, sans penser à nous deux ma sœur, il y a quand même Jules Renard, André Gide et plein de cardinaux de Retz et de Saint-Simon qui tombent sous ton couperet, si tu persistes dans ton accusation. Ne nous décourageons donc pas, mon âme ; nous sommes en bonne compagnie.

★ J'ai mon pantalon de pyjama rose et pas de haut. Benoîte me dit :

— Où est ton haut ?

— À laver !

Depuis le début de la saison, ils ne peuvent pas arriver à se rencontrer ; ou bien, de temps en temps, ils se croisent, il y en a un qui est propre et qui dit : « Ah ! enfin vous ! Qu'est-ce que vous faites ? — J'vais au sale ! »

6 novembre 42 Benoîte

Je n'ai rien dit à maman encore. Je n'ai pas le courage de la voir se réjouir, même discrètement.

Je suis allée au concert avec Blaise hier soir. Nous étions comme deux jeunes morts. Un peu hésitants encore sur les coutumes de notre nouvel univers, n'osant pas nous regarder, nous sentant fragiles et menacés de revivre pour un rien, un mot plus profond que l'autre, un regard qui reprend les anciens chemins. *La mort d'Yseult* était au programme. Tu l'avais sans doute choisi pour cette raison-là ? C'est la première fois que j'ai aimé Wagner. Mais il y avait après la *Suite en si* de Bach qui m'a remise d'aplomb et m'a rendue capable de froideur. Pourquoi ne doit-on plus s'embrasser et s'aimer sous prétexte qu'on a rompu ? Je n'ai jamais eu tant de tendresse et d'attirance pour toi que ce soir-là. Mais il paraît que c'est illogique et malhonnête. Gâchons donc notre vie et cette soirée pour commencer, puisque c'est la logique. J'avais mis ma bague de laque noire, ma bague de veuve. Serai-je donc toujours veuve sans avoir été femme ?

12 novembre 42 Benoîte

Pas de Blaise depuis cinq jours. Nous ne nous étions pas fixé de rendez-vous en nous quittant et ce n'était pas à moi d'en prendre l'initiative après ce que je lui avais dit. Voilà comment meurt un amour. Je suis un désert et le fleuve que j'aimais n'est plus qu'une larme dans mon sable sec, sec, sec...

La vie est vide, une fois de plus et je n'ai pas de génie. Encore moins de talent. Mlle G., professeur de latin au cours Bossuet, sans amour et sans rouge à lèvres.

Au printemps, on n'a besoin de rien pour vivre, mais en automne les peines sont deux fois plus lourdes.

Mon cher chéri, que tu me manques et que je me manque, ce qui est pire encore.

Les événements me distraient à peine et pourtant ça bouge ; ce serait peut-être le commencement de la fin. On a tout de même l'impression que le châtiment se prépare pour l'Allemagne. Les Walkyries vont rentrer dans leur trou et périr dans une apothéose wagnérienne. Les Anglo-Américains ont attaqué par le flanc, en Afrique du Nord et les U.S.A. ont rompu les relations diplomatiques avec la France. Enfin ! L'Histoire s'éclaircit ; on commence à ne plus pouvoir ignorer où mène le chemin qu'on a choisi. Papa a moins l'air d'un fou ou d'un prophète. Giraud vient de passer à la dissidence.

Dernière minute

Hitler vient d'annoncer aux Français un fait accompli : les troupes allemandes ont dû « traverser » la zone non occupée... Maréchal, nous voilà ! Le Reich autorise en conséquence le gouvernement de Vichy à retourner à Versailles. Je serais le gouvernement de Vichy, Versailles me paraîtrait de sinistre augure... c'est une étape connue vers l'échafaud. Comble d'humiliation, les troupes italiennes ont pénétré elles aussi en zone Nono. La souveraineté française, l'Armée de l'Armistice, sont désormais des plaisanteries éculées.

Que va faire Pétain ? Se constituer prisonnier serait beau et justifierait après coup toute sa politique depuis trois ans. Ou s'enfuir en Afrique du Nord ? Il lui reste une chance de regrouper toute la France derrière lui. Mon Dieu, qu'il la saisisse !

Benoîte 16 novembre 42

De nouveau, les rats quittent le navire. Depuis trois ans, la France aura été un pays de rats. Darlan a lâché Vichy et prétend agir en Afrique du Nord au nom de Pétain. Un fol espoir nous envahit. Nos amis pétinistes nous téléphonent fièrement pour dire : « Ah ! Vous voyez... » Mais il semble que Pétain ne soit pas dans le coup. En tout cas, il a déchu Darlan de toute fonction publique et a donné les pleins pouvoirs à Laval. Nous espérons encore apprendre tout à coup que la situation est retournée et que la France résiste. En l'honneur de la première bonne nouvelle de la guerre, papa a sorti deux bouteilles de Beaune de sa cave secrète.

Côté cœur, la situation est confuse aussi. Blaise fait un diplôme de doctorat pour un étudiant riche et doit livrer le travail pour le 15 décembre ; nous avons décidé de ne plus nous voir ces temps-ci. D'ailleurs, à quoi bon ! Nous nous quittons toujours mécontents et déçus.

Nous nous sommes dit un petit adieu ce soir, mais ça sentait le grand départ. C'était une soirée d'enterrement et un peu comme aux enterrements, pendant quelques heures je me suis mise à aimer le mort comme je ne l'avais jamais fait de son vivant.

C'est au moment où je te quitte que je te dis que je t'aime. Et c'est vrai que je te quitte ; et c'est vrai que je t'aime. Il y a des jours où la contradiction rend fou. La vie est une belle garce. Qu'y puis-je ? Je ne suis que moi et non un être idéal. C'est à toi de jouer maintenant. Pour moi, toutes les cartes sont abattues. Peut-être découvriras-tu un atout dans ta manche, un atout maître qui emportera de force ma décision ?

Peut-être est-ce pour la dernière fois que je me suis enfoncée dans ton regard bleu-gris et un peu froid, ton regard chéri qui brusquement cédait comme une croûte de glace et m'ouvrait des profondeurs déchirantes de tendresse. Séparés par tant de barrières et tant de vêtements, nous nous agrippions par les yeux et nous ne pouvions plus nous décrocher.

Ton regard va me manquer et cette chaleur que je trouvais au fond et ce soupir que nous poussions en nous déprenant ; et ta démarche un peu imprécise, allongée sans être martiale et ta grande gabardine grise que je n'aimais pas et ta façon de me serrer très fort le bras quand nous marchions ; et ton air indifférent quand nous nous revoyions qui me faisait à chaque fois croire que je t'avais perdu. Tes yeux ne s'allument qu'au bout de quelques minutes.

Et ton petit père ? Que va-t-il dire ? Il sera déçu par moi. Tu vois, finalement, je n'étais qu'une vilaine bourgeoise.

Ce soir, je me hais et je t'aime. Pourtant, c'est avec toi que je romps. Si tu me voyais pleurer, tu croirais que tout est remis en question ; mais c'est plus compliqué que cela.

Je me hais et je voudrais m'oublier, mais c'est sans espoir.

17 novembre 42

Ma Benoîte chérie,

J'ai pensé beaucoup à toi depuis hier soir. Tout contribue à m'y faire penser : l'épingle de col que j'ai découverte dans ma poche, le rouge de mon mouchoir, la sensualité qui débordait en moi hier soir... tout cela a fait place ce matin à une extraordinaire tendresse pour toi absente, une sorte d'amour donquichottesque, l'envie de pleurer la tête sur ta poitrine pendant des heures. Je me sens prêt à tout faire, mais en même temps pénétré d'une mortelle torpeur. Il est plus facile de renoncer que d'entreprendre dans cette vie et toute ma vie a été faite jusqu'ici de renoncements et de bien peu d'entreprises.

Je suis sincèrement désolé de te voir malheureuse et je serais désolé, si, en partie à cause de moi, tu te croyais vouée au ratage complet dans ce domaine. Je suis persuadé que tu seras heureuse — et pourtant il m'en faudrait moins qu'à toi pour l'être, et je ne le serai pas.

J'ai un immense désir d'être avec toi, toujours. Mais aussi orgueilleux que je sois, il y a des moments où je pense, comme ta mère, qu'après tout, tu vaux mieux que cela. Tu vaux mieux que tous les hommes que tu as connus jusqu'ici. Si tu ne fais pas « cette bêtise-là », je voudrais que tu épouses quelqu'un de très bien ; quelqu'un de nettement mieux que moi.

Hier soir, j'avais envie de pleurer, comme au camp. Tu étais émue aussi, mais encore et toujours sceptique sur tes propres sensations et indécise. Je te demande, ma chérie, de repenser à nous. À cet instant vraiment unique que je ne cesse d'évoquer : notre réveil, un matin, au camp. Ça compte tout de même plus pour quelqu'un « qui a accès à la conscience » que le fait de se laisser servir le premier à table, ou d'oublier de dire : « Bonjour, madame, mes hommages », quand on téléphone.

Je te dis tout cela avec la plus grande sincérité et ardeur, mais sans illusion. Car maintenant je crois que nous passerons l'un à côté de l'autre sans nous fixer l'un à l'autre, parce que les contingences sociales et les mesquineries familiales vaincront les réalités profondes. Et cela parce qu'elles auront trouvé en toi un terrain favorable.

Je pleurerais si je te disais tout cela au lieu de te l'écrire.

Mais je n'ai jamais l'occasion de te le dire. L'occasion, c'est-à-dire le lieu et l'atmosphère. Pourrai-je l'avoir un jour et toucher « la fibre la plus secrète de ton cœur » ?

« BLAISE »

18 novembre 42

Un pneumatique de Blaise :

« Chérie, je m'en suis beaucoup voulu d'avoir eu cette faiblesse hier et de t'avoir donné l'impression dans ma lettre d'un Blaise désorienté et prêt aux larmes. Mais l'autre soir pour la première fois, en te regardant au concert, je me suis représenté ce que serait ma vie si je te perdais. J'ai été pris à cette idée d'une véritable panique qui s'est accrue le soir. Je me pose des questions avec un réel déchirement. J'aperçois dans quelle dépendance je me suis mis et je me le reproche parfois. Mais je ne le regrette pas. Je t'aime exaspérément. Et je suis redevenu aujourd'hui le ténébreux, le veuf, l'inconsolé.

« Je t'embrasse tristement.

« B. »

19 novembre 42 Benoîte

Pourquoi parler moi-même de moi ? Je suis toujours désespérément la même. C'est de Blaise que j'attends quelque chose.

« Ta lettre merveilleuse et désolante, mais qui n'a fait que m'ancrer plus profondément dans les résolutions que j'avais prises après une longue lutte. (Le combat spirituel est aussi dur que la bataille d'hommes.) J'ai pris la résolution la plus virile, qui consiste à lutter tant qu'il le faudra pour te conquérir. Et puis le coup de téléphone m'annonçant que tu étais malade m'a assommé. J'ai été très surpris, d'ailleurs. Je te croyais hors d'atteinte de la maladie ! Cela durera trois jours comme tu l'as fixé. Je voudrais pouvoir te rendre une visite. Penses-tu que ce soit possible ? Et le désires-tu ? Donne tes consignes à Flora à qui je téléphonerai demain à 11 heures.

« Je sais que c'est toi que j'attendais. Tu verras que c'était moi. »

« Blaise »

Flora 20 novembre 42

J'aime beaucoup la psychologie et j'aime pas la logique. C'est logique, je ne suis pas logique !

Il y a un grand vent de révolte à Duruy en ce moment. On cause tout le temps politique et les cahiers sont farcis de croix de Lorraine. La grande bringue Roberte Taffin, qui affiche sa germanophilie, est tenue systématiquement à l'écart, par un bon trois quarts de la classe. On la regarde comme si elle n'était pas là, on la traverse de l'œil et quand elle parle, on n'entend pas. C'est passionnant. Mais c'est plus dur qu'on ne le croit de persister dans l'attitude, et il nous échappe parfois des : « Passe-moi ton cahier » dont nous nous mordons les lèvres. Car nous voulons qu'elle marronne dans le silence. Il y a bien sûr quelques petites lâches qui détruisent toute la belle ouvrage et tempèrent notre ostracisme ; mais, en gros, la campagne est bien menée. Roberte Taffin se démène comme un rat pris au piège et aimerait savoir comment s'en sortir ; elle parle, elle fait les questions et les réponses, mais rien à faire : pour nous, elle n'est pas là. Elle est en Allemagne.

À d'autres époques, dans cette même classe, les amitiés se seraient composées sur d'autres bases, mais puisqu'il est impensable en ce moment d'aimer qui ne pense pas comme soi, nous en sommes toutes réduites à nous choisir selon nos politiques et non selon nos sympathies, nos milieux ou nos goûts.

Benoîte 21 novembre 42

Comme les Français d'Afrique du Nord, je suis déchirée et je finis par pencher du côté de celui qui est là : je collabore avec mon occupant, qui est maman.

Le 75 000e ouvrier est parti pour l'Allemagne aujourd'hui. Ma France, pardonnez-moi de m'en foutre : je m'intéresse au 75 001e ! Parlant des Français qui ont rejoint de Gaulle, Laval a dit : « Les émigrés ont toujours eu tort dans l'histoire. » Si

Blaise émigre, s'il accepte cette délégation qu'on lui propose au lycée de Vitry-le-François, il perdra sans doute cette guerre qu'il a entreprise, malgré lui, contre ma famille.

Je souhaite pourtant qu'il l'accepte, car ce n'est pas vivre que de s'en vouloir de tout ce qu'on fait et de regretter tout ce qu'on ne fait pas.

25 novembre 42 Benoîte

C'est décidé, Blaise part jusqu'à la fin du trimestre à Vitry. Le soulagement lâche que j'en éprouve est indicible. Je me berce de l'illusion qu'à Noël, je *saurai.* Tout ce qui remet à demain une décision est pain bénit. Il a déposé quelques citations chez la concierge en partant, tirées de *Traduit du silence.*

« Il m'a paru bientôt désespérant de connaître que ma vérité n'était pas ma force. » (C'est plus vrai d'être beau ou plus beau d'être vrai, je ne sais.) Et encore : « Ce n'était sans doute qu'une illusion, mais rudement belle. Quand on me parlera de l'amour, je croirai l'avoir connu. »

Je suis maigre, morne et seule. Je me ronge les ongles. On ne me parle plus de rien à la maison : on feint de considérer cette affaire comme classée et on me fait confiance pour liquider la situation ; mais cette confiance m'humilie. Des choses impardonnables ont été dites. Et sais-je si l'on ne vient pas, avec mon accord, de gâcher ma vie ?

28 novembre 42 Benoîte

L'Axe a occupé Toulon pendant la nuit et une partie de la flotte française s'est sabordée, contrairement aux instructions du gouvernement. L'Armée de l'Armistice a été démobilisée par Hitler et c'est désormais von Runstedt qui s'occupera des « intérêts » *(sic)* de la France. Cette fois tout est perdu, y compris l'honneur ; encore que le sabordage de notre flotte soit d'une tragique grandeur. Mais qu'attend Pétain pour agir ? Le gouvernement de Vichy n'est plus qu'un simulacre.

Benoîte 1er décembre 42

Je trône sur moi-même comme sur un champ de bataille victorieux où il ne reste rien de vivant. Je voudrais ressusciter les morts ; mais s'ils vivaient, ils me poseraient de nouveau d'insolubles problèmes. Est-ce la malédiction de la jeunesse, ou la mienne, de ne jamais être en accord avec moi-même ?

Nous continuons à nous écrire et dans ce monde en papier où les préjugés n'ont pas cours, je me sens libre. Je n'ai jamais dit en face ce que j'ose écrire. Je voudrais déshabituer Blaise de moi tout doucement, et puis il y a des soirs où je voudrais désespérément le garder et, Pénélope à rebours, en une lettre je reconquiers le terrain volontairement perdu.

Benoîte 3 décembre 42

L'amiral Platon adresse de pathétiques exhortations aux troupes françaises d'Afrique du Nord pour qu'elles désobéissent aux ordres de l'amiral Darlan. *Les nouveaux Dialogues de Platon*, dit papa.

Avec Blaise, je crois que c'est le dernier acte que nous jouons maintenant. Et j'ai peur, peur, peur du mot *fin*, car une fois qu'il a été dit, je crois qu'on ne se remet jamais tout à fait des traces qu'il laisse, et je ne suis pas tout à fait décidée encore à bifurquer. Ses lettres me vont au cœur ; mais le drame, c'est que j'ai deux cœurs. Il écrit bien et nous aurions vécu dans un monde plein de citations et de réminiscences qui dédoublent le goût de la vie. J'ai une tendresse sans limites pour lui ; mais c'est un petit garçon. Et suis-je faite pour me pencher sur un petit garçon, moi qui n'arrive pas à être une grande personne ? Sa dernière lettre est indécise, comme les miennes. Ce qui est sûr, c'est que nous nous aimons. Mais il faut croire que cela ne suffit pas à décider de deux existences.

« Ma chérie, je comprends très bien tout ce que tu me dis sur la part qu'a prise ta mère dans ta vie et tes conceptions de la vie. Peut-être devrais-je me décider à lutter contre l'influence de ta mère ? Je ne sais pas ce que je ferai. Je ne puis savoir. Il me faudrait une longue discussion avec toi sur le *cur*, le *quid* et le *quomodo*. Une suite de lettres ne constitue pas une discussion. J'ai besoin de ta présence pour te parler et te comprendre. (Et moi, mon pauvre chéri, j'ai besoin de ton absence pour t'aimer tranquillement !) Dans l'état où je suis, je crois qu'il serait préférable que je ne t'écrive plus. Une des choses qui m'importent est de savoir quel souvenir tu garderas de ton amour pour moi. Je ne voudrais pas que tu te le reproches comme une faiblesse. Je crois que je le méritais, comme tu méritais le mien. Mais j'ai peur un peu que tu restes pour moi la forme qu'aura choisie la vie pour m'infliger le coup le plus dur. Tu ne savais pas que je souffrirais tellement sinon je suis sûr que tu aurais hésité, il y a quelques mois, à " m'attacher à ton char ".

« Ce qui est un peu rassurant, c'est que pendant l'heure de mon cours, j'oublie tout et que mon esprit ne cesse pas de se tourner vers Hannibal et Prusias, les supins, l'agitation de Bétolaud et le bavardage de Blondel. Je crois que mon métier de professeur, l'agrégation et mes poèmes me sauveront de l'idée fixe.

« Je sors avec Sabine ; elle m'estime ; elle m'aime, elle croit en moi. Pour me consoler, j'ai essayé de me dire que tu ne valais pas tant de plaintes et de regrets. Tu les vaux et plus. Heureux celui à qui tu écherras. Mais je suis profondément humilié à l'idée que ce que je croyais et crois encore le grand Amour de ma vie aura duré quatre mois et quinze jours. »

5 décembre 42 Benoîte

Maman reconnaît l'écriture de Blaise presque chaque jour dans le courrier. Mais on me laisse enterrer tranquillement mes victimes. Je lis à Flora les plus belles des lettres de Blaise et elle est plus émue qu'elle ne veut l'avouer par leur sincérité. Mais n'est-on pas forcément ému par la sincérité ? Elle me cite à son tour *La Pitié dangereuse*. Mais quand je n'ai pas pitié de lui, c'est de moi que j'ai pitié. J'ai reçu aujourd'hui une lettre qui m'a fait honte. Pour un lit de galuchat, pour une adresse qui fait « moche », pour le qu'en-diront-les-amies-de-maman, je fais souffrir un homme que je ne vaux pas. C'est moi qui suis une victime consentante de ma classe sociale, une immonde bourgeoise mesquine. Maman justifie ses idées par sa vie et ses critères lui donnent toute satisfaction. Moi, mon amour pour

Blaise ne me donne pas satisfaction à cause de critères qui ne me donnent pas satisfaction non plus. Merde alors ! À la trappe, Mère Ubu !

Flora 6 décembre 42

Bientôt, je serai une femme. Quand je serai fiancée (avec qui ? avec qui ?), ne pas oublier de goûter les derniers instants de ma virginité, y trouver une qualité, souffrir un peu de l'irrémédiable qui va s'accomplir. Sentir battre cette solitude intime du corps non partagé ; du corps muet.

Est-ce la philososo qui m'ouvre des portes ? Je cherche Dieu. Je joue à Dieu-y-es-tu ? Et j'aimerais qu'il réponde. S'il y est, cela paraît impossible qu'il s'intéresse à une mite comme moi. Mais le monde est un tissu de mites comme moi ! Pourquoi n'abaisserait-il pas son grand œil sur l'imperceptible Flora ? Ou bien est-ce moi qui dois entreprendre l'ascension sans même savoir si je le trouverai en haut ? Non, je n'ai pas le courage. J'attendrai un signe... un rien me suffirait.

Flora 9 décembre 42

En ce moment, j'ai le cœur vide mais ma cour est pleine. Depuis le temps que Benoîte m'appelle la vamp, je commence à me sentir bien nommée. Je suis un chasseur qui n'aurait pas mauvaise conscience : je prends tout ! Si ce n'est pour en faire usage, du moins pour accrocher à mon tableau de chasse ; tout menu fretin est bon, dans ce cas-là, n'est-ce pas ?

J'ai reçu ce matin un ardent poème de José, que j'ai couru déclamer à Benoîte, avec une voix d'Andromaque de patronage :

Il déclare :

Qu'il meurt content puisqu'il meurt de ma main.

En voilà déjà un de moins ! Mais, hélas ! Eddie vit toujours. Il m'accable de sa passion bruyante et burlesque.

Quant à Lamangue, j'ai reçu hier un pneumatique de lui pour m'annoncer qu'il m'aimait. Il y a longtemps que cela couvait, mais ça y est, il a parlé. Je suis tout à fait d'acc pour qu'il m'aime. Je suis encore trop blessée par la trace de mes amours mortes pour avoir beaucoup de cœur à l'ouvrage... je m'offre un temps vide. Cependant, aimez toujours, jeune homme... je classe votre dossier et prends bonne note de votre demande.

C'est étonnant l'habitude que nous avons tous de procéder par pneumatiques ! On n'a pas le courage d'attendre plus de deux heures qu'une lettre soit reçue et lue ! Je me demande si les autres jeunesses étaient comme cela ? Il est évident que pour nous, tout se passe par lettre.

Bon. Alors Lamangue m'aime. J'en suis ravie, mais non exaltée. Et ce que je cherche, Bel Oiseau, c'est l'exaltation.

10 décembre 42 Flora

J'ai été « en croquis libre » à la Grande Chaumière. Deux heures de joie suprême. Cela n'a exactement aucun intérêt de montrer mes dessins à Benoîte. Son œil est tout à fait dénué de jugement artistique. Elle dit : « Il avait les genoux aussi gros que cela ? » ou bien : « Je les trouve gauches aujourd'hui. » Mais rien qui porte. Elle ne sait pas distinguer un joli dessin que je fais d'un vilain dessin, que je fais aussi. Elle ressemble à ces gens dont parle Gromaire qui croient que l'art c'est la meilleure imitation des cuisses ou des nez !

On avait reçu un poulet ce matin et Lamangue est venu déjeuner ; au grand dam de Benoîte qui refusait catégoriquement que maman l'invite si je n'avais pas l'intention de l'épouser. Elle trouvait que c'était du gâchis de sacrifier nos blancs pour quelqu'un qui n'était pas de la famille.

« Est-ce que tu l'aimes ? » répétait-elle et comme je ne voulais pas répondre elle a fait une crise quasi comique, mais avec un brin de sérieux en déployant tant de passion que pour un peu les parents se laissaient convaincre et que Lamangue ne l'avait pas, son aile.

« Ce n'est pas la peine de dire que je suis maigre, disait-elle à maman en relevant sa manche sur ses longs bras, et de donner ma part à un inconnu. »

Enfin, j'ai gagné.

Benoîte 26 décembre 42

Darlan vient d'être assassiné à Alger par un jeune garçon de vingt ans. Quel destin pour un soldat : trahir deux fois et mourir sans savoir laquelle était la bonne ! Il ne sera le héros d'aucune cause. C'est Giraud qui a pris le pouvoir. On ne parle plus de De Gaulle.

Morne Noël, auquel on ne coupe pas, chez tante Marie. « Et alors ? Benoîte ? Toujours rien de neuf ? — Je crois que nous allons en faire une vieille fille », dit papa comme chaque année, et je ris jaune d'un air dégagé. C'est la première année où j'ai mangé avec plaisir une bûche de Noël, car la fabrication en avait été formellement interdite chez les pâtissiers. Le ravitaillement légal devient d'ailleurs une plaisanterie. Ceux qui n'ont que leurs tickets peuvent crever. Oh ! *hurry up, John Bull and Uncle Sam ! S.O.S. Save our Stomachs !*

Blaise arrive le 28. L'année dernière à pareille époque, j'aimais Jean dans le désert. Je ne vaux guère mieux cette année. Je n'ai rien osé dire à la maison, mais je compte lui consacrer ces journées quoi qu'il arrive.

Flora 24 décembre 42

Te revoilà, Noël, je t'attendais. Il y a une semaine que Benoîte vient, deux fois par jour, me proposer de regarder le cadeau qu'elle me destine. Elle est absolument incapable de garder un secret ; il faut qu'elle dise, il faut qu'elle montre. Et moi, je ne veux pas voir, ce qui la remplit d'irritation. Elle m'a menacée de le donner à quelqu'un d'autre, mais j'ai tenu bon. Le jour des découvertes, c'est demain.

Benoîte 29 décembre 42

Soirée timide. Nous avions fait du chemin chacun de notre côté et nous nous apercevons que nos lettres ne disaient pas tout. Je suis timide parce que j'ai mauvaise conscience. Blaise hésite parce que c'est sa nature d'hésiter. Il fait très froid dans la rue et nous sommes obligés de nous quitter très vite, lourds encore de choses à nous dire. Ce n'est pas juste que nous n'ayons pas pu nous voir pour une fois dans de bonnes conditions, dans un petit restaurant de marché noir par exemple. Je n'aurais pas aimé Blaise pour son argent, mais grâce à cet argent. Ce soir, Cl et Na ont marché l'un près de l'autre, mais rien n'indiquait qu'ils auraient pu ne faire qu'un seul corps.

Je dîne chez les Landon le 30 et Blaise vient déjeuner le 31. Mais nous réveillonnerons chacun de notre côté avec nos parents. Oh ! qui dira la tristesse des réveillons en famille, quand on a vingt et un ans ?

30 décembre 42 Benoîte

Nous avons si peur de mal nous voir que nous osons à peine nous donner rendez-vous. Nous ne méritons pas ça.

Oh ! ce nouvel an me pèse et sa gentillesse forcée. Oh ! passer vingt-quatre heures seulement loin d'ici, vingt-quatre heures seulement déposer cette horrible houppelande qu'est l'occupation, cette non moins lourde houppelande qu'est mon passé. Naître toute nue à Tahiti, avec pour tout bagage mes goûts et mes envies. Ne plus être cette Benoîte de la rue Vaneau, être une femme. Quelle explosion.

Mais la fuite vers où ? Vers un autre soi-même ?
Vers un linge encore frais où l'on n'ait pas rêvé...

Pourquoi les poètes parlent-ils mieux que moi de moi-même ? Je suis furieuse de ne pas voir sortir de ma plume de ces phrases admirables qui sont une fin en soi. Je scrute, je scrute les vers des poètes, sûre de découvrir leur secret, sûre de trouver un jour la clef, moi aussi, de ce langage magique. Mais je ne crois pas assez à la magie pour mériter le don de poésie. Je m'attelle aux vers comme à une charrue. Mon style est lourdement charpenté, qui, que, quoi, dont, on voit les os partout et j'accouche de mes idées aux fers. Je crois qu'écrire un beau vers qui veuille dire autre chose que la somme de ses mots est une joie qui vous apparente aux dieux. J'ai la foi, mais je n'ai pas la grâce.

Et pourtant je cours derrière les poètes avec mon filet... Ça y est, j'en tiens un... eh non ! Quand je me relis, l'oiseau bleu s'est envolé.

Benoîte 2 janvier 43

Je préfère raconter nos soirées avec les mots de Blaise qu'avec les miens. J'en ai un peu marre de moi. Au point que j'ai envie d'aimer Blaise pour pouvoir ne plus penser à moi. Mon style, ma logique d'infirme, mon incapacité à être « mousseuse » comme Flora, m'écœurent. Comme je m'énerverais si je me rencontrais dans un salon. J'ai l'impression qu'il en faudrait si peu parfois pour que je change de catégorie. Pendant quelques secondes, je me sens brillante, désinvolte, le monde est à moi, la famille sous mes pieds, j'enlève la conviction de mes interlocuteurs avec une affectueuse autorité... et puis toujours le même knock-out quand je me confronte avec la réalité, une mère en chair et en os, une soirée pleine d'étrangers... je redeviens un paysan qui peine dans la boue, qui ne sait pas répondre et qui se soumet aux intempéries au lieu de changer de climat !

« Comment pourrais-je me résigner à te perdre, m'écrit Blaise. Je t'ai vue sans cesse cette nuit, plus pâle et plus maigre que d'habitude, les pommettes saillantes, l'air d'une petite fille un peu chétive que tu avais ce soir. Il faut manger beaucoup. On ira manger une douzaine de crêpes demain rue Monsieur-le-Prince, avant nos noctambulations ultimes, *quarum multum gaudeo*. Le Louvre était merveilleux hier soir et toi merveilleusement jolie. Et tu m'as dit que tu m'aimais, jour à marquer d'une pierre blanche. Rares, si rares les fois où je l'entends, cette phrase, qu'elle me procure une joie criante.

« Et j'ai trouvé ta lettre en rentrant, douce comme ta présence, et drôle et hardie. J'aime ta grosse écriture, tes originalités banales que je blâmais, ta tendresse.

« Ne passe pas tes nuits à réfléchir. Mange. N'oublie pas que tu te dois à ton

« BLAISE »

Il repart demain pour six semaines. Mais j'ai l'impression qu'il est sorti quelque chose de ces quelques jours. Je n'ose pas dire quoi.

4 janvier 43 Flora

Je viens de terminer le recueil de nouvelles de Tolstoï et maintenant je me sens russe jusqu'à l'âme et j'ai froid au-delà des os. N.B. Pour avoir froid, je n'ai pas besoin d'imagination ; il fait –5° un peu partout et 0° dans ma chambre. Je casse la glace dans mon lavabo le matin... moi qui pensais que ce détail ne se voyait que dans les romans populistes ! Mes carreaux sont ornés d'arbres de Noël en gel. Heureusement que cela me flatte en un sens d'avoir la chambre la plus froide de l'appartement, sans cela j'irais coucher dans la chambre de maman où brûle l'unique salamandre. Mais je tiens à ma solitude glacée et fière.

★ La philo m'effleure, mais ne me pénètre pas. Quand donc ferai-je sérieusement ce que je fais ?

4 janvier 43 Flora

Épouser un quelqu'un, cela serait pour moi décider une fois pour toutes que la vie n'est pas une blague.

Jeune fille en feuille, ne te dépêche pas. Accoude-toi à ton balcon et regarde encore un peu la vie en spectatrice.

★ *Concertos brandebourgeois* dirigés par Munch, avec Deeze. Les gens ont raison de vous inviter à partager leurs émotions artistiques : ils en récoltent toujours quelques gouttes.

L'ineffable Bach. Le serein de ses thèmes, presque endormants ; sommeil de paradis et puis soudain les trompettes des anges qui sonnent jusqu'à l'agacement en vous. J'ai furieusement aimé, comme dirait le gars Philinte. Le cor est un son que j'adore. Il agit sur moi genre frisson, qui fait ployer l'échine.

11 janvier 43 Benoîte

Après Saint-François-Xavier, Mabillon et Chambre des Députés, Solférino vient d'être fermée en même temps que trente autres stations de métro. Nous sommes nettement visés : plus de métro à moins d'un kilomètre de chez nous ! Nous sommes comme un peuple qui se décivilise : de l'âge de l'électricité et du moteur à explosion, nous sommes remontés à celui de la bougie et du vélocipède. Chacun cultive une carotte ou élève une poule sur son balcon et on s'habille de peaux de lapin tannées à domicile suivant les méthodes de bonne femme. C'est l'âge des caves et des cavernes.

Il fait toujours aussi froid et on a décidé à la maison de descendre du grenier les affaires de ski. On se croirait dans un Mégève misérable à nous voir groupés serrés autour du parabolique avec nos pantalons norvégiens et nos cols roulés. On se couche tôt pour avoir moins froid et je lis avec des gants. Pas de sorties, pas d'hommes. L'organe étant absent, la fonction s'atrophie. Qué solitude. Mais « que serait une solitude qui ne serait pas une grande solitude » ? comme dit l'Ecclésiaste. Ce n'est bien sûr pas l'Ecclésiaste, c'est Rilke, je crois. Mais cela me flatte de citer l'Ecclésiaste. Je me suis toujours demandé qui c'était ! Et je mourrai sans le savoir... il y a des zones d'ombre comme ça, dans une kultur...

Heureusement, j'ai Flora. Elle me sert de confidente, d'amante, de sac à malices, de tête à claques, bref de tout ce qui est indispensable pour subsister. Je la déçois en aimant Blaise et mon fragile amour se décompose de n'être pas reconnu par elle. Pourquoi les garçons qu'elle connaît font-ils toujours bon poids sur la terre ? Les miens ont un destin imprécis, un goût douteux et ils ne sont pas — sauf Jean — dans le Bottin mondain.

Et plus que jamais en hiver où l'on vit les uns sur les autres, la famille est autour de moi comme une tour indestructible. Je passe une main entre les barreaux de mon hublot, mais je sais bien que le reste du corps n'y passera point. Je devrais me rendre compte qu'on ne sort d'une tour que par la porte et en faisant du bruit. Patience. Je finirai bien un jour par savoir qui je suis.

Et si, ce jour-là, ça n'intéressait plus personne ?

Benoîte 20 janvier 43

J'ai un rhume affreux qui confine à la sinusite. Mes narines sont occupées par des troupes de choc qui semblent bien accrochées. Je suis cimentée et n'ai de rapports avec le monde extérieur que par la bouche et... bon. Je suis laide et triste comme le mois de janvier. « Oh ! Rien à faire sur la terre... »

Hop a de la chance, il a de la vraie laine sur le dos. On le prend à tour de rôle sur son lit la nuit, pour se réchauffer.

Et pourtant, la guerre est en train de prendre un virage. Sur les communiqués, on apprend que les Allemands repoussent, victorieusement bien sûr, les contre-attaques soviétiques. Donc nous savons indirectement que les Russes ont commencé à contre-attaquer. C'est un phénomène nouveau.

Mais tout le monde tremble autant qu'il espère. Hitler ne nous quittera pas sans se venger de nous, comme un maquereau qui surine sa bonne femme avant de la lâcher.

Nous sommes un malade exsangue que l'opération indispensable peut tuer. D'ailleurs, que nous le voulions ou non, maintenant, nous serons opérés. On nous enlèvera ce gigantesque kyste qui vit sur nous et de nous. C'est un peu comme une grossesse : maintenant que nous avons commis l'imprudence de recevoir l'Allemagne dans notre lit, il faut en supporter les conséquences : il n'y a pas d'autre issue que l'accouchement dans la douleur, au fer et au canon.

Pour l'instant, à l'Ouest, rien de nouveau. C'est à l'Est que ça saigne. Le feld-maréchal von Paulus a été blessé à Stalingrad où l'on se bat depuis un an et « son corps d'armée a succombé ». C'est la première défaite allemande avouée. Combien de corps d'hommes ont souffert et sont morts dans ce corps d'armée ?

25 janvier 43 Flora

Ce matin, en revenant du lycée, j'ai bien parlé avec maman. Parler me révèle à moi-même. Je fais des efforts pour défricher mes jungles intimes et je suis parée de mes peines, car après cette heure de vérité je me sens tout intelligente, toute sincère. L'intimité, c'est comme une séance à confesse : on en sort rafraîchi, avec un sentiment de transparence très confortable. Si on le veut vraiment et avec humilité, on peut tout dire et en se servant des mêmes mots qui sont utilisés pour désigner les ustensiles de ménage. Les mêmes mots autrement entrelacés ne font-ils pas les poèmes les plus purs de Mallarmé ou de Valéry ?

Certaines pensées sont en gestation en moi, faute de mots pour les mettre au monde, et puis soudain, elles fusent et je me sens riche. On ne peut jamais être tout à fait misérable, on ne peut jamais souffrir à bloc des trous dans ses chaussures, si on est enrichi par la pensée qui passe.

Cela tombe bien de me dire cela aujourd'hui : je suis obligée de sortir en socquettes et mes semelles articulées sont désarticulées. Comme dit ma sœur, j'ai le pied assassin. Je ne sais pas comment elle fait pour marcher sur son liège des mois sans l'entamer.

Flora 26 janvier 43

Eddie continue à me suivre à la trace, malgré mes efforts pour ne pas en laisser de traces. Il m'accable de lettres aux enveloppes pseudo-mallarméennes :

Ô facteur aimé,
Porte jusqu'à la porte
de Flora Lou
Dont je suis fou...

La concierge me lance un œil torve en me remettant le courrier. C'est pas ma faute si on m'aime si fort et si mal ! Ces lettres, par ailleurs, ont vingt pages et je ne les lis même pas : je les donne à Benoîte qui, en qualité de bibliothécaire des waters, les dépose sur l'étagère où nous les lisons au hasard de nos stations dans ce lieu-dit. Il me fait mon horoscope, ma physiognomonie, ma chiromancie, et il découle de tout ce fatras, que c'est lui ou rien, si je veux réaliser mon destin !

T'es ben trop petit, mon ami, dame oui !

Et j'aime mieux le couvent, la rue de Lappe, ou pour parler comme Benoîte quand Marc Allégret lui proposait un rôle dans son film sur les jeunes filles : « J''aime mieux faire des ménages. » Moi aussi, j'aimerais mieux faire des ménages que d'avoir un seul contact avec sa main humide comme celle du Chambellan d'*Ondine*.

Flora 30 janvier 43

Je reviens du mariage de Monique, belle sous ses tulles. Malgré moi, je suis comme une vieille dame pleine de sensiblerie :

je pleure aux mariages. Je me tire par la manche, je me pince dans l'ombre, je me parle d'autre chose : rien à faire : je pleure bête, tout haut et avec liquide à l'appui. Ah ! gourde !

Drôle de mésaventure de se marier ; et dire que si tout se passe normalement et sauf contrordre, cela m'arrivera à moi aussi, d'un jour, en robe blanche, monter les marches d'une église, avec un père au bras, puis de les redescendre avec un mari, de serrer quelques mains molles et de sourire à des chapeaux, pour avoir ensuite le droit de forniquer à ma guise, avec celui qui m'aura choisie, avec celui que j'aurai choisi.

Ce que j'aime dans les mariages, ce sont les suisses à bi- ou tricornes, à mollets de fer dans des bas de soie, qui en inclinant la tête vous permettent de vous asseoir et vous ordonnent de vous lever ; les bébés trébuchants qui tirent sur la traîne les cierges symboles que l'on prend pour aller recevoir son anneau. Ce que je n'aime pas : les félicitations dans la sacristie, la robe de la belle-mère, les boutons des garçons d'honneur.

C'est banal d'avoir l'air heureux, c'est banal d'être ému par l'air heureux des gens. Tant pis. Je me le permets.

J'ai rencontré à la noce un grand garçon très beau, ami du mari de l'épousée. Il m'a raccompagnée et nous allons au cinoche un de ces quatre. Il est très beau, mais je ne suis pas sûre qu'il soit malin malin...

8 février 43 Benoîte

★ Je suis allée retirer un paquet en souffrance à la poste tout à l'heure : c'était un rôti de porc de Bretagne qui avait percé son paquet et qu'on ne savait plus par quel bout saisir. Tout le bureau sentait la chair fraîche et la postière passait son temps à tamponner des paquets graisseux, en feignant d'ignorer qu'ils contenaient des denrées périssables et interdites.

Il paraît que tous les Français nés entre le 1er janvier 1912 et le 31 décembre 1921 devront se faire recenser pour le S.T.O. Les sursis d'étudiants seraient annulés. Au moment où l'Allemagne mobilise tout le monde de seize à soixante-cinq ans, elle ne supportera pas de voir traîner, boulevard Saint-Michel, des étudiants d'âge canonique... c'est-à-dire en âge d'être canonnés ! Blaise revient dans dix jours ; cette menace va le viser directement.

Benoîte 19 février 43

Saint-Nazaire et Lorient sont en ruine. De plus en plus l'armistice apparaît comme un déshonneur inutile. Nos villes seront tout de mêmes rasées, nos prisonniers ne sont pas revenus et le pays est divisé.

Blaise arrive demain.

Benoîte 20 février 43

Ce qui compte, c'est ce que j'éprouve quand je suis *avec* Blaise, puisque le mariage consiste à vivre *avec* quelqu'un ; ce que j'éprouve quand je suis en famille n'a pas à entrer en ligne de compte. Quand je suis avec lui, j'éprouve :

Une sensation de libération.

L'impression de revenir aux vraies valeurs.

Une délicieuse confiance en la vie et en moi-même.

Bref, une grande facilité d'être.

J'ai dîné tout à l'heure à Vanves et retrouvé avec joie cette ambiance simple et affectueuse où les faits et les sentiments sont dépouillés, sans prolongements compliqués. On est ici en prise directe les uns avec les autres. On a bu trois excellentes bouteilles de vin de Cahors, ce qui m'a permis de serrer Blaise avec emportement. Oh ! être emportée, y a-t-il rien de plus satisfaisant, de plus souhaitable ? Nous avons fait le projet de partir huit jours ensemble pour Pâques ; je me trouverai un alibi ; et ce n'est qu'au retour que nous annoncerons la décision que nous aurons prise, en connaissance de cause, c'est-à-dire après un échantillon de vie commune.

J'ai trouvé Blaise plus grand et plus vrai que dans mon souvenir. Nous nous sommes retrouvés comme on retrouve le goût du pain après un long voyage à l'étranger. Voilà la vraie nourriture. Et puis, toujours, cette impression d'être arrivée, que j'éprouve près de lui. C'est un signe, non ? Oh ! c'est lui, c'est bien lui.

D'ici là, nous nous verrons peu, hélas ! car il passe le concours d'agrégation en juin. Je me verrai peu, moi aussi. Et agaga et patata et mon cœur et ton cœur et mon amour c'est-y l'amour ? c'est marre, comme dit Flora ! Pourquoi ne pas me mettre à vivre tout simplement ? Et en attendant, ayons la décence de la boucler un peu, au lieu d'exposer mes plaies, qui ne sont après tout que des bobos.

Oui, mais j'aime mes bobos, car ce sont les miens ! Tant pis, tu te gratteras dans le noir.

1er mars 43 Benoîte

Deux cent cinquante morts à Rennes. Rouen et Amiens sérieusement touchées aussi. Les Allemands annoncent qu'ils ont repris leur offensive de printemps et qu'ils sont entrés à Kharkov. Oh ! Dieu des batailles, non ! Vous n'allez pas permettre que ça recommence ? L'inexorable armée nazie ne va pas reprendre sa marche en avant dans toutes les directions ?

20 mars 43 Benoîte

Eh si, ça recommence : chute de Bielgorod.

22 mars 43 Benoîte

« Le danger bolchevik est brisé, la menace est définitivement écartée de l'Europe, a déclaré Hitler ce matin. Nos 542 000 morts vivront dans nos rangs. »

Churchill est toujours aussi obstiné, mais l'espoir recule dans la nuit des temps. « La guerre ne se terminera ni l'année prochaine, ni la suivante », a-t-il dit. Mais où en serons-nous, la suivante ?

23 mars 43 Flora

Benoîte est une garce : son attitude vis-à-vis de la famille est proprement infecte. Elle n'a aucune tendresse pour nous. Blaise l'a bouffée toute. Elle croirait lui enlever quelque chose en nous manifestant de l'affection. Je me fais solidaire de la famille, quels que soient ses torts envers Benoîte, qui ne voit qu'eux. Des torts, on en a tous ; ce serait trop facile.

Après avoir été une fille soumise jusqu'à l'oubli exagéré d'elle-même, l'aînée est devenue aujourd'hui un petit canard révolté auprès de qui rien ne trouve grâce. Elle abuse vraiment des extrêmes. « On n'a pas fait pour elle ce qu'on devait... on n'aurait pas dû faire ce qu'on a fait. » Son compte cœur n'est débiteur d'aucun sentiment et les parents sont des usuriers qui lui créent des obligations contre son gré. C'est trop simple et c'est assez moche. Elle oublie vite tout ce que maman a fait pour elle. Je lui ai dit ce soir ce que je pensais de son attitude. Mais elle refuse de jouer le jeu, m'écoute à peine, me regarde avec une espèce de dégoût froid et son œil se met alors à ressembler à celui des oiseaux, protégé derrière une taie. Elle est au-delà de mes conseils et se fiche de ma tendresse. Elle a moralement déménagé ! Eh bien, qu'elle se dépatouille, se retrouve et nous perde si c'est ce à quoi elle aspire et si vingt-deux ans de vie familiale doivent aboutir à ce divorce !

Le gars « bien de dos seulement », comme dit Benoîte, m'a téléphoné ce matin et nous devons aller au théâtre la semaine prochaine. Ma vie continue, après tout.

Benoîte 24 mars 43

Voilà Flora voguant sur une nouvelle mer intérieure ! Lamangue, c'était le bassin des Tuileries ; elle a fait trois petits tours avec lui parce qu'elle n'avait rien de mieux à se mettre sous la plume, et parce qu'il la protégeait d'Eddie, toujours assis sur le trottoir d'en face, à la guetter. L'amour — non, la névrose — d'Eddie pour Flora est ma revanche. Enfin, un fou insortable est à ses basques, un grotesque qui lui fait honte devant la concierge, un nabot pour le physique, érotomane au moral, qui lui dit ses trente-six vérités en face, ne lui parle pas de son cœur mais de ses fesses, de son regard, mais de la pointe des seins, qu'il appelle tétons. Là, en général, Flora tombe évanouie. À elle qui croit n'avoir que des sensations et pas d'organes, Eddie parle de ses besoins. Elle se croit la clarté, pour Eddie elle n'est qu'une blonde. Elle se croit pure, Eddie la traite de putain frigide. Bien sûr elle le hait. Elle ne le hait pas d'être ce qu'il est, mais de la voir comme il la voit. Il la couvre d'injures passionnées, d'avanies, de prédictions obscènes, de cadeaux absurdes : hier matin, une poule entière, vivante, que personne n'a voulu tuer et qui a caqueté toute la nuit dans la cuisine !

Flora a toujours nié ce qui l'ennuyait : elle raie Eddie de ses papiers. Où est la discrète Mangue, effacée, ne ramassant que les miettes qu'elle voulait bien lui jeter, et la considérant comme un être éthéré qui échappait aux lois de l'espèce ? (Et pourtant, ça faisait sa médecine !)

La Mangue est tiouf, car un autre « amant » au sens du XVIIIe (le siècle qui convient à Flora qui est une réincarnation de Mlle de Lespinasse) se profile. Pauvre Mangue, gentille Mangue, il n'y aura même pas besoin de te pousser pour que tu disparaisses. Le nouveau est un beau brun avec tout ce que cela comporte. Et, bien entendu, d'un excellent milieu. Ils forment un très beau couple. Lui, grand avec une belle nuque et un beau costume. Mais... quel vide ! En somme, Flora possède un costume d'homme et moi un intérieur. Si seulement on pouvait les mettre l'un dans l'autre !

27 mars 43 Benoîte

Je pars après-demain à Beaugency chez Jean-Loup Petitcon, version officielle. Dans un petit hôtel avec Blaise, version intime. Jean-Loup a écrit à la maison pour m'inviter ; aucun soupçon ne plane et je pars la tête haute avec un cadeau pour les parents Petitbourg dont je ne saurai que faire. Un peu plus, papa décidait de venir se reposer quelques jours à Beaugency dans un hôtel voisin de la maison des Petitbourg. Mais grâce au ciel, il n'a pas fini son tapis : il lui reste un dauphin à mettre au carré. Je tire des plans machiavéliques pour éviter qu'on ne m'accompagne à la gare. Flora est dans le secret. Elle me désapprouve. « On ne ment pas à maman qui est merveilleuse et qui comprend tout. » Mais je n'ai pas envie qu'on soit merveilleux, j'ai envie de vivre mon histoire tranquillement, à l'abri des regards, compréhensifs surtout. Flora me prête tout de même son chandail bleu ; elle est assez impressionnée de me voir partir avec un homme... car malgré ce que dit maman, il en a toutes les apparences. Et c'est vrai : ce n'est pas rien de passer huit jours avec un homme. Je suis affreusement intimidée.

Benoîte 28 mars 43

Je me prépare comme une jeune mariée. Nous avons acheté aujourd'hui deux anneaux de rideau pour éviter les regards louches à l'hôtel. J'emmène tous mes bijoux : le gros bracelet nègre, mon collier de cuivre, ma chaîne d'esclave en argent. Je crois que c'est la première fois que Blaise vivra avec une femme ; je ne voudrais pas qu'il fasse des découvertes préjudiciables à la femme en général : j'ai un orgueil de caste... J'ai peur de ne pas être bien à toute heure du jour et de la nuit. Je dors peut-être la bouche ouverte, comme une morte sans mentonnière ? Je n'oserai pas m'endormir avant lui. Flora n'aura jamais ces craintes. Elle est fraîche, angélique, virginale comme une jeune fille de Chardin. Et puis mousseuse, bien sûr et la mousse, ça fait toujours de l'effet. Flora est couleur sable et elle dort comme un chat, avec ses cheveux blond cendré dans la figure ; elle n'a jamais le nez qui brille ou le cheveu gras. Elle sent la noisette, on a envie de lui courir après, de lui faire la cour, des cadeaux... je comprends les garçons qui rampent ; elle fait divinement illusion, même aux imbéciles. Moi aussi je suis séduite, même quand je la désapprouve ou méprise ses idées.

Je ne suis pas séduite par mon personnage : cette vie au microscope, cette peur de l'opinion des autres, ce souci constant de moi-même, brrrrr ! Flora est ce qu'elle est et tout le monde fait Aaah !

À ma place, elle partirait l'âme parfaitement sereine à Beaugency ; et c'est quand on est sûr de soi que les autres n'en doutent pas non plus.

Heureusement, Blaise est rassurant à ce point de vue. Il n'a pas l'esprit dénigreur, et il est myope ; je pourrai parfois fermer l'œil. Son père sait que nous partons ensemble. C'est un homme à qui l'on peut dire ces choses-là ; et c'est un homme à qui je sais plaire ; il est preneur de ma marchandise.

Et puis, de toute façon, cette semaine est une semaine de gagnée, de volée à la guerre, à ma famille, à ma vie de jeune fille sage. A-t-on souvent l'occasion de passer un séjour de faveur, hors de ses rails ? Je voudrais remplir ce temps jusqu'au bord ; ne jamais perdre conscience. Dans une heure, Mlle G. deviendra Mme Landon sans aucun engagement et pour le seul plaisir.

29 mars 43 Flora

Benoîte m'en a trop dit. Quel poids sur mes épaules, sa vérité ! J'aurais préféré qu'elle me mente aussi et peut-être, puisqu'elle ment si mal, aurais-je alors deviné le but de son escapade et mieux supporté la révélation.

Mais là, je suis complice, cela me gêne ; et je vais aller imaginer des choses et cela me gêne plus encore.

Et puis, quelle figure vais-je faire devant maman, moi qui me saigne les quatre veines pour être sincère avec elle ?

30 mars 43 Benoîte

C'est donc ça, vivre dans le péché ? Je comprends qu'il ait fallu inventer l'enfer.

L'hôtel du Chêne-Vert coule sur les bords de la Loire, nous venons de naître et je suis Vénus. À nos pieds, sous nos pieds, la guerre, les préjugés, la menace du S.T.O. et nos vêtements. Tu m'aimes ? Je t'aime. Tu as envie de moi ? J'ai envie de toi. Quel beau dialogue sans *si* ni *mais*. Et où est donc Ornicar ? Il est resté rue Vaneau, à, de, dans, en, par, pour, sur... Ici, nous sommes seuls.

Nous déjeunons dans les petits restaurants de la vieille ville, nous faisons du bateau dans la vieille barque de l'hôtel et nous passons des heures dans les longues îles de sable couchées dans le lit de la Loire. Notre chambre est merveilleuse : immense, avec une alcôve et deux petites fenêtres qui s'ouvrent sur la rivière. Une chambre cramoisie et mystérieuse, à la Barbey d'Aurevilly.

Ce qui m'enchante, c'est la présence constante. Rien ne se perd entre nous, et tout se crée.

Quand a mangé, on a envie de sortir de table ; mais quand on a fait l'amour, on ne devrait pas avoir envie de sortir du lit. Ou sinon, effectivement ce n'est qu'un coït et cela laisse l'animal triste.

Blaise n'est ni un conquistador, ni un m'as-tu-vu. Il n'a pas d'idées préconçues sur la femme, ni dignité masculine à défendre. Au fond, je hais les hommes qui ont des idées sur la Femme. Je ne suis pas la Femme, je suis Benoîte G. et, en prime, j'offre ma féminité.

Je m'entends avec Blaise, c'est une certitude. J'aime son sérieux, son humour triste, sa timidité vaincue peu à peu. Sa folie qu'il découvre avec un peu d'effroi et à laquelle il s'attache.

Au fond, ce qui me rebute chez les don Juan ou les Jolis Cœurs, c'est cette offrande perpétuelle d'eux-mêmes et cette facilité à vivre. J'aime les hommes qu'il faut aller chercher. Finalement, ils courent aussi bien que les autres... mais après moi seule.

Benoîte 2 avril 43

Nous venons de recevoir une carte du père de Blaise adressée à « M. et Mme Landon ». Elle nous a brusquement donné un poids sur la terre.

Car cette aventure a toutes les caractéristiques d'un rêve ; et comme lui, elle va s'arrêter d'un seul coup. Tout ce bonheur bête aura l'air d'une plaisanterie d'enfant de cœur, rue Vaneau.

En attendant le réveil, nous vivons les yeux fermés à l'avenir et au passé. Nous marchons doucement comme si nous n'étions pas pressés. Nous savons déjà nous taire. Deux ans de rendez-vous furtifs ne nous auraient pas donné cette douce habitude de nous-mêmes. Et nous pleurons aussi, tranquillement dans le noir, sans craindre que quelqu'un nous demande pourquoi nous avons les yeux rouges. Je pleure devant la perfection de certaines minutes et leur fragilité et Blaise pleure de me voir pleurer ; et nous finissons tous les deux par pleurer en riant, comme des giboulées. Ce n'est peut-être pas le bonheur, mais c'est beaucoup plus que le plaisir ; c'est un sommet conquis où l'on s'étreint férocement, car on sait qu'il faudra redescendre dans les villes et se trahir de mille petites façons.

Ici, tout est pur et nous faisons l'amour parce que c'est la seule chose à faire dans notre cas.

Et comme une vague sur une digue, nous recommençons parce que nous avons beaucoup d'élan.

Benoîte 4 avril 43

Trouvé à la poste restante de Beaugency une lettre de maman qui m'a péniblement replongée dans mon milieu originel. C'est la première fois de ma vie que j'utilise la poste restante et j'avais envie de dire à la postière : « C'est de maman. » La salope était persuadée que j'avais un amant !

Oh ! cette redoutable tendresse de la reine, cette terrible sollicitude, quand me lâcheront-elles ? Quand se décourageront-elles ?

« Ma sauterelle chérie,

« Je suis étonnée et contente que tu m'aies écrit une longue lettre. J'espère que tu engraisses, que tu te fais de la chair fraîche et que tu reviendras avec des fesses et une poitrine provocante. Si tu es pleine de courbatures, c'est que tu fais trop de bateau. Tu en fais toujours trop. N'oublie pas que tu n'es pas seulement là-bas pour t'amuser mais pour grossir. Tu m'écris : " Je ne mange pas mal. " C'est : " Je mange très bien ", que j'aimerais. Si tu dois revenir aussi maigre, c'est de l'argent de perdu.

« Ceci dit, je suis *outrée* de l'état dans lequel tu as laissé ta chambre. Nous avons passé la matinée avec Flora à la remettre en ordre. Ta taie d'oreiller rose n'avait plus de boutons et béait sur du blanc : un mauvais point.

« Tu avais remis tes bas sales dans ton tiroir : deux mauvais points.

« J'ai retrouvé sous ta table de nuit une lettre à Marie Laurencin que tu avais oublié de poster : trois mauvais points.

« Enfin, tu as laissé la bouteille Thermos que je t'avais préparée pour le voyage : quatre mauvais points.

« J'oubliais ton armoire, remplie de vêtements fripés et accrochés par une j' m'enfoutiste.

« Il ne s'agit pas d'être luxueuse, comme tu dis, mais d'être correcte. Tu es une romanichelle et ce n'est pas une question d'argent mais d'ordre. Mais toi, tu crois que le désordre, c'est de la fantaisie. Et tu t'enfonces dans tes erreurs en les défendant bêtement. Quand je te parle de coquetterie, qui est une *qualité* indispensable pour une femme, *même si elle a des diplômes*, tu te rassures en m'accusant dans ton inconscient de frivolité.

« Tata tata tata

« signé : ta marâtre »

Est-ce de me sentir en un autre équipage ? J'en ai brusquement ma claque d'être rabotée à la paille de fer, perpétuellement retaillée, redressée, entée, greffée de force. Je ne donnerai jamais d'orchidées, mon cas est désespéré. Que ne désespère-t-elle ! J'ai tout de même l'âge de me choisir et de refuser le choix des autres ?

J'ai répondu un peu vertement à maman — une fois n'est pas coutume — et demandé à Flora de joindre ma lettre aux fleurs que je lui fais porter, pour l'anniversaire du Bélier qu'elle est.

Benoîte 6 avril 43

Voilà le dernier jour déjà de notre noviciat. Et c'est le dernier jour de quelque chose d'autre aussi.

Je suis décidée à prononcer mes vœux définitifs, mais je frissonne à l'idée de retourner dans le monde entre-temps. On va s'occuper de mon avenir, triturer ce mariage encore fragile et menacé qui ne devrait jamais être manipulé par plus de deux personnes à la fois.

Toi, mon chéri, tu rentres tranquille dans une famille qui sait et qui t'approuve de confiance. Je ne veux pas penser à ce qui restera de toi quand tu auras servi de cible à ma famille au milieu du salon de la rue Vaneau, pendant des semaines... J'aurais voulu me marier en douce, sans invités, sans voyeurs, sans tous ces rongeurs qui ne dévorent pas seulement les petits fours.

Plus qu'un dîner de paix ; plus qu'une nuit puérile. Demain, c'est un vieil amour à problèmes que j'abriterai dans mon cœur épineux et que je devrai défendre sur la place publique comme une poissarde.

Benoîte 7 avril 43

Au dernier courrier, une lettre de maman, courroucée et stupéfaite que la brave bête ait osé protester contre le joug !

Lettre à une fille sans cœur.

« Tes fleurs sont ravissantes et elles m'auraient fait très plaisir si elles n'avaient pas été accompagnées de cette lettre, dans un langage de fleurs très malséant pour la fête d'une mère. Moi non plus, " je ne suis pas preneur de ta marchandise ".

« Mais j'aime tout de même le vilain petit canard qui ne peut pas s'empêcher d'envelopper d'amertume ce qui aurait pu être un geste tendre pour celle qu'il a si grotesquement nommée " La Mère l'Oie ".

« Mais avec ma plume d'oie, ma plume désuète et grinçante, je réponds à tes griefs.

« *Tu crois à tort* qu'il est besoin d'humilité et d'être en enfance pour supporter les reproches et les conseils d'une mère. Quoique n'ayant jamais eu d'humilité, j'ai écouté jusqu'à un âge plus avancé que le tien les critiques et les conseils de maman, comme Flora écoute les miens. Il est vrai d'ajouter que j'adorais ma mère autant que Flora m'aime et je ne considérais pas ses suggestions comme des sornettes.

« *Tu crois à tort* que tes défauts sont tous imputables à tes géniteurs, mais que tes qualités sont des créations bien personnelles ; et ton inconscient oublie tout ce que j'ai fait pour toi.

« *Tu crois à tort* que mes reproches ne sont pas fondés et que la longueur de temps et la peine que tu prends à certains travaux supplée à l'organisation et à l'expérience. Mais on ne juge jamais les œuvres sur le temps et la peine qu'elles ont coûtés.

« *Tu crois à tort* que je veux te rendre semblable à moi-même ; je ne l'ai jamais espéré ; ni désiré.

« *Tu crois à tort* que ta lettre est lénifiante alors qu'elle jette du venin tout en souhaitant que nos relations ne soient pas envenimées.

« Enfin, *tu crois à tort* — et c'est risible — que ce sont les circonstances qui ont fait de Flora ce qu'elle est pour moi. Tu sais pourtant que depuis sa petite enfance elle m'a comblée de bonheur par sa tendresse, son amour, sa compréhension. Dans tous les dons du cœur que je reçois d'elle, il n'y a aucune part de hasard.

« Tu voudrais que nos divergences ne diminuent pas notre affection : tu oublies que l'amour ne se fonde que sur un accord : essayons pourtant de ne pas blesser ce " tendre amour " qui n'a jamais su s'exprimer tendrement et essayons de m'en contenter.

« Ta Mère l'Oie »

Mon retour ne s'annonce pas comme un chemin de roses. J'ai peut-être mal préparé la route à l'aveu de mes projets... Mais on ne se marie pas sans casser d'œufs, je suppose. Et un certain ressentiment ne sera peut-être pas inutile pour me donner le courage nécessaire.

Flora 8 avril 43

Ça y est : la sœur est décidée. Quelle émotion à bord ! Elle vient de m'apprendre la nouvelle en avant-première et je suis bouleversée. Je ne sais pas encore ce que j'en pense, mais je sais qu'il faut que je sois de son côté. Cependant, je comprends les points de vue familiaux sur la question et vraiment, j'arrive à ne plus savoir ce que je pense, à force de me mettre tour à tour dans la peau de chacun.

Au fond, j'aime bien Blaise et nous avons eu dernièrement l'occasion de nous écrire et de nous comprendre mieux. Et après tout, Benoîte est d'âge à déployer ses ailes. Mais il y a évidemment en moi une peur panique de son envol ; je me refuse à envisager l'idée que nos jours sont comptés. L'intimité fraternelle a été notre pain quotidien et je râle *a priori* en pensant qu'un homme, un inconnu, va nous en priver.

Ah ! Benoîte ! Tu ne pourrais pas rester encore un peu parmi nous ? Je ne me sens pas mûre pour faire cavalier seul.

Benoîte 8 avril 43

Je crois savoir ce qu'éprouve un soldat qui rentre de permission et monte sur la ligne de feu. D'abord, une douloureuse incrédulité : « C'était vraiment dans ces conditions-là que je vivais ? » Puis, malgré tout, une remontée de complicité fraternelle : « Les copains, c'est ici et la camaraderie, ça a du bon aussi. » Et puis, très vite, tout cela se fond dans l'impression que la permission n'était qu'un rêve et que la vraie vie a recommencé.

Avant-hier, je me choisissais comme la femme de Blaise Landon ; aujourd'hui, je *suis* la fille de mes parents et ça tient dur à ma peau.

J'ai l'impression qu'on se doute de quelque chose : ma décision se voit sur ma figure. Mais ne voulant surtout pas se tromper (et savourant le plaisir de me savoir empêtrée dans un mensonge), maman ne dit rien et observe un silence ironique sur mon séjour chez Jean-Loup. J'ai parlé à Flora de mon intention ; j'ai besoin qu'elle au moins ne puisse simuler l'effarement. Elle a été trop frappée de voir que l'affaire était réglée pour moi. Blaise lui inspire du respect par contrecoup.

Mais par où commencer ?

— Maman, j'ai décidé d'épouser Blaise.

Non. Brutal et blessant.

— Figure-toi, maman, que j'ai enfin pris une décision...

— Laquelle, mon chéri ?

— Eh bien... euh...

Je ne récrirai pas ce journal avant d'avoir parlé.

8 avril 43 Flora

C'est drôle que je sache si peu de chose sur l'amour physique. C'est ce qui garde à mon personnage ce petit côté enfantin.

Non, voyez-vous, ce qu'il me faut à moi, c'est un homme un peu conquistador, qui m'enlève sur son cheval, Sabine que je suis.

Lamangue, Lamangue, vous n'étiez pas du tout ce cavalier-là. Pourquoi séduis-je tant de gens qui ne me séduisent pas ?

Et toi, Bruno, tu es bête, mais assez charmant, bien sanglé dans ton beau costume qui ignore la guerre ; tu as la chaussure assez fraîche pour une quatrième année de restrictions et la brosse de tes cheveux noirs te fait ressembler à un bébé cygne. Tu es poli et souriant. Mais d'ailleurs, pourquoi te tutoie-je ? Vous ne m'êtes rien, grand inconnu bien vêtu. Rien encore ; mais je sais déjà que vous n'avez pas beaucoup d'inattendu dans le savoir (avez-vous même l'attendu ?) et que chaque mot que l'on lance vers vous ne fait pas de ricochet.

En route, tant pis ; on verra bien.

17 avril 43 Benoîte

Les menaces de réquisition des étudiants s'accentuent. Il y aurait des exemptions pour les donneurs de sang. Blaise et

Maurice sont allés s'inscrire ce matin à Saint-Antoine et passer les examens préliminaires, Bordet Wassermann et Cie. Blaise appartient au groupe AB I.

Un avantage immédiat : en échange de 250 cc de sang deux ou trois fois par mois environ, les donneurs de sang ont droit à des rations de Travailleur de Force. Papa se tâte. Car après tout, la saignée, c'est sain !

Flora 18 avril 43

Mon beau soupirant tout neuf est venu me chercher ce soir pour m'emmener au cinéma. C'était une bonne idée de prendre le large, car Benoîte, nantie d'une tête de circonstance, cherche depuis ce matin le moment propice pour annoncer à maman des choses qui ne passeront pas comme de l'eau de boudin. Le moment ne lui convient jamais, d'ailleurs ; trop... ou pas assez... Elle attendra le dernier, comme d'habitude... Bref, j'aime mieux être au loin pendant ces minutes décisives. Benoîte m'a regardée partir vers mes « amours bêtes » comme elle nomme déjà ma nouvelle conquête, avec l'ironie glacée qu'elle sait si bien installer dans son regard. Mais elle n'en menait pas large.

En fin de compte, nous n'avons pas été au cinéma. Bruno m'a emmenée à une soirée chez un ami à lui. Entre les danses, il me prend la main et la contemple avec émoi. L'ennui, c'est que chaque fois que l'on prend ma main, j'ai un coup de triste : je m'aperçois que l'annulaire a une trace d'encre, l'auriculaire un ongle cassé, je trouve mes articulations épaisses ; je regarde cet objet familier et soudain inconnu manié gravement par un autre et j'ai envie de dire : « Rendez-moi ça. Il faut que je le fasse réviser. »

Mais au cas où les lumières tamisées et les yeux extasiés lui cacheraient ces faiblesses, je lui laisse ma patte imparfaite en dépôt et nous parlons.

J'ai un faible : j'adore quand les gens ne me connaissent pas encore. Je suis comme les petites filles qui exhibent leurs dînettes et leurs berceaux de poupée à leurs nouvelles amies. L'idée que quelqu'un s'intéresse à moi et ne sait rien, me rend très euphorique. Je m'enrobe de brume, j'entrouvre une fenêtre, je ferme certaines portes et je recule de trois pas pour voir si le tableau a fière allure.

Bruno n'est pas si bête que Benoîte le voudrait ; il est en dernière année de Sciences Po, mais je dois reconnaître qu'en fait de culture, c'est un champ en friche et qu'il ne semble pas partager ma passion pour les Belles-Lettres.

Il m'a raccompagnée d'un pas lent, et qui s'allait ralentissant ; si j'en crois ma vieille expérience, il va me téléphoner prestissimo.

9 avril 43 Benoîte

L'annonce faite à maman : j'avais à peine proféré : « Maman, je voudrais te parler », qu'elle me répondait : « Tu veux épouser ton paysan ? Je le savais. »

— Eh bien, mon chéri, tu es majeure. Tu n'as pas besoin de me demander mon avis, tu le connais. J'ai fait ce que j'ai pu pour toi. Mais, après tout, il n'y a peut-être que les bêtises qu'on fait soi-même qui vous apprennent quelque chose.

J'avais un peu peur des larmes et du grand jeu. Je suis soulagée qu'on le prenne sur ce ton. On a invité Blaise à dîner pour pouvoir le regarder sous le nez. C'est justement ce qu'il a de moins bien, le nez. Quelle épreuve ! Mais c'est la seule filière qui mène au mariage. Quel prétexte choisir pour refuser toutes ces cérémonies bourgeoises qui nous guettent ? On m'aime ici et après tout, on ne s'oppose pas à mes désirs. Je peux au moins me marier selon leur bon plaisir : c'est le dernier acte filial que j'accomplirai.

13 avril 43 Benoîte

On considère qu'il reste un tout petit espoir de me sauver et je devine qu'on dresse des plans lourdement subtils derrière mon dos.

« Et alors, ce projet ? Il tient toujours ? » m'a demandé papa ce matin, d'un ton jovial.

Je voudrais me marier fin juin, après l'agrégation. On ne me dit ni oui ni non. Flora prise entre son admiration pour maman et son affection pour moi, nous sert de confidente et de traîtresse.

Mais je me sens très seule à la maison : j'ai l'impression

d'avoir trahi, de n'en plus faire partie, d'être déjà une étrangère, qui a des intelligences avec le dehors. Le cercle s'est refermé derrière moi avant que je ne sois tout à fait partie. J'ai hâte d'aller former mon propre cercle ailleurs.

Benoîte 15 avril 43

Blaise est donc venu dîner ce soir avec mes parents. Incidemment, j'étais là. Pas plus fière que lui. Maman s'est amusée à jouer les belles-mères irrésistibles et qui ont « une allure folle ». Ces événements la dépassent... elle feint d'en être l'organisateur. Elle a été charmante... pour mieux te manger, mon enfant ; brillante, flatteuse grossièrement presque, mais il semble parfois que rien ne soit trop grossier pour un homme. Papa a été touchant : parlant de Tacite et de César pour mettre Blaise à l'aise.

On a parlé de notre mariage comme d'un enfantillage, mais enfin on en a parlé.

« Vous me semblez encore un petit garçon », dit maman à Blaise.

C'est tout de même insensé ce décalage qu'on fait subir aux autres, sous prétexte qu'on vieillit !

Blaise est parti tout seul, à minuit, comme un accusé qui ne sait pas encore de quoi il va être déclaré coupable et avec le net pressentiment que, dès la porte refermée, nous allions le mettre à plat sous nos bistouris.

« Eh bien, il n'est pas si mal que ça ! » dit papa gentiment. Il est moins mal qu'ils ne pensaient, c'est un fait. Mais c'est un fait aussi que c'est un mariage « qui n'amuse pas maman ».

« Après tout, tu es peut-être faite pour les seconds rôles. »

En bien, peut-être, ma pauvre maman. En tout cas, je n'épouse pas un rôle mais un garçon. Cette rage d'être toujours au premier plan, et « d'apporter sa pierre à l'édifice » m'aplatit complètement. Je me fous de l'édifice et je ne suis pas un cantonnier. Et puis, j'ai peur des premiers rôles ; j'ai peur qu'ils ne bouffent ma vie.

« C'est parce que tu ne te sens pas capable de les jouer. Tu n'as pas d'ambition. C'est désolant. »

Je suis désolée que ce soit désolant, mais l'ambition, hélas ! ne s'apprend pas. La mienne est d'avoir une maison de pêcheur à la pointe de Trévignon et d'y passer des mois. Maman est apitoyée par mon cas : elle a toujours détesté et méprisé la Bretagne.

Mais enfin, dans l'ensemble, ne ratiocinons pas : bonne soirée.

20 avril 43 Benoîte

En attendant le vrai et inévitable dîner de fiançailles, j'ai dîné chez les Landon hier. Je me réjouis de plus en plus d'avoir le professeur pour beau-père. Le sourire nouveau et le bonheur visible de Blaise m'ont gagné son affection sans réserve. Il m'a fait cadeau d'une édition originale d'*Alcools* et me tient par l'épaule comme si j'étais déjà sa fille.

Par contre la tantine qui leur sert de cuisinière et de balayeuse a l'air d'une caricature, dont j'attends avec effroi la confrontation avec Mme Nicole G. C'est une fouine empâtée dont les cheveux lisses, teints en marron, se transforment aux abords de la nuque et des tempes en poils du cul. On retrouve d'autres échantillons épars de ce hideux friselis sur les verrues qui ornent ses joues et son menton. Elle est venue habiter chez les Landon il y a des années, quand la mère est morte. Il y a parfois dans les familles de ces cousines bréhaignes, providences des veufs et cerbères de logis qui ne leur appartiennent jamais que par accident. À ses yeux, je ne suis pas une jeune fille bien. Je porte des chapeaux excentriques. Ma mère travaille et elle ne serait pas éloignée de croire que je suis enceinte et que le pauvre Blaise ne fait que réparer. Professeur plane sur tout cela avec l'indulgence affectueuse et le fatalisme que donnent les vraies qualités du cœur. C'est une étonnante leçon pour moi de le voir accepter chacun tel qu'il est et l'aimer pour les qualités qu'il possède. Chez nous, on s'acharne à vouloir améliorer tout le monde et on en veut aux gens de ne pas être conformes à nos rêves. Chacun passe obligatoirement dans le creuset ; en ressort qui peut.

Chez Blaise, les choses sont ce qu'elles sont ; et elles sont plutôt mal ; mais je ne l'ai jamais entendu s'en plaindre ou les critiquer. Je comprends d'où vient la bonté de Blaise, cette patience presque énervante devant ce qui lui déplaît.

Mais l'avenir n'est pas rose : professeur et maman représentent des types humains qui ne peuvent pas se comprendre. Pourront-ils seulement s'estimer ?

Benoîte 25 avril 43

Le mariage est une deuxième mise au monde, mais cette fois-ci, l'enfant est assez grand pour en souffrir lui aussi. Maman accouche définitivement de moi en me livrant à un autre et il est normal que l'opération soit longue et difficile, car une enfance tisse pas mal de cordons, qu'il faut couper les uns après les autres. Il y en a un qu'elle n'arrive pas à trancher : c'est celui de l'autorité. Je tire tant que je peux... je fais parfois trois pas... mais je m'aperçois bien vite que je suis toujours en laisse.

Tout cela craquera de soi-même. Il faut regarder devant soi et non derrière.

Le changement de domicile est un élément important de cette libération. Avec Flora, car Blaise n'a pas une minute à consacrer à ces préliminaires, je cherche un appartement, de préférence dans des arrondissements éloignés pour éviter les visites domiciliaires et l'inspection des armoires. Maman est tellement persuadée que je vivrai « dans la merde » !

Les parents viennent d'être invités par les Landon à mon dîner de... fiançailles ; allons, le mot est lâché. Le mariage se ferait à Vaneau. Je vois mal en effet les clientes et amies de maman descendre au métro Porte de Vanves et gagner à pied, par les terrains vagues, le « pavillon » du marié ! Il faudrait renoncer à faire un grand mariage et ce serait priver les parents d'une joie dont ils rêvent depuis vingt-deux ans. L'argent qu'ils dépenseront pour cette cérémonie, ils ne me l'auraient pas donné ! Alors, pourquoi leur voler ce plaisir ? Je ne leur en ai pas tellement donné.

Professeur a commandé un maître d'hôtel pour la circonstance, pauvre chou, et tante Léa s'est fait faire une indéfrisable. J'ai déjà décrit les lieux à maman pour qu'elle n'ait pas un choc en arrivant. Un seul objet de valeur : le professeur, son regard, son amour pour les autres et pour les livres. Espérons qu'il fera un miracle.

2 mai 43 Flora

On nous a d'abord fait entrer dans le salon (petit). La tante, pas avenante pour deux sous, nous a parqués là pendant qu'elle allait fermer deux, trois portes qui donnaient sur les odeurs de cuisine. Maman était trop belle de partout et assez émue. Benoîton n'en menait pas large. Elle regardait ses chaussures avec intérêt, ce qui est chez elle le signe du désarroi majeur. On s'est assis en attendant le père ; Blaise nous faisait un brin de causette et il avait l'air vraiment heureux et tranquille. Moi je promenais mon regard. Eh bien, c'est laid, laid, laid chez eux. Aucun détail ne vous console de ce que l'on vient de découvrir. C'est moche de partout. Quatre fauteuils secs comme des planches, en Louis XVI Magenta, natte marocaine pluricolore agrippée au mur, photos des lardons Landon de-ci, de-là, rideaux en velours fané. Il doit faire noir le jour et il fait noir aussi la nuit : les lampes diffusent une lumière jaune tamisée par des abat-jour affreusement ruchés. Heureusement que la Benoîte est bigle. Car vraiment, on a l'œil assassiné ici. Maman en avait le souffle coupé : c'est pire que tout ce qu'on avait vu de pire.

Le père arrive : il est très sympathique. Il a une voix douce et l'œil brouillé comme Blaise, mais c'est un détail plus touchant chez un homme mûr. Il se dépense sans compter et nous offre un presque-porto. Avec beaucoup de gentillesse, il met sa main sur Benoîte, plus brebis prise au piège que jamais, et il la regarde avec tendresse. Le frère Lardon est assez gentil, mais je le trouve plus Vanves que Blaise.

La tante émerge des cuisines, très fébrile et dit qu'on peut « passer » à table. On y passe, passera, à la queue leu leu. Landon senior amorce un rond de bras vers maman.

On tombe sur une table, dont toutes les rallonges ont été exploitées, nappée de dentelle blanche, parsemée de gros œillets benêts, tout blancs aussi, jetés au petit bonheur la malchance à travers le couvert. Les assiettes ont des roses désuètes ; c'est tout à fait un « Repas de Noces » !

Maman tique... maman tique.

Derrière moi, sur le buffet Henri-II amélioré, on a oublié les fruits du déjeuner : deux vieilles pommes voisinent avec un tube d'aspirine.

Les asperges s'amènent... mauvais détail, dira le Soviet familial : les asperges se mangent à la fin. Enfin, elles sont tièdes mais bonnes, on se les mange. Le frère a l'air d'aimer Benoîte et de me trouver ridicule. Je n'aurais pas dû mettre cette robe-là.

Nous n'avons pas grand-chose à nous dire, les uns et les autres ; la tante est toujours en pensée avec le plat d'après ; on sent qu'elle se fait de la ronge ; elle se retire de temps en temps à reculons pour aller voir si ça cuit bien. Le père me plaît décidément et il s'accroche bien avec papa ; il plane assez joliment au-dessus des contingences, il ne trouve pas ça laid chez lui ; d'ailleurs, il a de beaux livres ; c'est le principal, n'est-ce pas ? Ils ont cru bon de louer un maître d'hôtel qui n'arrive pas à passer entre le buffet et les chaises et se tortille le bras pour pouvoir vous présenter le plat.

Après les asperges, gigot envoyé, dit le père de Blaise, par son frère du Berry. On sent que c'est une jambe qui a voyagé... mais enfin c'est de la viande et j'y enfonce mes dents avec ardeur. Au dessert, la pièce montée main par tantine s'écroule un peu avant d'aborder maman ; père Professeur verse le champagne et on passe des vœux aux aveux : pas de fric, pas d'appartement, pas de situation. Les parents dissèquent en commun ce problème difficile et ne trouvent pas de solution. Le tourtereau et la tourterelle ont l'air bien empoisonnés.

Retour au salon pour boire le jus de gland ; maman passe un bras tendre sur Blaise pour s'habituer, et s'essaie à l'aimer. Papa, maman, Professeur se redisent un peu... des choses, et puis le dernier métro nous siffle et on s'en va. Blaise nous raccompagne ; il tient le bras de Benoîte tandis que papa maman dissertent devant nous. Je me sens de trop à gauche et à droite et ne sais où porter mes pas. C'est un retour mélancolique, prélude à mille palabres pas bien drôles.

Le professeur nous a distribué, dans un geste aussi gentil que ridicule, les œillets du banquet et nous abordons chacun le quai du métro avec notre fleur, blanche et tête basse, au bout des doigts, souvenir fané de ce drôle de dîner de fiançailles.

3 mai 43 Benoîte

Voilà une bonne chose de faite, comme disait grand-mère. Je me faisais une bile folle, le vrai mauvais sang qui donne des boutons... et qui m'en a donné !

Cela n'a été ni bien ni mal. Flora a bien sûr vu beaucoup plus de choses que moi, car elle a des yeux, elle ! Si mes yeux devaient m'empêcher d'épouser un garçon comme Blaise, il faudrait me les crever. Professeur et papa se sont bien entendus et ont conçu de l'estime l'un pour l'autre. Je crois qu'au fond, Pater aurait adoré enseigner. Nous avons parlé politique et une commune haine des nazis nous a utilement rapprochés. Le maître d'hôtel avait l'air d'un personnage d'Anouilh dans ce cadre. Professeur le connaît depuis la guerre — la Grande — (combien de temps celle-ci devra-t-elle durer pour avoir droit à ce qualificatif ?) et il vient donner un air de fête capitaliste à tous les dîners d'anniversaire. Les trois Landon sont heureux comme des gosses d'avoir un homme en blanc derrière leur chaise et lui font des clins d'œil complices comme si tout cela était une bonne farce. Et c'en est une. Cette famille a gardé le précieux pouvoir de s'émerveiller. Est-ce la punition des riches de perdre ce don ?

Maman était d'ailleurs aussi incongrue que le maître d'hôtel, mais moins drôle. Solitaire au clip, solitaire au doigt (et solitaire tout court dans cette famille), bracelet de diamant, trois rangs de perles fines, rimmel aux cils, les paupières mordorées et *tutti quanti*. Une robe très couture avec d'incompréhensibles drapés ; un chapeau de paille rose qu'elle a accroché sur le portemanteau en faux bambou avec ses gants rose vif. Maurice, qui ne la connaissait pas, révisait visiblement ses notions sur la femme.

Comme nous étions assez mal assis dans le salon, la soirée fut courte. Mais Professeur dégage tant de chaleur humaine que les adieux ont été cordiaux. Blaise nous a raccompagnés au métro et le rimmel de maman, que les occasions classiques font toujours pleurer, a coulé sur sa joue. Elle a embrassé Blaise qui était fondant lui aussi et nous avons étudié des appellations de belle-mère où n'entrent ni le mot « mère » ni ses diminutifs. Nous nous sommes arrêtés à Bételgeuse, étoile rouge de première grandeur, et à Véga de la Lyre, ce qui l'anoblirait du même coup : le ciel seul est assez grand pour maman. Nous mettrons cela aux voix.

On a attendu le métro fort longtemps, hélas ! et on a eu le temps de parler.

« Alors ? Comment as-tu trouvé ça, Dédé ? » demande hypocritement maman qui sait bien que nous ne pouvons qu'être d'accord sur ce point. Mais elle n'est pas mécontente de me faire assumer tout l'ameublement des Landon pour me punir d'avoir choisi Blaise. « D'ailleurs, ce choix était déjà inscrit dans ses images de première communion, tu te rappelles, André ? »

Ma mère est quelqu'un qu'il faut détester, sinon, on est foutu.

On s'est ensuite attaqué à tante Léa et à ses frisons : « Mais enfin, ça se fait enlever de nos jours, ces trucs-là... je ne comprends pas qu'une femme... si on peut appeler ça une femme... » On espère que tout cela pourra, en quelque manière, nuire à mon amour pour Blaise, par ricochet. Sait-on où vont les choses ? Et effectivement, tous ces coups d'épingle finissent par tuer le charme. Il reste ma décision, bien sûr, mais elle est devenue triste ; ce n'est plus qu'une décision, les élans qui la portaient sont retombés ; il n'en subsiste que l'arbitraire.

J'ai l'impression de crucifier mes parents ; de leur demander un sacrifice au-dessus de leurs moyens.

Tout cela s'arrangera le jour où je franchirai pour ne plus y recoucher le seuil de ma chambre de la rue Vaneau. Mais il ne faudrait pas qu'entre-temps la braise soit étouffée sous les cendres et que je ne puisse pas « la ravoir ».

Suffit pour aujourd'hui. En rentrant, je feins la fatigue et vais me coucher. Il y a des soirs où un mot de plus vous ferait vomir. Seuls des gestes me calmeraient et mon Blaise est loin : bien plus loin que Vanves, enterré sous les gravats du mépris social.

Benoîte 6 mai 43

Visité avec Flora deux appartements : l'un rue de Chanaleilles, délicieux, donnant sur un jardin, l'autre dans une vieille maison aussi, rue de Boulainvilliers, avec une vue sur tout

Paris. Je préfère la rue de Chanaleilles, mais il serait plus prudent d'habiter Passy.

Je ne peux rien acheter avant que les bans soient publiés, car il faut les bans pour avoir des bons, y compris les bons de métal non ferreux donnant droit à la batterie de cuisine. Heureusement que je suis la première à me marier, je puise dans le stock familial, laissant généreusement à Flora une sorbetière et des moules, vestiges de notre belle époque à cordon bleu. Il est vrai qu'elle aura le lit de galuchat, puisque nous n'avons pas mérité de coucher dans une conque marine. Papa nous a commandé un lit comme tout le monde chez Darrac.

Mais Véga de la Lyre ne se décide pas à faire broder G et L entrelacés sur mes draps, espérant encore que je changerai d'avis... et d'initiales au dernier moment.

12 mai 43 Benoîte

On cherche des débris d'or pour fournir une contrepartie au bijoutier qui nous vend nos alliances. Véga a retrouvé une vieille dent qui fera l'affaire. Et si la guerre se prolonge, nous pourrons toujours remettre notre alliance au dentiste pour qu'il puisse nous faire une couronne. C'est le Cycle de l'Azote !

J'ai fait graver dans celle de Blaise : Liberté, Égalité, Fidélité. C'est antinomique ? Mais l'homme et la femme ne le sont-ils pas ?

Heureusement, la vie n'est pas la solution d'une équation : les données changent en cours de route et des inconnues peuvent intervenir, hélas ! qui faussent le calcul. En math comme dans la vie, l'inconnue, voilà l'ennemie !

18 mai 43 Benoîte

Nous sommes en pourparlers pour la rue de Boulainvilliers. Aller habiter le XVIe constitue une trahison de plus, mais pendant que j'y suis... Il faut que je trahisse beaucoup pour être sûre d'avoir trahi assez...

Je vois Blaise rarement. Il travaille toutes les nuits en dehors de ses heures de cours. Nous nous rencontrons le samedi plus longuement et je sillonne Paris à bicyclette pour l'apercevoir entre deux leçons à ses « tapirs ». Nous sommes un peu intimidés par la perspective de ce mariage si proche et surtout par l'énervement des familles. Nous avons déclenché un mécanisme que nous pensions intime et voilà que tout notre petit monde s'est mis en mouvement : c'est affolant. On parle petits fours, préséances, cortège, voile, moyens de transports, etc. Tout cela parce que nous voulons habiter ensemble ? Le poisson est complètement noyé. L'accessoire envahit tout ; le détail masque l'essentiel.

Nous sommes tellement séparés par ces fioritures que nous nous écrivons pour nous retrouver sous les contingences. Les samedis se passent, chez lui ou chez moi, à discuter de la couleur d'un rideau ou de l'invitation de tel collègue du professeur. Le soir, on nous « laisse » et c'est plus hideux encore. Je n'ai pas envie de m'allonger sur son lit à la sauvette et avec les bénédictions des familles. Nous jouons donc aux chastes fiancés. Au moins, c'est amusant.

J'ai toujours adoré le désir. Du moins lui est parfait, quel que soit le partenaire.

Benoîte 20 mai 43

J'écris peu. C'est plus décent... Je ne suis plus seule en cause. Et puis j'écris à Blaise ce que je mettrais dans mon journal. Quand je me couche, je n'ai plus rien à dire. L'amour, c'est aussi cette dépossession.

Benoîte 25 mai 43

Il est fortement question que les jeunes gens des classes 38 à 42 soient réquisitionnés d'office par le S.T.O. Nous avons discuté de cette éventualité hier toute la soirée chez les Landon. Bien entendu, ses deux fils partiraient dans le maquis. Ce sera sans doute pour cet été. Mais il n'est pas question de ne pas nous marier. Que dans cet effondrement général, Blaise ait un point fixe. Professeur nous approuve. Les de la Lyre, à qui j'expose la situation, sont émus. Rien de tel qu'un drame national pour faire oublier les distances. Mais ils préféreraient que je me contente de rester « fiancée ». Les parents ne sont jamais pressés ; pourtant, ils ont moins de temps que nous devant eux. Même un seul mois de bonheur, cela ne se remet pas à plus tard.

Blaise rejoindrait sans doute Wagner qui est dans le maquis du Centre.

1er juin 43 Benoîte

Étant donné les circonstances, M. et Mme de la Lyre voudraient que je demeure à la maison. Mais je suis bien décidée à ce que mon mariage signifie aussi ma rentrée dans la vie adulte. Je veux prendre mes décisions seule, loin des conseils et des rictus. J'aurais l'impression d'être une veuve si j'habite chez mes parents sous un autre nom. À Passy, je serai une femme qui attend son mari, comme des milliers d'autres. J'entrerai dans la grande confrérie des tricoteuses : « Et vous ? Avez-vous des nouvelles du vôtre ? »

3 juin 43 Flora

Bruno fait maintenant partie du décor et je m'en trouve bien. J'aime qu'on m'aime ; cela me rassure et comme l'angoisse me ronge, me larde, me creuse, il, on, me doit bien ça.

Bruno aime tout haut, très vite, sans fausse honte : il vous sert son sentiment sur un plateau d'argent, un tapis de Turquie, au lieu de ratiociner dans l'ombre comme mézigue ou de lécher son index en tournant les pages de Verlaine ou d'Apollinaire pour accorder son amour à quelque chose de plus haut que lui. Il dit tout cru, tout nu, qu'il vous aime, que vous êtes blonde, que vous êtes jolie. Et cela a sa grâce. C'est net : j'aime mieux qu'on enrubanne, j'aime mieux qu'on entremêle, qu'on me dise : « Ô calme sœur » ou : « Viens-t'en, Paquette. » Mais après tout, un bel amour sans phrases, tout sincère, en sentiment jusqu'au fond, sans croûte de littérature ou façade de déjà chanté, cela charme aussi. Et cela m'aide à passer ce temps mélancolique où ma chacune a trouvé un autre chacun.

Benoîte 5 juin 43

Bruno a apporté à Flora un magnifique cadeau d'anniversaire avec un retard de dix jours dont il s'est très humblement excusé. « On » lui a pardonné. Mais le marché noir, ce n'est pas la porte à côté et la commande avait été livrée en retard. C'est un « sous-main » en cuir rouge.

Il est bête mais il est généreux. C'est une bonne bête. Ceci dit, je ne comprends pas que Flora fraye encore avec lui. Elle a de ces faiblesses... pour ceux qui ont un faible pour elle ! Il s'habille chez Lanvin, je veux bien, mais il a le physique d'un mannequin de chez Alba. Une tête de joueur de tennis de vacances, une gaieté sotte et toujours à côté de l'événement, des mains trop soignées — il va sûrement chez la manucure comme un vieux beau — une gentillesse désarmante — mais ce n'est pas amusant de déposer ses armes — de beaux cheveux noirs, rien à dire, de faux beaux yeux noirs... que pourrais-je trouver encore pour dire la vérité tout en ennuyant Flora ? « Ô calme sœur », ce n'est pas dans cette caboche que tu trouveras « les orages désirés ». Mais tu n'as pas le courage de rester sans rien, mon pauvre chéri. N'importe quoi, mais qu'il y ait un homme, même au plus creux de la guerre, pour te souhaiter ton anniversaire et te dédier des regards sur lesquels tu peux broder tes arabesques et émietter parcimonieusement ton cœur.

Benoîte 7 juin 43

Maman fait un effort loyal pour aimer Blaise, mais je vois son œil qui brille sous les guirlandes de mots gentils et je n'aime pas beaucoup cette fausse intimité où elle s'installe avec lui pour parler de moi et lui dévoiler mes défauts. Elle reprend toujours d'une main ce qu'elle semble donner de l'autre. Mais il faut la connaître bien pour s'en apercevoir, car elle donne avec tant de panache ! Blaise est trop bon pour imaginer une ruse ou même une arrière-pensée.

Je ne voudrais plus qu'on m'aide à être heureuse. J'ai l'impression que j'en ai les moyens.

Blaise est venu dîner ce soir et maman a déployé pour lui toutes ses plumes, me gardant ses griffes pour la troïka du soir.

— As-tu remarqué ? Il s'est curé une dent creuse à table avec une épingle qu'il a sortie de sa poche !

— Il faudra qu'on lui apprenne à s'habiller, à ce petit. Il avait des manches qui lui tombaient sur les mains. Ça donne l'air idiot.

— Décidément, je ne vois pas Flora épousant un petit professeur. (Pourquoi petit, d'abord ? Il a 1,75 m.) Mais si tu crois que c'est ça, l'amour, il faut l'épouser.

Blaise est parti radieux avec l'impression d'avoir trouvé une mère et moi je reste avec l'impression que je n'échapperai jamais à celle que j'ai. Sans parler du dépit que j'éprouve à voir Blaise gober ses flèches enrobées de chocolat.

Le dîner avait été charmant, en apparence, ce soir. Mais à peine « le nouveau » parti, en débarrassant la table, la conversation s'est décantée d'elle-même et le véritable sens est apparu cruellement, comme des arêtes dans une chair innocente. Cette fois, maman parlait sa vraie langue : celle que nous comprenons à demi-mot. Il paraît que je me lasserai d'être « la colonne » du couple, de ne pas pouvoir me laisser aller, me reposer sur Blaise. Il paraît qu'il aura toujours besoin d'être soutenu, encouragé, remonté ; il paraît que mon amour tournera au maternage.

Ce soir, j'étais abattue. Ces problèmes sont graves ; ce sont les seuls graves. Je vais risquer ma vie, ma seule vie, sur une seule carte. Je réalise tout à coup quel saut dans la vie est le mariage. Blaise sera-t-il assez vaste pour remplacer tous les hommes, tous les rêves et toutes les vies possibles ?

Tous ces matins et tous ces soirs où son profil sera gravé à côté du mien, comme ceux du roi et de la reine sur une même pièce !

Seras-tu assez fort, mon doux, mon faible amour qui as failli démissionner déjà, mon triste amour qui vois toujours le malheur possible, le ratage probable, pour qui les batailles ne laissent que des vaincus et des morts ; Blaise, tendre et passionné en secret, qui ne crois pas aux miracles heureux ni au débarquement, enfant qui as peur d'être un homme et de ne pas en être un, qui doutes de ton talent littéraire, de notre bonheur, du mien surtout ?

Je crois qu'il faut être absolu, n'est-ce pas ? Et j'ai l'intention de l'être. Laisse-moi ne rien négliger, ne rien oublier. Car il suffit d'une petite épingle méprisée pour faire dérailler un absolu. Quand nous nous mettrons en route, nous ne craindrons plus rien.

Tout cela me pesait trop lourd. Je l'ai écrit à Blaise. En mieux dit. Ce soir, nous partagions pour le pire. Je suis soulagée. Il sera malheureux, mais je ne le suis plus. Je ne pouvais pas garder pour moi seule ces poisons. Le grand air les tuera sans doute.

Benoîte 9 juin 43

La réponse de Blaise est arrivée quand je n'en avais plus besoin. Les phantasmes de l'autre soir s'étaient évaporés... comme des phantasmes. Je me fous aujourd'hui de l'opinion des de la Lyre : je suis une « colonne », profitons-en. Viens, mon lierre, mon chapiteau, mon temple autour. Tu écris bien. Tu as du talent, du lyrisme, de l'humour noir et ce vague à l'âme qu'il faut pour faire une œuvre profonde. Je t'imagine écrivant dans ta triste chambre, distillant et brodant sur ces poèmes nocturnes dont le propre est de perdre toute réalité au lever du soleil.

Mon pauvre chéri, je savais que tu souffrirais inutilement. Mais ce soir-là, il était utile que je t'écrive. Et je n'ai pas pu m'empêcher de poster ma lettre. Pardon. C'était comme l'ouverture et l'ablation d'un abcès. Je n'ai plus mal du tout. Et tu n'auras pas mal longtemps, je te le jure. Ta lettre était trop merveilleuse.

Benoîte 10 juin 43

Je n'avais jamais mis les pieds chez un notaire... J'avais bien fait. Déshonorante séance ce matin, chez Me Aubrou, rue de Rivoli : l'envers des noces ou la poubelle des lendemains de fête.

Il se trouve que j'apporte en dot mille petits riens et que Blaise n'apporte *rien*, tout court. Mais je récuse l'expérience des notaires. Toute mon ambition est précisément de ne pas entrer dans leurs moules. Je refuse que l'on dise de ma vie : « Qu'est-ce que vous voulez... C'est la vie. »

Il est impensable que Professeur se montre jamais mesquin

et impensable que Blaise, si nous nous séparions un jour, veuille me disputer « trois chaises paille, façon rustique » ou me reprendre le buffet sculpté par papa. Un contrat, pour ne pas être sordide, doit porter sur des millions. Le mien, c'étaient les comptes de la cuisinière ! Et il a fallu en écouter la lecture détaillée devant Blaise et son père :

60	torchons et serviettes, le tout estimé à	600 fr.
6	paires de draps, estimées à	4.000 fr.
1	couverture de laine rose estimée à	300 fr.
1	peinture à l'huile représentant une femme et une guitare	1.000 fr.

(La signature de Marie Laurencin ayant été escamotée d'un commun accord pour ne pas payer de droits inutiles.)

— Argenterie, escabeau, un fauteuil cuir, tout y était.

Quant à Blaise Landon, né le 2 mars 1919, à Bourges, il était livré tout nu et repartira tout nu si nous nous quittons ; même l'appartement est à mon nom, pour d'excellentes raisons. Afin d'avoir quelques lignes sur le contrat, Professeur a dû citer les titres des éditions originales qu'il donne à son fils. Car comment séparer des biens qui n'existent pas ?

Mais la qualité des gens de cœur n'est pas seulement de ne jamais être sordides. C'est aussi, chose plus précieuse encore, que le sordide ne les atteint pas. Professeur ne s'aperçoit pas de ce qu'il y a d'insultant pour lui dans la rédaction de cet acte de vente mutuel. Quant à Blaise, je serais vexée qu'il soit vexé. Si nous commencions à nous froisser pour des conneries extérieures à nous, nous n'irions pas loin dans l'existence. Une seule chose a de l'importance : ce que *nous* ferons de notre vie commune.

Maintenant, « mes intérêts » sont saufs et tout est prêt : la robe blanche qui ne voudra pas dire que je suis une oie blanche, les cartes d'invitation : « Croix de guerre 14-18... leur fils et petit-fils... » le contrat de séparation de biens ou l'art et la manière d'unir rationnellement les corps.

Il nous reste à protéger l'essentiel, contre le naufrage de quoi aucune précaution, aucune assurance n'est efficace.

Tu es Blaise et sur ce Blaise je bâtirai mon église, mais toutes les forces de l'enfer prévaudront contre elle.

Benoîte 10 juin 43

C'est signé : nous habiterons Passy. Nous y avons passé la soirée avec Blaise hier, entre ces murs nus où la vie des locataires précédents s'inscrivait en contours vides : la trace d'un tableau, d'un meuble ou d'un tapis. Il restait au fond des armoires les épaves minables qu'une famille abandonne derrière elle. Toute une existence a tenu là, dans ce petit enclos ! Comme c'est petit ! Et voilà donc le cadre de ma vie, la cloison contre laquelle je mettrai mon nez pour dormir, la glace dans laquelle je verrai passer la silhouette de ce garçon qui aura le droit d'être près de moi dans toutes les circonstances de ma vie. Ses vêtements seront pendus à côté des miens et mes robes vont dire :

« Tiens, un veston ! Qu'est-ce qu'il fait chez nous ? »

Son rasoir sera sur l'étagère et sa brosse à dents poil à poil avec la mienne.

Nous nous sommes sentis un couple uni hier, pour la première fois, dans un endroit prévu pour nous. Nous n'étions plus « les enfants », ni chez les autres. Nous existions en tant que cellule sociale responsable et l'avenir me semblait facile. Avec Blaise, les problèmes ne sont que ce qu'ils sont. Nous nous faisons confiance. Nous sommes ce que nous disons que nous sommes ; voilà surtout la grande différence avec la cellule familiale. Blaise ne peut pas encore me dire : « Ah ! Tu ne changeras jamais ! » Je suis en train de lui montrer qui je suis et de choisir dans l'euphorie de l'amour qui je veux être pour lui. Ce n'est pas vrai qu'on ne change pas. Il y a des virages de temps à autre, où la vie vous donne l'occasion de changer de cartes et de commencer une autre partie. Le mariage en est un : on se sent neuf, et on l'est.

À peine dans nos murs, nous avons déjà un problème. J'étais mieux dans ce cadre pour en faire part à Blaise : c'est un problème qui ne concerne plus que nous maintenant : j'ai peur d'être enceinte. J'ai l'impression que je serai une machine distributrice qui fonctionne avec un zèle désespérant. Tout ce qu'on y mettra ressortira sous forme de nouveau-né. La situation est très claire :

Primo : Je ne voudrais pas fausser le problème mariage en y introduisant trop vite le problème enfant. Je suis seulement en train de devenir une femme ; pour la mère, on verra plus tard. Ne mêlons pas les torchons et les bavettes. C'est un sale tour à jouer à l'homme que d'introduire tout de suite ce petit amant au foyer. J'aurais un sentiment de culpabilité à lui dévoiler que je suis un piège, qui rend ce qu'on ne lui a pas donné. Car après tout, nous avons fait l'amour, mais nous n'avons pas voulu faire un enfant. Nous ferons l'enfant un soir, en y pensant. On n'est pas des lapins.

Deusio : Si Blaise part pour des mois, plus peut-être, il n'est pas question que je sois handicapée par un enfant.

Blaise est d'accord avec moi, encore qu'il n'eût pas osé me tenir ce raisonnement. Les choses sont comme elles doivent être. C'est une femme qui doit prendre cette décision-là. Je crois que c'est une preuve d'amour. Les premiers temps de la vie en commun sont un corps à corps qui ne supporte pas de corps étranger. Je ne voudrais pas d'un amour teinté de pitié, de nausées. Je veux n'être responsable que de moi ; du moins pour l'instant.

Blaise se fait prier. Mon chéri ! Mais j'ai une telle confiance en mon corps que je le convaincs. N'aurais-je hérité que de cela que je devrais une reconnaissance éternelle à mes parents. C'est bon de savoir qu'on peut aller au bout de soi-même sans risque, se piquer sans avoir un furoncle, être une femme sans se coucher à chaque lune.

Maurice a un maître de conférences qui est aussi son maître à penser et son ami et qui est assistant des hôpitaux et gynécologue. La seule réticence que j'aie : entrer dans la confrérie des clientes de gynécologues ! Ça y est, je suis une Υυνή avec tout ce que cela implique d'ombreux et de maladif. Il me semble que si j'étais un homme, je serais facilement dégoûté des femmes. Cet antre à douleurs, ce repaire de bandits, ce piège hypocrite qu'est un ventre féminin où tout ce qui est important est caché, presque hors d'atteinte. Et cette simplicité biblique de l'homme ! Tout est à l'étalage, toujours prêt à servir. Ne demandez pas à l'intérieur ce que vous ne verrez pas en vitrine ! C'est pas beau, mais cette façon candide de l'exhiber fait sourire d'attendrissement.

Nous aurions, nous, de pareilles horreurs dans nos arcanes, qu'en les découvrant, l'adversaire reculerait, incrédule. Quoi ? Un machin si compliqué avec toutes ces dépendances et ce superflu ? Ne pouvait-on trouver une solution plus élégante ? C'est pas catholique : ça ressemble à un péché.

Nous, nous sommes simples, redoutablement. Un tube anodin, et derrière, l'attrape-nigaud d'où l'on ressort père.

Demain, j'irai avec mon attrape-nigaud chez V. Il faut que ce contentieux soit liquidé pour mon mariage. Nous n'allons tout de même pas nous marier à trois ?

Cet événement, cette décision, nous rapprochent. Voilà que nous avons vécu, créé et détruit ensemble, Blaise et moi.

Flora 12 juin 43

La vache, elle me quitte ! Me voilà destinée à vivre Castor sans Pollux, Éponine sans Azelma, Artémise sans Cunégonde. J'en râle ; j'en pleure et elle n'a même pas le temps de voir mes larmes. Elle empile ses dessous et ses dessus dans des valises ; elle fouine dans mes biens pour distinguer le bon grain de l'ivraie et s'adjuge tout ce que nous possédions en copropriété. Elle fait sa pelote et elle se taille. Bref, elle me laisse seule sur la plage, les bras ballants, dépouillée et triste.

J'ai souvent pensé que c'était plein de charme d'être la cadette. Mais ce soir, cela me paraît mélancolique. Je voudrais mettre les bouchées doubles, les paroles doubles, tout lui dire, faire des pactes, sceller notre entente, mêler nos sangs, être sûre que c'est définitif entre nous.

Mais la gueuse, elle ne mange plus de ce pain-là et oublie que je suis près d'elle à mendier son souvenir.

Morbleu ! C'est le monde à l'envers si je me mets à supplier, après l'avoir tant dédaignée !

C'est dans quinze jours qu'on marie la Benoîte et maman a brusquement décidé de tout nettoyer dans l'appartement. On commence par la chambre de maman qui a besoin d'être lessivée. J'attaque un des murs et maman l'autre. Mais c'est dix fois plus fatigant que ça n'en a l'air et je suis flapie avant d'en avoir frotté le premier tiers. Il ne s'agit pas cependant de caner. Et pourtant, si Benoîte a son mariage, moi j'ai mon bachot !

Il y a un monde entre le Nous en savates d'aujourd'hui et les belles dames que nous espérons être dans quinze jours. Benoîte rentre de chez Blaise, la bouche enfarinée et l'air indifférente à ce branle-bas. Elle va rêver dans sa chambre et nous laisse à nos éponges. Le soir venu, nous sommes si laides et si vannées, maman et moi, que nous ne savons que le rester et dînons la mèche en bataille et les mains javellisées, sans même essayer de rectifier notre apparence. Demain le dernier mur, implacable, nous attend. Je me couche avec une fatigue de manœuvre.

Et tout ça pour marier l'Autre !

12 juin 43 Benoîte

J'essaie ma robe blanche en sortant de mon rendez-vous avec V. On m'a fait des piqûres de cheval, à tout hasard. Mais je vaux mieux qu'un cheval ; et ce que je tiens, je le tiens bien.

15 juin 43 Benoîte

C'était évidemment un cautère sur une jambe de bois. Visite à V. tout à l'heure pour passer à l'action directe. Blaise m'attendra dans le bistrot d'en face. J'aimerais mieux être lui. J'y retourne en sortant du cours de ce soir, pour bénéficier de deux jours de repos.

V. n'était pas très emballé, pas très content, pas très gentil. Le principal est qu'il n'ait pas osé me refuser ce service.

Cela a duré trente minutes ; V. ne voulait pas avoir à y revenir. C'est vraiment une douleur personnelle et centrale dont il est difficile de s'abstraire. On vous attaque dans vos œuvres vives, sans parler de l'humiliation. Ah ! Dieu a été sadique avec les femmes !

Trois minutes de pause toutes les dix minutes et on remonte à l'assaut. V. ne disait rien, mais j'avais l'impression qu'il me faisait payer quelque chose. C'était l'heure de la facture, de la douloureuse. Il paraît que, dans les hôpitaux, on n'endort pas les avortées volontaires pendant le curetage, pour les punir. Il est révoltant que n'importe qui puisse punir la femme et épargner l'homme, comme d'habitude. Blaise m'a appris ensuite que V. avait été obligé d'épouser sa femme enceinte parce qu'elle avait refusé ses « soins », pour des raisons morales ! Comme s'il n'était pas moralement répréhensible d'obliger un homme à passer le restant de ses jours avec vous sous prétexte qu'un spermatozoïde a trouvé bon de monter plus haut que les autres ! D'ailleurs, ces mariages-là portent en eux-mêmes leur punition.

Enfin j'entends : « C'est terminé » et V. m'offre un verre d'alcool. De la fenêtre on a fait signe à Blaise qui est monté me tenir compagnie dans le petit salon. J'y suis restée une demi-heure, endolorie mais non douloureuse. J'ai l'impression d'avoir été rouée de coups.

Tout cela n'est pas une affaire, après tout. Si seulement l'État ne se mêlait pas de nos reins et de nos cœurs et ne prétendait pas exercer son autorité sur nos organes personnels !

Dans l'entrée, Flora, avec sa tête des grands jours, m'attendait anxieusement.

— Alors ?

— Eh bien, chérie, il a fallu « tout » m'enlever.

Mais elle ne plaisante pas avec ces choses-là. Elle refuse par ailleurs d'écouter mon récit technique ; pour elle, tout cela est abstrait, théorique, céleste. Elle regrette le temps des choux. Elle s'enferme dans sa chambre ; elle me hait. Mais il faut bien la mettre en face des réalités : Flora vit comme une rose !

Benoîte 17 juin 43

Tout va bien. Passez, muscade.

On m'a mise au bouillon de légumes, malheureusement et je crève de faim, mais j'avais dû prétexter un mal invisible pour rester couchée et j'ai choisi la crise de foie.

J'ai repris mes classes aujourd'hui. Blaise passe l'agrégation demain. Les paquets commencent à affluer d'un peu partout : victuailles pour le buffet, cadeaux pour moi. De l'avantage de se marier officiellement : argenterie, verrerie, batterie de cuisine et petits meubles sont fournis par les invités.

Après le mariage, nous partirons directement à Villiers-Adam, dans une maison qu'on nous prête aux environs de Paris.

Benoîte 23 juin 43

On fait des rillettes, des petits fours, des bonbons, des pâtisseries. La maison se remplit d'odeurs exquises. J'ai l'œil cerné. On croit que je languis.

Dans huit jours, je ne serai plus Mlle Machin !

27 juin 43 Flora

Les paquets arrivent pour la veinarde : reçu ce matin un dessin à la plume de Segonzac « pour Benoîte Noah Noah ». Elle a déjà un Touchagues, un Picabia et trois Laurencin. Elle en est à cinquante-trois cadeaux, un de plus que pour sa première communion ! Je me suis accordé le privilège de les ouvrir. Toi, c'est moi, n'est-ce pas, chérie ? Et j'adore couper les ficelles. On dispose toutes ces merveilles dans la chambre de maman.

J'ai été tout à l'heure en bécane chercher trois kilos de farine grise, que vendait, sur présentation de patte blanche, une concierge de l'avenue de Breteuil. J'ai ensuite récolté dix pains de mie, en échange de tickets, en grande partie faux, achetés chez une autre concierge ! Ma bicyclette oscillait comme une femme saoule sous le poids des victuailles et je riais de peur... enfin I made it ! Iz'auront des sandwiches, nos invités !

Un pâtissier en chambre, M. Thomassot, vient à domicile nous traficoter de ravissants petits gâteaux qui attendent d'être pomponnés et pommadés au dernier moment. La cuisine sent la croustaille chaude et le sucre ; tout à fait l'odeur des cuisines de la *Belle au Bois Dormant* de mes imaginations.

« Surtout, dit papa, n'en mangez pas un, mes enfants, car il y en a juste assez ; et je vous promets qu'après la guerre, on se fera un buffet pour nous tout seuls ! »

Il a raison, c't homme, mais moi je ne peux pas résister. J'en ai bouffé une bonne poignée, tiède et fondante, de petits choux... et je me sens soulagée de ma tentation. Oh ! Cachez, cachez ces choux...

28 juin 43 Flora

Bachot. Hélas : une phrase de Maine de Biran à déshabiller et à mettre en pièces en dix pages, et les phanérogames. Je n'ose me demander ce que je pense de mon effort... Et l'aînée se marie dans trois jours ! Alors, vous comprenez, j'ai d'autres chats à fouetter.

Benoîte 29 juin 43

C'est pour demain. Je couche pour la dernière fois dans mon lit de chêne cérusé et de jeune fille. J'ai mis pour la dernière fois du désordre dans la chambre de Flora sans qu'elle ait osé protester, car elle est sentimentale et j'aime en abuser. J'ai laissé le robinet de sa toilette entrouvert, je n'ai pas replié ses serviettes, j'ai glissé sur sa descente de lit qui s'est mise de travers, j'ai dérangé sa pile de mouchoirs parfumés pour prendre le dernier, j'ai laissé la porte sur le couloir grande ouverte... un exquis festival.

Depuis deux jours, j'ai même le droit d'embrasser Flora sans tickets !

Dans la cuisine, les parents vaqueront une partie de la nuit. Ma robe de jersey de soie blanc est sur une chaise, raide comme une robe de statue. J'aurai un lourd voile de jersey aussi, détail rare, dont les plis sembleront pétrifiés. Je serai le contraire d'une mariée vaporeuse. J'aurai l'air d'une mariée pour agrégé de grammaire, d'une muse belle, mais sérieuse et avec qui on ne doit pas rigoler.

Cette cérémonie ne me concerne pas personnellement. C'est le passage à la douane. C'est demain soir que je serai à l'étranger et que cet étranger sera ma nouvelle patrie.

Je quitte mon état sans nostalgie. Je n'ai pas très bien su être une jeune fille. Je crois que je suis plutôt faite pour être une femme. Comme au cinéma, je regarde Mlle G. dans une glace pour la dernière fois, cette demoiselle de la rue Vaneau, qui avait de grands yeux et dont on disait qu'elle ressemblait, dans ses bons jours, à Loretta Young. À qui ressemblera Benoîte Landon ? Quand commencera la déshonorante bagarre contre la ride ou la poche ? Qui seras-tu, à quarante ans ? Oh ! pas embourgeoisée, s'il te plaît. Plutôt vivre « dans la merde ».

Mais un jour, ce sera la première visite dans un institut de beauté et ce sera le commencement de la fin. On m'obligera à prendre un yaourt au petit déjeuner, on m'interdira le café au lait, les frites, les œufs, tout ce que j'aime, je ménagerai mes organes pour qu'ils durent, j'aurai une pesanteur dans les mollets, je compterai méticuleusement mes heures de sommeil, je traquerai mes cheveux blancs. Ma Grande Guerre — perdue d'avance — aura commencé.

Benoîte G., tu étais solide et jeune ; je pouvais compter sur toi ; mais tu ne savais pas vivre. J'ai l'impression que Benoîte Landon va me donner de grandes satisfactions.

Flora chérie, je te trahis. Tu vois, tout le monde croyait que ce serait toi qui partirais la première et qu'on aurait du mal à me caser ! Tu m'as rendu l'enfance amusante et la jeunesse pleine de complicités. Mais je crois qu'il était temps que nous nous quittions : nous n'étions plus des filles, mais des femmes : nous avions chacune nos pauvres.

Peut-être un jour, quand nous aurons épuisé l'illusion de ne faire qu'un avec l'homme que nous aimerons, redeviendrons-nous deux sœurs ?

J'imagine ta destinée brillante, traînant tous les cœurs après toi. Je serai la bohème en pantalons, à qui il manquera toujours un bouton et que tu n'oseras pas inviter à tes dîners. Mais je ne redoute aucune cassure entre nous, même si je viens un jour brandir le drapeau rouge parmi tes invités. Le divorce n'existe pas entre sœurs ! Tu auras beau me plaquer, mon chéri, je serai toujours là, à tes côtés ou dans l'ombre, mais finalement plus proche de toi que personne.

En attendant que nous nous redécouvrions, réjouis-toi : je ne lirai plus tes lettres, je ne me laverai plus les dents avec ta brosse, je ne presserai plus la Bi-Oxyne par le haut, et je ne piétinerai plus tes plates-bandes sentimentales ; car il faut être intime pour se faire du mal avec plaisir. Demain, la vie pour toi ne sera plus qu'un monologue.

Exit Benoîte G.

DEUXIÈME PARTIE.

Flora 1er juillet 43

Elle est mariée, elle est partie, mon enfant ma sœur. À peu que le cœur ne me fend.

On n'a pas eu d'alertes ; ma sœur était belle et tout était réussi.

Fixe-toi, présent déjà enfui.

Je n'aimais pas beaucoup la robe de jersey genre vierge triste de Benoîte ; mais il paraît que c'était très beau et pas banal. Moi, j'étais en gros page, robe blanche à pois noirs et chapeau pointu en velours noir. Je ne suis pas sûre de m'être aimée non plus ; et surtout mes souliers de bois faisaient un de ces clac clac dans l'église quand je quêtais... à mettre les suisses en fuite.

Benoîte est partie à Villiers et me voilà seule dans ma chambre et plus personne de l'autre côté de la cloison.

Les enfances sont révolues, finis les compagnonnages. Blaise est un gentil étranger à qui je n'ai pas grand-chose à dire. Et pourtant, il m'a pris ma sœur, ce grand lâche... elle sera toujours entre nous !

Flora 5 juillet 43

Bonnes nouvelles de Benoîte. Ils s'aiment au soleil et moi je m'habitue à être seule et je surveille les travaux de leur « case », rue de Boulainvilliers. C'est drôle, on prend très vite le pli des choses. Benoîte me manque affreusement à certaines heures du jour, mais je sais me consoler, et puis je prépare d'une tête molle mon improbable oral.

8 juillet 43 Flora

Minute de silence : je suis recalée. Juliette est recalée aussi, tant mieux. Elle me propose d'aller passer le mois d'août chez ses grands-parents pour y travailler avec elle.

J'ai presque ma moyenne en chaque chose ; je ne suis qu'une terne médiocre et j'en ai honte. Mes vraies vacances se passeront donc à Paris et ma boîte à bachot sera à Saint-Laurent-sur-Loire.

10 juillet 43 Flora

Germaine Roanès, Françoise dans la Résistance, nous a invités à dîner, papa, maman et Bibi, avec deux aviateurs alliés dont elle a la garde, après avoir été les ramasser dans une ferme du côté de Brie-Comte-Robert. Ils vivent planqués chez elle, en attendant qu'un membre du réseau vienne les chercher pour les renvoyer en Angleterre. C'était merveilleux d'être enfin face à face avec des représentants de nos amis de cœur. Pourtant je crains que ce ne soient des spécimens de qualité assez inférieure. L'un est américain, Hank, 1,80 m, tenue de mécano, belle gueule ouverte et commune ; ne fait que rire en traînant la patte. (Il s'est abîmé en tombant en parachute.) L'autre, 1,60 m, petit Anglais du nom de Lee, habillé de bric et de broc avec les vêtements trop grands du père de Roanès, affreux et comique, tout à fait le type cockney. Germaine leur parle avec les mains, car ni l'un ni l'autre ne causent notre langue et ils sont ravis de me voir et de s'exprimer enfin en anglais après des semaines de silence. Je regarde avec émotion ces tombés du ciel. Ils sont merveilleusement adaptés à leur situation, disparaissent dans des armoires dès que l'on sonne et semblent si contents d'être vivants que le reste est littérature. Le dimanche, le concierge de Germaine, qui est sergent de ville, les promène dans Paris avec de fausses cartes de sourds-muets. Après dîner, l'Amerlo m'apprend à danser le jitterbug qui, paraît-il, est le grand succès chez les « libres ». Ils sont moches, c'est dommage, ces dieux tombés. Mais ce sont des soldats à qui l'on peut enfin sourire.

Lee m'a donné un bonbon anglais. Miracle ! J'hésite à le faire passer à l'état de souvenir. Le papier, il est vrai, demeurera.

Flora 16 juillet 43

La Benoîte nous abandonne vraiment corps et âme ; elle m'a envoyé un mot fraternel qui aurait tenu sur un pétale de rose et c'est tout pour la famille. Heureusement que notre gendre a plus d'égards pour ses belles-doches, il nous a écrit. Maman lui a répondu une gentille lettre. Mais c'est difficile d'écrire à un nouveau fils.

Flora 20 juillet 43

★ J'ai été hier passer la journée avec ma sœur et mon beau-frère. Je suis tout étonnée d'avoir à appeler les choses par leur nom et que ce grand inconnu soit mon beau-frère. J'ai envie de lui dire : « Eh ! Moi je n'ai rien signé ! »

Nous sommes encore pleins de cérémonies dans nos rapports. Chacun en sait long sur l'autre et pourtant ne le connaît pas.

Pour moi c'était merveilleux de voir d'autres arbres que des marronniers et de respirer un air des champs. Benoîte et Blaise avaient leurs bicyclettes, on m'a prêté un vieux cycle et nous avons parcouru les petits chemins. Le retour à Paris est sinistre quand on s'est replongé dans la vérité de la nature. Je les envie, ces deux amants comblés de rester dans leur verdure. J'aimerais savoir si Blaise deviendra pour moi un proche ou s'il sera toujours une espèce d'intrus qui m'empêche de dévisager ma sœur.

Flora 23 juillet 43

Maman, je t'aime. C'est affreux d'aimer ; ça blesse. Je sens que mon bonheur dépend tellement de celui de maman que parfois je m'inquiète. Les ombres et les lumières de son humeur font mon propre climat.

★ Je lis *Manhattan Transfer* de Dos Passos. Un de ces livres où le lecteur turbine. Tranches de faits, superposées sans ordre visible. On fait tout seul l'effort de coordination et de synthèse.

Une espèce de voyage dans le métro avec des arrêts perpétuels et toujours de nouveaux personnages qui montent !

Encore huit jours de Paris, puis je pars à Saint-Laurent rejoindre Juliette.

★ J'écoute en moi ce qui bat. J'aimerais mettre le pied sur mon ombre.

Pour faire passer le temps qui traîne, j'ai été à la Grande-Chaumière aujourd'hui avec Andrée. Ambiance légendaire ; du bruit, de la fumée, des gens plutôt sales et quelques petites vieilles dames mignardes et appliquées qui adorent les premiers rangs. Plusieurs vieux messieurs grincheux qui font chut à chaque bruit de tabouret.

Toute la jeunesse fume des mégots, se donne des bourrades et parle philosophie intime entre les poses. Le modèle était lourd et beau ; d'une beauté qui n'aurait pas cours dans la rue : seins pesants et déjà tombés, large ventre où le pli s'installe sans vergogne ni honte. Les poses étaient assez obscènes par rapport à celles de chez Jubert. Je sentais que je faisais partie de mon crayon, j'étais bien.

Après, on a eu un homme, qui, ma parole, était nu ! C'est la première fois que je vois un homme nu ; c'est moins pire qu'on pourrait croire. Je n'ai ressenti aucun étonnement quand je l'ai vu arriver sur l'estrade en sautillant ; je n'osais pas d'abord poser mon œil sur cette mollesse fripée qui lui habite l'entre-jambe, et puis je m'y suis faite et j'ai dessiné d'après nature et sans faiblesse. Je voulais surtout avoir l'air d'être habituée. Il n'était pas laid d'ailleurs, mon premier homme nu ! Une belle carrure, des poils dessinant en noir ses pectoraux et ses muscles du ventre et par là-dessus une tête benête et jolie de chérubin vieilli, avec un sourire ineffable et une frange brune qui lui faisait des 'tites dents sur le front. Il prenait des poses martiales de Prométhée sans chaîne, ou d'homme de Cro-Magnon à la tâche, et ses couilles, puisque chose il y a, le suivaient dans ses gestes et malgré lui, disaient toute la faiblesse de l'homme. Sans le vouloir j'ai pris une leçon : l'homme est un dieu tombé !

Quand je suis rentrée, Benoîte n'était pas là pour que je lui dise que j'avais vu un homme ; et je me suis sentie affreusement frustrée par son absence. Où es-tu, garce formidable, et comment oses-tu ne pas répondre à mon appel ?

Flora 3 août 43

Départ pour Saint-Laurent. Le train était bondé et il faisait chaud à suer tout haut. J'ai voyagé assise sur ma valise farcie de Cuvillier et de Janet. Juliette m'attendait à la gare et je suis maintenant installée chez ses grands-parents, assez contente et un peu perdue. La petite grand-mère a les cheveux gris et des yeux d'eau et une douceur de souris blanche dans les gestes. Le grand-père roule les *r* et a un large béret. La vieillesse me paraît toujours en retrait. Quel est ce fossé entre nous ? J'aimerais parfois tendre les mains vers ces gens qui descendent l'escalier, mais je sais d'avance que mes gestes sont vains et que nos mains ne se rencontreront pas.

Je partage une chambre avec Juliette et dès la fin du déjeuner, très copieux (mais malheureusement les légumes ne coïncident pas avec la viande et je sens que c'est un us, et qu'il me faudra toujours attendre avec l'espoir que la dernière bouchée de l'une rencontrera la première bouchée de l'autre) ; dès la fin du déjeuner, nous avons été écrire notre plan de travail en lettres capitales. Le programme est très spartiate : lever : 7 heures. Une demi-heure de gym-boum pour parler lycée, puis absorption massive et concentrée de toutes les matières que nous n'avons fait qu'effleurer. À 10 heures, une demi-heure de ping-pong, puis philo, etc. Pourvu que nous respections notre loi !

Flora 8 août 43

La maison est simplette mais jolie ; vue sur les vallonnements de la Touraine, champs à carreaux verts et jaunes comme une couverture écossaise. Les Allemands occupent toute l'aile droite de la maison. Les chambres nobles sont occupées par deux officiers teutons et leur valetaille, et nous trouvons un plaisir amer et troublant à aller effectuer des vols de reconnaissance dans leur domaine. Leurs portes ne sont pas fermées à clé et nous pénétrons dans ce monde ennemi avec un mélange de panique et d'excitation qui nous comble. Il s'agit de faire au plus vite : on pénètre, on regarde les photos de la Mutter et de Gretchen... quelle chance, les filles du Leutnant sont germaniquement laides ! On prend des airs dégoûtés pour regarder les brosses à cheveux et on déplace rien qu'un peu les affaires pour se faire peur. On joue aux espionnes, on retient son souffle, on se sent vivre, le moindre bruit nous fait filer ; c'est grisant d'horreur. En fait, le butin est maigre. Mais, Nathanaël, « que l'importance soit dans ton regard ». Nous avons l'impression d'avoir gagné une bataille.

13 août 43 Flora

Pour la première fois de ma vie, je travaille, ce qui s'appelle travailler ; je ne savais même pas quel goût avait le vrai labeur. Je n'avais jamais joué à l'effort scolaire. Cela n'est pas désagréable et si c'était à recommencer, peut-être bien que je me ferais bonne élève. Beaudouin me citait toujours cette phrase de Pétain : « L'effort porte en lui-même sa récompense. » Elle est belle et juste. Cela nourrit d'aller jusqu'au bout de sa peine et jusqu'au fond de sa tête. Juliette et moi consommons notre philo avec un appétit tout neuf qui nous étonne : on s'applique, on comprend, on va de l'avant et la lumière est, elle nous éblouit. C'est fulfilling ! Jeu de mots intraduisible en français, car les mots, en vérité, ne voyagent pas.

Après ce travail par la joie (décidément, sale Germanie, tu as toi aussi de belles formules), nous jouons au ping-pong avec passion. Il s'agit de gagner à tout prix et comme nous sommes de la même force, ce sont de toutes petites victoires très précieuses.

Aujourd'hui, le plus jeune des deux Herr Leutnant qui hantent la maison, est entré dans la remise où nous jouions et nous a demandé dans un pas mauvais français s'il pouvait faire une partie. Il était droit, frais, assez beau malgré ses petites lunettes cerclées d'or, on pourrait l'aimer bien s'il n'était pas en vert-de-gris. Il attendait notre réponse avec une politesse appliquée et nous nous regardions affolées, prises au piège du rapport humain banal. Ce grand jeune homme fait comme tout le monde, pourquoi donc veux-je le haïr ? Et puis l'espace s'est recréé entre nous, je n'ai plus eu à vouloir ; je l'ai haï, mon ennemi, à toute force. Nous avons bredouillé en même temps que notre partie était finie et que nous allions travailler. Et nous sommes sorties très dignes et passablement rouges, un peu humiliées d'avoir été tentées, un peu déçues de n'avoir pas trouvé très vite la formule arrogante et fière qui lui aurait montré de quel bois nous nous chauffons, à ce Teuton. S'il savait que nous espionnons sa chambre, ouvrons ses tiroirs et regardons ses photographies !

Ceci posé, c'est plus difficile que cela, de haïr autrement que dans l'abstrait. Dès qu'un regard a été échangé entre deux êtres, ils sont complices de la même farce, malgré eux. Oui, je comprends maintenant papa qui refuse de lire le *Pariser Zeitonge*, d'aller au cinéma et d'écouter une autre radio que l'anglaise ; il sait que toute compromission est un risque.

Il s'agit donc de ne pas échanger un regard. C'est très facile à Paris de traverser la masse anonyme de nos occupants, de haïr en bloc ; c'est amusant de faire comme s'ils n'étaient pas là ; dans le métro, quand je suis entourée de doryphores, j'ai mis au point un œil magiquement absent. Mais ici, avec ces deux êtres qui, par malheur, n'ont pas de mauvaises têtes et que nous croisons dix fois par jour dans l'escalier, je trouve cela plus dur et plus bête. Nous nous disons avec Juliette que c'est parce que nous avons mis le nez dans leur vie intérieure. Mais je suis heureuse que la rigueur altière de papa me soulage définitivement de tout problème. Qu'il ne transige pas est une béquille à la faiblesse de ma jeunesse.

Or donc, Teuton, l'affaire est conclue : je vous hais, je vous hais. Pas besoin d'essayer d'avoir un visage, je ne fais pas le détail : chacun de vous est l'ennemi en bloc.

Flora 25 août 43

Mon séjour ici tire à sa fin. Je pars cette semaine. Ce fut une délicieuse escale. Au revoir, travail ; à peine rencontré, nous nous quittons déjà.

J'ai hâte de retrouver ma sœur âme et de visiter leur case. Ils sont maintenant installés à Passy.

Flora 29 août 43

Blaise et Benoîte sont venus déjeuner à l'ex-bercail pour mon retour.

On me l'a changée, ma frangine, ma chacune, ma quotidienne. L'âme-sœur est devenue une âme-femme et il y a un monde entre ces deux âmes-là.

À Vaneau maintenant elle s'assied sur le bord des fauteuils elle est en visite là où elle a appartenu. Je lui donne des coups de coude, je lui fais des clins d'œil, je lui murmure dans l'embrasure des mots clés, des phrases tabous, je lui susurre des « Souviens-t'en ». Mais elle me regarde comme si elle faisait connaissance et ne répond à aucun appel. Alors, j'ai envie d'être vulgaire ; je lui tape sur la bedaine, je lui gueule des vérités ; mais madame n'entend pas, madame ne reçoit pas ! Mélancolie ! Je ne sais pas comment la retrouver ma moitié. Blaise, casqué de virilité, monte la garde devant son temple et n'y pénètre plus qui veut.

Sœur, ma sœur, ma renégate, est-ce donc ça, la vie ? Oublier, refuser, renier ? J'en apprends tous les matins et n'en jetez plus, j'ai mon compte. Je voudrais ignorer la suite, le prochain chapitre. Car c'est moi qui à mon tour quitterai le navire Vaneau ; rat en mal de partance, je suivrai un inconnu pour lequel je renoncerai à moi-même et trahirai mes plus que proches. Chers plus que proches, comme cela doit être ingrat d'avoir des enfants ! Benoîte, fuyant sans se retourner, m'aura déjà appris l'art d'ignorer les obstacles et d'accommoder les cœurs ; mais cependant, je souffre d'avance de toutes ces amarres qu'il faudra larguer, de tous ces cordages qui se tendront jusqu'à la rupture.

D'autre part, je ne me sens pas à mon aise avec Blaise. Benoîte m'a toujours chanté qu'elle aimerait mieux me tromper ou être trompée par moi que par toute autre ; mais je n'épouse pas ce sentiment. Blaise n'est pas un homme puisqu'il est à ma sœur. C'est mon beau, c'est mon frère ; à bas mes pattes ! Que reste-t-il quand les pattes sont basses ? L'amitié, évidemment. Mais ce gars-là en sait trop long sur moi par Benoîte pour qu'une vraie amitié s'installe entre nous.

Cela se tassera, ma belle. Tout tasse, tout lasse... et je serai bientôt habituée, j'espère, à ne plus faire qu'une.

1er septembre 43 Flora

Et voilà que l'angoisse remonte à bord : Blaise va partir dans le maquis avec son frère, car ils sont tous les deux visés par le

S.T.O. Benoîte refuse de s'attendrir et discourt froidement de tout cela, à notre étonnement.

Flora 2 septembre 43

Il n'a pas été question de me raconter beaucoup après avoir gobé tant de philososo. L'autruche que je suis a tâché de digérer tous ces cailloux qui font tic-tac, mic-mac dans ma tête et je me transporte comme un tabernacle. Je passe demain et Benoîte est venue ce soir, espoir de la dernière heure, tenter de coordonner toutes mes connaissances. Elle m'a fait réciter jusqu'à épuisement de ma voix. Pour la première fois, je pars à un examen sachant quelque chose ; et j'ai bien plus peur que quand je ne sais rien !

Flora 3 septembre 43

Blaise est parti hier. Je hais tous les départs. Mais un départ honteux, à la tardée, vers un devenir incertain, c'est d'une tristesse imbuvable. On dit des choses bêtes : « Couvre-toi bien !... Alors, écris... Bon voyage ! » et l'on tourne le dos à la gare, assailli trop tard par mille phrases indispensables qui ne seront jamais prononcées. J'avais accompagné Benoîte jusqu'au quai où Blaise avait rendez-vous avec un ami de route et puis je me suis terrée dans l'ombre en attendant qu'ils se disent tout en un dernier baiser. Alors, j'ai ramassé les restes dignes de ma sœur et je les ai ramenés à la maison.

Dîner morne. Les parents proposent à l'aînée de réintégrer son nid. Je m'étonne que maman ait pu envisager une réponse affirmative. Benoîte piaffe depuis si longtemps aux portes de sa liberté que même une liberté solitaire lui sourit plus qu'une dépendance douillette. Le chagrin lui donnait du courage, ce soir, et elle nous a très correctement remis à notre place et signifié que sa place à elle était définitivement hors du cercle familial. Mme Landon a partagé notre pain et elle est partie vers sa vie à elle sans se retourner.

Après son départ, maman qui ne s'avoue jamais vaincue, a donc conclu qu'il n'y avait pas eu de combat et qu'elle était bien heureuse qu'enfin ma Zazate sache voler de ses propres ailes. Mais elle en pense bien plus.

4 septembre 43 Flora

Tristesse rouge : encore un débarquement raté à Ouessant.

★ J'ai eu la Réflexion, la Respiration végétale et les États généraux. Je ne suis pas désespérée ; et en tout cas, adieu bouquins, adieu fatras ! Il n'y a pas d'oral.

8 septembre 43 Flora

Blaise est parti depuis quatre jours. Benoîte a reçu une petite lettre de lui ce matin, venue de l'inconnu, tombée du ciel. Il va bien, il l'aime, il n'a pas de temps pour la littérature. Pauvre petite Benoîte, fière âme en peine ! Elle sourit et attend avec une sérénité qui m'éblouit. Moi, je pleurerais toute la nuit et j'emmerderais les gens toute la journée si j'avais un Blaise au loin ! Mais j'en ai pas ! J'ai un Bruno auprès et, ma foi, il me gênerait plutôt, car il m'aime d'un amour de veau tendre qui me pèse un peu lourd. Mais je ne sais pas jeter... alors j'attends.

14 septembre 43 Flora

Je saurai demain si je suis une philosophe ou une imbécile. Je n'ai pas le courage d'aller rue Vauquelin chercher mes résultats. Je n'ai pas la force d'attendre ma collante non plus ; alors j'ai délégué Juliette qui me téléphonera tout de suite si c'est oui. Si elle n'appelle pas, je comprendrai.

Benoîte est venue passer la soirée à Vaneau pour me tenir la main ; papa et maman me traitent déjà en grande malade condamnée. Ah ! on peut dire qu'on me fait confiance, chez moi !

15 septembre Flora

Téléphone, petit dieu noir, petit dieu lare, sonne ou je t'étrangle. Sale petit chômeur ne continue pas à te taire. Sonne rien qu'un grelot et je te tresserai des guirlandes.

... Ça y est : je sais ! Je suis reçue. Juliette me l'a hurlé à toute vitesse dans l'appareil. Elle est reçue aussi. Nous sommes libres et glorieuses. Ah ! Comme je me considère ! Ah ! Comme je me félicite ! Vive moi ! Je n'ai pas souvent ressenti une telle félicité. Mon échec m'aurait tatouée de honte pour la vie. Les parents me trouvaient si farfelue : « Pauvre Flora ! C'est une artiste ! » qu'ils sont eux aussi éblouis. Bien plus que lorsque Benoîte empilait des exapieds de licence.

Je suis fière de bout en bout. Je pars demain faire un pique-nique dans la forêt de Saint-Germain avec Bruno.

Flora 16 septembre 43

La volonté qui faiblit.

L'attente du paroxysme, urgent et déjà fastidieux.

Le paroxysme considéré comme le moyen de ne plus attendre. « Les hommes ne recherchent pas le plaisir, mais la recherche du plaisir. » Cet instant fragile : commencé... fini. Cet instant qui tremble, où l'on n'a plus besoin de personne, où l'on se bat pour soi tout seul. Sûr déjà du déclin.

Cela fait penser à l'humanité en marche vers la mort. On est si sûr de l'éphémère de cette joie. On la poursuit surtout pour en être débarrassé. Et quand elle est passée, on s'envole dans sa tête comme dans un pigeonnier, sans crier gare, plein d'arrogance et d'exigences.

À ce moment-là commence le vrai désir, devrait commencer la vraie extase, dans l'amour. Je pense, moi qui ne l'ai jamais fait, que c'est là que cela commence.

Si je pouvais me saisir à ce moment-là, comme un papillon ! Mais, solitude glacée, injustice insigne, je me sens vide de reconnaissance, dénuée de mémoire, seule devant moi-même, consciente et désolée.

Flora 3 octobre 43

J'aimerais aimer Bruno. Il est à la portée de ma main et de mon cœur ; il ne demande rien et donne tout. Il attend mon amour comme le printemps ; il y croit mais moi, je n'y crois pas. Je m'ennuie avec lui, en attendant. Mais, quel dommage, j'aime bien sa peau, à condition de la consommer à doses homéopathiques ; j'aime bien le caoutchouc beige de son derme ; il a des mains qui parlent mieux que son larynx. Bref, je ne suis pas insensible et je râle de ne pas l'être. J'aurais voulu rester un pur esprit à vie. Et voilà que la bête s'éveille... alors, je prends mes lunettes et je l'examine.

8 octobre 43 Flora

Il paraît, selon Goebbels, « que l'Allemagne défend un continent qui ne le mérite pas ! »... et qui ne lui a rien demandé, qui plus est ! C'est gai d'être aimé malgré soi, j'en sais quelque chose sur le plan personnel. Bruno est quotidien et doux, toujours présent à l'appel. Mais qu'il ne tourne pas le coin de la rue ! Sa présence est son don exclusif. On a envie de lui dire : « Soyez là, soyez là ! Montez la garde, et vous gagnerez. »

Car son absence révèle ses absences et elles sont tonitruantes. Il ne pénètre même pas à l'orée de ma vie intérieure ; il n'en pourrait pas dessiner les grandes lignes. On n'explique aux gens que ce qu'ils comprennent déjà. Mon effort pour donner une édition expurgée de mes pensées à Bruno, cette tentative de tout ramener à quelques grands traits simples, me déconcerte moi-même. Chez lui, il n'y a même pas de moignon pour greffer : c'est une chirurgie sans espoir.

Je le bouleverse comme on fait une tempête dans un bocal et il pourrait à peine me dire les raisons de ses houles. Mais je profite de ma science pour semer l'angoisse dans sa frêle embarcation ; sans satisfaction, d'ailleurs : il n'est de victoire que périlleuse et le spectacle de Bruno dérouté dans sa candeur par mes manigances et mes phantasmes est aussi douloureux que celui d'un enfant perdu. Je le retrouve pour sa paix et je renoue par lâcheté tendre des liens que tout en moi me conseille de délier.

14 octobre 43 Flora

Bigre, du neuf ! Badoglio a déclaré la guerre à l'Allemagne. L'étau commencerait-il à se resserrer autour des félons ?

Papa se fait déjà le chantre de la victoire, mais il nous

l'annonce depuis si longtemps que notre espérance s'impatiente.

La rentrée scolaire est pour le 18 ; mais moi, je m'en lave les pattes. Je ne suis plus une élève. Hurrah !

Flora 20 octobre 43

Sensations physiques. Je n'ai jamais perdu conscience. Cela arrive-t-il vraiment ? Devant moi, le sol ne s'ouvre jamais. Le capitaine reste à la barre. Pas de tempête... un doux voyage.

L'instant où la sensation est dans le présent comme sur une corde raide... ce n'est pas le moment le plus agréable. C'est quand elle n'est pas encore que je la goûte, quand je l'espère et la sens venir du fond des âges, anonyme et toujours pareille, brève et décevante. Quand la sensation est là, elle se déclare immédiatement incontrôlable comme une voiture sans frein. On la laisse courir, on sait qu'elle reviendra au point d'attache. Terre promise, terre non tenue !

Je me raconte et je m'écoute. Mais dire, *best beloved*, que tu n'as absolument jamais couché avec quelqu'un et n'as vraiment pas l'intention de le faire ! Allons, ces baisers, ces mains chaudes sont après tout des primes sur la virginité.

Bruno m'a donné aujourd'hui un paquet de cigarettes américaines. Ah ! merci, jeune homme. Je ne dirai rien contre vous ce soir.

Flora 25 octobre 43

À côté de certains points d'entente avec Bruno, c'est la solitude devant d'autres sujets. Certains mots tombent dans le vide et d'autres, je ne les dis pas pour leur éviter cette chute. Les choses passent au large de son entendement, comme des bateaux à l'horizon ; il n'en a qu'une vague conscience, comme d'un mirage.

★ Je commence demain mes cours de dessin à l'académie Jullian et à la Grande-Chaumière. Je suis ravie et je me sens légère, évoluée et fière. Finis les magisters. À moi l'âge adulte.

En ce moment, je m'aiguise. Pour qui couper ? Un couteau. Dans les rapports humains, on fait des balles, on joue le jeu deux ou trois sets, puis on se serre la main, on s'essuie la figure, on récupère et on recommence.

Je n'ai jamais fait que des balles ; ou joué contre des débutants. Je pense que je perdrai déraisonnablement le jour où je jouerai contre un confrère, car la déroute me guette.

1er novembre Flora

Benoîte vient déjeuner plusieurs fois par semaine et je couche au moins une nuit sur sept chez elle. Mais c'est drôle, c'est triste, le charme est rompu. On n'est plus des sœurs complètes, on ne se dit plus tout, l'étranger nous a pris quelque chose. Je continue ce journal d'une main pâle et avec un courage decrescendo. Ma chanson était faite pour un duo, le solo m'incommode et me lasse. Et pourtant, comme les gens qui ont l'habitude d'être saignés, je sens parfois le besoin impérieux et prédominant d'écrire. Mais à peine prends-je la plume que ma pensée se dilue et s'estompe.

10 novembre 43 Flora

Blaise est venu vingt-quatre heures à Paris voir sa belle et triste. Apparu comme un caballero pas lavé et disparu comme un voleur, il n'est resté que quelques heures à Boulainvilliers à aimer tout bas. Benoîte est retombée dans son attente et nous dans notre mélancolie. Je n'ose pas parler de la sienne : elle nous a habitués à ne pas nous apitoyer sur elle et à éviter de lui accoler certains mots.

On a parlé avec maman ce soir. Sur la vie. Mais ce ne sont plus nos troïkas d'antan, ce sont des conversations. C'était Benoîte le gros morceau qu'on pouvait triturer et qui résistait sous la dent. Moi je suis d'accord ou évanescente. On ne s'amuse plus.

20 novembre 43 Flora

Vingt grammes de fromage gras avec le ticket nº 5. Je dis bien vingt grammes. On va s'en fourrer jusque-là !

★ Je suis contente d'être embrassée. Je trouve cela hygiénique.

C'est dit : ce n'est pas avant d'avoir embrassé les gens qu'il faut les aimer. C'est après.

L'ennui triste, c'est d'être avec quelqu'un à qui l'on ne peut pas définir ses sensations, de peur que l'importance qu'on leur donne ne soit prise pour l'importance qu'on donne à la chose. Je ne veux pas être prise pour sensuelle. Je ne sais pas si je le suis. Je suis trop vierge pour le dire, trop inexplorée. Mon corps m'appartient et je crois que je goûte ce monopole. Je suis encore trop orgueilleuse pour faire l'amour. Je suis une esclave qui n'a pas trouvé son maître.

Flora 26 novembre 43

Eté chez Benoîte passer deux jours. Sa soubrette de Molière, hihi, lui manque furieusement ! Quel désordre ! Elle et son intellectualité aveugle sont incapables de mettre chaque chose à sa place. Je lui dis que son fouillis maison me fait mal aux yeux et elle me répond que le désordre est un beau zart et que je ne suis qu'une bourgeoise constipée. Pourquoi le goût de l'ordre est-il si peu poétique ? Il y a des artistes qui aiment l'ordre et ce n'est pas parce qu'elle vit dans le désordre que Benoîte n'est pas une bourgeoise.

Mais l'Aînée râle dans l'attente et cette vie bancale la rend morose. Elle est hargneuse pour s'empêcher d'être triste.

Ah ! on s'emmerde. C'est les vaches maigres. Pour nous distraire et nous engraisser, Bruno nous a emmenées toutes les deux dans un délicieux restaurant noir, qui a déjà été fermé deux fois : chez Magdeleine, quai de la Tournelle. Fête charnelle pour un seul sens. On se serait presque cru « avant ». Au dessert, on nous offre le Livre d'Or et Benoîte y met une phrase en grec. Moi j'écris au-dessous : « Lu et approuvé : Homère. »

La longue salle étroite est parsemée de tables germaniques. Nous n'avons pas l'habitude de les voir de si près, tous ces verts-de-gris et leurs souris de même couleur et c'est bien gênant de les regarder gros-rire et trop-bouffer à côté de nous. C'est pire encore quand ils sont accompagnés par quelqu'un de notre race. Il y avait au fond de la pièce une jolie blonde distinguée qui gagnait son pain blanc à la sueur de ses fesses et de ses yeux. Elle souriait à son officier supérieur et lui chatouillait la joue de son ongle pointu avec ces petits gestes super-féminins qui semblent toujours porter leurs fruits et pourtant me déplaisent souverainement. Que personne ne compte jamais sur moi pour faire guili-guili avec cette tête de chatte en chaleur. L'officier supérieur était d'accord et nous ne voulions pas regarder la joie de nos ennemis. Alors on s'est réfugié dans nos assiettes, où c'était fouchtrement bon, avec l'envie de créer une bulle autour de nous et de ne plus voir, de ne plus entendre. Malheureusement Benoîte s'ennuyait dans la bulle. Elle veut bien être invitée par Bruno, mais elle réserve tous ses droits ! Il a eu la maladresse, aux hors-d'œuvre, de dire qu'une femme devait « être une vraie femme plutôt qu'un bas-bleu » et à la meringue glacée, elle ne le lui avait pas encore pardonné et essayait de lui faire expliquer, d'un air si menaçant qu'il en bredouillait, ce qu'il entendait « exactement » par là !

Évidemment, elle devait bien se douter que cela n'allait pas être Pindare qui serait sur le tapis ce soir ; mais, malgré ses bonnes intentions et résolutions, les idées contraires aux siennes lui font toujours voir rouge. Elle supporte mieux un affront. Cela m'étonnerait que Bruno trouve beaucoup de plaisir à la réinviter de si tôt et à se faire offrir un savonnage à ce prix !

10 décembre 43 Flora

Je me disais aujourd'hui que j'aurais envie d'écrire un livre sur le métro ; les amours métropolitaines ; dédales quotidiens où l'on se perd, petites amours entre l'arpète et le mécano qui s'attendent avec une patience de pierre en regardant défiler les rames. Et puis la femme plaquée contre le mur et l'homme plaqué sur la femme et leurs visages pleins d'appétits mal comblés. Il y a de beaux dessins de métro à faire. La femme contre la voûte, visage en l'air, l'œil errant et l'homme, « penché sur ta coupe adorable » (Détail : si Bruno lisait ceci, il ne saurait pas que c'est un poème connu comme le loup blanc : *Il Baccio* et cette idée me gêne d'avance.)

★ Mes pensées font la queue en moi pour voir le jour. De temps en temps l'une d'elles saute par-dessus les autres : mêlée, bataille. Parfois il y a des morts.

★ Jusqu'à maintenant, j'ai toujours eu une grande impression de solitude auprès des gens ; sauf avec maman.

Je suis plus triste, plus trouble, plus imprévue que je ne le laisse paraître. Plus bête aussi. Ce qu'il y a de grave avec les gens, c'est qu'on a l'intelligence qu'ils sont capables de supporter. Avec certains, on se baisse, comme pour rentrer dans une voiture.

★ Je hais la commisération des gens mariés ; je hais les amies qui ont des enfants avant moi ; je hais les vierges sages, et les folles itou.

★ Dieu a fait Ève pour Adam et d'une de ses côtes. J'aimerais bien faire Adam pour Ève, car je n'ai pas encore trouvé dans le tout-fait.

Flora 28 décembre 43

Nous avons eu un petit Noël calme et mélancolique. Benoîte est venue et on a quand même mis ses sabots dans l'âtre. Bruno m'a amené *Le Messie* de Haendel. Je crois que je vais commencer l'année nouvelle en le jetant aux orties, Bruno. Enfin, je lui ai donné *Les Nourritures terrestres* comme cadeau avec l'espoir qu'il en ferait sa pâture, cet éternel étudiant qui n'apprend rien.

Par habitude, par lassitude, je continue à croire à la possibilité d'une entente entre nous quand il me prie et supplie de l'épouser en me promettant qu'il fera *tout* pour me rendre heureuse ; oui *tout*, je le sais, sauf l'inexprimable essentiel et ma solitude dorée avec lui serait plus glacée qu'aucune autre.

Flora 29 décembre 43

Benoîte part demain pour quelques jours à Tulle où Blaise lui a laissé espérer qu'il pourrait faire escale. Il faut qu'elle arrive avant lui pour ne pas manquer son passage. La lettre de Blaise, apportée par un inconnu, était assez sibylline ; on ne sait d'où il vient ni où il va, pour parler comme Pelléas ; mais enfin, elle pourra sans doute le prendre dans ses bras pour un ou deux jours et une ou deux nuits.

On s'affaire, on s'active à Vaneau. N'importe quel petit départ, c'est toujours *Le Tour du Monde en quatre-vingts jours*, pour nous ! Maman débouche le pot de grès de rillettes bretonnes et empile les sandwiches dans la musette de la voyageuse ; mais, je la connais, l'Aînée : bouche sèche et cœur pris, elle va jeter tout cela par-dessus les fenêtres du train au premier tournant. Enfin, « nous avons fait notre devoir » et pendant qu'on y est, puisque la route est tracée, nous finissons à trois heures de l'après-midi et d'une dent vigoureuse ce qui reste des rillettes de la mère Véga. Une fois qu'un pot est entamé, n'est-ce pas...

30 décembre 43 Flora

Nous nous faisons beaucoup plus de bile pour Benoîte qu'elle ne s'en fait pour nous, certainement. Maman lui écrit une lettre d'amour et d'inquiétude. Elle verra comme on aime à Vaneau !

« Zazate chérie,

« Je me tourmente. Je pense à toi errante dans un train qui n'arrive nulle part, à toi ayant épuisé toute ta réserve de sandwiches, bâillante, creuse, exténuée, ayant perdu ton sac, oublié ta bague sur le lavabo, égaré ta valise et perdu l'adresse de l'hôtel et j'ai envie de hurler comme Hop avec la sirène. »

4 janvier 44 Flora

Benoîte est rentrée hier, flapie et souriante.

Elle n'a pas oublié sa bague sur un lavabo, mais on lui a volé sa valise pendant qu'elle dormait, dans le train. Elle est furieuse que maman lui ait écrit une lettre prophétique !

15 janvier 44 Flora

★ Avec Benoîte qui est venue passer deux jours à la maison, je redécouvre la valeur du duo. Vite, vite, on réinvente notre monde. Il s'agit de mettre les bouchées doubles et les pensées triples. Nous faisons le grand jeu du rire. On oublie Blaise au loin et nos vies qui divergent. On est deux sœurs pour deux jours, qui veulent donner une impression de toujours.

★ Avec Bruno aussi c'est un duo, mais je tiens toujours la scène dans ce numéro à deux et c'est toujours la même qui parle. Lui est un M. Loyal qui s'esclaffe, spectateur consentant même s'il ne comprend pas.

★ Cette semaine, je suis restée à deux reprises coincée plus d'une heure dans le métro par suite d'une alerte. On finit par s'irriter malgré soi de ces bombardements perpétuels et qui ont tellement l'air de ne mener à rien, du moins dans l'immédiat. Deux cent quarante-cinq morts dans la banlieue parisienne en janvier. Cela ne fait pas reculer les Allemands d'un pied. Leurs conquêtes se sont faites à toute vitesse ; leur défaite prend des années. En Italie, à l'allure où ils reculent, il faudra cinq ans. En Russie, ils résistent à toutes les contre-attaques. Ah ! ciel, ah ! de Gaulle, pardonnez-nous d'être découragés.

Flora 19 janvier 44

Il y avait longtemps que j'avais envie d'aller à l'Opéra voir les ballets. Mais nous avions décidé de n'y pas mettre les pieds de toute la guerre puisque les trois quarts de la salle étaient réservés aux Allemands. Hier, Bruno avait deux places et je n'ai pas résisté. J'ai eu un sentiment de culpabilité toute la soirée, comme si j'avais abdiqué moi aussi, et accepté la présence allemande. Mais c'était bien beau. De la danse, ce sont les instants immobiles que j'aime, les instants suspendus. Silence des gestes. On a envie de saisir, de posséder ces gestes éphémères, mais ils sont implacablement remplacés par d'autres avant qu'on en ait épuisé la grâce. On n'arrive jamais à épuiser. Pas la peine de s'inquiéter à ce sujet. Le présent est insondable ; on ne sait que l'effleurer ! J'adore la danse. On ne peut pas revoir dix fois une pièce, mais on reverrait sans fin un ballet. Les gestes ne vous lassent jamais. Ils laissent en vous un écho, une trace vibrante.

Flora Mardi 1er février 44

Rien ne compte plus : marraine vient de téléphoner : Giraudoux est mort, hier, à quatre heures.

En moi, une vraie peine. Deuil amer aux larmes sèches. Vous n'écrirez donc plus, ô très subtil ?

Mercredi 2 février 44 Flora

Je pense sans cesse à, et je rêve de Giraudoux. Je me dis à brûle-pourpoint : « Mais qu'est-ce que j'ai qui m'ennuie dans mon arrière-boutique ? — Ah ! oui. Giraudoux est mort. »

Je fais un pèlerinage aux lieux de ses écrits, je relis *Le Choix des Élues* à petits pas cérémonieux. J'aurais aimé faire quelque chose pour lui, poser de grands cierges, aller à son enterrement. Je regarde le ciel avec une pointe d'espoir de sentir le souffle de son âme qui m'effleure.

Que Giraudoux soit mort transforme pour moi l'idée de la mort. Chaque mort apporte sa pierre à l'édifice. Ce n'est que peu à peu que l'on arrive à la fin de ce vilain voyage, parfois brûlant les étapes, parfois se cramponnant pour ne pas avancer ; on atteint enfin le port, conscient et résigné ; car cette fictive mort est alors là pour vous. J'en suis encore aux préludes ; je crois mal à l'évidence.

Quand on est enfant, la mort, c'est de s'en aller par l'intermédiaire d'un petit wagon dans un autre pays où il y a aussi des arbres, des contrôleurs d'autobus et des bouchées au caramel, mais tout cela avec de petites ailes au derrière. On garde longtemps cette pensée-là ; et c'est un grrrrand bouleversement d'avoir à changer de point de vue.

Ah ! Que Giraudoux soit mort alors qu'Henri Bordeaux, Pétain et ce con d'Eddie sont bien en vie, c'est pas tenable. Je pense à Van Buck, car nous communiions dans Giraudoux. Il doit aussi avoir une larme.

Toujours aimable. Benoîte me cite cette phrase de De Monzie sur Giraudoux : « Il a poussé à l'extrême l'art de cultiver le vide. » Pas d'accord, Anatole.

3 février 44 Flora

Le bruit court que Giraudoux aurait été assassiné par les Allemands.

Je relis *Ondine* ; c'est bien la quinzième fois.

Quand je lis Giraudoux, j'ai toujours l'impression de conspirer avec lui. Ah ! Comme cela lui va mal d'être mort !

Flora 27 février 44

Nous venons d'apprendre, par sa logeuse, que Max Jacob avait été arrêté ; papa lui envoyait sa ration de tabac à Saint-Benoît-sur-Loire depuis quelques semaines déjà et il recevait de très belles lettres de lui, peut-être parmi les dernières lettres d'homme libre qu'il aura écrites. Si belles, si « poète », si innocentes que c'en est à pleurer. Les Allemands avec leur idéologie sont vraiment des salauds intégraux. Je gardais ces lettres dans ma collection d'autographes, mais aujourd'hui je les sors de l'ombre et les relis, comme on manie religieusement une relique fragile. Quoi qu'il arrive, Max Jacob, consolez-vous, vous êtes immortel ; et pas seulement parce que vous croyez en Dieu.

Flora 5 mars 44

Thé chez miss Cassidy, amie de Nannie : brochette de vieux oiseaux britanniques autour d'une *huge cup of tea*. Tout cela jacasse dans un Irish pointu et fleure bon la javel et la lavande, une jolie odeur familière de nurse. Elles sont toutes exilées de force, ces pauvrettes, et vont signer chaque semaine au commissariat en se plaignant des Allemands « qui leur font ça » comme d'un employeur disgracieux qui les traiterait en dessous de leur dignité.

Nannie, la mienne, m'exhibe avec orgueil. J'étais *such a fine baby* et je buvais le thé à la petite cuillère dès un an et j'étais si drôle le jour où j'ai cassé le *chamber pot* ! Tout y passe ! Les pauvres gentils souvenirs d'une nurse, si semblables à ceux d'une autre nurse, sont montés en épingle par ses mains affectueuses. Je me sens bien grande, je me sens une espèce d'enfant monstre qui aurait poussé trop vite et que chacune montrerait du doigt.

Après la troisième tasse d'un thé aussi noir que de l'encre, avalé le dernier faux *bun*, Nannie m'emmène au cimetière où elle s'est acheté, comme d'autres un pavillon en banlieue, une concession à perpétuité. Elle va « sur sa tombe » avant d'y être couchée, avec un plaisir évident. Elle y a repiqué toutes les vieilles plantes à bulbes ou à racines qu'on lui a données depuis cinq ans. Je reconnais le rosier blanc que m'avait offert Lamangue il y a longtemps, complètement étique et chlorotique et qui doit sans doute porter maintenant des fleurs de granit. Nannie racle, bine, arrose avec ardeur le jardin de son dernier repos et elle se recueillerait presque sur l'ombre qu'elle va devenir et se ferait pour un peu des compliments posthumes ; mais elle voit que je ris sous ma cape... alors elle se contente de faire le ménage. *Oh, dear me !* que les mauvaises herbes ne la devancent pas dans la place. Puis, après avoir constaté que ses plantations bourgeonnent convenablement sur fond de morts, on redescend la grande allée en faisant des commentaires sur les autres tombes. Cela me repose de moi, les autres : voilà qu'à écouter Nannie, le cimetière prend un air familier et bonasse. C'est un quartier comme Clamart ou Passy, qui a ses beaux immeubles et ses petits appartements miteux et comme on ne prête qu'aux riches, c'est dans les beaux immeubles que Nannie imagine les belles âmes.

Si j'étais seule, tout cela sentirait la nécrose et je courrais sur ces gros pavés comme si j'étais poursuivie. Mais la chaude certitude de Mrs. Wooster me rassure en tout point : les morts ne sont qu'une sorte de vivants et ils ont parfois de belles maisons.

10 mars 44 Flora

Max Jacob est mort. Les journaux gardent le silence sur son arrestation comme sur sa fin, mais marraine a eu de ses nouvelles par une chaîne de personnes interposées et on sait qu'il est mort d'une mort évitable, d'une pneumonie contractée à Drancy où il avait été transféré après son passage à Orléans. Il paraît que Sacha Guitry s'était offert en otage à sa place. Beau geste inutile, mais que l'on peut épingler sur le revers de ce Sacha qui en aura besoin.

Papa est très frappé et toutes ces choses donnent du combustible à notre haine, qui n'en avait plus besoin.

Flora 27 mars 44

Il n'y a plus moyen de vivre. Je ne sais pas comment on parvient encore à faire semblant. Faute de courant — il est coupé six heures par jour — les théâtres fonctionnent de 18 heures à 21 heures ! On passe sous toutes les Fourches Caudines, on se faufile parmi les horaires, on aménage le rien pour pouvoir y vivre, on achète des tire-gaz pour pouvoir cuisiner tout de même ; mais comme tout le monde a un tire-gaz dans sa cuisine, on se retrouve dans la même situation que devant. Seuls les camelots ont fait fortune.

Flora 2 avril 44

À brûle-pourpoint, à brûle-cœur, soudain la vie ordinaire s'arrête. J'étais en train de me préparer pour aller faire des courses avec maman quand le téléphone a sonné avec sa voix de tous les jours et c'était Benoîte qui nous annonçait d'une voix encore plus de tous les jours que Blaise avait été blessé dans le maquis. Son chef de groupe de Corrèze avait téléphoné au Professeur. Benoîte ne sait rien sur la gravité des blessures sinon que Blaise doit être ramené en camion dès qu'il y aura une occasion. Le Professeur le fera transporter dans une clinique de Saint-Mandé dont le directeur est son ami intime.

Flora 8 avril 44

Blaise est arrivé hier à Saint-Mandé : il est blessé dans le dos : le poumon perforé et deux côtes cassées, pense-t-on. Benoîte a été s'installer auprès de lui.

Quelle chance que le Professeur ait pu lui avoir une chambre dans cette clinique discrète. Papa et maman vont le voir tout à l'heure.

10 avril 44 Flora

Blaise est quand même assez atteint. Papa et maman sont revenus chavirés par le tour cruel qu'ont pris les choses. Benoîte en infirmière silencieuse leur a paru déchirante et déchirée. Et Blaise était dans les limbes de la grande souffrance. Il est couché sur le côté à cause de sa plaie et peut à peine respirer. Je vais aller passer la journée avec eux demain.

12 avril 44 Flora

Pauvre Blaise qui a un trou dans le dos, comme une bouche supplémentaire, mais une bouche par où la vie sort au lieu d'entrer. J'ai passé la journée à ne servir à rien à son chevet. Benoîte couche là-bas, dans sa chambre, sur un tout petit lit de secours près de la porte, comme une esclave allongée sur le seuil pour empêcher l'ennemi d'entrer. Elle campe dans l'ombre de la maladie avec un dévouement de sœur de charité qu'on ne s'attendait pas à découvrir dans sa panoplie de qualités ! On se sent vaguement jaloux à Vaneau ! Elle ne nous avait jamais montré ça ! J'ai envie de lui crier : « Tricheuse ! Infecte tricheuse ! » comme autrefois, quand je passais mon temps à me faire battre au nain jaune. Elle ne m'a avoué que beaucoup plus tard qu'elle trichait depuis sa petite enfance. Ce secret-là, elle l'avait gardé !

18 avril 44 Flora

Je travaille mal, je dors mal, je dessine mal, je pense mal et je me donne comme excuse que je me fais de la bile pour Blaise. Il est temps de me dire que c'est une très mauvaise excuse.

Bruno est venu me voir aujourd'hui et il a amené du lait concentré pour Blaise et une boîte de farine lactée. Papa va à Saint-Mandé tout à l'heure et lui portera en même temps les fausses cartes qu'il a pu avoir par Germaine Roanès.

J'en veux presque à Bruno d'être en si insolente bonne santé, d'avoir de vrais papiers, une vraie carte d'alimentation et l'air insouciant. J'ai été assez moche avec lui. Il m'aime ; c'est vrai ; mais je ne peux même pas en être flattée : ce n'est pas le meilleur de moi-même qu'il aime.

Flora 22 avril 44

Blaise a de la fièvre. Au lieu de se refermer, sa blessure s'élargit et l'infection semble gagner. On le bourre de sulfamides mais il réagit mal. Maintenant qu'il a une carte, il n'a plus faim et ne veut que du lait que nous trouvons au compte-gouttes.

Flora 28 avril 44

Benoîte, harassée, est venue dormir à la maison aujourd'hui entre deux cours. Le soir, elle regagne Saint-Mandé à bicyclette et elle passe ses nuits à écouter les soupirs et les plaintes de son blessé. Si tant est qu'elle en ait jamais eu, elle a perdu toute épaisseur et dès qu'elle arrive à la maison, on la bourre des farines lactées que Bruno nous obtient au noir.

Blaise n'est pas descendu au-dessous de 40° depuis six jours. Il ne mange que ce que Benoîte le supplie de manger et son visage se creuse et s'émacie d'une manière impressionnante.

Flora 5 mai 44

Vu Blaise aujourd'hui. Je n'ose pas me dire que j'ai des pressentiments. Je ne veux rien me dire. Nous avons parlé malgré ses affres ; on sent qu'il veut surtout faire comme si de rien n'était, ignorer et laisser ignorer ses souffrances, les nier pour nous. Et pour Benoîte ? Ils ont l'air si heureux malgré tout d'être ensemble. J'admire Benoîte de lui préserver sa dignité d'homme ; elle n'a jamais l'air de soigner un malade ; elle n'est ni vexante ni condescendante. Elle aime tout simplement et tout bien. Mes bras à moi sont affreusement ballants devant les maux des autres. Quand je ne peux servir à rien, il me semble que je tiens toute la place en vain, alors je me précipite pour faire avec bruit des choses inutiles. Enfin, tout cela, c'est du vent. Le grave, c'est la fièvre insistante de Blaise, sa peau grise, ses yeux qui se détachent et dont on voit soudain le globe au fond des orbites, comme s'il amorçait déjà cette rentrée en lui-même dont la mort est l'aboutissement.

En partant, Benoîte me raccompagne et j'essaie de savoir ce qu'elle pense. Mais elle se ferme comme une porte, ne croit pas au danger ou refuse d'en parler. On ne peut que l'embrasser en mettant beaucoup de sens dans l'intensité de son étreinte.

Saint-Mandé sentait la fleur de marronnier en promesse et le bourgeon éclaté. La maladie, la mort, paraissaient plus que jamais une punition disproportionnée à l'homme, une monstrueuse absurdité.

10 mai 44 Benoîte

Blaise est mort hier à dix heures.

Cette horrible plaie dans le dos a cessé de respirer en même temps que lui et il est retombé, soudain très lourd, sur ses oreillers, en une seconde, sans un regard d'angoisse, sans dernière phrase, sans un signe. C'était fini, notre couple se terminait là, comme par un divorce. Je suis devenue en une seconde une femme seule et lui, un jeune mort.

J'ai pris un somnifère et pour la première fois depuis des semaines j'ai dormi une nuit ronde et noire, hébétée de fatigue. Une seule idée : m'éloigner de cette chambre où il n'y a plus que l'atroce simulacre d'une présence. Une infirmière de nuit m'a prêté sa chambre dans un pavillon éloigné et j'ai pu dormir avec l'impression d'être protégée de l'idée de la mort, par la distance. Le Professeur est resté... je n'ose plus dire près de Blaise. Je n'appelle plus ça Blaise.

Les divers corps de métier qui vivent de la mort sont entrés en action et on n'a plus besoin de moi. Je ne m'en vais pas ; je m'enfuis.

Le grand aumônier qui a l'air d'un vautour m'attendait dans le couloir. En quoi pourrait-il me réconforter ? Blaise est mort d'une belle mort humaine, sans aide extérieure, en refusant le secours d'un ciel auquel il ne croyait pas. Je ne me suis jamais sentie aussi loin de Dieu et aussi capable de vivre sans lui.

Benoîte 11 mai 44

Je suis rentrée à Paris, avec une impression de vacuité totale. Personne à soutenir, à aider, à distraire nuit et jour de sa souffrance. On enterre demain ce corps qui était Blaise.

Benoîte 12 mai 44

Ses épaules larges entraient mal dans la boîte. On a dû l'enfoncer en appuyant sur sa poitrine et j'ai failli crier : « Attention... son dos... » Mais il faut me faire à cette idée que plus rien de ce qui le concerne n'est vrai. On lui avait mis son costume gris, le neuf. Pas de linceul, car c'est la guerre aussi pour les morts. Il avait tant maigri que son costume semblait celui d'un autre, ce costume que nous avions commandé ensemble, sans pouvoir deviner qu'il le mettrait pour me quitter. C'est très dur d'habiller un mort. Brusquement il passe au règne minéral, dirait-on. Aucun vêtement humain ne va plus. Sans cérémonie religieuse, l'enterrement s'est réduit à sa plus simple horreur : on avait l'impression de se cacher pour faire une vilaine besogne. Et c'en était une. Le cimetière de Thiais était beau, les oiseaux chantaient. Seul ce qui était dans cette boîte était hideux et révoltant. Comme je préférerais l'incinération à ces précautions inutiles, à ce chêne bien clos ; sur quoi ? sur quel cauchemar ? Je serais soulagée de pouvoir cesser d'imaginer la forme terrestre de Blaise, de pouvoir cesser de penser à ses mains, ses belles mains qui se défont miette à miette.

En cinq minutes, Blaise était sous terre. Et Professeur, tout seul et tout petit devant le trou, qui me serrait convulsivement la main et ne se décidait pas à s'en aller.

Flora 11 mai 44

Je n'ai pas encore osé approcher du papier pour l'écrire et voilà deux jours que c'est arrivé. Comme si de ne pas me le dire donnait encore une chance au destin de refaire ses jeux. Car ce n'est pas possible : Blaise est un peu mort, peut-être, mais pas complètement ; pas pour toujours ? Je vais tout à l'heure avec maman à Saint-Mandé dire au revoir à son apparence. Il me faudra alors adhérer de partout à cette certitude. J'en tremble.

★ C'est vrai, Blaise, tu es mort. J'ai touché ta mort du regard. C'était affreux et j'ai l'impression d'être narguée pour toujours : comme sur le bétail, le fer rouge du chagrin laissera sa trace en moi. Blaise, encore plus long que d'habitude, était là, les mains bêtement croisées, la tête en arrière, l'odeur si belle et soudain horrible des fleurs luttant avec l'insinuante pourriture. Une fois de plus mon corps m'a lâchée ; je me suis sentie partir et je me suis accrochée à maman comme à une bouée. C'est bien en vérité une sensation de noyade : nous sommes sous l'eau ; sous l'eau du malheur. Rien n'a plus le même aspect. Affreuse optique qui dénature les joies les plus simples ; même le sommeil est âcre, j'ai passé une nuit grise, à pleurer et à penser.

Je suis chaque fois, en regardant un mort, à l'affût d'une mobilité. Mais non : ce ne sont que les fleurs qui respirent. C'est fascinant et atroce. Je pense au cœur qui s'est arrêté sur une note haute, comme dans un concerto de Bach. Et il n'y a rien, rien à faire. Je souffre de ce pacte obligatoire que l'on a avec la mort.

Benoîte est restée « là-bas » avec les autres, je ne peux même pas la prendre dans mes bras. Mon chagrin ne sert à rien. Il m'écrase comme une pierre. Je veux toucher le fond de ma peine, je veux pleurer, pleurer, pleurer.

★ Maman et moi vivons depuis deux jours dans un cauchemar, labyrinthe sans porte, nous nous heurtons sans cesse à nous-mêmes et n'osons pas nous regarder. Papa est parti avec Benoîte s'occuper des formalités.

A-t-on idée plus saugrenue que de tuer ce vivant en acceptant sa mort ? Les projets les plus burlesques m'accompagnent. Nier, nier, nier, le garder avec nous, voir s'il renaît, faire semblant de croire qu'il vit. Bref, des jeux noirs de l'esprit qui vous mènent aux confins de la folie, je le sens.

Nous attendons le retour de papa et de Benoîte qui vient coucher à la maison ce soir.

★ C'est drôle, rien n'a été comme prévu. Nous avions passé la journée avec maman à endeuiller la maison, à enfunébrer l'appartement, ne sachant plus qu'inventer pour rendre toutes choses aussi tristes que nous-mêmes. C'était une entreprise de désespérance absolument folle. Et puis on s'est assises pour attendre le coup de sonnette du retour, un crêpe au visage, deux pauvres âmes en peine de peines, deux pauvres *mater et filia dolorosae*, frisant le grotesque. (« Toujours un peu de faste entre parmi les pleurs »...)

Benoîte est arrivée avec sa tête de tous les jours, presque un sourire sur la figure ; le cœur nous en tombe, maman et moi ; nous nous regardons interloquées, interrompues dans notre besogne de chagrin.

« Ah ! Il y a une autre façon de souffrir ? Ah ! Ça peut ne pas se voir ? »

Quelle leçon, Benoîte, tu nous donnes. Quelle noblesse simple tu sais atteindre. Mon chagrin à signes extérieurs me semble soudain de pacotille.

Flora 12 mai 44

Quand je pense que maintenant Blaise est sous terre, étendu avec de moins en moins de visage, quand je pense que, selon lui, il n'y a pas de Dieu et que, quant à moi, je n'ai pas résolu le problème, je n'en finis plus d'être triste. Et Benoîte, toujours Benoîte, portant au cœur sa blessure consentie et définitive, me touche plus que n'importe quelle outrance. Je suis toute détruite d'émotion. La mort est une idée que je ne peux pas manier ; elle me tue. À cinquante ans peut-être, je serai habituée ; mais à mon âge, je suis à vif devant la peine.

Vanité triste de la vie ! Et comme la futilité s'allie d'un cœur léger à la gravité ! Je pense coup sur coup à la mort, puis aux chaussures de toile blanche que je me fais faire.

Benoîte 13 mai 44

Je n'ai qu'une envie : être seule. Les yeux de la famille en forme de pansement humide entretiennent ma peine et mes larmes. Le jour, j'arrive très bien à ne pas pleurer ; à condition surtout qu'on me foute la paix et que j'installe ma douleur dans une position qui ne la fasse pas crier... « Et tiens-toi plus tranquille ! » Mais la nuit, les rênes me tombent des mains et c'est alors elle qui s'assied sur moi. Je préfère écrire, plutôt que rester dans l'obscurité, l'œil ouvert sur des ombres. Le petit effort manuel de l'écriture me distrait et je dirige mes songes au lieu qu'ils me dirigent.

Maurice est arrivé ce soir à Vanves pour passer deux jours auprès de son père et j'ai été dîner chez eux. Nous avons passé la soirée à lire des poèmes de Blaise et à parler de lui comme d'un vivant qu'on ne se décide pas à mettre à l'imparfait. Professeur prononce sans cesse le nom de son fils, comme pour le rappeler, le maintenir de ce côté-ci de la barrière. Il le fera vivre par tous les moyens qui lui restent. Nous étions tous les trois serrés au chaud dans le souvenir et notre chagrin apprivoisé devenait presque supportable, à condition de ne pas faire de grands gestes. Mais il a fallu que je les quitte et cela m'a semblé un arrachement. Je n'aurai été qu'un court épisode dans la vie de Blaise. Vingt-cinq ans d'amour paternel sont d'un autre poids. Et j'ai un peu honte vis-à-vis de Professeur d'être bien vivante, avec un autre avenir devant moi, et qu'il le sache et qu'il m'approuve implicitement. Pourquoi être hypocrite ? J'ai vingt-trois ans et être veuve, c'est peut-être une situation sociale, mais ce n'est pas une vie.

Comme une naissance est suivie d'une délivrance, la mort de Blaise sera suivie, que je le veuille ou non, d'un deuxième déchirement : je ne ferai plus partie de la famille Landon. Nos existences vont diverger, c'est inévitable. Si seulement j'avais un enfant ! Si mon Professeur savait que cet enfant, je l'ai eu... Mais ce n'est pas celui-là que je regrette. Il serait né au mauvais moment et je n'aurais pas pu passer ce mois à Saint-Mandé près de Blaise, un des si rares mois de notre vie commune que nous ayons pu vivre ensemble.

14 mai 44 Benoîte

Je viens de passer une nuit décisive, dans une sorte de rêve éveillé et d'immense refus de la réalité.

Pourquoi s'incliner, même devant la mort ? Pourquoi ne pas tenter d'arracher au sort ce qu'il ne vous a pas donné ? Je viens d'écrire un pneumatique au Professeur qui fait tout naturellement suite à notre soirée d'hier. Je crois qu'il place le cœur assez au-dessus des préjugés ou des habitudes, pour accepter ma proposition. Quant à Maurice, il est habité par le souvenir de son frère et il respecte trop son père pour ne pas avoir la même opinion que lui, je crois, sur un sujet sans précédent. J'attends sa réponse et je reste couchée aujourd'hui, car pour la première fois de ma vie, je suis fatiguée. Ces semaines de tête à tête avec la mort sans vouloir la regarder en face m'ont finalement épuisée. La mort est contagieuse et je me sens mortelle maintenant.

Benoîte 15 mai 44

Quelqu'un a déposé ce matin chez moi la réponse du Professeur : elle est ce que j'attendais. Les gens supérieurs ne déçoivent jamais.

« Ma chère fille,

« ... Nous croyons, Maurice et moi, qu'Albert approuverait ton projet et en serait heureux. Je ne te demande pas si tu as bien réfléchi aux conséquences de ce que tu entreprends. Tu n'es pas une fille qui agit à la légère et, en ce qui me concerne, ce que tu feras, sera bien.

« Ton père qui t'aime. »

Blaise avait écrit : « Il faut toujours aller vers le plus difficile. Ne pas faire comme les autres, c'est neuf fois sur dix, faire mieux qu'eux. »

Benoîte Ce même soir

Maurice est venu tout à l'heure. Il repart cette nuit pour son maquis dans le Sud-Est. Cette brève apparition avait quelque chose d'irréel, d'artificiel, qui facilitait le geste que nous allions faire. Un geste pieux, je ne trouve pas d'autre terme. Il n'était jamais venu à la maison ; il me connaissait à peine ; nous nous sentions comme les dépositaires de quelque chose qu'il ne fallait pas laisser mourir complètement.

Je n'avais pas osé ouvrir le lit, à la blancheur trop crue et les volets étaient fermés. Nous n'avions rien à nous dire, et nous nous sommes allongés tout de suite dans l'alcôve. Les yeux fermés, sans un baiser, osant à peine nous serrer, nous avons fait l'enfant de Blaise. Cette œuvre de vie conjurait un peu la mort de Blaise pour moi et j'étais presque heureuse dans ces limbes qui ne ressemblaient à rien. Mais Maurice s'est levé tout de suite. Tout ce qui aurait pu ressembler à de la complaisance, même à de la tendresse, eût été suspect.

Il m'a dit au revoir sans me regarder et dans deux heures, il sera parti, sans laisser d'adresse et sans certitude de retour. Cette petite entorse au temps et au sort ne sera qu'un détail de dix minutes. Maurice et moi ne nous connaissons pas plus qu'hier. Nous avons simplement refait la vie comme elle aurait dû être et comme nous la voulons.

16 mai 44 Flora

Blaise ! Ce nom frappé de mort comme d'exil.

Quand on pense que je ne le verrai plus jamais, me mettrais-je sur la pointe des pieds, le voudrais-je de toutes mes forces. Plus aucun regard humain ne sera échangé entre nous, je n'ai pas le courage de l'admettre encore.

Je pense à Blaise comme à un drôle de vivant qu'on ne voit jamais parce qu'on ne l'a jamais assez mérité, mais qui habite la porte à côté ; et on pourrait le rencontrer si on en avait vraiment une envie despotique ; mais on n'est pas assez fort pour avoir des envies despotiques.

17 mai 44 Flora

Mme Morineau m'a téléphoné pour m'inviter à une réunion chez elle dans dix jours. Elle parlait d'un ton très gai, sans une faille par où j'aurais pu infiltrer la nouvelle. J'avais le cœur qui battait de plus en plus vite, je me sentais pâlir, j'avais une affreuse angoisse qui gonflait comme un ballon. Enfin Mme Morineau s'est tue et j'ai craché très vite la nouvelle, en bafouillant. Alors elle avait honte de sa voix claire et moi, chagrin de sa honte.

Ah ! Je n'en finis plus d'être triste. Je le sens, je ne me consolerai jamais de la mort de Blaise. Ce sera une petite peine penchée, fidèle et silencieuse. Je suis heureuse d'avoir regardé son visage de mort, cela m'oblige à y croire, je suis si sourde que je dois me le répéter cent fois. Ce sommeil infini. Ce silence intense. La mort donne au visage quelque chose de reposé et de perpétuel. Quand je pense que je serai un jour cette statue indifférente et grise ! J'ai pas chaud.

La peine est un tonneau des Danaïdes.

Benoîte 18 mai 44

Dîné chez le Professeur. Il ne m'a rien demandé, mais je sais qu'il y pense comme moi. Je représente maintenant à ses yeux ses deux fils absents et je crois que ce serait pour lui un deuil de plus de savoir que notre tentative a échoué. Ce serait la pelletée définitive sur la tombe de Blaise. En ce moment, il nous reste quelque chose à espérer, qui ressemble tout de même à une résurrection.

Il ne me déplaira pas de voir la gueule de Léa quand on lui annoncera que j'attends un enfant de Blaise. Comment le nier, si improbable que cela lui paraisse ? Elle sera bien obligée de se rendre à l'évidence, qui sera ressemblante je l'espère, et ce problème peut la rendre maboule.

Benoîte 20 mai 44

Est-ce qu'il se passe quelque chose en moi ? Je voudrais que mes parois soient transparentes et pouvoir assister aux mitoses qui vont fabriquer ce petit individu. Je me nidifie autant que je peux, je me dispose en rond autour de cet hypothétique petit œuf, ces quelques dizaines de cellules qui détiennent un tel pouvoir en puissance, sur ma vie et celle du Professeur.

Pendant ces mois, être une femme serait enfin une fierté, un miracle quotidien. Cet enfant-là, j'aurais l'impression de l'avoir tiré de justesse du néant, volé au Plan général de Reproduction, et je le ferais avec la conviction d'être ainsi fidèle à Blaise de la seule fidélité qu'il eût appréciée. L'autre ? Qu'est-ce qu'on s'en fout et lui le premier !

Esprit, es-tu là ? Petit émissaire de l'au-delà, petit résumé des Landon, ma complicité, mon entourloupette, mon avenir, es-tu installé chez moi ?

En un sens, l'incertitude, c'est encore l'espoir. Je redoute d'être fixée et de redevenir une veuve, sans espérances.

21 mai 44 Benoîte

Deuil définitif. Le sort est plus mesquin que nous. Je ne jouerai pas ce tour à la société, il n'y aura jamais de petit Blaise. C'est terminé, je suis une veuve stérile qui tombera d'elle-même de l'arbre généalogique des Landon. J'ai perdu Blaise pour la deuxième fois.

Je n'oserai jamais le dire au Professeur. Nous étions si habitués à cette perspective, sans en avoir jamais parlé. J'ai honte comme Joséphine de Beauharnais : je n'ai pas su remplir ma fonction. C'est mal foutu, une femme.

Je me sens seule, au-dedans comme au-dehors. Je vais inviter Flora à dîner. Maintenant que c'est raté, je peux lui parler de cette belle folie, et comme tout danger est écarté, elle pourra se donner les gants de l'approuver. Si cela avait réussi, je ne l'aurais avoué à personne, surtout pas à elle : elle aurait été outrée, car il y a des notions sacrées à ses yeux. Dieu sait lesquelles ! Rien n'est sacré que l'amour qu'on donne et qu'on prend. Et c'était un acte d'amour qu'on ne saurait condamner qu'au nom de principes abstraits ou absurdes.

Retombons dans notre solitude. J'y suis au fond habituée depuis un an. J'avais envie d'un enfant, mais pas de n'importe lequel. Je crois que les gènes Landon et les miens auraient fait un bon mariage, comme leurs propriétaires. N'y pensons plus. Je vais écrire au Professeur pour ne pas avoir à le lui dire en face.

Et merde à la vie ! Merde à ce ventre qui n'a pas compris. Merde à ma liberté totale. Ce n'est pas de liberté que j'avais faim.

22 mai 44 Benoîte

Flora m'a bien sûr déclaré que c'était un exemple type de folie collective et du mauvais Mauriac, et qu'elle était enchantée *pour moi* que cela ait raté. Ces gens qui croient voir votre bien mieux que vous me hérissent.

Benoîte 25 mai 44

Je n'ai envie que d'un sommeil bien ivre, sur la grève ; que de m'enfuir à Concarneau et me laisser guérir tout doucement par la mer et ce pays que j'adore. Mais j'ai repris mon travail et d'autre part, je n'ai pas l'impression que ce soit le moment d'aller vers les côtes... L'agitation règne... on se réveille chaque matin en se demandant « s'ils » ont débarqué cette nuit. L'organisation allemande, plus complexe chaque jour, en est à ce stade mystérieux où elle se détruit elle-même : plus rien ne fonctionne. Mais on supporte tout dans une sorte d'excitation fébrile. Les collaborateurs ont un œil sur la sortie de secours... le pouvoir va changer de mains, enfin !

Au cours Bossuet, j'ai dû enterrer Blaise devant chacune des personnes à qui j'annonçais sa mort, et donner des détails et voir se faire et se défaire des visages de circonstance. Oh ! que je voudrais que tout cela fût déjà vieux d'un an et qu'on ne me demande plus rien. Je n'arrive pas à me mettre dans la peau d'une femme qui a perdu son mari. Je suis quelqu'un qui a perdu quelqu'un. Et quand on me dit : « C'est triste d'être veuve, si jeune », j'ai envie de protester : « Mais je ne suis pas veuve ! » Mon malheur, dans la bouche des autres ne me ressemble plus. Et d'ailleurs, c'est encore plus triste d'être veuve et vieille.

Je voudrais être ailleurs, chez des inconnus, à l'étranger.

Benoîte 28 mai 44

Quand le téléphone sonne, j'ai le sentiment irrépressible que c'est la voix de Blaise que je vais entendre. Il y avait erreur, tout cela n'était qu'un cauchemar.

Quand on sonne à la porte, j'attends le télégramme m'annonçant qu'il vit toujours. Je n'arrive pas à tuer ce minuscule et imbécile espoir.

L'autre soir, j'attendais Flora devant un cinéma, et si ç'avait été Blaise qui avait franchi la porte, dans son imperméable gris trop long, je ne serais pas morte de saisissement, j'aurais dit : « Ah ! Je savais bien que ce n'était pas vrai ! »

Je continue à penser qu'on m'a joué un sale tour, mais que si je ne marche pas, on sera bien obligé de m'avouer la vérité, et que Blaise est sauvé.

J'ai de la sinusite, mal à la gorge et une drôle de boule jaune minuscule sur la cornée. Que présage-t-elle ? Et si je perdais l'œil, que me resterait-il à faire ? Dire qu'il y avait hier encore un homme sur la terre qui m'aurait gardée même avec un œil de verre. Maintenant je ne peux plus compter sur l'indulgence de personne. Tout est à refaire, à reconquérir. Il faudra me battre encore pour une place chaude. Que la vie est glaciale.

23 mai 44 Flora

Oui, c'est vrai, je remercie le destin d'avoir été sourd à l'appel de Benoîte. Cet enfant funèbre partait d'un triste pied, je trouve. À lui aussi, on aurait laissé croire qu'il était d'un autre ? Benoîte qui a le mensonge malhabile n'aurait pas su se faire une vie et il aurait appris et ressenti cette double paternité dont il n'aurait su que faire.

Benoîte m'en veut de ne pas comprendre. Je veux bien pleurer avec elle pourtant, mais pas sur la même chose.

23 mai 44 Benoîte

Curieux comme, pour Flora, il y a ce qui se fait et ce qui ne se fait pas, sans autre forme de procès. Ses critères sont indiscutables et pour cause. En aucun cas, même la mort, elle ne remettra en question ses principes. Elle est installée au centre d'elle-même comme grand-mère sur ses armoires et elle n'admet aucune surprise, aucun désordre. L'amour est dans telle boîte et elle n'en supportera pas une miette ailleurs. Et c'est soi-disant Flora qui a du cœur et une nature passionnée ? Je suis l'eau et elle le feu, peut-être... mais le feu dans un briquet.

Flora 24 mai 44

Chérie, je me révolte. Je t'admire d'avoir su inventer ce geste et ensuite d'avoir su l'accomplir. Mais, que veux-tu, c'est plus fort que moi, je suis à certains points de vue ta vieille tante Flora. Je suis un peu épatée que tu sois si libre dans tes opinions, si originale dans ton courage, mais j'ai les foies, moi, quand il s'agit de ceux que j'aime. Ce ne sont pas mes principes qui comptent alors, c'est quelque chose d'universel qui me dépasse de partout et auquel je me soumets. Tu es moche de me réduire à cette dadame étroite et sèche. Moi quand je parle de toi, je dis : la garce, la garce ! mais je ne te sape jamais dans tes fondations. Si tu ne comprends pas toute la tendresse qu'il y a dans mon soulagement, la grande flamme que tu imagines complaisamment dans ta poitrine ne chauffe pas beaucoup ! Tandis que mon briquet est à feu continu. Et tu sais bien que si tu avais fait cet enfant, je lui aurais donné la moitié de mon manteau et tout ce qui me tient lieu de cœur.

Révise ton jugement et reprends tes paroles, je t'en prie. Je ne les supporte pas.

Benoîte 3 juin 44

Blaise avait si peu vécu avec moi qu'il n'a pas laissé de marques profondes dans l'appartement. C'est chez le Professeur que je le retrouve. Ici, Blaise mort tient à peine moins de place que Blaise absent. Il me semble que je continue à l'attendre ; mais quand je prends une feuille de papier, je m'aperçois que je n'ai plus personne à qui parler. Flora vient souvent ; mais d'avoir connu un être plus intimement qu'elle, me l'a rendue un peu étrangère. Elle n'a eu le temps ni de connaître ni d'apprécier Blaise comme je l'aurais voulu. Nous ne sommes plus *d'abord* deux sœurs. Elle est une jeune fille et moi une... veuve. Pardonne-moi, Blaise, je ne me ferai jamais à ce mot. Je n'en ai ni le cœur ni la couleur. Je ne suis qu'une femme qui t'a aimé et à qui il ne reste même pas un enfant. Mais je ne me sens pas pauvre. On me plaint, et moi je trouve que j'ai eu un amour heureux... le temps que je l'ai eu. C'est déjà un acquis immense dans une vie d'avoir connu un sentiment comme celui-là ; et la durée est si relative. J'ai déjà connu le bonheur. Et même si j'avais su d'avance la fin de cette histoire, j'aurais accepté de la vivre.

Durant ces semaines passées à la clinique, je n'ai jamais vraiment cru à la mort. Blaise l'envisageait, lui. J'entends seulement maintenant les phrases tranquilles et désespérées qu'il a dites à ce sujet. Ses souffrances l'avaient vieilli, nous avaient vieillis tous les deux. Nous étions l'un près de l'autre à la fois comme deux amants qui ne peuvent se joindre et comme un homme et une femme mûrs ; calmés par la certitude d'un très long amour derrière eux. Nous avons vécu une vie très dense, pendant ces jours-là.

Mais je ne veux pas mesurer ce que j'ai perdu. Je dois me retenir d'écrire. Pourquoi souffrir inutilement ?

7 juin 44 Benoîte

Quatre ans d'occupation, de messages secrets et de radio clandestine, des milliers de tonnes de bombes, des milliers de résistants torturés et fusillés, les espoirs de millions de Français aboutissent aujourd'hui, 7 juin, à ces quelques mots du communiqué officiel qui nous apprennent enfin la seule nouvelle que nous attendions : le débarquement. Ce débarquement qui doit nous venger de l'Exode, nous guérir de la défaite et nous délivrer des Allemands, ainsi soit-il.

Les Anglo-Américains ont débarqué cette nuit en Normandie, mais « ils ont été repoussés *presque* partout », annonce le communiqué officiel allemand.

Ils oublient que nous avons appris à parler allemand, nous aussi, depuis quatre ans. C'est par ce « presque » que s'infiltre aujourd'hui un fol espoir et que les Alliés vont envahir la France entière et défaire l'histoire honteuse de 1940.

La couleur du temps a enfin changé ; le silence ne fait plus le même bruit. Tout le monde dans Paris se regarde avec une joie timide encore ; nous sommes des millions de pères qui se promènent nerveusement dans le hall d'une clinique et qui attendent tous la naissance du même enfant, qui s'appellera Victoire.

Benoîte 10 juin 44

C'était bien *le* débarquement. Des milliers d'hommes en sont morts, mais nous sommes sauvés : ils ne seront plus rejetés à la mer maintenant. « Les combats se poursuivent dans le Cotentin où une grande bataille de chars est engagée. » C'est avouer indirectement que les Alliés tiennent assez solidement leurs têtes de pont pour débarquer du matériel lourd.

Ils seraient déjà cent quatre-vingt mille sur le continent. Quel incroyable exploit. C'est une épopée technique et humaine qui ressemble déjà à une légende.

Cette fois, ça y est ; l'espoir n'est plus au ciel, il est dans nos murs.

Flora 9 juin 44

À force de rêver, on ne croit plus à son rêve. On s'était habitué à toujours penser que cela serait demain et puis, c'est hier maintenant. Nos amis, nos Alliés ont posé un pied sur notre terre et puis un autre et Radio-Paris ne dit pas qu'ils sont tous à la mer. Donc...

J'ai été chez Andrée hier et on a ri aux larmes de joie ; on était déjà libres dans l'esprit.

Hier soir, « 1 450e jour de la lutte du peuple français pour sa libération », on s'est pendu à l'écoute des « Français parlent aux Français ». À travers l'océan du brouillage on a réalisé que ça marchait. C'était du délire à Vaneau. On en avait les larmes aux yeux.

Zut, Blaise, pauvre Blaise ne le sait pas.

Benoîte 16 juin 44

C'est maintenant foutu pour les Allemands : les Alliés ne seront plus rejetés à la mer. Le communiqué annonce que les troupes du Reich tiennent toujours solidement Troarn ! On parle de Troarn pour ne pas parler de Carentan. 350 000 hommes ont débarqué. Paris se prépare à un siège. Des roulantes sont prévues qui distribueront des plats cuisinés quand il n'y aura plus de gaz ni d'électricité, ce qui ne saurait tarder.

Tous ces événements sont tragiques mais passionnants. Je vis dans l'excitation, mais en même temps à travers un voile. Je ne suis pas tout à fait disponible pour une vie normale. Je sais bien que Blaise est inoubliable. Il sera temps de penser à lui plus tard ; tout est trop aigu maintenant ; je ne peux que fuir. Heureusement, j'ai un instinct de conservation qui m'enveloppe de coton. Je vis dans la brume.

17 juin 44 Benoîte

Quand il fait beau, je ne peux m'empêcher de penser à lui, qui ne verra pas l'été qui vient, et qui n'aura pas été libéré. Je suis déjà plus vieille que lui : d'un débarquement.

Je n'ai jamais encore rêvé de Blaise. Heureusement. Je n'ai pas à rapprendre au matin qu'il est mort.

Je continue à recevoir des lettres de condoléances. Je ne sais que répondre. Mon « grand chagrin » ne regarde que moi.

20 juin 44 Benoîte

C'est révoltant de se dire que Blaise est un jeune cadavre à la cage thoracique défoncée et que je suis là, aussi vivante que de son vivant ! Je serai un jour une vieille dame et lui un squelette, mais il n'aura toujours que vingt-cinq ans. Si l'on croit à la Résurrection des corps, comment imaginer notre rencontre au jour du jugement ? Quelle chienlit ce sera, cette journée !

25 juin 44 Benoîte

Il y a des matins où je suis tellement près des larmes, que je ne peux même pas me permettre de regarder une photo de Blaise.

★ C'est curieux comme la douleur des gens simples est différente de celle des gens dits cultivés. Je pense à Léa, caressant le visage mort de Blaise, l'embrassant partout sans le moindre recul pour ce corps de glace qu'on a dû lui arracher de force.

Moi je n'ai pu que l'embrasser avec mes doigts sur son front. Je n'ai pas osé toucher sa bouche ni voulu finir sur cet atroce baiser. Je n'avais plus qu'horreur et une pitié déchirante pour cette forme inhabitée qui ressemblait monstrueusement à mon amour.

Benoîte 9 juillet 44

Le Professeur est mort cette nuit. Il venait d'arriver chez son frère dans le Berry. Il est mort de chagrin, je le sais. Il y a plusieurs façons de mourir du cœur. Et je reste convaincue que si j'avais eu un enfant, il aurait vécu pour le connaître et m'aider à l'élever.

Je hais la Providence qui épargne Hitler et qui laisse mourir le Professeur ; il n'y a rien de plus con que le destin : pour moi, la preuve est faite. Tout ce qu'on peut faire pour lutter contre ses décrets est bien fait. Si on m'avait laissé rectifier un peu les choses, Professeur aurait pu être heureux encore.

Maurice est seul maintenant.

Flora 29 juin 44

Exposition de « marines » à la galerie Charpentier. Que de chapeaux ! Il y avait plus de chapeaux que de toiles.

La vie n'est faite que de situations sans solution et c'est un choix tout arbitraire qui vous fait prendre une direction. Je suis en froid avec maman : nous avions discuté sur des impondérables et je sentais à travers notre conversation que nous aurions perpétuellement pu prendre des chemins qui menaient à l'entente ; mais immanquablement, je ratais le bon tournant et tout était remis en question. C'est très triste et je n'ai ni le courage d'aller faire la paix avec maman ni la force d'âme de supporter son opprobre. Je me sens dans une fichue solitude, avec une épine au cœur.

Flora Samedi 15 juillet 44. 2 heures du matin

Alertes ! Boum-bardement ! Réveil en fanfare, le ciel est à eux. Et la nuit est si pure que c'en est choquant ; cette transparence est un défi aux hommes et à leurs lance-mort. Un bruit parcourt le fond du ciel comme un défilé de tonnerres.

21 juillet 44 Flora

Attentat contre Hitler. Il est un peu blessé. C'est un colonel qui a fait le coup. Tressons-lui des guirlandes, même si c'est raté.

13 juillet 44 Benoîte

Je m'étonne de ma faculté de survivre, de cette manière d'indifférence qui me sert de nature. Je ne regrette rien : je n'aurais pas pu aimer Blaise davantage ni le lui dire mieux. Nous avons vécu au maximum ce que nous avons pu vivre et nous avons été à la hauteur de nos sentiments. Maintenant, il ne s'agit plus de Blaise : je ne peux plus rien pour lui, ni pour nous, ni pour mon Professeur.

Il n'y a plus que moi.

14 juillet 44 Benoîte

Mes deux Landon sont sous terre. Léa reste seule à Vanves pour attendre Maurice dont on n'a aucune nouvelle.

J'ai rangé toutes les photos de Blaise. Je ne veux plus vivre sur ce passé. La case est vide et mon cœur d'une désolante netteté. On dirait que quelqu'un a voulu rayer de ma vie tout l'épisode Landon et qu'il n'en reste rien.

Décidément, il faut admettre courageusement que nous sommes nés d'un hasard, sur une planète sans but. C'est l'homme tout seul, avec son intelligence et son cœur, qui doit se fabriquer une vie possible. Nous devons être nos propres dieux.

J'ai envie de dormir, de manger, de changer de cadre. Mon Professeur, je sais que tu ne m'en veux pas. Mon Blaise, je n'ai même pas à me le demander : tu es moi. Ce qui reste de toi, c'est moi. Je crois que je n'aurai jamais honte de ce que je suis, ou serai, devant vous deux.

Benoîte 16 juillet 44

Je suis en vacances et toute la France est actuellement plus ou moins en vacances. Je prends des bains de soleil sur le parquet de ma chambre, il n'y a rien d'autre à faire dans Paris. Plus de spectacles, plus de restaurants, des boutiques vides ou closes. Comme avant l'arrivée des Allemands, on attend... Je dîne tous les soirs à Vaneau et j'emporte de quoi déjeuner froid pour le lendemain. On n'en est pas encore à la soupe populaire, mais presque.

Benoîte 25 juillet 44

Je remonte tout doucement des fonds. Sauf la nuit. Mais on oublie toujours en se couchant qu'on peut se réveiller en pleine nuit et se sentir *so miserable*. Je parle toute seule et à haute voix, jusqu'à ce que le somnifère me recouvre de son drap bienveillant. Et le matin, c'est l'été : nous allons être libérés, je suis jeune et un hypocrite bonheur de vivre sourd en moi.

La fin de la guerre aura coïncidé avec la fin de ma vie avec Blaise. C'est vers l'avenir que tout le monde regarde.

J'ai envie de voir des hommes bien portants, qui n'ont jamais connu la défaite ni l'occupation ; j'ai envie de bouffer du chocolat, du pain blanc, une meringue chantilly. J'ai envie d'être une femme, même une petite femme de Paris. Tout, mais pas une âme qui souffre et qui pense.

Flora 2 août 44

— En quoi êtes vous ?

— Je suis en gai. En gai, doublé triste.

★ Les Américains sont à Rennes, à Mortain, au Mont-Saint-Michel ; les Anglais sont à Vire, à Aunay-sur-Odon ! Ça marche le tonnerre, ça sent l'écurie, on ne les aura plus, les Boches !

La nuit du 4 août 44   Flora

Les bruits les plus souriants courent : ils sont à Nantes et Angers. Douce histoire !

Andred est venu me voir ce soir : au lieu de parler politique, *he tries to kiss me. Game, fight and talk. Non and no, says she* ; mais quand il a été parti, j'ai regretté de n'avoir pas accepté.

6 août 44   Flora

La Bretagne est coupée et nos amis marchent vers Paris en laissant ce réduit allemand derrière eux. Au lieu d'Hérold Paquis, nous avons eu ce soir à Radio-Paris un étrange discours en mauvais français, qui nous promettait la victoire finale du Grand Reich.

Allez vous rhabiller : nous savons ce qu'il en est.

15 août 44   Flora

Dans le ciel pur, on entend un bruit sourd et continu en toile de fond. Papa dit que c'est le canon à trente-cinq kilomètres.

Il n'y a plus d'agents et on dit que la police est passée à la dissidence ou bien qu'elle a été décimée par les Allemands.

Claire devait se marier à grand fracas aujourd'hui, mais ses beaux-parents ont été arrêtés hier soir et emmenés dans un camion allemand. Elle se marie tout de même, mais dans l'ombre.

Je viens d'aller l'embrasser, puisqu'il n'y aura plus de réception pour son mariage. L'air de confiance et de sérénité que l'on respire dans ces familles très bourgeoises ! Il n'est pas de catastrophe, privée ou générale, qui perturbe l'équilibre heureux de leur tribu. Les parents d'Hugues sont en prison quelque part, la France en sang, mon amie Claire se marie, souriante et tranquille. Elle se sent enroulée dans une quiétude ouatée amassée par des générations qui travaillaient dans le même sens, protégée du doute et des intempéries par des croyances apaisantes, une foi sans fêlure, portée à vie par les membres de sa famille qui se tiennent la main sans révolte, sans vilain petit canard parmi eux pour semer la pagaille ou faire naître le doute. Claire et sa sœur Laure, fiancées, étiquetées, empaquetées, choisies, me donnent froid, tant je doute de moi en regardant leurs certitudes.

Et leurs maris, cueillis dans leur orbe, pas vénéneux du tout, les affirment encore dans leur confort sentimental. Elles parlent d'eux avec une simplicité aussi désarmante qu'irritante.

Les « chéris » qu'ils échangent sont déjà arrondis aux angles et polis comme des galets roulés par la mer.

On se sent, je me sens, en descendant l'escalier, noiricaude de complication et d'angoisses ou bien encore flottante et floue comme si je n'existais pas.

Benoîte 15 août 44

Ils approchent, ces chers *ils*. Von Choltitz lance aux Parisiens des appels au calme. On pense que la ville ne sera pas défendue ; mais nous sommes à la merci d'un coup de rage des S.S.

Nouveau débarquement anglo-américain dans le Midi. Pas de résistance allemande. Le malade ne se défend plus : c'est la fin.

On se fout des emmerdements : plus de gaz à midi et une heure seulement le soir, courant de 22 heures à 24 heures. Tout se met en grève ou plus exactement tout le monde a disparu : plus de croque-morts, plus de facteurs, et plus un seul agent dans les rues. Où se cachent-ils tous ces gens-là ?

Les Anglais seraient à Draguignan, Nice, Cannes et Saint-Tropez. Ils ont toujours aimé la Côte !

Je suis revenue m'installer chez les parents. Je ne veux pas vivre seule les heures exaltantes de la Libération de Paris.

Flora 17 août 44

Il y a un écriteau placardé chez la concierge annonçant l'instauration de cartes de détresse : il sera distribué un plat par jour.

Les Parisiens se rencontrent le soir dans les rues où ils se promènent dans la pénombre en attendant que la lumière soit. Atmosphère d'opérette avec un arrière-goût de tragédie.

J'ai été ce matin à Pelleport avec papa pour chercher des pommes de terre, puis nous avons été à la mairie toucher nos cartes de détresse : il y avait une queue monstre. Tout le quartier est là et on commence à reconnaître les têtes depuis quatre ans qu'on les retrouve aux bons endroits !

Quelqu'un raconte que les Allemands ont quitté Fresnes en emmenant cent quatre-vingts politiques qu'ils ont fusillés sur le bord de la route.

18 août 44 Flora

Soirée chez nous, à la bougie, avec les Diet qui habitent au quatrième et Mme de la Verrerie. Je dis bien à la bougie : il y en avait une seule pour tout le salon. À une heure, Maillard téléphone et dit qu'ils sont aux portes de Paris. Frénésie d'un moment. M. Diet va chercher une bouteille de champagne, on éclate d'émotion et on boit dans le noir, car la bougie s'est éteinte là. Puis on espère encore un peu en tendant l'oreille et comme rien n'arrive, on va se coucher. Les dernières minutes d'attente sont toujours les plus longues.

19 août 44 Flora

« Ils » sont toujours là et *ils* ne sont pas encore là ! Les Alliés sont à Rambouillet et le général Leclerc est entré à Alençon avec des troupes françaises. Le gouvernement est arrêté : Pétain, Laval, Bichelonne. Hip ! Les drapeaux alliés sortent le nez ; la radio anglaise n'est plus brouillée du tout.

Les Allemands défilent et se défilent, accrochés aux ailes de leurs voitures, enfeuillés, camouflés, ou debout comme Ben-Hur dans des camions archicombles.

Je suis sortie pour aller chercher des cartes de détresse rue Chomel ; en revenant, boulevard Raspail, grand bruit de mitraillette et odeur de poudre : tout le monde s'aplatit et moi comme une gourde ignorante, je reste immobile sur ma bécane ; puis une silhouette me fait signe et je m'engouffre tout interdite dans une galerie de tableaux qui passait par là.

J'attends quelques minutes et le calme revient. Les Allemands en voiture qui canardaient la foule étaient repartis porter leur mort plus loin. J'ai filé par la rue de Varenne et suis rentrée.

Même journée, plus tard. J'ai vu le drapeau français aujourd'hui ! Je l'ai même vu deux fois : d'abord à la mairie du VIe, puis sur celle du VIIe où il venait d'être hissé. Les gens étaient debout, tout chauds d'émotion, et ils chantaient *La Marseillaise*. Merci d'avoir vu ça.

Le couvre-feu est fixé à 9 heures du soir ce soir encore. Papa est en ce moment au faubourg et ne rentre pas déjeuner à cause des mitraillages perpétuels entre la Concorde et les ministères. Les vingt mille S.S. qui sont encore ici s'en paient une dernière tranche, bien saignante.

Papa rentré, enfin. On a oublié de déjeuner : plus rien d'habituel ne compte. Mme Diet est revenue blessée à la jambe par une chute à bécane au milieu des mitraillages. La maison est maintenant au complet : la concierge ferme la porte cochère. Mais la pétarade continue. Il paraît qu'ils font sauter les ponts de Paris.

Flora 20 août 44

La Résistance est installée à la mairie du VIIe : on entend des garçons chanter *Tipperary*. Tout à l'heure un Allemand a été tué dans la devanture du bijoutier d'en face. Un autre Allemand a essayé de défoncer la porte du 33. Il hurlait gutturalement, mais personne ne bougeait. On a eu peur. Et puis, il a fini par s'éloigner.

La Wehrmacht est toujours là et le fracas continue. Les agents ont repris leur service à côté des F.F.I. Mobilisation générale des hommes de dix-huit à cinquante ans. Un journal français va paraître demain ! Des haut-parleurs sont passés tout à l'heure dans les rues pour annoncer la trêve. Mais il paraît qu'il y a des éléments qui ne veulent pas cesser le feu. Un groupe d'Allemands, fusils au poing, défilait à midi boulevard Saint-Germain, et quelques-uns se sont mis à tirer dans la foule. Papa était là. On ne sort presque plus de chez soi : Paris est éteint et presque désert, à part les conciliabules de concierges et de commerçants qui disparaissent comme des guignols dans les embrasures dès que ça claque ! Tout le monde se parle et nous avons fraternisé avec toute la maison.

Le bruit a couru tout à l'heure — par Radio-Concierge et de proche en proche — que la trêve était rompue et que des tanks allemands s'étaient réinstallés aux Tuileries et aux Invalides. Impossible de vérifier.

Philippe A., l'ami intime de Maurice Landon, a été tué cet après-midi à la gare de Lyon. Il circulait à bicyclette avec son brassard médical quand il a été atteint d'un coup de feu. Il est tombé sur la chaussée et une femme allemande en uniforme a intercédé pour lui, mais le Boche l'a achevé ; et la femme allemande lui a enlevé sa montre et son portefeuille. C'est Léa qui vient de téléphoner la nouvelle à Benoîte.

Les Anglo-Américains continuent à avancer et je pense à tous ces petits sacrifiés de la dernière heure qui ne verront pas la gloire de demain ! Ma bougie s'est éteinte ; mais comment dormir quand notre sort se joue ?

22 août 44 Flora

En allant promener le chien, j'ai vu boulevard Saint-Germain un énorme camion déguisé en paysage, avec un drapeau français et l'inscription F.F.I. Le cœur bondit.

Les F.F.I. se promènent dans le jardin en bas de chez nous, brassard bleu, blanc, rouge, au bras. Ce matin on leur a lancé des paquets de cigarettes et on leur a parlé. Ils sont tous très jeunes : aux confins des petits garçons qui jouent à la guerre et des héros qui la gagnent. Ils nous disent que cela va durer encore quelques jours. Il y a des renforts de tanks allemands qui rappliquent sur Paris.

Papa a été prévenir les F.F.I. de la rue de Grenelle qu'il avait des armes pour eux : il leur a donné ses deux pistolets, ses deux fusils de chasse et une caisse de munitions.

Le ménage Wills a quitté sa maison après un coup de téléphone commençant par : « Vous êtes deux beaux salauds. » Sacha Guitry a été arrêté ; la Résistance est installée au Théâtre français. Mary Marquet va avoir des ennuis. On a vu passer des jeunes filles avec des croix de Lorraine au bras. Pourquoi pas moi ?

Flora Jeudi 24 août 44

What a difference a day made ! Paris a été libéré ce soir. Les cloches sonnent à toute volée dans un ciel où le canon tonne encore et où roulent les fumées de l'incendie du Grand Palais. On chante *La Marseillaise* dans la rue, on applaudit, c'est le délire. Joie, joie ! Pleurs de joie !

Flora Vendredi 25 août 44

On s'est couché à trois heures, fourbu de bonheur et aujourd'hui s'appelle le Jour de la Libération de Paris. Les armées du général Leclerc sont arrivées, nous en avons vu les premiers éléments aux Invalides, accueillis dans l'enthousiasme, des drapeaux à toutes les fenêtres, la larme à fleur d'œil.

J'ai assisté à une scène qui fait pleurer : un petit gars d'un char de Leclerc voit soudain son père arriver au bout d'une rue et crie d'une voix rauque en prenant la foule à témoin : « C'est mon père... » Ils se précipitent l'un vers l'autre avec ces gestes gauches et émouvants de ceux qui ne se sont pas vus depuis très longtemps et qui lancent toute leur tendresse et leur émotion dans leur premier mouvement. Le père avait encore à la main sa bicyclette qui le gênait et ils se regardaient la figure avec une rudesse tendre, un peu animale, follement troublante à voir, se prenant à deux mains le visage d'une façon presque amoureuse. C'était grandiose.

À midi, on a eu un coup de téléphone de Dominique Rollière : il est avec les troupes de Leclerc en train de « nettoyer » autour de Notre-Dame. Entre deux coups de torchon, il arrive à la maison, costaud, sale et boucané. Tout le monde l'a applaudi des fenêtres de la maison quand il est entré dans la cour avec sa jeep.

Dominique est reparti, laissant derrière lui un paquet de vivres destiné aux troupes : étrange mélange de denrées dans des boîtes de fer-blanc, avec des petites clés sur chacune, des notices, des chocolats noirs de vitamines et des pastilles qui contiennent autant d'hémoglobine qu'un bœuf entier.

Lamangue vient lui aussi d'arriver, de Normandie, avec un

camion médical. Il passera demain. Soudain, on se sent le centre du monde : tout converge sur Paris.

Notre chef, de Gaulle, est aussi à Paris.

On rase des têtes, on marque des fronts de la croix gammée, on dénude jusqu'à la taille, pour les promener dans les rues, les femmes qui ont « péché » avec les Allemands. Le coiffeur rouge (c'est sa boutique qui l'est), notre voisin, a été réquisitionné pour cette besogne et il est rentré chez lui hier soir, fier comme un héros. Je ne crois pas que j'aurais la force d'être l'instrument du destin et le rasoir de la punition. « La chair est triste, hélas ! » quand elle vous fait payer si cruellement votre plaisir. J'espère que je n'en croiserai pas sur mon chemin : je ne saurais ni les haïr ni les plaindre.

26 août 44 Flora

Charles de Gaulle a traversé Paris aujourd'hui avec les soldats de Leclerc et les F.F.I. C'était beau et étrange cet homme seul, plus grand que tous, et que l'on aime avec passion, cette armée fourbue et ces troupes hirsutes, bancales, marchant de traviole derrière lui : une espèce d'armée de Cour des Miracles, plus poignante que n'importe quel régiment au pas. Et puis la foule hurlante et accueillante. On s'y est mêlé avec joie et angoisse. La foule n'est jamais tout à fait une amie. Nous étions rue de Rivoli ; moi j'étais assise sur le capot de la voiture de Lamangue avec Benoîte et de plus en plus d'inconnus prenaient d'assaut les ailes malgré nos protestations et jusqu'à ce que la voiture s'affaisse comme un jouet brisé.

Juste après le passage de De Gaulle, l'armée des toits a tiré dans la foule qui s'est évaporée en un clin d'œil ; cela canardait ferme ; les ambulanciers couraient ramasser de petites masses inertes, les gens marchaient les uns sur les autres, on criait. Je n'ai pas eu le temps d'avoir peur, mais nous avons tout de même monté les trois étages qui menaient chez Georges sans nous en apercevoir. Il y avait une mêlée dans l'escalier : un milicien y était, paraît-il, caché. Mais il s'était évaporé avant que le concierge armé d'un balai ou les invités de Georges ne l'aient découvert.

La famille G., entièrement habillée de bleu, de blanc et de rouge, du moins pour son contingent féminin, est rentrée à pattes chez elle.

Benoîte 27 août 44

Je vis comme Flora au même rythme fou. Toutes les minutes arrive une nouvelle nouvelle. Nous avons le vertige : nous sommes de grands malades qui sortent d'un blockhaus après des années et qui revoient tout à la fois : le jour, le soleil, des hommes, des provisions de bouche...

On sonne à la porte, à six heures... on court ouvrir, toujours excité, car c'est à chaque fois la victoire qui entre sous une forme différente. C'était Maurice ! J'en ai eu les jambes molles. Heureusement j'ai dû le recevoir au salon, car la famille était là. Je n'aurais pas su comment lui parler. Il est sous-lieutenant dans le service de santé de la division Leclerc et cantonné à l'asile Sainte-Perrine, à Auteuil ; mais il repart demain. Il se tenait les yeux baissés comme s'il craignait de rencontrer les miens. Aurais-je dû être plus tendre, mon chéri, ou le redoutais-tu ? Avais-tu un peu honte de cette « folie collective » que le chagrin et le respect pour ton père t'avaient poussé à accomplir ? Je n'ai pas pu discerner ce que tu pensais et, dans le doute, j'ai peut-être paru indifférente.

Tout cela est enterré, mon frère d'un jour, et mes espoirs avec : j'ai changé d'aiguillage ; nos trains se croisent dans la nuit, on se siffle, on se fait signe, mais on ne s'arrête plus aux mêmes gares. J'ai été très près de toi par l'intermédiaire d'un mort, mais il est trop mort maintenant pour que je te confonde avec lui. C'est affreux à dire, mais tu es redevenu un étranger. Peut-être suffisait-il d'un mot ? D'un geste ? Aucun de nous ne l'a fait.

Benoîte 28 août 44

Nous buvions le champagne de la Libération chez les Diet ce soir quand un violent bombardement a fait trembler nos coupes. L'hôpital Bichat est touché et il y aurait cent dix morts dans les XVIIe et XVIIIe arrondissements.

Mourir si près de la victoire, ce doit être intolérable. Maintenant que le sort de la guerre est fixé, toutes les morts qui vont survenir ne sont que du superflu, des hochets pour l'orgueil des nazis qui attendront un nombre décent de victimes pour s'avouer vaincus.

28 août 44 Flora

Cet après-midi, j'étais chez maman au faubourg et je regardais par la fenêtre : J'aperçus soudain un gentil petit Américain, comme dessiné par moi, avec des cheveux blonds hérissés et des yeux de myosotis. Il s'essayait à être compris par plusieurs Français qui ne parlaient pas anglais. Mue par un sens du devoir (hum...), je suis descendue pour l'aider. Mamma mia ! Il était beau ! Juste ce que Flafla aime : ces taches de ciel que sont les yeux bleu, et ces cheveux de paille fraîche... Il cherchait un endroit pour manger et je l'ai invité à dîner.

C'est tout un nouveau langage que nous improvisons soudain. On peut leur parler, à ces soldats-là, on peut les aider ! Fraternité chaude. Exquis espéranto du cœur !

J'ai donc ramené ma proie à Vaneau. Elle voulait aussi se laver et on lui a donné « de quoi », et sans vergogne ni fausse honte, le premier Américain vivant qui ait fait ses ablutions chez nous, a enlevé ses chemises, et, toutes portes ouvertes, s'en est donné à cœur joie. Il avait un beau torse gras et beige « de vizir », comme dit maman. Ensuite, nous nous sommes mis à table et il a mangé sans y penser un de nos derniers œufs. Pouvait-il deviner, ce petit conquérant, qu'il ne nous en restait que quatre ?

Willis Rackus est élève architecte ; il parle peinture et musique avec talent et connaissances ; nous écarquillons les yeux en famille et le trouvons à proprement parler génial de jongler avec les mêmes idées et les mêmes noms propres que nous. On a toujours un peu l'impression en France, et en particulier chez nous, que nous vivons sur un petit îlot entouré de Hurons ignares et candides. Mais s'il s'avère que les autres ont déjà entendu quelque part ce que nous pensions leur apprendre, s'ils parlent aussi d'époque bleue et de période dada, s'ils ont l'habitude de caracoler sur les mêmes chevaux de bataille que nous, qui nous sentons à nous seuls la patrie des arts et des lois, ah ! mes amis, quelles retrouvailles ! C'est nous qui devenons les ingénus et les princes Muichkine !

Après le dîner, nous avons raccompagné « notre » Américain dans sa jeep. Exquis d'être dans une jeep. Il reviendra nous voir : il l'a promis. Mais qu'il était beau, mon premier libérateur !

Flora 29 août 44

Ce soir, à l'imprévu, arrive Willis, qui nous amène du bacon et du stewed beef ; il est resté un instant et nous avons parlé. Je l'aime beaucoup ; il est intelligent. Et puis ces yeux, bleu mer, ces petites flaques d'eau claire dans un visage, les yeux ! Et tout ce halo de mystère qui nimbe l'Étranger !

J'aime les étrangers, car c'est déjà une bonne dose d'étrange que de l'être. Parler anglais m'est une joie ; et il m'émeut un peu ce grand conquérant irradiant de blondeur. On a discuté peinture et conception de la vie. Il m'a demandé si j'étais *engaged. No, said she*. Lui non plus. Il a le nez un peu rouge. Sans cela il serait très très beau garçon. Je garde pour la fin qu'il ait dit dans le noir en montant dans sa jeep : *Good bye, dear*. Il part demain pour Rennes.

C'est étrange ces hommes libres, à la peau hâlée, au regard innocent, aux manches relevées, qui se battent, tuent, font trois petits tours dans votre vie, et puis s'en vont.

Flora 1er septembre 44

Deeze me téléphone ce soir pour me dire qu'il s'était engagé dans l'armée Leclerc. Petit pincement au cœur. Au revoir, étrange ami et inconnu. C'est bien de partir et je vous estime avec tendresse. Mais revenons à nos blonds moutons. Les questions toutes neuves, toutes rutilantes que l'on se pose quand on ne se connaît pas et qu'on a vécu à des milles l'un de l'autre ! Ce sont des questions venues du fond du hasard, comme dit Rilke, et très émouvantes dans leur banalité.

Good bye, dear ! Ô la fleur sans pareille posée parfois sur les plus petits des petits mots de tous les jours... et les phrases plus longues que le souffle lyrique des dames qui les écrivent.

Deeze, au revoir jusqu'à vous ; je vous envoie mes pensées fidèles, tout ce que j'ai de plus vrai en moi, je vous le donne tendrement ce soir, et vous, l'étranger, je vous dédie les pensées claires qui poussent à la nuit tombée dans mon cœur. Tout cela, dans dix ans, sera aussi ridicule, aussi illisible, aussi grotesque que ce qu'on dit des autres donzelles qui rêvaient à la nuit... à quoi rêvent les jeunes filles.

5 septembre 44 Benoîte

Eh bien moi aussi, mon petit, j'ai eu mon Américain ! Et je jure que je ne l'ai pas cherché : il venait à moi, rue de Boulainvilliers, depuis Cleveland, Ohio, cherchant l'établissement de bains. Les bains ne fonctionnant pas le mardi, je l'ai emmené chez moi. Je me suis immédiatement sentie de plain-pied avec lui, comme si brusquement, l'autre sexe n'était plus l'ennemi. Il ne voyait pas plus loin que le bout de mes mots : je lui offrais un bain et il n'en inférait pas — comme l'eût fait un Français — que je lui ouvrais mon lit. Il était simple, gai, amical tout de suite et bien disposé à mon égard, comme devrait l'être le genre humain.

Il était stupéfait que nous ayons manqué d'eau chaude et de savon et que nous ayons survécu. Il quitte Paris demain.

7 septembre 44 Benoîte

Avant de partir, mon Américain a déposé chez la concierge une boîte de six savons de luxe. Ces soldats vivent comme des cocottes.

Premier courrier aujourd'hui, après trois semaines d'arrêt total et enfin une heure de gaz par jour grâce à un stock de charbon donné par l'armée américaine. Mais toujours pas de métro et deux heures seulement de courant chaque soir.

9 septembre 44 Benoîte

On vit dans un état d'excitation permanente. Les mêmes gens qui se saluaient à peine pendant ces années d'occupation se prennent aux épaules et se félicitent d'avoir vécu assez pour voir cela. Paris est toujours aussi plein de soldats, mais cette fois ce sont des soldats souriants, à qui l'on n'est pas obligé de faire la gueule. Tout nous paraît beau en eux : leur uniforme, leurs insignes qui ne sont plus ces tibias et ces aigles, la clarté qu'ils ont tous dans le regard, cet air tranquille et de ne pas se poser de question sur leur présence ici et là. Ils sont boulevard de la Madeleine... Ils étaient l'an dernier sur la 5e avenue... ? C'est la vie et c'est O.K.

On cherche à faire quelque chose pour eux, à se rendre utile et le vent nous pousse au Centre d'Accueil Franco-Allié où l'on demande des hôtesses et interprètes parlant anglais.

Après un interrogatoire serré sur ma famille, mes études et mon métier, j'ai été gratifiée d'une carte bistre *to identify Benoîte Landon, serving as a volunteer with the American Red Cross, as hostess. Authorized by Peirce A. Hammond, Club Director of the Rainbow Corner.*

Flora s'est inscrite aussi, ainsi qu'Ève et Joce Blanchet et plusieurs filles du collège d'Hulst, amies de Flora. Il y avait un monde fou. Les femmes et les jeunes filles sont toutes atteintes d'un désir rentré d'être infirmières et de traîner dans les basques d'une armée. Ces flirts camouflés en service social nous comblent.

Il s'agira de piloter dans Paris, dans les magasins, musées, etc., des Américains dont on nous a permis de choisir d'avance la condition sociale. Flora s'est inscrite pour un artiste, un architecte ou un décorateur et moi pour un écrivain ou un universitaire. On doit nous téléphoner.

Benoîte Dimanche 10 octobre 44

Nous avons été invitées à la première soirée franco-alliée du Rainbow Corner. *Franco :* c'était nous ; rien que des femmes ; *Alliée* par contre ne comportait que des hommes. Grande soirée mondaine où nous avons retrouvé bien des visages connus : Sylvie B. de M., Andrée Hénard et sa sœur, des filles à particule du faubourg Saint-Germain, bref un personnel infirmier trié sur le volet et lancé en pâture à tous les permissionnaires et militaires actuellement en transit à Paris. Il y a de tout et on papillonne avec délices de Jack à Joe. Il y a longtemps qu'on n'avait pas vu tant d'hommes à la fois ! On s'aperçoit que beaucoup de filles se sont inscrites par vice ou par gourmandise et qu'elles ne savent pas dire autre chose que *lovely* et *yes*, *no* ne leur servant à rien. Mais toutes sont jolies et un soldat n'en demande pas plus sans doute.

Notre parfaite connaissance de l'anglais — nous avons un alibi, nous — nous attire du monde. Ève et Joce froufroutent joyeusement. La chevelure dansante de Flora agit comme un aimant et, pour moi aussi ça fonctionne convenablement. Il y a de tout dans ces immenses salons du boulevard de la Madeleine : des Anglais qui ont toujours de drôles de têtes, des anomalies qui leur donnent un charme certain quand ils ne sont pas loupés complètement. Des Américains, tous copies conformes d'un être idéal dont ils se rapprochent beaucoup, bien nourris, bien vêtus, bien portants. Qu'ils acceptent de se battre et qu'ils sachent vaincre paraît incroyable. Quoi ? Ces belles vestes rampent sous des barbelés ? Ces fines chaussures piétinent dans la boue ?

Ah ! les parents pauvres que sont nos pioupious avec leurs croquenots et leurs capotes kaki, raides comme des couvertures de train !

On a dansé ; on a ri ; on a bu du café au lait épais et délicieusement trop sucré, mangé des *dough-nuts* dégoulinants de beurre et on s'est senti admis, sans examen compliqué, dans un petit univers sans problèmes.

Comme la vie semble facile avec les Américains !

Tu ne les auras pas vus, mon Blaise déjà loin. Tu n'auras pas eu cette joie — tu es mort vaincu — c'est d'une injustice révoltante.

Mardi 12 septembre 44 Benoîte

Un nommé Richard Shepherd m'a téléphoné ce matin.

— *You remember Dickie ?*

— *Of course,* dis-je.

Il m'a donné rendez-vous au Colisée pour que je lui fasse visiter Paree.

Il était avec un copain, Hank, professeur à Boston. J'avais emmené Flora et nous avons passé un après-midi charmant, découvrant Paris pour notre compte personnel. Nous sommes rentrés dîner chez moi, tous les quatre, avec des boîtes : can de crevettes, can de poulets, can de fromage au jambon, can de maïs, can d'ananas et pour arroser le tout, can de lait concentré délicieusement nourrissant, qui sent le caramel et la propreté. La vache est loin ; mais comme nous avions nous aussi oublié le goût du lait...

On s'en est mis plein la lampe et on leur en a mis plein la

vue. C'est facile dans une langue étrangère : tout paraît original et les mots sont des balles toutes neuves qu'on s'amuse à assembler. Ils ont raccompagné Flora en jeep. Eh bien, à ma grande surprise, le Dickie n'a pas essayé de rester, il semblait passer la soirée avec moi pour le plaisir et non avec une arrière-pensée. La guerre rend pourtant les hommes deux fois plus hommes. Faut-il penser que les Américains ne sont pas des obsédés sexuels ?

Benoîte 17 septembre 44

J'ai envie de boire du lait concentré tous les jours, de danser, d'être avec toutes ces têtes nouvelles.

Je n'ai pas l'impression de voler Blaise ; il n'est plus volable ; c'est un autre univers dont il s'agit. Ce que je donne à ceux-ci, il n'en aurait eu que faire ; et d'abord, j'ignorais même que je l'avais en moi !

Mais la proximité de cette bonne santé physique me guérit et me fascine. Je m'épanouis comme un pâle organe en bocal qu'on vient de changer de milieu et qui retrouve le goût de vivre.

Et puis n'oublions pas la griserie d'être, une fois dans sa vie, une femme à soldats, et pour le bon motif. Tout Paris est une ville à soldats et nous nous abandonnons à l'uniforme sans regarder ce qu'il y a dedans. Au suivant de ces messieurs. Du monde ! Du monde ! Ça sert à tout, y compris à oublier.

Flora 17 septembre 44

Benoîte est venue déjeuner aujourd'hui. Nous avons pris l'habitude de nous retrouver dans ma chambre avant d'aller nous mélanger aux parents dans le salon. Nous recréons notre duo.

Elle me raconte, l'œil clair, qu'elle a rencontré Mme Dubuisson, ex-collègue du cours Bossuet.

— Et votre mari, il va bien ? dit la dame.

— Très bien, merci, répond Benoîte et elle remonte sur son cycle, voulant fuir à tout prix les explications et les condoléances.

Elle ne sait pas sur quel ton dire : « Mon mari est mort » ; c'est une veuve récalcitrante qui ne supporte pas la commisération. Blaise a donc revécu l'espace d'une phrase.

Je la prends dans mes bras gauches pour lui demander pardon que Blaise n'aille pas « très bien merci » et puis à toute vitesse on se sépare sans autre forme d'émotion.

C'est bien la fraternité, car on s'y passe de préambule. Le jeu se joue n'importe quand et se reprend n'importe où.

18 septembre 44 Flora

★ Les matins sont déjà frais ; j'ai l'impression qu'il y a peu de temps que nous sommes en été et il faut déjà vous quitter, mes robes à fleurs ?

Wee Willie Willis, qui était depuis trois jours à Paris, est venu me dire adieu ce soir : il part pour la Belgique. Je suis déjà triste de le voir s'estomper. Allons, Flafla, *for heaven's zake*, ne tombe pas dans la sentimentalité fade. C'est la vie de dire au revoir ! Si c'est chaque fois un poignard, tu seras une loque d'ici peu. *Take it easy, Lily !*

Les M. sont venus dîner ; ils sont là. Oh ! *Gee*. Non merci, pas de ça. Oh ! *Gee*. Redonnez-moi mon libérateur !

20 septembre 44 Flora

Flora, comme je t'aime de n'avoir que toi avec qui je puisse être comme je suis. Je t'aime d'être à la fois ton corps et ton esprit ; de sentir ma main posée sur ma cuisse, dans ma main et dans ma cuisse. Au fond, je cohabite heureusement avec moi-même et il est bon de m'écouter vivre.

Notre alliance avec les Alliés s'organise ; je suis déjà parsemée de brassards et de décorations comme un vétéran : Hostess n° 129 au Rainbow Corner, Shopping Assistant et autres titres de gloire. Les filles, mes comparses, sont huppées, chics et riches. Toutes d'anciennes filles à nurse, comme soi-même. D'ailleurs la Mme de Ganay qui vous fait passer l'examen d'entrée de ces lieux de sourire et de sucrerie ne badine pas sur le « fluent » de votre langage, ni sur l'élégance de votre mise et de votre patronyme. Elle consent à admettre quelques Dupont comme vous zé moi, Andrée, mais le gros du bataillon des girls à G.I. est vraiment trié sur le volet. Et ça danse, et ça danse !

On a eu ce soir une fameuse grande fiesta avec Andrée. On s'amuse à deux bien mieux qu'à une. Je n'aime pas faire cavalière seule à ces « dances » ; à deux, on peut se cligner de l'oeil, se sourire, se parler sourd-muet à distance ; et quand on en a assez, on se retrouve dans les « ladies » pour recoiffer ses blonds cheveux et resserrer sa ceinture en riant trop fort.

Flora 25 septembre 44

À côté d'un, je pensais ce soir à cette solitude immense qui vous emplit soudain quand on est avec ces animaux blonds d'un autre monde. Leur beauté costaude, leur chair fraîche et lavée, cette respiration de joie et d'ignorance, comme une éternelle enfance qui leur éclaire les yeux.

Je me demandais, assise à côté d'Emmett, ce que c'était pour eux de « penser ». En France, le moindre petit crétinard a une haute idée de sa pensée ; il a conscience de la parcelle Esprit en lui. Eux, ces blondinets, c'est vraiment ce qui les préoccupe le moins ; d'où cet air de joie et de vigueur de celui qui ne sait pas. Je regardais sa joue gonflée, ses cheveux brosse rase, son oeil d'eau douce avec un air de penser comme en ont les petits enfants, assis au bord des grèves, les pieds dans l'eau, en regardant devant eux ; cet air buté et confiant tout à la fois ; et soyez sûr que ce peuple considérable a trouvé le truc pour laisser son esprit vide.

Des territoires entiers de subtilités, d'étrangeté, me séparent d'Emmett ; et puis soudain, des mots, de clairs gestes qui trouent le silence et vous réconcilient.

Emmett m'appelait *darling*. Je trouvais ça charmant. C'est bien courant, mais nous ne le savons pas. J'essayais de dire des choses graves. Il peut rester deux minutes dans ce climat, puis il est obligé d'aller prendre l'air au vide. C'est comme si on leur tenait la tête dans l'eau, quand ils pensent ! Ils sont pleins de bonne volonté, mais dame ! quand on n'a plus de souffle, on remonte à la surface.

Par moments cette certaine absence se fait sentir, on est obligé de vivre sur soi, de penser pour deux, de leur étiqueter d'office une jolie idée sur l'expression, de leur attribuer une phrase bien roulée. Je ne sais pas pourquoi cette générosité pour ces Ams, pour le mystère qu'ils représentent ? Mythes de la taille sanglée, des épaules larges et de l'insigne sur la manche ?

C'est drôle comme d'être appelée d'un mot tendre par quelqu'un lui donne une prise sur vous. Il semble que ce soit vous posséder un peu que vous nommer différemment des autres.

Sa bouche gonflée, son rire strident, poussé plutôt que ri. Emmett me dit :

« *You're just the type of girl I'd like to marry ; but I would not make you happy.* »

Enfants, enfants, on se sent lourd de deux consciences à vos côtés : la nôtre, la vôtre.

Grands hommes, on est allégé de toute préoccupation vaine dans vos parages ; les marches sont montées pour nous, les portes ouvertes, les paquets portés et tout à l'avenant. C'est cela, l'écrasant avantage derrière lequel vous dissimulez très bien votre faiblesse.

Ce qu'ils ont ? Aucun complexe d'infériorité vis-à-vis de leur infériorité. Ils disent : « J'aime pas beaucoup ça ! » (Littérature, musique, peinture...). Ils ne sentent pas qu'ils viennent de soulever un monde et de vous le faire retomber sur le pied. Ils manient l'immensité de leur ignorance comme une plume légère...

28 septembre 44   Benoîte

On ne connaît jamais si bien une ville que quand on en fait les honneurs, comme un mari qui découvre soudain sa femme dans les yeux de ses admirateurs.

Je vais au Louvre environ deux fois par semaine... Enfin obligée de connaître « nos » chefs-d'œuvre. Flora rigole à l'idée que je disserte sur la peinture. Je ne suis pas la première dans Rome, peut-être, mais à Dallas ou à San Antonio, Texas, je tiens une place fort honorable. Je fais donc le guide et, en échange, mes touristes en uniforme m'emmènent goûter ou dîner, selon leur degré de sympathie pour moi, dans un des clubs qui s'ouvrent chaque jour à Paris. On y mange américain ; mais toutes ces nourritures sont si vraies qu'on en pleurerait d'attendrissement. Après cinq années de vaches maigres, je me sens comme un ogre devant toute cette chair fraîche. Je veux en manger, en palper, en voir, sur pied ou dans mon assiette.

Benoîte 29 septembre 44

Soirée au Rainbow Corner : un nouveau lot de beautés ; n'en jetez plus.

— Lieutenant Tommy Thomas, 6 feet 4, from Texas. Chemise ouverte sur un torse poilu ; surnommé tout simplement Tex. Ils ne se foulent pas.

— Major John Christensen, 6 feet 3, médecin en permission à Paris pour huit jours, faciès nordique.

— Captain Andrew Kaufner, 6 feet 4, hongrois d'origine, dentiste de profession. Genre brun des Pusztas avec un grain de vulgarité d'Europe centrale, mais tout cela passé au creuset de l'Amérique, nettoyé, désinfecté, infantilisé.

Je me remets mal du choc de la beauté américaine. Brusquement tous les Français me paraissent crochus, noirauds, dénutris.

Je suis rentrée à pied avec Andrew qui poussait ma bicyclette d'une main et ne faisait rien de l'autre. Il trouvait comme moi le temps trop court pour le meubler de facilités dont nous n'aurions pas eu le loisir de nous justifier.

Sur le plan des rapports physiques, je suis parfaitement à l'aise avec les U.S.A. Pas d'hypocrisie, pas de littérature. Oui, c'est oui ; non, c'est Okay, et on n'en parle plus.

Benoîte 5 octobre 44

Convoquée par le Rainbow pour faire du shopping avec un major. Beau... est-il besoin de le préciser ? On n'a jamais de déception avec eux. Des dents de réclame pour dentifrice, des épaules double portion, une démarche souple et sportive, bref, l'emballage est merveilleux... Mais celui-ci avait un goût infâme : choisit les bibelots les plus hideux *to send home to my folks*. Pour une fois, je ne me foule pas pour trouver quoi dire. Tout fait mouche, tout lui paraît remarquable. Je traverse pourtant une période d'idiotie intense. *Asinus asinum fricat*, papa avait raison. Incapable de rester seule dans la case. Je ne peux ni écrire, ni penser. Je rêve de dire des bêtises, de rire et de faire rire. N'importe qui, du moment qu'il a des dents pour rire.

Il faut brouiller la plaque.

10 octobre 44 Benoîte

Je suis étonnée de voir comme les Ams s'inclinent avec bonne grâce et *fair play* quand on leur refuse ce qu'ils sont évidemment en droit d'espérer en passant une permission à Paris. Ils ont l'habitude d'être menés à la baguette, là-bas !

Hier soir, Club américain du Weber avec Flora, Ève et Joce.

Dans mes filets : Arn Fisher, danois d'origine, yeux bleus. Signe distinctif : néant. Mais un doux néant qui parle et qui dit « chérie ». Il habite Minneapolis et j'ai vu en photo l'école de Minneapolis, le stade de Minneapolis, le jardin public de Minneapolis et toute la famille de Minneapolis.

Ils sont tous fous de leur Mum. Elle est régulièrement *swell*. On a l'impression que l'Amérique est une vaste resserre de Mums qui sourient nuit et jour dans le portefeuille de leurs fils.

Combien de Français traînent leur Mum à la guerre dans leur portefeuille ?

Nous avons soupé chez moi avec Ève et l'Archie qu'elle avait pêché hier soir. Arn a été très impressionné par la collection Budé de ma bibliothèque : il est persuadé d'avoir approché un des grands esprits de la Sorbonne. Encore un des charmes que je trouve à la fréquentation des Américains : ils vous font crédit. Ils sont tout disposés à vous trouver *swell*, vous aussi. Avec les Français, il faut commencer par se donner du mal. Au départ, on n'est à leurs yeux qu'une grognasse de plus ; il faut se fabriquer, fournir son *curriculum vitae*, briller, se surveiller. Que c'est bon d'être O'Kay d'office !

Le récit de notre guerre l'a laissé incrédule. Comment ? Pas de boîtes de conserve ? Il a déposé ce matin des trésors chez moi : des serviettes de toilette kaki, du Ipana Tooth Paste, des Candy Drops et des barres de *O'Henry covered with genuine chocolate*, dons désintéressés puisqu'il part tout à l'heure.

Pauvre innocente ! Tu ignorais encore que ça rapporte de plaire aux hommes ?

On développe en ce moment des âmes de consommateur, de marchand d'esclaves. En arrivant dans un Club, on regarde la marchandise, on suppute les satisfactions qu'on pourra en tirer, on renifle le menu, et si on a faim, ou si la marchandise est tentante, l'affaire se fait. On a un peu l'impression d'être à la Bourse. On se reconnaît entre courtiers. Toujours les mêmes filles souriant et minaudant devant des visages épisodiques. Ah ! on en abat de la besogne !

Flora 11 octobre 44

Concert des musiques alliées, aux Champs-Élysées. L'hymne russe, très russe et *La Marseillaise* qui me fait picoter les yeux chaque fois, comme l'eau de Seltz.

J'ai repris une inscription chez Jullian et en ce moment, entre deux danses, je travaille du pinceau, car j'ai une commande d'écharpes peintes et tricolores. Tant mieux : je n'ai plus de flouze et toujours autant d'envies. Mais je traîne sur mon ouvrage, poularde végétative que je suis.

Ce soir, cela devient une habitude, Rainbow Corner. Croisé un gentil Private, simple et riant, avec cet air clairet américain. J'ai dansé avec lui toute la soirée et nous avons beaucoup ri. Nous avons échangé nos adresses, moment très rassurant, point fixe dans le mouvant des rencontres. Il me montre les photos de sa famille, je lui montre Benoîte et une assez guindée image de moi. Il me demande de la lui donner. J'accepte. Mais qu'est-ce que cela représente de donner ma figure en papier à un inconnu qui repart déjà vers son destin ? Et lui, ce combattant, cela lui fait une belle jambe ! Il la range sérieusement dans son portefeuille. Ah ! cet émouvant petit bagage fatigué qu'est le portefeuille d'un soldat !

Il m'a raccompagnée chez moi à pied ; en chemin, on a croisé la petite bonne des Diet et sa copine, gloussantes, les épaules entourées par les bras audacieux de deux *Military Police*. Et puis, commencé-fini ! Ah ! Quel cirque ! On s'est dit au revoir Russel Ellsworth et moi. C'est gai triste, ces rencontres.

Oh ! donnez-moi l'amour vécu et partagé, Dieu ! Et la dame a envie d'ajouter : « Et mon bonheur ? Quand me le livrez-vous ? »

13 octobre 44 Benoîte

Soirée pour les « Privates » avec Flora et Pascale de Boysson au Rainbow. Il ne faut pas se spécialiser dans les officiers, ce ne serait pas digne de mes opinions d'institutrice rouge.

Rencontré un G.I. qui en valait bien d'autres. Il revenait du front, l'air d'avoir vu des choses, mais avec des yeux d'enfant. Il portait sur lui le reflet plombé de la guerre et je ne sais quelle crasse impalpable : la crasse des combats. Il venait de perdre son « bud », ce copain miroir sans lequel les Américains ont peur de ne plus exister. Comme les bonnes sœurs, ils vont toujours par deux. Il m'a raconté la mort de son ami et je me sentais absurdement gênée par l'aventure de cet Américain du Wisconsin qui s'appelait Steve et qui est venu mourir en Lorraine pour me permettre de fumer des Chesterfield et de manger du corn. En plus, je ne fume pas.

Nous avons longé tous les quais de la Seine, du Châtelet au Trocadéro. À la Concorde, nous avons croisé un truck rempli à ras bord d'officiers qui nous ont demandé la route de Vincennes. En démarrant, l'officier qui était au volant a dit à mon G.I. avec un clin d'œil international :

— *Well, I should say you have a very good taste, Joe !*

— *Thank you, sir.*

Moi aussi j'avais envie de dire : « Merci, sire. »

Mon Joe s'appelait Duncan comme le yoyo et j'aurais pu passer de bons moments avec lui. Mais il part demain et après-demain je me souviendrai à peine de son visage. Un jour, à Philadelphie, Pennsylvania, il parlera peut-être de moi à sa femme, avec un sourire rétroactif et une voix un peu mélancolique, celle des occasions perdues.

★ Demain, samedi 14 octobre, réouverture des cinémas.

Mais la vie reprend difficilement dans les vieilles artères fatiguées de ce peuple. Le gaz ne circule dans nos canalisations que deux heures par jour. Pour ce qu'il y a à mettre dessus, d'ailleurs... Les boîtes de rations de l'armée sont doublement précieuses et les parents ont de la chance que nous soyons en âge de gagner leur croûte.

Flora 16 octobre 44

Soirée de gala à *Independence-Club*, installé à l'hôtel Crillon. Il y avait là une collection de filles de luxe, édition spéciale, à tirage limité. Il s'est déjà établi toute une hiérarchie des conquêtes et les trophées s'arrachent ferme. Sylvie B. de M. à sa ceinture lardée d'initiales. Elle a lancé une mode ravissante et toutes les filles la suivent. Mais ne décroche pas une étoile de colonel ou un U.S. doré sur tranche qui veut !

Benoîte avait découvert une grande armoire très décorative et ne l'a pas quittée de la soirée.

Benoîte 16 octobre 44

Rencontré une beauté ce soir à Independence... (un bon endroit). Un numéro comme il ne m'en est jamais échu et comme j'en tiendrai peu entre mes bras, vraisemblablement. Je venais de cadenasser ma bécane aux grilles de la rue de Rivoli et je traversais le grand hall du Crillon plein d'officiers oisifs et voyeurs... quand je vis, appuyé avec une nonchalance tout américaine à une balustrade, encore plus grand et mieux nourri que les autres, étroitement sanglé dans ses *pinks*, l'insigne d'aviateur au revers : un homme, si jamais homme il y eut. Le nez un peu court et plutôt relevé, donnant l'indispensable air d'enfance qui est l'uniforme des visages américains ; la peau hâlée par la stratosphère ; de fortes mains, des épaules d'orang-outan et toujours, cette surprise du chef : des hanches parfaites, étroites, qui corrigent la puissance un peu lourde du reste. En somme, le salé et le sucré réunis dans le même objet.

J'étais dorée ; un beau soleil couchant me servait de projecteur. J'avais ma robe bleu foncé, à ramages blancs genre tahitien. Je me sentais particulièrement bien à ma place et dans ma peau ce soir-là, ce qui est le bon moyen pour que l'Autre éprouve l'envie d'aller voir pourquoi on est si bien, dans ce coin-là !

À peine arrivée dans les salons du premier étage, à peine installée à l'étalage, une ombre immense est venue me masquer le soleil couchant :

« *Shall we dance ?* »

C'était lui. Il y a des regards-hameçons. Et je me suis trouvée enveloppée par son uniforme, collée contre cette tour chaude qui épousait mes creux et mes bosses. On jouait *Poinciana* et *My name is Kurt* en fredonnait les paroles d'une belle voix basse. C'était l'accord parfait, sans phrases. Après cette danse-là, tout était dit. Nous avons été boire une bière au buffet, j'ai dîné, sans en avoir l'air, d'une masse de petits sandwiches délicieux et nous avons été nous asseoir dans un des salons. Il a sorti un plan de Paris de sa poche et m'a demandé où j'habitais. Comme ça. Comme Adam a dû dire à Ève : « Je ne vous avais encore jamais rencontrée. Sous quel arbre dormez-vous ? »

Quand il a su que je vivais seule il a ajouté qu'il aimerait beaucoup venir dîner un soir chez moi et qu'il savait faire la cuisine. J'ai donné mon adresse et j'ai dit : « Ah ! oui ? » Il a ajouté qu'il était un des pilotes personnels d'Eisenhower et qu'il revenait très souvent à Paris. Il m'a encore dit qu'il m'avait vue passer dans le hall et éprouvé l'envie irrésistible de faire ma connaissance et j'ai répondu sous le signe de la simplicité que je m'en étais aperçue et que c'était réciproque. Nous étions enchantés l'un de l'autre ; tout se déroulait gentiment. Nous sommes retournés danser pour faire plus ample connaissance. Pour une fois, voilà que j'avais envie tout uniment d'un monsieur que je venais de rencontrer et dont l'évidente simplicité d'esprit me paraissait un attrait supplémentaire. Entre les danses, il me montrait des photos de Dad et de Mum — encore une — et de l'affreux intérieur où il habitait avec ses parents. J'étais amusée, dépaysée, conquise. Il ne lit jamais, m'a-t-il *dit* (en France on « l'avoue »), à part les journaux et le supplément du dimanche. Il ne s'intéresse qu'à l'aviation et à la nourriture. Et tout cela m'est égal, au contraire : j'ai envie des bras d'un idiot ; des baisers d'un idiot. Il a un sourire adorable, très pointu, les coins de la bouche relevés très haut sur l'admirable denture américaine. Il ne mâche pas de chewing-gum, grâce au ciel. Je lui ai dit que j'étais professeur et il a trouvé cela impressionnant. « *I can see you're a very clever girl.* »

Il est né en Allemagne, mais l'empreinte des U.S.A. est si forte, qu'il a l'air d'avoir été forgé là-bas.

Il m'a raccompagnée jusqu'à ma bicyclette vers minuit. Il

part pour Washington demain matin, mais sera rentré samedi prochain et me téléphonera dès son arrivée à Orly-Field. On a beau vouloir être primitif, on a sa dignité..., mais bougre de merde, merde de bougre, qu'il me plaisait.

Benoîte Samedi 22 octobre 44

« *Hallo ? Leutnant* (prononcer exquisément Loutènant) *Heller speaking. May I come and have dinner with you ? I've brought back all sorts of things : you'll love them.* »

Qu'est-ce qu'il en sait que je les « loverai » ? Les Ams ne se cassent jamais la tête. Ils décident pour vous.

Toujours est-il qu'il vient tout à l'heure et que j'en suis toute chose. Je ne trouve pas de mot plus juste.

....

Eh bien, oui. Bon... Eh oui... Oui, sur toute la ligne, là ! Et en plus, comble d'immoralité, c'était divin.

J'ai éprouvé avec Kurt la qualité de liberté que l'on a dans un bal costumé : il me prend pour une autre et je suis tranquillement qui je veux pendant ce temps-là. Je n'ai jamais été si près d'enlever mon masque en amour.

Il a un dos délicieux avec des taches de rousseur comme les deux grands bœufs. Les os remuent doucement dessous sans que la peau en soit bosselée : ça, c'est signé : Corn Flakes. Tout est molletonné, bien huilé, comme un Dunlopillo dont on ne sentirait jamais les ressorts. Son dos sent la prairie, l'Ouest et l'enfant. Sa poitrine est une discrète savane, avec des espaces doux pour se promener ; ses jambes sont poilues du haut en bas et sur toutes les faces et d'une force inattendue. Il parle peu, mais il grogne voluptueusement comme un ours qui va son chemin. Et comme tout est simple avec un simple ! Il a enlevé sa veste vert foncé et ses *pinks*, sans faire de métaphysique et j'étais un peu comme une femme qu'on bat pour la première fois. Violentée. Pas le temps de penser... j'avais quatre-vingt-quinze kilos sur le corps, tout un continent couché sur moi pour me faire taire. Un continent, ça ne se refuse pas. Après on a mangé. J'avais un appétit aiguisé par quatre ans d'occupation et vingt-trois ans de chasteté, ou presque. J'ai dévoré des œufs pondus à Washington deux jours avant ! Du *spam* mis en boîte à Chicago ; du maïs mûri à quatre mille kilomètres d'ici et qui n'aurait jamais eu l'idée de débarquer sur mes assiettes dessinées par André Groult si Hitler n'était pas né. C'est quelqu'un la guerre !

Et puis après dîner, moi qui ne suis pas une récidiviste, je me suis retrouvée comme si tout était à recommencer ; comme le premier matin, devant cet homme qui venait de si loin et d'une telle suite de hasards, devant cet homme à saisir, cet article certainement sans suite. L'impression de n'avoir rien appris et rien rapporté de mon précédent voyage et que je pourrais plonger mille fois sans pouvoir tirer de conclusion. C'est sur ce genre d'impression qu'on croit à l'amour éternel. D'une certaine manière, le mien me paraissait inusable.

Et dans tout cela, pas un brin de vice. De l'appétit ; beaucoup de fraternité. Pas trace de ce complexe masculin qui se satisfait dans la possession. Non, deux êtres qui se prêtent l'un à l'autre pour leur mieux-être. Et Kurt n'en tirait pas vanité. Je crois que c'est ce détail-là qui m'a libérée : je n'ai pas été eue... Si j'ose employer trois auxiliaires de suite !

Nous avons passé une nuit d'amis, continuant à être enchantés l'un de l'autre. Kurt est reparti au matin après avoir pris un petit déjeuner de mari, mais tout étonné d'être servi par moi. Ah ! je crois que les Américaines vont nous sentir passer !

Il m'emmène jeudi dîner à Orly. Entre-temps, il est « en opération ».

29 octobre 44 Benoîte

Mauvaise soirée pour la Zazate. J'avais déjeuné avec tante Léa, au milieu des souvenirs d'enfance de Blaise et de Maurice et j'étais toute collante du miel inutile des regrets. Mais Ève m'avait invitée à l'inauguration du Canadian Club, boulevard des Capucines ; et je n'ai pas voulu la laisser seule devant l'étranger...

De 6 à 8, on danse. À 8 heures, les officiers montent au restaurant situé à l'étage au-dessus avec les filles qu'ils ont invitées. Le menu est affiché au bas de l'escalier et c'est à lui que l'on sourit à travers tous ces uniformes anonymes. Le contingent était plutôt laid, ce soir. Ah ! le Canada, c'est pas l'Amérique ! C'est drôle comme on se sent vertueux quand les hommes sont laids ! Ou peut-être les trouvais-je laids parce que je n'en avais pas envie, ce soir ? Flora avait piqué un Flight Officer un peu rougeaud, mais honorable et il avait justement un copain qui cherchait chaussure à son pied. Le copain était hideux ; les défauts physiques des Américains joints à ceux des Anglais et sans le charme de l'un ou de l'autre. Il avait une denture de jument âgée. Je ne me sentais pas beaucoup de courage pour assumer tout cela... mais encore moins pour cuisiner de la poudre d'œufs chez moi et passer une triste soirée dans ma case sans Tom. Alors je suis montée.

Il y avait une ambiance étonnante dans cette immense salle à manger. À chaque table, ou presque, quelques Françaises qui faisaient les belles entre deux coups de fourchette. Mais aucune de nous ne s'y trompait et nous nous jetions des coups d'œil de complices : de 6 à 8, toutes ces demoiselles du faubourg Saint-Germain chassent le Canadien pour avoir droit à un dîner.

En échange, nous leur apportons le charme français, la littérature française et surtout l'admiration des filles de tous les temps pour les soldats victorieux. Nous sommes toutes en retard d'une guerre et d'une armée et nous nous rattrapons délicieusement avec l'approbation de nos consciences et de nos familles.

Cette espèce de course à l'uniforme qui se confond avec un appétit démesuré pour les cigarettes, les gâteaux, le chocolat et le lait concentré, est comme une folie collective. Pour quelque temps, nous voyons toutes la vie sous le même angle : un soldat et un dîner au bout.

Aux toilettes, on s'interpelle fraternellement :

— Alors, t'en as un, ce soir ?

— Moi, j'ai de la chance : j'en ai un... sensationnel.

Bien sûr que si Blaise revenait je me lèverais et je le suivrais, à tout instant.

Si j'interpose entre lui et moi des piles de souvenirs frais, c'est pour me faire un matelas sur lequel je puisse dormir et l'oublier.

Benoîte 1er novembre 44

Je viens de trouver une situation. Il était temps : j'avais vendu une de mes deux bagues pour subsister. J'entre à la

Radio française, au secrétariat de Jean Marin et de Maurice Schumann. Je ferai quelques petits reportages pour commencer et je gagnerai deux fois plus qu'au cours Bossuet, de morne mémoire. Un repas sur deux environ m'étant offert par les États-Unis, je devrais pouvoir vivre agréablement. J'ai d'ailleurs grossi de quatre kilos depuis la Libération et c'est à vous, Kurt, Arn, John and Joe que je le dois.

3 novembre 44 Flora

Ce soir, poussée par l'enthousiasme de Benoîte, j'ai été au *Canadian Club*. Bientôt, j'aurai ma dent, si pas mon râtelier contre cet endroit-là : les beaux sont pris, les ennuyeux vous abordent, les prometteurs ne tiennent pas leur promesse, les colonelzz anglais à fine moustache et à sourire silencieux vous regardent puis s'estompent dans les bras d'une anodine.

Alors on s'est taillées, et on a été porter nos sourires à Independence. Benoîte y a trouvé un colosse sur la pente de l'ébriété : elle le trouve mignon. Il habite le Texas et se fait appeler Texaaas ! Wolf, un tout petit médecin, modèle de poche, s'occupe de moi. Mais je suis partie tôt. Brusquement, j'en avais ma claque.

5 novembre 44 Benoîte

Déjeuné avec Kurt à Orly. Et puis nous sommes rentrés à Paris dans un autocar militaire où j'étais la seule femme. Malheureusement, il repart ce soir et nous n'avons pu passer que quelques heures ensemble. Je suis tout éblouie d'avoir ce géant pour mes menus plaisirs. Dans l'autocar, nous n'avons pas échangé dix paroles. Nous ne nous étions pas vus depuis huit jours et j'étais toute à l'incrédulité de me découvrir une femme puissance femme à côté de Kurt. Nous pensions évidemment plus au délassement du guerrier qu'à la guerre. Je te plais ? Tu me plais. Que tu me plais. Qu'on se plaît. Un point c'est tout. Et à chaque tour de roue, on se le redisait en silence.

Et puis, pour enrober tout cela, une grande affection pour ce n'ours qui tient une place chaude chez moi. Il y a comme quelque chose de conjugal, dans le meilleur sens du mot, entre nous : une estime, une amitié. J'ai du plaisir à m'appuyer contre sa vaste épaule capitonnée pour des raisons qui n'ont rien à voir avec l'amour. Il a trente-huit ans et besoin peut-être, lui aussi, de cet ersatz d'intimité. Nous n'avons pas envie de sortir : nous faisons semblant de vivre ensemble.

Il est parti vers sept heures, mais il a laissé son rasoir et divers impedimenta d'homme dans ma salle de bains. Il aura trois jours de liberté la semaine prochaine et les passera ici.

Je ne supporte pas de rester seule en ce moment. N'importe qui, mais pas moi et moi.

J'ai été voir n'importe quoi : *Honeymoon in Bali*, distrayante connerie. Morne retour. Je ne lis plus. Ah ! quand on ne veut pas y penser, le souvenir vous rattrape quand même, d'une autre manière. Je guette sottement le téléphone et la porte. Mais qui pourrait venir ? Allô ! mon amour ? C'est Blaise.

Flora 7 novembre 44

Au *Canadian Club* ce soir, avec Andrée. J'y pique un grand à moustaches et on s'en va ensuite dans un autre club canadien, avenue Montaigne. C'était hilarant. Du footing intégral ! On parcourt consciencieusement la pièce de gauche à droite, puis de droite à gauche au rythme des enjambées géantes de son danseur, le bras très haut, la moustache en brosse à dents. Mon partenaire était une caricature de l'officier de Sa Majesté.

Je parlais anglais divinement avec des finesses qui me déconcertaient et devaient venir d'on ne sait où, du plus loin de mon enfance. J'aime passionnément l'accent anglais et son Htuah tuahh tuaah.

Ah ! j'aime les gens, le soir au fond des clubs.

As-tu remarqué, Bérénice, que tout le monde a presque toujours quelque chose de gentil dans les yeux ?

Il m'a donné un paquet de Craven A, chat noir sur fond rouge, pièce de collection à regarder de loin.

Il n'y a pas de soirée sans un instant déséquilibré où je me pose la question de la vie, de sa raison ? Ces lieux de danse et de facilité me font soudain toucher au profond des choses. Et alors, j'ai envie (à peine) de partir. Je me retrouve dans ma solitude humaine au milieu de la foule.

8 novembre 44 Flora

Mariage de Christiane avec son beau Russe. Mais ses gros pieds émergent de sa robe et gâchent la sauce. Le beau Cosaque regardait sa femme neuve avec intensité. Un jour, j'aurai cet œil-là posé sur moi comme une main.

Dimanche 12 novembre 44 Benoîte

Grand défilé allié ce matin aux Champs-Élysées. Churchill et de Gaulle ont été ovationnés, mais plus encore le petit débris d'armée française qui représente à lui seul notre honneur et notre espoir de siéger dans la future commission d'armistice. Derrière une maigre musique, ils défilent, les F.F.I. ; dans des uniformes de misère, certains sous des casques anglais, d'autres en treillis américains et je n'ai jamais vu de soldats plus émouvants que ces combattants raccrochés au hasard des fidélités et dont la présence ici correspond en tout cas à un choix volontaire. La foule hurlait.

Je suis rentrée avec Flora chez les parents après avoir hurlé moi aussi. Il faisait trop froid chez moi et il me reste juste assez de sciure pour faire un feu à Wolf Klemperer qui vient me voir ce soir. Il paraît que nous aurons cinquante kilos de charbon par personne en décembre. Hiver, sois doux !

Plus tard Benoîte

Wolf est venu me voir. Il mérite bien son nom. Intelligent certes, mais il est à Paris pour un motif bien déterminé et il me le fait bientôt savoir... J'attendais beaucoup de cette soirée et je suis déçue. D'abord, je suis habituée au format de Kurt et je ne veux pas d'Américains au-dessous de six pieds. En dessous : pas vu, pas pris. Il a de toutes petites mains. Ah ! non, ah ! non. Ce n'est pas drôle et cela n'est pas à mon relais !

Grande scène d'explication. Il est déçu lui aussi. Mais je ne veux pas lui faire perdre son temps. Dommage ! C'était le premier Américain vraiment intelligent que je rencontrais ! Nous

nous sommes quittés bons amis et il est parti fouetter d'autres chats.

Seule la présence de Kurt pourrait m'empêcher d'avoir envie de pleurer. Je me sens lourde comme une bûche. Ce n'est pas que des souvenirs précis me reviennent ce soir plus que les autres. Mais on ne lutte pas impunément contre un passé si riche et si perdu, sans attraper un mauvais coup de temps en temps.

Il faut que souffrance se passe.

Benoîte 14 novembre 44

La grosse présence physique de Kurt est là et je ronronne. Il a apporté des provisions de bouche (et de cœur) pour trois jours. Nous sommes au chaud autour de mon poêle à sciure, comme deux castors dans leur tanière.

Son sourire me fait sourire. Toutes les phrases des chansons idiotes sont vraies pour lui : *« Night and day, you are the one... Going to take a sentimental journey... Besa me mucho. »*

J'essaie de le faire lire, mais il me dit gentiment qu'il n'aime pas réfléchir, comme on dit : je n'aime pas les bonbons. Et pour lui ce n'est pas un signe d'infériorité, au contraire et c'est pourquoi ces hommes-là peuvent être bêtes sans paraître idiots. On finit par se demander si l'on n'a pas tort soi-même de tenir à sa masturbation intellectuelle et si penser n'intoxique pas !

Nous avons été déjeuner chez mes parents. Comme ils parlent à peine anglais et Kurt pas un mot de français, ils ne risquent pas de se faire une opinion.

Maman ne me pose pas de question, d'ailleurs. Elle pense que je noie mon chagrin et que plus le puits sera vaste, plus vite ce sera chose faite.

Benoîte 16 novembre 44

Mon homme intermittent est parti pour quelques jours. Je le retrouve avec joie, mais le quitte sans chagrin. Trois jours de suite à dire des phrases qui tombent sans faire une ride dans son cerveau, c'est un peu long.

Mais je vais mieux. Il me fait du bien comme une pompe à essence. J'ai fait mon plein d'optimisme.

19 novembre 44 Benoîte

J'ai ouvert par erreur un sous-main et j'y ai trouvé l'écriture de Blaise réverbérée sur un buvard. Puisque le mal était fait j'en ai profité pour relire ses poèmes. Matinée de brumes et de limbes. C'est moi qui ai été aimée comme ça ?

22 novembre 44 Benoîte

Mon travail à la radio me laisse beaucoup de liberté de pensée. Dès que je ne fais rien, je me souviens. Si les Américains n'étaient pas là pour faire du bruit et prendre de la place, j'aurais du mal à tenir ma peine sous le boisseau. Elle est comme un monstre de Michaux qu'on cherche à étouffer sous des couvertures, mais qui arrive à passer un doigt dès qu'on relâche sa surveillance. Et quand on lui permet un doigt, c'est bientôt tout le bras.

Voilà six mois que Blaise est mort et quand le vent souffle du passé, je suis comme si je venais de le voir mourir.

Retrouverai-je un jour une telle intensité de vie ? Cela seul vaut la peine d'être cherché. Le reste n'est que menuet et rigaudon.

J'ai pris l'habitude de lui parler à mi-voix quand je suis à bicyclette dans les rues de Paris. Mais à quoi bon ces sentiments sinon à me faire vivre dans l'absurde, le faux, le révolu ? Je suis bassement utilitaire. Peut-être ; mais c'est le moyen de vivre malgré tout.

24 novembre 44 Benoîte

Été prendre ma drogue ce soir, au *Canadian Club*. J'ai revu une tête qui m'avait fort plu la dernière fois. Cette fois, elle m'a invitée. C'était mon genre pasteur : besicles cerclées de fer. Professeur d'histoire ; l'air puritain et bourrelé à la fois : mon faible.

Depuis le catéchisme, j'ai toujours rêvé de séduire un prêtre. La minute où il est débordé, où il oublie ses vœux pour ne penser qu'à ses désirs me semble devoir receler des jouissances inconnues avec d'autres hommes. Hélas ! je n'ai jamais eu les moyens de m'offrir cette joie, n'étant pas une vamp. Il m'en reste un goût pour les pasteurs et les puritains, plus faciles à atteindre. C'est le moment ou jamais et c'était le soir ou jamais. Norman est pour quelque temps à Paris. Nous avons dîné ensemble... j'ai mis toute la gomme... et je lui fais visiter le Louvre demain. J'ai besoin des chefs-d'œuvre pour m'aider.

Flora 26 novembre 44

Visite savoureuse à marraine dans son atelier. J'arrive pendant qu'elle nourrit un chat du voisinage. Elle dit : « Je suis la grand-mère des chats aujourd'hui. »

Suze, sa suivante et camériste, est là. Ces deux petites filles celle qui l'est par poésie et celle qui l'est par imitation, modulent leurs voix sur un ton haut. Marraine m'associe à un rangement de « lettres de poètes » que je parcours et que je classe. Je lis d'extraordinaires lettres de Marcel Jouhandeau parlant de chacun par initiales, traitant tour à tour Carya de « pétroleuse » et de « mère abbesse de mon coeur », disant « qu'elle crève » ! et mettant en post-scriptum : « Surtout qu'elle ne meure pas. » Parlant à ses propres mains avec amour et mélancolie : « Mais où sont mes mains, neiges d'antan ? »

Des lettres de Paulhan de sa ronde petite écriture noire. Une lettre de Cocteau avec un dessin. Marraine me la donne. Des lettres du petit poète pédéraste que Suze appelle « la petite fille » : « Marie Laurencin, qui portez votre nom comme une couronne. »

Deux tiroirs reçoivent les poètes : « Ici, les grands ; là, les moins grands », dit marraine.

Elle porte sur la tête un étrange petit capuchon ; elle croise ses jambes et relève sa jupe pour arranger ses bas : elle a des dessous festonnés roses, de la couleur de ses cuisses qui font croire simultanément qu'elles appartiennent à une grosse petite fille propre et modèle et à une dadame sans âge.

Sa conversation est pleine de grâce, avec cette mièvrerie consentie, cette préciosité naturelle et cette fraîcheur préservée qui n'appartiennent qu'aux grands égoïstes.

Aperçu Van Buck aujourd'hui aux Deux Magots. Il fait semblant de ne pas me voir. Sa paupière bat, ses cils tremblent, petite déroute intime d'un instant, misérable déroute presque charmante. Je le regarde en plein visage et lui souris ; mais il est vrai que c'était moi le bourreau et les victimes ont meilleure mémoire.

★ Hier soir, *Box of night* avec Glen, un grand, gros, beau, costaud, rencontré il y a quelques jours à Independence. Nous allons d'abord dans une espèce de mauvais lieu appelé l'Amiral. Il y fait chaud ; l'orchestre est d'une affreuse fausse gaieté ; et moi, donc ! Et pourtant, j'aime bien Glen ; il a du charme et de la finesse, sous sa carapace de brute du Tennessee, les cheveux lisses comme Buonaparte, et un bel œil vert biaisant à travers la paupière. Il s'ennuyait aussi chez l'Amiral et ne voulant pas perdre une goutte de sa permission, m'a demandé d'aller à Tabarin.

Eh bien là, voyez-vous, je cane franchement. Tabarin ? Ah ! messire l'Officier, cela ne se fait pas quand on est française et qu'on a dix-neuf ans, d'aller à Tabarin. J'avais bien envie de lui dire cela et en même temps peur de paraître bête : cela m'a rendue plus bête encore et j'ai affiché une fausse jovialité sur mon minois pour dire : *Well, if you like*. Glen m'a embarquée dans sa jeep découverte ; il ne faisait pas chaud pour conquérir Montmartre... Je sens que j'ai le nez assez rouge en arrivant, cela ne m'arrange pas : je nage en plein désarroi ; mais *keep smiling, child*, je ne dis rien.

Tabarin : obscène, horrible, sordide, sinistre boîte à troupes ; cela sent la sueur de femme et l'homme tout court. Les danseuses s'appliquent, trémoussent de la paillette et les soldats se tapent sur les cuisses ; je regarde autour de moi... ouf, je ne connais personne. Nul ne saura que j'étais là. Je pourrai bientôt oublier. Et même nier. Mais en attendant, j'avais honte à pleurer et la joie de gros Glen qui avait l'impression d'accéder enfin au haut lieu des félicités dont on parle tant aux Amériques, était inversement proportionnelle à ma tristesse. Au bout d'une demi-heure, j'ai dit que je devais rentrer, car je n'avais pas le droit d'être en retard chez papa-maman — ce qui était vrai — et je suis sortie comme on se sauve, traînant le Glen qui lançait un dernier retard aux jolies mademoiselles de ce sinistre *Gay Paree*.

Devant ma porte, il me demande de l'embrasser, je refuse. Je ne sais pas qui est intraitable en moi et m'empêche d'embrasser les bouches qui passent. Cela ne m'ôterait aucunement ma virginité et cela m'en ôterait-il, j'en ai à revendre !

Benoîte 27 novembre 44

Eh bien, voilà une bonne chose de faite, comme disait grand-mère. Je ne rêverai plus de soutanes. Pasteurs, mes frères, je suis guérie.

Mon rêve a été dépecé, pétale à pétale, par les doigts bestiaux et cléricaux de Norman. Il avait une façon plus qu'obscène de danser : cochonne ; et quelque chose d'à la fois attirant et repoussant dans la manière de vous regarder. Je n'étais pas telle femme, mais la tentation. On sentait que faire quelque chose sur un lit avec lui, c'était se dégrader à coup sûr. Mais agréablement peut-être ?

Après tout, « dans mon malheur », j'ai du moins un avantage rare : celui d'être complètement libre. Cela ne m'arrivera peut-être pas deux fois dans ma vie ; il y a beaucoup de filles à qui cela n'arrivera jamais. Ni remords, ni responsabilités... Je ne mets en cause que moi-même et des passants... qui passent. Et avec moi, je parviens toujours à m'arranger !

Pour Norman, l'amour n'est évidemment pas quelque chose de simplet, qui peut parfois être immense. C'est un gouffre noir où la nature vous entraîne parfois, mais où l'on ne plonge qu'avec horreur et délices. C'est ce mélange précisément dont je voulais connaître l'effet. Déjà au club, où nous avons dansé jusqu'à minuit, son regard, un peu frankensteinien à travers ses lunettes, me déshabillait et me jetait avec désir et mépris sur un lit.

Bref, tout à coup, j'ai eu envie d'être méprisée. Et puis bien sûr, il était beau : une sorte d'Heathcliff aux cheveux couleur des ténèbres, à la bouche amère de n'avoir pu résoudre la contradiction du corps et de l'âme. L'air d'un bûcheron contaminé par la Foi et ravagé par le Péché Originel.

Il n'a été un seul homme que pendant très peu de temps. À mesure qu'il plongeait dans le stupre, je lui apparaissais comme le symbole du vice et de sa perdition, en un mot comme la Femme, méprisée par l'Écriture si elle n'est pas vierge. Il lui manquait la simplicité devant l'amour et la ferveur ; il en faut.

Sinon, l'amour est triste et laid. Il s'est avisé — quand il était trop tard, bien sûr, qu'il venait de tromper sa Peggy, une dame qui éteint pour l'embrasser, sûrement.

Pour Norman, la femme c'est la pourriture du monde et il sera puni de cette vilaine pensée, car ses joies en seront toujours empoisonnées. On s'est quitté avec rancune. J'espère lui empoisonner son prochain examen de conscience.

Alors que mon cher Kurt que les pensées n'encombrent pas, sait recevoir comme un enfant les dons du ciel.

Il arrive demain ; comme je vais apprécier sa gentillesse. Le vice ne se supporte qu'avec beaucoup de talent. Le petit stupre honteux, c'est minable.

28 novembre 44 Benoîte

Mon primitif est là, avec des paquets, des cadeaux et surtout son plaisir d'être avec moi. Il m'apporte des livres de poche édités par l'armée, des rations K, une radio, un blouson et divers cadeaux pour mes parents.

En somme, à part l'argent liquide, je suis entretenue, et je le supporte à merveille. En France, je n'arrivais à fréquenter qu'un homme avec qui j'aurais pu passer ma vie. En Amérique (car j'ai l'impression actuellement d'y vivre : je parle américain, je mange américain, j'aime américain), le problème, curieusement, ne se pose pas. Et d'abord, je fais une cure. On ne passe pas sa vie à La Bourboule. Je ne me sens pas du tout mûre encore pour rentrer dans mon pays. J'ai encore faim de spam et de O'Henry, de cette protection illusoire de la force physique des Américains. Les Français m'intimident : quand j'en vois, instinctivement, je remarche les pieds en dedans.

J'ai emmené Kurt à la radio, et je suis allée avec lui interviewer des Wacs. Sa présence me fait du bien : je commence à avoir une voix moins guindée devant le micro. Mais je ne suis pas follement douée, il faut bien le reconnaître. J'ai l'impression que je perds cinq cents grammes chaque fois que je suis devant un micro, ce tonneau des Danaïdes qu'il faut remplir de mots et qui en redemande.

Benoîte 30 novembre 44

C'est probablement cela qui s'appelle passer trois jours heureux. Au plaisir de la découverte se mêle le plaisir du déjà connu : nous en sommes à ce stade délicieux où il reste beaucoup de choses à dire et des surprises à se faire. Kurt me plaît, je me plais avec lui : c'est une oasis dans ma vie. Pour l'amour difficile, on verra plus tard.

Benoîte 5 décembre 44

Kurt est reparti pour cinq jours : je redeviens un être libre. Que la vie est facile quand on ne vit qu'avec soi-même ! Je vois Ève six fois par semaine. Dans son grand appartement, c'est la Sibérie et ses parents n'ont jamais été doués pour le marché noir. Toute la famille est d'ailleurs exsangue, une vraie réclame pour les cartes d'alimentation. Nous passons donc nos heures creuses dans les clubs, à manger, à nous chauffer l'engelure et à chasser le reste du temps ou à parler gibier. Ce qui nous grise, c'est d'avoir l'occasion de développer des mentalités d'homme, de choisir des partenaires pour des motifs ridicules ou charmants qu'en période ordinaire nous n'aurions pas décemment le droit de considérer. Ainsi, nous ne les aimons que nourris au maïs. Pour un peu, nous leur ferions porter des étiquettes au cou : géant de Bresse, coureur de ferme, élevage de Chicago... Parler des hommes comme ils parlent des femmes, c'est un luxe qu'il faut s'être offert.

L'idée d'aller au Flore se geler le tronc à discuter avec des zazous ou des intellectuels nourris au rutabaga sur l'art abstrait nous paraît d'un abstrait ! Et pourtant, Ève me rassure sur mon cas. Elle est d'une culture et d'une intelligence au-dessus de la moyenne. La vérité, c'est que nous sommes actuellement en convalescence d'une longue maladie qui a duré quatre ans et il faut pendant quelque temps nous passer nos caprices.

Il ne me reste qu'un sac de sciure et je le garde pour les séjours de Kurt. Il serait immoral de ne chauffer qu'un seul corps alors que la même quantité de combustible peut en chauffer deux. Notre bon plaisir se combine donc à une économie bien dirigée et, comme des mendiants qui se réfugient dans le métro sans le prendre, nous nous réfugions dans les clubs sans forcément prendre d'Américains !

Nous sommes très nombreuses maintenant et il est assez difficile de se faire délivrer une nouvelle carte : il faut deux marraines pour s'inscrire et les filles ne sont pas du tout chaudes pour encourager la concurrence. Heureusement, il y a, je crois, deux cents millions d'Américains. Il y en aura bien quelques dizaines pour chacune.

★ Julia Martinez vient de téléphoner à maman que Pasquale avait été tué. Il était passé en Angleterre en 1942 et était dans l'armée De Lattre. Il s'est fait tuer en Alsace. Son frère était mort à Narvik. Voilà une famille terminée. Voilà un amour mort. Pourvu qu'il ait eu le temps d'être heureux avant de mourir.

6 décembre 44 Flora

Benoîte est guérie des soutanes. Ouf ! Mais elle est encore souffrante dans les coins et je m'inquiète de son mal de vivre, de cette ardeur galopante à oublier. Elle a mis en exergue à son journal ce vers d'Apollinaire :

Malheur, Dieu pâle aux yeux d'ivoire
Malheur, Dieu auquel il ne faut pas croire...

Mais à force de chasser ses fantômes, elle s'en crée d'autres, non moins cruels, je le crains. Et le côté ronde fantastique de sa danse actuelle me tourmente un peu. Elle est si étrangement austère, mais amorale, si étrangement offerte, mais absente de son offrande ! Elle s'applique avec frénésie à gommer son chagrin et, avec autant d'ardeur que d'autres se mettent en noir, elle jette son crêpe par-dessus les moulins.

« Mais la blessure est encore vibrante » et je souffre de ce cruel jeu de cache-cache. Benoîte chérie, bois tes larmes : elles se tariront plus tôt.

7 décembre 44 Benoîte

Flora, qui se croit mûre quand il s'agit du cœur, est venue me faire de la morale. Il y a un drame qui nous sépare : c'est que pour elle, la souffrance est sacrée. Elle est fière et émue d'être blessée, souffrante, vulnérable, des mots qu'elle adore et que je répugne à prononcer. Non, les larmes ne sont pas enrichissantes et la souffrance — puisqu'il faut l'appeler par son nom... j'ai toujours envie de mettre ces mots-là entre guillemets — la souffrance refusée vous apprend autant de choses que la souffrance cocotée. Je vois d'ici Flora et son deuil, si elle en avait un !

Tout cela part du meilleur naturel, je le reconnais. Mais je ne suis pas en danger moral. Je demande quelques mois seulement. Est-ce vrai que je n'ai pas de cœur ? Je me pose la question aujourd'hui sans tourment, puisque j'arrive à vivre et que je suis arrivée à aimer, aussi profondément que n'importe qui. Mais du fait que mes larmes ne sourdent pas — discrètement, oh ! discrètement — chaque fois que quelqu'un, par mégarde, prononce le mot mariage ou le nom de Landon, dois-je en conclure que je suis insensible ? Flora confond, je crois, le cœur et la tripe. Le cœur vous mène aux folies et j'ai failli en faire une que j'aurais aimée, que je regrette encore et dont Flora avec son cœur à revendre n'était pas fichue d'apprécier la qualité. Pourtant quoi d'autre que le cœur pouvait dicter cet acte ?

Flora est partie frustrée : elle ne m'avait pas tiré les larmes, ni le remords. Chacun sa manière de pleurer. Et si moi, je pleure en riant ?

Benoîte 9 décembre 44

Rencontré ce soir au *Canadian Club* — où j'étais avec Ève pour changer — un guy qui m'a été au cœur, comme dirait Flora. Ian O'Brien, 6 feet 4 — c'est le tarif — venu de Winnipeg jusqu'au boulevard des Capucines pour me séduire et être séduit en retour. Que le monde est bien fait ! Il est en permission pour neuf jours et cantonné au Saint-James où l'on mange merveilleusement ! Bâti comme j'ai rarement vu un Français ; des cheveux blonds et un peu la bouche de Blaise. Et pas idiot en plus. Éveline le guignait aussi, mais elle a été happée par un ancien à elle et a dû me laisser maîtresse du terrain. Et quel terrain !

On se plaît très vite quand on est pressé par la guerre. Tout se déroule comme dans un cinéma accéléré : « Vous êtes tout à fait mon type... Vous ressemblez à ma femme, je suis sûre que vous vous entendriez bien avec elle... J'ai deux enfants... Oh ! vous avez perdu votre mari ? Comme c'est dommage !... Mes enfants sont *wonderful*... l'Université est *wonderful*... j'ai des copains qui sont *wonderful*... Venez danser.. encore une.. *Have a drink*... Encore un. Je peux vous raccompagner ?... *Honey... my dear, my darling, Baby, Mmmmmmmmm... I must leave now... Call you to-morrow.* »

On s'est arrêté ce soir à « *May I take you home* », parce que j'attendais un coup de téléphone de Kurt vers minuit. Mais on se revoit demain soir.

11 décembre 44 Benoîte

Et ça défile et ça tombe comme à Gravelotte. On dit *Hello*, on danse, on mange ce qu'ils nous jettent — aucun d'eux ne savait que nous avions eu faim — on dit tendrement des mots passe-partout, on est un peu ému en se quittant, *God bless you, honey*, ils vous demandent une photo, ils écrivent une fois ou deux, on répond deux fois ou trois, et ils s'en vont mourir en Allemagne ou vivre en Amérique.

Tous ces petits départs finissent par vous laisser la marque d'un grand adieu. Ce ne devait pas être si gai que cela d'être une fille à soldats dans une ville de garnison. Il faut se faire à cette gymnastique des adieux.

À la radio, je fais maintenant de la documentation pour de grandes émissions. La documentation, c'est mon vice. C'est aussi la facilité. Et il s'agirait de créer. J'ai peur que Véga n'ait raison. Mais je ne pense pas à l'avenir en ce moment. On a vécu quatre ans pour l'avenir ; maintenant, on y est et je m'y noie aveuglément. Comme on retrouve quelqu'un qu'on aime après une longue séparation et qu'on le serre dans ses bras et qu'on le regarde au visage et qu'on le reprend dans ses bras sans pouvoir encore parler, je ne me lasse pas d'étreindre la paix, la joie de vivre et le confort sans savoir encore très bien ce que je vais en faire. C'est le retour de l'enfant prodigue... toujours le meilleur moment... les problèmes de cohabitation viendront plus tard.

Flora 12 décembre 44

Bruno continue à me téléphoner et à m'attendre. Je sors avec lui ce soir. C'est une bonne petite habitude chaude qui me protège de tout effort. Il me ramasse chez moi, m'emmène me distraire et me rapporte à domicile. Je me sens un objet de prix : « *Handle with care* », et, ma foi, cela a sa grâce. Et pourtant, quand j'y repense, je devrais m'abstenir de ces joies inutiles. Je suis agaçante, je suis toujours le même chemin avec mes garçons et le rebrousse sans vergogne. Je les fais m'aimer puis les lâche une fois que je leur ai élaboré un réseau astreignant d'exigences, d'obligations, de bizarreries. Je les installe dans leur effort et puis tiouf ! Je coupe. Car personne ne m'occupe ; je ne suis pas territoire conquis. Je suis vierge de pas ennemis. Ne savent-ils pas qu'on ne conquiert qu'en détruisant ? Ils m'acceptent comme je suis, les ânes. Moi, je les reconstruis pierre par pierre jusqu'à en faire la plus burlesque des maisons post fabriquées, genre pavillon chinois de l'Exposition coloniale. Puis je me refuse à habiter ces pagodes de pacotille ; et je repars usée, vers d'autres travaux d'Hercule, entrepris dans l'enthousiasme, achevés avec lassitude, abandonnés avec amertume.

Quand donc s'arrêtera la diligence ?

Tout cela pour dire, bellotte au cœur d'hétaïre et au corps de nonne, que Bruno vient me voir ce soir et m'emmène dîner, *si possum*. Je lui ai dit que peut-être *non possum*. Je verrai ce soir ce que j'en pense.

Benoîte 13 décembre 44

Si possum ! Tu me fais mal aux sums ! *Si dives sim, non avarus sim*, tout le monde sait ça !

Quelles journées ! Je prends un repas sur deux au Saint-James et en dehors de mes heures de radio, je profite de la présence de Ian. Il a l'impression, venant de Winnipeg, que dans cette capitale de l'amour qu'est Paris, toutes les femmes ont des dons spéciaux pour la luxure. Il me prend pour une danseuse de Tabarin qui saurait aussi faire la cuisine et traduire Xénophon. Une femme complète en somme ! Je laisse croire.

Mais les Canadiens se saoulent comme des cochons. Je les retrouve à midi, lui et son buddie, déjà bourrés de Cointreau, de Capucines, de 75. Ils conservent miraculeusement un air digne et rigide. Ce soir, Ian était crevé et je suis restée avec Ève au Club pour dîner avec deux grands Sud-Africains, un blond et un brun, minces, distingués, ayant voitures et chauffeurs, et mortellement ennuyeux. « Le chauffeur est une splendeur, me glisse Ève, bien plus intéressant que les majors. » Malheureusement, nous sommes là pour les majors. Le mien, c'est le brun ; il a une bouche violine comme certains bruns, mais il ne l'ouvre que pour manger. Je me demande pourquoi il a pris la peine de nous inviter. En redescendant dans la salle de danse, qui vois-je au bar, la tête dans les mains ? Ian, complètement *plastered*. J'ai plaqué sans vergogne les majors du Cap et j'ai passé la soirée à danser avec Ian, confortablement serrée sur son torse comme dans un wagon de première. Il ne sait plus ce qu'il fait. Laisse son portefeuille au bar ; va me chercher un Capucine et le rapporte à une autre... répète sans arrêt les mêmes phrases : « *Oh, I'm just a guy !* »

Ian m'inspire je ne sais quel sentiment maternel.

Il n'a plus que trois jours de permission ; je voudrais les passer avec lui. Je comprends les Mums qui sont fières de ces grands animaux affectueux. Mais Kurt sera à Paris demain pour quelques heures seulement. Je ne reverrai Ian qu'après-demain.

14 décembre 44 Flora

Benoîton a amené à déjeuner sa belle armoire à glace. Il détonne chez nous, à en rire ; et il rit d'ailleurs, avec sa belle gueule ouverte, ses dents superblanches et son œil sans mystère. Les parents et lui ne causent pas la même langue, mais alors pas du tout et ils croient que les barrières sont dues au langage ; et moi je ris en sourdine, car la haie leur semblerait encore plus haute s'ils se comprenaient.

Kurt n'est pas fait pour nos maisons. Il déborde des fauteuils ; ses pieds tiennent une place considérable sur le tapis ; son rire joue les orages ; et en même temps, il est déconcertant de gentillesse ; c'est tout juste s'il n'ouvre pas ses bras à la Mum et au Dad de sa jolie Frenchie. Il a trouvé tout fine, good, wonderful, mais je crois que même Benoîte, toute conquise par son beau géant, a mesuré les gouffres, les civilisations et les continents qui nous séparent malgré nous de ces athlètes souriants. Il a un charme si simple et si efficace que l'on n'est pas embarrassé une minute par ces océans entre nous. Et puis, bien sûr, le fait qu'il n'en sache rien, et qu'il ne voie que du feu entre cette Mum et ce Dad-là et les mêmes exemplaires de Pennsylvanie, facilite la tâche. Il nous a comblés de victuailles et je l'ai surnommé *Say it with cans*. C'est joli, les nourritures américaines. On en mangerait. Mais ce n'est pas bon.

Benoîte m'a donné *La Cantate du XIVe dimanche après Pâques*, de Bach ; je la remets jusqu'à ce qu'elle devienne une mélopée fastidieuse, « qui verse en mon cœur sa lumière et sa grâce », *bis... ter.*

« Oh ! Jésus, Beau Maître qui donnes l'espoir ! » Les voix se superposent, se suivent de près, disant des choses différentes ; ces voix sont divines et donnent une impression d'éternité, presque de silence céleste. Je la remets, je la remets, cette musique de mon bon plaisir, qui me possède et qui m'obsède. C'est cela qui est splendide : être obsédée par quelque chose au point de croire qu'il n'existe rien d'autre ; arabesques dans l'espace, volutes des voix, vous m'envoûtez et je vous appartiens.

Flora 15 décembre 44

L'attente longue des choses et leur courte, resplendissante, impressionnante éclipse dans le présent.

J'ai passé des jours à illustrer un très mauvais petit conte pour un petit journal d'enfants dont s'occupe un ami de marraine. J'ai bavoché, tiré des traits et la langue pour servir à point ma vilaine petite commande. L'ami en question a à peine regardé « mon œuvre », a dit : « Bon, très bien », et l'a glissée dans une chemise. Il m'a remis une somme dérisoire et m'a dit au revoir mademoiselle avec autant de condescendance que d'indifférence.

Enfin, j'ai au creux de la poche une toute petite somme que je dois entièrement à moi-même, et c'est doux ; et j'ai aussi une commande d'illustrations pour un livre d'enfants, et des assiettes à dessiner pour Christofle.

14 décembre 44 Benoîte

Je me sens grue et cela m'ennuie un peu. Mais il serait immoral de décevoir mon n'ours et il n'est pas question non plus de laisser partir Ian sans le revoir, car lui ne se retrouvera plus jamais sur ma route.

Je sens que cette période est unique ; volée à une vie d'honorabilité ! C'est un entracte imprévu et ce serait faire injure au sort que de ne pas en profiter. Ne serait-ce que pour pouvoir me dire, quand j'aurai quarante ans et des années de fidélité derrière moi : « Oh ! les hommes, je sais ce que c'est. »

Le pluriel ne commence pas à deux quand il s'agit d'expérience. J'ai vu Kurt, aujourd'hui, mon cher oncle d'Amérique et j'ai passé une journée délicieuse. Mais mon blond Ian repart après-demain pour toujours...

16 décembre 44 (Écrit saoule) *Benoîte*

Eh bien, pour être sûre de vivre une journée unique, dès le déjeuner, je me suis doucement saoulée avec Ian. J'étais la maclotte qui sautille ; la folle du logis et la folle de son corps, la *Pasionaria*, la grue, huppée s'il vous plaît et *tutti* et *frutti*. *Tutti*, sauf Benoîte feu Landon.

Nous avons été danser de 5 à 7 ; mais oui, Flora, je le jure ; puis dîner quelque part, peu importe ; et tout le temps, en filigrane, en gros plan flou, derrière : « Passez-moi le sel » ou : « Reprenez du veau », l'œuvre que nous allions faire s'inscrivait, œuvre de chair et de courte haleine. Ian, plus beau que jamais et émouvant d'innocence parce qu'il me prenait pour une jeune femme bien élevée et qu'il n'y a pas deux poids, deux mesures dans ces têtes-là ! Ian, si loin de mes pensées qu'il m'en paraissait exotique ! Ah ! Être la vamp que toute femme a rêvé de devenir, au moins pour un soir, pour un homme ! Lui faire passer une nuit dont il se souviendrait plus tard aux côtés de sa femme, à Winnipeg, dans son lit jumeau !

Il a cru qu'il prenait l'initiative de me raccompagner chez moi. On était en truck. Tout en lui me semblait désirable, même sa manière de conduire ; et cet air puérilement bestial, le tremblement de ses mains, toute cette force contenue qui allait — peut-être — se déchaîner. Oh ! oh ! oh ! O'Brien, je vous ai tendrement aimé, ce soir ou jamais. Et il y avait votre départ et cinq mille kilomètres dans cet amour et le désir que vous ne m'oubliiez pas et de ne pas être juste une fille à Paris ; et l'envie d'être rassasiée et de vous aimer moins. Enfin tout ce qui se trouve dans un grand sentiment qui a quelques heures pour vivre et pour faire semblant.

Vous croyiez mener le jeu et qu'il fallait vous conduire bien avec cette petite veuve française si méritante et vous étiez un peu ennuyé que les choses prennent cette tournure.

J'en ai vu des blonds depuis quelques mois. Et d'ailleurs, je n'aime que les bruns. Pourquoi vous ? Pourquoi toi ? Vraiment cela ressemblait à un coup de foudre.

Tu as voulu que je te parle français et je t'ai dit des choses intraduisibles en anglais. Je t'ai offert le whisky de Kurt. Et pourquoi pas, puisque je t'offrais la *French girl* de Kurt ? Et puis le disque s'est arrêté et j'ai mis la radio : A.F.N. pour ne pas te dépayser. On jouait l'*Oiseau de Feu* et c'était bien ça. J'aurais voulu savoir tout ce qui s'était fait depuis les Grecs ; mais de toute façon je crois que j'étais trop ivre pour faire autre chose que te serrer à mourir et attendre. Car c'était maintenant à moi d'attendre, pour ne pas t'effaroucher, cheval visiblement tout neuf et qui connaissais à peine la main de la femme. Je sais que tu as deux enfants et une femme, pourtant. Et c'est moi qui pensais à elle en ce moment. Toi, tu t'en serais voulu de la mêler à cette aventure dont tu auras des remords plus tard, tel que je te devine ! Je voulais te faire sentir qu'il y a amour et amour, malgré ta chasteté morale, malgré ta fidélité, promise à la photographie de Meg. Pardon, Meg, mais je n'avais pas de raison de l'aider à tenir ses promesses. Pendant dix secondes, peut-être vous a-t-il oubliée ? Un amour a le temps d'être beau ou hideux, en quelques instants. Et après tout, c'est à coup de secondes, de ces secondes-là, qu'on se fabrique une existence, puis un passé.

Mon existence avec toi, Ian, est déjà du passé. Notre présent était déjà étendu sur la guillotine alors que nous étions encore dedans. C'est parfois grisant de défier l'avenir ainsi.

Mais revenons à nos moutons, à mon mouton à cinq pattes, à mon lion que j'ai suscité pour qu'il me dévore, à cet éclair unique et rapide, à cet envol — moi qui suis rampante — à cet orage magnétique — moi qui n'ai pas peur de la foudre — bref à cette histoire toujours recommencée qui fait que le monde est monde.

(Censuré par Flora)

Ian est parti à l'aube et j'ai beaucoup pleuré. Je n'ai pas pris son adresse. « Du matelot, nul n'a rien su... » comme dans la chanson. J'ai pleuré en sachant que ces larmes étaient sans vrai motif et en tout cas sans lendemain. C'étaient pourtant de vraies larmes.

Je n'arrive pas à savoir par quel biais Ian me touchait, mais j'ai un réel chagrin de son départ.

Flora est venue déjeuner avec son appareil à douche froide qu'elle s'est empressée de mettre en batterie. Elle était furieuse et m'a déchiré une page de carnet dont je n'étais pas mécontente. Jamais ce genre de chose ne l'attendrit, hors mariage ! Elle me traite de putasse ! Pourtant, Ian ne m'a même pas donné un savon. Je sais que ce n'est pas de l'envie ou de la jalousie. Alors ? Une vraie pureté ? Non. C'est l'ignorance. Elle ne voit que batailles et redditions dans l'amour et elle joue à perpète les petits Tambours d'Arcole !

Les Américains m'auront du moins appris la facilité. Il était temps.

Flora m'a rappelée ce soir. Elle est sérieusement inquiète sur « mon cas ». Je la soupçonne d'en avoir discuté avec maman. Heureusement que je fuis les séances de troïka et vais de préférence à Vaneau pour déjeuner. Moi, je ne suis pas inquiète. Je mûris, sur le tard ; je me laisse aller à la vie et pour cela il faut bien un peu se laisser faire par elle. Je me reprendrai. Cette période de folie passera. On en aura marre de tous ces beaux militaires en pâte d'amandes articulée. J'aurai joué aux soldats de peau et comme quand on revient d'Autriche, écœuré des pâtisseries, je reprendrai goût aux steaks français.

J'adore choquer Flora ; elle accuse le coup chaque fois et se plie en deux comme si je la blessais au vif.

— Les Américains, c'est ma façon d'être en deuil.

— Tu es immonde, dit-elle en raccrochant.

Flora 17 décembre 44

Party chez Andrée ; j'y amènerai Mac. En effet, j'ai découvert l'autre jour au *Canadian Club*, un ravissant Écossais, grande taille, qui est bien la plus jolie poupée qui marche que l'on puisse produire dans un salon. Je ne sais pas encore s'il s'appelle MacAdam ou MacFarlane ; il est Mac tout court pour ses amis ; mais je sais bien qu'Andrée sera ravie de cette note de couleur et de cette jupe mâle dans son salon.

Flora Plus tard

Mission accomplie, effet réussi. Mac d'Écosse a eu un succès bœuf. Toutes les filles sont venues me demander dans quel magasin d'accessoires je l'avais trouvé. Je les vois d'ici, sur le pont dès 6 heures, au Club demain ! Mais joli Mac est un flacon vide, une tête creuse et je l'ai prêté bien volontiers à mes petites amies. Il a, comme il se doit, la jambe velue et forte, bien gainée de grosse laine, le poignard *ad hoc* dans le gras du mollet et il est parsemé d'écussons dorés à faire frémir les collectionneuses.

Mais j'avais d'autres rêves à rêver, car j'avais aussi amené à la *fiesta* un garçon tout neuf dont je n'ose rien dire encore. Il nous avait téléphoné il y a quelques jours de Londres de la part de Maud, et depuis son arrivée à Paris, il a plus ou moins pris pension à Vaneau. Nous avons beaucoup parlé de la guerre, vue de part et d'autre de la Manche. Il est bien ; pas beau mais attirant. Il a de longues gambettes, la hanche toréador tout anglo-saxon qu'il soit, et des poignets creusés à la gouge. J'adore les poings d'hommes étroits. Il s'exprime en un français choisi et un peu suranné, un français de grammaire ; il semble civilisé civilisé après ces brochettes d'Amerlos. Il met ses lunettes pour vous parler, comme s'il lisait un livre difficile. Il m'intrigue et me trouble. Je me foutais des autres ce soir et j'aurais mordu la créature qui eût tenté d'interrompre notre dialogue. Ah ! j'adore sentir les lionnes déambuler en moi !

18 décembre 44 Benoîte

Ouvre-moi ta porte... je n'ai plus de feu !... J'ai couché « à la maison » pour la première fois depuis mon mariage, je crois. Trop froid chez moi. Elle s'est assez éloignée de moi pour que je puisse y retourner avec plaisir et sans risque. Une amie de Flora, Gisèle de M., cherchait un coin tranquille pour poser discrètement les pieds taille 46 d'un captain entre les siens et je lui ai prêté la case.

Excellente troïka. Maman est un peu épatée que je vive sans lui demander d'argent et sans être perpétuellement abandonnée par les hommes que j'aime. Elle est toute prête à envoyer une lettre de remerciement au président Roosevelt parce que l'arrivée de ses troupes m'a permis d'engraisser de cinq kilos et que mon poids a toujours été sa hantise.

19 décembre 44 Benoîte

Dîné avec Kurt, Flora, Andrew et des amis à la case. À une heure, tout le monde est parti et, pour ne pas faire honte à Flora, Kurt est parti avec les autres, et revenu une demi-heure après. Cela lui a presque donné du mystère. J'étais bien avec lui, comme dans un port ; ce qui ne veut pas dire que je n'aime plus les voyages. Mais enfin, dans la perspective d'un certain sommeil, je pourrais envisager de vivre avec lui. Je le fais rire. C'est bon de faire rire quelqu'un. Et puis c'est curieux et indéfinissable : nos corps sont à la fois camarades et complices d'une manière qui nous dépasse parfois. Nous abritons là un mystère qui nous mène où il veut et nous maintient ensemble, comme pour un motif supérieur.

Combien de temps dure un mystère quand on vit avec lui ?

Kurt est resté toute la matinée à la maison. Il a ses tiroirs ; il connaît les bas-fonds de mes armoires ; sa brosse à dents bavarde avec la mienne dans le même verre ; il sait où sont les allumettes à la cuisine. Bref, c'est l'intimité, cette valeur de rêve en temps de guerre. On traîne au lit : je ne travaille que cet après-midi et j'apprends ce que c'est qu'un mari américain.

Il revient le 24 et nous réveillonnons ensemble bien sûr.

Benoîte 25 décembre 44

Kurt n'avait pas envie de cotillonner dans un club à pétards et à guirlandes et nous avons réveillonné tous les deux chez moi. J'allais dire chez nous... Il a sorti un Noël de ses cartons : cadeaux, champagne, poulet et pour finir, je n'ai pas refermé le carton assez vite et il en est sorti une demande en mariage.

Kurt a quatorze ans de plus que moi ; pilote dans le civil pour une compagnie privée. Célibataire. Des économies. Qui plus est, je serais heureuse de l'épouser pour un an ou deux. Mais comment lui expliquer que l'Amérique me paraît une vaste clinique d'où nos chers microbes français sont exclus ? Que je ne veux pas pique-niquer dans les drugstores à midi, ni me nourrir de chiens chauds à perpétuité, ni faire partie d'un club de dames à chapeaux fleuris qui jouent aux cartes pour ne pas avoir l'air d'attendre un homme ; encore moins m'enrôler parmi ces *War-Brides*, qu'on expédie par paquets sur des transports de troupes vers des familles hostiles qui sont convaincues que toutes les Françaises sont des putains. Je retrouverai un jour ma vraie nature et je ne veux pas me réveiller mariée à un aviateur qui me parlera météorologie.

Kurt n'est pas assez polyvalent pour me masquer les difficultés d'un expatriement. Pénible nuit de Noël pour lui et pour moi. Il est mort, le Divin Enfant. Je lui parle de mon pays que brusquement j'adore ; il me parle de ses sentiments et quelque chose se fausse définitivement entre nous.

Je sens que Kurt va se trouver un peu volé, trompé. Il ne m'avait pas aimée comme une fantaisie ; c'est un homme qui fait les choses sérieusement. Et voilà que je ne lui rendrais pas la monnaie de sa pièce ?

Il ne faut surtout pas me laisser attendrir. Je sais que je le regretterais, même si en ce moment je suis tentée. Pourtant, j'aime Kurt autant et même plus qu'avant. Mais lui m'aime moins depuis hier, car c'est un homme pratique et pas un échevelé du sentiment.

Je suis encore tout émue de mon courage. Je me gâche, je crois, un bonheur que je n'avais pas fini de déguster.

Nous avons mal dormi. Le dos de Kurt était hostile et clos. L'Atlantique s'étendait entre nous dans le mitan du lit.

Oh ! que c'est irritant de détruire ! Mais Kurt est trop simple pour vivre dans l'équivoque. Et il ne comprend pas que je l'aime vraiment, mais pas pour la vie. La vie, c'est plus long que l'amour. Il est parti ce matin à l'aube, sans reparler de rien.

Dernière minute Benoîte

Je m'y attendais un peu : on m'a appelée d'Orly pour me dire que Flight Officer Heller venait de s'envoler pour le front de l'Est et qu'il m'appellerait à son retour.

26 décembre 44 Benoîte

Et pourtant, il faut continuer à sortir pour ne pas mourir de froid et de faim. J'ai usé toute ma provision de bois pour Kurt. Brûlé des annuaires et deux affreuses petites chaises d'excellent bois. Cette libération dure trop longtemps. Les malheurs arrivent toujours tellement plus vite que les bonheurs : on perd régulièrement au change.

Non seulement von Runstedt n'est pas en déroute, mais il contre-attaque à Colmar. En Belgique, le front n'est que « stabilisé », un mot qui sent les allers et retours ; et dans notre Ouest, il y a toujours cent mille Allemands dans la poche de Lorient-Saint-Nazaire. On n'est pas sorti de l'Auberge rouge.

27 décembre 44 Benoîte

J'ai dîné à la maison ce soir et suis sortie avec Flora et son Andrew. Nous avons été au *Biarritz* voir *Ma femme est une sorcière*. Andrew a décrété que Flora avait quelque chose de Veronica Lake ; mais il ne m'a pas l'air de prendre le recul suffisant pour la juger. Il la contemple, soudain frappé de myopie, à la fois possessif et possédé. Et Flora se meut divinement dans ce climat.

Au fond, Flora a besoin d'un regard sur elle. Quand elle en manque, il lui reste la ressource de loucher et Dieu et son journal savent qu'elle en a usé. Andrew est séduisant d'ailleurs. Il a de l'autorité, de l'humour et cette fausse gaucherie des Anglais qui chez eux ressemble à une élégance. Nous avons discuté tous les trois fort agréablement de la vie, de la femme et de l'amour, ce qui est le sujet le plus plat ou le plus passionnant selon la qualité de l'interlocuteur.

Flora 27 décembre 44

Quand j'ai des émotions, tout se passe dans mon torse ; mes jambes s'en foutent et mes fesses sont des poires.

Je dois réveillonner avec Andrew ce soir et je me réjouis follement. Je l'ai revu une fois depuis son retour et il me plaît en profondeur. D'ailleurs, ce n'est pas vrai : je ne réveillonne pas avec lui ; je hais ce mot et ce qu'il implique de gaieté surajoutée : nous dînons ensemble.

Flora 2 heures du matin

Soirée de merveille avec Andrew. Nous avons parlé, pensé et nous nous sommes tus dans le plus grand confort de l'esprit. Il ne me plaît pas de partout, mais il m'intéresse tout le temps.

Tout reste à faire : nous nous connaissons à peine, mais je suis sur le qui-vive au guichet de moi-même et je n'ai plus envie que de penser à lui. Ceci dit, je ne veux rien me dire. Pour la première fois depuis que je me connais, je veux me taire et penser tout bas.

Benoîte 28 décembre 44

J'erre un peu désemparée dans la case. J'avais, sans m'en apercevoir, repris l'habitude d'acheter des légumes et de faire de la soupe, ce symbole du foyer. Je recommence à ouvrir des boîtes de sardines, tristement, sur le coin de l'évier. Mes bras sont retombés sans emploi le long du corps et je guette le téléphone. Pourtant, je n'ai pas changé d'avis.

Je vais au Club le soir par habitude et par besoin de chaleur, animale et autre. Mais les Ams me paraissent soudain des étrangers. L'Amérique s'éloigne, comme un vaisseau qui a débarqué ses richesses, et je retrouve ma solitude de petite île ; une petite île du cercle polaire en ce décembre sans charbon ; et on a beaucoup plus facilement froid au cœur quand le corps est glacé. Je voudrais me coucher et dormir jusqu'au printemps, jusqu'à la paix.

30 décembre 44 Benoîte

Kurt m'a téléphoné et m'a demandé de venir passer sa permission chez moi. Malgré tout, Paris, pour lui, c'est un peu moi et il n'a ni le temps ni l'envie, je crois, de se réinstaller ailleurs. Il prétend être vraiment parti pour l'Alsace le 25. Mais après tout, quelle importance ? De toute façon, le 25 décembre 1944, le charme s'est rompu entre nous. Et un charme, ça ne se raccommode pas.

J'ai été heureuse de le retrouver. Je l'aimerais plutôt plus depuis que la situation est claire ; mais pour lui, la cloche est fêlée. Quand nous sommes ensemble, passé les premières effusions, il se dégage de toute sa personne un sourd reproche. Il m'a apporté tout de même la valise que je lui avais commandée, mais beaucoup moins belle que le modèle choisi. Il pense que je ne verrai pas la différence et surtout que ce serait du gaspillage puisque ce n'est pas avec lui que j'userai ses cadeaux. Je comprends cette mesquinerie. Ce n'est pas une chose qui me hérisse. Et puis ses défauts ne me sont pas pesants puisque je ne vivrai pas avec lui. Et j'aime encore ses qualités, sa voix, le poids exact qu'il pèse dans ma vie. Oui, j'aime encore à la folie — sur fond de sagesse, comme une broderie brillante sur une trame de chanvre — son corps, disons-le ; ce corps divorcé de son esprit et qui vit encore pour son compte... et pour le mien. Je pressens que plus jamais dans ma vie un homme qui dit des bêtises ne me donnera les jambes molles. Je vais la retrouver incessamment, cette belle lucidité qui fait ma force et ma faiblesse. Mais c'était bon de jouer à être d'abord une femme. Et je n'ai pas épuisé ce plaisir : j'ai encore besoin de ce dos familier entre le monde et moi, de ces épaules d'Atlas, de leur étreinte absolue, de cet uniforme, de cette santé, de ce rire, de cette gentillesse enfin, qui, je le crains, ne survivra pas à mon refus d'épouser. Kurt était mon fortifiant, mon Actiphos, mon Hémoglobine Deschiens, mon corset de plâtre, mon écarte-douleur, mon immense cachet d'aspirine, mon baobab.

Je ne dormais qu'à côté de lui, sous cette fictive protection, sous cette tente de passage où je jouais à me croire éternelle.

Qui dira le charme des fossettes chez un géant ? Et ce sourire qui retroussait les coins de sa bouche jusqu'au milieu des joues ? J'ai toujours eu envie d'embrasser son sourire. Il partira sans que j'aie épuisé mon envie. Car c'est là le charme du sourire : on ne l'attrape jamais.

Je me couche très seule ce soir. Ah ! Benoîte, te revoilà ? J'ai un peu l'impression que l'école buissonnière est finie et qu'il va falloir reprendre le bât.

Eh ! bien sûr, lâchement, quand le présent n'a plus de visage, le passé tente d'en prendre un. Mais ce serait trop facile de penser à Blaise sous prétexte que les autres hommes s'éloignent, comme on pense à Dieu quand tout va mal. Il est toujours présent dans ma vie et à aucun moment je n'ai honte de penser à lui. Rien ne se compare ; tout se vit successivement, d'une manière unique et précieuse. Chaque amour perdu ou trouvé ne changera rien, je crois, à la présence de Blaise en moi. Ne pas penser à toi n'est pas une manière de t'oublier, mais de vivre, mon aimé.

Flora 3 janvier 45

L'an est neuf et prometteur.

J'ai vu Andrew cinq jours de cette semaine et je suis passée par des états contradictoires et simultanés d'enthousiasme, de bien-être, d'étonnement et de solitude passagère. Cinq soirs où je n'ai parlé qu'anglais, presque oublié mon français, dans des endroits de luxe où je surveille mes gestes des bras et me sens très petite fille. Je retrouve enfin cet oiseau blessé que je suis au fond ; mais généralement, c'est mon plumage que je préfère.

Je l'estime, Andrew. Il sait mettre le doigt sur le point stratégique des problèmes, sérier les difficultés, regarder devant lui. Je sens qu'il m'apporte quelque chose ; il efface ironiquement les brumes et fumerolles qui enrubannent mon personnage ; mon cœur est mis à nu et, à mon étonnement, je supporte cet outrage. Andrew savoure le bizarre déséquilibre entre ma virginité physique et ma vétusté morale et la simplicité avec laquelle il me parle de moi et de nous me déroute, mais me conquiert. Petiote, je crois bien que cette fois ça y est : tu es hameçonnée en plein cœur. C'est merveilleux et un grand calme m'habite.

Andrew part demain pour huit jours ; il m'a demandé de considérer que nous pourrions nous épouser. J'y songe. J'y songe.

Il a une peau douce et quelque chose de gracieux dans le geste : il prend votre menton dans sa main et sa bouche se pose sur vous papillon léger et puis papillon vivace. Et ensuite, l'apaisement de la tendresse, creux de l'épaule, douceur chaude où on se tait.

4 janvier 45 Benoîte

Me lasserai-je assez vite de Kurt ? J'essaie de mettre les bouchées doubles, mais l'idée que je vais bientôt le perdre lui ajoute une qualité imprévue : il est précieux, il est fragile. Je le regarde s'éloigner avec une passion triste qu'il ne comprend pas. Encore une minute, monsieur le bourreau... C'est la meilleure !

Kurt étant absent pour trois jours, j'ai voulu aller à *Independence* ce soir, pour voir un peu... mais Flora n'était pas libre. Elle est étrangement pas libre ces temps-ci. Elle s'irrite si je l'interroge, ce qui est le signe certain qu'elle a quelque chose à dire. Et que peut être le secret d'une fille de dix-neuf ans ? (Car elle a dix-neuf ans, la garce !) Elle a repris ses airs de vestale, elle est le sanctuaire de l'incommunicable. Elle aime proprement un monsieur très bien, c'est sûr, car elle n'a pas l'air hagard et passionné de celle qui aime à côté de sa condition.

7 janvier 45 Benoîte

Pour faire des vagues dans son sentiment, j'ai dit à Flora : « Ça y est, tu es coincée ? »

Elle se contente de hausser les épaules et de me haïr. Si j'habitais encore la maison, je l'investirais, je l'affamerais, je la malaxerais jusqu'à ce qu'elle m'ouvre son cœur et que je puisse regarder ce qu'il y a dedans. Mais elle n'est plus dans ma sphère d'attraction et j'ai perdu mon pouvoir.

Flora 8 janvier 45

Mes nuits ne sont plus ces bonnes plongées dans l'oubli, denses, profondes, apaisantes. Ce sont des voyages-surprises dans un train omnibus, et tous les tournants me réveillent. Je dors à la surface ; je ne sais pas oublier Andrew. Dans une demi-conscience ténébreuse, je repousse sans cesse l'état de veille et essaie de me maintenir de force sous l'eau de l'oubli : mais j'affleure. Je pense et je pense que je pense. Et puis soudain j'allume pour avoir envie d'éteindre.

Flora 10 janvier 45

Vie mouvante. Pour la quatrième fois aujourd'hui, major Ellsworth téléphone. Chaque fois je réponds moi-même que je ne suis pas là. Je viens de raccrocher sur sa voix déçue et, brusquement, je le regrette. Pourquoi ne sortirais-je pas avec lui ? Est-ce parce qu'Andrew m'occupe tout le cœur ? Freud, expliquez. Et me voilà, seule au coin de l'âtre ce soir, parce que je crois savoir que j'aime pour de bon. Flora, tu es une oie.

Flora 12 janvier 45

Je me suis réveillée au milieu de la nuit et je ne me suis pas rendormie parce que je me suis aperçue soudain que j'adorais Andrew. Cela a cristallisé. Henri Beyle a raison. Ça y est... *it's born*. J'ai l'impression d'être arrivée au port, d'avoir enfin jeté mon ancre.

Flora 13 janvier 45

Dîné avec Andrew.

Je n'oublierai pas nos mains agiles, parlantes. Soudain, vous êtes très près : « Laissez-moi s'approcher de vous. » On est comme des statues qui respirent. Nos mains oiseaux, nos mains accolées, paume à paume. Est-ce que j'ai lavé les miennes, en me couchant ? Non, chance. Nos mains chéries, nos mains seules. Vous étiez bô, ce soir.

Vous parlez bien, vous écoutez bien. Avec vous, les phrases n'ont pas besoin d'êtres finies. Vous avez une espèce d'acquiescement des yeux, un regard qui tranquillise. Je vous jure que je suis très émue, Peut-être ne vais-je plus jamais cesser de l'être ? Vous m'habitez. Mon cœur se retourne en moi comme un poisson.

Matin

Nuit grise, sommeil pâle. Nos mains si douces de l'eau contre de l'eau. Je me relis parce que mon émotion m'émeut.

13 janvier 45 Benoîte

Eh bien, on ne vit pas à l'aise avec un condamné. Notre amour sonne faux. La première minute seulement de nos rencontres est totalement satisfaisante. On se serre fort parce qu'il y a de petits bonshommes en nous qui s'aiment. Mais bientôt, ils se trouvent en minorité et les Grands Electeurs prennent la parole et nous gâchent notre plaisir. Même notre sommeil est subrepticement empoisonné.

Nous sortons plus qu'avant : c'est mauvais signe. Les couples qui se défont doivent ainsi tromper leur solitude à deux.

Nous nous réfugions dans les territoires gérés par les U.S.A. car la France est inhabitable. Il y fait –5°, les théâtres et cabarets ont dû fermer faute de charbon et tout est abandonné au froid, même les postes, les mairies et la radio. Les Allemands ont refranchi le Rhin au nord de Strasbourg, les Américains reculent. Les nazis font encore semblant de penser qu'ils peuvent vaincre et rejeter les Alliés à la mer. Quand diront-ils : Pouce ? Quand tout cela finira-t-il ?

Je pense à Blaise, mon amour unique, mon sens interdit.

16 janvier 45 Benoîte

Kurt ne tient plus le coup. Il ne peut plus vivre dans l'équivoque et a perdu l'espoir de me faire revenir sur ma décision.

Tant pis pour moi qui perdrai ce qui me restait de lui. Il est proposé pour une nouvelle affectation, à Strasbourg, et partirait, s'il l'accepte, le 20 de ce mois.

« *For the last time, my darling will you marry me ?* »

Mais, mon pauvre amour (c'est au mien que je parle), tu sais bien que tu n'étais pas fait pour vivre vieux.

J'ai passé une triste soirée à faire admettre à mon Béotien toujours aimé que mon sentiment pour lui est bonnet blanc, mais non pas blanc bonnet. C'était une conversation sans appel et sans retour, nous le savions tous les deux. Et Kurt devait savoir aussi qu'un *oui*, cela se hurle et que si je parlais doucement, c'est que j'allais dire non.

Il a rassemblé ses affaires qui commençaient à faire bon ménage avec les miennes et il est resté quelques instants sans rien dire sur le pas de la porte. Il m'a embrassée, mal ; mais je crois qu'il tremblait. Je sais bien qu'il faisait froid. J'aurais voulu finir sur une étreinte qui ne fût pas empoisonnée. Mais l'amour, ça se fait à deux et nous étions un et un. Il m'a rendu ma clé, j'ai refermé la porte pour toujours sans doute sur une sorte de bonheur et j'ai entendu ses quatre-vingt-quinze kilos descendre mon escalier.

Maintenant, la vieille Europe est toute seule. Je me sens très vieille et désespérément Europe. Je viens de dire adieu à toute l'Amérique ce soir. C'est aussi sur vous, Steve, Don, Tex, Wolf, Ian qui étiez entrés avec un si réconfortant sourire dans ma vie, que je viens de fermer ma porte. Vous m'avez laissé un souvenir global de bien-être et d'amitié. Vous avez donné un sens à un mot qui était vide pour moi : la gentillesse. Mais maintenant, je rentre chez moi. J'ai aimé et j'ai décidé de ne pas donner suite. C'était une décision pénible et je n'ai pas envie de récidiver ; je n'aime pas les cicatrices au cœur. Je crois que cela ne m'amusera plus de faire joujou avec vous tous du Far-Ouest : vous venez de trop loin et surtout, vous y retournez.

Vous m'avez libérée, et de bien des façons, merci. Il s'agit maintenant de me refaire une existence libre.

Il va falloir s'occuper sérieusement de toi, mon petit. Mais n'aie pas peur, je suis là.

17 janvier 45 Flora

C'est arrivé ; je sais que je vous *love* et j'ai soudain paix suprême. Je vois la vie sous un autre angle. J'ose écrire des vérités qui me stupéfient moi-même : je me dis : « être à lui ! »

Je voudrais l'épouser tout de suite, mais il est 5 h 20 et il est parti pour deux jours en mission. Cela ne s'arrange pas. J'attends dans deux jours avec une vraie impatience. Il sera là. Pourvu qu'il me veuille encore !

Ce même soir Flora

Scared to death because I love. Toute une lourde tendresse silencieuse et timide se réveille. Je suis appartenue ; je n'ai plus envie de me parler mais de lui dire.

Vous ai-je choisi, bel amour, ou bien est-ce vous qui m'avez choisie ? Je ne sais plus très bien, mais en tout cas, ça marche ça y est. J'ai envie de dire comme Ondine : « Je serai tes souliers, je serai ton souffle, je serai ce que tu pleures, ce que tu rêves, ce que tu manges là, c'est moi. » Ah ! être ce qu'il pleure, et ce qu'il rêve !

Pourvu absolument qu'il ne puisse plus pleurer que mes larmes, et rêver que mes joies.

Pourvu qu'il soit moi puisque enfin je me livre !

Rideau ! Fin de Flora, la rêveuse solitaire. J'aime, vous dis-je !

Je n'ai plus envie de me raconter, de me savoir ; j'aime et je me fous de moi-même.

Benoîte qui a réussi à s'emparer de mon journal et à le lire bien que j'aie cadenassé les pages avec mon agrafeuse me reproche d'être une seiche qui dissimule sa vérité sous un nuage d'encre noire. D'abord, je ne veux plus écrire de journal... Benoîte a ce côté universitaire organisé qui sait à heure fixe extirper d'elle la substantifique moelle. Elle se passe des commandes et elle honore ses propres contrats.

Moi, j'appartiens à mon inattendu, autant que j'en suis tributaire. Je suis parfois le récepteur étonné de mes propres trouvailles et plus souvent encore l'auteur déçu par son inaptitude. Je voudrais me tenir bien en mains, mais ce serait en pure perte et ma propre perte, car si je jugule ma faiblesse, je jugule ma force. Si j'apaise ma tempête, c'est toute la houle qui m'habite qui se calme aussitôt. On paie pour chaque chose en soi-même.

C'est lorsque je sens de partout que j'ai envie de me taire. Avec Andrew, j'aborde à ces rives inexprimables ; je ne m'appartiens plus puisque j'envisage de me donner. Et c'est le moment que choisit Benoîte, par l'odeur alléchée, pour m'examiner sans hâte et avec appétit. Elle veut consommer chaud sa part d'entrailles fraîches ; elle joue les gerfauts au-dessus de moi et vole et vole en se rapprochant de sa proie.

« Alors, si tu l'aimes, dis-le !... Alors, quand on aime, on n'a pas honte... Alors, quand on t'embrasse, " papillon léger, papillon vivace ", c'est tout ce que tu trouves à dire ?... Eh bien j'ai perdu tout espoir : j'espérais que le vrai amour t'épanouirait, mais non. C'est moi qui ai fait des études, mais au fond, c'est toi l'institutrice... etc., etc. »

Ah ! mon bourreau familier, il vaut probablement mieux entendre ça que d'être sourd. Mais c'est tout juste. Fais-toi donc à l'évidence : je t'ai déjà dit que je ne répondais pas quand on me sonnait ! Laisse-moi fermer mes portes, rabattre les volets, baisser l'abat-jour ; laisse-moi être en moi.

Après tout, je me fiche de notre duo maintenant : tu m'as quittée toi aussi un jour, grande lâche. Tu m'as fait le coup des adieux, précipités et indifférents. Eh bien, à mon tour, je décolle.

Oui, je l'aime, oui je t'oublie, ma sœur, et même oui, je me fiche de toi, ma belle Siamoise ; oui, adieu Nous, bonjour Lui. Mais ce n'est pas ça que tu veux que je chante. C'est du croustillant que tu cherches, des tranches découpées sur le vif du sujet. Ton menu n'est pas sur ma carte. Fais donc ton beurre de mon silence et pardonne-moi de ne savoir être que moi.

Benoîte 18 janvier 45

Tout fout le camp : Flora aime !

Cela me pendait au bout du nez : toutes les Belles au Bois Dormant se réveillent et les graines les plus réticentes finissent par germer. J'ai peu de détails. Flora a l'amour fier et piquant comme un chardon ; mais je ne sais quel côté « dame » dans sa personne dénote la voyageuse qui a choisi le bon compartiment.

Finalement, c'est elle qui sera mariée et moi une jeune fille recommencée ! Les choses, après une entorse vite réparée par la destinée, rentrent dans l'ordre prévu et je pourrai être dame d'honneur au mariage de ma cadette.

Mais Flora, Pochemuse, Tartine, la Vamp, tu m'entends ? N'oublie pas que les hommes mettent du désordre dans les salles de bains, pire que moi, et vous embrassent sans tickets, et qu'il faudra, entre deux extases, te faire chair. Je ne t'imagine pas dans ce rôle. Mais imagine-t-on jamais sa sœur dans les bras d'un homme ? J'irai lui parler et lui expliquer ton cas, sois tranquille.

Pourtant je sais déjà, chérie, que je t'ai perdue. Tu es trop entière et trop raide pour devenir sa femme et rester ma sœur. Mais je suis là et je t'attends au tournant. Tu finiras bien par tourner la tête ? Je serai là, odieuse et chère, et tu t'apercevras qu'il n'y a rien de tel que deux femmes pour parler de l'amour des hommes.

En attendant, mes vœux t'accompagnent : qu'il te brise ce que je n'ai pu faire qu'à moitié ; qu'il te piétine le cœur pour n'en tirer que ce qui l'intéressera ; qu'il s'installe comme un soudard dans ta belle âme tirée au cordeau. C'est ça, l'amour, chérie !

J'ai déjà un grief contre cet homme en question, ton Andrew : ce n'est pas à moi qu'il est venu demander ta main.

Et pourtant, c'est moi qui l'avais, cette main, depuis vingt ans, dans la mienne.

Cet ouvrage
a été reproduit
et achevé d'imprimer
sur Roto-Page
en avril 1994
par l'Imprimerie Floch
à Mayenne.

D. L., mai 1994.
Éditeur, nº 7334.
Imprimeur, nº 35827.
Imprimé en France.

7334

dan ga ik
nu maar
eens lekker
van mezelf
zitten houden

Lianne Sanders

dan ga ik nu maar eens lekker van mezelf zitten houden

* * *

Een zoektocht naar zelfacceptatie en verbinding

Spectrum

Omslagontwerp: the Wiebes Agency
Auteursfoto: Deborah Bos
Opmaak: Elgraphic

ISBN 978 90 00 37867 8
ISBN 978 90 00 37974 3
NUR 320

Tweede druk, 2021

Deze uitgave kwam tot stand door bemiddeling van Maarten Boers Literary Agency

Spectrum maakt deel uit van Uitgeverij Unieboek | Het Spectrum bv,
Postbus 23202
1100 DS Amsterdam

www.spectrumlifestyle.nl

Spectrum Lifestyle Boeken

spectrumboeken

@liannemarije

Voor mijn ouders

Ik stuur Sam een mail dat ik hem niet meer hoef. Dat het uit is. Dat ik er klaar mee ben. Dat hij me zoet probeert te houden met zijn mooie woorden, maar dat ik er niet meer in trap.

Vanochtend vertelde Sam me dat hij oud en nieuw met z'n vrienden wil vieren en niet samen met mij. Ik werd zo boos dat ik vijf kilometer ben gaan hardlopen en binnen twintig minuten thuis was. Ik wil met oud en nieuw samen met hem zijn, dat is toch niet zo raar? Ik wil gewoon één moment, om 12 uur, van hoop en liefde. Zo'n moment waarop je elkaar aankijkt en allebei voelt: wat voor teringzooi we er ook steeds van maken: we gaan dit jaar samen doen. Want we houden van elkaar.

Sam mailt terug dat hij het snapt.

Zijn eeuwige begrip, het maakt me razend.

Ik ijsbeer door m'n woonkamer.

Tien minuten later app ik dat het me spijt dat ik zo gemeen ben. Dat ik hem niet kwijt wil. Dat ik het wil oplossen.

Sam reageert niet.

Een halfuur later stuur ik hem dat ik het misschien toch wel uit wil maken, maar dan niet via WhatsApp, natuurlijk niet via WhatsApp, en dat ik wil praten samen.

Ik krijg weer niets terug.

Een uur later draai ik helemaal door, probeer ik in bed te mediteren met een app op m'n telefoon maar giert de adrenaline door m'n lijf. Ik kan het niet loslaten, deze ruzie, hem, ons.

Ik ruk de oordopjes uit m'n oren en worstel met de deken om uit bed te komen. Ik moet naar hem toe.

Op de fiets zie ik voor me dat ik me in zijn armen laat vallen en zeg dat ik zoveel van hem houd. Dat ik huilend vertel dat ik hem niet kwijt wil, maar dat we het elkaar zo moeilijk maken. Ik zie ons zoenen, waarbij hij me stevig tegen zich aan drukt, met zijn hand tussen m'n schouderbladen, zijn borst op de mijne. Ferm, zoals hij doet als hij niet wil dat ik wegga.

Ik fiets hard en kom hijgend bij zijn huis aan.

Met de sleutel die ik van hem heb gekregen open ik zijn voordeur en ren drie verdiepingen naar boven. Ik roep zijn naam als ik bijna bij het appartement ben dat van hem is.

Sam komt als door een wesp gestoken zijn slaapkamer uit in alleen een boxershort.

'Jezus, lief, ik was bang dat er iets met je was gebeurd,' roep ik buiten adem. Ik steun boven aan de trap met m'n handen op m'n bovenbenen en laat m'n hoofd zakken alsof ik de marathon heb gelopen.

Sam trekt de deur van z'n slaapkamer dicht en slaat z'n armen om me heen.

'Poppie, rustig,' sust hij me. 'Het is goed. Ik leef nog, er is niet aan de hand.' Ik kijk hem aan, en zie dat z'n ogen anders staan. Hij kijkt betrapt, beschaamd zelfs.

Ik loop langs hem heen, verder zijn hal in naar de woonkamer, en rits m'n warme winterjas open, als hij haastig zegt: 'Weet je wat? Als jij gewoon fijn terug naar huis gaat, dan kom ik straks naar je toe. Dan neem ik indo voor ons mee en praten we erover.'

Ik blijf verdwaasd stilstaan in de hal en draai me naar hem om. Vanavond? Waarom?

En dan begint m'n hart sneller te kloppen.

'Waarom vanavond?' zeg ik.

Sam blijft stil.

'Lief, waarom vanavond?' zeg ik steviger.

Hij staart naar de grond.

'Is er soms iemand bij je?' zeg ik terwijl m'n ogen groot worden.

Sam kijkt me nog steeds niet aan. 'Nee, natuurlijk niet,' mompelt hij. Hij blijft voor z'n slaapkamerdeur in de hal staan en wiebelt van z'n ene voet op z'n andere.

Al het bloed trekt weg uit m'n gezicht.

'Sam...' smeek ik. 'Alsjeblieft, zeg dat dit niet zo is. Er is niemand bij je, toch?'

Hij brengt zijn handen voor zijn gezicht, ademt heel diep in, zucht hard, kijkt me aan en stamelt: 'Poppie, ik... ik moet je iets vertellen.'

Zeg me dat dit godverdomme niet waar is.

Ik hoor niets meer en voordat Sam verder nog iets kan zeggen, duw ik hem hardhandig weg voor z'n slaapkamer. Dan gooi ik de deur open.

Daar ligt een blond meisje.

* * *

Ik zit in kleermakerszit op m'n bank, luister naar de wiegende klanken van Herman van Veen en schrijf in m'n dagboek: 'Het is 4 februari 2020 en ik zit te wachten tot jij me weer in je armen neemt. Een maand geleden bedroog je me met een ander, en nu zit ik te wachten tot jij me weer in je armen neemt. Is dit onvoorwaardelijke liefde, of draai ik helemaal door?'

Ik denk het laatste. 'Dat meisje dat doordraaide', ik hoor het de mensen al zeggen. M'n hoofd is een warboel van gedachten en ik ben continu bezig met wie ik nu nog ben. Of ik nog wel iemand ben. Of ik nog wel iemand waard ben.

De afgelopen weken ben ik m'n huis bijna niet uit geweest. Ik ben 31 en woon in een kleine studio in het centrum van Amsterdam, zonder balkon. Daar word je in de zomer niet bepaald vrolijk van, wanneer iedereen in z'n tuin of op z'n balkon een boek leest in de zon, en ik met mijn kleine blaas naar een vrije plek aan de Amstel moet zoeken om tussen de 820 andere yuppen te doen alsof je verschrikkelijk zit te genieten. Maar nu, in de winter, is dit mijn veilige hutje. Ik kijk uit op tuinen van rijke mensen. Ik zie een grote magnolia in de tuin voor me in de lente roze kleuren en in de herfst langzaam kaal worden. Als ik me overweldigd voel door de prikkels van de stad, zet ik een stoel voor m'n raam en staar ik een tijdje naar die boom.

De bank in mijn appartement is groot en grijs met veel kussens en zachte dekens. Alles in natuurlijke tinten, want ook dat maakt me kalm. Ik zet alle zeilen bij. Zelfs in de zomer doe ik kaarsen aan en gooi ik allerlei geurende olies in een aromadiffuser. Je kunt een hoop meer aan als je leven naar lavendel ruikt.

Maar dit niet. Dit kan ik niet aan.

Ik heb mijn profielfoto op Twitter en Instagram de afgelopen weken zeven keer veranderd. Evenals de tekst in m'n bio. Ik wist niet precies wat daarmee te winnen viel, maar ik had keer op keer weer de verwachting dat ik dan iets van m'n identiteit terugkreeg. Dat ik iets meer was dan het bedrogen meisje.

Ook heb ik m'n bank een kwartslag gedraaid, waardoor-ie nu ongeveer in m'n bed staat, dat krijg je op 25 vierkante meter, en heb ik nieuwe kussens gekocht. Ik dacht: een fris huis geeft een fris hoofd. Volgens mij is de originele slagzin iets met 'opgeruimd', maar opgeruimd is mijn huis altijd al. Je moet eens proberen te leven in een rommelige studio van 25 vierkante meter, dan word je vanzelf rijp voor een opname.

Ook heb ik plaatjes van bomen en bergen uit tijdschriften geknipt en opgehangen. Ik las namelijk ergens dat kijken naar afbeeldingen van de natuur net zoveel kalmte oplevert als zélf in de natuur zijn en dat leek me het proberen waard. Vorige week kocht ik een onbetaalbare trui van kasjmier en gaf ik 65 euro uit aan een nieuwe jas bij de kringloop, die ik eenmaal thuisgekomen helemaal niet mooi vond, maar nu ook niet meer terug mag brengen. Voor de mens met impulsaankopen is de kringloop niet zo duurzaam.

Ik eet alleen maar slagroomvla. Die lichtgele, intens romige vla met genoeg calorieën om het weer een paar uur vol te houden. Dat is het enige wat ik naar binnen krijg, tegen elk ander voedsel protesteert m'n maag. Soms lukt zelfs de vla niet en dan warm ik het op in m'n magnetron. Dan kun je het bijna drinken. Dat is walgelijk, ik weet het, maar ik ben de afgelopen maand al 5 kilo afgevallen, dus ik moet iets.

Het voelt nog steeds alsof ik in een film zit. Een film waarin Sam, m'n vriend, of nu dan ex, ineens besloot seks te hebben met een ander en mij alleen liet met de regisseur, de cameramannen, de opgebouwde set. En ik dus maar doorspeel. Doorga. Slagroomvla eet.

Ik denk de hele dag aan Sam, aan haar, aan wat er gebeurd is en hoe het nu in hemelsnaam verder moet. Als ik bij de kassa van de supermarkt sta en het meisje achter de balie vertelt hoeveel m'n boodschappen kosten, heb ik niet eens de kracht om haar aan te kijken. Goddank bestaan er zelfscankassa's.

Toen ik vanochtend wakker werd, vroeg ik me af hoelang deze ellende nog gaat duren. Ik heb nog nooit zo'n intense innerlijke pijn gevoeld. Ik word misselijk van het idee dat als ik ga slapen, er daarna weer een dag komt waarop ik dit gevoel moet doorstaan. Dit gevoel van vernedering, eenzaamheid en verlatenheid. Ik wist niet dat een mens zo diep kon voelen.

Ik pak m'n laptop erbij. Ik zou toch weer eens een

stukje moeten schrijven. Als freelance journalist kun je niet te lang niks van je laten horen. Er moeten artikelen geschreven, columns gemaakt, meningen gegeven. Meedoen met het leven, mezelf laten zien. Kijken of ik m'n waardigheid bij elkaar kan schrapen door de complimenten van mensen die m'n verhalen lezen.

Ik verdien m'n geld met het schrijven van artikelen over psychologie, zingeving en spiritualiteit voor vrouwenbladen. Of nou ja, dat is wat ik de mensen vertel. In werkelijkheid verdien ik m'n geld vooral met het schrijven van allerhande websiteteksten voor ondernemers en bedrijven. Van het plaatselijke stukadoorbedrijf tot de 86e lifecoach die ons millennials gaat helpen met het vinden van onze *purpose* (wat zouden we zonder moeten): ze kloppen allemaal bij me aan. Het schrijven van artikelen vind ik leuk, maar commerciële teksten maken over levensverzekeringen en maandverband haat ik. Het schrijven van andermans teksten voelt alsof ik me als een kameleon door het grijze bedrijfsleven moet worstelen en ik met iedere meeting een stukje meer levenslust verlies.

Maar van boeken schrijven kan ik in elk geval nog niet leven. Daar gaat alle staatssteun van de wereld me nog niet bij helpen.

En nu zakt de moed me al in de schoenen als ik m'n laptop openklap. Het klinkt natuurlijk romantisch, in je eentje boeken schrijven met een hart dat overloopt van liefdesverdriet en levenservaring, een glas merlot naast je laptop, een sigaret bij het open zolderraam, high van het maanlicht, maar in werkelijkheid zit ik zo meteen weer in m'n pyjama te ploeteren op een tekst over het pensioengat voor een raam op het noorden waar ik nog nooit een maan door heb gezien. En heb ik zoveel spanning in m'n lijf dat m'n nek stijf wordt en m'n rug verkrampt, m'n hoofd compleet overprikkeld raakt en het enige vooruitzicht dat m'n dag nog wat kleur gaat geven de verse frambozen zijn die ik daarna door m'n opgewarmde vla roer.

Ik heb het leven weleens leuker gevonden.

januari 2017

Sarah stuurt me een berichtje dat ze voor haar werk gratis mag dineren in een restaurant in Amsterdam en vraagt of ik zin heb om mee te gaan. Dat heb ik.

Ik ken Sarah al m'n halve leven – sinds m'n studententijd. Ze woont met haar vriend in een belachelijk groot huis in Haarlem, werkt op het hoofdkantoor van een supermarktketen als marketingmanager of categorymanager of iets anders belangrijks en maakt nooit ergens een probleem van. Kamperen vindt ze leuk, een luxe hotelkamer ook heerlijk en als je bij haar op bezoek komt en het wordt laat, dan trekt ze zo ergens een warme deken en een pyjama vandaan. Sarah is zo'n type dat, als het ineens min tien buiten is en heel Nederland naarstig op Marktplaats naar een paar schaatsen zoekt, zegt: 'O, ik heb ergens nog wel een paar noren in jouw maat.' Ze ziet altijd overal de positieve kant van in en als ik niet zoveel van haar zou houden, zou ik haar haten.

Als we die avond met onze tweede gin-tonic op hoge krukken aan een bartafel zitten en er wat ondefinieerbare maar waarschijnlijk trendy hapjes voor ons staan, vraagt ze hoe het nu met m'n liefdesleven staat.

'Ik weet het niet zo goed,' antwoord ik. 'Ik app wel met twee jongens, maar ik heb het idee dat ik te gevoelig voor ze ben. Dat het niet past. Dat ze me niet begrijpen.'

Ze denkt even na.

'Wat wil je dan in iemand?' vraagt ze.

'Dat-ie me begrijpt,' zegt ik resoluut. 'En dat-ie lief is. En slim, als het even kan.'

Ik wil me in elk geval niet meer eenzaam voelen in iemands gezelschap, denk ik. Maar dat spreek ik niet uit.

Sarah knikt. Ik probeer een klein loempia-achtig dingetje te dippen in chilisaus en neem een grote slok uit m'n glas.

Ineens roept ze: 'Ik weet iemand,' en ze zet haar gin-tonic met een klap op tafel.

Ik lach. 'Wat? Wie dan?'

Ze pakt haar telefoon en laat een foto zien. 'Leuk, toch? Sam. En hij is gevoelig én houdt van de natuur, want hij maakt wandelingen door heel Nederland en schrijft daar verhalen over. Nou, dat vind jij leuk, toch? Ik zie dit wel voor me.'

Sam is leuk, ja, Knap. Jong ook, geloof ik. Ik moet het even op me in laten werken.

'Hoe oud is-ie dan?'

'Eh, 24 geloof ik.'

'24?! Dan ben ik vier jaar ouder. Mijn god. Nee, dat kan echt niet.'

'Doe niet zo stom. Natuurlijk kan dat wel. Kom, we appen hem.'

Die derde gin-tonic voor m'n neus maakt me overmoedig. Ik kopieer Sams telefoonnummer en stuur hem een bericht. *Hoi Sam, je kent me niet, maar ik hoor net dat wij bij elkaar schijnen te passen en we misschien eens wat moeten drinken.*

Ik schaam me dood en staar onafgebroken naar m'n scherm. Online. Aan het typen.

Hahaha, leuk, zo'n bericht. Vertel, wie zegt dat?

Er volgt een WhatsApp-gesprek waarin we proberen een beeld te krijgen van elkaar (*Oké, beschrijf in drie zinnen wie je bent, en dan niet je leeftijd en beroep*), terwijl ik nog steeds aan de bar zit en hij op een borrel van z'n werk staat.

'Je moet voorstellen om nu ergens een drankje te doen,' zegt Sarah, die ons gesprek meeleest.

'Doe even normaal,' antwoord ik. 'Dat kan toch niet zomaar?'

'Hoezo niet? Natuurlijk wel. Hup, app hem dat.'

Haar enthousiasme werkt aanstekelijk.

Zullen we nu ergens wat gaan drinken? Neem ik haar wel mee.

Wat heb ik ook te verliezen? Ik ken deze jongen helemaal niet.

Haha, prima. Kom ik met een collega.

Goed! Waar?

Lux?

Leuk! Tot zo.

We fietsen naar het café vlak bij het Leidseplein en Sam is er al als we binnenkomen. In het echt is-ie ook knap. We gaan met z'n vieren zitten in een hoek en samen met hem haal ik nieuwe cocktails. Moscow mule, dat schijn je nu te moeten drinken. Die gin-tonic van ons was alweer helemaal passé.

'Bijzondere situatie wel, hè, dit,' zeg ik, en ik lach ongemakkelijk.

'Nogal,' antwoordt Sam, 'maar wel heel leuk.'

Hij is mooi als hij lacht.

We voegen ons met de cocktails bij de rest en beginnen een gesprek met z'n tweeën. We missen allebei de natuur nu we in Amsterdam wonen, zien onszelf hier niet voor altijd blijven, voelen ons weleens eenzaam maar willen soms tegelijkertijd simpelweg een paar uur alleen zijn. Of een dag. We luisteren allebei graag naar Herman van Veen ('Wat is je lievelingsnummer dan?' 'Hmm, "Later" denk ik, jouwe?' 'Ja, o, ja, zeker. Ik zou willen dat liefde zo is.' 'Ik ook.') en we worden blij van de columns van James Worthy ('Man, als ik ooit zo zou kunnen schrijven.'). Ook vinden we de dagen mooier als we in oude bibliotheekboeken een passage lezen die helemaal klopt.

We lachen veel en zijn met z'n tweeën naast het zitje gaan staan waar ons gezelschap nog met elkaar praat.

Het is inmiddels rond enen en Sarah en Sams collega zeggen dat ze naar huis gaan.

'Wil jij eh, nog wat drinken?' vraagt Sam voorzichtig.

Ik wil niet dat dit overgaat, dus ik lach bemoedigend.

We lopen nogmaals samen naar de bar. Samen, het voelt fijn.

Als we terug zijn op onze plek, praten we verder over politiek – 'VVD stem ik, maar ja, dat durf ik in het linkse Amsterdam bijna niet te zeggen.' 'Mijn vader was toen-ie nog leefde voorzitter van de VVD, dus tegen mij kan het wel' –; waar we heen willen op vakantie (bergen of water) en wat we komend jaar allemaal willen doen en bereiken. Ik vergeet de hele avond hoe ik me daadwerkelijk voel. Vanavond ben ik niet dat meisje dat altijd gespannen is.

Sam vertelt me dat hij niets liever doet dan in de zon zitten op een bankje langs de Amstel, een beetje kijken naar wie er langsloopt en -vaart. Dat er op die kleine momenten zoveel gebeurt. Ik zeg dat ik dat ook wil, daar zitten, dat me dat rustgevend lijkt. Sam lacht.

Deze jongen wil ik, voel ik op dat moment. Bij hem zal ik me nooit eenzaam voelen.

Als we daarna even stilvallen, trek ik hem aan zijn trui naar me toe en kus hem.

* * *

Ik loop naar m'n yogaschool, die om de hoek is. De lessen yin yoga, waarin je lang in dezelfde houding ligt om je spieren te rekken en je lichaam wat ruimte te geven, zijn m'n dagelijkse houvast.

Ik ben op tijd, zoals elke dag. Als ik op tijd ben, ben ik verzekerd van het plekje rechts achterin. Het hoekje waar de muren samenkomen en ik veilig ben. Een muur achter me, een muur naast me, mij krijg je niet meer weg. De ruimte is groot, wit en sereen. Er staan planten met grote groene bladeren in aardewerk potten en met de houten, lichte vloer is het alles wat je van een yogaschool verwacht. Als je hier niet zen kunt worden, waar dan wel?

Het ruikt lekker. Op verscholen plekken staan kleine stokjes wierook te branden. Ik heb een keer gevraagd bij de balie wat ze voor geur gebruiken en het bleek sandelhout te zijn. Dat leek me handig om te weten voor het moment dat ik in een absoluut dieptepunt zou belanden en ik er met kijken naar wat plaatjes van een boom niet meer zou komen.

Ik leg mijn matje neer in mijn hoekje, mijn dikke wollen sokken opgevouwen ernaast, evenals mijn warme trui. Ik ben klaar voor anderhalf uur rust. In kleermakerszit wacht ik tot de les begint. Schuin voor me staat een groot boeddhabeeld, de docent zit al op haar matje. Ze lacht naar me.

We beginnen deze les in kindhouding. Met m'n schenen op de mat vouw ik mezelf tot een bolletje. De foetushouding, maar dan een kwartslag gedraaid. Hiervan zou je moeten ontspannen. Terwijl m'n hoofd de mat raakt, zie ik ineens een flits van mezelf op Sams bank, naast hem, terwijl hij zijn telefoon pakt en al discussiërend over het bestellen van pizza of curry de Thuisbezorgd-app opent en ik een vreemd adres in zijn 'laatst bezorgd'-lijstje zie. En ik voel de adrenaline weer toenemen. M'n ademhaling wordt sneller, ik wil opstaan, wegrennen. Alles in mij schreeuwt: 'Dat was vast het huis van dat meisje.'

En daar begint de beeldenstorm in m'n hoofd. De fantasieën over Sam met die ander, hoe mooi ze is, hoe mooi hij haar vindt, hoe grappig, hoe anders dan ik. De adrenaline raast door m'n lijf, m'n ademhaling blijft hoog, m'n hart klopt in m'n keel en ik krijg mezelf niet rustig.

Mensen om me heen veranderen van houding, ik ga op m'n rug liggen en laat m'n benen naar links vallen en m'n hoofd naar rechts in de hoop dat ik deze paniek eruit kan wringen. Maar voor ik het weet lig ik te hyperventileren.

Het boeddhabeeld kijkt onbewogen voor zich uit. Daar heb je in nood dus ook niks aan.

De vrouw naast me begint bezorgde blikken op me te werpen. M'n yogadocent komt op me aflopen en hurkt achter me. Ik ga rechtop zitten en ze legt haar handen op mijn schouders.

'Adem maar even met mij mee,' fluistert ze.

In acht tellen adem ik in en dan hou ik m'n adem vier tellen vast. Wanneer zij uitademt, laat ik ook los. Dit herhalen we zo'n vier, vijf keer en ik voel mezelf rustiger worden. De beelden verlaten m'n hoofd, m'n hart doet weer normaal.

M'n yogadocent loopt terug naar haar mat, gaat weer zitten en laat ons de volgende houding zien. Ik trek m'n wollen sokken aan en begin mezelf te positioneren. Ze geeft me een knipoog.

Ik ben weer veilig.

Kon ik hier maar wonen. Op deze mat, in deze zaal. Met de geur van sandelhout. Hier is kalmte. Nou ja, voor zolang als het duurt.

* * *

De dagen na Sams vreemdgaan sliep ik niet. Ik had drie oxazepam nodig om in slaap te vallen en werd dan om twee uur 's nachts weer wakker. En dat kwam niet alleen door wat Sam had gedaan. Ik had het incident op Twitter gezet.

Ik stond zo perplex van wat ik had aangetroffen bij Sam thuis dat de enige reactie die ik kon verzinnen was om Sam te *exposen* op Twitter. Vervolgens ging het viral en wist iedereen wat er tussen ons gebeurd was, en was ik voor altijd Het Meisje Dat Haar Vreemdgaande Vriendje Op Twitter Zette. De golf van schaamte en vernedering was te veel om te dragen, ik had zó'n spijt. Zo verschrikkelijk veel spijt. En dus sliep ik niet. Op dag een niet, op dag twee niet, op dag drie niet.

Vier dagen na het voorval belde ik Sam op. Dat we moesten praten. Dat ik bang was langzaam gek te worden, dat ik de dag niet doorkwam, dat wat er gebeurd was elke minuut in m'n gedachten zat en dat ik niet kon eten en drinken.

We spraken af te praten met iemand erbij. Een onafhankelijk iemand, iemand die ons misschien kon begeleiden.

Een dag later waren we welkom bij een ver familielid van Sam. Een lieve, wijze vrouw die veel had meegemaakt en onbevooroordeeld naar de situatie kon kijken. Ze zou als mediator fungeren. Van tevoren appte ik Sam dat ik geen knuffel wilde bij aankomst. Geen aanraking. Hij stuurde terug dat hij dat begreep, maar dat het hem wel heel fijn leek. Daar reageerde ik niet meer op.

Ik trilde toen ik hem zag. Hij zat aan de lange houten keukentafel in een prachtige woonkeuken in een groot huis aan het Vondelpark. Hij zag er moe uit.

Ik begon over de tweet. Over m'n schaamte. Of we niet een advocaat moesten regelen die ervoor zorgde dat het overal gewist werd. De mediator zei dat dat waarschijnlijk zinloos was, dat het wel overwaaide, dat niemand me dit kwalijk nam. 'En ik al helemaal niet, lief,' zei Sam. 'Echt, ik draag dit. Ik draag dit want ik verdiende dit. Ik heb dit veroorzaakt.'

Ik voelde dat ik verzachtte.

We praatten over onze relatie, dat het zo'n getouwtrek was, dat ik altijd méér wilde. Meer dan hij kon geven. Meer nabijheid, meer verbinding, meer samen. En dat hij daardoor steeds het gevoel had dat hij niet goed genoeg was.

Ik zei hem dat ik niet snapte dat hij niet huilde. 'Voel je niks?'

'Natuurlijk wel,' antwoordde hij.

'Maar je huilt niet. Raakt dit je niet?'

Volgens de mediator drukt iedereen verdriet anders uit.

Nadat we elkaar verwijten maakten ('ik mocht verdomme niet eens mee met kerst', 'maar jij dreigde áltijd om het uit te maken als het even niet lekker liep'), stopte ze ons en vroeg ze om te kijken naar het nu.

‘Wat willen jullie nu?’

‘Ik wil dat het goedkomt maar ik weet niet hoe,’ zei ik. ‘Misschien moet Sam in therapie, of zo.’

Sam zei niks.

‘Is dat niet waar het altijd fout gaat?’ vroeg zij. ‘Dat jij wil dat hij verandert, dat hij dat niet doet, en dat jij vervolgens niet gaat, maar blijft.’

Ik bleef stil.

‘Als Sam is zoals-ie nu is, is dit dan de man die je wil?’

Ik dacht even na. ‘Nee.’

‘Dus op dit moment kunnen jullie geen gezonde relatie hebben waar jullie allebei blij mee zijn?’

Ik keek Sam aan.

‘Ik denk het niet,’ zei hij.

‘Ik denk het ook niet.’

‘Dus zullen we dan besluiten dat we in het hier en nu de relatie beëindigen, en jullie elkaar voorlopig, in liefde, loslaten?’

M’n maag verwrong. Ik wilde niet zonder hem, maar het voelde wel alsof dit de juiste keuze was.

Ik knikte en staarde naar de tafel. Ik hoorde Sam zacht ‘ja’ zeggen.

Toen ik opkeek zag ik hem huilen.

* * *

Ik fiets voorbij Sams bankje aan de Amstel. Het bankje waar Sam altijd zit om even uit te blazen, na te denken, tot zichzelf te komen of gewoon, om even te zitten. En ik denk aan ons en word verdrietig. De zon schijnt, de lucht is helderblauw en op dagen zoals deze is er de potentie om niks te doen maar toch alles te voelen. Tevredenheid, rust, geluk. Thuiskomen.

Door samen op dat bankje te zitten. Ik, liggend met mijn hoofd op zijn schoot, m'n benen schuin omhoog, wiebelend over de leuning. Hij, gewoon voor zich uit starend. Niksen. Ik haat hem en mis hem tegelijk.

Als ik m'n fiets in het rek heb gezet voor m'n huis en binnenkom in m'n studio, gooi ik m'n sleutels in het daarvoor bestemde bakje, draai de verwarming op 21 graden en ga met m'n billen op de brede leuning van m'n bank zitten. Ik leun tegen het raam en staar voor me uit, de kamer in. Met m'n telefoon zet ik jazzmuziek aan, niet zomaar jazzmuziek, maar 'chilled jazz', dat is jazz waarvan je kunt ontspannen lijkt me zo, want waarom zou je een afspeellijst anders zo noemen, en ik maak een kop thee. Als ik weer ga zitten op de brede armleuning, duw ik m'n hoofd en nek tegen het dan nog koele glas achter me. Ontspan. Alsjeblieft, ontspan.

Me gespannen voelen is iets wat ik goed ken. Ik voel me al m'n hele leven regelmatig angstig, maar sinds m'n vader zes jaar geleden is overleden, is het erger geworden. Als die angst er is, voel ik me als een prooi die continu de savanne moet scannen om te zien of er een jachtluipaard in de buurt is. Het voelt alsof iedereen me in potentie zou kunnen vernederen of verlaten. M'n handen gaan zweten, m'n hartslag omhoog en er zit een rotsblok in m'n maag dat ervoor zorgt dat ik niet makkelijk kan eten. Ik kan nooit eens volledig uitademen, even de boel de boel laten en me overgeven aan ontspanning – ik sta altijd 'aan'. Vrezend voor naderend onheil. De Angst maakt dat ik me onveilig voel in de wereld en in m'n eigen lijf. Het is alsof m'n botten koud zijn en ik ze onmogelijk opgewarmd krijg.

En dat terwijl er natuurlijk helemaal niets is om bang voor te zijn, meestal. Mensen zullen me niet zomaar vernederen, mensen zullen me niet zomaar verlaten. Maar toch voelt het zo. Ik wéét het, maar m'n lijf doet niet mee.

Vaak komt De Angst opzetten terwijl ik gewoon thuis op de bank zit. Dan dringt de kou door tot in m'n botten en voel ik me een open zenuw. Ik zou mezelf dan het liefst in een dekentje wikkelen, met m'n knieën dicht tegen me aan. Dat doe ik dan ook vaak, maar het helpt niet altijd. Van De Angst slaap ik slecht en ik raak er ook overprikkeld door. Dat overprikkelde gevoel beïnvloedt hoeveel ik kan werken en hoelang ik met vriendinnen kan zijn. Het beïnvloedt m'n hele dag.

M'n thee is op, de temperatuur in m'n kleine studio nadert de 21 graden en de chilled jazz helpt een beetje. De klanken wiegen m'n angstige gedachten en ik voel weer een beetje warmte. De spanning in m'n buik neemt af. Ik sta op van m'n bank en heupwieg door de kamer. Dansen maakt alles altijd een klein beetje beter. Ik heb alweer bijna een dag overleefd. En een maand en twee weken. Dit gaat beter worden.

* * *

Ondanks De Angst is er één periode waar ik met veel warmte aan terugdenk. Ik had een fantastische studententijd in Groningen. Ik voelde me veilig omdat m'n dagen jaar in jaar uit ingevuld werden door feestjes, etentjes met vriendinnen en jongens. Veel verschillende, vaak knappe, jongens. Ik maakte veel lol, danste bijna elke avond in de stad – dat kan in Groningen – en werkte achter de bar bij een populaire studentenkroeg. Ik werd opgemerkt – lange slanke meisjes doen het goed in het studentikoze uitgaansleven – en studeren ging me makkelijk af. Ik koos de ene na de andere studie, die ik allemaal afrondde. Uiteindelijk haalde ik drie diploma's.

Maar op de luttele momenten dat ik alleen op m'n studentenkamer was, voelde ik me onbehaaglijk. Dan wilde ik altijd de stad in met een vriendin. Of sms'en met een leuke jongen. Gelukkig kon dat dan ook vrijwel altijd.

Midden in m'n studententijd kreeg ik een vriendje dat heel lief voor me was. Job. Knap was-ie ook. Populair. Ik voelde geen allesoverweldigende connectie met hem, maar hij knuffelde me veel, kookte lekkere dingen voor me, maakte me aan het lachen en had een groep vrienden bij wie ik me thuis voelde. Job was lid van het corps en zijn huis- en jaarclubgenoten namen me op in hun groep. Ik genoot van alle diners en feesten die bij zijn verenigingsleven hoorden. Ook z'n gezin nam me op en dat gaf me een geborgen gevoel. Ik was gek op hem. Ik voelde me veilig en gedragen als hij me knuffelde in bed, met mijn gezicht in zijn nek, en als De Angst kwam als hij weg was, dacht ik aan die momenten. Dan kon ik me weer even veilig voelen.

Ik hield van Job, maar toch miste ik iets. Ik miste begrepen worden. Alsof mijn hart uit allemaal verschillende gekleurde draadjes bestond, waarbij er een aantal met hem matchten, maar er ook heel belangrijke draadjes bleven zweven in het luchtledige. Draadjes die zo graag verbonden wilden worden met draadjes van het hart van een ander. Dat zorgde ervoor dat ik me soms eenzaam voelde als ik bij hem was.

Maar het was warm, met Job. Warm, geborgen, veilig, gezellig. En daar wilde ik niet zonder, zeker niet toen op m'n 24e m'n vader overleed.

* * *

Ik stap in m'n dikke winterjas de straat op om m'n fiets te pakken. Het is februari en nog steeds ijskoud. Er zijn inmiddels zes weken verstreken sinds m'n relatie met Sam is ontploft en ik ben al een paar keer naar buiten geweest voor iets anders dan een boodschap. Een kop koffie met een vriendin, een wandeling in het park. Ook eet ik tegenwoordig soep en pasta met roomsaus, wat een hele verbetering is na de slagroomvla.

Ik ga op weg naar Evelien, mijn masseur, een liefdevolle vrouw van rond de vijftig die zich schuilhoudt in een minikamertje in een industrieel gebouw.

Ik voel me nog steeds verschrikkelijk onveilig. Slapen gaat niet goed, m'n ademhaling is nog steeds hoog en het voelt alsof m'n bloed door m'n lijf raast. Vaak heb ik zweethanden. Echt verdrietig kan ik mezelf dan weer niet noemen.

Ik kom gesjeesd aan bij Evelien en plof direct in haar massagestoel. Ik hou van zittende massages. Als ze een paar minuten bezig is, zegt ze: 'Jij verstijft hier onder mijn handen zonder reden, weet je dat?' Haar handen liggen op m'n schouders, ik zit voor haar in de stoel. Ze pauzeert haar aanrakingen. 'Het is alsof je zo bang bent voor pijn dat je lichaam al in de stressstand schiet voor ik überhaupt bij een pijnlijke spier ben aangekomen.'

Ik lach onbeholpen naar haar.

In Eveliens kleine witte kamer is het warm, er brandt

wierook – geen sandelhout – en uit haar speaker komen zachte klanken van iemand die een mantra herhaalt. Ik stoor me niet aan de zweverigheid, het maakt me kalm. Ze heeft me thee gegeven met gember, honing en citroen, die ik op een bijzettafeltje voor me heb gezet. Gemasseerd worden en theedrinken, ik vind het een onhandige combinatie.

Uiteindelijk antwoord ik: 'Ik weet het. Ik ben bijna altijd in een hypere staat, geloof ik. Sinds het uit is met Sam is het weer erger geworden.'

Ik zwijg even en zucht.

'Maar, ja, ik denk dat ik gewoon nog wat harder aan mezelf moet werken. Weer in therapie, of zo. Zo'n zelfhulpboek lezen,' zeg ik zachter.

Ik voel de wanhoop in m'n borst als ik het naar haar uitspreek. Ik ben nadat het uitging met Job in therapie gegaan bij een psycholoog, met wie ik m'n jeugd uitploos en eindeloos over het overlijden van m'n vader sprak. Maar het leek altijd alsof de woorden die m'n psycholoog uitsprak om me te helpen niet doordrongen tot m'n ziel. Ik begreep alles wat ze zei, ik begreep het verband tussen het overlijden van mijn vader en mijn onveilige gevoel, ik begreep waarom ik me graag veilig voelde bij een vriendje, ik begreep zelfs dat ik wél veilig was, en alle liefde waard, en helemaal goed zoals ik ben. Ik begreep het allemaal, maar er veranderde niets. Het was alsof m'n hoofd losstond van m'n lichaam. Alle kennis en logica kwamen binnen in m'n brein, maar vonden geen weg naar m'n lijf. Het hield op, ergens bij m'n nek. En m'n lijf werd kouder en kouder.

En als een psycholoog je niet kan helpen, wat moet je dan? Ik geloof dat ik het ergens in de afgelopen jaren een beetje ben gaan opgeven. Ik voel me onveilig in deze wereld. Blijkbaar moet ik daarmee leren leven.

Evelien ziet me peinzen en blijft stil. Dan zegt ze:

'Denk je zelf echt dat dat de oplossing is voor je angst, harder aan jezelf werken?'

Ik lach verbolgen.

'Nee, niet echt. Het lijkt me in elk geval doodvermoeiend.'

En dan begin ik ineens te huilen. Ik schaam me en zeg sorry.

'Je hoeft geen sorry te zeggen omdat je huilt,' zegt Evelien vriendelijk terwijl ze haar stoel voor me zet om me aan te kunnen kijken.

Als ze haar hand op m'n been legt, zeg ik met onvaste stem: 'Ik ben gewoon zo moe. Ik ben zo verschrikkelijk moe. Ik ben altijd zo bang en iedereen heeft steeds adviezen, tips en raad, maar het werkt nooit. Ik heb zoveel gesprekken gevoerd met een psycholoog, zóveel boeken gelezen. *Verslaafd aan liefde*, *Liefdesbang*, *Je kunt je leven helen*. En ik snap alles wat erin staat, maar het werkt niet. De angst wordt niet minder. En dan ben ik zo bang dat ik kapot ben.'

Evelien kijkt me liefdevol aan.

'Je bent niet kapot.'

'Maar waarom werkt therapie dan niet voor mij? Dan moet ik toch wel een heel zwaar geval zijn?' breng ik ertegenin.

Ze denkt even na. Dan zegt ze: 'Als jij naar die therapeuten gaat, hè, en je leest die boeken, voelt het dan voor jou alsof je krijgt wat je nodig hebt?'

Ik kijk haar verward aan. 'Hoe bedoel je dat?'

'Wat heb jij nu nodig?' vraagt ze met meer kracht.

Ik staar even voor me uit. 'Eh, dat weet ik eigenlijk helemaal niet.'

Ze knikt me bemoedigend toe.

Ik denk even na en haal diep adem. Dan zeg ik: 'Troost, denk ik? Ja. Dat heb ik nodig. Troost.'

Ik voel opluchting als ik het uitspreek. Evelien aait nog steeds met haar hand over m'n been.

'En zit dat in zo'n boek?' vraagt ze. 'Is er een therapeut die jou heeft getroost?'

'Nee.'

'Dus wat je hebt geprobeerd dient eigenlijk het doel niet.'

Ik veeg m'n natte wangen droog.

'Eh, nee.' Ik lach. 'Als je het zo stelt niet, nee.'

We zijn even stil.

'En een massage?' vraagt ze.

'Ja, dat wel,' antwoord ik zacht.

'Zullen we daar dan mee verdergaan?'

Ik glimlach naar haar en laat m'n hoofd in de steun zakken.

* * *

Mijn vader is overleden in 2013 na een ziekbed van anderhalf jaar. Hij had een melanoom, een vorm van huidkanker. Zijn sterfbed is er niet bepaald eentje uit de boekjes. Mooi afscheid, liefdevolle woorden, bijzondere brieven, recepten in boekjes gekrabbeld – we krijgen niets van dat alles. Mijn vader is tijdens zijn laatste maanden eigenlijk vooral een heel onaardige man. In de eerste maanden van z'n ziekte kan-ie zich nog weleens verkneukelen over een goede grap op de radio of loopt-ie vrolijk een rondje over de golfbaan, maar hoe duidelijker het wordt dat er een einde komt aan zijn ziekte en dus ook aan zijn leven, hoe somberder hij wordt.

Die somberheid is iets wat we van hem kennen. Al zo lang ik me kan herinneren, heeft m'n vader regelmatig boze buien waarin hij z'n stem verheft en met de deuren slaat. Vaak heeft hij vóór die buien veel gedronken. Wijn, bier, whisky. De boosheid botviert hij vrijwel altijd op mijn moeder, die ik dan ineen zie krimpen van de denigrerende woorden die hij tijdens zo'n bui spreekt. Ik dacht vroeger vaak: ik wil nooit in m'n leven trouwen met iemand die zulke gemene dingen tegen me kan zeggen.

Tegelijkertijd was m'n vader in m'n jeugd ook lief en grappig. Dan maakte hij chips van aardappels die hij schilde, inclusief zelfgemaakte dipsaus. Die smikkelden we op in onze lichte, warme serre, terwijl onze hond aan onze voeten lag. Dan was ik dolgelukkig.

Tijdens zijn ziekte zijn die lichte periodes ver te zoeken. Hij ligt de hele dag op bed in z'n slaapkamer en niets wat we doen is goed. De soep is te flauw, het bed is te hard, de tv staat te luid, de thuiszorg is incapabel. Zijn boosheid op het leven maakt me erg verdrietig.

Als hij sterft, ben ik in de war. Ik voel niet heel veel, terwijl ik wel vind dat dat zou moeten. Ja, angst voel ik. Alertheid. Aan staan. Alsof ik een marathon kan rennen en daarna een scriptie kan schrijven. Maar diep verdriet? Nee.

Gelukkig is Job in die tijd mijn houvast. Of ik mijn vader nou ophemel of vervloek, of ik bang ben of wil feesten, hij is er altijd. Hij is er en hij gaat niet weg. Hij schrijft lieve briefjes, neemt me mee op weekendjes weg of de kroeg in. Hij kookt risotto, neemt m'n favoriete witte wijn voor me mee en knuffelt me eindeloos met mijn gezicht begraven in zijn nek. En toch blijft er iets knagen.

* * *

Ik moet werken. Ik kom er niet onderuit. Als ik nog langer tussen de vier muren van m'n studio blijf zitten, word ik knettergek. Ik huur al een tijdje een werkruimte in het centrum van Amsterdam, vlak bij m'n huis. Ik zit er het liefst om mijn eigen artikelen te maken voor tijdschriften, maar in werkelijkheid zit ik er vooral om die commerciële teksten te schrijven voor wie er dan ook tachtig euro per uur voor mij overheeft.

De plek waar ik werk is een grote lichte ruimte, met veel planten en bij elkaar geraapte meubels van zolders van oude vrouwen en van Marktplaats, en het ratjetoe aan tafels, stoelen en schilderijen zorgt voor een huiselijk gevoel. Er zitten meerdere zzp'ers achter hun laptop. In het midden staat een grote bar waar je koffie, thee en wat simpele lunchgerechten kunt bestellen en de bar wordt bemand door Aram. We zijn in de loop van de tijd bevriend geraakt – want uiteindelijk ga je toch meer woorden uitwisselen dan 'een cappuccino met havermelk alsjeblieft' – en daarom heb ik Aram een paar dagen geleden al geappt wat er gebeurd is.

'Zo, er is er een uit de dood opgestaan,' zegt Aram als ik m'n jas aan de gemeenschappelijke kapstok hang.

Ik lach.

'Mijn moeder in Turkije zou zich doodschrikken als ze jou zou zien. Ze zou je opsluiten en de hele dag te eten geven,' zegt hij lachend. 'Ik maak linzensoep en chili con carne en taart voor je en we gaan zorgen dat er weer wat vet op die botjes komt.'

Ik lach dankbaar.

'Dat kan ik wel gebruiken, ja.'

Ik loop naar een bruine tafel in de hoek, naast een grote plant, waar een heerlijk luxe, zwarte bureaustoel voor staat. Ik zet m'n laptop op de tafel en loop terug naar Aram.

'Laten we maar beginnen met een...'

'Decafé cappuccino met havermelk?' maakt Aram m'n zin af.

Ik lach naar hem. 'Graag.' Als ik het niet zo ontzettend lekker vond, had ik een hekel gehad aan de aanstellerigheid van dit drankje.

Ik ga aan de barkruk zitten die vlak bij het koffieapparaat staat om te kijken hoe hij mijn cappuccino maakt, en dan zegt hij: 'Je denkt misschien nu dat wat er gebeurd is, het einde van de wereld is, maar geloof me: jij gaat als een feniks uit de as herrijzen.'

Ik lach hard.

'Hoe weet je dat?'

'Dat voel ik,' zegt hij mysterieus. 'Jij bent niet op je plek, nu.'

'Waar?' vraag ik. 'Hier? Ik vind het hier anders heel fijn.'

'Ja, hier wel,' zegt Aram terwijl hij de koffie voor me neerzet. 'Hier wel, bij mij, bij ons, maar niet bij jezelf.'

'Pfffff,' zeg ik lachend. 'Sinds wanneer ben jij zo spiritueel geworden?'

Aram lacht terug. 'Dat was ik altijd al. Maar je moet een beetje aftasten wanneer iemand ervoor openstaat,' zegt hij met een knipoog.

'En hoe ga ik dat doen dan, dat herrijzen?' vraag ik hem.

Hij loopt weg met een theedoek over z'n schouder geslagen.

'Dat moet je zelf gaan ontdekken, schat.' En hij staat stil en wijst met een vinger naar mij. 'Maar er is eindelijk wat bij jou in gang gezet. Je bent goed wakker geschud. Nu is het tijd dat je daar wat mee doet.'

* * *

Je zou denken dat als iemand vreemdgaat, je hele dagen huilend doorbrengt. Maar huilen gaat me de laatste weken verdomd slecht af. Ik voel me vooral, nog steeds, heel angstig. Van de buitenkant lijkt het misschien alsof ik weer meedoe met het leven – ik schrijf meer, ga bijna dagelijks naar m'n werkplek, wandel met Sarah in het park, drink zelfs soms een biertje in een kroeg, maar vanbinnen woedt er een storm.

Slapen gaat ook nog steeds dramatisch. Ik heb weer oxazepam gekregen van m'n huisarts om 's avonds te ontspannen en ik slik een uur voordat ik naar bed ga melatonine, maar nog steeds word ik elke nacht om vijf uur zwetend wakker. Ik word stapelgek van mezelf.

Ik mediteer me drie slagen in de rondte en ga bijna dagelijks naar m'n yogaschool, maar vind m'n rust niet voor lang. Ik lijk wel een op hol geslagen Duracel-konijntje.

Na de yogales van vandaag blijf ik even hangen. Ik heb de docent een paar weken geleden verteld wat er aan de hand is, nadat ik die hyperventilatie-aanval kreeg. Ze reageerde begripvol en lief. Soms appt ze me om te vragen hoe het gaat en ze maakte geurige olie voor me om op m'n polsen te smeren ter ondersteuning. Ik voel me gesteund.

Als ik naast haar sta, zegt ze uit zichzelf: 'Ik zou je zo graag helpen met het harnas dat om je heen zit.'

Ik glimlach naar haar. 'Wat lief dat je dat zegt.'

'Ja, ik zie steeds dat je je groothoudt. Dat jouw lijf niet helemaal ontspant, alsof je daar niet bij kan komen, bij volledige ontspanning. Alsof iets je tegenhoudt.'

Ik voel me betrapt en gezien tegelijk. Ik knik.

'Het lijkt me lastig voor je,' zegt ze. 'Want door die spanning kun je ook niet echt voelen, hè.'

'Voelen?' zeg ik licht verbaasd. 'Ik voel juist heel veel. Zwetende handen, onrustige benen, m'n ademhaling die raar doet.'

'Iets anders dan angst, bedoel ik,' antwoordt ze.

Ik ben even stil. 'Hmm, nee. Dat klopt. Ik voel niets anders dan angst.'

'Wat wil je angst van je?'

Ik denk even na. 'Rust.'

Ze lacht. 'Dat snap ik. Maar wat is nodig voor die rust? Wat heb jij nodig?'

Ik veer even op. 'Grappig, die vraag hoorde ik laatst ook al van iemand anders.'

Ook m'n yogadocent knikt bemoedigend.

'Maar ik geloof dat ik me schaam voor het antwoord.'

'Wat is het antwoord dan?'

Ik twijfel even. Dan zeg ik, iets zachter: 'Ik zou Sam weer willen zien. Ik mis het dat hij me vasthoudt. Als ik daaraan denk dan...'

Ik voel m'n ogen vochtig worden. 'Als ik daaraan denk dan, nou ja, je ziet het, dan ontdooi ik.'

Ik veeg m'n tranen weg. Ze legt haar hand op m'n bovenarm en wrijft zachtjes.

Dan zegt ze met een begripvolle blik: 'Je wil hem bij je zodat je veilig genoeg bent om te voelen.'

Ik kijk haar beschaamd aan. 'Vind je dat niet krankzinnig?'

Ze lacht naar me. 'Ik vind dat niet krankzinnig, nee. En ik denk ook niet dat het helpt om er een mening over te hebben. Je mag van mij alles voelen en vinden wat jij voelt en vindt.'

Ik voel mezelf verzachten.

'Jouw verlangen naar Sam is nou eenmaal wat er is. En als je je niet meer verzet tegen dat verlangen, ontstaat er ruimte.'

Ik lach om haar wijze woorden.

Als ik thuiskom, zet ik m'n computer aan en begin Sam een mail te schrijven.

* * *

In de drie jaar na het overlijden van m'n vader breekt De Angst steeds verder door de liefde en warmte van Job heen. M'n botten worden kouder, ik ben continu op m'n hoede en zowel ikzelf als Job krijgen me niet meer opgewarmd. 's Nachts slaap ik amper van angstige gedachten over vriendinnen die in mijn ogen niet écht van me houden en de godvergeten ellende waar ik in terecht zou komen als Job bij me weg zou gaan. Geborgenheid en veiligheid is er alleen nog even op de momenten dat hij me vasthoudt, lijf tegen lijf, maar zodra hij me loslaat, krijg ik m'n ademhaling niet meer naar m'n buik. Het drijft me, samen met m'n slaaptekort, tot waanzin. Ik val kilo's af en ben steeds onaardiger voor de mensen in m'n omgeving. En vooral voor Job. Ik stuur hem geïrriteerde berichten als-ie niet gauw genoeg op me reageert en maak denigrerende opmerkingen als hij iets doet of aanheeft wat me niet zint.

En tegelijkertijd probeer ik gewoon door te gaan met leven. Ik verhuis vanuit m'n studentenstad Groningen naar Amsterdam, ik ga werken bij LINDAnieuws en schrijf een eerste boek met twee anderen. *Zeik niet zo*, noemen we het ironisch genoeg. Ik ga naar feestjes in de stad, kook voor de drie meiden met wie ik een appartement deel, reis soms naar Groningen waar Job nog woont en drink veel koffie zodat ik de dag volhoud. Ik ben moe, gestrest en bang, maar ik weet niet hoe ik het tij moet keren.

Dan, halverwege 2016, vraagt Job om een pauze, van een paar weken, om na te denken. Hij heeft het gevoel dat ik niet zo gek ben op hem als hij op mij, dat ik niet denk dat hij de ware is en hij wil niet meer het gevoel hebben dat hij niet goed genoeg is. Nadat ik hem twee weken met rust laat, maken we een wandeling door Amsterdam. Tijdens de wandeling maakt hij het uit.

Heel even ben ik opgelucht. Een paar dagen. Alle twijfel die ik had over of we écht bij elkaar horen, of veiligheid en warmte genoeg zijn, of het niet erg is dat zoveel draadjes in mij geen draadje in hem vonden, is weg. Maar daarna krijg ik De Angst als een boemerang in m'n gezicht. M'n gebroken nachten worden slapeloze nachten van de adrenaline die door m'n lijf giert en ik zit in een neerwaartse spiraal. Ik zoek afleiding in werk en datingapps om m'n bonkende hart en koude lijf niet te hoeven voelen. Job heeft na twee maanden een nieuwe vriendin en dan voel ik me nog meer verloren. Tot Sarah appt voor een avondje cocktails.

juni 2017

We lopen over het Rokin de stad uit. Sam draagt een tasje van de Bijenkorf, een trui voor hem, ik kijk naar zijn gezicht terwijl hij kletst over zijn werk en besef: hij is alles wat ik wil. Het is er gewoon. De eeuwige angst in m'n lijf en m'n talloze pogingen om iets anders te voelen dan adrenaline en stress lijken uit een vorig leven. Op dit moment, op straat, net voorbij de Dam, terwijl het ongewoon koud is voor deze tijd van het jaar en onze handen afwisselend in elkaar gevouwen zijn en in onze zak, vinden alle draadjes in m'n hart hun evenbeeld. En dat evenbeeld is Sam. Ik kijk naar hem op terwijl we de Magere Brug passeren.

'Weet je dat ik van je hou?'

Hij staat stil. 'Meen je dat?'

Ik word verlegen. 'Ik geloof het, ja.'

Ik houd m'n adem even in. 'Nee, ik weet het zeker. Ik hou van je.'

Hij glimlacht. 'Ik wil het nu niet ook tegen jou zeggen, dat is stom.'

'Goed.'

'Maar met jou zijn is leven.'

'Leven?'

'Ja. Met jou zijn is wat leven is. Dat gevoel, als ik jou vasthoud, is wat de bedoeling is van hier zijn. Als we in bed liggen, samen, dan is alles goed. Volgens mij is dat de kern van alles, dat gevoel. De kern van liefde en leven.'

'Je bent een poëet, Sam.'

Hij glimlacht.

We lopen verder.

Vanaf dat moment ervaar ik een rust in m'n lijf die ik niet ken, een lichtheid die het geschreeuw van m'n hoofd overstijgt en dan laat ik m'n bange hart vollopen.

Ik laat m'n bange hart vollopen met liefde wanneer

Sam lacht, me vasthoudt, staat te koken of me nieuwe feitjes leert over meerkoeten, de Waddeneilanden en voetbal. Vanaf die dag, elke dag weer.

* * *

Nadat we afspraken elkaar 'in liefde los te laten', blokkeerde ik Sam op WhatsApp, Twitter, Facebook, Instagram en LinkedIn. Alle media die ik kon bedenken heb ik aangepakt. Ik heb zelfs z'n ouders overal verwijderd. Ik dacht: deze strijd gaan we niet winnen met halve maatregelen.

Maar nu ga ik luisteren naar wat ik nu nodig heb. En dat betekent Sam een bericht sturen.

Ik begin dat ik niet goed weet hoe ik moet beginnen. 'Hé lief' voelt niet meer gepast, maar ik wil hem ook niet bij zijn naam noemen, zo kil hoeft het nou ook weer niet. Daarom begin ik maar gelijk met wat ik hem wil vragen. Of hij samen met mij wil proberen wat kapot is een beetje te helen. Dat ik ook niet weet hoe – of we met iemand moeten gaan praten, of we het samen kunnen, wat we dan moeten zeggen, of we eerst niet alleen kunnen beginnen met een knuffel. Bij nader inzien lijkt dat me misschien wel een goed idee, een knuffel, schrijf ik. Een goed begin, in elk geval. Zodat ik kan ontspannen. Ik schrijf dat ik het ook begrijp als hij me niet wil zien, dat ik niks van hem verwacht, maar dat ik hoop dat hij toch wil komen. Bij mij thuis, want daar voel ik me het veiligst.

Sam antwoordt binnen tien minuten.

Hij wil er alles wel aan doen, zegt hij. Praten, naar iemand toe, knuffelen, alles wat mij kan helpen. Want hij voelt zich nog elke dag heel schuldig. Die 'heel' herhaalt hij vaker. Heel heel schuldig. Heel heel veel spijt. Ik voel hoe klein hij zich voelt door zijn woorden heen. Ik voel de overweldigende behoefte om hem te overladen met liefde, ik wil alleen maar terugsturen: 'dank je wel, ik hou zoveel van je', maar ik doe het niet. Eerst praten.

We spreken af op zondag om 16 uur. Dat lijkt me een fijne tijd. Dan hebben we heel lang. Maar op de zondag zelf blijkt dit tijdstip een regelrechte hel. Ik heb bijna niet geslapen en wachten tot 16 uur in de middag lijkt eindeloos te duren. Ik kan geen activiteit bedenken die me afleiding geeft. Wat doen mensen normaal gesproken als ze ergens op wachten? Lezen, wandelen, eten? Een serie kijken en zich werkelijk vermaken? Ik kan me er niks bij voorstellen.

Om drie uur besluit ik nog een rondje door de buurt te lopen. Anders heb ik de hele dag binnen gezeten op 25 vierkante meter, repeterend wat ik tegen hem ga zeggen als hij binnenkomt. Dat kan toch ook niet gezond zijn?

Als ik thuiskom, pianomuziek aanzet, de kaarsen aansteek – elk beetje sfeer is winst – en alvast thee maak, belt Sam aan.

We staan onwennig in mijn kleine gangetje.

'Eerst maar m'n schoenen uit?' vraagt hij. Ik lach bemoedigend. We geven elkaar een knuffel en ik moet huilen. Er gebeurt precies wat ik al hoopte. De kou in m'n borst wordt minder als hij me vasthoudt en de eindeloze stroom gedachten die me kooit in m'n hoofd stopt. De spanning neemt af. Ik voel m'n lichaam weer.

We gaan op m'n bank zitten. Ik heb de thee in twee mokken geschonken en voor ons op tafel gezet. Ik vouw m'n benen in kleermakerszit onder me en recht m'n rug. Dit heb ik geoefend. Ik weet wat ik wil zeggen. Tijdens m'n wandelingetjes door de buurt de afgelopen dagen kwamen er steeds meer zinnen omhoog die ik wilde uitspreken. Ik oefende een monoloog in m'n hoofd, met zo weinig mogelijk verwijten, de hoop dat hij me zou begrijpen en zien.

'Ik wil je graag vertellen wat ik allemaal voel, wat er allemaal zo'n pijn doet, zonder dat je me onderbreekt,' begin ik. 'Ik wil alles kunnen vertellen en ik hoop dat jij me dan kunt horen. Echt kunt horen. En dat je me niet gelijk argumenten geeft waarom je deed wat je deed, leeft zoals je leeft, maar dat je op je in laat werken hoe ik me voel. Daarna mag jij.'

Sam knikt. Hij vindt het goed.

Ik vertel hem over de beelden die ik zie, de fantasieën over hem en andere meisjes. Dat ik niet meer weet wat waarheid is. Dat ik continu bang ben, gespannen, dat ik 's nachts wakker word uit nachtmerries over hem met andere meisjes en dat ik door die meisjes word gezien als naïef en dom. Dat ik me vernederd voel en klein. Niet mooi genoeg. Dat ik me continu afvraag wat hij niet mooi aan mij vindt, niet lief. Dat ik denk dat ik niet goed ben in seks. Dat ik seks sowieso verschrikkelijk vind, nu. Dat ik er deze dagen achter kom dat er in elke serie seks zit en ik dus niet eens naar Netflix kan kijken. Dat ik niet de Etos in wil omdat ze daar condooms verkopen en ik niet wil denken aan condooms, aan hij die een condoom omdoet, een ander aanraakt, aan hoe dat dan ging, aan wat hij voelde, aan of het romantisch was, of het beter was dan met mij. Maar dat ik toch soms tandpasta nodig heb en dan bij de aanbiedingen sta te fantaseren over hoe hij z'n handen over het lijf van iemand anders laat gaan en ik op zo'n moment denk dat ik gek word.

Sam luistert en knikt en legt soms onwennig zijn hand op m'n been, trekt 'm terug en luistert verder. Als ik klaar ben met m'n relaas, vraagt hij of hij nu iets mag zeggen.

Dat mag.

Hij houdt wel van me. Dat benadrukt hij. Hij houdt heel veel van me. Hij snapt dat ik daaraan twijfel. Hij snapt het als ik hem niet geloof. Als ik hem nooit meer geloof. Maar hij voelt het, hij weet het zeker. Hij houdt van mij.

Ik onderbreek hem. 'Maar waarom deed je het dan? Hoe kan je nou van iemand houden en zoiets doen?'

'Ik weet het niet, ik weet het echt niet.' Sam kijkt verslagen.

Ik raak gefrustreerd van zijn antwoord. 'Dat geloof ik gewoon niet.' Ik ga op het puntje van de bank zitten en kijk hem fel aan.

Hij is even stil. 'Ik heb er de afgelopen weken natuurlijk ook wel over nagedacht, ik heb die dag tientallen keren afgespeeld in m'n hoofd. Maar ik weet het echt niet. Het lijkt wel alsof ik er niet echt bij was.'

Sam kijkt wanhopig. Ik blijf stil.

'Het spijt me heel, heel erg, dat is wat ik weet. Ik kan het niet verklaren. Als ik er nu aan terugdenk dan voel ik alleen maar spijt en schaamte en kan ik me niet voorstellen dat ik zoiets ooit weer zou doen. Ik ben mezelf die dag verloren.'

Hij huilt en ik zie in zijn ogen dat hij het meent. Hij pakt m'n hand en zwijgend kijken we elkaar aan. Ik vervlecht m'n vingers met de zijne. Dan verbreek ik de stilte en fluister: 'Ik ben blij dat je er bent, lief. Ik voel me kalmer, nu.'

Sam glimlacht. 'Ik ben ook blij dat ik hier ben. Dat ik je heb kunnen voelen en dat ik zie hoe sterk je bent. Ik zou elke dag willen dat ik kon terugdraaien wat ik heb gedaan, maar ik weet dat dat niet kan. Maar nu weet ik gelukkig ook dat jij hier bovenop komt. Jij kunt dit, ook zonder mij.'

Ik laat m'n hoofd in het kuiltje tussen z'n nek en schouder vallen en hij houdt me stevig vast.

Zo zitten we zeker tien minuten en dan sta ik op om hem uit te laten. Hij begrijpt het teken. Sam geeft me nog een knuffel en ik voel zijn hand die tussen m'n schouderbladen drukt. Ik neem het in me op en wil het voor altijd blijven voelen. Dan stapt hij de deur van m'n studio uit en zegt: 'Je mag me altijd bellen of mailen. Altijd. Voor jou zal ik er altijd zijn.'

Ik knik. Dan doe ik de deur dicht.

december 2017

Na zo'n twee jaar met m'n huisgenoten te hebben gewoond in de Amsterdamse Rivierenbuurt, ga ik op zoek naar een ander huis. Ik wil alleen wonen, zonder huisgenoten, een plek voor mezelf waar ik beter kan ontspannen, zodat het veilige en verbonden gevoel misschien sneller komt als ik alleen ben, zonder Sam. Sarah kent een makelaar die vaak woningen in Amsterdam-West te huur heeft staan. Ze speelt me de contactgegevens door en ik bel de makelaar op.

De makelaar weet wel een woning voor me, niet goedkoop weliswaar, maar wel een fijn appartement dat ik me helemaal eigen kan maken. Op woensdagochtend mag ik komen bezichtigen.

Sam en ik gaan samen. We zijn op dat moment bijna een jaar bij elkaar, maar we hebben het nooit over samenwonen gehad. Dat voelt te spannend.

Als we het appartement binnenstappen, voel ik al dat het niets is. Het is oud, afgeleefd, er ligt geen vloer in. Ik probeer erdoorheen te kijken, maar voel me treuriger bij elke ruimte die ik bekijk. Geen wastafel in de badkamer, balkon op het noorden.

De makelaar ziet hoe beteuterd ik kijk en zegt: 'Ik heb nog wel een andere woning in deze buurt die binnenkort vrijkomt. Wel iets duurder, maar een stuk netter. Wil je die anders even zien? Hij staat al leeg.'

Sam en ik kijken elkaar aan, hij heeft vrij vandaag en ik heb ook niet veel te doen, dus we stemmen in.

We fietsen lachend naar het andere huis – ik kon weer geen wijs worden uit Google Maps en hij stuurt me langs speeltuinen en in de richting van doodlopende wegen. Als we aankomen, staat de voordeur al open.

We komen binnen in het appartement op de tweede verdieping en worden allebei stil. Mooie, gerenoveerde keuken, ruime woonkamer, bijkamertje met een rond raam, grote slaapkamer, balkon voor zowel de slaapkamer als de woonkamer. Ik ben direct verliefd.

'De prijs ligt wel zo'n driehonderd euro hoger dan dat van het andere appartement,' zegt de makelaar voorzichtig.

Ik ben teleurgesteld, dat kan ik niet betalen. Toch dwalen we nog even rond het huis en roept Sam ineens dingen als: 'Uitzicht op een park, dat is wel echt fijn hoor, lief,' waardoor ik in de war raak.

Nadat we afscheid nemen van de makelaar en naar het centrum fietsen voor een kop koffie, zegt Sam: 'We kunnen daar natuurlijk ook samen gaan wonen. Als jij dat ook wil. Dan kunnen we het betalen.'

Ik ben verbaasd – een jaar bij elkaar is niet lang, hij is pas 25.

'Hè? Wat? Maar... wil jij dat dan?'

'Nou, ja, in dat huis zie ik dat wel voor me.'

Ik val even stil.

'Gaat dat niet te snel dan?' vraag ik voorzichtig.

'Dat bepalen we toch zelf?' zegt Sam enthousiast.

We fietsen even zwijgend naast elkaar. Ik weet stiekem al wel dat ik niets liever wil dan dat.

'Ik zou dat echt fantastisch vinden,' zeg ik.
'Laten we ervoor gaan dan.'
Ik lach.
'Mijn god, zie ons hier nu fietsen, op de Overtoom, net even in twee minuten besloten dat we gaan samenwonen.'
Sam legt z'n hand op de mijne en knijpt erin.
Als we in de oude bruine kroeg zitten waar we een cappuccino drinken, zeg ik: 'Misschien moeten we nog even met onze ouders overleggen. Dat ik m'n moeder bel en jij je vader. Dat we geen overhaaste beslissing nemen. Gewoon, even advies inwinnen.'
'Goed idee. Advies inwinnen en nog even laten bezinken.'
We gaan allebei naar ons eigen huis en ik ben vol van adrenaline. Ik bel m'n moeder, stuur haar foto's door van de woning en vertel dolenthousiast over het grote balkon en het rustige park waar we op uit zouden kijken.
Ze is net zo enthousiast als ik. 'Ach, en weet je, als het echt niet werkt, dan ga je allebei weer ergens anders wonen. Zo'n ramp is dat nou ook weer niet. Daar valt dan wel weer een mouw aan te passen.'
Ik ben overtuigd.
Sam belt me een paar uur later met hetzelfde enthousiasme. 'M'n ouders vonden het een heel goed idee. M'n vader vertelde zelfs nog dat hij vroeger ook na zo'n korte tijd met m'n moeder ging samenwonen. Nou, dat gaat nog steeds goed.'

Ik lach om de slappe grap. Niks krijgt me vandaag van m'n stuk.

'Dus we gaan dit doen?' vraag ik.

'Ja.' zegt hij. 'We gaan dit doen.'

In het weekend dat volgt moeten we op zoek naar een vloer, want die ligt nog niet in de woning, maar wil Sams vader er voor ons wel in leggen. We kunnen een week later al in het huis trekken, dus we hebben niet veel tijd.

Sam stelt z'n huisgenoot op de hoogte van z'n vertrek, ik zeg m'n huur op.

Die zaterdag lunchen we bij een café aan de Amstel en stel ik voor die middag naar een meubelboulevard te gaan voor de vloer. Sam is moe, brak en wil het een dag uitstellen. Hij komt zondag wel naar me toe.

Zondag speelt Ajax, vroeg, dus ik vraag hem die ochtend of hij dan aan het einde van de middag komt voor de vloer en of we dan daar ook eten. Het lijkt mij ook niet het uitstapje van de eeuw, die boulevard, maar we hebben toch echt die vloer nodig. Ik hoor de hele dag niks van hem. En dat baart me zorgen.

Als ik om vier uur nog niks heb gehoord, ben ik in alle staten. Wat gebeurt hier?

Ik weet het even niet, appt Sam rond vijven.

Huh? Wat weet je niet? stuur ik verbaasd terug.

M'n hart duikelt naar beneden, het voelt alsof al het bloed uit m'n gezicht trekt.

Ik weet niet of ik dit wel wil.

Ik begin te zweten. Waar ben ik in beland?

Je bedoelt: dit huis? En daar kom je nu mee?

Het duurt even voor hij iets terugstuurt.

Het spijt me. Ik krijg er ineens een heel naar gevoel bij.

Het voelt alsof de grond onder m'n voeten vandaan zakt. Ik heb verdomme m'n huur al opgezegd.

Wat voor gevoel? Ben je bang? Je kunt dit niet via WhatsApp doen. Kom hierheen.

Ik ben aan het trillen als Sam aankomt.

'Het spijt me heel erg, maar ik voel zoveel stress in m'n buik. Jij zegt altijd dat ik naar m'n gevoel moet luisteren, en m'n gevoel zegt nu dat we dit niet moeten doen,' zegt hij en hij kijkt wanhopig.

Ik weet niet goed wat ik moet zeggen.

'Twijfel je dan ook over ons?'

'Nee, dat is het niet. Echt niet. Ik wil juist bij jou zijn. Maar niet... zo. Samen in zo'n nieuw huis. Het voelt als een te grote stap. Het zou beter zijn als mijn huisgenoot uit huis gaat en jij dan bij mij komt wonen. Dat voelt natuurlijker.'

Ik voel me boos, verdrietig en verslagen. Sam probeert me te knuffelen, maar ik duw hem weg.

Ik flip volledig. Ik roep dat hij m'n leven verwoest, dat hij gewoon bang is, en laf bovendien, dat ik zou willen dat hij net zoveel verdriet voelt als ik nu voel, dat het uit is, dat ik hem nooit meer hoef te zien, dat ik hem haat en wel wat aan kan doen en dat hij weg moet gaan want dat ik bang ben dat als ik nog langer naar hem kijk, ik helemaal doordraai.

Wat ik eigenlijk al aan het doen ben.

Sam weet zich geen raad met de situatie. Hij probeert me weer te knuffelen, maar ik duw hem ruw van me af. Dan staat hij op en trekt z'n jas aan.

Als hij weg is, val ik op de bank in een onrustige slaap.

winter 2018

Nadat Sam besloot dat we niet samen gingen wonen, moest ik snel op zoek naar een ander huis. Via via kom ik aan de studio bij de Magere Brug. Het is klein maar betaalbaar en voor onbepaalde tijd, dus ik zeg direct ja.

Ik maak het niet uit met Sam, maar in de maanden die volgen, voel ik hem wel steeds verder van me wegdrijven. Iedere keer dat we het fijn hebben samen, dat we een avond en nacht bij elkaar zijn geweest, worden die momenten opgevolgd door stilte en afstand. Daardoor raak ik geobsedeerd door het verbeteren van onze relatie. Ik lees boeken en artikelen over bang zijn in de liefde en ik concludeer dat ik verlatingsangst heb en Sam bindingsangst. Dat er daarom steeds afstand tussen ons ontstaat en dat als we weer terug willen naar het veilige, verbonden gevoel van onze begintijd, we daar allebei iets aan moeten doen.

Sam luistert elke keer geduldig als ik hem vertel over wat ik lees en hij herkent zich ook in de voorbeelden die ik geef over bindingsangst (het samenwoonincident, hoe moeilijk hij doet over meegaan naar zijn familie, het samen op vakantie gaan dat er maar niet van komt), maar er verandert niks. Hij voelt nog steeds ver weg en lijkt niet dichterbij te komen. Het frustreert me enorm. Ik heb het idee dat ik hard aan mezelf werk en ook nog zíjn therapeut moet zijn, want anders raak ik hem helemaal kwijt. En als we niet allebei iets doen aan onze problemen, drijven we steeds verder uit elkaar. Ik loop daarom steeds dezelfde rondjes in m'n hoofd: we moeten allebei veranderen zodat we meer verbinding kunnen maken, dan voel ik me veiliger, maar als Sam niet verandert, komt die verbinding er niet en gaat het niet beter met ons, en als het niet beter gaat met ons, gaat het niet beter met mij.

Ik lijk de hele dag onder hoogspanning te staan, ben 's avonds doodmoe en heb weinig energie om te werken. Slapen gaat nog steeds niet goed en ik heb het ook nog de hele tijd ijskoud. Maar ik sus mezelf met de gedachte dat ik in therapie ben, dat ik er eindeloos over praat met m'n psycholoog en dat ik doe wat ik kan. Als ik alles helemaal begrijp – mezelf, hem, onze dynamiek, als ik het snap, als ik het op een rijtje heb, dan wordt het vast wel beter.

Het is aanmodderen. Sam neemt wel de moeite om de artikelen te lezen die ik doorstuur, maar ik voel hem niet dichterbij komen. Ik heb niet het idee dat samenwonen er binnenkort wel in zit en zelfs dat weekje in een Airbnb in de natuur is er nog niet van gekomen.

Aan de andere kant blijf ik maar trekken. Ik ben niet meer eerlijk over hoe bang ik ben, hoe onveilig ik me voel, maar raak volledig geobsedeerd door wat híj moet veranderen. Ik ben geen lief mens meer tegen hem.

Tijdens een van onze gesprekken over de afstand die ik voel tussen hem en mij, vertelt Sam me dat hij het gevoel krijgt dat hij nu niet goed genoeg is, als ik steeds benadruk dat hij moet veranderen. Dat hij wel gelooft dat ik van hem houd, maar dat het steekt in z'n buik als hij steeds hoort dat er iets anders moet.

Dat raakt me. Ik wil niet dat hij dat voelt, ik hou van hem en ik wil dat hij dát voelt. Het is helemaal niet m'n bedoeling hem het gevoel te geven dat híj niet goed genoeg is, maar tegelijkertijd zou ik onze relatie graag anders zien, warmer en veiliger.

Toch zijn er altijd weer momenten dat we samen zijn en knuffelen, zoenen, seks hebben of simpelweg een natuurdocu kijken, dat onze connectie helemaal terug is. Dat de draadjes in mijn hart de draadjes in het zijne vinden en we voelen als een onverwoestbaar team.

'Ik denk dat degene die het leven heeft bedacht, boven in de hemel, zegt: "Kijk, zij twee, zij gaan dit leven samen doen. Hoe het ook gaat lopen, wie ze in de tussentijd ook gaan ontmoeten, in dit leven zullen zij de hoofdrol spelen in elkaars stuk",' zeg ik tegen Sam.

'Dat denk ik ook,' antwoordt hij.

En dus blijf ik. Ik blijf en gooi de deur niet dicht.

* * *

Ik ben blij dat Sam en ik elkaar weer gezien hebben na ons laatste gesprek bij de mediator. Na dit gesprek met z'n tweeën voel ik me minder onveilig. Ik heb een paar nachten goed geslapen en m'n lijf voelt minder gespannen. Soms denk ik aan hoe veilig het was als Sam me vroeger vasthield in bed, met onze buiken tegen elkaar en hij die z'n hand tussen m'n schouderbladen legde en me stevig tegen zich aan drukte. Dan was ik er. In dat moment, met hem, met m'n hele lijf. Dan was ik veilig. Ik kan die gedachte weer toelaten, zonder dat ik mezelf veroordeel, en het geeft me het geborgen gevoel waar ik nu naar snak. Maar ook is er weer radiostilte tussen ons. We hebben het allebei nodig, denk ik.

Ik heb een massage-afspraak met Evelien staan en ze ziet dat ik me iets lichter voel.

Als ik binnenkom in de kamer, de wierook-zonder-sandelhoutgeur brandt alweer, veert ze vrolijk op.

'Jij bent weer een beetje op aarde, zie ik?'

Ik moet lachen.

'Ja, je hele energie is rustiger.'

Met opmerkingen over energie kan ik niet zoveel, maar van haar kan ik het hebben. Terwijl zij in haar kleine keukentje aan de slag gaat met gember en citroen, plof ik neer in de massagestoel.

'Ik heb met Sam afgesproken,' roep ik haar toe.

'Zo,' zegt ze. 'Dat is een bijzondere wending. Hoe was dat?'

Ze loopt met twee theekopjes uit haar kleine keukentje en zet er een voor me op het bijzettafeltje. Dit went denk ik nooit.

'Het was heel erg fijn,' zeg ik glimlachend. Ik vertel haar over zijn stevige knuffel bij binnenkomst, over de tranen die we lieten, over zijn wanhoop over wat-ie had gedaan en over de rust die ik voelde sinds hij is langsgekomen. Ze luistert aandachtig.

'Klinkt als een goede beslissing om hem uit te nodigen. Als iets wat je nodig had.'

Ik lach. 'Dat is een beetje de rode draad van m'n leven nu, hè. Voelen wat ik nodig heb.'

'... en dat proberen aan jezelf te geven,' vult ze me aan.

We zijn even stil, ik drink een slokje van m'n thee.

'Weet je wat jij misschien wel fijn vindt?' zegt ze dan.

Ik ben benieuwd.

'Je verdiepen in zelfcompassie. Heb je dat al weleens gedaan?'

Ik denk na. 'Uhm, nou, ja, soms zie ik weleens een meditatie die daarmee te maken heeft. Dat is dat je begrip hebt of zo, toch? Voor jezelf en voor anderen?'

Ze zet haar thee neer en pakt een boek. Het is van Tara Brach. Ze overhandigt het me.

'Begrip, inderdaad. Maar ook liefde. Zelfcompassie gaat erom dat je met mededogen en warmte naar jezelf en wat je ervaart, kijkt. Dat je niet oordeelt over wat er zich in je afspeelt. Dat je het er laat zijn, zonder het te willen veranderen.'

'Nou, ik word er nu al helemaal rustig van,' zeg ik, terwijl ik het boek omdraai en de tekst op de achterkant lees. 'Leer om niet langer je eigen vijand te zijn.'

Wie wil dat nou niet?

'Neem het maar mee. Ik denk dat je haar heel inspirerend vindt. Ze heeft ook een podcast, waarbij ze elke week een lezing geeft. Die worden door meer dan anderhalf miljoen mensen wereldwijd beluisterd.'

'Wow. Wie ís zij?'

Evelien lacht. 'Een bijzondere vrouw. Ze is psychotherapeut en daarop gepromoveerd, maar ook meditatiedocent. Ze combineert wetenschap met intuïtie. Met liefde, met warmte, met koestering. Ze heeft heel mooie lezingen gegeven over onveiligheid en onverbondenheid.'

Ik neem het boek dankbaar aan. Als ik na de massage naar huis fiets, voel ik me licht en rustig.

* * *

'Waar ben je mee bezig?' vraagt Aram als hij achter me loopt terwijl ik aan m'n vaste tafel zit te schrijven.

'Och,' verzucht ik. 'Een tekst over het pensioengat. Wat je kunt doen om dat te dichten, zodat je genoeg pensioen hebt als je stopt met werken.'

'Inspirerend,' zegt hij cynisch.

Ik draai me op m'n bureaustoel naar hem toe.

'Ja, ik word er ook doodongelukkig van, maar ja, het betaalt negentig euro per uur. Dat is meer dan ik normaal krijg.'

'Tja,' zegt Aram. 'Maar wat kost het je?'

'Hoe bedoel je? Nou, niks. De huur van deze plek en een decafé cappuccino van jou,' antwoord ik, en ik lach naar hem.

'Ik bedoel in energie. In geluk. In voldoening. Wat kost het je? Is het geld dat het je oplevert genoeg?'

Ik denk even na over zijn woorden.

'Goede vraag. Als ik kijk naar energie: nee. Het zuigt echt alle energie uit me. Als ik zo'n tekst heb geschreven, kan ik de rest van de dag niks meer omdat ik me zo lusteloos voel.'

'Is dat het dan waard?' vraagt hij.

'Misschien niet, maar ja, er moet ook brood op de plank. Ik kan niet zomaar m'n vaste opdrachtgevers opzeggen, want dan... tja. Dan zweef ik. Dan zweef ik door het luchtledige met continue geldstress. Dan heb ik geen vaste grond onder m'n voeten.'

'Wie zegt dat?'

'Nou ja, dat denk ik.'

'Heb je nu geen stress om geld dan?'

Ik draai een beetje op de bureaustoel. 'Nou ja, eigenlijk ook wel, ja.'

'Dus de opdrachten die je nu doet, stromen ook niet echt, toch?'

'Stromen?' zeg ik.

'Ja,' zegt hij met een lach. 'Dat het vanzelf gaat. Dat het universum ze op je pad brengt. Dat je er niet voor hoeft te leuren.'

Ik lach hard. 'Dat het universum ze op m'n pad brengt? Aram, wie bén jij?'

Hij kijkt me met twinkelende ogen aan. 'Iemand die jou een beetje op scherp zet. Zodat je weer dingen gaat doen waarvoor je gemaakt bent.'

'En waar ben ik dan voor gemaakt, volgens jou?'

'Voor mooie verhalen schrijven. Jezelf ontdekken en delen wat je voelt en ervaart.'

Ik zucht. 'Ja, maar daar kan ik niet van leven, lieverd.'

'Heb je dat dan al geprobeerd?'

Ik kijk naar de grond. 'Nou ja, nee, misschien niet echt.'

'Precies,' zegt hij met een glimlach. En hij draait m'n stoel terug naar m'n tafel en loopt naar z'n bar.

Sam en ik gaan een weekend naar Texel. Het is al fijn vanaf station Amstel. We missen de trein, lachen elkaar uit om deze slechte planning, kopen frikandelbroodjes ('Dit is echt heel goor eten, hè.' 'Ja, maar daarom nu precies goed.') en gaan rustig zitten in de sprinter naar Sloterdijk. Daar aangekomen stappen we over op de intercity naar Den Helder en dan voelt het alsof we beginnen aan een minivakantie.

Als we in Den Helder op de bus moeten wachten, drinken we koffie in de HEMA bij het busstation. Sam neemt warme chocolademelk met slagroom, ik lach hem uit. 'Maar lief, jij drinkt decafé cappuccino, hè,' is zijn verweer. Op de boot blijven we binnen.

Aangekomen in ons hotel, waarin we een gigantische luxe kamer hebben met kingsize bed en bubbelbad, voelen we ons allebei ontspannen. We hebben gekozen voor een kneuterig arrangement met welkomstdrankje van het huis en driegangendiner in het hotel-restaurant en lopen ginnegappend naar beneden voor ons eerste Texelse Skuumkoppe.

'Ik word hier rustig van,' zeg ik tegen Sam wanneer we met een biertje op een lange zachte bank in het café van het hotel zitten.

'Ik ook.'

'Op dit soort momenten, op dit soort plekken, vraag ik me af of het leven dat ik heb in Amsterdam wel echt voor mij is. Of ik niet naar de natuur moet, meer in eenvoud leven. Een beetje wandelen, lekkere dingen eten, schrijven.'

'En dan in het weekend een rondje hardlopen, jij dan, of een stuk wielrennen, ik. En dat jij dan de hond meeneemt, en we daarna lunchen met een broodje kroket.'

'Precies. En dat jij daarna met de krant in onze tuin gaat zitten en ik bedenk wat we die avond gaan eten. En dat we stil zijn. Dat we niet de hele tijd praten over niks, maar gewoon in stilte bij elkaar zijn. En dat je hele lijf dan kalm wordt.'

We zitten naast elkaar in het restaurant van het hotel op de zachte bank en hij knuffelt me. We spreken af om deze dagen nergens aan te denken en geen moeilijke gesprekken te voeren. Vier dagen Texel staan in het teken van tot rust komen, lachen, seksen, eten en een fietstocht naar de vuurtoren. We bestellen onze tweede Skuumkoppe. En derde. En vierde.

Als we de volgende dag brak wakker worden, wil Sam direct naar die vuurtoren toe. We eten kant-en-klare pannenkoeken met chocoladesaus bij het ontbijtbuffet en vragen bij de receptie naar de dichtstbijzijnde fietsverhuur. Een kwartier later beginnen we op twee identieke fietsen aan onze tocht.

Sam weet de weg. Dat weet hij altijd, zo is onze rolverdeling, hij kijkt op Google Maps, luistert naar z'n richtingsgevoel, stuurt ons de juiste kant op en ik hobbel daar achteraan.

De tocht duurt lang, het waait hard en halverwege

ben ik er al helemaal klaar mee. Maar goed, fietsen is wat je doet op een fucking Waddeneiland.

'Kijk haar gaan, het is net of Dumoulin in de richting van die vuurtoren racet, lekker tempo hoor, lief.'

'Ja, hou nou maar je bek.'

Sam lacht hard.

Dan gaat het nog harder waaien, ik trap me een ongeluk, sta bijna stil en voor ik het doorheb, waait m'n muts af.

'M'n muts!' schreeuw ik naar hem. Hij fietst een stukje voor mij.

'Wat?' Roept hij terug.

'M'n muts! M'n muts is afgewaaid.'

Ik ben inmiddels van m'n fiets gesprongen en ren achter het grijze wollen ding aan, dat steeds verder de duinen in waait. Ik moet lachen en huilen tegelijk.

Ineens is Sam naast me en ziet hij dat ik huil.

'Huil je nou?' vraagt hij verbaasd. 'Liefje, nee, liefje, rustig. Ik ga je muts zoeken. Dit komt goed.'

Hij rent met grote passen de duinen in en komt een paar minuten later met mijn oude, grijze, wollen muts als een trofee in z'n handen naar me toe gelopen.

Ik lach door m'n tranen heen.

'Niet huilen, lief. Ik heb 'm nu. Kijk, ik heb 'm. We kunnen weer verder.'

Ik schud m'n hoofd en laat hem beloven dat ik nooit meer met dit weer op een fietstocht hoef.

Als we terug zijn in het hotel, warmen we op met chocomel en Scrabble. We zitten aan een grote ovale teakhouten tafel in de lounge en om ons heen liggen kranten en tijdschriften. Tussen ons staat het Scrabble-bord. Sam is veel beter dan ik. 'Luisteren', 'Vluchtpoging', 'Nagelknipper', hij maakt eindeloze woorden en ik kom niet verder dan 'boek' en 'plantje'.

Maar dan heb ik beet. Hensje. Dubbele woordwaarde, ik nader Sams topscore meteen.

'Wat ga jij nou doen?'

'Ja, dat had je niet gedacht, hè.'

'Lief, "hensje" is geen woord.'

'Natuurlijk wel. Alle hens aan dek! Alle hensjes aan dek!'

Sam kijkt me aan of hij water ziet branden.

'Googel maar,' daag ik hem uit.

Hij schudt lachend z'n hoofd.

'Deze krijg je van me. Voor de vuurtoren.'

* * *

Ik heb me geabonneerd op de podcast van Tara Brach en ik besluit om een paar dagen naar m'n moeder te gaan. Mijn moeder woont in het puntje van de provincie Utrecht. Haar huis ligt vlak bij de Rijn, en je loopt binnen een paar minuten langs de uiterwaarden.

Vanuit mijn moeders woonkamer kijk ik uit over weilanden en water. Het is een rustgevend beeld – groene velden en kabbelend water. Ik hoopte dat ik daar wat van zou ontspannen, en dat doe ik ook, heus wel, maar niet zoveel als ik had gedacht. 'Ik moet nog steeds heel veel aan Sam denken, mam,' zeg ik als we met een glas witte wijn aan de bar in onze keuken zitten. Ze roert in pannetjes, spaghetti met garnalen, er gaat een scheut ouzo in de saus. 'Misschien gaat dat pas weg wanneer je iemand anders ontmoet met wie je het ook ziet zitten,' antwoordt ze. Ik zwijg. Het is maar één zin, maar hij maakt me gelijk van streek. Ik ben daar nog niet aan toe, ik mis Sam nog, ik wil niet iemand anders.

Na het eten ga ik op bed liggen in de logeerkamer. Haar vriend is ook thuis, het dagelijkse leven gaat hier gewoon door en ik wil me afsluiten, alleen zijn, me veilig voelen.

Ik stop m'n oordopjes in m'n telefoon en scrol door Spotify. M'n oog blijft hangen bij een podcast van Tara genaamd: '*Radical Compassion, loving yourself into healing*'. Kom maar op. M'n hart bonst in m'n keel, ik heb het heel koud en het onveilige gevoel is weer in m'n botten gekropen.

Tara begint te vertellen over een staat van zijn die zij 'trance' noemt. Je bent in trance als je je heel angstig voelt of onveilig in de wereld. Vanuit een trance kun je geen contact meer krijgen met je gevoelswereld, met je emoties en je intuïtie. Je gaat in je hoofd leven en zoekt je heil in allerlei afleidingen. Een onprettige staat waar je graag van vlucht.

Tara spreekt over het vergroten van compassie voor jezelf als oplossing voor trance – en hoe je dat doet. Ze vertelt over de methode die ze heeft ontwikkeld om mensen te helpen uit de trance te komen. RAIN heet het, wat staat voor *Recognize*, *Allow*, *Investigate* en *Nurture*.

'De eerste stap die je moet zetten wanneer je in een trance bent van angst en onveiligheid is herkennen dat je in die trance zit. Je bent niet in verbinding met je gevoelsleven, je bent niet kalm en ontspannen, je bent in trance.'

Oké, goed. Dat kan ik. Ik herken het. Ik zit erin. Ik lig hier op m'n bed en er is niks aan de hand maar ik voel me toch angstig.

'Dan gaan we samen proberen te pauzeren. We blijven bij dit gevoel, we gaan nergens heen, we gaan niet in gesprek met iemand, we zoeken geen afleiding, maar we blijven hier met wat we ervaren. Laat het onprettige gevoel er maar gewoon even zijn.'

Ik wil het wel, maar m'n hele lijf schreeuwt dat ik weg moet. Nu ik hier lig en stilsta bij wat ik voel, neemt de kou in m'n borst in rap tempo toe. Ik wil deze lezing afzetten, ik wil scrollen door social media, ik wil afleiding, ik wil hieruit.

Maar dan wordt het niet beter. Dus ik blijf. Ik blijf liggen en ik voel het bloed door m'n aderen razen.

'Wat we nu gaan doen is onderzoeken waar dit gevoel vandaan komt. Wat wil het je zeggen? Wat heeft het nodig? En dan bedoel ik niet dat je erover na moet denken. *Your issues are in your tissues.* Dus we onderzoeken ons lijf, zonder mentale analyses. Hoe voelt dit gevoel in je lichaam? Wat wil het van je? Wat heeft het nodig?'

Weer die vraag. Wat heeft dit gevoel nodig? Wat heeft mijn lijf nu nodig?

Ik onderzoek de kou in m'n botten. Het is alsof er ijspegeltjes gevormd zijn in m'n ledematen en buik. Tegelijkertijd raast m'n bloed en voel ik me onrustig. M'n lijf is koud en ik wil wegrennen, opwarmen, bedaren. En dat allemaal tegelijkertijd.

Dan vraag ik wat m'n lichaam nodig heeft. Ik adem een paar keer diep in en uit en sta stil bij de kou en de onrust.

Het antwoord borrelt al snel in me op. Het is weer hetzelfde: troost. Dit gevoel wil troost. Veilig zijn, warmte, aandacht, zachtheid. Een arm om me heen, vastgehouden worden, stilte, een luisterend oor. Dat het er helemaal mag zijn. Dat het niet weg hoeft. Als ik deze dingen in m'n hoofd uitspreek, voel ik mezelf langzaam warmer worden.

'De laatste stap is verzorging. Jezelf geven wat je nodig hebt. Dat kan door lieve dingen tegen jezelf te zeggen die je nu graag wilt horen, of je bijvoorbeeld voor te stellen dat iemand van wie je houdt en bij wie je je veilig voelt, je geeft wat je nu verlangt. Of je kunt je beroepen op een hogere kracht, als je dat een goed gevoel geeft. De boeddha, God, het Universum, Guanyin.'

Guanyin? Die moet ik straks even googelen.

Dan denk ik aan Sam. Ik denk aan dat hij me knuffelt. Ik denk aan dat we op mijn bank zitten en ik me in zijn armen laat vallen, mijn borst tegen zijn borst, mijn hoofd over z'n schouder en hij die me stevig vasthoudt.

En ik begin ineens te huilen. Hard ook, ik ben bang dat m'n moeder het in de woonkamer hoort.

Ik voel me heel verdrietig en huil met schokken. Ik rol mezelf op tot een bolletje, m'n knieën opgetrokken en m'n armen om m'n benen, en wieg zachtjes van voor naar achteren terwijl ik op m'n rug lig.

Tara is stil.

Na een paar minuten wordt het huilen minder. Ik draai me op m'n zij en ik voel m'n hele lijf bedaren. De angst is er even niet meer.

'There are a lot of people who told me that practicing this method has changed their lives.'

Kijk, dat geeft de burger moed.

'But you have to do it many, many rounds.'

O.

* * *

Quanyin blijkt een boeddhistische godin te zijn met heel veel armen die staat voor zelfcompassie.

Ondertussen voel ik steeds wat meer dan angst. Rust zelfs, soms. Maar ook woede. Onbegrensde woede.

'Saar, ik ben een monster. Ik denk dat ik Sam haat.'

Ik loop met Sarah door het Vondelpark en we hebben ergens een cappuccino gehaald die smaakt alsof de melk daar al een jaar in de koelkast stond.

'Ik meen het, ik zou op dit moment willen dat zijn hele leven instort,' vervolg ik. 'Dat is toch erg? Ik ben zo helemaal niet. Ik wil nota bene ook nog bíj hem zijn. Geloof ik. Dat deel laat zich nu alleen even niet horen. Nu is er enkel haat. Haat, walging en afgunst. Soms denk ik eraan dat hij met z'n vrienden in de kroeg zit, helemaal blij, pratend over koetjes en kalfjes. Nou, zelfs dat gun ik hem niet. Hij moet kapot.'

M'n ademhaling zit hoog, ik val even stil.

'Ik vind dat niet zo gek hoor,' zegt Sarah. 'Ik vind het wel een menselijke reactie op wat hij heeft gedaan.'

'Dat kan wel zo zijn, maar deze boosheid is een heel naar gevoel. Het beheerst momenteel m'n hele dag. Ik ben soms zo razend dat de enige oplossing lijkt om m'n hele inboedel kapot te trappen. Wat ik niet doe, natuurlijk. Maar lekker dat het me lijkt. Borden kapot, glazen kapot, dat vintage tafeltje waar m'n tv op staat in twee harde schoppen helemaal aan gort.'

Sarah lacht.

'Als alternatief heb ik geprobeerd in een kussen te slaan, maar dat helpt niet. Als ik daaraan begin, dan verlies ik mezelf. Dan word ik zo boos, draai ik zo door, dat er te weinig kracht in m'n armen zit om m'n woede op dat kussen te botvieren. Dat is toch niet normaal?'

Er rent een groepje hardlopers langs ons, er spelen kinderen op het gras. Het is een warme lente.

'Ik weet niet of dat niet normaal is. Wie bepaalt dat? Er zijn mensen die jarenlang alleen maar rancune en wrok voelen nadat ze zijn gescheiden van hun man en hij een nieuwe relatie krijgt. Die dat nooit kunnen loslaten. Dan vind ik jouw woede een paar maanden nadat hij jouw hele leven op z'n kop zette niet per se "niet normaal" hoor.'

Ik laat het even op me inwerken.

We wandelen door, zijn bij de ingang van het Vondelpark bij de PC Hooftstraat, Sarah heeft haar beker al weggegooid maar mijn koffie zit nog halfvol.

'Ik zou dus ook willen dat-ie z'n baan verliest, hè,' zeg ik beschaamd.

Sarah lacht weer.

'En als ik dan helemaal eerlijk ben: ook z'n vrienden. Maar ja, dat wordt moeilijk, die gasten staan natuurlijk altijd aan elkaars kant. Maar als het kon, graag.'

'Ja maar, mop, je wil dit niet écht. Dit is het gekwetste deel in jou dat hem die ellendige dingen gunt.'

'Ik weet het. Maar soms ben ik wel bang dat ik veranderd ben in een verbitterde heks.'

Sarah lacht. 'Dat ben je niet. Je handelt er toch ook

niet naar? Je hebt gewoon een menselijke reactie op veel pijn. Op een gevoel van onrechtvaardigheid, bedrogen worden, verraden zijn. En daar heb je nu eindelijk toegang toe, omdat je minder bang bent.'

Ik lach naar haar. Wat zegt ze toch altijd verstandige dingen.

'Weet je nog die jongen met wie ik vlak na onze studententijd datete, die me toen na een paar dates een berichtje had gestuurd dat-ie me een leuke meid vond maar iets meer diepgang zocht?'

Ik lach hard. Wat een drama was dat. Ik hoor Saar nog tieren. 'Ik heb verdomme twéé masters afgerond. Twéé. Hoe diep wil hij het hebben? Moesten ze op Harvard?!'

Ik knik.

'Nou, achteraf gezien denk ik: ja, hij vond ook hele andere dingen interessant dan ik. Sterrenkunde. Hoe de planeten zich om elkaar bewogen en wat wij daarvan merkten. Het was ook geen match. Maar toen kon ik 'm wel wat aandoen. En toen vond jij mij geen heks. En ook geen monster.'

Ik lach naar haar en Sarah geeft me een knuffel.

'Hier moet je doorheen. Dat weet je zelf ook wel. Als je deze gevoelens allemaal toelaat, dan gaan ze vanzelf weer weg. Dit gaat over. Je moet je er niet tegen verzetten. Als je jezelf forceert om vrolijker te doen dan je bent, komt deze boosheid gegarandeerd weer op een later moment naar voren. Wees maar gewoon een tijdje heel erg boos. Je zult zien dat het weer afvlakt.'

Ik zucht instemmend. M'n halfvolle beker gooi ik met veel kracht in een afvalbak.

zomer 2019

Na een heerlijk weekend Texel, vervallen we snel weer in oude patronen. We ploeteren en ploeteren. Dan stuurt Sam, na wederom een vermoeiend gesprek over bindingsangst – uiteraard geïnitieerd door mij – op een zaterdagmorgen een berichtje dat we moeten praten. De angst slaat me om het hart.

Sam komt langs en als ik de deur opendoe, sta ik al te trillen. Ik buig m'n hoofd naar de vloer, wachtend op dat wat er komen gaat.

'Lief, jezus, kom eens bij me zitten,' zegt hij als hij me ziet.

Hij schopt z'n schoenen uit, loopt m'n studio in en trekt me mee op de bank.

Er raast een tornado door m'n hoofd. Sam gaat weg. Hij gaat het uitmaken. Deze keer is het definitief. Straks ben ik alleen. Ik heb het ijskoud en ik voel zelfs m'n armen trillen.

'Ik ben heel erg bang,' fluister ik. M'n adem zit hoog.

Hij trekt me tegen zich aan. Ik probeer te kalmeren maar het lukt niet.

'Je wil ermee stoppen, hè? Je wil het niet meer. Je kan het niet meer.'

Ik spreek de zinnen in rap tempo uit.

Sam blijft me vasthouden, kijkt me aan en antwoordt zachtjes: 'Ik denk dat het beter is als we voorlopig vrienden zijn.'

Het voelt alsof de grond onder me wordt weggeslagen. Ik kan dit niet, ik wil dit niet.

Ik tril nog steeds heel erg en zeg verbaasd: 'Ik kan helemaal niet huilen nu. Ik weet dat een vriendschap absoluut niet is wat ik wil, maar ik kan niet huilen nu.' Ik kijk een beetje verdwaasd om me heen.

'Lieffie toch, ik vind het zo erg als je zo in paniek bent.'

Ik staar naar m'n sokken en herhaal: 'Komt het nog goed? Komen wij nog goed? Denk je dat het nog goedkomt?'

Ik sta op en loop paniekerig door m'n kamer.

'Ik weet het niet schatje,' antwoordt hij zacht terwijl hij naar de grond staart. Dan staat hij op en pakt hij me bij m'n arm. 'Kom weer bij me zitten. Ik maak me zorgen als je zo trilt.'

'Ja, ik moet kalmeren,' antwoord ik met onvaste stem.

Ik ijsbeer nog steeds, hij loopt een beetje achter me aan.

'Lief, kijk me eens aan. Hoe kan ik je helpen? Wat kan ik doen om je rustig te maken?'

Ik kijk naar hem op en antwoord: 'Me vasthouden.'

Hij glimlacht, dankbaar voor het antwoord. 'Goed. Hier? Op de bank? Of even blijven staan?'

'Blijf maar staan.'

Hij slaat z'n armen om me heen en trekt me dicht tegen zich aan.

'Ik voel je hart gewoon bonzen,' zegt Sam zacht.

'Ssst,' sus ik hem en mezelf, 'we moeten nu even stil zijn.' Ik praat als een kind.

Ik probeer rustiger adem te halen. Zeven tellen in, acht tellen uit, zoals ze in meditaties ook doen.

'Dit werkt niet echt,' zeg ik. 'We moeten in bed liggen. Daar is het warm. Dan ben ik veiliger.'

'Dan doen we dat. Waar wil je mij? Rechts?'

'Ja, rechts. Wel je spijkerbroek uit. Niet met je spijkerbroek in bed. Nooit met je spijkerbroek in bed.'

Sam lacht.

'Goed, spijkerbroek uit. Kom maar bij me.'

Ik ga naast hem in bed liggen, met onze buiken tegen elkaar aan en hij slaat z'n armen om me heen. M'n hoofd ligt in het kuiltje tussen zijn schouder en nek, onze benen zijn verstrengeld.

We liggen zeker een kwartier zo en ik word rustiger. Ik blijf me focussen op m'n ademhaling en voel zijn warmte om me heen. Zijn buik tegen de mijne, z'n armen om me heen, z'n hand die zachtjes kriebelt tussen m'n schouderbladen.

Ik zucht diep.

'Zo, gaat-ie weer een beetje, lief?' vraagt Sam.

Ik glimlach, maar lig nog steeds met z'n gezicht in zijn nek, dus hij ziet het niet.

'Jawel,' murmel ik.

Ik maak me los uit zijn omhelzing en kijk hem aan.

Z'n ogen staan zacht, zoals hij kijkt als hij zich op z'n gemak voelt, als hij zich zichzelf voelt.

En hij buigt naar me toe.

Ik beweeg uit reflex naar achter. 'Wat doe jij nou?' roep ik verbaasd. 'Je kunt me nu toch niet kussen? Na je ik-wil-vrienden-zijn-verhaal?'

'Nee, sorry,' murmelt hij, en hij wendt z'n blik even af.

Als hij me weer aankijkt, voel ik weer dat magische gevoel wat ik zo vaak mis en zo goed ken. In m'n hart, m'n buik, m'n hele lichaam. Er lopen weer onzichtbare lijntjes tussen zijn hart en het mijne. Ik ben weer thuis. Dit is waarvoor ik altijd zal willen blijven en waarnaar ik altijd zal terugkeren.

Als magneten worden we naar elkaar toe getrokken en dan zoenen we toch.

Eerst zachtjes, waarna we elkaar aankijken en lachen, maar al snel wordt de energie tussen ons steeds intenser en drukt hij me met z'n hand tussen m'n schouderbladen stevig tegen zich aan, alsof hij me nooit meer los wil laten en me zo dicht mogelijk bij zich wil voelen. Onze zoen lijkt eindeloos te duren, maar dan duw ik hem toch even van me weg en lach heel hard. Hij verbergt z'n gezicht in m'n nek en geeft me kusjes.

'Dit is geen vriendschap hoor, lief,' zeg ik tegen hem.

Sam is even stil en lijkt in de war. Dan antwoordt hij: 'Nee, dat geloof ik toch ook niet.'

En vanaf dan modderen we wéér maanden aan.

Tot Sam me vertelt dat hij oud en nieuw met z'n vrienden viert.

* * *

'Daar ben je weer', roept Evelien vrolijk als ik op haar gang wacht tot ik haar kamertje binnen mag. Ik sta op van de houten stoel en neem m'n spijkerjasje mee naar binnen. Het wordt steeds warmer buiten, de winter is verdwenen.

'Ja, ik dacht: de laatste twee keren waren zo fijn, ik kom nog een keer,' zeg ik terwijl ik m'n jasje ophang en op haar massagestoel ga zitten.

'Wil je een keer liggen, vandaag?' vraagt ze

Ik kijk naar de grote massagetafel. Een liggende massage is naakt. Dat vind ik kwetsbaar. Maar als ik naar de lieve vrouw voor me kijk, weet ik dat ik nergens voor hoef te vrezen. Als iemand me accepteert zoals ik ben, is zij het.

Ik sta op van de stoel. 'Ja, laten we dat eens doen.'

Ze loopt haar kamer uit zodat ik me kan uitkleden en ik ga naakt onder de warme deken liggen die op de massagetafel ligt. Als ze terugkomt, zegt ze: 'Ik ga olie gebruiken die aardend werkt. Die je lichaam warm maakt. Want warmte en gronding is wat jij nodig hebt – dat zorgt ervoor dat je je veiliger voelt. Het is een kruidige, zoete olie, met sinaasappel en lavendel.'

Ik lach om de reeks van wollige woorden terwijl m'n hoofd in de opening van de massagetafel ligt.

Ik moet even wennen aan haar handen op mijn naakte lijf, maar ik voel mezelf steeds rustiger worden. M'n ademhaling vertraagt en er verschijnt een loom gevoel in m'n hoofd.

Halverwege vraagt ze: 'Ben je nog aan dat boek van Tara Brach begonnen?'

'Ja, zeker,' praat ik door het open gat. 'En ik luister ook haar lezingen. Ik vind het troostend hoe ze praat over angst. Ik heb het idee dat ze m'n borst bereikt, dat het niet blijft hangen in m'n hoofd.'

'Wat ontzettend fijn,' antwoordt ze terwijl ze m'n onderbenen masseert. 'Toen ik laatst met een vriendin sprak die therapeut is, Roos, moest ik nog aan jou denken. Ik weet dat je al lang met iemand gepraat hebt en dat je niet veel bracht, maar ik denk dat mijn vriendin misschien toch iets voor je kan doen. Ze werkt meer lichaamsgericht. Ze helpt je voelen.'

Ik laat haar woorden even op me inwerken. Voelen, dat is wat ik wil. En me dan vooral fijn voelen. Niet bang.

'Dat klinkt wel goed,' zeg ik. 'Ik ben wel benieuwd. Heeft ze een website?'

Evelien lacht. 'Nee, ze heeft geen website. Maar ik zal haar nummer aan je geven. Dan kun je haar bellen en kijken of dat goed voor je voelt.'

Ik glimlach naar de grond.

Als ik me na de massage aankleed, voel ik me rustiger en meer ontspannen dan ooit.

'Als ik dit had geweten, had ik me wel eerder voor je uitgekleed,' zeg ik tegen Evelien.

Ze lacht. 'Alles komt op z'n eigen tijd. Als je dat omarmt, ben jij geloof ik al een heel eind.'

* * *

Ik heb kleding aangetrokken waar ik me lekker in voel. Rokje, m'n kasjmier trui, oversized spijkerjack, zwarte laarsjes en m'n haar in een rommelige knot op m'n hoofd. Ik hoop altijd maar weer dat de casual uitstraling van m'n kledingstijl doordringt in m'n karakter. Tot nu toe valt dat tegen.

Het is eind februari, maar al zestien graden. Ik wandel naar 'mijn' Coffeecompany, vlak bij Artis, en bedenk me dat Sam ooit zei dat hij me op m'n knapst vond als het tussen de 15 en 20 graden was buiten. 'Dan komt jouw stijl volledig tot z'n recht.' Ik vond het belachelijk en lief tegelijk.

Door m'n zonnebril zie ik knappe jongens aan de kade langs de Amstel zitten. Ze hebben biertjes in hun hand en hun leven lijkt zorgeloos. Ik wil bij ze zitten, maar dat doe ik niet. Waarom doen we dat soort dingen nooit? Naar mensen toe lopen die aardig lijken en zeggen: 'Jullie zien er fijn uit, mag ik er even bij zitten? Ik kan wel wat fijne mensen om me heen gebruiken.'

Als ik in de rij sta voor de balie in de Coffeecompany, komt er een telefonerende vrouw achter me staan. Ze is ouder dan ik, begin veertig, en ik hoor haar praten tegen een collega. Althans, dat denk ik.

'Je mag het me nu wel sturen, maar ik heb er de *headspace* niet voor. Die heb ik pas morgen weer, dus dan kijk ik ernaar.'

Ik moet lachen om haar uitspraak. Wat heerlijk om dat gewoon te zeggen. Zou ik dat kunnen? Als een opdrachtgever me mailt voor een tekst over geurkaarsen – die worden tegenwoordig steeds vaker van sojawas gemaakt, is beter voor het milieu en je eigen gezondheid, daar kun je nog eens mee aankomen op een verjaardag – dat ik dan stuur: 'Dank je voor je mail, maar ik heb hier totaal de headspace niet voor.' Ben benieuwd of ze me dan nog een keer vragen.

Als ik m'n decafé cappuccino met havermelk in ontvangst neem, lach ik naar de vrouw met weinig headspace achter me en loop ik naar het park.

Zou ik ooit een wandeling kunnen maken zonder ook maar één keer aan Sam te denken?

* * *

Ik heb Roos gebeld en ik kan komen voor een gesprek. Als ik binnenkom in haar spreekkamer, zie ik grote houten balken. Er hangt een modern schilderij aan de muur met cirkels en strepen en er staat een grote, donkerblauwe bank van velours. Zij zit in een fauteuil die er schuin tegenover staat, tussen ons in staat een lage tafel van donker hout. Er staan twee grote planten in de ruimte en ik vind het gezellig. Warm. Als een huiskamer.

Roos staat op om thee te zetten en ik laat me wat dieper in de bank zakken. Misschien kan ik hier wel ontspannen.

'Zo,' zegt ze, terwijl ze mij een kop overhandigt, 'dus jij zit niet zo lekker in je vel.'

Ik lach en zeg: 'Ik weet niet of je het zo kunt noemen. Ik ben vooral best wel angstig. Mijn relatie is net voorbij en ik voel me onveilig, maar dat speelt al, tja, zolang ik het me kan herinneren.' Als ik een slok van m'n thee heb genomen, doe ik m'n levensverhaal uit de doeken. Ik vertel ook over m'n therapie in de afgelopen jaren waarbij ik eindeloos gepraat heb over alles wat er vroeger is gebeurd en ze knikt een aantal keer en humt. Ze stelt goede vragen over vroeger, over de relatie met m'n ouders en tussen m'n ouders, schrijft van alles op en na wat voelt als een uur – nu begrijp ik waarom haar intake anderhalf uur duurt – zet ze haar lege kop thee op het houten tafeltje voor ons en steekt van wal.

'Weet je,' ze kijkt me vriendelijk aan. 'Jouw exacte verhaal maakt eigenlijk niet zoveel uit.'

Ik kijk een beetje verbouwereerd.

'Sorry, dat klinkt misschien onaardig, maar zo bedoel ik het niet. Laat het me je uitleggen.'

Ik glimlach naar haar. Ze praat verder.

'We hebben allemaal verschillende levensverhalen met verschillende gebeurtenissen, maar vaak hebben mensen met de klachten die jij me vertelt, een onveilig gevoel en moeite met relaties, last van hetzelfde onderliggende probleem: innerlijke pijn. Pijn die voortkomt uit een innerlijke wond. Een wond van afwijzing, van niet gezien zijn, niet gehoord, niet begrepen of niet geliefd. Je kunt het ook een trauma noemen, maar dat vinden veel mensen heftig klinken.'

Ik laat het woord 'trauma' even op me inwerken, knik naar haar en Roos praat door.

'Die wond ontstaat al op jonge leeftijd. Doordat je ouders emotioneel niet beschikbaar voor je zijn bijvoorbeeld, omdat ze veel aan hun hoofd hebben of omdat ze zélf een wond hebben. Omdat ze ruzie maken, omdat ze overlijden. Je krijgt dan als kind niet wat je nodig hebt aan begrip, liefde en veiligheid, en je kunt niet helemaal zijn wie je bent, met al je behoeften en verlangens. Dat is niemands schuld, want alle ouders doen wat ze kunnen.'

Ze pauzeert even om te kijken of ik haar kan volgen.

Ik glimlach, wat ze als teken opvat om door te praten.

'Als kind ben je niet in staat om de pijn die je ervaart, van niet krijgen wat je nodig hebt of niet helemaal kunnen zijn wie je bent, volledig te verwerken. Daar ben je simpelweg te jong voor.'

Ik knik weer. Roos neemt een slok van haar thee en zet haar kop op de tafel voor ons.

'Wat er dan gebeurt, is dat de verbinding in jezelf, mét jezelf, bevriest. Dat gaat automatisch. Je verliest het contact met je intuïtie, met je gevoelswereld en met je lijf. En die verbindingen zijn juist essentieel om een leven te leiden waarbij je in balans bent.'

Ik begrijp het.

Roos gaat door: 'Daarbij betrek je als kind het gemis van die liefde en veiligheid op jezelf. Je internaliseert het. Je raakt ervan overtuigd dat het aan jou ligt. Er wordt niet voldaan aan jouw behoeften, dus er is iets mis met je, denk je. Ook dit gaat helemaal automatisch en onbewust. Dat komt omdat je volledig afhankelijk bent van je ouders – de gedachte dat het niét aan jou ligt, maar aan hen, zou betekenen dat je afhankelijk bent van mensen die niet goed voor je zorgen. Dat zou betekenen dat je bedreigd wordt in je overleving. Omdat die gedachte onmogelijk is, ervaar je dat het aan jezelf ligt dat er niet aan je behoefte wordt voldaan. Wederom: volledig onbewust.'

Ik knik en voel: dit klopt. Zo zit het. Ik ervaar een gevoel van opluchting door haar woorden.

'En omdat je als kind denkt dat het aan jezelf ligt, ga je

je, ook onbewust, anders gedragen. Zo zijn er kinderen die alles zo goed mogelijk willen doen, zodat ze waardering krijgen en hopelijk liefde. Je wordt perfectionistisch. Of je trekt je juist terug. Of je wordt heel uitbundig, in de hoop applaus te krijgen voor wat je doet.'

'En is dat erg?' vraag ik.

'Niet altijd,' zegt Roos, 'maar wel als dat gedrag niet overeenkomt met wie jij werkelijk bent en wat je werkelijk wil in je leven en je daar klachten door krijgt. Maar dat heb je niet gelijk door, want je binnenwereld is voor een deel bevroren. Dus je hebt geen idee dat wat je in het nu ervaart, iets te maken heeft met wat er vroeger is gebeurd. Tot het moment dat het niet langer gaat en je klachten krijgt. Een burn-out, een depressie, een angststoornis, hoofdpijn, buikpijn – het lichaam waarschuwt iedereen op een andere manier.'

Ik laat haar verhaal op me inwerken en neem een slok inmiddels koud geworden thee.

'Oké. Maar ik snap eigenlijk nog niet waarom ik me dan zo aanhoudend onveilig voel. Is dat een angststoornis? En waarom heeft praten met een therapeut ook niet geholpen?'

'Goeie vragen,' zegt Roos glimlachend. Ze is even stil. 'Ik hou sowieso niet zo van diagnoses. Dat zijn labels, hokjes, waar mensen vaak niet helemaal in passen. Maar ik denk, na wat je me vertelde, dat jouw wond best groot is,' vervolgt ze. 'Je bent als kind opgegroeid in een instabiele thuissituatie en je bent volgens mij erg gevoelig. Jouw voelsprietjes hebben altijd op scherp gestaan en daarmee heb je veel aangevoeld van wat er thuis speelde. Daardoor was er minder ruimte voor jouw behoeften.'

'Oké,' zeg ik. 'Dat klinkt als een logisch verhaal.'

'Die onrust thuis heeft ervoor gezorgd dat jouw zenuwstelsel continu op scherp is gaan staan en je als kind langzaamaan het contact verloren bent met je emoties en je lichaam,' vervolgt Roos. 'Jouw zenuwstelsel opereert nu nog dagelijks in de stressstand, om jezelf te beschermen tegen nog meer pijn. Je bent continu op je hoede, vrezend voor iemand die je raakt daar waar je al zoveel pijn hebt.'

Ik kan haar volgen.

'En ik denk dat het overlijden van jouw vader de angst heeft verergerd. Dan heb je ook nog het verdriet van rouw. En je pijn én je angst zijn extra getriggerd na wat er met Sam is gebeurd.'

Ik knik een paar keer.

'Dat is een hele hoop dat een mens moet verwerken.'

Ik glimlach verdrietig naar haar.

Ze vervolgt: 'Om antwoord te geven op je vraag waarom jouw therapie, waarbij je vooral met je gedachten aan de slag ging, niet heeft geholpen: ik geloof erin dat innerlijke pijn in je lichaam zit. Je kunt met je hoofd de pijn in je lijf niet oplossen. Dat is waarom het omdenken van je gedachten niet voor je werkte. Je kunt die pijn alleen oplossen door het oude verdriet te doorvoelen en te uiten.'

Ik ben er even stil van.

'Ik kan me voorstellen dat het je duizelt van al deze informatie,' zegt ze, als ik een beetje verdwaasd voor me uitstaar. 'Maar het goede nieuws is dat je hier echt iets aan kunt doen. Je kunt dit helen. Je kunt ruimte in jezelf creëren om het verdriet te doorvoelen. En door te mediteren kun je ervoor zorgen dat je zenuwstelsel kalmeert. Als dat kalmeert, zal je onveilige gevoel afnemen. Als je vervolgens het verdriet in jou de ruimte geeft, dan zal dat ook afnemen. Door te laten zijn wat er is, welke emotie dan ook, zullen de pijn en angst afvlakken en zul je je veiliger en meer in contact met jezelf gaan voelen. Maar daar is wel even tijd voor nodig,' zegt ze met een knipoog.

Ik lach naar haar en krijg moed. Als ik naar huis fiets, voel ik me gesteund. Dit was iemand die mij zag en begreep.

* * *

Ik ben weer voor een paar dagen naar m'n moeder gegaan. Ik heb haar niet verteld over m'n gesprek met Roos, want ik ben bang dat ik haar een schuldgevoel geef. Ik zou niet willen dat zij het gevoel heeft dat ze iets niet goed heeft gedaan. Dus we praten over koetjes en kalfjes, ik vertel haar over m'n dagelijkse gang naar de yogaschool, ze vraagt of ik nog een boek wil schrijven en hoe het met m'n vriendinnen is en we drinken wijn op haar balkon.

Dan loop ik haar huis uit voor een wandeling. Ik ben door een paadje tussen de weilanden naar de Rijn gelopen en volg een lang pad onder de Grebbeberg door. Het pad loopt langs het water en er zit een strook groen tussen mij en de kabbelende rivier. De zon schijnt. Ik voel me veilig. Wanneer ik in de natuur ben, verstommen de stemmen in m'n hoofd en kan ik luisteren naar wat m'n eigen hart te vertellen heeft. Wat ik wil, wat ik voel. Ik laat m'n handen langs de groene blaadjes van de struiken gaan, het is weer zoals dat alleen in de lente kan zijn, zacht en toch fris, en er passeert een groepje wielrenners.

Van deze spaarzame momenten dat m'n hoofd geen overuren draait, geniet ik volop. Ik voel me licht en rustig. Niet angstig, eindelijk eens niet angstig.

Na de eerste lezing van Tara vond ik haar stem al zo fijn en moederlijk klinken dat ik meer van haar ben gaan beluisteren. Het is de eerste keer dat ik kennis opdoe waardoor ik me niet onrustig voel en die de barrière tussen m'n hoofd en m'n lijf lijkt te doorbreken. Het blijft niet hangen in m'n brein, maar bereikt m'n koude ledematen. Ik warm op als ik naar Tara luister.

Haar lezingen zijn daarom precies wat ik nodig heb. Daardoor besef ik dat het misschien wel waar is wat spirituele mensen zeggen, dat het universum z'n best voor je doet. Dat als je stil blijft en niet gaat zoeken, vanzelf op je pad komt wat je nodig hebt. Tara kwam op mijn pad door Evelien, ik heb haar niet gezocht.

Met de Rijn rechts van me en links het donkere Grebbebos, zet ik een lezing op die ze vorige week gaf. Ik heb het onderwerp in de Spotify-app niet goed gelezen maar nadat ik haar even hoor praten, blijkt het over schuldgevoel te gaan.

'*It is not your fault*,' hoor ik haar zeggen, en ze begint een anekdote over een grommende hond. Wanneer een man op een dag een hond vindt in het bos, die er verdwaald uitziet, wil hij naar het dier toe lopen om hem mee te nemen en z'n eigenaar te zoeken. Maar de hond gromt en blaft vijandig en de man springt achteruit. Als-ie vervolgens om het beestje heen loopt, ziet hij dat de hond vast zit, met z'n poot in een venijnige klem. De klem heeft een lelijke wond achtergelaten, die ogenschijnlijk veel zeer doet. Als de man het hondje bevrijdt, stopt het beest met grommen en laat het zich gewillig verzorgen door zijn redder. '*Your leg is in a trap*,' zegt Tara. 'Wanneer je onredelijk boos wordt, uithaalt, verdrietig bent, hysterisch wordt of noem maar iets waar je je naderhand schuldig over voelt, dan zit je klem, net als dat hondje. Je bent gewond en je reageert vanuit pijn. Het is niet jouw schuld.'

Als een razende trein trekken er herinneringen aan ruzies tussen Sam en mij aan me voorbij. Ruzies waarin ik tegen hem schreeuw dat ik niet weet hoe we verder moeten, dat ik me steeds eenzamer bij hem voel, dat hij moet veranderen. En een verwrongen gevoel in m'n maag maakt zich meester van me. Tara stipt met haar lezing iets aan waar ík me schuldig over voel. Mijn aandeel.

Mijn aandeel waarbij ik Sam niet in z'n waarde liet en alleen maar bezig was met wat er anders moest, zonder te kijken naar wat er wel fijn was. Mijn aandeel waarin ik hem probeerde te fixen.

Tara praat door en benadrukt na de anekdote over de hond nogmaals dat mensen elkaar pijn doen omdat ze zelf pijn hebben. En dat je kunt proberen jezelf te vergeven wanneer je je eigen menselijkheid ziet en vervolgens andere keuzes kunt maken. Op die manier kun je ook de goedheid van een ander zien.

Ik ben een met de dieren, de bomen, het water en m'n eigen verdriet en schuldgevoel.

Tara vertelt verder: 'De meeste mensen vinden het moeilijk om te vergeven omdat ze bang zijn dat zij of anderen dan wederom dezelfde fout maken. Ze zijn bang dat er dan niet van wordt geleerd. Ook denken ze dat hun omgeving vindt dat ze zichzelf niet mogen vergeven. Dat ze dan hun straf ontlopen.'

Ik vind het logisch klinken.

'Maar onderzoek wijst uit dat wanneer je jezelf straft, de kans op herhaling van het ongewenste gedrag het grootst is. Wanneer je jezelf beklemt met straf, schuld en schaamte, kom je niet los van hoe je je hebt gedragen en blijf je dat oude gedrag als een last met je meedragen. Terwijl je, wanneer je jezelf vergeeft, lichter in het leven kunt staan en de kans dat je opnieuw hetzelfde gedrag vertoont veel kleiner is. Jezelf vergeven betekent niet dat je je gedrag goedkeurt. Jezelf vergeven betekent dat je je menselijkheid erkent en je je hart niet sluit voor jezelf, maar met mededogen en liefde kijkt naar wie je bent en waar je vandaan komt.'

Ik zet de lezing op stil en laat haar woorden op me inwerken. Ik probeer wat aardige dingen tegen mezelf te zeggen. *Dit komt allemaal goed, je bent een goed mens, hij is ook een goed mens. Jullie zijn gewond, maar je bent geen heks. Hij is geen klootzak.*

Het voelt onwennig, maar ook verzachtend.

De natuur helpt. Ik ben bijna bij het huis van m'n moeder, maar maak m'n rondje nog wat groter. Ik zie op m'n telefoon dat de lezing nog een paar minuten duurt en zet hem weer aan.

Tara vertelt dat ze wil afsluiten met een les uit het boeddhisme.

Break your heart no longer. Each time you judge yourself, you break your own heart. You pull away from the love that is the well-spring of your vitality. But now the time has come, your time, to live and to trust the goodness that you are.

There is no evil, no wrong in you.

Your true essence is pure awareness, aliveness, love.

Let no one, no idea or ideal obscure this truth.

If one comes... forgive it for its unknowing. Just let go and breathe into the goodness that you are.

Ik voel tranen in m'n ogen. Het geluid verstomt, ik doe m'n oortjes uit en berg m'n telefoon op in het linnen tasje dat over m'n schouder hangt. Als ik thuiskom, schrijf ik haar laatste zinnen op.

* * *

'Ik doe een *abundance challenge*,' zegt Sarah als we met een latte in de zon zitten op een zaterdagochtend. Onze voeten liggen op de houten stoeltjes voor ons op het terras, we hebben allebei onze zonnebril op.

'Je doet wát?' antwoord ik.

'Een abundance challenge. Je mediteert veertig dagen lang, waardoor je een gevoel van overvloed ervaart. Dat betekent dat je dan voelt dat er genoeg liefde, geld en succes is op deze wereld voor iedereen, dus ook voor jou, en dat je niet meer bang hoeft te zijn dat je tekortkomt.'

Ik neem een slok van m'n koffie en laat haar woorden even op me inwerken.

'Ik denk ook niet per se dat ik iets tekortkom, geloof ik,' antwoord ik twijfelend.

'Nou ja, jij voelt je toch vaak niet gezien? Dat is ook een soort tekort.'

Ik laat wat Saar zegt bezinken.

'Alleen al het feit dat je elke dag mediteert, helpt. Dat je elke dag even stilstaat bij wat je voelt, op een vast moment, en dan positieve dingen tegen jezelf zegt.'

'Wanneer doe jij dat dan?' vraag ik.

'Elke ochtend,' zegt ze.

Ik lach. 'Élke ochtend? Dat zou ik niet volhouden, hoor. Ik wil in de ochtend gewoon hup, aan m'n dag beginnen. Ontbijten, douchen, werken. Niet stil gaan staan en positieve dingen tegen mezelf zeggen.'

'Je kunt het ook in de avond doen.'

Ik lepel wat van het schuim uit m'n kopje en steek het in m'n mond.

'Dat wil ik wel proberen,' zeg ik. 'Dat lijkt me wel rustgevend.'

'Zal ik je toevoegen aan ons groepje?' vraagt ze.

Ik voel weerstand opkomen en lach. 'Dat weet ik niet hoor, kan ik dit niet zelf doen? Met m'n eigen meditatie-app?'

'Dat kan ook,' bindt ze in. 'Maar dan moet je wel behoorlijk wat discipline hebben.'

'Ik ga het proberen,' zeg ik. 'Volgens mij kun je in de app die ik nu gebruik, zien hoeveel dagen je achter elkaar hebt gemediteerd. Dan ga ik, net als jij, de veertig halen.'

Ze lacht en zet haar lege kopje op het tafeltje voor ons. 'Ik ben heel benieuwd.'

* * *

Ik lig op de bank, de wolken zijn donker en ik kijk een serie op Netflix. Ik kan me niet concentreren. De acteurs zijn goed en het verhaal is spannend, maar er zit een ongemakkelijke steen in m'n borst. M'n lunch staat voor me op een houten bord, maar ik vind 'm smakeloos, terwijl ik m'n lievelingsbroodje maakte met geitenkaas, rucola en mangochutney. Ik voel me alleen en verdrietig.

Niet bang. Dat scheelt weer. Het dagelijkse mediteren en trouw naar mijn yogalessen gaan werpt zijn vruchten af voor mijn angst. Maar nu ik niet bang ben, komt er somberte. Ik voel me alleen gelaten en niet verbonden met de wereld. De draadjes in m'n hart zweven en reiken uit, maar er is niks waaraan ze zich kunnen vasthouden. Ik ben alleen en de wereld raast maar door. Het is alsof ik zweef in een bolletje, vlak boven de aarde, waarop ik iedereen zie leven en genieten terwijl ik er geen deel van uitmaak, maar waar ik wel moet blijven. Dat doet pijn. Ik heb pijn van hier zijn maar niet voelen dat ik hier hoor.

Ik weet dat dit ook het onverwerkte verdriet is waar Roos het over had en dat het zich nu laat zien, júíst omdat ik me veiliger voel en m'n zenuwstelsel tot rust komt. Dat ik daarom dagen heb waarop zich een steen in m'n borst nestelt, donkergrijs en puntig, die uitsteekt naar m'n buik.

Ik weet ook dat ik dat verdriet niet zomaar in een paar

sessies en met een reeks meditaties opgelost krijg nadat het er al jaren zit, maar ik zou zo graag zorgeloos willen leven. In theorie klinkt het allemaal zo mooi, je verdriet helen door erbij stil te staan en het dan te verzorgen, maar ik vind de praktijk soms behoorlijk vermoeiend. Ik wil geen verdriet, ik wil niet steeds op bed liggen met m'n hand op m'n buik. Ik wil de stad in. Ik wil biertjes, ik wil afleiding, ik wil gezelligheid.

Maar als ik dat doe, dan komen m'n emoties een dag later als een boemerang weer terug. Als de steen zich laat zien en ik negeer 'm, dan uit het zich in slapeloze nachten. Als ik hem probeer te verdrinken met wijn, dan komt-ie als ik brak ben nog heviger terug.

Dus zet ik de serie af, ga op m'n bed liggen, staar naar het plafond terwijl ik diep in- en uitadem en pak m'n telefoon naast me, met de oordopjes eromheen gewikkeld. Ik doe ze in m'n oren en zoek naar een meditatie van Tara op Spotify. 'Practicing RAIN by difficult emotions'. Deze emotie is inderdaad wel te omschrijven als *difficult*, dus daar ga ik.

We gaan stil staan bij wat er is, en ik voel de steen zwaarder worden. M'n negatieve gedachten buitelen over elkaar heen. Ik doe het niet goed, het leven. Ik ben raar. Als ik mezelf ben, houdt niemand van me. Ik ben al dríé jaar aan mezelf aan het werken en het schiet niet op. Er moet iets mis met mij zijn.

'Please try to let go of all the stories in your head that come with the feeling that you have,' hoor ik Tara zeggen. Ze tikt me even wakker.

'Je gedachten zijn er,' vertelt ze, '*they are real, but they aren't true.*' Ik glimlach met m'n ogen dicht. Ja, zo kun je het ook zien.

Ik concentreer me weer op m'n ademhaling en probeer m'n gedachten wat minder serieus te nemen. We focussen ons weer op ons gevoel.

Ik voel de scherpte van de steen, het is een soort rotsblok. Hij beslaat een deel van m'n bovenbuik, m'n hele borst. Ik krijg er een vol gevoel van. Het is een doffe pijn.

Ondertussen blijf ik rustig ademen. Door het focussen op het voelen van het verdriet, nemen m'n vervelende gedachten af.

Als ik een goed beeld heb van het rotsblok in m'n borst en buik, vraagt Tara wat het nodig heeft. Welke woorden zouden nu het allerfijnst zijn? Wat is het meest troostend om te horen?

Dat het goed is. Dat het allemaal, nu al, goed is. Dat ik niks meer hoef te doen of laten, dat ik goed ben zoals ik ben en er nu al van mij gehouden wordt. Dat ik veilig ben. En dat ik hier ook hoor.

En dan moet ik huilen. Alwéér. Ik huil de laatste tijd meer dan ik in de dertig jaar ervoor gedaan heb. Het begint zachtjes maar gaat over in een hard snikken. Ik trek m'n benen op en sla m'n armen om mezelf heen. Ik voel m'n ribben, ik ben nog steeds te mager. Ik aai over m'n flanken, probeer mezelf te kalmeren en laat mezelf uithuilen.

'*And after* RAIN, *we rest*,' zegt Tara.

Als de meditatie afloopt, zoek ik m'n lievelingsliedje van Bon Iver. Ik zet 'Holoscene' op repeat en wieg zachtjes van voor naar achter in m'n bed, met m'n benen opgetrokken.

De steen heeft z'n heil ergens anders gezocht.

* * *

'Je kijkt anders, weet je dat?'

Ik glimlach naar Evelien en blaas in de hete gemberthee. Veel honing helpt tegen de scherpe smaak.

'Ik ben wel minder bang, ja,' geef ik toe.

'Ik kan het zien,' zegt ze blij. De wierook brandt weer, er klinken zachte tonen van klankschalen door haar speakers.

'Maar ook heel kwetsbaar,' vul ik aan.

'Dat begrijp ik wel. Maar dat is iets moois, vind ik. Dat maakt je nu heel puur.'

Ik denk even na over haar woorden.

'Puur. Ja, misschien. Maar wat als deze pure mij heel erg verdrietig is? En eenzaam? Want ik geloof dat ik dat ben.'

Ze kijkt even peinzend uit het raam. Dan draait ze zich naar mij en zegt: 'Dan is dat wat nu gezien wil worden in jou. Dat verdriet en die eenzaamheid. Die gevoelens zijn er niet voor niks. Die hebben jou nodig.'

Evelien lacht bemoedigend.

'Roos zei ook al dat gevoelens er gewoon willen zijn. Niets meer en niets minder. Ze willen de ruimte om gevoeld te worden,' antwoord ik.

'Roos is een wijze vrouw.'

Ik lach. 'En toch vind ik de angst nog steeds niet fijn om te voelen.'

Ze knikt begrijpend. 'Vraag je weleens aan je angst wat hij hier precies komt doen?'

Ik kijk een beetje verwonderd. 'Aan de angst zelf ?'

'Ja, daar kun je mee praten.'

Ik lach hard. 'Ik kan praten met m'n angst?'

'Ja, natuurlijk.' Evelien lacht nu ook een beetje. 'Ik snap dat het raar klinkt, maar het is het proberen waard. De volgende keer als-ie er is, zeg je gewoon in jezelf: "Hé angst, daar ben je weer. Wil je mij misschien iets vertellen?"'

Ik lach nog steeds. 'Doen mensen dit echt?'

'Ja, het kan je helpen.'

Ik bijt op m'n lip om m'n lachen in te houden en denk erover na. Praten met mijn angst, het moet niet gekker worden. Ik zet de kop thee aan de kant. Evelien verdwijnt en ik kleed me uit.

Het naakt zijn voelt niet eng meer.

* * *

Ik heb mezelf getrakteerd op heel veel nieuwe kleding. Liefde en geluk mag dan wel van binnenuit komen, wat ik net voelde terwijl ik in een boetiekje stond en besloot álles wat ik mooi en lekker vond zitten te kopen, is anders ook aardig vervullend.

Ik kocht twee rokjes, twee katoenen truien, een spijkerbroek en een jurkje en ik maakte ook een afspraak bij de kapper.

Het is vrijdag en ik heb verder niets te doen. Ik hoef niet te schrijven over raamdecoratie en al m'n vriendinnen hadden plannen dus ik ben vanavond alleen. Ik zie dat er een yinyogales is voor gevorderden in m'n yogaschool en boek die les. Vrijdagavond, terrasweer, ik op een yogamat.

Er gebeurt iets met me als ik m'n yogalegging aantrek. Als ik de lichte ruimte binnenloop, de houten vloer zie, de witte wanden, de thee die altijd op de balie staat, dan gaan de hunkerende draadjes in m'n hart even liggen. Dan ben ik precies waar ik wezen moet.

Het is halfnegen 's avonds en ik leg een matje op de houten vloer. M'n haar is los en ik heb het kettinkje om dat ik laatst kocht in een klein winkeltje en sindsdien elke dag draag: goud en met een rond hangertje van de levensboom. Een reminder dat ik veilig ben en als een boom m'n wortels steeds verder laat groeien in de aarde. Niet dat ik het al daadwerkelijk zo voel, maar je moet klein beginnen.

De lichten zijn gedimd, de kaarsjes staan aan, de wierook brandt en m'n yogadocent zit glimlachend met haar benen gevouwen op haar mat. Het is rustig, naast mij zijn er nog vijf mensen.

Waaronder een jongen, een knappe jongen, ongeveer even oud als ik. Als we allebei geïnstalleerd zijn – kussens om ons heen, dekentje over onze mat, kijken we elkaar aan en lachen we. We staren even en dan wend ik m'n blik af. Als ik opsta om nog snel naar de wc te gaan, zie ik dat hij me nakijkt. Ik lach weer naar hem als ik terugloop naar m'n plek.

Als ik vanuit een zittende positie m'n voetzolen tegen elkaar duw en m'n benen een ruitvorm maken, buig ik voorover. M'n lievelingspositie, de butterfly. Ik maak me even zorgen dat ik de rest van de les niet kan ontspannen als er op drie meter afstand iemand zit die ik heel aantrekkelijk vind, maar na een paar minuten denk ik niet meer aan hem.

Anderhalf uur lang vouwen we ons in verschillende posities om onze benen te stretchen, onze rug en onze schouders en ik voel me elke minuut meer ontspannen en meer mezelf. M'n hele lijf werkt mee, elke spier kan eindelijk doen wat-ie de hele dag zou willen wanneer ik typend achter een laptop zit, en ik voel me thuis.

Ik ben thuis in m'n yogaschool, thuis op het lichte hout, thuis op de mat en thuis in m'n eigen lijf.

Na de les maak ik m'n matje schoon, hang het op en loop naar de balie voor een kop thee. De knappe jongen loopt langs me naar de uitgang, draait zich om en zegt:

'Tot de volgende keer, hè.' Ik lach en knik. Ik hoef op vrijdagavond niet naar een terras.

* * *

Nou, daar ga ik dan. Praten met m'n angst. Baat het niet, dan schaadt het niet. En nu ik zo aan het rommelen ben in m'n studiootje, kaarsen verplaats – terwijl het bijna zomer is en niemand meer kaarsen brandt, maar ik wel, want een beetje sfeer is altijd mooi meegenomen –, stofzuig, broodjes voor mezelf maak, hoef ik toch geen angst te voelen? Dan ben ik toch veilig? Waarom is het er dan nu weer, het bonzen van m'n hart, de verkramping in m'n buik, m'n zwetende handen?

Dus ga ik ermee liggen. Op m'n bank, in de stilte van m'n huis.

Ik open het gesprek vriendelijk. In het kader van vliegen vang je met stroop, lijkt het me handig als ik 'm een beetje positief benader.

Ik verschuif een kussentje onder m'n hoofd en leg m'n handen op m'n buik.

'Hoi Angst, ik merk dat je er weer bent, kan ik misschien iets voor je doen?'

Ik voel me belachelijk. Maar ik blijf liggen. Languit op m'n bank, benen op de grote beige kussens die ik op de armleuningen heb gelegd.

Er gebeurt niks.

Ik sta op en zet pianomuziek aan.

Als ik weer ga liggen, is de verkramping in m'n buik er nog steeds. Ook voel ik m'n handen zweten.

'Angst, wil je mij misschien iets vertellen?'

Ik adem een paar keer in en uit.

En ineens hoor ik in m'n hoofd: 'Dat je stopt me te negeren.'

Het is geen vreemde stem, ik ben het zelf. Ik hoor mezelf. Hoe kan het in godsnaam zover gekomen zijn dat ik hier tegen mezelf lig te praten? Ik moet nu echt compleet doorgedraaid zijn.

'Vind je dat ik je negeer?'

'Ja, je wil me altijd weg hebben. Dat wil je al sinds ik er ben.'

Ik blijf rustig ademen en zeg in m'n hoofd: 'Maar dat komt omdat je m'n leven zo beperkt. Omdat ik zo raar doe door jou.'

'Misschien blijf ik wel omdat je nooit naar me luistert.'

Ik ben even stil. Ik laat de stem van Angst even op me inwerken. 'Dat snap ik wel. Maar ik luister nu. Ik ben er nu. Dus zeg maar wat je wilt.'

'Ik probeer je te beschermen, maar dat heb je helemaal niet door. Je vervloekt me alleen maar.'

'Waar probeer je me dan tegen te beschermen?'

'Tegen nog meer pijn. Tegen te snel gaan. Tegen meer doen dan je aankunt.'

'En ik maar doordraven, hè?'

'En jij maar doordraven. Je hebt zoveel ideeën gevormd over dat ik slecht ben, dat ik weg moet, dat je mij moet bestrijden, dat je door me heen moet breken. Terwijl: als je me zou gebruiken als alarmbel, kan ik vóór je werken. En dan wil je me niet eens meer weg. Dan word ik je bondgenoot.'

Ik lach hardop. Dit gesprek met mezelf, of nou ja, met m'n angst, bevalt me wel.

'Ik kan wel een bondgenoot gebruiken.'

'Blijf dan naar me luisteren.'

'Wat wil je nu van me? Waarom ben je er nu?'

'Ik wil dat je goed voor jezelf gaat zorgen. Ik wil dat je jezelf in veiligheid brengt als ik de noodklok luid en ik wil dat je jezelf dan vraagt wat je nodig hebt, zodat je dat jezelf kunt geven.'

'Warmte, dat heb ik nu nodig.'

'Vouw jezelf dan op in bed en wieg onder de dekens. Luister naar de liedjes die je troosten. Ga, kind. Alsjeblieft, ga doen wat je wil.'

Ik stap hoofdschuddend van m'n bank af. M'n handpalmen zijn weer droog.

* * *

Ik kan mezelf wel zoet proberen te houden door mezelf te vertellen dat ik aan het helen ben en dat het prachtig is waar ik doorheen ga, maar in werkelijkheid vind ik het leven momenteel behoorlijk klote. Als dit is waarom ik altijd angstig was, zodat ik niet nog meer pijn hoefde te voelen, zodat m'n lijf me beschermt tegen de steen in m'n hart, dan begrijp ik dat lijf van mij donders goed. Wie vindt het nou leuk om elke ochtend met een zwaar gevoel in z'n borst wakker te worden, hopend op licht, op een uitzicht? Ik stond hierover te praten met iemand in m'n yogaschool en die zei: 'Je bent prachtig met al je pijn'.

Je bent prachtig met al je pijn.

Zo iemand wil je toch meteen neerschieten?

Wáárom is alles ineens mooi als je je gaat verdiepen in je gevoelens? Waarom is pijn wonderschoon? En hoe kan het dat mensen vervulling halen uit bloemen die bloeien in de lentezon? Ik heb het idee dat, nu ik ben toegetreden tot de Wereld Van Gevoelens, ik continu moet kunnen genieten van vrolijke vogeltjes en dartelende kinderen. Maar volgens mij mis ik het gen om altijd maar blij te worden van kleine dingen.

Ik rouw. Ik rouw om Sam, ik rouw om m'n vader en ik ben verdrietig en boos. Ik mis Sam, ik mis m'n vader. Ik ben woest dat Sam me verlaten heeft, ik ben woest dat m'n vader zo gemeen kon zijn. En ik weiger daar nu de schoonheid van in te zien. Als je het mij vraagt is het al een hele prestatie dat ik deze emoties überhaupt kan toelaten, moet ik ze dan ook nog met een rode loper verwelkomen? Het houdt een keertje op.

Tegelijkertijd teistert m'n hoofd me met fantasieën over een licht yogameisje worden. Zo'n type dat zegt: 'O wat zalig!' als je haar een glas water geeft. Als ik dit voelen nou écht goed doe, dan kan ik straks leven van de lucht. Dan heb ik niets meer nodig dan wat zonneschijn en een glas water om me intens gelukkig te voelen. Al denk ik dat een opname dan toch dichtbij komt.

Gewoon een beetje kunnen leven met wat ik voel, dat is eigenlijk alles wat ik vraag. De donkerte aankunnen – omarmen voor mijn part, die wil ik ze nog wel geven – en niet kopje-onder gaan. Tevreden zijn, zo kun je het ook zeggen. Ik vraag geen geluk, het hoeft niet wonderschoon.

Maar alsjeblieft, ook niet elke dag zo dof.

* * *

Ik ben met Sarah naar een kroeg gegaan. Niet te druk, niet te hip, maar met grote kans op aantrekkelijke mannen. Ik moet mezelf weer op het speelveld gaan begeven, volgens Saar. Zit wat in.

'En wat doe je nu dan? vraagt de oude bekende, een jongen van wie ik het bestaan vergeten was, tot ik hem vanavond trof in deze kroeg. We staan buiten, het is nog warm.

'Schrijven,' zeg ik. 'Stukjes, een boek, commerciële klussen, dat soort dingen.'

'Waar schrijf je over?' vraagt hij meer voor de vorm, zoekend naar een uitweg uit dit beleefde gesprek. Hij had z'n telefoon al uit z'n zak gepakt, ik had m'n kans niet gezien. Na drie bier worden signalen minder duidelijk.

'O, over van alles,' antwoord ik vaag. 'Psychologie. Mediteren en zo.' Voor het gemak verzwijg ik het pensioengat. En de Luxaflex.

'Dat vind ik altijd een beetje gelul, dat mediteren. Al dat zelfonderzoek.'

Ik blijf stil.

'Ik bedoel, ja, hoe moeilijk kan je het leven maken, hè? Al die mensen die uit het niets op van die cursussen gaan. Ik zou echt niet weten waarom ík zou moeten mediteren.' Hij zet z'n woorden kracht bij met een bulderlach.

Ik knik ongemakkelijk.

'Als het leven tegenzit, ga je vanzelf op zoek naar oplossingen,' klinkt het naast me.

De barman, leunend tegen het raam, rookt een sigaret. Ik kijk hem aan.

'Als het donker is, elke dag, als je niet meer weet wat je met jezelf aan moet, dan wil je wel een keer mediteren. Als dat helpt.'

Hij rookt langzaam en blijft mijn gesprekspartner onbewogen aankijken. Het is zo'n cliché dat het prachtig is.

'Ja, ja. Nee, ja... precies.' De oude bekende kijkt ongemakkelijk. Hij draait zich in de richting van z'n vrienden en pakt z'n telefoon weer uit z'n zak. Ik zie m'n kans schoon.

'Volgens mij ben jij een stuk minder oppervlakkig dan die jongens buiten,' zeg ik tegen de barman wanneer we bij de bar staan. Hij erachter, ik ernaast.

Hij lacht. 'Ik ben wel zo'n diepzinnig type ja, dat met een glas rode wijn over het leven praat...'

'...zich afvragend waar het allemaal goed voor is, altijd op zoek naar zin. Zin in de dag, zin de week, zin in het leven.'

'Met chronisch liefdesverdriet.'

'Ja, met chronisch liefdesverdriet.'

Het blijft even stil.

'Dan wil ik graag twee witte wijn,' zeg ik. 'En straks met je kussen op de wc.'

Hij lacht. 'Die wijn kom ik zo wel brengen.'

Ik ga weer bij Saar zitten. 'Wie was dat?' vraagt ze, wijzend naar de oude bekende.

'O, niemand,' antwoord ik. 'Iemand uit Groningen. Geen leuk iemand.'

Ze vraagt niet door.

De barman brengt onze glazen wijn en zegt: 'Ik heb zo vijf minuten pauze.'

Ik lach ongemakkelijk.

'Dan ga ik weer even buiten roken.'

Ik knik.

Als hij wegloopt, zegt Saar verbaasd: 'Wat gebeurt hier allemaal?'

'Ik wil straks met hem zoenen.'

'Je wil wat?'

'Ik heb net met hem geflirt bij de bar en toen zei ik hem dat ik met hem wilde zoenen.'

Saar lacht hard. 'Dan zal ik die pauze daar maar voor aangrijpen, hè.'

Als de barman voorbijloopt met een andere bestelling, zegt hij: 'Ik ga nu even naar de wc en dan roken.'

Ik glimlach en kijk naar Saar.

'Ga dan!'

Hoofdschuddend en lacherig van de wijn loop ik achter de barman aan naar binnen, volg hem naar de wc en daar staan we even verlegen lachend naar elkaar te kijken voor hij me tegen de muur aan drukt en zoent.

We kussen wild en ik hap soms tussendoor naar adem. Als hij me plots loslaat, zegt hij: 'Ik ben om twee uur klaar. Blijf jij zo lang hangen?'

Het lijkt me geen optie om het niet te doen.

Saar en ik bestellen nog een fles, ik word steeds dronkener en als de barman de laatste ronde aankondigt sta ik bijna te wankelen.

'Ik moet nog even schoonmaken, wat is je adres? Dan fiets ik straks bij je langs.'

Ik vertel hem waar ik woon.

Als ik thuis ben en de wereld draait, ga ik met m'n hoofd in m'n handen zitten op de bank.

Wat ben ik allemaal aan het doen? Wil ik straks slapen met deze onbekende jongen? Ik mis Sam. Ik wil bij hem zijn. Ik haat hem.

Ik haal m'n make-up van m'n gezicht, ga in m'n bed liggen en zet Bon Iver op. Dan hoor ik de deurbel. En nog eens. En nog eens. Ik draai me om en doe niet open.

* * *

'Denk jij dat ik depressief ben?' vraag ik Roos als ik op haar bank zit. Ze staat nog een kop thee voor ons te maken als ik begin met praten. 'Ik word elke dag wakker met een zwaar gevoel in m'n borst en ik huil élke dag, er is geen houden aan. Ik ben er doodmoe van.'

Ze kijkt begripvol.

'Als dit te lang duurt, dan is het toch een depressie? Dat heb ik opgezocht. Als je je weken achtereen somber en lusteloos voelt, dan ben je depressief.'

Ik kijk haar verwachtingsvol en angstig aan.

'Ik denk niet dat jij depressief bent. Depressie betekent namelijk letterlijk "onderdrukking". Wat jij doet, huilen, je pijn uiten, is juist éxpressie. Het verdriet in je lijf komt naar buiten. Dat is louterend. Dat is precies wat heling is – doorvoelen wat er gebeurt in je lijf, zonder oordeel.'

Ik laat het even op me inwerken.

'Maar waarom duurt het dan zo lang?'

'Omdat je rouwt. Je rouwt niet alleen om Sam en om je vader, maar ook om alle momenten in je leven dat je je verbonden wilde weten en dat niet lukte. Dat je je afgestompt voelde en alleen gelaten.'

Dat vind ik logisch klinken.

'Gaat dit nu m'n hele leven zo door?' vraag ik haar. 'Het huilen?'

'Ja. En zo diep voelen. Gaat dat m'n hele leven zo door?'

Roos denkt even na. 'Ik denk wel dat je iemand bent die diep voelt, ja. Dus als jouw gevoelsleven niet versluierd wordt door angst, zal dat diepe geraakt worden altijd zo blijven. Maar je kinderwond zal steeds iets verder helen, waardoor de pijn minder diep zal worden en minder lang aanhoudt. Daarbij ontdek je, ook door te blijven mediteren, dat je je gevoelens hébt en dat je ze niet bent. Dat ze voorbijgaan. Dat alles wat je voelt, hoe pijnlijk ook, uiteindelijk weer weggaat.'

'En dat de pijn die ik voel niet altijd direct te maken heeft met degene die 'm in me losmaakt. Maar dat het te maken heeft met vroeger.'

Roos glimlacht naar me. 'Precies.'

Ik zucht. 'Kan ik nog terug?'

'Waar wil je naar terug?'

'Naar een leven vol afleiding, hier niet zoveel over nadenken, me niet bewust zijn van m'n pijn.'

'Zou je dat willen?'

'Soms wel, ja. Soms lijkt het me heerlijk om me totaal niet bewust te zijn van wat er zich diep vanbinnen afspeelt. Vluchten in werk, flirten, drank, scrollen op m'n telefoon.'

Roos glimlacht. 'Dat begrijp ik wel. Maar dan ben je er eigenlijk niet helemaal bij. Op die momenten leef je meer op de automatische piloot en ben je weer afgescheiden van je gevoelswereld. Dat is van moment tot moment natuurlijk prima, je kunt ook niet de hele dag stilstaan bij alles wat je voelt. Maar weer permanent het contact verliezen met je ziel... Ik weet niet of dat is wat je echt wil.'

Ik laat haar woorden op me inwerken.

'Nee. Dat is misschien ook niet meer echt een optie, hè?'

'Het is vooral zonde omdat je het leven dan niet ten volle leeft. Emoties zijn er. Oud verdriet is er. Het wil gezien worden, erkend worden, doorvoeld worden. Alles in jou verlangt naar bestaansrecht, van je verdriet tot je blijdschap. Als je dat ontkent of bedekt, bedek je ook een deel van jezelf. En je bent hier nu toch, in dit leven, met dit lijf, met deze ziel. Dan kun je maar beter luisteren naar wat het je te zeggen heeft en aanwezig zijn in het huidige moment. Niet waar?'

Ik knik. 'Maar ik vind het wel verdomd ingewikkeld.'

Roos lacht. 'Dat is het ook.'

* * *

Het is hoogzomer en ik krijg een uitnodiging in m'n mailbox van een van m'n favoriete yogadocenten voor een workshop over vergeving. In haar bericht staat dat vergeven van jezelf en anderen een grote stap kan zijn in de richting van zelfacceptatie en zelfliefde. Twee woorden waar ik nog steeds een beetje de kriebels van krijg, maar toch merk ik in m'n borst een 'laat ik dit proberen'-gevoel. Ik schrijf me in.

Ik was lang bang dat ik de beelden van Sam met een ander nooit meer uit m'n hoofd zou kunnen krijgen. Die uren erna, die dagen alleen op m'n bank met die intense misselijkheid en pijn in m'n buik. Ik was bang dat ik die dagen, die herinneringen, voor altijd met me mee zou dragen. Dat ze me zouden blijven achtervolgen. In m'n slaap als nachtmerries en overdag als beelden, alsof m'n hoofd me martelt. Dat ik nooit meer onbezorgd zou zijn. Maar ik heb in de afgelopen maanden ontdekt dat het slijt. Ik denk minder vaak aan die dag, aan hem, aan ons en aan wat er allemaal mis is gegaan. Er is nog steeds radiostilte en dat geeft me rust, maar er blijft ook iets borrelen. Alsof we nog niet klaar zijn, samen. Misschien wel omdat ik hem niet vergeven heb?

Op de avond van de workshop is het fris, een typische Nederlandse zomerdag, veel regen, nog geen twintig graden, en ik heb m'n trui, yogalegging en dikke wollen sokken aan. Als ik aankom in mijn yogaschool zie ik dat iemand in mijn hoekje ligt. Ik voel even paniek, maar dan leg ik mijn matje voor de vriendelijke uitziende vrouw met grijs haar neer, nog steeds naast de muur, ga zitten in kleermakerszit, draai me om en lach even naar haar.

De docente gaat zitten, dimt de lichten en steekt de wierook aan. Door de sandelhoutgeur voel ik me nu al rustig.

Wanneer ook zij op haar mat zit, begint ze haar workshop met een anekdote over hoe het leven als een spiegel functioneert. Die metafoor ken ik en daar word ik stiekem altijd een beetje moe van. Alles wat er om je heen gebeurt, zou een spiegel zijn van hoe je jezelf gedraagt. Het voelt daardoor alsof ík het altijd fout doe. Alsof ik continu verkeerd gedrag vertoon. Als iemand een rotopmerking tegen mij maakt, is dat dus omdat ik zelf ook altijd rotopmerkingen maak tegen anderen? Maar dan zegt ze: 'Die metafoor betekent, dat als iemand jou verlaat, je naar binnen kunt kijken en je jezelf af kunt vragen of je jezelf niet al veel eerder verlaten hebt.' Ze vraagt ons om languit te gaan liggen en samen met haar een paar minuten diep in en uit te ademen.

Ik knipper wat sneller met m'n ogen terwijl ik ga liggen. Wacht even. Is dát wat ze bedoelen met een spiegel? Dat je in andermans gedrag kunt zien hoe je met jezelf omgaat? Is het dan geen kritiek op hoe je je presenteert aan de wereld? Geen oordeel, geen feedback? Zou zijn vreemdgaan, het feit dat hij me verliet, alleen liet, me willen laten zien dat ik mezélf al veel te lang in de steek had gelaten? Dat ik mezelf alleen heb gelaten?

Ik schuif een beetje op m'n matje tot ik lekker lig, maar het lukt me niet om rustig te ademen. Het voelt alsof de bliksem is ingeslagen in m'n brein. Dit is nu al geen slecht bestede vijftien euro.

Ik blijf ademen op het vier-tellen-in-zes-tellen-uit-tempo, lig nog steeds op m'n rug, m'n benen wat uit elkaar en m'n handen op m'n buik, en voel mezelf dan langzaam kalmeren. Op dat moment hoor ik de docent zeggen dat we gaan beginnen om iemand in ons leven te vergeven die ons veel pijn heeft gedaan. We moeten die persoon in onze gedachten nemen en ons voorstellen dat we tegenover hem of haar zitten.

Oké, dit lukt me.

Ik zie Sam en mij samen zitten, op de bank, terwijl ik mezelf in kleermakerszit heb gevouwen en tegen de grote kussens die tegen de armleuningen staan aanleun en hem aankijk.

'Dan proberen we alle pijnlijke, verdrietige en boze gevoelens toe te laten die er opkomen.'

Ik adem diep in, hou m'n adem even vast en voel dan verlatenheid, verdriet en vernedering. Er zit nog meer dan ik dacht.

'We blijven rustig ademen. Voel wat je voelt.'

Ik heb het idee dat ik al een halfuur lig te voelen wat ik voel als ze zegt: 'Probeer je dan nu voor te stellen dat de persoon die tegenover jou zit, een kindje is. Van vier of vijf jaar. Een jong meisje of een jonge jongen.'

En ik zie hem als jochie bij me zitten. Ik zie zijn blonde haar, zijn hangende schouders, z'n eenzaamheid. En de vernedering in m'n buik ebt weg. Ik zie zijn onschuld. Z'n onvermogen. Hij die z'n schouders ophaalt, die het ook allemaal niet weet. Hoe hij het goed doet in de wereld, hoe mensen van hem gaan houden. En ik moet weer huilen. Zachtjes, geluidloos. Tranen die zich een weg vinden van m'n wang naar m'n yogamat.

'Dit is de persoon die jou zo'n pijn heeft gedaan,' hoor ik de docent op de achtergrond zeggen. 'Dit kind. Die niet wist hoe hij het beter kon doen. Die met al z'n eigen verdriet, ongezien voelen, ongehoord voelen, niet goed genoeg voelen, eenzaam voelen, jou ook zo'n pijn heeft gedaan.'

En het wordt warmer in m'n borst.

'Stel je voor dat je alle boosheid en verwijten die jij voelt, en alle schaamte en schuldgevoelens die het kind tegenover je voelt, een voor een wegpakt en in het vuur van je hart gooit. Je hartstreek is een vuurtje waarin pijn verdwijnt en waar je liefde voor terugkrijgt. Op elke inademing gooi je de zwaarte in het vuur en op elke uitademing geef je liefde terug aan de ander.'

We ademen een aantal minuten rustig door en ik blijf visualiseren hoe zijn gelieg, bedrog en wanhoopsdaden versmelten in dat vuur. En hoe er liefde uit voortkomt. Ik word rustiger en lichter.

Daarna blijven we nog een paar minuten liggen voor we weer rechtop gaan zitten. We leggen onze handen op ons hart en houden onze ogen dicht. Ik wil hier nog steeds wonen.

Als de docente ons bedankt voor onze openheid en kwetsbaarheid, glimlach ik naar haar. Ze heeft me vanavond een stap verder gebracht.

* * *

Ik scrol door een datingapp. Ik installeerde hem vanochtend en ik vind het nu al mistroostig, maar ik heb zin in aandacht, onbezorgdheid en gezelligheid. De app laat veel toeristen zien. Alle single Chinezen die foto's maken op de Magere Brug komen nu op m'n scherm voorbij. Je moet behoorlijk wat doorzettingsvermogen hebben om hier doorheen te kijken.

Als ik een wandeling ga maken door het Oosterpark ben ik benieuwd welke nieuwe profielen er zo meteen tussen zitten.

Eenmaal thuis stuit ik op Benjamin. Mysterieus type, waarschijnlijk geen spaarrekening, leeft op een boot. Geen stijlvol ingerichte woonboot op de Amstel, nee nee, een zeilboot. Waarmee hij binnenkort de wereld wil overvaren. Z'n haar is lang, z'n ogen staan uitdagend en bier drinken met deze man is ineens alles wat ik nog wil.

Na een soepel gesprek waarin we veel raakvlakken blijken te hebben – melancholische muziek, niet helemaal je draai kunnen vinden in het leven, goeie sneakers die belangrijk maar altijd lastig te vinden zijn – besluiten we wat te gaan drinken. Diezelfde avond nog.

We spreken af bij Café de Magere Brug. Maximaal 300 meter van m'n huis vandaan. Hij zit al op een terrasstoel als ik aan kom lopen.

Hij is knap. Hij kijkt precies zo ongrijpbaar als ik al

dacht en dit is typisch zo'n man op wie ik stapelverliefd kan worden maar die ik nooit helemaal zal hebben. Iemand bij wie ik eigenlijk ver uit de buurt moet blijven.

Na twee rode wijn bestellen we een derde en het gesprek komt op onze ouders. Hij vertelt me dat zijn exvriendin altijd zei dat hij een narcistische moeder heeft. En dat z'n ouders het slechtste huwelijk hadden dat hij kent. En dat-ie een burn-out had, o, en een depressie, en dat-ie in zeilen vindt wat-ie al jaren zoekt: rust. Al mijn alarmbellen gaan af. Maar ik blijf rustig zitten.

Het is één uur 's nachts en ik maak grapjes over dat hij zei dat hij even lang was als ik maar dat ik het betwijfel, dat ik denk dat hij net iets kleiner is, en dan zegt hij dat we tegenover elkaar moeten gaan staan om het te ontdekken.

We staan op, lopen om het wiebelige terrastafeltje heen en kijken elkaar lacherig in de ogen. Hij pakt me vast bij m'n nek en zoent me.

Als ik me losmaak en doorloop naar de wc, merk ik dat de wijn z'n werk beter doet dan ik dacht. Ik lach hoofdschuddend om mezelf, om dit avontuur, en voeg me weer bij hem.

We fantaseren over samen de wereld over zeilen, hij oppert om dat weekend samen naar Friesland te varen en ik voel: dít is leven. Neem me mee op avontuur, laten we niet denken, laten we gaan.

Als het café gaat sluiten, loopt hij met me mee naar huis. Voor m'n huis zoenen we heftig. Hij zoent zoals ik, het werkt, het is soepel en fijn en ik wil hem het liefst mee naar m'n studio sleuren maar iets houdt me tegen. 'Wil je mee?' vraag ik hem. 'Ik wil niets liever,' antwoordt hij. Ik twijfel en zeg dan dat het de volgende keer mag. Hij lacht en gaat z'n fiets pakken.

Als ik binnenkom in m'n studio, zet ik muziek aan en draai ik hitjes die op dat moment in alle cafés te horen zijn. Ik lach en dans door m'n kamer. Ik voel me vrij en onverwoestbaar.

De volgende dag word ik wakker. Ik ben brak en terug in de realiteit.

Benjamin laat nooit meer iets van zich horen.

* * *

Ik zit op een houten klapstoeltje voor een koffietentje met een cappuccino, de zon schijnt in m'n ogen, ik draag een zonnebril van Ace & Tate en ik ben de verpersoonlijking van mijn generatie. Ik pak de krant van vandaag, om het stereotype beeld compleet te maken, en zie een interview met psychiater Dirk De Wachter.

Hij vertelt in het interview dat hij gelooft in de noodzaak van elkaar vastpakken om gezond te zijn. 'Pak elkaar vast, we hebben het nodig. Niet alleen als kinderen, maar als mensenkinderen. We verlangen allemaal naar koestering. Daardoor bloeien we.'

Ik ben gefascineerd. 'Baarmoederlijkheid,' noemt de psychiater het. Onze oerbehoefte om in contact te zijn met de ander, verbonden. Om erbij te horen. En hij zegt dat het feit dat we tegenwoordig grotendeels via schermen communiceren, een van de ziektes van deze tijd is.

En ineens schiet me weer een lezing van Tara Brach te binnen die ik laatst luisterde op de fiets, maar bij thuiskomst afzette. Ik zoek 'm op. M'n cappuccino is nog halfvol, de zon maakt m'n blote armen warm en ik hoef nergens naartoe.

Tara vertelt dat we altijd denken dat we in het Westen zo rijk zijn, maar dat er ontelbaar veel mensen zijn die liefde en verbinding tekortkomen. En dat het langstlopende wetenschappelijke onderzoek aan Harvard heeft uitgewezen dat ons geliefd, begrepen en gekoesterd voelen en het hebben van waardevolle relaties, de voornaamste voorspellers van geluk zijn. En er dus nog wat werk aan de winkel is.

Ze claimt dat ons leven niet de '*survival of the fittest*' is, maar de '*survival of the nurtured*'. Precies wat Dirk De Wachter ook zegt. Want dat gekoesterd worden, en je gekoesterd voelen, ervoor zorgt dat je een gezond contact hebt met je binnenwereld en dat stress vermindert.

Ik vind het mooi: *survival of the nurtured.*

Dan begint ze over een Afrikaanse stam, waar ze, als iemand een grote fout maakt en spijt betuigt, met z'n allen in een kring gaan zitten en iedereen een voor een vertelt wat ze zo waarderen in die persoon die de fout maakte. Zodat-ie aan het einde van de dag, en soms duurt het zelfs dagen, als het een grote stam is, voelt dat-ie hoe dan ook geliefd is en erbij hoort.

Erbij horen, dat hebben we nodig, benadrukt Tara nog een keer. Voelen dat we deel zijn van een groter geheel en daar verbinding mee hebben.

'De plek waar je je gezien, gehoord en begrepen voelt, is een heilige plek,' hoor ik Tara zeggen. 'Denken aan die plek, aan daar vertoeven, bij de mensen die jou zien, horen en begrijpen, is als brandstof voor de ziel. We hebben het nodig. We hebben allemaal een heilige plek nodig waar we onszelf kunnen zijn.'

Dan zegt ze: '*To really feel connected, we only need two things: to be seen, and that what is seen, is held in love.*'

En ineens voel ik waarom ik Sam zo moeilijk los kan

laten. Waarom ik nog steeds zoveel aan hem denk en hem mis. Ik begrijp het niet alleen, ik voel het in m'n borst. Ik voel waarom ik nog steeds soms zo verlang naar zijn armen om mij heen, naar met hem in bed liggen, en de rust die ik voelde in m'n hele lijf als mijn buik de zijne raakte. We zijn allebei simpelweg mensen die niets liever willen dan geliefd worden wanneer we onszelf zijn. Zoals alle mensen. We werden gezien en begrepen door elkaar en dat was de brandstof voor onze ziel. We zochten een thuis en dat vonden we in elkaar.

Ik voel mezelf ontspannen terwijl Tara verder praat.

Als ik onze goedheid zie, kan ik geen schuldgevoel of boosheid voelen. Dan ben ik niet meer boos op mezelf dat ik tijdens onze relatie aan hem trok of hem probeerde te veranderen en te fixen. Dan ben ik niet meer boos op hem. Dan zie ik alleen maar twee wanhopige mensen die zo graag geliefd wilden worden.

* * *

De zon schijnt en het is 25 graden terwijl het al bijna oktober is. Ik wilde warmte – u vraagt, wij draaien. Het is zaterdag en ik heb twee grote ramen omhooggeschoven zodat er zo veel mogelijk frisse lucht binnenkomt. Ik lees een fijn boek dat gaat over niks terwijl ik op m'n bed lig en me veilig voel in m'n coconnetje. Dit huisje mag dan klein zijn en zonder zonlicht, het is wel *míjn* plek. De ruimte waar ik mezelf kan zijn.

M'n telefoon heb ik in een mandje gegooid op m'n bureau, met vliegtuigmodus aan. Vandaag geen prikkels, geen buitenwereld, geen afleiding. Vandaag alleen mezelf.

Rond een uur of een wandel ik door de Utrechtsestraat, koop wat olietjes en crèmepjes die lekker ruiken bij een natuurwinkel en drentel door naar de supermarkt om alleen maar te kopen waar ik zelf zin in heb. Spek, geitenkaas, sla, avocado, komkommer, tomaatjes, Magnum Almond Mini. Ik voel me licht.

Ik maak m'n lievelingssalade en voel me volwassen wanneer ik een dressing in elkaar draai van olie, azijn, mosterd en honing, want ach, zo simpel, maar je moet het wel in huis hebben en ik heb dat en dat voelt goed. Ik eet terwijl ik in een stoel voor het raam zit, met m'n blote benen in het raamkozijn.

Chilled jazz speelt op de achtergrond, ik ben verknocht geraakt aan deze lijst die me doet denken aan mijn begin van leren voelen, aan het begin van het doorvoelen van m'n pijn en aan het begin van veilig zijn met mezelf. Ik ben kalm.

Om vijf uur besluit ik nog een stuk te gaan wandelen. Ik zie de mooie, grote, statige huizen met de typische Amsterdams gevels en de grote bomen die de hele buurt voorzien van het nodige groen. Ik sluit aan in de rij voor de ijssalon en trakteer mezelf op twee bollen. Pistache en meloen.

Langzaam slenter ik terug naar huis, genietend van m'n ijsje en kijkend naar de groepen vrienden en stellen die op het gras zitten in het Wertheimparkje. Het steekt een beetje, ik wil dat ook weer, samen zijn met iemand, maar ik voel dat ik daar nog niet ben. Dat het voor nu goed is. Alleen, rustig.

Als ik thuis ben en met Mexicaanse bonen en nachochips op de bank zit – zelfgemaakte guacemole ook nog erbij – kies ik een Nederlandse romantische komedie die ik al minstens vier keer heb gezien.

Ik wil niemand appen, ik wil niet doelloos scrollen op m'n telefoon, ik wil geen afleiding, ik voel me niet bang, ik wil gewoon zijn. En het lukt me ook nog.

* * *

De laatste dagen voel ik de behoefte om Sam te bellen. Ik ben bijna jarig, het is begin november, en ik wil hem vertellen over m'n inzichten. Ik wil hem vertellen dat ik hem vergeven heb en ik wil hem mijn excuses aanbieden voor hoe ik me tegen hem gedragen heb.

Ik heb een nieuwe kasjmier trui aan – vanaf nu investeer ik voor altijd in deze stof die me het gevoel geeft dat ik de hele dag word geknuffeld – en zit in m'n lievelings-Levi's en met blote voeten op de bank.

Ik heb een kop thee gemaakt uit een doosje dat 'zen' heet. Dat lijkt me een goed begin voor een telefoontje als dit. Met een diepe zucht zak ik in de kussens van de bank en druk op Sams naam in m'n telefoon.

'O, hé,' zegt hij verbaasd als hij opneemt.

'Hé,' antwoord ik. 'Stoor ik?'

'Nee, nee, helemaal niet,' zegt hij vlug. 'Ik ben gewoon thuis.'

'Oké.'

Ik laat een stilte vallen.

'Waar eh, waar bel je voor?' vraagt Sam voorzichtig.

'Ik wilde weten hoe het met je ging,' zeg ik.

'O,' antwoordt hij verrast. 'Wat lief van je. Uhm, nou, ja, het gaat wel prima hoor. Z'n gangetje.'

Ik lach om het bekende antwoord.

'Fijn,' zeg ik. 'Heel fijn. En ik bel eigenlijk ook om,

nou ja, om het nog over wat dingen te hebben. Heb je daar tijd voor, nu?'

'Ja hoor,' antwoordt hij. 'Ik ben benieuwd.'

Ik adem weer een keer diep in en uit.

'Oké, nou, allereerst wil ik je mijn excuses aanbieden.'

Sam is even stil. Dan zegt hij: 'Jíj wil je excuses aanbieden?'

'Ja,' antwoord ik standvastig. 'Ik wil je m'n excuses aanbieden omdat ik in ben gaan zien dat ik jou tijdens onze relatie niet in je waarde liet en ook nooit naar je luisterde. Dat ik blind was voor jouw signalen die aangaven dat mijn continue drang om je te fixen juist averechts werkte. Het maakt me verdrietig dat ik in de pogingen die ik deed om onze relatie te redden en onze verbinding te herstellen, compleet aan jou voorbij ben gegaan. En aan mezelf trouwens ook.'

Hij is even stil.

Dan zegt hij: 'Ik weet niet zo goed wat ik moet zeggen. Dit had ik niet verwacht.'

Ik glimlach door de telefoon.

'Maar ik neem jou niets kwalijk, dat heb ik nooit gedaan,' zegt hij. 'Ik zag die uitbarstingen en moeizame gesprekken altijd als pogingen van jou om onze liefde weer te voelen en dat wilde ik ook voor jou, dat je dat weer voelde. Dat wilde ik voor ons allebei.'

'Maar die gesprekken werkten niet, hè?'

'Nee, niet echt,' zegt hij zachter.

'En we zeiden ook nooit helemaal eerlijk wat we voelden,' voeg ik eraan toe.

'Nee,' zegt hij, 'dat zei ik nooit. En dat had ik wel moeten doen. Ik had meer moeten delen over wat ik voelde. Wat ik écht voelde. Ik had eerlijker moeten zijn.'

We zijn allebei even stil.

'Maar lief,' zegt hij dan. 'Ik wil ook wel duizend excuses aanbieden voor alles wat ik jou heb aangedaan. Voor alle keren dat je je zo in de steek gelaten voelde, dat je zo verdrietig was. Ik vind het heel erg dat ik jou door de jaren heen zoveel pijn heb gedaan.'

Ik ben blij met wat hij zegt.

'Dank je wel.'

'Je bent zo sterk, lief,' zegt Sam. 'En je verdient iemand die jou helemaal ziet. Je verdient iemand die jou net zo ziet zoals je mij zag. Want dat deed je, en dat doe je nu weer. Ook al denk je misschien van niet.'

Ik laat een stilte vallen.

Dan vraag ik: 'Denk jij dat we weer bij elkaar komen?'

Hij lacht en wacht even voor hij antwoord geeft. 'Misschien wel, misschien niet. Ik weet niet of ik de deur ooit helemaal zal kunnen sluiten voor ons. En ik hou nog net zoveel van je als altijd.'

Ik glimlach. 'Ik hou ook nog net zoveel van jou als altijd.'

We zijn even stil.

'Ik ga weer even verder hier, vind je het goed?' zegt Sam.

'Ja.'

Dan bedenk ik me.

'Sam? Shit, sorry. Ik wilde nog iets heel belangrijks zeggen.'

'Hmm?'

'Ik heb het je vergeven. Wat er is gebeurd. Met dat meisje. Ik heb het je vergeven.'

Sam is stil. Het duurt secondenlang, bijna een minuut.

Dan hoor ik hem met onvaste stem zeggen: 'Je bent de aller-, allersterkte. En ik hou onvoorwaardelijk van jou.'

Ik lach en wacht even.

'Doei lief.'

'Doei poppie.'

'Wie weet tot wanneer.'

'Wie weet tot wanneer.'

Ik hang op en gooi m'n telefoon naast me op de bank. Ik heb een heel zware jas uitgedaan.

* * *

Halfelf 's avonds, ik ben een meisje van de klok, en het is tijd voor m'n dagelijkse meditatiemoment. Als ik me nestel in m'n warme bed, begint de zachte stem van Tara tegen me te praten en beginnen m'n ledematen zich een voor een te ontspannen. Ik stel me warme gouden verf voor die over m'n tenen wordt uitgestreken, m'n voeten, m'n enkels, door naar m'n bovenbenen, en die vervolgens m'n hele lijf verzacht en verwarmt.

Na een paar minuten begint het te tintelen in m'n handen. Het is een lekker soort tintelen, niet met harde speldenprikjes maar een zacht kloppen, alsof m'n cellen zich vernieuwen en zich klaar maken voor een rustige slaap.

Ik leg allebei m'n handen op m'n hart en adem rustig in en uit. Ik wil horen wat m'n hart te zeggen heeft. Volgens Evelien kun je luisteren naar je intuïtie door jezelf vragen te stellen over je leven en je toekomst en dan te voelen. Voelen wat er in je lijf gebeurt. Wordt het warm, wordt het koud, verkrampt het, voelt het licht. Wanneer je in angst leeft, lukt dat niet. De verkramping heeft dan de overhand en de antwoorden van je hart worden gekleurd.

Maar nu ben ik rustig.

Ik doe m'n oordopjes uit, leg m'n iPhone weg, ga weer op m'n rug liggen met m'n benen opgetrokken en leg beide handen weer op m'n hart.

Ik stel me voor dat ik op m'n werkplek zit en er weer een schrijfklus binnenkomt. Voor een yogaschool, voor een coach, voor een huisartsenpraktijk. En m'n borst wordt koud.

M'n hoofd brengt z'n verweer in. Ik ga nooit kunnen leven van alleen boeken en columns schrijven, ik moet iets ernaast doen, ik wil niet op een houtje bijten, ik wil een leuk leven.

M'n borst blijft koud.

Misschien kan ik ook iets anders doen dan teksten schrijven? Er moet meer zijn dan dat. Wat nou als het niet meer hoeft? Als ik schrijfklussen kan weigeren? Als ik op zoek kan naar werk dat meer vervullend is?

M'n hele lijf ontspant.

Als ik ontspan is alles licht. Als ik ontspan wordt m'n hart een kompas dat me leidt met 'ja' en 'nee', dat me leidt naar een keuze die nu past, die nu goed is voor mij. Het wordt warmer in m'n lijf. Ik vouw m'n benen tegen m'n borstkas aan en wiebel heen en weer. Hier ga ik op proberen te varen.

* * *

'Aram?' Hij staat met z'n rug naar me toe een bestelling te maken als ik voor de eikenhouten bar sta.

'Weet je nog dat je tegen mij zei dat ik wakker moest worden?'

Hij draait zich om en lacht. 'Jazeker.'

'Ik vond dat dus een beetje spiritueel gezever, als ik eerlijk ben,' zeg ik terwijl ik met m'n vingers op de bar tik. 'Maar ik geloof dat ik het nu begrijp.'

Aram haalt een pak havermelk uit de koelkast en begint zonder het te vragen mijn cappuccino te maken.

'Vertel.'

'Als ik precies doe wat ik fijn vind, als ik luister naar m'n lijf, als ik m'n gevoel leidend laat zijn, dan voelt het niet alsof ik m'n leven leef terwijl ik met m'n hoofd onder water ben. Dan worden de dagen niet geregeerd door angst, maar door vertrouwen.'

Aram glimlacht.

'Het voelt alsof ik tegenwoordig kan kiezen. Laat ik mezelf beïnvloeden door alles wat er in m'n hoofd speelt, al die angstige gedachten over wat er mis kan gaan, of keer ik naar m'n lichaam en neem ik die razende rondjes van m'n hoofd gewoon niet zo serieus.'

'En als je daarvoor kiest? Voor je lichaam?'

'Dan blijkt m'n intuïtie dus een fucking krachtig instrument,' zeg ik lachend.

Aram vouwt z'n handen voor z'n borst en buigt voor me met een lach op zijn gezicht.

Ik geef hem een zachte stomp op z'n bovenarm.

'En wat zegt jouw intuïtie over die stukken die je schrijft over het pensioengat?'

Ik zucht diep bij de gedachte aan m'n werk.

'Tsja, dat dat niet de weg is. Dat ik iets anders moet gaan bedenken. Desnoods pakken gaan verkopen in een herenzaak. Maar dat ik langzaam een beetje doodga vanbinnen als ik dit blijf doen.'

'En dat je eerst een nieuw boek moet maken.'

'Daar kun je geen geld mee verdienen, Aram.'

'Dat is je hoofd! Dit is weer je hoofd. Ga dat nou maar doen, dan volgt dat geld vanzelf. Misschien wel met die pakken van je.'

Ik ben ondertussen gaan zitten op een kruk aan de bar en lepel melkschuim van m'n cappuccino.

'Ik zie die feniks,' zegt Aram weer, net zo mysterieus als de eerste keer. 'Ik zie 'm herrijzen. Als jij zo doorgaat, ziet jouw leven er over een tijdje heel anders uit. Dan kom jij hier niet meer voor die dodelijk saaie teksten van je.'

Ik lach.

Voor het eerst voel ik dat vertrouwen ook.

* * *

Ik stap m'n voordeur uit om bij Sarah te gaan eten. De maan lijkt groter dan normaal, hij staat precies boven de Magere Brug, de lucht is donkerblauw, het is ijskoud en ik blijf even op straat staan om ernaar te kijken. In dit moment ben ik even zielsgelukkig. Het is volle maan.

Ik heb Saar vorige week verteld dat ik soms eenzaam ben. Ze vond het verdrietig, maar ze kende het niet, zei ze. Zelf voelt ze zich wel verbonden – met haar familie, haar vriend, haar vriendinnen. Dat maakte m'n hart weer even zwaar, dat ze niet wist hoe ik me voelde.

Ik legde haar daarom uit hoe het was, dat het gekmakend is soms, om uit te reiken maar niet te kunnen zien waarnaartoe precies, alsof je duizend armen hebt maar niemand je hand pakt. En hoe vermoeiend het is dat mensen dingen zeggen als: 'Maar uiteindelijk zal een ander je nooit hélemaal begrijpen', of '*In the end* zijn we allemaal alleen'. En dat ik dan denk: maar dat kan niet waar zijn. Ik overleef het hier niet als dat zo is. En dat ik me vaak voel alsof ik zweef terwijl ik zo graag wil landen.

'Je landde bij Sam, hè,' zei ze toen. Ik knikte.

En toch rijst het vertrouwen dat dat landen bij meer mensen zal gebeuren. Op meer plekken.

Ik land in m'n yogaschool, ik land in de natuur. Ik land als ik langs de grachten loop en lach naar de verschillende mensen die ik tegenkom. Ik land bij Evelien, bij Roos. Ik land als ik een meditatie doe die m'n hart verbindt met het universum terwijl ik tegelijkertijd denk: ik ben knettertjegek geworden, en: fuck, ik voel dit echt. Ik land als ik liefde voel in m'n lijf, voor mezelf, voor Sam, voor Saar, voor alle lieve mensen in m'n leven. Ik land als ik de waarheid spreek, als ik helemaal eerlijk ben over wat ik voel en ervaar. Ik land op steeds meer plekken en op meer momenten dan ik eerder deed en daarom is er dat vertrouwen.

In de trein naar Haarlem zet ik een podcast van Tara op. Ze leest een stuk voor uit een overdenking van '*mystic and poet*' John O'Donohue. '*Everyone longs for intimacy and dreams of a nest of belonging in which one is embraced, seen and loved. Something within each of us cries out for belonging. We can have all the world has to offer in terms of status, achievement, and possessions. Yet without a sense of belonging it all seems empty and pointless.*'

Ik glimlach. Het is zo waar.

Als verbinding en intimiteit de drijfveren van de mens zijn, dan moet ik dat ook blijven vinden. Dan is dat er ook voor mij.

* * *

Ik wil graag blijven werken aan meer verbinding voelen met mezelf en de wereld om me heen. Als ik daar met een vriend over praat, raadt hij een coach aan die hij kent.

Ik sla het nummer van de coach, Julian, op in m'n telefoon en zie op WhatsApp dat-ie heel aantrekkelijk is. Godallemachtig, dat heb ik weer.

Ik stuur hem een bericht dat ik z'n nummer heb gekregen van die en die, dat ik enthousiaste verhalen over hem hoor en of hij tijd heeft voor een kennismaking. Dat heeft hij. We spreken de volgende dag af, om 11 uur 's ochtends.

Als ik die ochtend in m'n roze badjas de rietsuiker van m'n cappuccinoschuim zit te lepelen, stuurt hij me vlak voor onze afspraak een Zoom-link.

'Mijn god, is het met beeld? Ik zit in m'n roze badjas. Kunnen we ook bellen?'

'Haha. De roze badjas-show lijkt me anders ook wel gezellig hoor. Maar wat jij wil.'

'Ik kleed me wel even aan. Vijf minuten!'

Ik hou m'n pyjamabroek aan en trek een donkergrijze trui aan en doe m'n kettinkje om met de levensboom. M'n haar zwiep ik van links naar rechts en met m'n bril op maak ik er toch een soort *casual yet hip yet artistic* plaatje van.

We starten Zoom op en al binnen een minuut denk ik:

ik twijfel over heel veel dingen in mijn leven, maar als er iets is wat ik heel zeker weet, is het wel dat jij absoluut mijn coach niet gaat worden.

Julian is aardig, stelt vragen over hoe ik me voel, welke gedachten vaak terugkomen en wat ik van hem verlang.

Seks, denk ik. Ik verlang seks en met jou verdwijnen naar een huisje in de natuur en nooit meer terug naar de bewoonde wereld keren.

'Een luisterend oor,' zeg ik. 'En iemand die me helpt als ik het gevoel heb dat ik verdwijn in een bolletje dat om de aarde zweeft. Die ik dan kan appen en me begrijpt, zodat ik niet hoef te wachten tot ik één keer per maand m'n therapeut zie.'

Julian zegt dat hij dat graag voor me wil zijn en ik zoek ondertussen naargeestig naar een oplossing om onder dit bijna afgesproken coachtraject uit te komen. Voor je het weet investeer ik zeshonderd euro in een jongen met wie ik alleen maar naar bed wil. Ik heb weleens gekkere dingen gedaan.

Trouw zijn aan mezelf, denk ik. Trouw. Zijn. Aan. Mezelf.

Maar ik ben helemaal nergens trouw aan en spreek met hem af dat ik 'm de volgende dag laat weten of ik een traject met hem in wil gaan.

Als ik Sarah bel, komt ze niet meer bij van het lachen.

'Je moet het hem gewoon zeggen.'

'Doe even normaal.'

'Nee, echt. Dat vinden dat soort mensen toch fijn, als

je overal eerlijk over bent? Is dat niet wat spirituele mensen belangrijk vinden – de waarheid. Dat vind je zelf toch ook altijd?'

Ik bind in.

De volgende dag stuur ik hem een voicebericht. Ik ben laf en zeg hem dat ik toch denk dat ik voorlopig genoeg heb aan m'n therapeut, maar dat ik het een heel fijn gesprek vond. Julian heeft er alle begrip voor en zegt dat ik hem mag blijven contacten als ik dat fijn vind, en dat hij het zelf wel aangeeft als hij daar geen ruimte meer voor heeft.

Ik reageer weer op zijn voicebericht, een dag later stuurt hij er ook weer een terug.

Vrijdag hetzelfde liedje.

Zaterdag ben ik heel verdrietig. Ik ben 's ochtends opgestaan met het gevoel dat ik alleen op de wereld ben en ik besluit dat naar Julian te sturen. Ik spreek in: 'Ik voel me verdrietig en onbegrepen. Vanochtend werd ik wakker met een gat in m'n hart, een gat dat er al heel lang zit en waar ik pas sinds afgelopen jaar aandacht aan besteed. Maar soms, zoals vanochtend, ben ik bang dat ik het leven niet volhoud als dit gat nooit vervuld raakt. En ik weet dat iedereen druk is, druk met werk, druk met baby's die geboren worden, druk met van alles, en ik weet ook dat ik volwassen ben en dat ik mezelf moet dragen, maar toch vraag ik me af: wie zorgt er eigenlijk voor mij?'

Dan stuurt hij een video.

Welke mensen sturen er in hemelsnaam een video naar elkaar?

Met angst voor wat ik ga zien, speel ik 'm af.

Julian heeft zichzelf opgenomen terwijl hij tegen me in de camera praat en zegt:

'Ik vind dit heel spannend, en daarom doe ik het zo, want ik wil dit niet uit de weg gaan. Ik vraag me af waarom je me blijft berichten en waarom ik erop blijf reageren. En ik vraag me ook af hoe je me eigenlijk wil ontmoeten. Als coach, als vriend of als... tja, als potentiële partner. Want als het dat laatste is, wil je me dan ontslaan van de coachrol voor ik op je bericht reageer? Want ik wil niet dat die dingen door elkaar gaan lopen.'

M'n hart bonst in m'n keel. Mijn god, dit is dus wat ze bedoelen met 'de waarheid'.

Ik stuur hem een voicebericht terug.

'Ik wil je ontslaan van de coachrol. Ik wist namelijk al vanaf het moment dat Zoom opstartte dat je mijn coach niet kon zijn. Ik vind je veel te aantrekkelijk. Ik weet niet of je een potentiële partner kan zijn want, nou ja, dat leg ik je nog wel een keer uit. Maar zeker geen coach. En ook geen vriend.'

In het volgende berichtje vraagt hij of ik met hem wil komen wandelen.

* * *

Vlak voor de jaarwisseling zit ik weer op Roos' bank. 'Wat zie je er goed uit,' zegt ze. Ik lach gevleid. Ik heb m'n dikke winterjas en muts over de leuning van de bank gelegd, Roos heeft thee voor ons gemaakt. Ik heb m'n laarzen uitgedaan en bij de deur gezet. Bij Roos kan dat.

'Hoe voel je je?' vraagt ze

'Wel wat rustiger,' zeg ik.

Ik trek m'n benen op onder me en wrijf m'n voeten warm.

'Heel mooi.'

Ik glimlach naar haar.

Ik pak m'n kop thee en blaas erin. Dan zeg ik tegen Roos: 'En toch heb ik niet het gevoel dat ik "er" nu ben. Ik voel me nog zo vaak niet verbonden. En ik kan me niet voorstellen dat de angst niet steeds weer zal terugkomen. Het is m'n vijand en m'n bondgenoot.'

'Zo werkt het ook niet,' zegt Roos. 'Je zult je hele leven lessen te leren krijgen, er zullen zich steeds weer uitdagingen voordoen die een kans zijn om onverwerkte emoties in jezelf aan te pakken. Gebeurtenissen, triggers, mensen die je een spiegel voorhouden, die laten zien waar nog verdriet ligt, waar je nog kunt helen. Zodat, wanneer je dat doet, dat helen, de relatie tussen jou en jezelf verder verstevigt.'

Ik knik en drink van m'n thee.

'En jouw eenzaamheid is jouw grootste uitdaging. Verbinding voelen met een ander mens en daarop durven vertrouwen, je overgeven, dat is jouw grootste levensles, denk ik.'

Ik glimlach.

'Kun je accepteren dat je je zo voelt?'

'Niet verbonden?'

'Ja.'

'Niet altijd.'

Roos lacht begripvol.

'Omdat het lege gevoel in m'n borst zo naar is. Ik denk dat ik ergens toch altijd hoop dat er iets of iemand komt die het wegneemt. Die het doet oplossen, die het heel maakt. Al weet ik ondertussen dat ik daar ook zelf een grote rol in speel. Dat ik er in elk geval voor mézelf kan zijn, door toe te staan wat ik voel.'

Roos knikt instemmend. 'Je weet nu inderdaad hoe je jezelf kunt kalmeren, kunt troosten, en hoe je jezelf kunt dragen. Je kunt de warmte opzoeken van je eigen bed als dat is wat je nodig hebt, je kunt je hullen in de zachtste kleding om je geborgen te voelen,' zegt ze.

'Maar ik kan dat niet altijd alleen.'

Ik zet m'n kop thee op de lage tafel en trek de mouwen van m'n warme trui over m'n handen.

'Dat klopt,' zegt Roos glimlachend. 'Dat kun je niet altijd alleen. En daar is niets mis mee.'

'Nee?'

'Nee, natuurlijk niet, dacht je dat ik je niet liet gaan als je soms nog verlangt naar de armen van een man om je heen? Naar aandacht? Naar liefde van een ander?'

Ik lach een beetje.

'Nou ja, ik dacht dat ik dan niet "heel" was.'

'Je bent altijd al heel geweest. Helen is niets anders dan licht schijnen op de pijnlijke delen in jezelf, zodat ze bestaansrecht krijgen en kunnen genezen. Ruimte geven aan dat wat er is. Zodat je heelheid erdoorheen kan stralen.'

Ik glimlach dankbaar.

'Maar dat heeft niets te maken met het feit dat je óók verbinding met een ander nodig hebt. Daar floreren wij mensen bij. Het is onze eerste levensbehoefte: contact. Liefde. Het is nooit mijn doel geweest om je te leren het leven alleen te doen. Of om jouw gevoel van niet-verbondenheid te doen verdwijnen, om je te leren verbonden te zijn met jezelf en daar genoeg aan te hebben. Ik hoopte dat je dat zou kunnen zijn met alles wat er in je leeft. Van angst tot verdriet en van boosheid tot eenzaamheid. En volgens mij lukt dat steeds beter.'

Ik knik.

'En door dat toestaan van je gevoelens, heb ik de relatie tussen jou en jezelf zien verbeteren. Tussen jou en je ziel, jou en je gevoelswereld. Ik heb gezien dat je durft te kiezen voor wat waar is, voor jou, op dit moment. En dat is dapper. Dat is meer dan genoeg.'

Ik ben dankbaar.

'Je hebt je ziel weer terug. Wat is er mooier?' vervolgt Roos.

Ik lach. Het is misschien voor nu ook wel genoeg.

M’n enthousiasme over Julian is alweer wat bekoeld, want ik heb ontdekt dat hij kleiner is dan ik. Ik weet dat het totaal belachelijk is dat ik hier een punt van maak, maar ik vind het nou eenmaal heel moeilijk. Ik heb momenteel niet heel veel meer eisen dan iemand die niet liegt, niet vreemdgaat en langer is dan 1 meter 80. Je zou zeggen dat er dan een wereld aan mogelijkheden is, maar ja hoor, ik heb iemand gevonden die precies buiten de boot valt.

En toch sturen we elkaar elke dag voiceberichten. Die zijn fijn en gezellig en open en hij is verdomd eerlijk over wat hij allemaal aan het doen is: hij houdt zich bezig met tantra, is hutten aan het bouwen in het bos, doet ingewikkelde meditaties en is bezig met het loslaten van z’n ex, die twintig jaar ouder is. Ik raak begeesterd door de diepgang.

Als we elkaar eindelijk zien, zegt hij bij binnenkomst: ‘Ik vind dat lengteverschil echt meevallen.’

Ja, dat zeggen kleinere mannen altijd.

En toch vind ik hem even aantrekkelijk als op het scherm. Ik voel hoe m’n hart in m’n keel bonst als ik thee voor hem zet en denk alleen maar: er is iets met zijn gezicht, het is zo mooi, het is precies zoals het zou moeten zijn.

Als ik tegenover hem zit met onze koppen thee en we over koetjes en kalfjes praten, zegt hij dat hij een oefening wil doen. Ik kijk hem meewarig aan. Dit is toch gewoon een, tja, date? Waarom gaan we nu een oefening doen? Hij vraagt of ik het een kans wil geven.

Hij zet een timer van acht minuten waarin eerst hij alles mag vertellen wat hij wil vertellen – hoe hij erbij zit, wat hij voelt, wat hij verlangt – en daarna ik. Ook acht minuten.

Deze knappe coach vraagt me of ik straks een spreekbeurt van acht minuten wil houden. Het moet niet veel gekker worden.

Tijdens zijn monoloog zegt hij dat hij moet wennen, dat hij het spannend vindt, dat hij me mooi vindt, en dat-ie zin heeft om dichterbij te komen maar dat niet goed durft. Dat-ie benieuwd is wat ik van hem vind en dat hij hoopt dat hij grappig genoeg is, omdat-ie mij zo grappig vindt en hij denkt dat ik alleen op mannen val die goede grappen maken.

Ik moet daar erg om lachen.

In mijn acht minuten vertel ik hem dat hij grappig genoeg is, en knap bovendien, eigenlijk zo knap dat-ie een potentieel gebrek aan humor direct zou compenseren, en dat ik zin heb om hem aan te raken. Dat ik deze oefening wel een beetje irritant vind, dat ik niet begrijp waarom we niet gewoon met elkaar kunnen praten, dat we dit soort dingen niet te vaak moeten doen omdat ik dan afhaak, dat ik wel een beetje normaal wil blijven, ook al wil hij hutten bouwen in het bos, en dat ik tantra raar vind en er niet in geïnteresseerd ben en dat tegelijkertijd heel kortzichtig van mezelf vind, maar net heb geleerd om gewoon te zijn met wat er is, dus ik dat er maar even laat zijn.

Het verlossende belletje klinkt.

Ik vraag hem: 'Maarre, als je die oefening van je even loslaat, hè, wat zou je dan doen als je nu helemaal ontspannen was?'

Hij antwoordt: 'Dan zou ik met je achterovervallen op deze bank en met je zoenen.'

Dus voeg ik de daad bij zijn woorden.

* * *

Het is laat en ik zou moeten slapen. Ik lig op m'n rechterzij met m'n benen opgetrokken in bed en luister naar de mannen die me elke avond toezingen. Patrick Watson, Tom Rosenthal, Jeff Buckley, Tamino. Iedere avond halen ze me uit m'n hoofd en brengen ze me naar de lege plek in m'n borst die ik niet meer wil voelen maar die er wel is. Ik heb het mediteren afgewisseld met mijn lievelingsmuziek.

Ook vanmiddag lag ik zo, op de bank, op m'n zij, tegenover Julian. Mijn benen vervlochten door de zijne, Levi's op Levi's, m'n kasjmier trui als schild om me heen. 'Je draagt die trui omdat het dan de hele dag voelt alsof iemand je knuffelt, hè?' had hij even daarvoor lachend gevraagd. Ik zei hem dat het waar was.

Ik ben in de war. Ik vind Julian fascinerend en aantrekkelijk en interessant en ik mis Sam. Kan het er allemaal zijn? Ik denk dat ik gek word als het er niet mag zijn. Als het één weg moet, als ik iets moet verzwijgen. Ik zou willen dat ik al iemand was die altijd maar in het moment kon leven. Die keer op keer kon terugkeren naar haar lichaam en kon denken: er is alleen maar nu.

Ja, er is alleen maar nu, maar in het nu zijn er ook vierhonderdduizend gedachten en gevoelens. En daar moet ik toch ook wat mee.

Julian en ik lagen en we keken. Mijn armen klemde ik beschermend tegen m'n borst, m'n handen vouwde ik in elkaar. 'Dit is zo dichtbij als ik kan,' fluisterde ik terwijl ik bleef kijken. Julian zei dat het genoeg was.

Met m'n armen voor m'n borst en m'n schild van kasjmier was ik naakter dan hij me eerder had gezien. Het was hij en ik en die plek van onbegrip en leegte. In zijn ogen zag ik dat hij het kende. 'Ik wil dit elke dag, een uurtje, en daarna koken we eten, goed?' vroeg ik hoopvol. 'Want ik weet niet of ik jou kan geven wat je wil,' vervolgde ik. 'Ik ben nog zo moe, ik ben nog aan het bijkomen van de afgelopen jaren, ik wil eigenlijk alleen maar met je op de bank liggen zoenen. Meer niet. Geen gedate, geen weekendjes weg en niet steeds van die diepe gesprekken. Ik wil rust.'

Julian kan beter leven in het nu. Hij zei dat hij bij zichzelf ingecheckt had – dat doen spirituele mensen *all the time,* inchecken bij zichzelf, daar halen ze echt een hoop informatie uit – en gevoeld had dat hij niet weg wil. Dat-ie mij in z'n leven wil en wil kijken hoe dit loopt, ook al zien we elkaar maar een keer per week, en zullen we alleen maar zoenen.

'En ik moet je vertellen over Sam. Want als ik het niet doe, dan verloochen ik mezelf. Mijn hart is ook nog bij hem en ik wil het wel losweken maar het heeft tijd nodig. Misschien blijft er voor altijd wel een deel van mij bij Sam, maar daar kan ik nu niets over zeggen. Ik kan alleen uitgaan van wat ik nu voel en wil, wat nu mijn waarheid is, en dat is dat ik je lief vind en bijzonder, maar dat ik ook nog steeds hou van Sam. Hoe graag ik ook zou willen van niet.'

Julian liet me ratelen, uitpraten en was daarna even stil.

Toen zei hij: 'Denk je dat je hart groot genoeg is voor ons allebei erin?'

Ik zei hem dat ik het niet wist, maar dat ik het wel wilde ontdekken.

* * *

Ik slenter langs de gracht in m'n nieuwe winterjas. Ik loop voor de tweehonderdste keer m'n wandeling naar de Coffeecompany in de Plantagebuurt. Tijdens de laatste tien meter loopt er een man naast me, hij is lang en knap, iets ouder dan ik, ik schat 'm 35 en we lachen naar elkaar.

'Ga jij maar eerst.'

'Nee hoor, ik heb de tijd.'

Ik heb ook daadwerkelijk de tijd. Ik heb de tijd omdat ik voel dat het goed is waar ik nu ben.

Als de lange, knappe man z'n cappuccino pakt van de balie en naar buiten loopt, draait hij zich nog even om naar mij.

'Fijne dag nog.'

'Jij ook,' zeg ik, en ik lach terug.

Ik leef voor deze momenten.

Ik mediteer nog elke dag. Nog steeds is er vaak verdriet en pijn, zo vlak voor ik in slaap val.

Maar in het voelen van die pijn vind ik ook mezelf terug. In het voelen van die pijn vind ik de waarheid. Als ik dat verdriet doorvoel, ontdek ik wat wezenlijk is. Van wie ik houd, wie ik wil koesteren. Waar ik heen moet gaan, wat voor mij bedoeld is. Het voelen van m'n verdriet geeft me niet alleen m'n lijf terug, het geeft me m'n leven.

Ik dacht dat niets me meer pijn deed dan de eenzaamheid die ik ervaar in deze wereld die zo snel draait en waar weinig ruimte lijkt te zijn voor gevoeligheid en kunst. Maar Roos bleek gelijk te hebben: de vervreemding van mijn eigen hart is net zo pijnlijk. Het in de steek laten van m'n lijf en van alles wat er gevoeld wil worden. En als ik daarnaar terugkeer, naar mijn gebroken hart om Sam, het gemis van mijn vader en het verdriet om alle verloren dagen waarin ik zweefde door angst, ervaar ik mijn heelheid.

Op de momenten dat er geen pijn komt, leidt meditatie tot ontspanning en een alles-is-nu-goed-gevoel. Dan heb ik geen enkele verstorende gedachte meer over mezelf. Als ik m'n meditatie overdag doe en daarna door m'n huis drentel of langs de Amstel loop, voel ik me aanwezig in het moment en maak ik me niet meer druk om hoe ik eruitzie en of mensen me wel leuk vinden. De hunkering naar aandacht en goedkeuring van buitenaf verstomt nu ik dagelijks blijf mediteren en contact maak met m'n lijf. Ik vind daar dan een bron van rust die genoeg is om me te voeden.

Nu ik steeds meer kan berusten in dat komt wat komt – angst, verdriet, boosheid, eenzaamheid – ben ik meer ontspannen. Ik heb vertrouwen dat als ik m'n verdriet en angsten een thuis geef in mezelf, waar ze er mogen zijn, waar ze thee mogen drinken en niet weg hoeven, waar ik ze zie en erken, ik vervolgens dichter bij een ander kan komen. Ik heb vertrouwen dat als ik m'n waarheid spreek, als ik eerlijk ben over wat ik voel en ervaar, ook als de angst me overneemt en me verleidt om aan iemand te trekken, om een ander te veranderen, te coachen, te fixen, dat ik altijd weer uitkom op die rustige plaats in mezelf. Dat de waarheid me vrij maakt. De waarheid in het moment van nu.

Met m'n koffie wandel ik door in de richting van Artis, ik loop langs de kade en zet muziek op. Vandaag geen podcast, geen levenslessen, geen adviezen. Vandaag gewoon even Yentl en de Boer, opwarmen aan de zon en lachen naar de mensen die ik passeer.

Halverwege de wandeling krijg ik een voicebericht van Saar en zie ik dat ik er ook een heb van Julian. Ik luister naar de lieve mensen in m'n leven en ze voelen als m'n bondgenoten. Je hoeft een ander niet altijd helemaal te begrijpen om je samen te voelen, ervaar ik nu. Er wordt van mij gehouden. Verbinding met een ander begint uiteindelijk bij mij. Bij eerlijk zijn, bij echt zijn.

Als ik thuiskom, de verwarming op 21 graden zet, een kop thee maak, een yogalegging aantrek en dikke wollen sokken, pak ik m'n dagboek erbij. Ik schrijf: 'Het is 4 februari 2021 en het is een jaar geleden dat ik je betrapte met een ander. Ik wil nog steeds dat je me in je armen neemt, maar ik draai tenminste niet door. Het meisje dat doordraaide ben ik nooit geworden. Ik kan het leven zelf, zonder jou. Ik ben hier, alleen, en alles is goed.'

DANKWOORD

Een boek is geen boek zonder dankwoord. En als je íéts leert wanneer je je een beetje in de spirituele contreien begeeft, is het wel dat je stil moet staan bij waar je dankbaar voor bent. En dankbaar ben ik.

Uitgeverij Het Spectrum, dank jullie voor het vertrouwen. Nienke, met jou wil ik boeken blijven maken. Jouw betrokkenheid en humor en je lading met complimenten hebben me enorm gesteund. Maarten, de beste agent die er is, je moet soms stapelgek van me zijn geworden, maar jouw rust heeft me door menig wanhopig moment geloodst.

En dan mijn vriendinnen. Char, San, Myrth, Lian, Cath, Marije – Sarah zit in jullie allemaal. Ik ben blij dat jullie er zijn. En ik ben blij dat ik buiten m'n *inner circle* nog zoveel lieve mensen heb die voor me klaar staan. Ook aan jullie denk ik vaak.

Annemarijn, Adriaan. We zijn nog maar met z'n drieën maar wat doen we het goed.

Sjors, dank je dat je me hebt geleerd dat de waarheid alles is.

Bart, dwars door alles heen zal ik altijd van je houden.

Warna, ik ben blij dat jij me leert wat gezonde liefde is. Opdat we dat heel lang mogen voelen samen.

Papa, mama, jullie zijn dan wel niet meer hier, ik weet dat jullie daarboven verschrikkelijk trots zijn. En dat geeft mij moed. Op nog vele boeken en grootse liefde.